歌人が巡る
中部の歌枕
北陸の部

宮野恵基

文化書房博文社

本書掲載の地図　出典：国土地理院ウェブサイト　http://maps.gsi.go.jp/
名所等をわかりやすくする為、一部加工しています。

―はじめに―

「むかしよりよみ置ける哥枕《うたまくら》おほく語傳《かたりつた》ふといへども、山崩れ川流れて道あらたまり、石は埋《うづも》れて土にかくれ、木は老いて若木にかはれば、時移り代変《よ》じて、其の跡たしかならぬ事のみを、爰《ここ》に至りて疑ひなき千載《せんざい》の記念《かたみ》、今眼前に古人の心を閲《けみ》す。」

これは、既に拙著の前五冊の歌枕探訪の書の巻頭に等しく述べたが、私が二十年近く前、東洋大学教授であった（現・名誉教授・芭蕉会議主宰）谷地快一先生より初めて「歌枕」を学んだ、**松尾芭蕉**の『**奥の細道**』の多賀城址における記述である（久富哲雄『おくのほそ道』講談社学術文庫）。

歌枕については、先著『歌人が巡る四国の歌枕』、『歌人が巡る中国の歌枕・山陽の部』の前文に同一に記しているのでここでは省略するが、芭蕉が語った「哥枕」は、名所歌枕のことである。

短歌を学ぶ私は、この一文に古歌とまだ見ぬ地への憧れを募らせた。歌枕とされる地を訪ねてみたい。もちろん星霜移り時は去り、古の面影や付随する観念を偲ぶことは不可能かも知れない。あるいは、その地そのものの特定すら叶わないかも知れない。それでも、そこで先人の名歌に触れ、私自身も拙い歌を詠む、そんな思いを当時から抱くようになったが、そんな折、私が指導を受けていた沙羅短歌会主宰・伊藤宏見先生（誠に残念ながら、平成三十一年に故人となられた）から、月刊の短歌雑誌『沙羅』に投稿をと勧められ、平成十六年十一月より、残り少ない余生の畢生の仕事にと第一歩を四国の地から踏み出し、駄文、駄歌を寄せるに至った。その際の私が歩いた足跡を振り返りつつ、若干筆を加えて一書と成したものが、平成二十三年に上梓した『歌人が巡る四国の歌枕』であり、引き続き中国地方に歩を進め、平成二十六年に『歌人が巡る中国の歌枕・山陽の部』、さらに翌年に『同・山陰の部』を世に出した。

そして以後九州地方を巡り、福岡、大分両県の筑前、筑後、豊前、豊後の四カ国を先行して一書と成し、平成三十年五月に『歌人が巡る九州の歌枕　福岡・大分の部』、残る九州の宮崎（日向）、鹿児島（大隅・薩摩）、熊本（肥後）、佐賀（肥前）、長崎（肥前・壱岐・対馬）について令和元年八月に形と成し、十分とは言えないまでも西日本の探訪記を五冊に纏めることができた。

この間、山を越え、川に沿い、海を渡り、各地の自然、文化、歴史、そして何よりも温かな人の情に触れ得たことは、忘れえぬ思い出であり、とりわけ現地で迷う筆者に、快く様々ご教授頂いたご当地の方々には深く感謝申し上げます。

さて、引き続いて探訪の歩を進める地をどこにするかについては、大いに悩んだというのが偽りのないところである。四国、中国、九州の次は、流れとしては兵庫県から東進するのが自然であることは承知をしているが、踏み込む地は、都であった奈良、京都のお膝下の近畿（畿内とその周辺）であり、他の地域とは比較にならないほど多くの歌枕の地が在る。筆者が調べたところ、近畿の歌枕の地を隈なく探訪するには、四国、中国、九州を歩くにかけた年月の少なくとも数倍を覚悟せねばならない（『歌枕の偏在性と大嘗会和歌―備中国歌枕の実証的考察を通して』―平成二十八年三月―）。さらには、都に近いだけに、それぞれの歌枕の地が詠み込まれた歌も非常に多い。例えば、『**類字名所和歌集**』に収載された、**勅撰和歌集**に収められる大和国の「吉野」を詠んだ歌だけでも実に三百八十三首を数える（「吉野山」、「吉野川」、「吉野里」、「吉野宮」等々も含む）。この多くの歌を、前五冊と同様に一覧表として添付すると、それだけで本文を超える多くのページを占めることになり、編集方法を一考せざるを得ない。以上のことから、近畿地方の探訪はしばらく時を置き、中部地方から東進することとした。

ところでこの中部地方は、『広辞苑』によれば、愛知、静岡、岐阜、長野、山梨、福井、石川、富山、新潟の九県から成るとされる。筆者もそれに従い、さらに愛知、静岡を東海の部、岐阜、長野、山梨を中央高地の部、残る四県を北陸の部とする三分冊とし、この度踏査を終えた北陸の部を先行して上梓したのである。

さて、実際に北陸地方を踏査して見ると、本文中にも度々述べるが、天平十八年（七四六）から天平勝宝三年（七五一）まで越中守としてこの地に在った**大伴家持**が、この間二百二十三首の万葉歌を残し、この地に万葉の大輪の華を咲かせた足跡が各所に残り、歌枕として現代に伝えられている。

さらには、筆者に歌枕探訪を促した**松尾芭蕉**の『**奥の細道**』後半部の旅の跡も、ここかしこに垣間見ることができる。時代は異なるが、まさに**家持**と**芭蕉**に導かれた踏査と言っても過言ではない。

私は人生五十余年を、文学とは全く無縁の生活を重ねてきて、漸く六十を過ぎてから短歌を学び始めた故、文も歌も拙く、写真も全くの素人で、そんなお見苦しい一冊をお目に留めて頂けたら幸いです。また、諸先生方の書籍につき、お許しも得ず参考、引用させて頂いたことも、この場にて御礼申し上げます。

尚、名所歌枕を集めた歌枕書、歌学書はいくつもありますが、座右に入手した井上宗雄編『名所歌枕（伝**能因法師**撰）の本文の研究』―昭六一・笠間書院―、渋谷虎雄『校本・**謌枕名寄**・本文篇』―昭五二・桜楓社―、村田秋男編『**類字名所和歌集**・本文篇』―昭五六・笠間書院―、神作光一、千艘秋男編『増補**松葉名所和歌集**・本文篇』―平四・笠間書院―を参照しながら学ばせて頂きました。

古《いにしへ》の歌人の思ひ偲びつつ　彼の地を訪ね吾も歌を詠む
今に残る歌学びつつ聞かまほし　山・川・海の語る言葉を
蕉翁に倣ひ旅行く歌枕　風の音聞き古《いにしへ》偲ぶ

注・本文中においては、参考にした各歌枕集を、それぞれ『能因』、『名寄』、『類字』、『松葉』と表記する。また、出来得る限りこれらに載せられている漢字仮名表記に従うが、便宜上他の資料を用いることもある。
・掲載歌については、歴史的表記の読み難さを和らげることができればと、上三句、下二句の間を一字開けて表記し、さらに出来得る限りルビを施した。
・太字は巻末に簡単な解説を載せている。
・本文中の歌意は、諸先生方のものをそのまま注記なく引用したもの、私見を挟んだもの、或は私自身が拙い解釈をしたものが混在している。
・各項の題記の〔 〕内の文字は、その前の文字に代えて使われることを示し、〈 〉内の文字は、その文字が挿入されて記されることもあることを示す。例えば、越前編五の「色（の）浜〔濱〕」は、「色浜」、「色の濱」の表示があることを示す。

歌人が巡る中部の歌枕　北陸の部

目次

広域

国違

未勘

非地名

新潟県　越後編

広域

国違

福井県　若狭編

福井県は、律令国家として、三方郡美浜町以西の若狭国と、敦賀市以東の越前国の二国より成る。

若狭国が初出するのは『**日本書紀**』の**垂仁天皇**の三年三月の記述で、新羅の王の子である天日槍《あめのひほこ》が定住を許され、その地を求めて『近江より若狭國を経て、西《にしのかた》但馬國に到りて即ち住處《ゐどころ》を定む』とある。古代より製塩と漁業が盛んで、調として塩・海産物が納められ、また寺院や公家の荘園も多く、京とは深い関係があった。国府、国分寺は現在の小浜市に置かれていた。

守護は、当初津々見忠季が任じられたが、安貞二年（一二二八）以降は、鎌倉幕府執権の北条氏自身が務め、同幕府滅亡後の室町期には斯波氏、京極氏、桃井氏、大高氏、山名氏、細川氏、石橋氏、一色氏と目まぐるしく変わった。

永享十二年（一四四〇）に安芸の武田信栄《のぶひで》が幕府の命で一色氏を滅ぼし、以後若狭武田氏として戦国の時代の守護職となった。その武田氏も、本

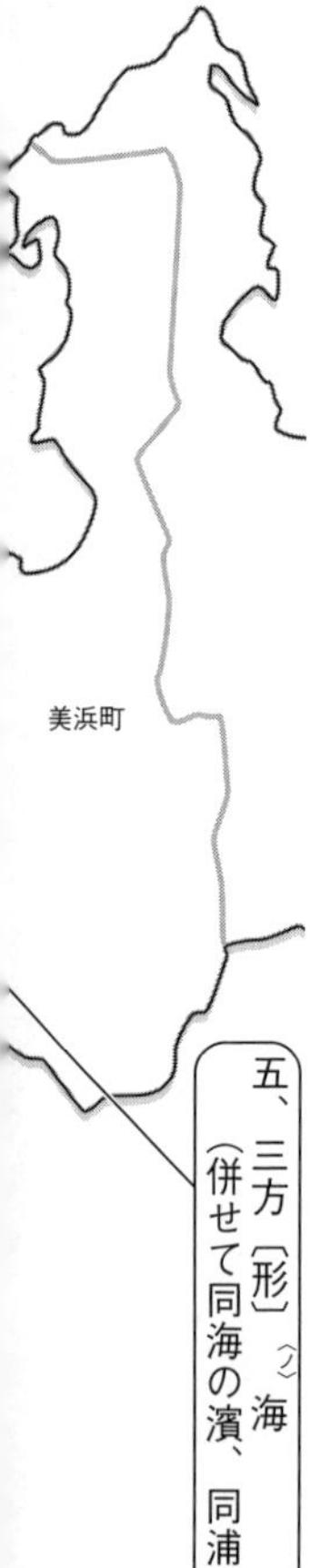

能寺の変で明智光秀に加担、天正十年（一五八二）に滅亡した。江戸期には、京極家が若狭小浜藩の初代藩主となるも、のちに酒井家に移る。『解体新書』、『蘭学事始』等で著名な**杉田玄白**は小浜藩士である。

維新後は、小浜、敦賀、志賀県を経て、明治十四年（一八八一）越前と併せて福井県となった。

東部の三方五湖はよく知られた景勝の地で、歌枕の一つにもなっている。

現在、敦賀湾沿いには多くの原子力発電所が建設されており、若狭の領域には、関西電力による高浜、大飯、美浜の三発電所に計十一基の発電機が据えられている。すぐ東の敦賀半島にも三発電所、計四基があり、まさに原発銀座といえよう。

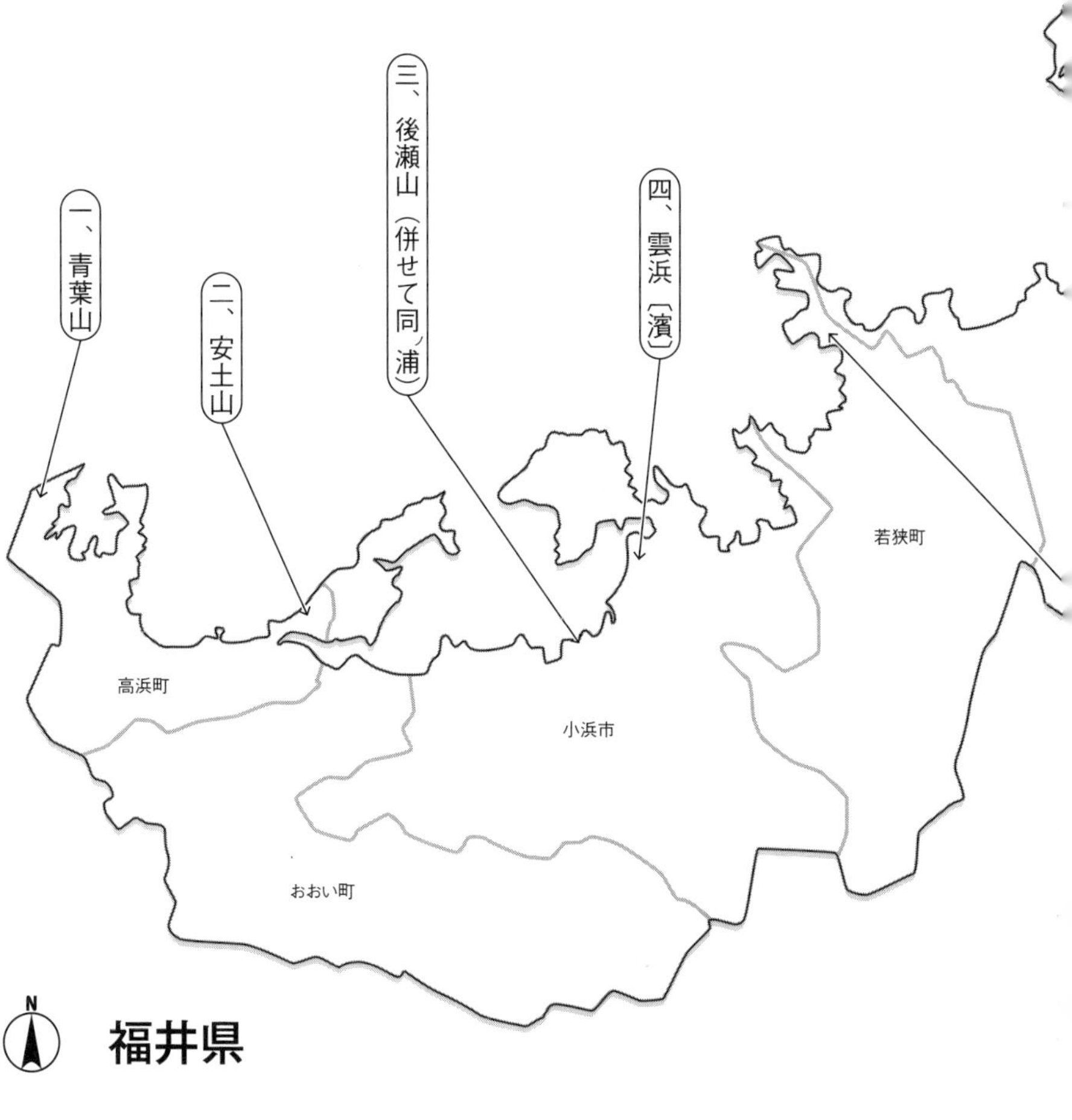

一、青羽山《あおばやま》

京都府京丹波町から同綾部市、舞鶴市を経て福井県敦賀市に至る国道二十七号線（別名・丹後街道）が西から県境を越える辺り、左手になだらかな山容を望むことができる。六百メートル程隔てて東峰（六百九十三メートル）と西峰（六百九十二メートル）の二峰を有する青葉山である。古くから信仰の山として崇められ、また修験道場の山でもあった。江戸時代までは女人禁制であったという。東の若狭方面から見る姿は秀麗で、若狭富士と呼ばれる。

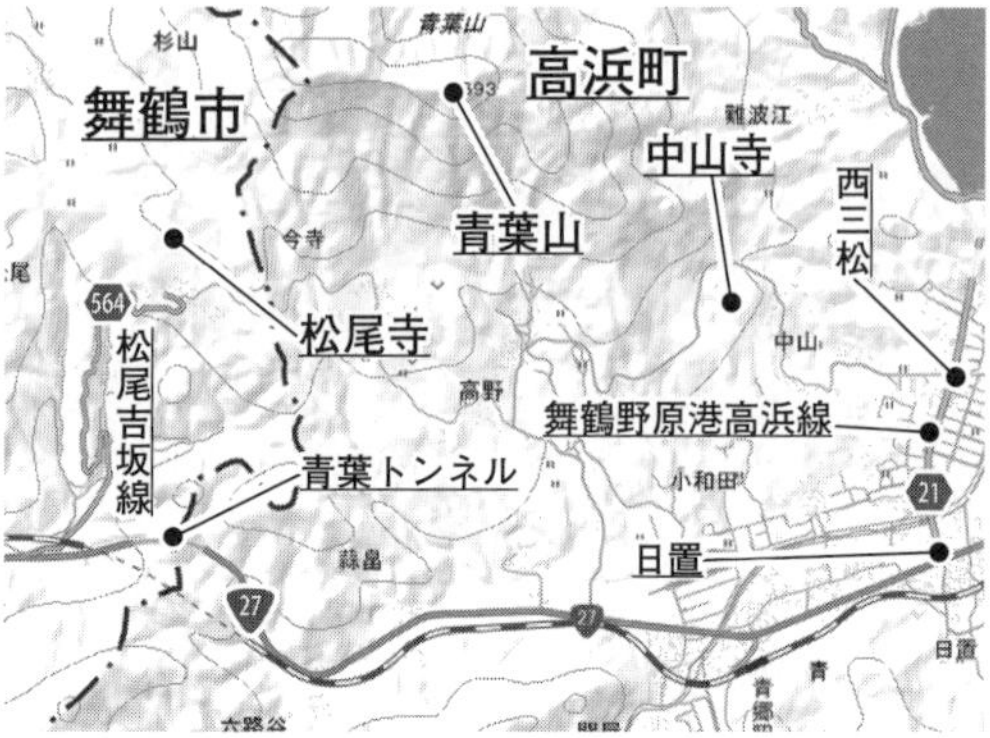

大飯郡高浜町と舞鶴市の県境付近

　国道二十七号線が西から県境の青葉トンネルに差し掛かる五百メートル余り手前で、京都府道五百六十四号・松尾吉坂《きっさか》線が左に分岐する。曲がりくねった府道を走ること約二・四キロメートル、道脇に山号を「青葉山」とする西国第二十九番霊場の松尾寺が見えてくる。ただしこの寺の所在は、県境を超えた京都府舞鶴市松尾である。八世紀初頭、唐の僧・威光上人がこの山に、祖国の馬耳山に似ることから霊験を感じ、和銅元年（七〇八）草庵を結んだことに始まると言う。**鳥羽天皇**の崇敬篤く、元永二年（一一一九）には行幸、参詣したとのこと、国宝の普賢延命菩薩像の描かれた仏画は、同天皇の皇后・美福門院の念持仏であっ

舞鶴市側から青葉山を望む

松尾寺本堂

山門

たと伝えられる。

十五段ほどの石段を登ると江戸中期に建てられた仁王門が、木々の緑と空の青を背に落ち着いた雰囲気で迎える。その奥、さらに石段を進むと、手入れの行き届いた境内の正面に、重層の銅板葺の屋根に曲線の美しい唐破風向背が張り出した本堂が建つ。これも江戸中期、京保十五年（一七三〇）の修築で、仁王門、経蔵と共に京都府文化財に指定されている。

改めて国道二十七号線に戻り、青葉トンネルを東に抜けて四キロメートル、日置《ひき》交差点で左折し、分岐する福井県道二十一号・舞鶴野原港高浜線を九百メートルほど進み、右手に旅館のある西三松の交差点を左折、一・二キロメートルで、こちらも山号を青葉山とする中山寺が姿を見せる。創建に関して、天平八年（七三六）に**聖武天皇**の勅願のもと、**泰澄**大師によるとする伝えもあるとのことだが、寺で拝受した由緒書には、大同二年（八〇七）同大師によるとある。ただし巻末の人名略解に記した如く、**泰澄**は七六七年迄の人、由緒書の何故の時の誤解であるかは判らぬが、何れにしても千二百年を超える歴史がある。本堂は、間口、奥行きとも五間の桧皮葺き入母屋造り、鎌倉時代後期の建造で、国の重要文化財に指定されている。本尊の馬頭観音座像は、鎌倉中期、**湛慶**の作とされ、これも同人が彫ったとされる仁王像共々、重要文

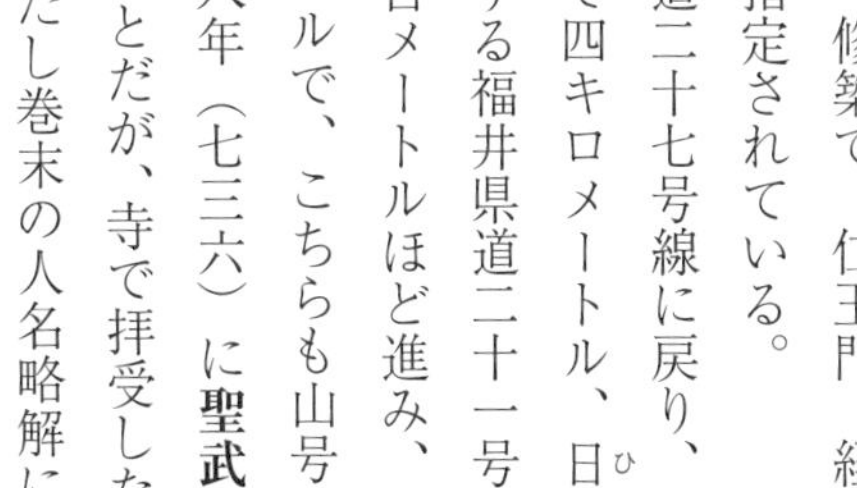
中山寺

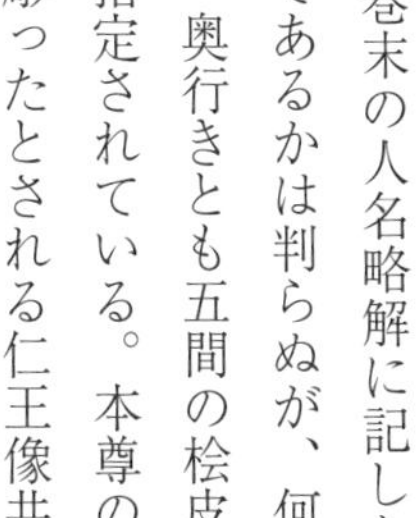
山門

化財の指定を受けている。なお、馬頭観音座像は秘仏で、三十三年目と、その中間の十七年目に限って開帳される。

この青葉山は、青羽山と表記して多くの歌に詠みこまれる。『**千載和歌集**』に収められる**覚忠**の「常盤なる青羽の山も秋くれ《(来)》は《ば》　色こそか《(変)》へ《え》ねさひ《(寂)》しかりけれ」、『**新古今和歌集**』に載る**藤原光範**の「立《たち》よれは《ば》涼しかりけり水鳥の　青羽の山の松のゆふかせ《(夕風)》」等々である。この二首は、『名寄』、『類字』、『松葉』に収載される。

また、『能因』、『松葉』は、『**万葉集**』巻第八から**三原王**《みはらのおおきみ》の、「秋の露は移しにありけり水鳥の　青羽の山の色づく見れば」を載せるが、ここでの「青羽」は固有名詞の山名ではなく、「青葉」であって「青々と茂った山」の意の普通名詞であるとする説がある（鴻巣守廣著『北陸萬葉集古蹟研究』―一九三四・十二―）。確かに一理あり、他の収載歌も精査が必要なのかも知れないが、今後のこととする。

青葉山碧空に映え聳え居り　丹後・若狭の国の境に
史長く謂れも多き二寺建てり　背の青葉山山号にして
なだらかに裾広がれる青葉山　若狭の富士と人の言ふなり

二、安土山《あづちやま》

『松葉』には、『**夫木和歌抄**』を出典として「春の夜の月ゆみはり《(弓張)》になる時は　あつち《(安土)》の山にいる《(入)》は見ゆらん」が収められる。詠者は示されていない。この安土山は、高浜町東部、若狭湾のさらに奥の小浜湾を成す左右の半島状の、海に向かって左、すなわち西の半島の付け根にある小高い山を言う。京都府との境の青葉トンネルを抜けて、

安土山公園から青葉山

安土山公園から若狭湾

国道二十七号線を東に十キロメートル、ＪＲ小浜線・若狭和田駅の東の若狭和田ビーチ交差点で左折して県道二百三十七号・若狭和田停車場線を二百メートル、右折して道なりに進むと登りに差し掛かり、ほどなく安土山公園に出る。古くには御所の狩場であったと伝えられ、付近には宮御谷、鹿王牧等の地名も残るという。

高みから西方を望めば、若狭和田海水浴場をはじめ多くの海水浴場が続く広く美しい海浜が眼下に広がる。また道中の木々の切れ目から眺める青葉山は、一で述べた若狭富士の愛称そのままの山容である。

国道二十七号線を西に二・七キロメートルほど戻って南に左折した先に佐伎治《さきち》神社が鎮座する。創建は**景行天皇**の時代以前というから千八百年余を経たことになる。祭神は**大国主命**、**素戔嗚尊**、稲田姫尊である。一の鳥居を潜って玉砂利を敷き詰めた境内の石畳をたどると、正面のやや右に石段と二の鳥居があり、その奥に拝殿が建つ。入母屋造りの屋根の反りの美しさを見れば、小振りではあるが格調のある造りと想像するが、周囲がガラスの入っ

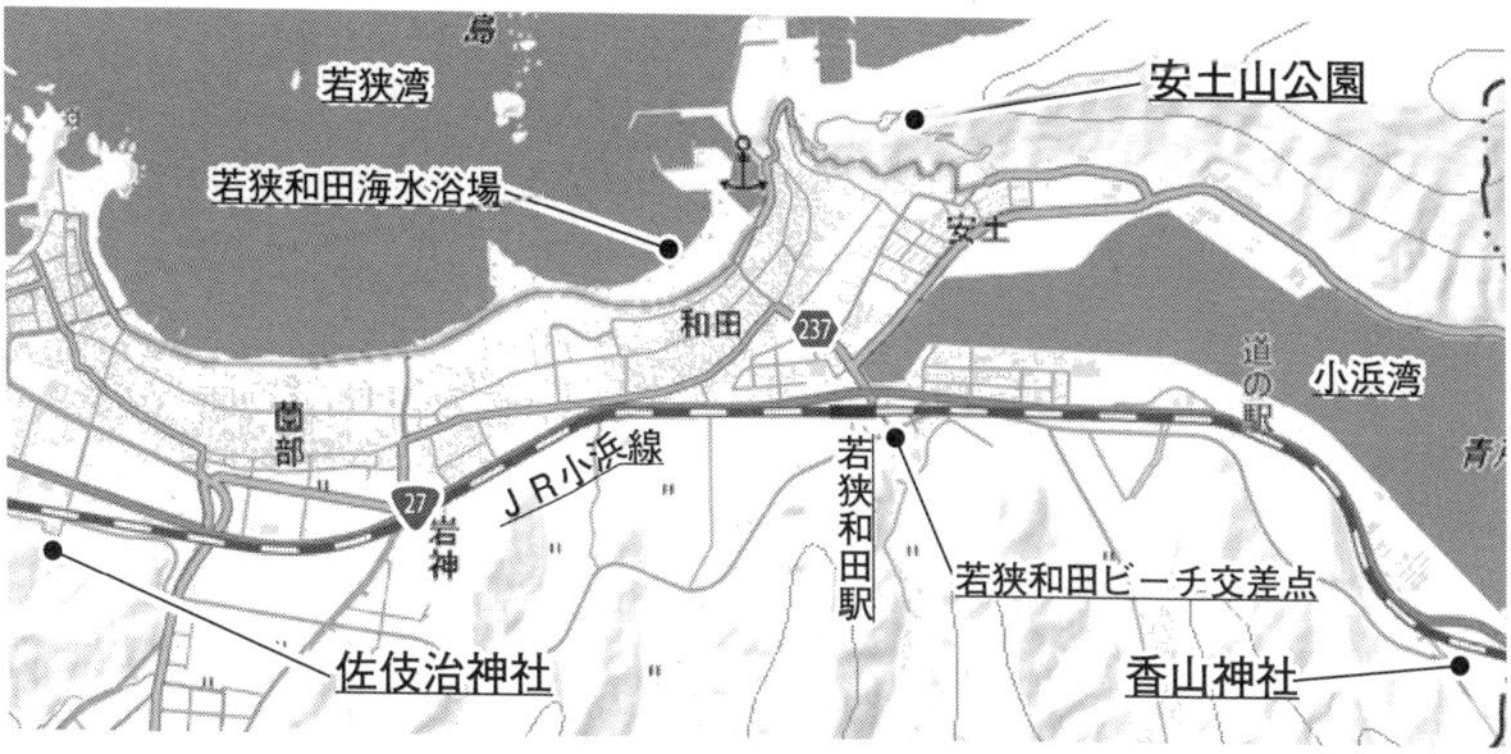

ＪＲ小浜線・若狭和田駅付近

佐伎治神社拝殿

参道入口

たアルミサッシの建具で囲まれていて全体を目にすることができない。実はこの地方の寺社の多くが、そのような囲いが設けられている。察するところ冬の雪害対策と考えられるが、それぞれの個性が隠れてしまって残念な思いがした。境内各所には、様々な年代の狛犬が据えられる。中には風雨に浸食されて崩れかけたものもあるが、全部で十二対という。

高浜町の東端、おおい町との町境近くの国道二十七号線の南に、白い鳥居が東に向いて建つ。香山《かごやま》神社の一の鳥居である。参道の階段を上ると、国道と並走するJR小浜線を跨いで境内に進む。なお、国道の西数百メートルで踏切を渡り、線路の南の道を折り返すと境内直近に車で辿り着くことが出来る。創建は奈良時代とも飛鳥時代末期とも伝えられ、天香山神、**猿田彦命**、蛭子命、事代主命を祀り、また本殿の左に隣接して同規模の牛尾神社が摂社として建つ。これらの社殿は二百余年前の文化十年（一八一三）の造営で、緑豊かな林間に静かに鎮座している。

摂社・牛尾神社

国道27号線沿いの一の鳥居

香山神社

安土山の公園より望む若狭湾　夏の陽浴びて煌めきて居り
眺め良きを愛でたるのみの安土山　史跡《ふみあと》求め近き社に
狛犬の数多坐し居る古き宮　ふと参りたり安土山向かふ途

三、後瀬山《のちせのやま》（併せて同ノ浦）

若狭国の中心は現在の小浜市で、その市街地の南に今もその名で横たわる標高二百メートル足らずの小山が歌枕の「後瀬山」であり、また小浜湾に面した海浜部が「後瀬ノ浦」である。

後瀬山

　後瀬山には、大永二年（一五二二）に若狭国守護の武田氏によって後瀬山城が築かれたが、江戸期に入っての寛永十九年（一六四二）に、酒井家によって完成した小浜城（次項に記述）に藩政の拠点が移り、廃城となった。後瀬山城が山城で、戦国の世はともかく、太平の世にあっては

小浜市近郊

麗に建つ
愛宕神社の鳥居

領国経営に相応しくなく、平野部の城に取って代わられたのである。現在山頂には、酒井家の直前まで藩主の座にあった京極家によって建てられた愛宕神社があり、また城の遺構も残るという。

しかしこの後瀬山は、室町後期に初めて歴史に名が出たのではなく、万葉の時代から歌枕として登場する。例えば『**万葉集**』巻第四には**大伴家持**と多くの女性との歌の贈答が収載されるが、後に**家持**の妻となる**坂上大嬢**《さかのうえのおおいらつめ》の詠んだ、「かにかくに人は言ふ《う》とも若狭道《ぢ》の　後瀬の山の後も遭は《わ》む君」、これに返して**家持**の詠んだ、「後瀬山後も会は《わ》むと思へ《え》こそ　死ぬべきものを今日《けふ》までも生けれ」等に詠み込まれている。

人魚の浜海岸の人魚像

「後瀬ノ浦」は、現在「人魚の浜海岸」と呼ばれ、ほぼ中央の浜際には二体の人魚像が据えられる。この地は、人魚の肉を食して不老不死となり、八百年の長きを生きた八尾比丘尼終焉の地とされている。浜から六百メートルほど奥まった、重要伝統的構造物保存地区に指定されている街の中の空印寺には、比丘尼の像が建てられ、入定したとされる洞窟も残る。

空印寺の北東二百メートルに、神護景雲三年（七六九）創建と伝える八幡神社が鎮座する。通りすがりに、小ざっぱりとし

空印寺本堂

境内側から見た空印寺山門

八百比丘尼像と入定洞

総社神社社殿

鳥居と社号標

八幡神社拝殿

木造大鳥居

た境内と社殿に惹かれて足を止めたが、創建の古さに加えて、入り口の鳥居が木造であることに驚かされた。それも大きく格調も高く、小浜市の文化財に指定されている。

歌枕「後瀬ノ浦」は、『**夫木和歌抄**』に収められる**源俊頼**の長歌に「八雲たつ出雲八重垣かきつめて　後瀬のうらにかつきする以下略」と読み込まれる。

さて、若狭国の国府が小浜市にあったことは編頭で述べたが、その所在は定かではない。しかし、後瀬山の東北東二・五キロメートルほど、北川と多田川に挟まれて小浜市府中町があり、さらには総社神社（鳥居脇の石柱には「村社　總神社」と表示されている）が鎮座し、この辺りに国府があったのではないかと推定されている。神社は、広場のような境内の奥に小振りの社殿が、参道に側面を向けて並んでいた。

一方国分寺は、市の中心部近くの、舞鶴若狭自動車道の小浜ＩＣの南を走る国道二十七号線を東に二キロメートル余り、葬祭ホールの角を左折して直ぐの右手に在る。建長年間（一二四九〜五五）の再建というからそれだけでも相当古い現

現国分寺本堂

若狭国分寺跡の碑

若狭姫神社

在の本堂の下に、旧国分寺の金堂の礎石が発掘された。本堂は、鎌倉時代の作である釈迦如来像が安置され、釈迦堂とも呼ばれる。境内や周辺の農地から塔跡、中門跡、講堂跡等が確認され、寺域はおよそ二町（二百メートル余り）四方と推定されている。

国道二十七号線の、先に国分寺に向かって左折した交差点の西六百メートル程から分岐する県道三十五号・久坂中ノ畑小浜線を南に向かってすぐ、県道の西手に若狭姫神社が、鬱蒼とした杉の林間に鎮座する。この神社は、さらに一・五キロメートルの若狭彦神社と一対で上下宮《じょうげぐう》と呼ばれ、若狭一宮である。

若狭彦神社（上社）の創建は和銅七年（七一五）、若狭姫神社（下社）は養老五年（七二一）に上社より分祀して建てられた。祭神は、上社が**彦火火出見尊**《ひこほほでみのみこと》、下社は**豊玉姫命**《とよたまひめのみこと》である。共々古色に満ち溢れ、かつ荘厳な雰囲気を醸し出している。

以上のように、後瀬山の麓の現・小浜市が若狭国の中心であった証は数多い。今回は立ち寄らなかったが、県道三十五号の東に並走する県道二十三号・小浜朽木高島線の道半ばに、大同元年（八〇六）に**坂上田村麻呂**が創建したとされる明通寺《みょうつうじ》もある。本堂、三重塔は十三世紀、鎌倉時代中期に復興されたもので、共に国宝に指定されている。機会あれば訪れたい古刹である。

古の国を治むる府跡あり　後瀬の山の麓の里に
後瀬山裾を巡りて一宮や　総社参りて史の深き識る
浜際に人魚の像の並び居り　古歌に詠まれし後瀬の浦の

若狭彦神社

四、雲浜《くものはま》〔濱〕（地図は前項参照）

小浜市の中心街の北で、南西からの南川、南からの多田川、東からの北川の三河川が東になって小浜湾に注ぐ。その河口に広がる、いや広がっていた浜が雲浜である。北川の右岸には雲浜の町名が残り、南川の右岸の小学校は雲浜小学校である。これほど明確に現在まで地名が引き継がれてはいるが、その景色には古の面影は全く無い。海浜にはコンクリートの波消用のテトラポットが延々と置かれ、まったく無機質な景観であり、所々に残る広くない砂浜に昔日を偲ぶのみである。

雲浜海岸

戦国時代には、攻めるに難く守るに易い山城であった後瀬山城が、徳川の太平の世になって治世の拠点としては不向きとなり、小浜城が建てられたことは前項で述べた。その小浜城が築かれたのがこの地である。雲浜《うんぴん》城とも称され、歌枕「雲浜」が此処であることの今一つの証である。

慶長六年（一六〇一）に時の藩主・京極高次によって着工され、その京極家が寛永十一年（一六三四）に旧領の出雲・隠岐二カ国に加増転封した後、入封した酒井家によって同十九年（一六四二）に完成した。その後酒井家の治世のもとで明治維新を迎えたが、明治四年（一八七一）に設置工事が行われていた大阪鎮台第一分営の出火で天守を除く大部分が焼失、その天守も同七年（一八七四）に売却撤去された。現在は本丸外周の石垣と、県立若狭高校の正門に移築された藩校「順造館」の正門が残るの

小浜城天守閣跡

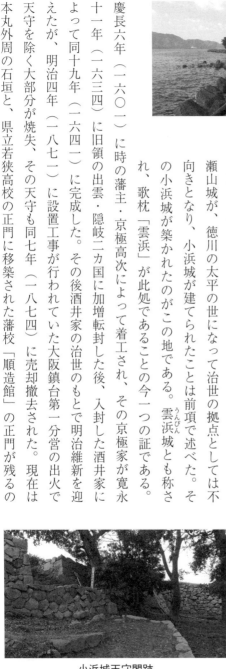

みである。本丸跡には、明治八年（一八七五）に旧藩臣らによって、藩祖・酒井忠勝を祀る小浜神社が建てられている。忠勝は徳川二代秀忠、三代家光、四代家綱の三代に仕え、寛永十五年（一六三八）からは十八年間大老職を務めた。寛文二年（一六六二）七十六歳で没した。

『解体新書』の翻訳や『蘭学事始』の著作で知られる**杉田玄白**は、ここ小浜藩の藩医の家に享保十八年（一七三三）に生まれた。その偉業を顕彰するため、公立小浜病院内に関連の品を展示し、その名を冠した「杉田玄白コーナー」があると言う。

さらに時代は下るが、明治の後期に**与謝野鉄幹**、**同晶子**と活動を共にした**山川登美子**も小浜市の出身で、明治十二年（一八七九）に生まれ、病により同四十二年（一九〇九）生家にて二十九歳の命を終えた。現在生家は記念館として開放されているとのことである。

以上、歌枕「雲浜」の周辺の史跡を紹介したが、何れも古歌の時代とは異なる近世以降のものになってしまった。浜はともかくとして、この近隣は小浜城築城以後に発展した地域と思われ、それ故古い時代を物語る事物に遭遇し得なかったと勝手に合点した。

なお、「雲浜」が詠まれた歌は、『懐中抄』を出典とする「はるか《〔遥〕》にもおも《〔思〕》ほゆる哉雲浜のあま《〔天〕》の河原の行《ゆく》や通へる」が、『名寄』、『松葉』に収載されるのみである。

町名も小学校も雲浜　歌の枕を称え遺せり
堤防や波消しブロック連なりて　古き風情の雲浜に無し
雲浜に城跡のあり徳川の　世を支えたる名家の居りし

小浜神社社殿

拝殿正面

五、三方《みかた》〔形〕〈ノ〉《の》海《うみ》（併せて同海の濱、同浦、同原）

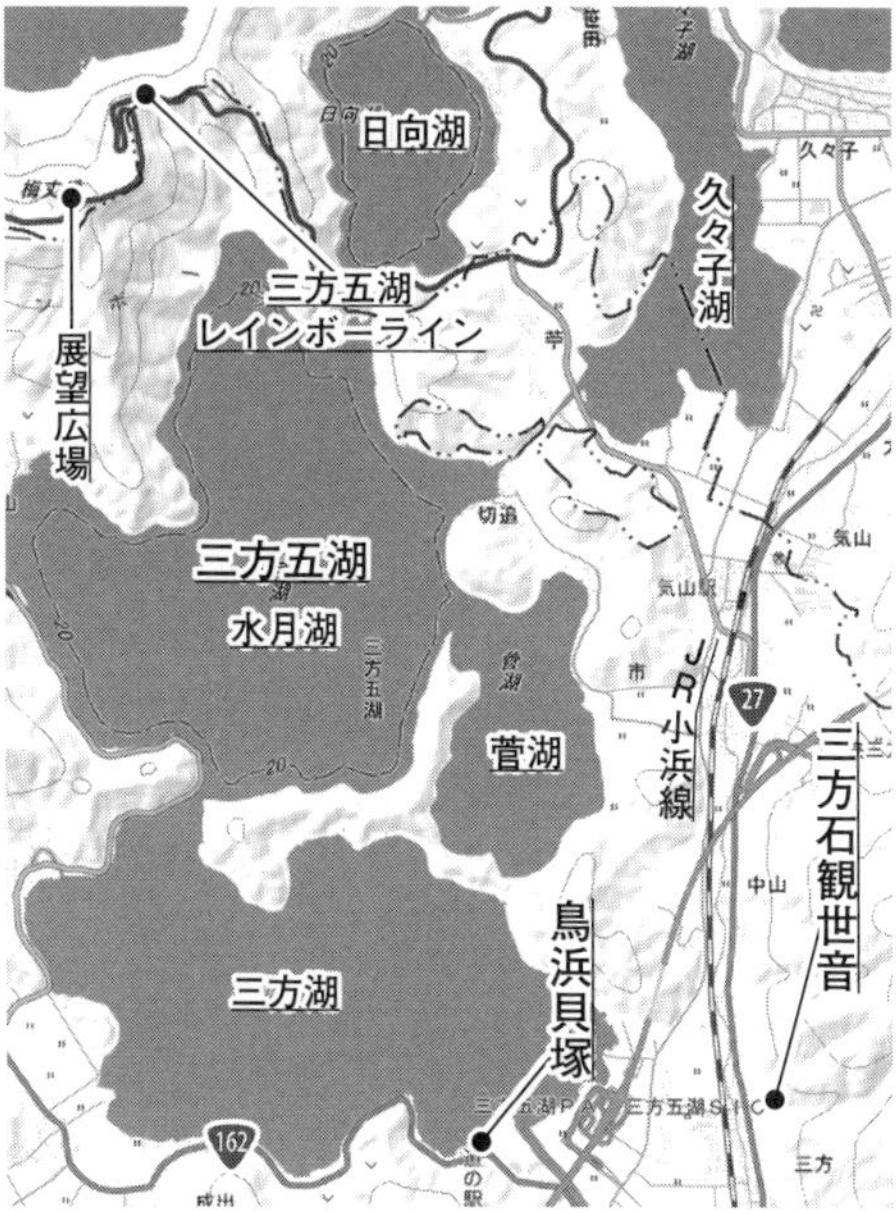

三方五湖

『万葉集』巻第七には「羇旅にして作る」歌九十首が、畿内―東海道―東山道―北陸道―（山陰道）―山陽道―南海道の順に並ぶが、その北陸道に載せられる唯一の歌が「若狭なる三方の海の浜清み　い行き帰らひ見れど飽かぬかも」で、『能因』、『名寄』、『松葉』に収められる。四句目の「い」は強意の接頭語、「ひ」は平安時代以降は使われなくなった継続の助動詞「ふ」の連用形で、「幾度も幾度も行き来して」の意であろう。

福井県の代表的な景勝地として良く知られているのが、若狭町と美浜町に跨る、三方湖、菅湖、水月湖、日向湖《ひるが》、久々子湖《くぐし》から成る三方五湖で、表記の歌枕である。国指定の名勝で、平成十七年（二〇〇五）にはラムサール条約指定湿地に登録されている。五湖は自然に、あるいは人工で繋がるが、日向湖と水月湖の間に水門を設けたことでそれぞれの水質が安定し、若狭湾に通じている日向湖は

三方湖↓

梅丈岳付近の展望広場からの三方五湖
（残念ながら三方湖は枠外）

展望広場の万葉歌碑

鳥浜貝塚集落跡

若狭三方縄文博物館

海水湖、最も奥にある三方湖は淡水湖、他の三湖は汽水湖で、各々の生態系が維持されて来た。

　水月湖の西岸と日向湖・久々子湖の北岸付近の間を、全長十一・五キロメートルの「三方五湖レインボーライン」が通う。道中、標高四百メートル余の梅丈岳《ばいじょう》山麓付近の展望広場の駐車場の一角には、冒頭の万葉歌の歌碑が据えられる。駐車場の奥からは、リフト、あるいはケーブルカーが山頂公園に通じている。公園展望台からは三百六十度の絶景を望むことができ、まさに万葉歌の「見れど飽かぬ」である。足湯施設やカフェなどもあり、恋人の聖地としてカップルに人気のスポットである。

　この地方は、はるか縄文草創期から人々の営みがあった地で、三方湖南東岸では、今から二千〜五千年前の集落遺跡である鳥浜貝塚が発見された（地下三〜五メートル）。昭和三十七年（一九六二）以降、住居跡や丸木舟のほか多くの遺物が発掘され、隣接する平成十二年（二〇〇〇）開館の、若狭三方縄文博物館に収められている。

　博物館前の国道百六十二号線を東に向かい、ＪＲ小浜線を越えて接続す

本堂

お手足堂

三方石観世音

本堂裏に喰いこむ石

参道脇の万葉歌碑

る国道二十七号線を北に七百メートル余り、石観音の交差点を右折すると三方石観世音が林間に建つ。

およそ千二百年前、**弘法大師**が諸国行脚の途にこの地に入山し、不動岩に観世音菩薩像を彫ったが、夜明けを告げる鳥の声で右手首より先をわずか未完成のまま下山したとの伝えが残る。それ故「片手観音」とも呼ばれ、手足の不自由な人にご利益があるとされ、多くの参拝客があるという。本堂右手のお手足堂には、そんな祈願者が奉納した木彫りの手型、足型が所狭しと供えられている。なおこの本尊は秘仏で、三十三年に一度開帳されるのみである。本堂の裏手に回ると、大きな岩が堂の背面に食い込んでいる。観世音菩薩像が彫りこまれた岩の後背部であろうと推察した。

なお、境内に通じる林間の参道脇には、やはり冒頭の万葉歌が刻まれた歌碑が置かれている。

三方の海取り巻く山並通ふ道　五湖と日本海眺めつつ行く
古の営みの跡遺り居り　三方の海の浜の辺りに
歌碑求め三方の海に近き寺　参りて識れり空海の縁

若狭国歌枕歌一覧（名所の数字は各歌枕集収載ページ）

青羽山

名所歌枕（伝能因法師撰）

青羽山（三一〇）

秌の露はうつしなりけり水鳥の
青はの山の色付みれは〔万葉〕（三原王）

雪消ぬ青羽の山の青つゝら
春はくれとも猶寒きかな〔夫木〕（忠房）

謌枕名寄

青羽山（九六〇）

ときはなるあをはの山も秋くれは
色こそ見えねさひしかりけり〔千〕

たちよれはすゝしかりけり水とりの
青羽の山のまつのゆふかせ（式部大輔光範）

たつねはやあをはの山のをそさくら
花ののこるか春のとまるか〔続古〕（太上天皇）

水鳥のあをはのやまも神無月
時雨もあへす色かはりゆく（仲実）

しら露はうつしなりけり水とりの
青羽の山の色つくみれは〔万八〕

類字名所和歌集

青羽山（三四八）

常盤成青羽の山も秋くれは
色こそかへねさひしかりけり〔千載〕（前大僧正覚忠）

立よれは涼しかりけり水鳥の
青羽の山の松のゆふかせ〔新古今〕（式部太《ママ》輔光範）

尋はや青羽の山のをそさくら
花の残るか春のとまるか〔続古今〕（太上天皇）

水とりの青羽の山の名のみして
露霜をけは色付にけり〔続後拾遺〕（読人不知）

薄くもる青羽の山のあさ明に
降としもなき雨そゝく也〔風雅〕（権大納言公宗）

思そめし色はかはらし水鳥の
青羽のやまは猶しくる共〔新続古今〕（兵部卿隆親）

増補松葉名所和歌集

青羽山（五四五）

ときはなる青はの山も秋くれは
色こそかへねさひしかりけり〔千載〕（前大僧正覚忠）

立よれはすゝしかりけり水鳥の
青羽の山のまつの夕くれ〔新古〕（光範）

尋ねはや青羽の山のおそ桜
花ののこるか春のとまるか〔續古〕（太上天皇）

秋の露はうつしなりけり水鳥の
青羽の山の色つく見れは〔万八〕（三原王）

雪消ぬ青はの山の青つゝら
春はくれともなほさむきかな〔堀後百〕（忠房）

水鳥の青羽の山は名のみして
露霜おけは色付にけり〔續後拾〕

薄くもる青はの山の朝あけに
ふるとしもなき雨そゝく也〔風雅〕（公宗）

思ひそめし色はからし水鳥の
青羽の山は猶時雨るとも〔新續古〕（隆親）

青羽山
まかも色のあをはの山も秋くれは 露のうつしに紅葉しにけり 〔堀百〕（仲実） ちり残る青羽のやまのさくら花 風よりのちをたつねさりせは （通具） なかはちる花の木すゑをなかむれは あをはの山の雪のむらきえ 〔千五百〕（有家）
夏あさき青羽のやまの朝朗 花にかほりし春そ忘れぬ 〔新拾遺〕（贈従三位為子）
霜氷春立からに水鳥の 青羽の山もいろはわくらん 〔雪玉〕（逍遥院） 散にけり花の古巣は木かくれて 青葉の山にまよふうくひす 〔夫木〕（後一条関白） 波のあやも色そふ雨に水鳥の 青羽の山の春のひとしほ 〔新類〕（実隆） をしなへて夏は青葉の山さくら 花にそ色もまかはさりける 〔玉吟〕（家隆） 水鳥の青羽の山の夏木立 うきねに帰る花をこそおもへ 〔夫木〕（良教） ほとゝきす青はの山に帰るとも 花のみやこをおもひわするな 〔夫木〕（匡房） 真鴨〈色〉の青羽の山も秋くれは 露の雫に下紅葉せり 〔堀後百〕（仲実）

	安土山	後瀬山（併せて同ノ浦）
名所歌枕（伝能因法師撰）		後瀬山（三〇九） とにかくに人はいふとも若狭路の のち瀬の山の後もあはん君 〔新拾遺〕（坂上大嬢） 後瀬山後も逢むと思ふにそ しぬへき物をけふまてもあれ 〔新拾遺〕（大伴家持） 雲晴る後せの山の桜花 もとより外の物とやは見る 〔名寄〕（光俊）
謌枕名寄		後瀬山（九五九） とにかくに人はいへともわかさ路の のちせの山ののちもあはん君 〔万四〕（坂上大嬢） 後瀬山のちもあはんと思ふこそ しぬへきものをけふまてもあれ （家持） 右二首贈答 空はるゝのちせの山のさくらはな もとより外の物とやは見る けさの間にふりこそかはれ時雨つる 後せの山の峯のしらゆき （侍従百世） こひしなん後せの山のみねの雲 消なはよそにあはれとも見よ （読人不知） うつろはむ物とや人のちきらまし のち瀬の山のあきの夕露 （知家） あひみての後せのやまの後もなと かよはぬ道のくるしかるらむ （良覚） 時すくるしゐのさえたもみえわかす 後せのやまにつもるしらゆき （摂政太政大臣） 又もこん春をそちきるわかさちの のちせの山の藤のしたかけ 〔現六〕（祝部成茂）
類字名所和歌集		後瀬山（二四〇） とにかくに人はいへ共若さちの 後せの山の後も逢ん君 〔新拾遺〕（坂上大嬢） 後せ山後もあはむと思ふにそ しぬへき物をけふ迄もあれ 〔新拾遺〕（家持） 今朝のまにふりこそ替れ時雨つる 後瀬の山の岑の白雪 〔新後撰〕（侍従公世） 恋しなん後せの山の峯の雲 きえなはよそに哀ともみよ 〔新後撰〕（読人不知） うつろはん物とや人に契置し 後瀬の山の秋のゆふ露 〔続拾遺〕（正三位知家） あひ見てし後せの山の後もなと 通はぬ道の苦しかる覧 〔新後撰〕（前大僧正良覚）
増補松葉名所和歌集	安土山（五四五） 春の夜の月ゆみはりになる時は あつちの山にいるは見ゆらん 〔夫木〕	後瀬山（三七九） かにかくに人はいふともわかさ路の 後せの山の後もあはん君 〔万〕（坂上大嬢） 雲はるゝのちせの山のさくら花 もとより外の物とやは見る 〔方与〕（光俊） 今朝の間に降こそかはれ時雨つる 後瀬の山の嶺の白雪 〔新後撰〕（公世） 恋しなんのちせの山の峰のくも きえなはよそにあかれとも見よ 〔新後撰〕 時過る椎のさえたも見えわかす のちせの山につもる白ゆき 〔現六〕（摂政） 又もこん春をそ契るわかさちの 後瀬の山の藤の下かけ 〔現六〕（成範）

後瀬山（併せて同ノ浦）	雲浜〔濱〕
のちせのうらにかつきする あまのあまたの見るめにおもは、 からぬ間のはなかつみ　（俊頼） ふみそめてさへにそまよふ若狭路の のちせの山の峯のしゐしは　（家隆）	**雲浜**（九六二） はるかにもおほ、ゆるかな雲のはま あまのかはらにゆきやかよへる 〔懐中〕
こえなれし跡共みえす立かへり つらき後せの山のはの雲 〔続千載〕（法印定為） みな人の心の月のはれやらて まよふ後せの山のはの空 〔新後拾遺〕（覚深法師）	
後瀬ノ浦（三八一） 八雲たつ出雲八重垣かきつめて 後瀬のうらにかつきする 蜑のあまたのみるめにも は、からぬまの花かつみ 〔夫木〕（俊頼） **後瀬山**（三七九） 時鳥鳴てのちせの山も猶 ねられぬ空に在明のつき 〔夫木〕（基良） ともしする後瀬の山のさつきやみ おのれ火串のむくひかなしき 〔夫木〕（長明） やとれ月衣手をもし旅枕 たつやのちせの山のしつくに 〔愚草〕（定家） 千世まても葉かへぬ色をたのむ哉 後せの山の嶺の椎柴 〔夫木〕（家隆） ありしよの後瀬の山やもとの身に しらぬなけきもしけりそふらん 〔百首〕（為綱）	**雲濱**（四二七） はるかにもおもほゆる哉雲はまの あまの河原の行や通へる 〔懐中〕

三方〔形〕〈ノ〉海（併せて同海の濱、同浦、同原）

名所歌枕（伝能因法師撰）

三方海（三一〇）
わかさなるみかたの海の浜清み
いゆきかへらひ見れとあかぬかも
〔万葉七〕（よみ人しらす）

謌枕名寄

三形海（九六一）
わかさなるみかたのうみの
〔万七〕
をのつからきたにはのこれ夜はの雲
月はみかたのうみもさやけし
〔新勅〕（前内大臣基）

三形浦（九六一）
夕月夜みかたの浦の入ましに
雲すはへしてうらもすゝけぬ
（俊頼）

三形原（九六二）
こひしくはみかたのはらの出てみむ
またあさかほの花はさくやと
〔六帖〕

類字名所和歌集

増補松葉名所和歌集

三方ノ海（六六九）
わかさなるみかたの海の濱清み
いゆきかへらひ見れとあかぬかも
〔万七〕
（「三方ノ海の濱」に重載―筆者注）
おほかたのみかたの海の名もつらし
こゝろをわけて月をみるにも
〔玉吟〕（家隆）
うれしさをみかたの海の波なれは
しつかにそ思ふあけのそほ舟
〔家集〕（寂蓮）

三方ノ海の濱（六七二）
わかさなるみかたの海の濱清み
いゆきかへらひ見れとあかぬかも
〔万七〕
（「三方ノ海」に重載―筆者注）

三方原（六六七）
恋しくはみかたか原に出て見よ
また朝貌の花はさくやと
〔六帖〕（山上憶良）

福井県　越前編

福井県の敦賀市以東は越前国であった。**大化改新**以前の古代は、この地から北、山形県庄内地方に至るまでが越国《こしのくに》（高志国と表記したともされる）一国であったが、七世紀末に越前、越中、越後の三国に分割されたと推定されている。当時の越前国は、現在の石川県をも含んでいたが、養老二年（七一八）能登国が、弘仁十四年（八二三）に加賀国が分立して国域が確定した。北陸道で唯一の大国であった（加賀、越中、越後は上国、若狭、能登は中国―巻末「おわりに」に略記―）。

南西部の敦賀は京と日本海側を結ぶ地で、古代より往来が盛んであり、一方、北部の福井市、坂井市、あわら市方面は、九頭竜《くずりゅう》、日野、足羽《あすわ》の三河川によって造られた広大な平野が開け、奈良時代の東大寺、中世以降の興福寺等の荘園が置かれたという。

第二十六代**継体天皇**はこの地から大和に迎えられたとのこと、また、**志貴皇子**（**天智天皇**第七皇子）の母・越道君伊羅都売《こしのみちのきみのいらつめ》（あるいは単に道伊羅都売）の出身もここという。歴代国司の中には、**紫式部**の父・藤原為時が長徳二年（九九六）から長保三年（一〇〇一）にかけて赴任しており、彼女も二年間この地に滞在した。

室町時代は主に斯波氏、戦国時代の約百年は朝倉氏の支配するところとなったが、天正元年（一五七三）に織田信長に敗れ、柴田勝家が領有した。その勝家も

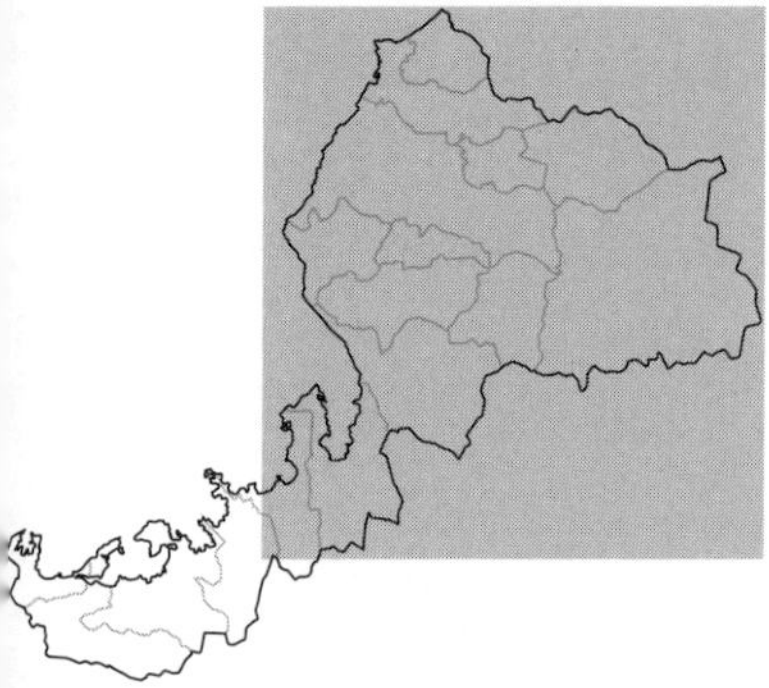

同十一年（一五八三）、賤ケ岳の戦いで豊臣秀吉に敗れ、秀吉の天下統一の大きな節目となったことは衆知のことである。

江戸期は、徳川家康の次男・結城秀康が福井藩主となり幕末まで続くが、丸岡藩、鯖江藩、大野藩等々や、幕府領、旗本領が置かれ、越前一国支配とはならなかった。

明治四年（一八七一）の廃藩置県では福井県となり、後に足羽県と改称、明治六年（一八七三）敦賀県を編入、同九年（一八七六）に一旦石川県と滋賀県に分割編入され、同十四年（一八八一）に福井県として再設置され、現在に至っている。

国府、国分寺は現在の越前市にあったとされ、歌枕の地もその周辺に多くが点在している。

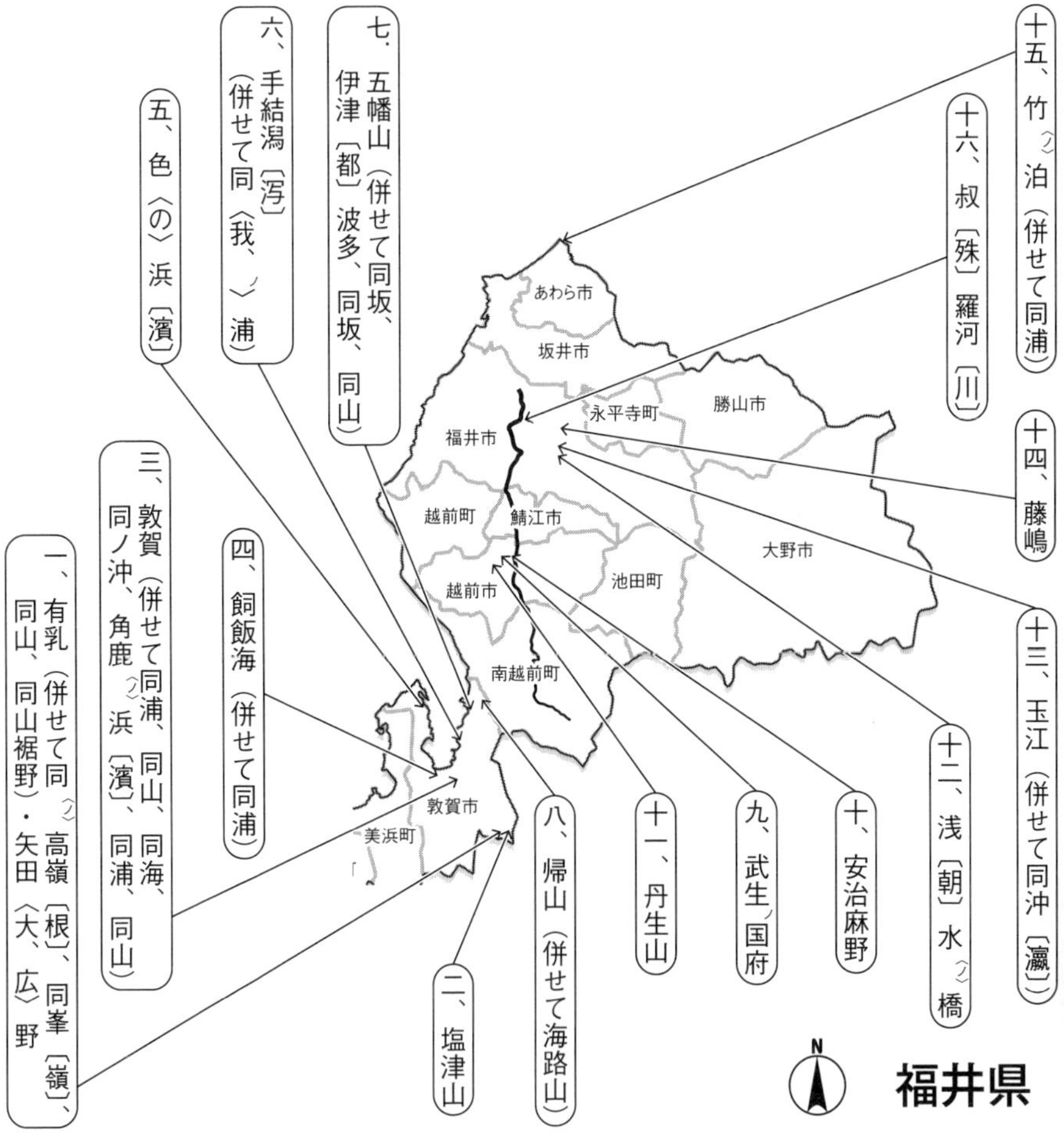

一、有乳《あらち》（併せて同〈ノ〉高嶺〔根〕、同峯〔嶺〕、同山、同山裾野）・矢田〈大、広〉野

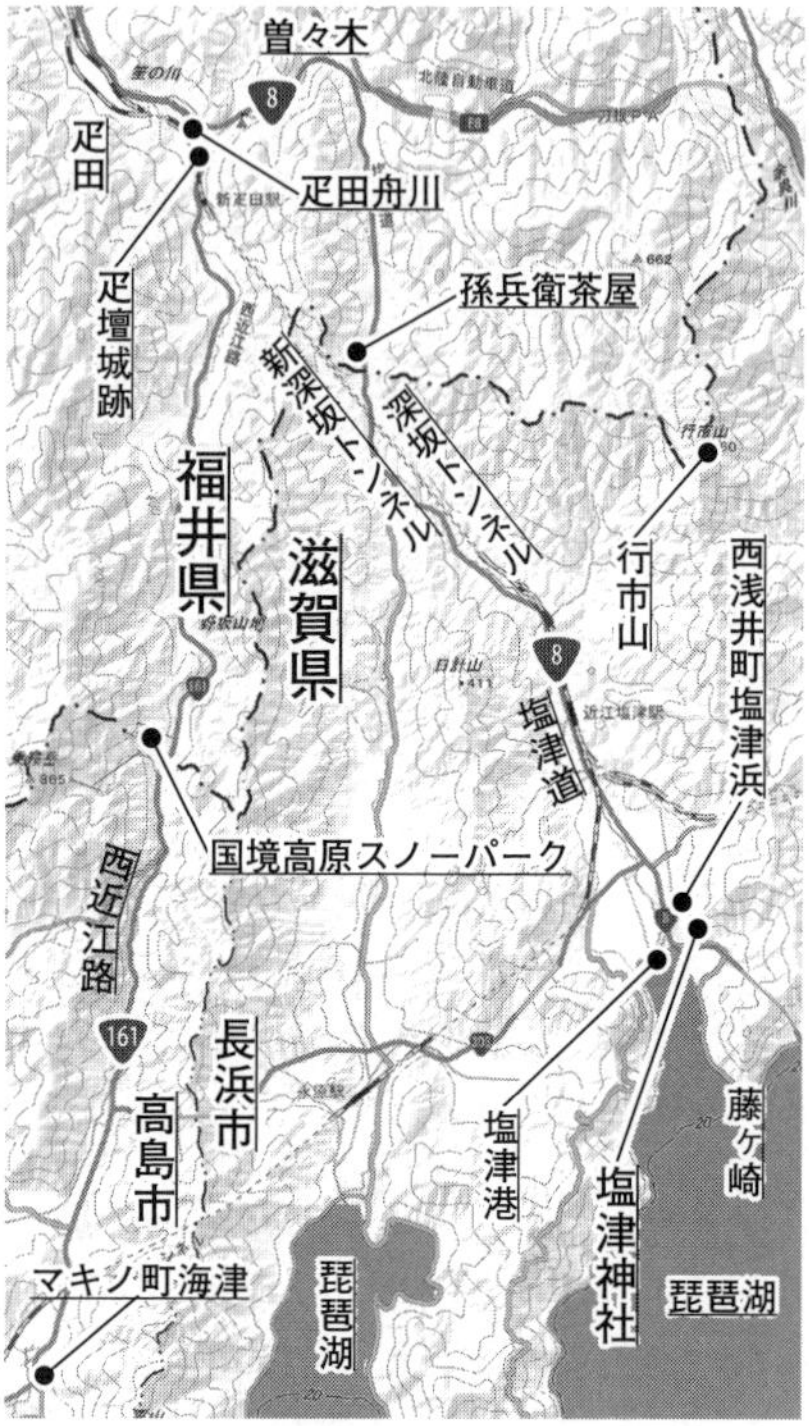

琵琶湖北岸塩津町付近

敦賀と京の間には、古代より往来があったことは編頭で述べた。敦賀から南下し、近江国（滋賀県）との国境を越えて琵琶湖岸に出る。そこからは、琵琶湖の東岸、あるいは西岸を経る陸路と、直接南岸を目指す水運があった。国境を超えるには東、西の経路があるが、その西の経路は古代の北陸道で、概ね現在の国道百六十一号線（通称は西近江路）と重なる。琵琶湖岸の、現在の滋賀県高島市マキノ町海津地区は、湖上交通の要衝であり、特に江戸時代初期には北国からの荷が通過し、あたかも宿場町の如き賑わいを見せたという。

西近江路は海津からほぼ直線的に北上するが、それに沿う滋賀との県境から北の福井側の山地の古称が、歌枕として多くの歌人に詠まれた有乳山（愛発山とも表記する）である。**勅撰和歌集**に収められた歌枕歌を集めた『類字』〔付〕に二十首が載るほどである。『**新古今和歌集**』から**柿本人麻呂**の、「矢田の野に浅茅色つくあらち山　嶺の淡雪寒くそ《ぞ》有

滋賀県高島市マキノ町海津の琵琶湖岸

敦賀市疋田から見た有乳の山並

国境高原スノーパーク

らし」や、『**新後撰和歌集**』から**宗尊親王**の、「有乳山裾野の浅茅枯しより　嶺には雪のふ《降》らぬ日もなし」等々である。

県境には、「国境高原スノーパーク」のゲレンデが国道から望める距離にあり、その手軽さから女性や家族連れに人気があるという。

国道を北に下って八キロメートルほどで敦賀市疋田《ひきだ》に出る。国道八号線との交差点の少し手前、左手に分かれる小道の左手に、文明年間（一四六九〜八七）に朝倉家家臣の疋壇《ひきだ》久保が築城した疋壇城跡がある。天正元年（一五七三）に朝倉義景が織田信長に滅ぼされたきっかけの戦いの場となった城である。現在、城跡とその周辺は大部分が畑地になっているが、石垣や堀の跡を認めることが出来、また近辺には、城（本丸跡）、南城（南郭跡）、小丸（東郭跡）、馬場、大倉大門等の、城に纏わる字名が残っている。

またこの街道筋には、東海道の伊勢国鈴鹿関（現在の三重県亀山市）、東山道の美濃国不破関（岐阜県不破郡関ケ原町）と並んで三関と称された愛発関が置かれていた。**天智天皇**が六百六十七年に遷都した大津宮の防衛を目的としていたという。その設置場所についてはいくつか候補があるが、ここ疋田にあったとする説が有力である。ただし跡地は確定していない。先述した如く、敦賀から琵琶湖に向かうには二経路あったが、その東西の街道がここ疋田の

疋壇城跡登り口

南で分岐する故、まさに交通・軍事の要地であり、関の設けられたのも納得できる。

ところで、先に挙げた**柿本人麻呂の**歌枕歌の初句に詠まれる「矢田の野」につき、解説をしておかねばならない。「矢田野」は、これも多くの歌人が詠んだ歌枕である。『類字』にも十六首が収載され、さらにそのうち、「有乳」共々読まれた歌が十一首にも及ぶのである。間違いなくここ越前国の歌枕、それも「有乳山」と切り離すことの出来ない歌枕である。しかし、西近江路の周辺の地図を探しても、それらしき地名は見当たらない。止む無く未勘としての項立てを考えたが、『角川日本地名大辞典』には、「八〔矢〕田の野は現在の奈良県大和郡山市矢田町付近に比定するのが一般的である。しかし、平安期以降は敦賀市の愛発山付近に誤解され、越前の歌枕として定着する」と解説される。これを拠り所として、具体的な記述抜きで本項に並べることとした。

夏に超ゆる有乳の山のゲレンデに　動かぬリフト陽照り返し居り
有乳山の麓に関跡在ると聞く　要路交はり故を識りたり
歌枕の矢田野訪ひかね無念なり　有乳山辺に有りとは聞けど

二、塩津山《しおつやま》（地図は前項参照）

前項で、敦賀から琵琶湖に向けて国境を超えるに、東西の二経路があると述べた。その東の経路が琵琶湖に至る地は、現在の滋賀県長浜市西浅井町塩津浜である。古くより琵琶湖水運の要地として栄えて来た。そこから北へ国境に向かって塩津道（現・国道八号線、別名・塩津街道）が通う。琵琶湖の最北端である塩津港の二百メートルほど

塩津山の山並

ＪＲ北陸本線の
向う側　深坂トンネル
手前側　新深坂トンネル

塩津神社

東、国道八号線の北（山側）に、湖に向かって塩津神社が鎮座する。神社のごく近くには、塩水の湧き出る池があったとのこと、上代から里人によって製塩が行われていたという。それ故の神社であると考えられ、祭神が**塩土老翁**《しおつちのおじ》であることも頷ける。また、地名の由来であろうことも想像に難くない。なおその池は、その後の大地震で消失した。

この塩津街道の東に沿う、北は行市山《ぎょういちやま》、南は塩津の東の藤ヶ崎の間、七キロメートル余の山地を塩津山と総称する。この「塩津山」を詠み込んだ歌は、**『風雅和歌集』**に載る**笠金村**の「塩津山打《うち》こえくれは《ば》我のれる　駒そ《ぞ》爪（躓）つく家恋《こう》らしも」が『類字』、『松葉』に、**『続古今和歌集』**から**紫式部**の「知《しり》ぬらんゆきゝ（行き来）に馴《なれ》て塩津山　世にふる（旧）道はから（辛）き物そ《ぞ》と」が『類字』に収められるほか、二首を数える。

さて塩津街道は、滋賀県長浜市西浅井町沓掛と福井県敦賀市新道《しんどう》の間の峠を超す。蛇足ではあるが、この峠の地下を昭和三十二年（一九五七）に開通した北陸本線の新線が通り、全長五千百七十メートルの深坂トンネルが貫いている。街道の峠を越えた敦賀市側の国道沿いに、古民家を利用したお蕎麦屋さんの「孫兵衛茶屋」がある。蕎麦の味も絶品であるが、文学的にも立ち寄るべき地である。国道の反

孫兵衛茶屋

芭蕉句碑

対側、古民家の所有者である西村家の南側の野趣溢れる庭園には、**松尾芭蕉**の「松風の落ち葉か水の音すゝし」の句碑が建つのである。**松尾芭蕉**が『**奥の細道**』の旅の途でこの地を通過して大垣に向かったのは、元禄二年（一六八九）八月二十日頃（陰暦）とされる。

街道は峠を越えて北上し、曽々木で西に向きを変え、二キロメートルほどの疋田で前項に述べた西近江路と合流する。

疋田は、近江に抜ける東西両街道の分岐点であるからして、物流の上でも重要な地であり、峠を削岩して琵琶湖まで水路を通す計画が古くからあった。彼の平清盛も試案したという。時代は下って文化十三年（一八一六）、琵琶湖疏水計画が幕府や藩によって具体化され、疋田から北、小屋《こやの》川に至る幅二・七メートル、全長六キロメートルの疋田舟川が完成した。疋田より南は牛車で琵琶湖岸まで運ばれたという。さらに時代が下ると、北前船による日本海側の各地と京、大阪を結ぶ海路に主役を譲り、約二十年間で使用されなくなった。その舟川の跡が町内に六百メートルにわたって保存され、「愛発舟川の里展示室」には、当時の川舟の模型が展示される。

北近江塩津の山の名を受けし　浜広がりて社も建ち居り
塩津山超ゆる峠に茶屋の在り　蕉翁の句碑眺めつつ蕎麦食む
古に川引き通し栄えたり　塩津の山の麓の街に

疋田舟川

舟川の船溜跡

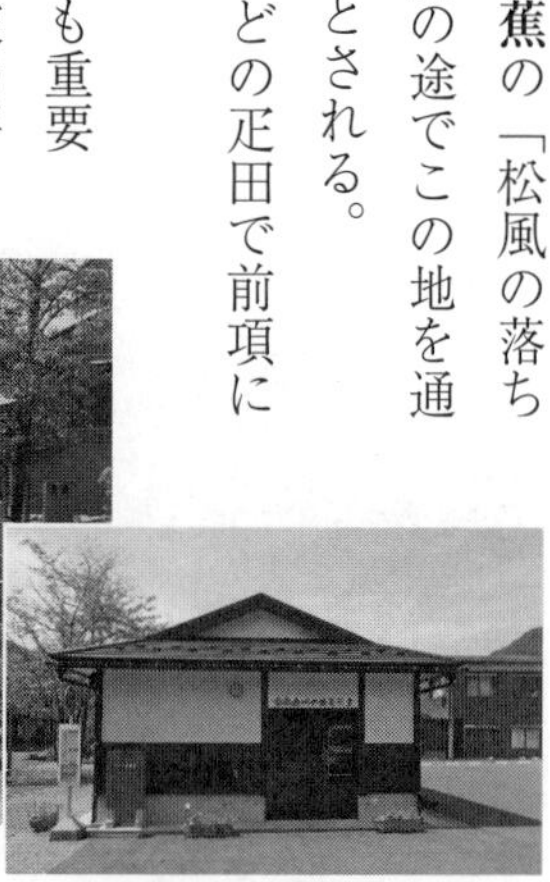
愛発舟川の里展示室

三、敦賀《つるが》（併せて同浦、同山、同海、同ノ沖、角鹿〈ノ〉浜〔濱〕、同浦、同山）

『**後撰和歌集**』に「我をのみ思ひつるがの越ならば　かへるの山は惑はざらまし」が載り、『名寄』、『類字』、『松葉』に収められる。詠者は不明である。「かへるの山」は、これも越前国の歌枕であり、本編八に改めて項立てしてある。また、『**万葉集**』巻第三の**笠金村**の長歌「越の海の角鹿の浜ゆ大船に　真楫貫きおろしいさなとり……」が、歌枕「角鹿〈ノ〉浜〔濱〕」の歌として、『能因』、『名寄』、『松葉』に収載される。「角鹿」は敦賀の古称で、『**日本書紀**』**垂仁天皇**の条に、「額《ぬか》に角有《お》ひたる人、一《ひとつ》の船に乗りて、越國《こしのくに》の笥飯《けひの》浦に泊れり。故《かれ》、其處を號《なづ》けて角鹿と曰《い》ふ」と、その謂れが述べられる。大宝元年（七〇一）に制定された律令において「敦賀」と改称された。

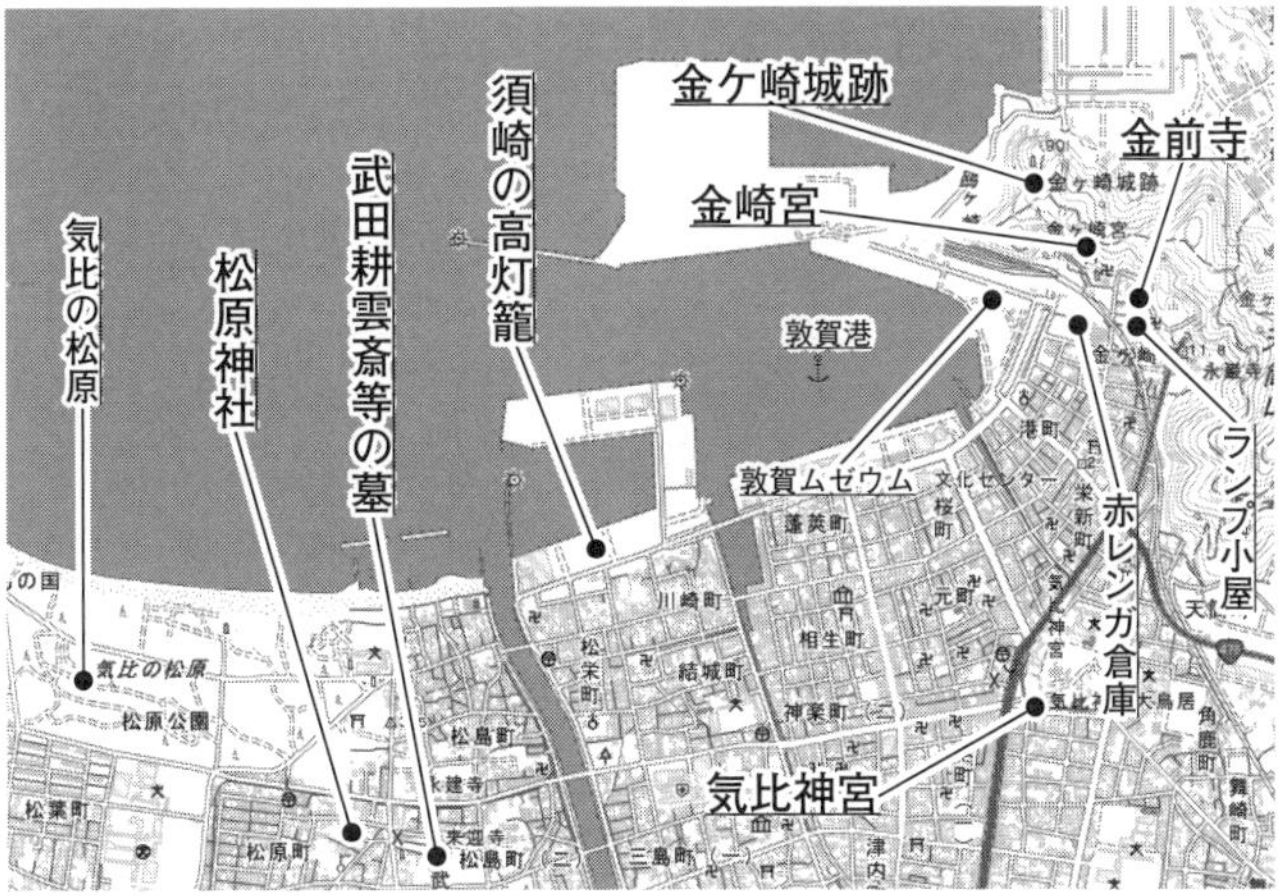

敦賀市街

　敦賀は、古来から畿内と北陸を結ぶ要地であり、また**渤海**使節を接待する客館が置かれる等、大陸との往来にも重きをなした。明治期に入っても、三十五年（一九〇二）にはロシアのウラジオストックとの間に定期航路が開設され、また現在

赤レンガ倉庫

でも大韓民国行きのコンテナ船が通うなど日本海側の海運の要港である。その敦賀港の東側には、明治三十八年（一九〇五）に建てられた「赤レンガ倉庫」が二棟並んでいて、外観はもちろん、食事処等の内部にも往時の雰囲気を感じることが出来る。

また隣り合う広場には、白壁の洋館が建つ。

十八世紀末にロシア、ドイツ（プロイセン）、オーストリア等の列強により国土分割されたポーランド国民は、ロシア領内で独立運動を展開するも弾圧されてシベリアに流刑され、また第一次世界大戦では国土が戦場と化し、流民としてシベリアに移ったという。ただでさえ過酷な生活を余儀なくされた彼らを見舞ったのがロシア革命とその後の内戦で、多くの人々が餓死、病死、凍死で命を落とした。当時シベリアに出兵していた米、英、仏、伊、そして日本に孤児救済の要請をするも、それに応えたのはわが国だけであったという。大正九年（一九二〇）に三百七十五人、同十一年には三百九十人の孤児がここ敦賀を経由して東京、大阪の施設に収容された。（あるいは筆者のみかもしれぬが、次に記す「命のビザ」ほどは知られていない人道的史実と感じ、紙面を割いた。）

敦賀ムゼウム

また昭和十五年には、時のリトアニア・カウナスの領事代理であった杉原千畝《ちうね》が外務省の訓令に反して発給した「命のビザ」により、六千人とも八千人ともいわれるユダヤ人をナチスドイツの迫害から救い、シベリア経由で日本に逃れたユダヤ人の入国地がここ敦賀であった。

この二つの史実を顕彰するために平成二十年（二〇〇八）に建てられたのが、この「人道の港敦賀ムゼウム」である。

赤レンガ倉庫、敦賀ムゼウムと建てられた年代は異なるが、共に敦賀が要港であった歴史を象徴している。

金前寺本堂

芭蕉句碑

敦賀港の東に金ヶ崎と呼ばれる丘陵がある。その麓には、屋根が優美な真言宗金前寺《こんぜんじ》が建つ。天平八年（七三六）に**聖武天皇**の勅を奉じて**泰澄**《たいちょう》大師によって建立された。本堂の裏手には、**松尾芭蕉**が詠んだ「月いつく鐘は沈る海の底」の句碑がある。**『奥の細道』**の旅の途、この地の宿で、南北朝時代、足利軍に敗れた新田義貞の嫡子・義顕が海に沈めた陣鐘が、その後探索するも引き上げが叶わなかったとの故事を偲んでの句である。

その南朝方が拠り、**後醍醐天皇**の第一皇子・尊良《たかなが》親王をはじめ三百人余が敗死した金ケ崎城の跡が丘陵の中腹にあり、国の史跡に指定されている。また、元亀元年（一五七〇）、朝倉義景討伐の軍を起こした織田信長が浅井・朝倉に挟撃され、総退却の際に殿《しんがり》を務めた木下藤吉郎（後の豊臣秀吉）が防戦の地としたのもこの金ケ崎城である。城跡には、敦賀市民の請願によって明治二十六年（一八九三）に建立された金崎宮《かながさき》が鎮座する。尊良親王、ならびにここを脱出するも後に捕えられ、京で毒殺された、これも**後醍醐天皇**の皇子・恒良《つねなが》親王を祭神としている。

なお、金前寺から金崎宮に至る道の脇には、明治十五年（一八八二）建築の、列

金崎宮入口

金崎宮本殿

車の灯火に用いられるカンテラの燃料を保管したレンガ造りのランプ小屋が残されている。ここ敦賀の歴史を語る遺産の一つである。

古くより国の往き来の港なり　証す建屋の残る敦賀は
人権の美談語り継ぐ洋館の　白壁清し敦賀の海に
戦乱の史を伝ふる城址あり　敦賀の街と海を見下ろし

四、笥飯海《けいのうみ》（併せて同浦）（地図は前項参照）

気比神宮外拝殿

前項で引用した『**日本書紀**』**垂仁天皇**の記述にあった「笥飯浦」が、この歌枕の比定の拠り所である。現在の敦賀市の気比にあたる。「ケヒ」は古代の海上交通の渡来系の神で、往来のあったここ敦賀の地元神となり、さらに食物の神としても崇められるようになったという。気比の名称は至る所に用いられている。一例をあげれば、高校野球ファンならご存知であろうが、平成二十七年（二〇一五）春の選抜高等学校野球大会で北陸勢初の甲子園優勝校となったのが、敦賀気比高校である。

ランプ小屋

気比神宮大鳥居

ＪＲ敦賀駅のほぼ一・二キロメートル真北の、国道八号線の東に、奈良県の春日大社、広島県の厳島神社と並ぶ日本三大木造大鳥居が、参拝客を迎える。越前国一宮の気比神宮である。創建は大宝二年（七〇二）とも、さらに遡って**仲哀天皇**の御代とも言われる。約三ヘクタールの境内は、周囲を気比の杜が囲み、「亀の池」、「南の池」等の水辺もあり、その中に配される朱の社殿を際立たせている。

角鹿神社

松尾芭蕉は、元禄二年（一六八九）旧暦八月十四、十五日にここ敦賀に投宿し、十四日の夜、気比神宮に夜参りをして、「仲哀天皇の御廟也。社頭神さびて、松の木の間に月のもり入りたる、おまへの白砂霜を敷けるがごとし」と賛美し、宿の主人から白砂の謂れを聞き、「月清し遊行のもてる砂の上」と吟じた。大鳥居のある表参道口から参道を進むと、左手の回廊の奥に外拝殿を前面に内拝殿、本殿が鎮座する。そして右手、社務所の奥には、**松尾芭蕉**の立像と「なみだしくや遊行のもてる砂の露」の句碑、さらには平成八年（一九九六）に建てられた「芭蕉翁月五句の碑」が据えられている。

「なみだしくや…」の芭蕉句碑

芭蕉立像

芭蕉翁月五句の碑

参道を道なりに進んだ東の林間に、敦賀の古名・角鹿の発祥の源であると伝えられる角鹿《つぬが》神社が建ち、嘉永四年（一八五一）改築の流造銅板葺の社殿が落ち着いた姿を見せる。

気比神社の北西方向、旧笙《しょう》の川の河口付近の左岸、敦賀観光ホテルの前庭に、花崗

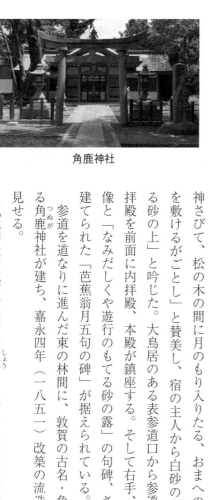

武田耕雲斎立像と墓所

松原神社

須崎の高灯籠

岩を積み上げた高さ約七・五メートルの「須崎の高灯籠」が遺されている。享和二年（一八〇二）に建てられた日本海側最古の石積み灯台で、前項で述べた敦賀の商業・交易の歴史を物語る遺産の一つである。

高灯籠の南四百メートルを東西に走る県道三十三号・佐田竹波《たけなみ》敦賀線で西に約一・五キロメートルほど、右手に海浜まで続く松林が広がる。赤松、黒松約一万七千本が生い茂り、静岡県の三保の松原、佐賀県の虹の松原（拙著既刊『歌人が巡る九州の歌枕―宮崎・鹿児島・熊本・佐賀・長崎の部―一三二頁）と並んで日本三大松原とされ、国の名勝地に指定されている。松原の東の一角の林間に、**高浜虚子**が昭和三十二年（一九五七）この地で詠んだ、「松原の続くかぎりの秋の晴」の句碑が据えられる。逝去の二年前、八十四歳の作である。

気比松原と虚子句碑

この地には、幕末の攘夷派と佐幕派の闘争の歴史がある。元治元年、水戸藩士・武田耕雲斎の一党が、勤皇攘夷の志を以って転戦しつつ上京し、十一月に加賀藩の軍門に下り、翌年、耕雲斎以下三百五十三名が斬首の刑に処せられた。明治に入って彼等の志が日の目を見、墓が建てられ、祀殿が築かれた。祇殿は、松原神社と称して大正四年（一九一五）に現在の社殿が造営され、県道三十三号の南の住宅街の一角に鎮座する。また耕雲斎の立像と墓所が市街路を挟んだ広場に建てられ、現状を保存すべく史跡に指定されている。

　この気比、即ち飼飯を詠み込んだ歌は、『能因』、『名寄』、『松葉』に二首の万葉歌が収められる。巻第三の「**柿本人麻呂**が羇旅の歌八首」の最後の歌、「笥飯の海の庭よくあらし刈薦《かりこも》の　乱れて出づ見ゆ海人《あま》の釣船（「庭」は漁場、「あらし」は「あるらし」の変化形）」と、巻第十二、詠者不明の「笥飯の浦に寄する白波しくしくに　妹が姿は思ほゆるかも（「しくしく」は「絶え間なく」の意の副詞）」である。実はこの二首がここ越前国の歌とは決め難い。『**万葉集**』の歌群の流れからは、兵庫県南あわじ市の慶野《けいの》を中心とする淡路島西岸とするのが一般的である。しかし越前国のこの地は、縷縷述べた如く、歌枕に相応しい起源と歴史を有して居り、手元の歌枕和歌集の収載を拠り所として、前項に続いて敦賀の景勝と歴史を紹介した。

緑濃く松の美林の続き居り　長き史ある飼飯の浦辺に

蕉翁も夜参りしたる気比大社　飼飯の浦近く千歳を越えて

飼飯の海の夜を照らせし高灯籠　敦賀の港の重き伝えて

淡路島の慶野松原

国民宿舎慶野松原荘の浜際に建つ「笥飯の海の……」の歌碑

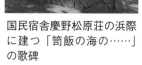

五、色〈の〉浜〔濱〕

敦賀半島東岸

気比の松原から県道三十三号・佐田竹波敦賀線を西に、そして北へと敦賀湾の西岸を巡ること五キロメートル余り、敦賀市縄間《のうま》で県道三十三号は左折して敦賀半島を横断するが、分岐してそのまま海岸沿いに北上する県道百四十一号・竹浦立石縄間線を六キロメートルほど進むと、敦賀市色浜の集落に出る。**松尾芭蕉**は、元禄二年（一六八九）旧暦八月十四日に気比神宮を夜参りした翌々日、この地を訪れている。やや長くなるが『**奥の細道**』の記述は以下である。

十六日、雲霽《は》れたれば、ますほの小貝ひろはんと、種《いろ》の濱に舟を走《は》す。海上七里あり。天屋何某と云ふもの、破籠《わりご》・小竹筒《ささえ》などこまやかにしたゝめさせ、僕《しもべ》あまたふねにとりのせて、追風時のまに吹着きぬ。濱はわづかなる海士《あま》の小家《こいへ》にて、侘しき法花寺《ほっけでら》あり。爰《ここ》に茶を飲み酒をあたゝめて、夕ぐれのさびしさ感に堪へたり。

寂しさや須磨にかちたる濱の秋

浪の間や小貝にまじる萩の塵

其の日のあらまし、等栽に筆をとらせて寺に残す

色の浜

本隆寺芭蕉句碑

記述中の「ますほの貝」が**芭蕉**を色の浜に駆り立てたのは広く知られるところで、**西行**の『**山家集**』に収められる「潮そむるますほの小貝拾ふとて　色の浜とは言ふにやあるらむ」に拠る。この歌を含め四首がこの地の歌枕歌として手許の歌枕和歌集に載る。「ますほの小貝」は薄紅色の小さな二枚貝で、今でも浜際を探せば見つけることが出来る。

浜はさほど広くはないが、きめの細かい美しい砂浜が続き、夏は海水浴場として賑わうという。また沖には無人の水島が浮かび、夏季には渡船が往復していて、浜遊び、磯遊びを楽しむことが出来る。

本隆寺本堂

県道と海岸の間に旧道が通うが、その道の辺に本隆寺が建つ。開創は詳らかではなく、一時は廃れていたが、応永三十三年（一四二六）に再興され、曹洞宗から法華宗に変わったという。**芭蕉**が投宿した「侘しき法花寺」とされている。境内には、先の「浪の間や……」、「小萩ちれますほの小貝小盃」、「衣着て小貝拾はんいろの月」の句碑が建てられている。

この浜に至る道中、県道百四十一号線が県道三十三号から分岐する縄間の北八百メートルほどに、大宝三年（七〇三）に**文武天皇**の勅命により、気比神宮

常宮神社本殿

常宮神社社門

西福寺御影堂

の境外摂社として建立された常宮《じょうぐう》神社が鎮座する。何れも千七百年代初頭再建の銅板葺、向唐破風《むこうからはふ》の屋根を持つ正面一間、側面二間、四脚の中門や、銅板葺（再建当時は檜皮葺）、向拝一間の前室付三間社流造の本殿など、小振りではあるが格調高い姿を見せる。

　敦賀半島の付け根、気比の松原の西方約一・八キロメートルに、北朝応安元年、南朝正平二十三年（一三六八）創建の西福《さいふく》寺が重厚な構えで建つ。境内正面の正面七間、側面六間、向拝三間、入母屋造桟瓦葺の御影堂は文化時代（一八〇四〜一七）の再建、左手の阿弥陀堂は五間四方、向拝一間、入母屋造桟瓦葺の方三間裳階《もこし》付で、さらに古く、文禄二年（一五九三）に朝倉氏の城下・越前一乗谷から移築したもので、何れも国の重要文化財に指定されている。また阿弥陀堂の奥には、江戸中期頃の作とされる四千七百平方メートルの庭園があり、国の名勝に指定されている。少し寄り道になるが、是非とも訪れたい名刹である。

西行と芭蕉の思ひ偲びつつ　色の浜にて小貝採れり

蕉翁の句碑並び居る寺庭にて　慣れぬ句吟ず色の浜眺め

色の浜目指す道の途名刹や　古社の建ち居り参りつつ行く

西福寺阿弥陀堂

西福寺庭園

六、手結潟《たゆひがた》〔浮〕（併せて同〈我、ノ〉浦）

三の敦賀の項で述べた金崎宮の建つ山腹を、国道八号線の金ヶ崎トンネルが貫く。そこから国道を北進すること一キロメートルほど、道脇に「手結が浦に海末通女潮焼くけふり手枕」と朱で彫り込まれた歌碑が立つ。

手結の海岸

国道沿いの歌碑

『**万葉集**』巻第三に、「角鹿の津にして船に乗る時に、**笠朝臣金村**が作る歌一首」の詞書と共に収められる長歌の一部である。刻まれた歌中の「海末通女」は「海未通女」の誤りとみられ、多くの解説書等には「海人娘子《あまをとめ》」と記される。この歌碑が建つ辺りが歌枕の「手結」で、現在は敦賀市田結《たい》を町名とする。歌に詠まれる如く、この地の製塩の歴史は古く、明治期に至るまで続けられたが、瀬戸内の製塩量の増大に押され、明治二十七年（一八九四）頃には廃業に至ったという。

　この地の海岸線は広い砂浜が続き、現在北は赤崎海水浴場、南は鞠山海水浴場として、夏季には大いに賑わう。南に位置する田結崎の南岸（現在の町名は

敦賀半島東岸

敦賀市鞠山）は敦賀港の最北となっていて、遠く苫小牧まで運行する外洋フェリーのターミナルとなっている。その岬の付け根には鞠山神社が鎮座する。

天和二年（一六八二）に小浜藩二代藩主の次男・酒井忠稠《ただしげ》が一万石で分領され、この地を鞠山と名付けて開藩した。以後歴代藩主は、明治三年（一八七〇）に小浜藩に合併するまで、小藩でありながら善政を布き、「君臣にして其の情父子の如く、領民を愛撫し、広く徳政を布かれし候」と慕われた。廃藩後三十余年後の明治三十八年（一九〇五）に、地区民や元藩士によって追慕のために建てられたのが、この鞠山神社である。社歴も短く、規模も小さいが、この地の近世史を語る神社である。

田結神社社殿

参道の石段

朱の鳥居

田結の山手の集落内にある田結神社は、村の社の雰囲気であるが、**延喜式**神名帳にも載る歴史がある。

また同じ集落には、慶長元年（一五九六）に開かれたとする浄土真宗本願寺派の興隆寺があり、こざっぱりした山門と、少し向きを変えて落ち着いた造りの屋根が特徴の本堂を見せて建つ。本堂は風雪対策であろうか、前面に半透明の囲いが巡らされ、遠景では堂内を窺うことは出来ない。

この地を歌枕とする歌は、冒頭に述べた**笠朝臣金村**の長歌の一部とその反歌「越の海の手結が浦を旅にして　見れば羨《とも》しみ大和偲びつ」、やはり『**万葉集**』の巻第十四の「たゆひがた塩みち渡る何処《いづ》ゆかも　かなしき背ろが我《わ》がり通はむ（たゆひ潟に潮が満ちている　どこを通って愛し

鞠山神社

いあの人が私のところにやって来るであろうか）」の三首が、『能因』、『名寄』、『松葉』に収められる。

なお三首目の「たゆひがた」に「多由比潟」を当てる解説書があり、ここ越前国とは比定していない。『**万葉集**』巻第十四は、東国を詠んだ東歌の巻で、その東国とする地域は、東海道の遠江以東、東山道の信濃国以遠とされ、北陸道は含まれない故であり、断じ難いところである。

塩焼きし史偲ぶのみ田結潟　今海水浴の浜に変わりて
善政を偲び藩主を祀り居る　小社建ち居り田結潟近く
田結潟を望む山手に建つ寺社を　行きつ戻りつ探し参れり

興隆寺本堂

興隆寺山門

七、五幡山《いつはたやま》（併せて同坂、伊津〔都〕波多、同坂、同山）

『**新古今和歌集**』の離別の歌の、**伊勢**が詠んだ「忘れなむ世にも越路の帰山《かへるやま》　いつはた人に逢はむとすらむ」が『能因』、『名寄』、『類字』に、『**万葉集**』巻第十八に収められる**大伴家持**の、「可敝流《かへる》みの道行かむ日は五幡の　坂に袖振れ我をし思はば」が『能因』、『名寄』、『松葉』に、三の「敦賀」の項の冒頭に引用した『**後撰和歌集**』の歌・「我をのみ……」の返歌「君をのみいつはたと思ふ越なれば　ゆきゝの道は遥けからじを」が、『名寄』、『類字』に載せられる。一番目の歌の四句目の「いつはた」に、副詞の「何時」＋「将《はた》（はたして）」と歌枕の「五幡」が掛けられる。二首目の初句の「可敝流」は「帰」、「み」は「廻」で「あたり」の意である。三首目も含めて、別れを

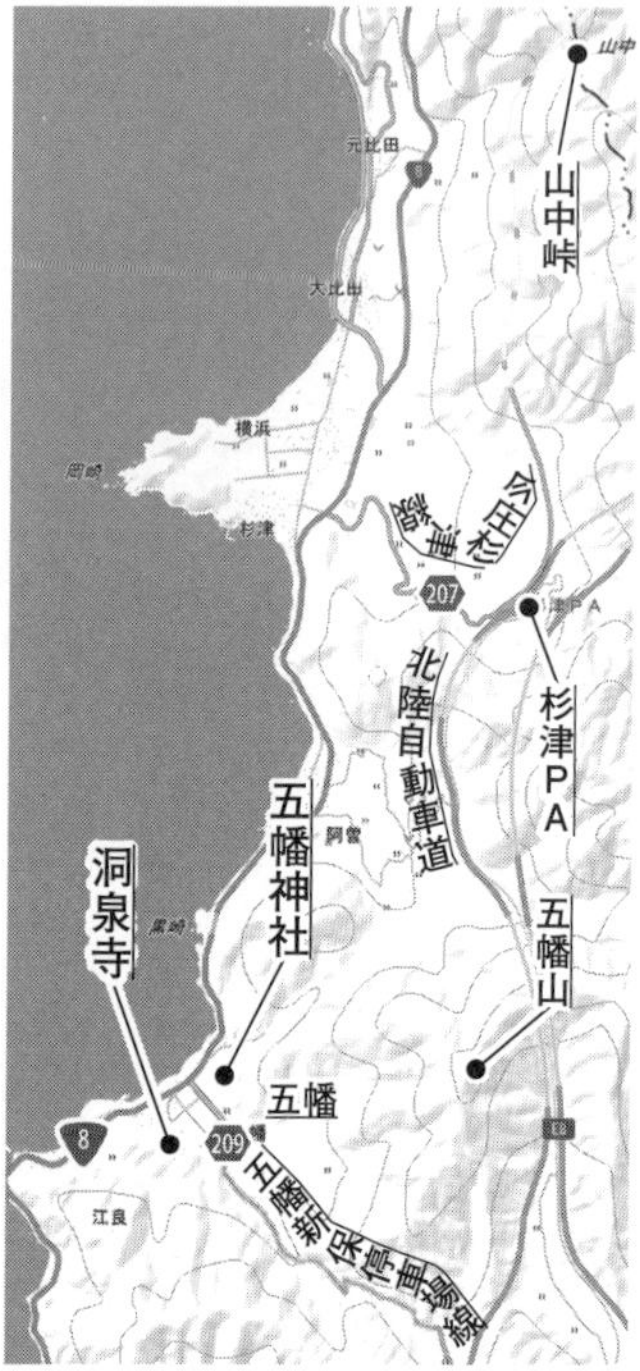

敦賀半島東岸

惜しみ、再開を願う気持ちが溢れる。この先、今庄の宿に出るには、三里（十二キロメートル）の、人里離れた山間の道を進まねばならなかった故である。なお、一、二首目に詠まれる「帰」、「帰山」は次項記述の歌枕である。

五幡の海岸

五幡は現在の敦賀市の町名としても継がれている。前項の歌碑の建つ田結の交差点から、国道八号線を四キロメートル余り北上した辺りが五幡である。**清少納言**は、『**枕草子**』の「山は……」の項で列挙する十八山に、この五幡山、帰山を挙げていて、歌枕として京にその名が認められていた証であろう。しかし、集落の東、標高は四百二十八メートルあるはずであるが、手にした地図帳に記載がなく、残念ながら山並の続く中の五幡山の特定叶わず、山容を紹介できないのが残念である。

国道八号線沿いの東浦公民館の角を山手に向かって県道二百九号・五幡新保《しんぽ》停車場線を右折、二つ目の路地を左に曲

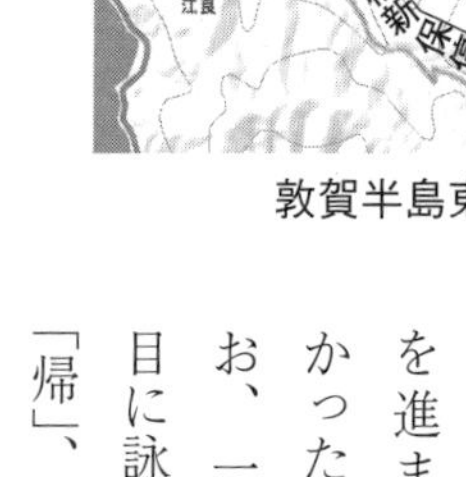
万葉歌の刻まれた灯篭石

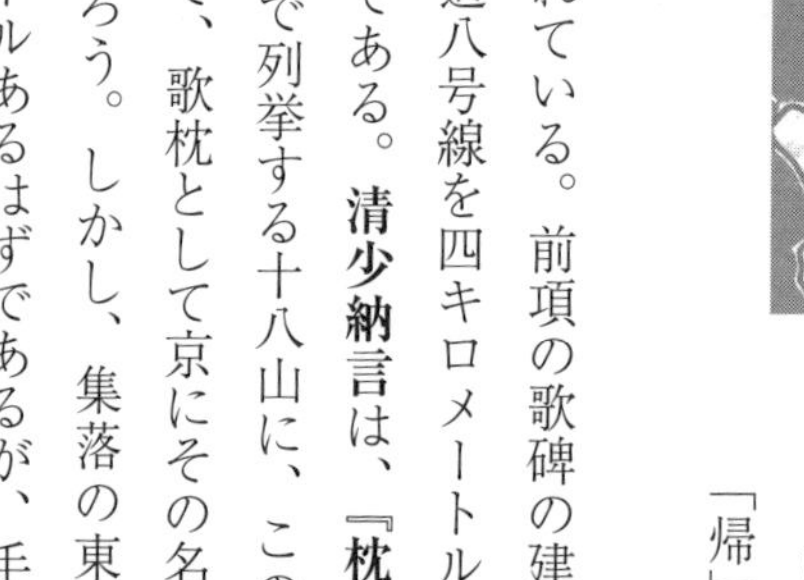
五幡神社拝殿

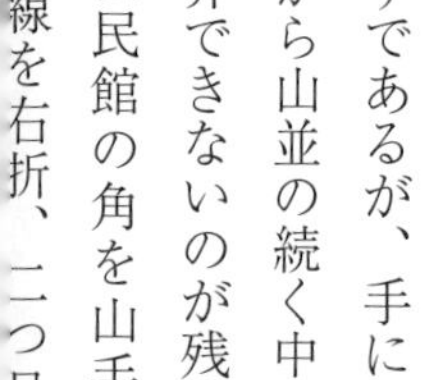
参道入口の鳥居

洞泉寺本堂

がって二百メートル足らずに、五幡神社が鎮座する。**延喜式**にも載る古社であるが、創建の由来は定かでない。古くには東の山上にあったが荒廃し、安永六年（一七七七）に再建され、明治三十九年（一九〇六）の火災消失を機に山麓に移された。鳥居を潜り、境内に至る石段の手前左に灯篭石が据えられ、判読しにくいが、先に紹介した**大伴家持**の歌が刻まれているとのことである。

路地を戻り、県道を横切って二百メートルには曹洞宗の洞泉《とうせん》寺が建つ。鬱蒼と茂る森を背にして、本堂の白壁が鮮やかである。

国道八号線をさらに北上すること四キロメートル、敦賀市杉津《すいつ》に出る。ここから県道二百七号・今庄杉津線が分岐して山中峠を超え、ほぼ古の街道と道筋を一にしつつ、南越前町を経て越前市に向かう。

なお、北陸自動車道上り線の、旧JR北陸本線・杉津《すいつ》駅跡地に設けられた杉津PAには、**松尾芭蕉**が敦賀で吟じた「名月や北國日和定めなき」の句碑が据えられている。

古の街道人里離れ行く　五幡山を北へ過ぐれば
五幡の山裾に建つ社の前に　万葉の歌碑古めきて在り
廃れたる駅舎変はりて高速の　パーキングエリア建つ五幡の先

山中峠

杉津PA（上り）芭蕉句碑

八、帰山《かえるやま》（併せて海路山）

前項に於いて、越前国の国府（次項「武生の国府」に詳述）の所在地であった現・越前市に向かう旧道が、杉津から山中峠を経て、南越前町を目指す、概ね現在の県道二百七号・今庄杉津線であると述べた。昭和三十七年（一九六二）に、総延長一万三千八百メートル余りの北陸トンネルが開通するまでは、JR北陸本線がこの県道に沿って通っていた。以前の駅舎跡に設けられた、北陸自動車道杉津PAの直近を通る県道を辿ること七キロメートルで、南越前町大桐に入る。道中、山中トンネルを抜けると、時折道脇に旧北陸本線の信号場、待避線の跡地が残り、さらにここ大桐には、旧大桐駅のホームが遺されている。

「万葉の道べ」掲示板

北陸本線旧大桐駅跡

県道をさらに下ること三・五キロメートル、JR北陸本線南今庄駅の北東七～八百メートルほど、左手を流れる鹿蒜《かひる》川に架かる帰橋の袂には、「鹿蒜郷　帰

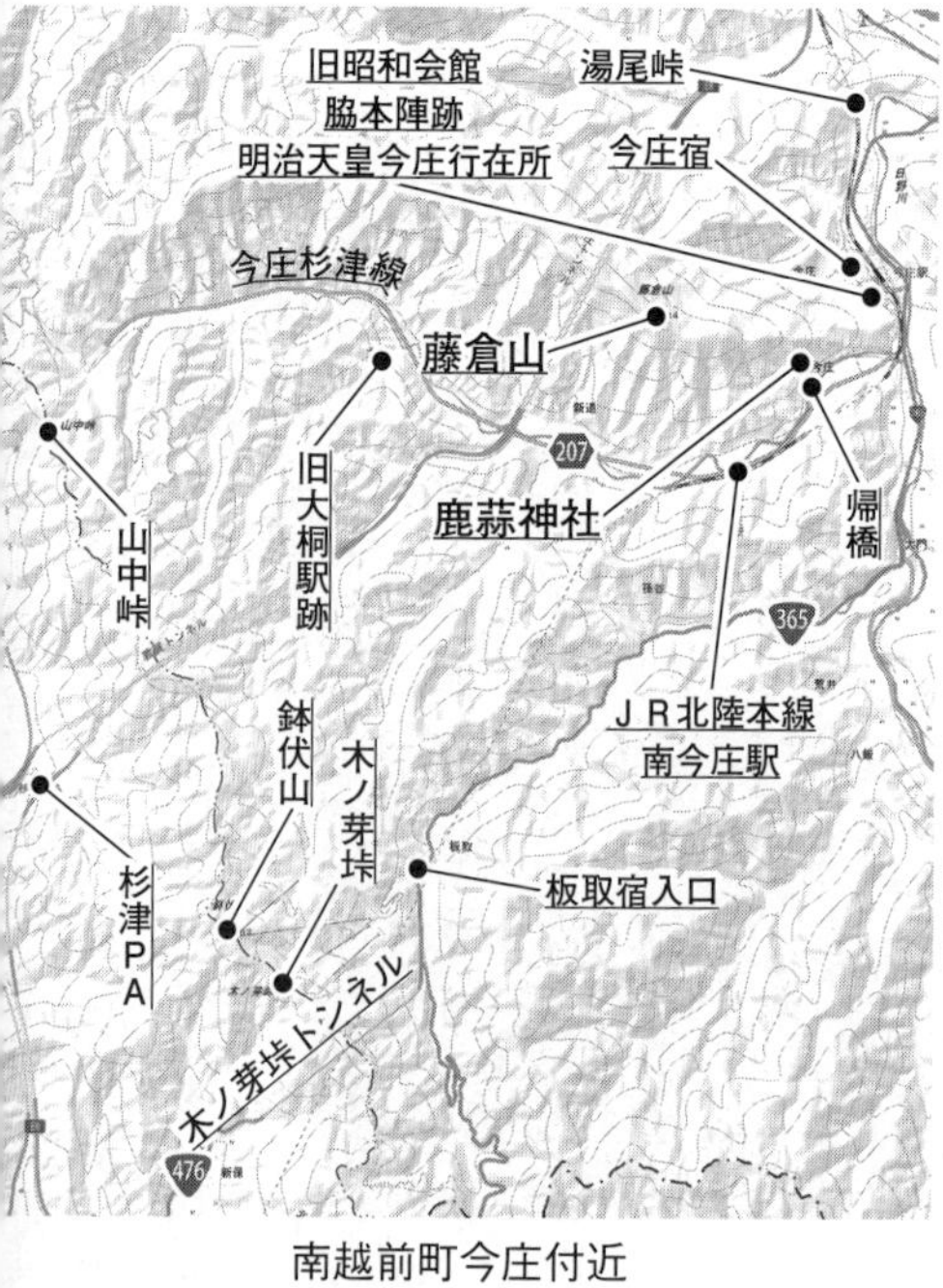

南越前町今庄付近

の里」の添書きのある「南今庄」の標識版が建ち、橋を渡った集落の奥に鹿蒜神社が鎮座する。創祀は**文武天皇**二年（六九八）とのこと、相当の古刹である。

さて、歌枕の「帰山」であるが、二つの説がある。一つは、鹿蒜神社の北西一キロメートル余りに聳える標高六百四十三・五メートルの藤倉山である。今一つは、南西五キロメートルほどの鉢伏山（標高七百六十一・八メートル）に比定する。前者については、川や神社に名付けられた「鹿蒜」と「帰」の読みが酷似し、またこの地が古くには「帰村」であったとする資料もあるとかで、正当性は高いと言えよう。

国道365号線
木ノ芽峠トンネル入口

板取宿木ノ芽峠への旧道入口

ただ、後者も頷けない説ではない。天長七年（八三〇）に敦賀から国府に向かう新道が、鉢伏山の南の木ノ芽峠を通って開かれた。現在の国道四百七十六号線、同三百六十五号線を辿る道筋である。距離が大幅に短縮された故、平安後期以降はこちらが北陸道の主街道となり、先の県道二百七号線に沿う道は「万葉道」と呼ばれるようになったという。なるほど先の大桐駅跡には、「万葉の道べ」の掲示が掲げられていた。

ここで後者の説を裏付けるのは、歌枕「帰山」を詠み込んだ歌が、編末の一覧に見る如く、新道開通以降に詠まれていることである。筆者としては何れと判ずる立

「帰の里」の掲示板

鹿蒜神社拝殿

鹿蒜神社への参道の石段

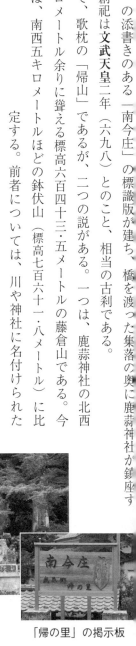

湯尾峠への入口

今庄宿の屋並

今庄宿入口の灯籠

場にはないが、前者に比定する方が歌枕のロマンを感じるのだが……。

その藤倉山の東、県道二百七号が国道三百六十五号線に合流する地には、嘗て今庄宿があり、各所にその名残りが遺る。先に述べた新・旧の北陸道もここ今庄宿で合流し北に、湯尾峠を経て次の宿・湯尾に向かう。峠の頂上に孫嫡子《まごじゃくし》神社が建てられ、江戸時代には四軒の茶屋もあったとのこと、往来が盛んであったことが伺える。また集落内の旧昭和会館とそれに並ぶ脇本陣跡、明治天皇今庄行在所等に昔日の面影を忍ぶことが出来る。

この歌枕「帰山」は多くの歌に読み込まれる。**勅撰和歌集**に収められる歌枕歌を収載した『**類字名所和歌集**』だけでも二十二首、越前国で最も多くを数える。例えば、初の**勅撰和歌集**である『**古今和歌集**』の、「かへる山ありとは聞けど春がすみ　立ち別れなば恋しかるべし（**紀利貞**）」、「白雪の八重降りしけるかへる山かへるがへるも負いにけるかな（**在原棟梁**《ありはらのむねやな》）」、「かへる山なにぞはありてあるかひは　来てもとまらぬ名にこそありけれ（**凡河内躬恒**《おうしこうちのみつね》—

明治天皇今庄行在所

旧昭和会館と脇本陣跡

帰山とはいったい何なのだろう。その山は任地の越の国からすぐ帰るという意味だったはずなのに　実は京に留まらずにまた任地に帰ってしまう意味だったなんて……）」等々である。まさに百歌繚乱の歌枕の地と言えよう。

数多なる古歌に詠まるる帰山　二所《ふたどころ》ありて定め迷へり
帰山目指す道脇廃線の　名残りの駅の遺されて居り
新旧の街道合ひて賑はひし　帰山の裾今庄宿は

九、武生《たけふの》ノ国府《こう》

今庄から国道三百六十五号線を北上すること十五キロメートル余りで、越前市の中心街に出る。越前市が越前国の行政の中心であったことは、既に前項までに幾度か述べた。

越前市は中世には府中と呼ばれ、後述のように国府、国分寺が置かれた、南北朝時代には、南朝方の新田義貞軍と、北朝方の守護・斯波高経《しばたかつね》軍との間で戦闘が繰り広げられ、守護方の勝利するところとなり、以後の室町時代は斯波氏が勢力を振るった。戦国時代には朝倉氏が絶大な力を誇るが、織田信長に敗れ、府中三人衆と呼ばれた信長家臣の、不破光治、佐々成政、前田利家が合議によって支配した。江戸期には、福井藩主となった結城家の家老・本多富正が府中城主となり、以後明治維新まで九代にわたって本多氏が領国経営に当たった。

古代民謡の**催馬楽**によると、奈良、平安時代には、越前国府の所在地を「たけふ」と呼んでいた。編末の歌枕歌一覧の『松葉』に収められる「道のくち《〔口〕》たけふのこふ《〔国府〕》にわれは有と　親にはかたれ心あひの風」である。なお、歌

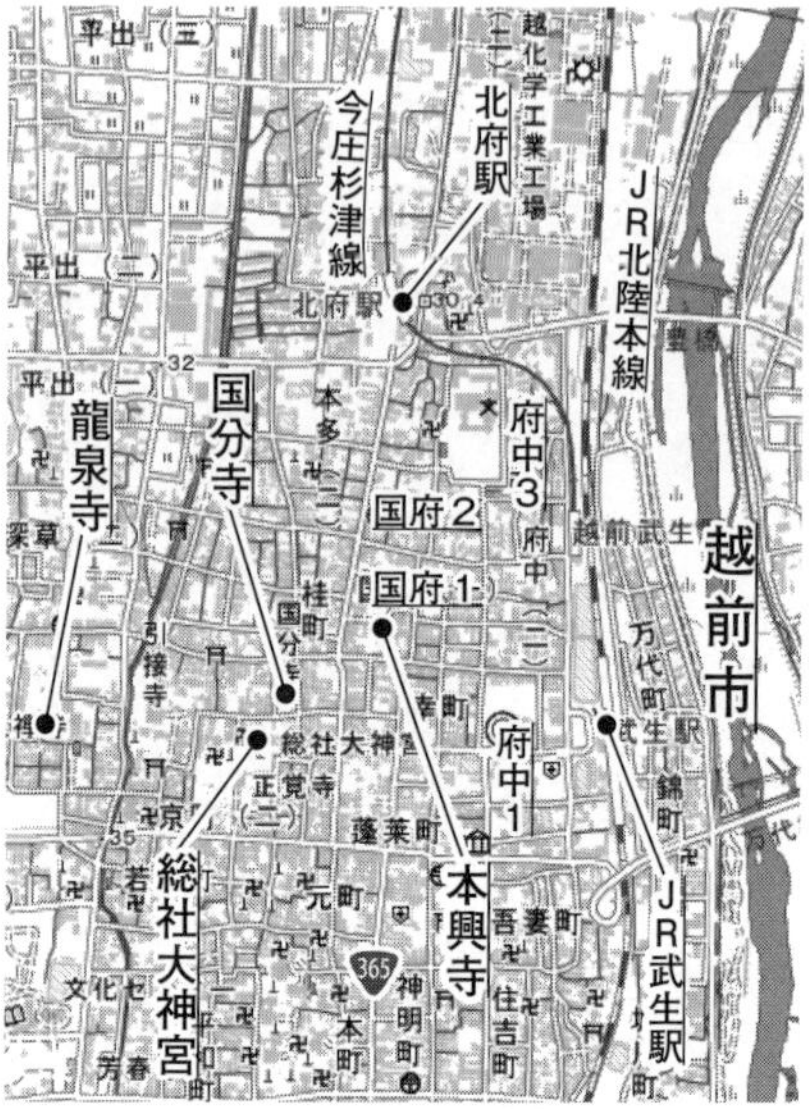

越前市ＪＲ武生駅周辺

中の「道のくち」については、改めて十七に「広域」として項を立てて概説する。

明治二年（一八六九）に、地名を「府中」から古名の「たけふ」に改め、「武生」と表記し、同二十二年（一八八九）に武生町が誕生した。昭和二十三年（一九四八）に「武生市」として市制が布かれたが、平成十七年（二〇〇五）、今立町を併合して新たに「越前市」が誕生して、由緒ある「武生」の名が市町名から消滅した。ただ、ＪＲの駅名や小・中・高の校名等には残されている。

さて、その越前国府であるが、遺構は明らかにされていない。ＪＲ北陸本線・武生駅の西には、府中や国府といった町名が見受けられ、また福井鉄道福武線には北府駅があり、周囲の町名も北府であって、在りし日の国府の位置を推測させる。府域については幾つかの候補があるが、共通する範囲には、総社大神宮、国分寺、本興寺等が歴史を語る。

総社大神宮は、越前市役所の真西五百メートルに鎮座する。ただし、ここは古来の在所ではなく、前田利家が府中城を築城する際移築したとのこと、もともとは現在の市役所付近に在ったという。入口には「総社大神」と刻まれた石柱が建ち、参道正面には格式高い佇まいの拝殿が参拝客を迎える。境内の一角には「越前国府」の碑も据えられる。

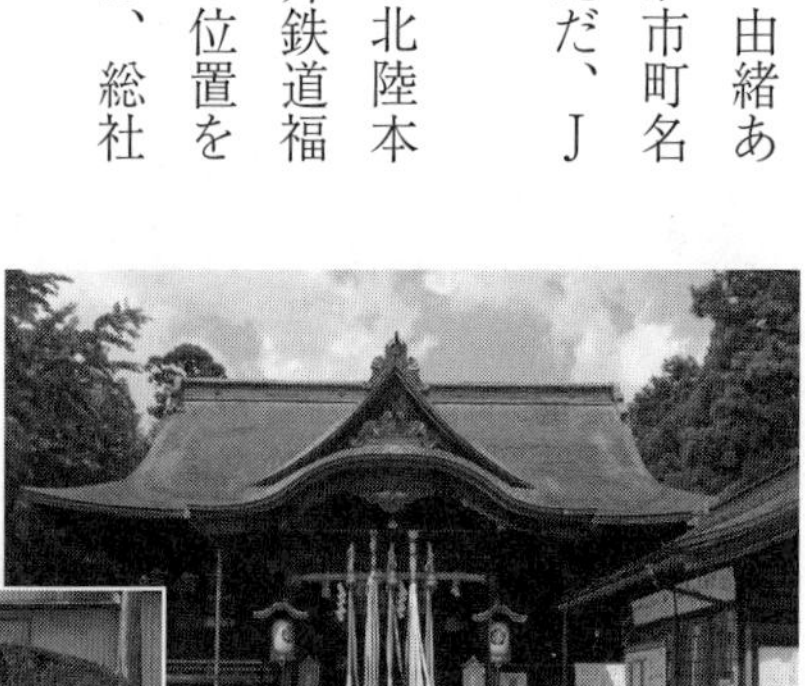
総社大神宮

越前国府の碑

本興寺本堂

現国分寺本堂

大弐三位賢子手植えの梅（４代目）

国分寺は、総社大神宮のすぐ北に位置する。建立当時、越前国は石川県をも含む大国で、寺の規模もそれなりであったと推測されるが、度重なる火災でその規模も姿も、あるいは場所も変え、今に残るは、**行基**菩薩一刀三礼の作で、**聖武天皇**が拝礼したとされる「天拝薬師如来像」のみで、本尊として安置される。

国府と言い、国分寺と言い、発掘は進んでいない。地図を見れば明らかだが、この地域はまさに越前市の中心街で、公共施設や商業施設が立ち並び、残念ながらまずは不可能と思われる。

国分寺の北東二百メートルほどに、法華宗真門流三本山の一つの本興寺が建つ。もとは真言宗興隆寺であったが、延徳元年（一四八九）に改宗、改名したという。ここは越前国府の国衙があったとする説もある。境内には、**紫式部**の娘の**大弐三位賢子**《だいにのさんみけんし》が植えたとされる紅梅の四代目があり、その季節には見事に咲き誇り、参拝客の目を和ませる。その紅梅の解説文中には、「当地に国府があった時」との記載があり、国衙存在説の論拠の一端と思われる。

また、総社大神宮の西三百メートルに曹洞宗の龍泉寺が鎮座する。開山は北朝至徳三年（一三八六）と伝えられるが、境内からは白鳳時代の瓦や土器片、礎石などが発見され、

龍泉寺境内

龍泉寺山門

前身が越前国分寺であったとも推論されている。江戸時代には領主・本多家の菩提寺として寺運が隆盛したが、明治期に入って多くの伽藍が解体されて、縮小を余儀なくされた。

なお、付加する筆者の駄歌には、「武生」のみを詠み込む。

古に武生と呼ばれし越前市　数多の施設に古名残せり
国の府も国分の寺も跡見えず　武生の街の地の下に眠る
武生なる紫式部に縁ある　寺の梅花の史を語れり

十、安治麻野《あじまの》

北陸自動車道・武生ＩＣの南東、二〜三キロメートル辺り、文室《ふむろ》川と鞍谷川に挟まれた地域が歌枕の味真野で、今でも文室川の右岸には味真野町がある。そこここに万葉の歌碑が建ち、文化と史的ロマンが溢れる。

武生ＩＣから県道二百六十二号・武生インター東線を東に三キロメートル、交差する県道百九十八号・池泉今立線《いけいずみいまだて》を右に南進して七百メートルほどの信号のない交差点を右折すると、右手の小山に小丸城の跡が遺る。天正三年（一五七五）に信長の命で佐々成政が築城を開始したが、同九年（一五八一）の成政の越中国移封で廃城、未完で終わった可能性も高いとい

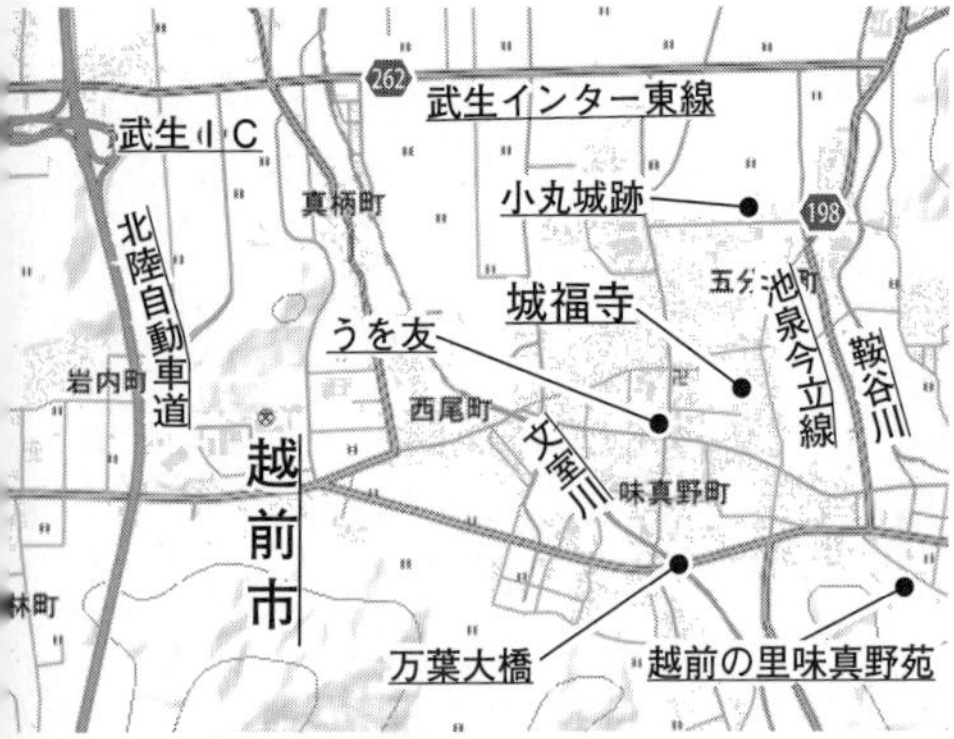

武生ＩＣ周辺

う、今は本丸跡や土塁堀の一部が残るのみである。入口には「マムシに注意」の看板があり、登城は断念した。入口の右手には、『万葉集』巻第十五に収められる、**中臣宅守**《なかとみのやかもり》と**狭野弟上娘子**《さのおとかみのをとめ》の間で交わされた相聞歌六十三首のうちのそれぞれ二首が、万葉仮名で刻まれた碑が建つ。即ち、「我妹子《わぎもこ》に恋ふるにあれ《（吾）》は玉きはる　短き命も惜しけくもなし」、「天地《あめつち》の神なきおのにあらばこそ　あ《（吾）》が思ふ妹《も》に逢はず死にせめ」、「命あらば逢ふこともあらむ我がゆゑに　はだ《（甚）》な思ひそ命だに経ば」、「天地のそこ《（底）》ひの裏に吾がごとく　君に恋ふらむ人はさねあらじ」である。

県道百九十八号をさらに六百メートルほど進んだ右手奥に、城福寺が格調高い構えを見せる。それもそのはず、この寺は平家一門の菩提寺である。平治元年（一一五九）の平治の乱で敗れた源義朝の長子・頼朝は、捕えられ斬首の止む無きところを、平清盛の継母・池禅尼の口添えで死を免れ、伊豆に配流された。伊豆で再起した頼朝は、文治元年（一一八五）に平氏一門を滅ぼすが、池禅尼の実子・平頼盛とその一

小丸城跡

登城口横の万葉歌碑

平頼盛卿御廟所標柱

城福寺山門

城福寺本堂

平家一門菩提寺標柱

城福寺境外の歌碑

「うを友」横の万葉歌碑

味真野苑内の万葉歌碑

族は助命し、幕臣に採り上げ、その子・保盛は越前守に任じられた。その保盛が許を得て建立したのがこの城福寺である。なるほど、巡る築地の定規筋は五本を数える。この寺の門前にも、**狭野弟上娘子**の「春の日にうら悲しきに後《おく》れ居て　君に恋ひつつうつ《〔現〕》しけめやも」と、**中臣宅守**の「向ひ居て一日《ひとひ》もおちず見しかども　厭はぬ妹を月渡るまで」を刻んだ歌碑が据えられる。なお、現在の第二十四代住職は、平家第三十六代とのこと、今に平安の血筋が脈々とこの越前に受け継がれているのである。

また、城福寺の西南三百メートルの料亭・「うを友」の横や、さらにその南の浅水川《あそうず》（文室川がやや上流で名を変えた）に架かる万葉大橋の欄干にも、宅守と娘子の相聞歌のプレートがはめ込まれる。

そして万葉大橋の東南東一キロメートルに、「越前の里・味真野苑」が越前市によって開苑されている。ここにも万葉歌碑が五基据えられるが、中でも左手の比翼の丘の小川を挟んだ二つの丘上に向かい合うように建てられた、宅守の「君が行く道の長手を繰り畳ね　焼き滅ぼさむ天の火もがも」と、娘子の「塵泥《ひぢ》の数にもあらぬわれゆゑに　思ひわぶらむ妹がかなしさ」に、訪れた初冬の風もあって相聞の侘しさを感じた。

また苑内には、「花がたみ」と謡った**継体天皇**と照日《てるひ》の前が並ぶ立像が

万葉大橋

欄干の万葉歌のプレート
（左右失念）

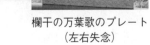

ある。第二十五代**武烈天皇**には男子　女子がなく、その死後、越前のこの地に在った男大迹（**応神天皇**の五世の孫）が迎えられて**継体天皇**となった。その男大迹の妻が照日の前で、天皇が京に上る時の別れ、後を追っての再会、その後は仲睦まじく暮らしたというロマンスが伝えられ、謡曲「花筐《がたみ》」に語られている。万葉よりはるかに時代を遡る伝承である。

この地の歌枕歌は、『**万葉集**』巻第十五の、先に記した**宅守**と**娘子**の間で交わされた相聞歌の中の一首、**娘子**の「味間野に宿れる君が帰り来む　時の迎へを何時とか待たむ」と、玉吟集、即ち**壬二集**の「味間野にあちさえ咲る夕月夜　露の宿りは秋ならずとも」が、『松葉』に収められる。詠者はもちろん**藤原家隆**である。

ここかしこ味間野の街に万葉の　詠み交はしたる歌の碑の建つ
味間野に平家弔う寺のあり　護る住持もその血を継いで
この地より継体天皇出でたるを　味間野苑の像を目に識る

味真野苑　継体天皇と照日の座像

十一、丹生山《にうのやま》

『能因』、『松葉』に『**万葉集**』から、巻第十四の「ま金吹く丹生のま朱《そほ》の色に出て　言は《わ》なくのみぞ我《あ》が恋ふら《う》くは」、巻第十九、**大伴家持**の「我のみし聞けばさぶし《〔寂〕》もほととぎす　丹生の山辺にい行き鳴かにも」の二首が収められる。後歌の結句の「い」は上代語の強意の副助詞と思われる。また、『能因』、『松葉』とも、この初句を「ひ

越前市中心街西方

とりのみ」としていて、誤写の連鎖が伺える。

ところで、前歌の原典である『**万葉集**』巻第十四は、**東歌**の一群であり、ここ越前の歌とは考えにくい。『萬葉集釋注』は群馬県（上野国）富岡市上丹生、下丹生辺りと推論する。

一方後歌は、「四月の三日に、越前《こしのみちのくち》の判官《じょう》大伴宿禰池主に贈る霍公鳥の歌　感旧の意《こころ》に勝《あ》へずして懐《おもひ》を述ぶる一首」の詞書のある長歌の反歌であって、間違いなくここ越前国の歌である。

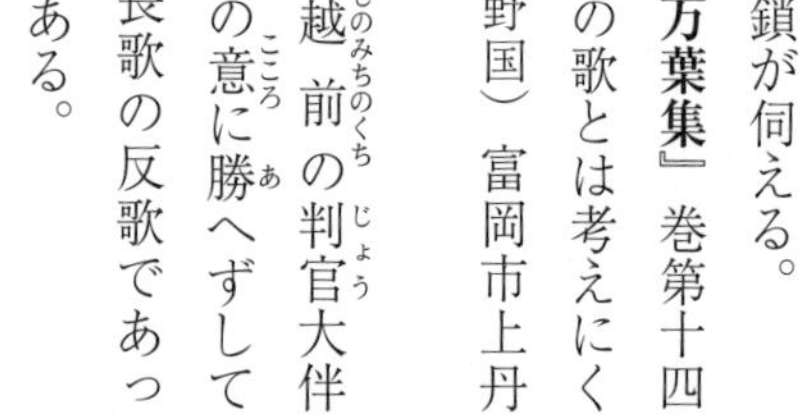
鬼ヶ嶽（?）の山容

越前市の中心街から西を眺めると、標高五～六百メートルの山並が続く。北は福井市の国見岳から南の南越前町のホノケ山に連なる丹生《にう》山地である。**大伴家持**が詠んだ丹生山は、その山並の一山、越前市大虫町に在る鬼ヶ嶽（標高五百三十二・五メートル、岳とする地図もある）に比定される。大虫町を始めとする大虫地区には、おおむし地区振興会の手で、史跡、文化財を紹介するマップが作成されているが、そのマップによれば、鬼ヶ嶽は登山道の脇を春のシャクナゲ、秋のドウダンツツジなど四季折々の草花が彩り、山頂には休憩所、展望台が設けられ、越前市内はもとより日本海、あるいは敦賀半島まで望むことが出来ると言う。

鬼ヶ嶽の北麓に向かう県道百九十号・小曽原《おぞわら》武生線の道半ばには大虫神社が鎮座する。この地での創建が**垂仁天皇**二十六年（紀元前四年）とあるから、二千年を優に超す古社である。加えて、それ以前は鬼ヶ嶽に在って大虫神

紫式部公園入口

大虫小学校近くの家持歌碑

黄金の紫式部像

社と称していたと言うから、さらに長い歴史がある。祭神の天津《あまつ》日高《ひこ》日子《ひこ》穂穂出《ほほで》見命《みのみこと》（**神武天皇**の祖父）の木像は平安後期、摂社の塩土神社の祭神・塩椎神《しおづちのかみ》木像は平安中期以前の作とされ、共に国の重要文化財に指定されている。

大虫神社から県道を五キロメートル余り東に戻って、一般道を一キロメートル足らず北に向かった、越前市立大虫小学校のやや先の田園の中に、冒頭に紹介した**大伴家持**の歌の碑が、詳しい解説版と並んで建つ。

さらに特筆すべきは、紫式部公園である。**紫式部**は長徳二年（九九六）、越前守に任ぜられた父・藤原為時に同行して、この地に一年余滞在し、同四年（九九八）帰京した。その**紫式部**を偲んで昭和五十八年（一九八三）から公園が造られた。先の県道百九十号の東の起点である大虫口の交差点から、県道二十八号・福井朝日武生線を南進して一・五キロメートルほどの左手の住宅地の中に一・九ヘクタールの敷地を有する。園内には国内唯一の寝殿造庭園が配され、式部の金色の像や歌碑が建てられる。

「こゝにかく日野の杉むら埋む雪　小塩の松にけふやまがへる（越前国府では、日野岳に林立する杉をこんなに埋める雪が降っている。都でも今日

大虫神社拝殿

一の鳥居

二の鳥居と社号標

「こゝにかく…」

「春なれど…」

「身のうさは…」
紫式部歌碑

紫式部公園寝殿造庭園

は小塩山の松に雪が降っているのだろうか、そんな景色が思い出される）」、「春なれどしらねのみゆきいやつもり　とくべきほどのいつとなきかな（春にはなりましたが、越の白山の雪はいよいよ積もって、おっしゃるように解けることなんか何時のことになるか分かりません）」、「身のうさは心のうちにしたひきて　いま九重に思ひみだる丶（宮仕えしても、わが身のつらさや憂いは心の中についてきて、今宮中であれこれと心が幾重にも乱れることだ）」の三首である。

なお公園のすぐ南の「ふるさとギャラリー　叔《しく》羅《ら》」の入り口左側には、**大伴家持**の万葉歌「春の野に霞たなびきうら悲し　この夕影にいぐひす鳴くも」の碑が建てられている、

このように丹生山は、麓の処々が歌の歴史を今に伝え、歌枕の地に相応しい。

ふるさとギャラリー　叔羅

大伴家持歌碑

昔日に丹生山頂に在りし宮　麓に遷りて二千歳経る
家持の詠みたる歌の碑の建てり　丹生山望む麓の処々に
丹生山を西方に望む公園に　紫式部称へられ居り

十二、浅〔朝〕《あさむ》水《づ》〈ノ〉《の》橋《はし》

十の「安治麻野」で、文室川が味真野町のやや上流で浅水川と名を変えると述べた。その浅水川はほぼ北流し、北陸自動車道・北鯖江ＩＣ付近で鞍谷川を併合してやや西に向きを変え、福井市三尾野町で日野川に合流する。

鞍谷川との合流地点から二キロメートルほど下流、福井鉄道福武線辺りから北に朝六川が北に向かい、江端川に流れ込むが、大正十三年（一九二四）までは浅水川の本流であった。

北鯖江から一乗谷朝倉氏遺跡

福井鉄道福武線・浅水駅の西五百メートルほどの間を南北に並走する県道三十二号・清水美山線が、浅水駅南の交差点で再び西に向きを変えてより二百メートル、右手に麻生津（「あそうづ」の今一つの表記）郵便局のある角を左に曲がって直ぐ、朝六川にごくごく普通の橋が架かる。もちろんその時代とは姿・形は変わっているが、歌枕「浅〔朝〕水橋」（現・朝六つ橋）である。当時の橋幅は二間、橋長は十三間であったと言う。

清少納言は『**枕草子**』の「橋は」の段で、冒頭に「あさむづの橋」とこの

朝六橋

橋の袂の歌・句碑

朝六橋至近の本陣跡の石柱

橋を挙げる。当時はそれほどメジャーであったのだろう。なるほど、当時、ここは北陸道が通い、岐阜県郡上市に至る美濃街道の起点でもあり、であれば納得できる。橋の北側の一般の住宅の敷地内には、「本陣跡」と刻まれた石柱が建ち、宿場町として賑わっていただろうことも窺わせる。

この橋を詠んだ歌は、**『夫木和歌抄』**から**葉室光俊**の「見し人も袖やぬる《濡》らん五月雨に　名さへわする《忘》ゝあさうつの橋」、**『拾遺愚草』**から**藤原定家**の「ことつて《言伝》ん人の心もあやう《危》さに　ふみ《文》た《だ》にも見ぬあさむつのはし《橋》」他四首が、『松葉』を中心に収められる。

ところで、橋名は読み込まれていないが、この地で詠まれた歌として、**西行**の「越に来て富士とやいはん角原の　文殊がたけの雪のあけぼの」がある。この橋の名前の由来として、地名、川名からとする説、福井から旅立つと明け六つ頃（午前六時頃）にこの橋を渡ることになる故とする説等々あるが、その一つに、**西行**がこの地でこの歌を詠んだのがちょうど明け六つであった故とする説もある。

一方、**松尾芭蕉**も**『奥の細道』**の道程で、元禄二年（一六八九）陰暦八月十三日にこの地を通ったと推測されるが、その時「朝六つや月見の旅の明けはなれ」と吟じている（**『奥の細道』**には収められていない。『芭蕉翁月一夜十五句』に収載）。この**西行**の歌と**芭蕉**の句が並び彫られる碑が川縁に建つ。

なお、**西行**の歌に詠み込まれる文殊山は、朝六つ橋から東南東三キロメートルほどの福井市と鯖江市の市境に、三百六十六メートルの山容を見せる。越前五山の一つに数えられ、養老元年（七一七）に**泰澄**によって開山され、以来信仰の山と親しまれている。市街地にも近く、登山コースも多くあり、老若男女全てに人気があるという。

戦国時代この地を支配した朝倉氏は、天正元年（一五七三）に織田信長によって滅ぼされ

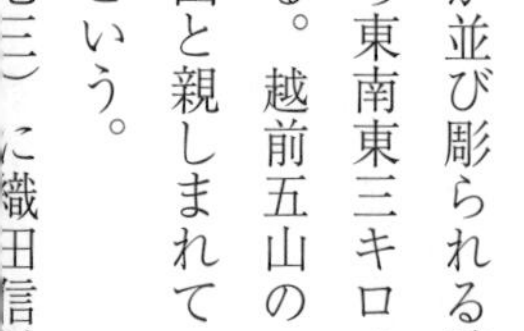
一乗谷朝倉氏遺跡資料館

るまでの百三年間、一乗谷を拠点とした。県道三十二号を戻って道なりに東に約十キロメートル、足羽《あすわ》川の左岸で接続する県道三十一号・藤尾勝山線を一・八キロメートル東進し、右折して県道十八号・鯖江美山線を南に七百メートルに一乗谷史跡公園センターとその駐車場があり、そこから県道と併流する一乗谷川に沿って朝倉氏の遺跡がほぼ完全に復元されている。国の重要文化財、特別史跡、特別名勝に指定されている。歌枕とは趣を異にするが、必見の史跡である。

平安の代には京《みやこ》に名の知れる　浅水橋の今ごく小振りに
東《ひむがし》の文殊山愛で西行が　詠みし明け六つ川・橋の名に
浅水の橋の東《ひむがし》一乗谷に　朝倉栄えし遺構の数多

一乗谷朝倉氏史跡

十三、玉江《たまえ》（併せて同沖〔瀛〕）

手元の四冊の名所和歌集全てに、『**後拾遺和歌集**』の**源重行**が詠んだ「夏刈りの玉江の蘆を踏みしだき　群れゐる鳥の立つ空ぞなき」、『能因』を除く『名寄』、『類字』、『松葉』の三冊に、『**新古今和歌集**』より**藤原俊成**の「夏刈りの蘆の仮寝もあはれなり　玉江の月の明け方の空」が収められる等、十四首がこの地を詠んだとして収載されている。

前項で、朝六川が江端川に流れ込むと述べたが、その流入地点から江端川上流二つ目の橋が玉江橋と呼ばれ、こ

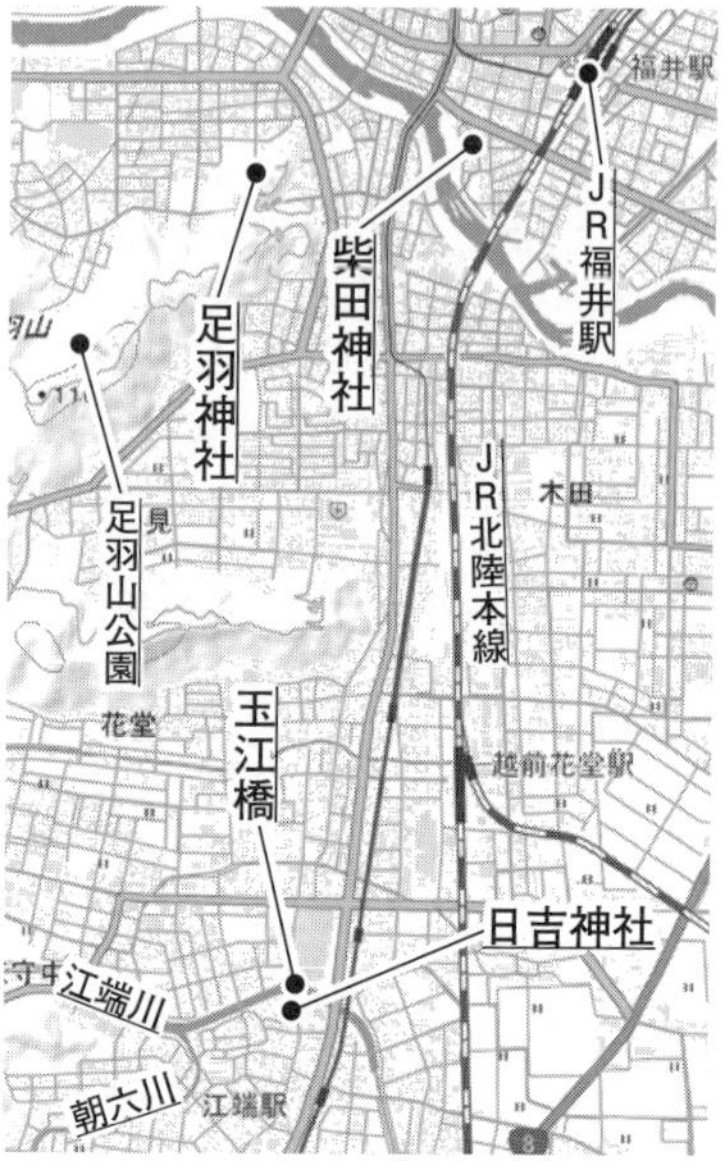

ＪＲ福井駅付近

の辺りが歌枕の玉江に比定される。現在は住宅地、商業地として発展しているが、江戸期以前は、江端川の北一キロメートル足らずを平行に東西に流れる狐川より南は、人家となく、葦の茂る原野であったという。その葦に纏わる伝承が残る。

玉江橋付近の日吉神社

浄土真宗の開祖・**親鸞**は、師・**法然**と共に既成の他宗派から非難を受け、ついに朝廷は承元元年（一二〇七）、専修《せんじゅ》念仏を禁止、**法然**は土佐（実際は讃岐）に、そして**親鸞**は越後に流された。その越後への途に、この地で念仏を唱え、その教えに感化されて葦が首を垂れる如く片葉を垂れたとのこと、「片葉の葦」と言われる。なおこの伝承は、新潟県上越市の、越後国一宮・居多神社にも残っていて、越後の七不思議の一つとされている。

この地には**松尾芭蕉**も訪れていて、前項に紹介した『芭蕉翁月一夜十五句』に、「月見せよ玉江の葦を刈らぬ先」の句が収められる。橋の袂には、「片葉の葦」と**芭蕉**の句について解説する石板が、並んで建てられている。

玉江橋

橋の袂の解説板

橋の南には日吉神社が鎮座する。創建は不明としながらも、白鳳年間（六六一以降）には崇拝されていたと言う。宮ももちろんだが、この辺りの歴史の深さを物語る。た

足羽神社拝殿

樹齢370年の枝垂れ桜

だし先述の如く、当時はこの辺り葦原の原野で、その頃からここに在ったかに確信が持てない。拝殿は入母屋造、本殿は流造で、境内はすっきり整っている。鳥居のすぐ後ろに座る狛犬は、なんと巻物を咥えている。

玉江橋の北北西二キロメートルに、標高百十六・八メートルの足羽《あすわ》山がある。山域は緑豊かな雑木林に包まれた公園で、市民に憩いの場として愛されている。その公園の北端近くに足羽神社が建つ。十の「安治麻野」で述べたが、第二十五代**継体天皇**は、即位前ここ越前にあって、湿地であったこの辺りの治水事業に尽力した。その際、宮中に祀られる五柱の神（座摩神《いかすりのかみ・ざまのかみ》あるいは大宮地の神《おおみやぢのかみ》と総称される）を山頂に勧進した。さらに即位のため上京する際、自身の生御霊《いきみたま》を鎮めてこの地を後にしたと言う。以来主祭神は、**継体天皇**及び大宮地の神とされた。歴史も古く、由緒も正しい神社である。境内の一画には、樹齢三百七十年と伝える枝垂れ桜が大きく枝を張り、春には訪れる人々の目を楽しませる。

なお、五柱の大宮地の神は、生井神《いくゐのかみ》、福井神《ふくいのかみ》、綱長井神《つながゐのかみ》、波比岐神《はひきのかみ》、阿須波神《あすはのかみ》で、地名の足羽は阿須波神、福井は福井神に因むとする説があり、大いに納得できる。

時代は下って戦国時代、天正三年（一五七五）に越前一向一揆を鎮圧した柴田勝家は、織田信長から越前四十九万石と北ノ庄城を与えられ、同十一年（一五八三）に秀吉に敗れるまでこの地を治めた。JR北陸本線・福井駅の南西四百メートルの、北ノ庄城の跡

お市と三姉妹像

柴田神社社殿

柴田勝家像

に柴田神社が鎮座する。猛勇と伝えられる勝家だが、短い間の領国経営は、刀狩りで集めた武具を農具に改鋳し、道路や橋を整備して領内の往来を容易くするなど、施政者としても手腕があったとされる。城跡の一角に、何時とは判らぬがその遺徳を偲び、勝家と妻のお市の方（織田信長の妹）を祀る祠が建てられ、明治二十八年（一八九〇）、旧福井藩主、藩士、住民有志によってその地に造られたのが柴田神社である。境内には北ノ庄城の石垣の一部が展示され、勝家、お市、そしてお市の先夫・浅井長政との子である茶々、初、江《こう》の三姉妹の像が建てられている。

歌に言ふ玉江古くは葦の原　今人数多営みて居り
この地より出でし天皇《すめろぎ》祀り居る　足羽の社玉江の北に
玉江近く猛将とのみ伝はりし　勝家の善政偲ぶ社建つ

十四、藤嶋《ふじしま》

平安末期から鎌倉期にかけての歌人・**慈円**の家集に『**拾玉集**』があり、その中には自身が詠んだ「君ゆゑに越路にかゝる藤嶋は　我立杣の松の末まて」と、詠者が頼朝とあるから源頼朝であろう「墨染のたつ杣なれは藤しまの　久しき末もまつにかゝるか」の二首が、『松葉』に引かれている。

北陸自動車道・福井北ＩＣの西一キロメートルほど、第三セクターのえちぜん鉄道勝山永平寺線の東藤島駅辺りが藤島町で、平家一門縁の荘園が置かれていたが、

西超勝寺山門

藤島城跡石柱

福井北ＩＣから勝山ＩＣ

福井北ＩＣ付近

平家滅亡後、源頼朝によって白山平泉寺に寄進された。平泉寺は天台宗の古刹、**慈円**は座主をも務めた天台宗の高僧、これに源頼朝の歌が重ねられるとあっては、この地が歌枕「藤嶋」であることは疑うべくもない。

ここには築城年代不詳の藤島城があった。南朝延元三年・北朝建武五年（一三三八）、北朝方に寝返った平泉寺衆徒が立てこもった藤島城を攻めるべく向かった南朝方新田義貞が、その途中で北朝方と遭遇し、奮戦虚しく討ち死にした。藤島の戦いと言われる。その藤島城の所在地は、東藤島駅の北五百メートルの超勝寺の辺りとされ、豪壮な山門の前に「藤島城址」の石柱と解説板が建てられている。

ところで、この地に超勝寺は二ヶ寺ある。共に浄土真宗であるが、本願

東超勝寺

西超勝寺本堂

寺派の（西）超勝寺と、大谷派の（東）超勝寺である。もともとは一ヶ寺で、明徳三年（一三九二）に頓円によって創建された。慶長七年（一六〇二）の本願寺の東西分裂で、超勝寺も分立を余儀なくされ、旧地は西超勝寺となり、南側に東超勝寺が開かれた。藤島城址は、西超勝寺の方にある。

　福井北ＩＣから中部縦貫自動車道を東に十八キロメートルほど、勝山ＩＣから県道二百六十号・勝山インター線、同三十一号・篠尾勝山線を北に一・五キロメートル、九頭竜川に架かる荒鹿橋南詰で県道百六十八号・藤巻下荒井線を東に二キロメートル、勝山橋を渡って県道百三十二号・平泉寺線を南、そして東に辿って五キロメートル足らずで、先に述べた白山平泉寺に着く。

　白山平泉寺は、霊峰白山（加賀編四に詳述）の越前側の登攀拠点として、養老元年（七一七）に開かれた。戦国時代の最盛期には四十八社、三十六堂、六千の坊院を有し、八千人の僧兵を庸したと言う。その東西一・二キロメートル、南北一キロメートルの旧境内一帯は、そのまま地に埋もれていることが明らかになり、国の史跡に指定されている。明治の神仏分離令で寺号を廃止、白山神社となった。白山の歴史を学べる総合ガイダンス施設の「白山平泉寺歴史探遊館まほろば」から一直線に参道が伸びる。参道の左右は杉の森が続き、地表は苔に覆われていて、「苔宮」とも呼ばれる。二の鳥居の奥に時代を感じさせて建つ拝殿は入り口が閉ざされ、周囲の静寂と相俟って、神秘的な雰囲気を漂わせている。なお一の鳥居の直ぐ先には、**松尾芭蕉**の吟じた「うらやまし浮世の北の山桜」の句碑が据えられている。

白山（平泉寺）神社
参道口

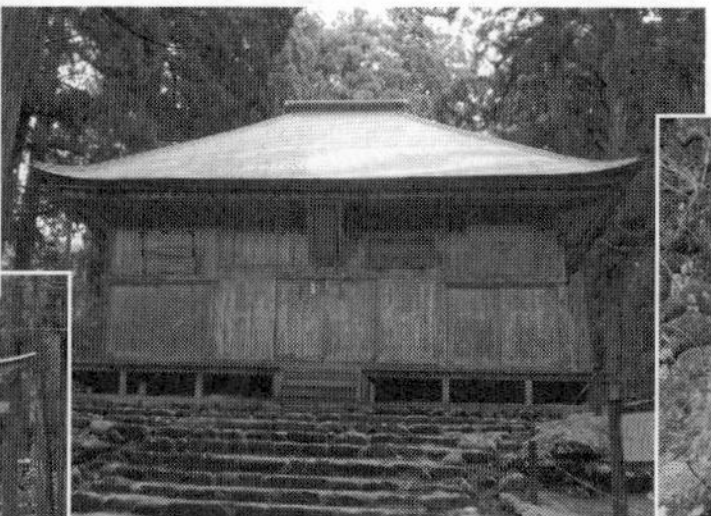
白山（平泉寺）神社

芭蕉句碑

鬱蒼と茂る杉木立の中

永平寺通用門

永平寺参道入口

中部縦貫自動車道の永平寺参道ＩＣから国道三百六十四号線を南進すること五キロメートルほどで、曹洞宗大本山永平寺の表参道に着く。
歌枕には無く、わき道に逸れるが、余りにも高名である故、敬意を表して参拝した。参道を東に、二基の石柱が建つ龍《りゅう》門を通って、左手の通用門から回廊伝いに多くの堂宇を巡ることが出来る。それぞれの詳述は割愛するが、全てが圧倒されるほどの荘厳さを有し、板張りの回廊を歩む足裏から修行の厳しさが感じられる。ところで筆者の勝手ではあるが、一度は永平寺の除夜の鐘の音を現地で体感したいとの思いがあり、山門の左手前（と言っても回廊に囲まれて中庭の如くであるが）の杉の林間に建つ鐘楼を暫し眺めた。

名の高き武士死せし城跡の　藤嶋に在り寺の門前
頼朝が藤嶋の地を寄進せし　名刹苔の生す林間に建つ
林間に堂宇配せる永平寺　寄り参りたり藤嶋過ぎて

永平寺仏殿

永平寺鐘楼

十五、竹《たけの》〈ノ〉泊《とまり》（併せて同浦）

北潟湖

福井県と石川県の県境、大聖寺川河口付近は、古くには竹泊、竹浦と呼ばれていたと言う。その証を、大聖寺川右岸の石川県加賀市大聖寺瀬越《せごえ》町にある竹の浦館の名に見出すことが出来る。昭和五年（一九三〇）に建てられ、同四十二年（一九六七）に廃校となった旧石川県加賀市立瀬越小学校の校舎が保存され、地域のコミュニティースペースとして利用されている。

福井市の日本海沿岸を通る国道三百五号線を北上、坂井市を過ぎて四キロメートルで北潟湖の湖畔に出る。

北潟湖は、約二万年前に加越台地が侵食されてできた谷に約六千年前に水が溜まって出来た、面積二平方キロメートル、平均水深二・五メートルの湖である。大聖寺川に流れ出て日本海に繋がるが、海面との水位差が小さいためしばしば海水が流れ込み、江戸期にはカキの養殖が盛んであったが、明治期に新田開発のための開田橋が設けられて淡水化し、カキ養殖は衰退し、フナ、コイ、ハゼ、ウナギ等の淡水魚が生息する。

竹の浦館

竹の浦館看板

湖面を右に見ながら一・五キロメートルほど国道三百五号線を進むと、豪壮な二層の山門が建つ。養老三年（七一九）創建の真言宗の古刹の安楽寺である。本堂は落ち着いた構えであるが、二間ほどの正面を除いて、風雪除けであろうと思われる囲いが施され、離れた位置からは全容の雰囲気を伝えられないのが残念である。

福井県のほぼ北端、あわら市吉崎は**蓮如**の事績を伝える。

浄土真宗中興の祖と言われる本願寺第八世の**蓮如**は比叡山衆徒の襲撃に逢い、文明三年（一四七一）越前に下り、ここ吉崎の山頂に北陸の布教拠点を築いた。後に吉崎御坊と呼ばれる道場である。**蓮如**はここで教義を分かりやすく説き、民衆の支持を得、北陸のみならず奥羽からも門徒がこの地に集まったという。ところが文明六年（一四七四）に発生した加賀国守護富樫氏の内紛に巻き込まれ、遂には門徒衆と守護側との対立するところとなり、**蓮如**は同七年、対立を鎮静化するためこの地を離れたが、後一向一揆へと事態は進み、さらには門徒が加賀を統治するに至るのである。しかし永正三年（一五〇六）、中ノ郷の戦いで朝倉氏等の討伐軍に敗れ、平定されることとなり、吉崎の坊舎も破却された。江戸期に入り、その頃には東西に分裂していた本願寺によって、延享三年（一七四六）に西別院（本願寺派＝西本願寺派）、同四年に東別院（大谷派＝東本願寺派）が再興された。

吉崎山の山頂には**蓮如**の像が建てられ、麓には、詳述は避けるが東西両別院が並立し

北潟湖中程のアイリスブリッジ

安楽寺本堂

安楽寺山門

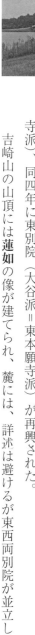

吉崎山山頂の蓮如像

ている。

　なお、**松尾芭蕉**は『**奥の細道**』に「越前の境、吉崎の入江を舟に棹さして、汐越の松を尋ぬ」と記述する。さらに**西行**の「終宵《よもすがら》嵐に波をはこばせて　月をたれたる汐越の松」を挙げて、「此の一首にて数景《すけい》盡きたり。もし一辨を加ふるものは、無用の指を立つるがごとし」と、景観と**西行**の歌を称賛している。ただし、この歌が**西行**が詠んだかは異論があるという。この汐越の松は、北潟湖と日本海に挟まれた海浜に造られた芦原ゴルフクラブのコース内にあり、クラブのご好意で目にすることが出来た。

　この竹泊、竹浦を詠んだ歌は、『能因』、『名寄』、『松葉』に、『**夫木和歌抄**』から**源兼昌**の「こし《（越）》の海の竹の泊を今朝見れは《ば》　一夜《ひとよ》をこめて雪降《ふり》にけり」が、『名寄』、『松葉』に同じく『**夫木和歌抄**』から**葉室光俊**の、「音そよく《ぐ》竹の浦風吹立《ぶきたて》て　まさこ《（真砂）》にあそふ《（遊）ぶ》秋の雁か《が》ね《（音）》」が、また『松葉』に**西行**の、「波よ《（寄）》する竹の泊のすゝめ《（雀）》貝　うれ《（嬉）》しき世にも逢《ひ》にける哉」が収められる。ただし、『名寄』はこれを加賀国の歌枕とするが、収載の誤りと言うよりは、旧い時代の国境の曖昧さ、あるいは冒頭に述べた如く、竹浦が現在の石川県の南端をも含んでいた故の加賀国と理解

吉崎東別院本堂

東別院山門

吉崎西別院本堂

西別院山門

した。

廃校が蘇り居り竹浦に　人の憩ふる館となりて
信仰が力持ちたる史の跡　竹の浦辺の丘の上《へ》に在り
竹浦の浜の際なるゴルフ場に　西行縁の汐越の松

汐越の松

十六、叔《し》〔殊《く》〕羅《ら》河《が》〔川《わ》〕 —越中編三十二より—

『能因』、『松葉』は叔羅河〔川〕、『名寄』は殊羅河として、越中国に項立てする。詠み込む歌の一首には、『**万葉集**』巻第十九の、「鵜を越前の判官大伴宿禰池主に贈る歌一首并せて短歌」の詞書に続く長歌「天離《あまさか》る鄙としあれば……」の一部、「叔羅川なづさひ上り平瀬には　小網《さで》さし渡し早き瀬に」が挙げられる。「なづさひ」は「なづさふ（水に漂う）」の連用形、「小網」は手許が狭く、前方が広い掬い網で、歌の贈主は**大伴家持**である。

この叔羅川につき、伊藤博は『萬葉集釋注』で越前市（旧武生市）を流れる日

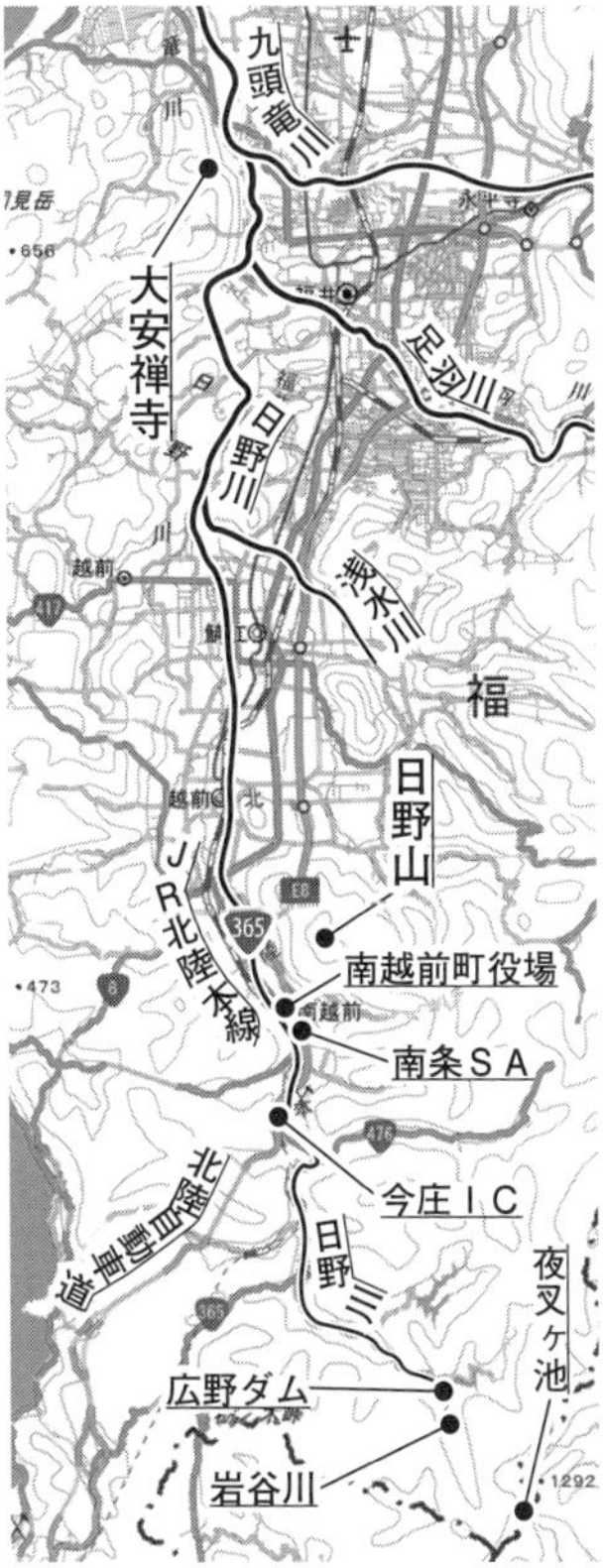

日野川流域

南越前町からの日野山と日野川

広野ダム

ダムの下流の広野橋から
日野川上流を

野川とし、また『越中万葉百科』もやはり日野川と比定する。これらを拠り所として本書もこれに従い、越前国の歌枕として項を立てた。

南越前町の南端近く、岐阜県揖斐川町との境にある夜叉ヶ池を源とする岩谷川が広野ダムに流れ込み、ダムからは日野川となって北流する。本編八で解説した今庄を通り、越前市に至る間は北陸自動車道、国道三百六十五号線、JR北陸本線と並行して流れる。南越前町役場を過ぎた辺りから東を望むと、越前富士と称される日野山（七百九十四・四メートル）が、その整った山容を見せる。本編十一に記したように、かの**紫式部**がこの地に一年余滞在したが、その折、この日野山の冬景色を見て「ここにかく日野の杉むら埋む雪　をしおの松にけふやかまえる」と詠んだと言う。また**松尾芭蕉**は『**奥の細道**』の道程で、元禄二年（一六八九）旧暦八月十四日にこの地を通り、「あすの月雨占なはんひなが嶽」と吟じた。日野山も歌枕として認知されても不思議はないと思えるのだが……。

日野川と九頭竜川の合流地点
（手前 日野川、向う側 九頭竜川）

北陸自動車道下り線南条ＳＡより見る
日野川

その後日野川は、越前市中心街、鯖江市中心部のやや西を真北に流れ、福井市南部で浅水川（本編十二参照）を合わせ、市街地南部で江端川、北部で足羽川を合わせ、福井市高屋町で九頭竜川に流れ込む。全長七十キロメートル余の一級河川である。
九頭竜川との合流地点の西南には、万治元年（一六五八）に第四代福井藩主の松平光通が建てた、臨済宗妙心寺派の大安禅寺がある。歴代の福井藩主の菩提寺で、創建当時の姿を今に留める。木立に囲まれた境内には多くの堂宇が配されるが、筆者の粗忽故、それらを写真に納め損なったのが残念である。

叔羅川国府の街過ぎ史語る　川を合わせて北へ流れり
越前富士麓流るる叔羅川に　その麗しき影を落とせり
三百歳余藩主の菩提弔ふる　寺厳かに在り叔羅川河畔に

大安禅寺境内

大安禅寺山門

広域

十七、道の口（併せて道口武生国府）

九の「武生ノ国府」に挙げた**催馬楽**の「道のくちたけふのこふに……」がここにも挙げられ、また『**続撰吟集**』

から**冷泉為広**の詠んだ「夢にさへえやはかよはんみちの口　きくもはけしき心あひのかせ」等も『松葉』に収められる。

この道口の具体的な候補は、まず若狭湾沿いの海浜部、越前岬の七キロメートルほど南に越前町道口がある。また、舞鶴若狭自動車道の中郷トンネルの南入り口辺りが敦賀市道口である。ただし、共に歌枕を想わせる寺社、旧跡、伝承等が見当たらない。また、この地を詠んだとされる歌の歌意にも、何れかに比定する言葉は見出せない。

一方、**大化の改新**以降国々が確定するが、それまでの一国を二分割する際、当初、都からの距離によって口《くち》（前）、後《しり》、三分割の場合は口（前）、中《なか》、後とした。筑紫国が筑紫前《つくしのみちのくち》（後の筑前国）、筑紫後《つくしのみちのしり》（筑後国）に、吉備国が備前《きびのみちのくち》、備中《きびのみちのなか》、備後《きびのみちのしり》に分けられた如くである。越前、越中、越後も同様で、ここで言う「道の口」は越前国を指すとする説がある。古代歌謡を起源とする**催馬楽**に詠まれたことからすれば、今でも世に知られているとは言い難い特定の地名でなく、この説に拠るのが妥当と思われるが如何であろうか。

比定に迷うところであるが、越前国のことと見做し、その越前国については編頭やこれまでの各項で縷々述べた故、項を立てるのみとする。

道の口古歌に詠まれしと聞きしかど　相応しき地の定む能はず
古に割きて分けたる国の名の　道の口とふ京に近きを
定めたり歌の枕の道の口　迷ひ迷ひて越前国と

十八、越《こしの》〈ノ〉中山《なかやま》―越後編四へ―

この歌枕も比定に迷う山である。

先ずは越前国とする一説。本編八の「帰山」の項で述べた木ノ芽峠に比定する。**松尾芭蕉**はこの地を「中山や越路も月ハまた命」と吟ずる（『芭蕉翁月一夜十五句』）。**西行**が「小夜の中山（静岡県掛川市）」を詠んだ「年たけてまた越ゆべしと思ひきや　命なりけり小夜の中山」を想い起しての句とされる。やはり**西行**が、「雁がねは帰る道にや迷ふらん　越の中山霞隔てて」、「嶺《ね》渡しにしるしの竿や立てつらむ　木挽《こびき》（＝樵）待ちつる越の中山」と呼んだ「越の中山」を木ノ芽峠と解してのことであろう。

一方、**芭蕉**の理解はそれとして、**西行**の『**山家集**』の解説書には、木ノ芽峠説もあるとしつつ越後国の妙高山を候補に挙げる。中山が名香《なか》山に改まり、読みが「みょうこう山」と改称され、さらには表記が「妙高山」となったとの、何やら連想ゲームの如き変遷を経たと言う。両説とも頷けるが、根拠はないが妙高説の方がやや分がありそうな感がある。木ノ芽峠については本編八の「帰山」で触れたことでもあり、また妙高山については、新潟県越後編の編末の歌枕歌一覧には収載は無いが、筆者の独断でそちらに本項を移して一項とする。

十九、猟路《かりじ》（併せて同小野、同原、狩道ノ池）

—大和国—

『**万葉集**』巻第三に載る**柿本人麻呂**の長歌「やすみしし我が大君高光る我が日の御子の……」の一部、「若薦を猟路の小野に鹿《しし》こそは　い匍《は》ひ拝《をろが》め鶉こそ」、巻第十二、詠み人知らずの「遠つ人猟道の池に棲む鳥の　立ちても居ても君をしぞ思ふ」や、『正治百』とあるから『**正治二年院初度百首**』に収められる**藤原俊成**の、「君をのみたちてもゐても思ふ哉　かりちの池の鳥ならなくに」等々が、この地を詠んだ歌として挙げられる。

ところが手にした『**万葉集**』の解説書には、猟路について、奈良県宇陀市榛原町の宇陀川、芳野《ほうの》川の合流する付近と推論する。越前域内にはそれらしき地は見当たらず、為に国違とし、宇陀市の辺りを少しばかり紹介する。

宇陀市役所の南で、吉野町に近い同市大宇陀宮奥から北流してきた宇田川に、やや東をほぼこれも北流してきた芳野川が合流する。この両河川に挟まれた地或は現在田畑が広がるが、咼

榛原西小学校の万葉歌碑（この背後の木の間から下の風景が）

古の猟路の池

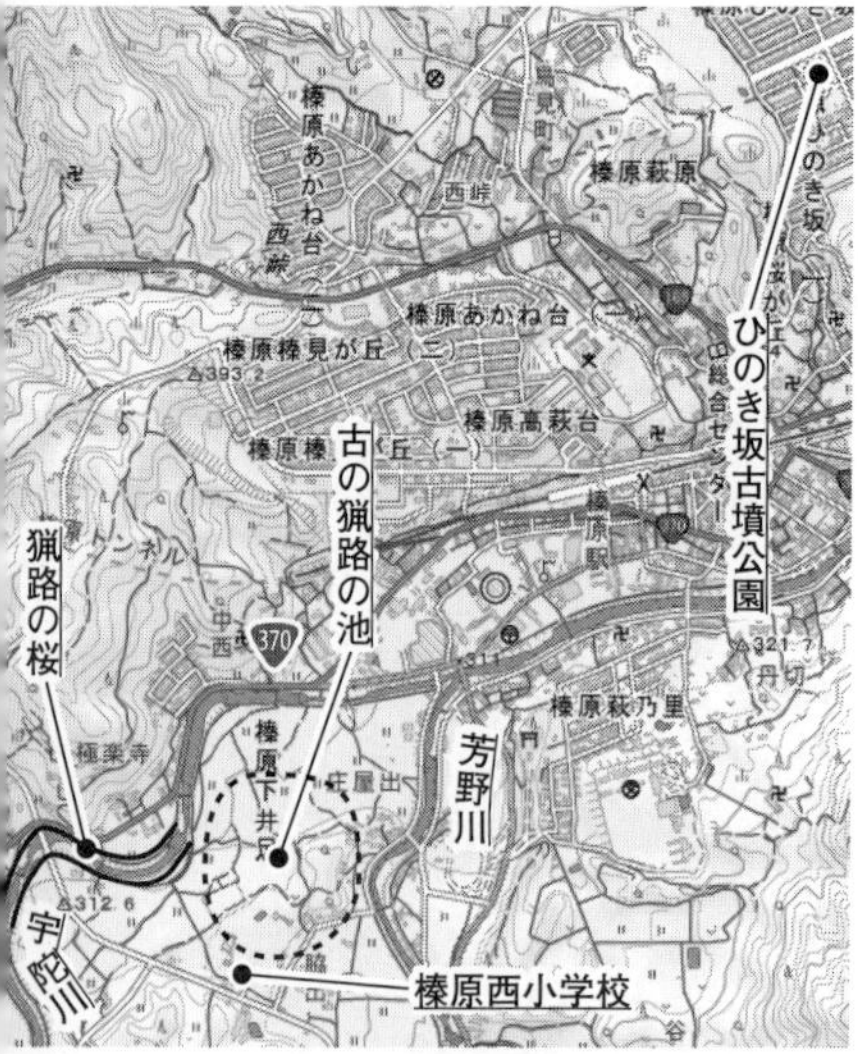

奈良県宇陀市榛原町

ひのき坂古墳公園

去は万葉歌に詠まれる「猟路の池」であったと言う。その南に張り出す高台の市立榛原《はいばら》西小学校の校庭の西端には万葉歌碑が建つ。碑の裏面には冒頭の**柿本人麻呂**の長歌と反歌一首が、表面には、同じ長歌のいま一首の反歌「大王は神にしませは真木の立つ　荒山中に海を成すかも」が刻まれる。「大王《おおきみ》」は**長皇子《ながのみこ》**（**天武天皇**の皇子）、「真木」は杉や桧のこと、「荒山中」は人気のない山の中を言う。そして「海」が猟路の池である。碑の裏手からは、今は幻の池を想わせる地形を望むことが出来る。

　また、小学校の南東の隅には、大王山遺跡について記した解説板が建てられている。弥生時代の住居跡や古墳時代の方形状墓、明治初期まで在った廃寺の跡なども発掘されていると言う。この地に古くから人の営みがあった証である。他にも市役所の北東一キロメートルにはひのき坂古墳公園があり、小振りではあるが墳口が開かれている円形の古墳が遺されている。

　宇陀市役所から南に吉野町に向かう国道三百七十号線に沿う宇陀川の両岸は、猟路の桜と呼ばれる桜並木が何キロも続く。市内にはほかにも桜の名所が点在し、その季節には、市全体が桜花に埋もれた感があると言う。訪れたのが三月中旬（旧暦二月）で、一足早かったのが惜しまれる。

猟路の桜

宇陀市榛原篠楽付近の宇陀川

万葉の歌に詠まれし猟路池　大和の国に名残り求めり
高台の万葉歌碑の背に見たり　古に在りし猟路の池を
宇陀川の猟路の桜並び居り　盛りを偲ぶ如月に訪ひ

二十、顔の池―大和国―

『松葉』には、『**夫木和歌抄**』から「我もいさ立よりて見ん玉ひかる　かほの池には水やひかると」が載る。詠者は明らかでない。残念ながら越前にも、若狭にも該当する池は見当たらない。

吉原栄徳が編んだ『和歌の歌枕・地名大辞典』は、「軽の池」の誤りとして、奈良県橿原市の大軽町から石川町の辺りに在ったとする。軽の池と言えば、『**万葉集**』巻第三に、**天武天皇**の皇女の紀皇女《きのひめみこ》が「軽の池の浦み行き廻《み》る鴨すらに　玉藻の上にひとり寝なくに」と詠んでいる。また、同じく巻第二の「**柿本朝臣人麻呂**、妻死にし後に、泣血哀慟《きゅうけつあいどう》して作る歌」には、「軽の道」、「軽の市」が詠み込まれている。越前の歌枕ではないが、これを機会に若干の解説をしておく。

奈良県明日香村の甘樫丘の西一キロメートル

奈良県明日香村

本薬師寺跡

堂跡の礎石

軽の池の名残り？

ほど、橿原市立畝傍東小学校の東南に長方形をした池がある。周囲は住宅地である。いかにも人造湖の体が気になるが、軽の池の名残との説がある。ただし見渡したところ解説板や碑などは見当たらず、俄かには信じ難い。

一方その北方三百メートルには、今は石川池であるが古くには劔池と呼ばれた水面が広がる。この池を軽の池とする説がある。池の東南には小山が張り出し、木々が鬱蒼と茂っている。小山への登り口には宮内庁の注意書きがあり、孝元天皇劔池嶋上陵と表せられる。頂上には石柱の柵で仕切られた陵地が鎮座する。**孝元天皇**と言えば第八代、記紀時代の伝承上の天皇であり、真偽はともかくとして、この池が由緒ある池であることは疑うべくもなく、軽の池をここ劔池に比定したい。

石川池の北一キロメートルには、平城京遷都以前の薬師寺の跡がある。天武九年（六八〇）に**天武天皇**によって発願され、文武二年（六九八）にほぼ完成した。遷都後の養老二年（七一八）、寺が現在の地に移転した後も、平安中期まで伽藍が存立し、区別して本薬師寺と呼ばれたと言う。敷地の石柱には「史跡元薬師寺址」と刻まれ、小さな庵が建てられ、礎石が並べられている。なお、現在の薬師寺は十六世紀に兵火により焼失したが、

孝元天皇陵

石川池（旧劔池）

現・薬師寺中門と東・西の塔

昭和五十一年（一九七六）から次々と再建された。ただ唯一東塔だけは戦火を免れ、創建当時の遺構であり、白鳳時代の様式を伝える国宝である。

南に目を転ずると、明日香村の飛鳥寺、飛鳥宮跡、石舞台古墳、高松塚古墳、キトラ古墳等、多くの史跡が点在する。これらは衆知故割愛するが、さらにやや南、高取町に在る、大和国総社とされる国府神社について簡単に触れる。

国道百六十九号線を南に、明日香村と高取町の境から一・七キロメートルほど、うずら町の交差点を東に、北に折れる一番目の路地を左折すると、道脇に神社の石柱と鳥居が建つ。背後の小山はナマコ山と呼ばれるとか、その森の中に社殿が鎮座する。名が示す如く、この神社の付近に国府が在ったと推定されている。ただし国府は、平城京遷都とともに現在の大和郡山市今国府町《いまこうちょう》に遷された。他の史跡のように派手ではないが、歴史的には重要な神社である。

越前の歌枕とふ顔の池　万葉に詠まれし軽の池となむ
軽の池記紀の時代の天皇の　陵《みささぎ》在りて重き識りたり
大和国の古き国府に近き宮　軽の池辺り巡りて参れり

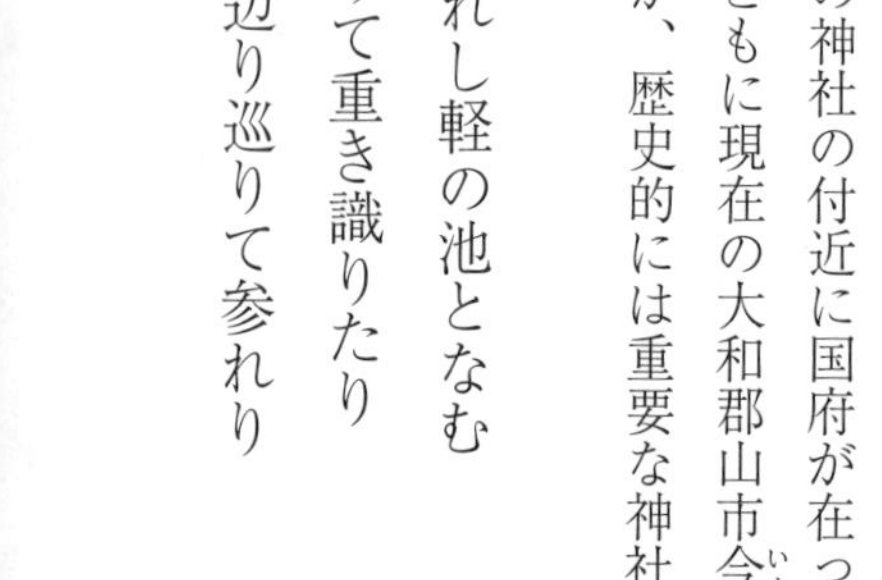

国府神社社殿

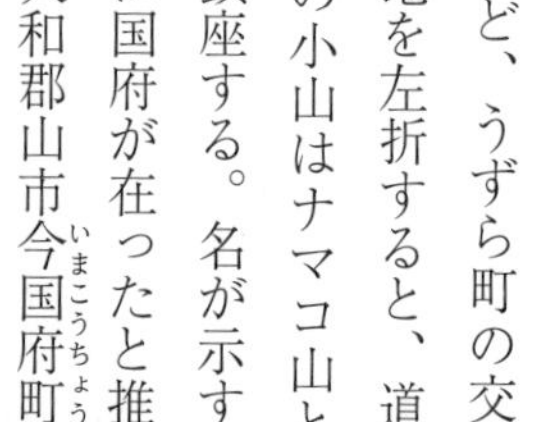

参道入口

二十一、吹飯浜《ふけいのはま》〔濱〕——和泉国——

『万葉集』巻第十二に、詠者の示されていない「時つ風吹飯の浜に出で居つつ　贖《あか》ふ命は妹がためこそ」が載るが、これと他一首が越前国の歌枕として『名寄』、『松葉』に挙げられる。

しかしこの「吹飯浜」は、現在の大阪府泉南郡岬町の深日《ふけ》港辺りを指すという（『和歌の歌枕・地名大辞典』）。越前国にその証が見当たらぬ故、和泉国の歌枕としてこの地に比定し、その歴史の一端に触れた、

深日港

大阪湾沿いを南に下り、最も和歌山寄りの港が深日港である。昭和二十三年（一九四八）に某工場の船溜を改修して開港、徳島や淡路島とのルートが開かれた。しかし平成十年（一九九八）の明石海峡大橋の開通で航路が休止され、現在この港を発着する定期旅客航路はない。なお、地元では淡路島洲本港と連携して、新時代に合わせた航路の復活を推進している。

この地域には由緒ある寺社が目につく。

深日港から府道六十五号・岬加太港線を西に二キロメートル足らず、左折して極楽橋を渡って五百メートルに、興善寺、産土神社、理智院が並び建つ。

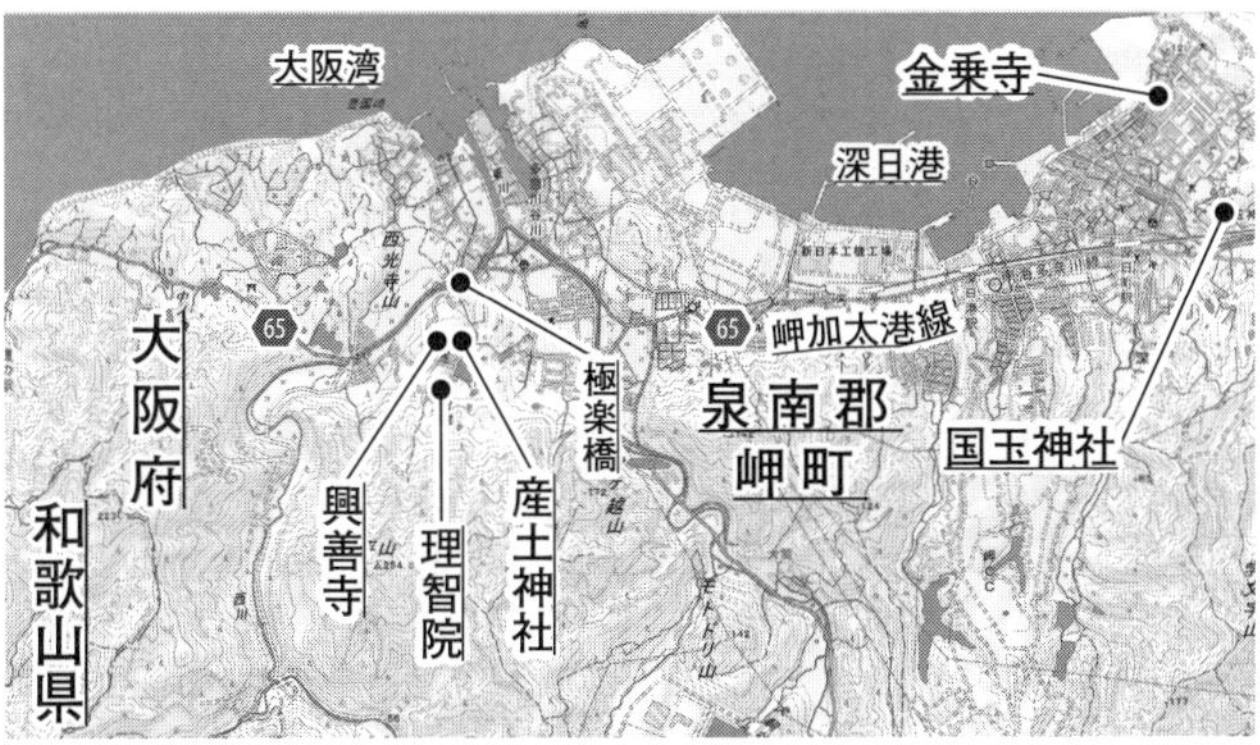

大阪府泉南郡岬町深日港付近

産土神社石段
直近の社殿

産土神社参道口

興善寺本堂

興善寺山門

興善寺は、仁寿二年（八五二）に**文徳天皇**の勅願によって**円仁**によって創建された。重厚な山門や、鳥が翼を広げたような二層の屋根の本堂が印象深い。本堂に安置される大日如来像、薬師如来像、釈迦如来像は国の重要文化財に指定されている。

産土神社は、興善寺開基の際に境内鎮守として堂宇を建立して開かれた。先の興善寺は開かれた境内であったが、こちらは、一の鳥居から参道が林間を通り、拝殿の建つ境内も広くない。

さらに奥手に在る理智院は、別名を宝珠山光明寺と言い、真言宗御室派に属している。天平五年（七三三）、**聖武天皇**の勅令により**行基**が開いたとされる。当初は**行基**の作である観音菩薩像を

理智院本堂

理智院寺号標

理智院山門

金乗寺「宗主御詠の歌」の碑

金乗寺本堂

金乗寺山門

本尊としていたが、後に**空海**が刻み、この寺に寄せた追風不動明王像が本尊とされた。境内は地形を生かし、かつ手入れの行き届いた寺庭が広がり、山門から本堂に続く通路の敷石には、四国八十八ヶ所霊場のそれぞれの所在を示す地図が刻まれたレリーフが配される。

深日港の最も東、深日漁港近くには、屋根が重厚かつ華麗な山門の浄土真宗本願寺派金乗寺が建つ。境内は手入れが行き届き、樹齢五百年以上と推定される大銀杏が枝を広げ、一角には「宗主御詠の歌」と題して、**蓮如**上人の「和泉なる吹井の浦の波風に　舟こぎいづる旅のあさだち」をはじめ、顕如上人、廣如上人等の歌の刻まれた碑が据えられる。

また金乗寺の南東五百メートル、天平神護元年（七六五）に**称徳天皇**が行宮を造営した地に、創建年代は詳らかではないが**延喜式**に載る国玉神社が鎮座する。鬱蒼とした木々の間に、銅葺きの本殿の屋根が陽を照り返して煌めいている。祭神は**大国主命**と後に合祀された賀茂別雷神である。

このように深日は、歌枕「吹飯浜」に相応しい歴史ある地である。

国玉神社拝殿

国玉神社参道口

吹飯浜和泉の国に在りと聞き　大阪湾を南に下れり
船路にて嘗て渡りし吹飯浜　佇み偲ぶ今航路無く
古き寺古き宮在り万葉に　吹飯の浜と詠まれし浜に

二十二、阿伎師之里《あきしのさと》—近江国—

これまたなかなか手強い地名である。『名寄』に**藤原仲実**の「あらち山雪け《消》の空に成ぬれは　あきしのさと《里》にみそれ《霙》ふり《降》つゝ」が載る。出典は『**堀河百首**』である。初句は本編の一に項を立てた「有乳山」である。しかし、その近隣はもとより越前国の域内に、それらしい地名や伝承は見出せない。

『和歌の歌枕・地名大辞典』は、「阿伎師之里」は「海津の里」の誤りとし、その「海津の里」を滋賀県高島市マキノ町の琵琶湖岸の海津地区に比定する。即ち近江国の地名である。筆者もこの論に従うこととする。

本編一の「有乳」の冒頭において、海津地区が琵琶湖北岸における湖上交通の要衝で、かつ敦賀に向かう陸路（北陸道）も通過し、特に江戸初期には大いに賑わったと述べた。重ねての記述となるが、少し

琵琶湖北岸滋賀県高島市マキノ町付近

海津天神社

天神社参道口

く紹介してみたい。

マキノ町海津の最も西、国道百六十一号線と、北を並走するＪＲ湖西線に挟まれて海津天神社が鎮座する、「天満宮」と書かれた扁額の掛けられる鳥居を潜って進むと拝殿があり、その奥、十数段の石段を上がると社殿が並ぶ。正面に天満宮、左右にやや小ぶりの小野神社と大鍬神社、さらに左に靖国社、貴船社、右に恵比寿社、八坂社等々多くの境内社が配される。参道には神社の挨拶文の書かれた看板が建てられている。曰く、

「前略―延暦二十三年（八〇四）遠祖長教創祀爾来、連綿父子相承にて千二百年の幾星霜、大谷山（四百四十四メートル）を背後にあおぐ当神社には、悠久の木陰に天神様を中心として、大小十あまりの御社が鎮まり、唯一独自の社壇を整え、流れ造りの荘重な佇まいを見せています。近畿・北陸を結ぶ交通の要衝に位置し、様々なご神徳を有する神様が、日夜、万人の幸せをお守り下さっています。―後略」

マキノ町立東小学校に辺りは、旧街道沿いに発展した古い街並みが比較的残される。並行して国道百六十一号線が通るため、車の往来の少ない静かな雰囲気である。

福善寺山門

福善寺本堂

レトロ感残る街並

海津迎賓館

街のほぼ中央であろうか、真宗大谷派の福善寺の二層のどっしりした山門が建つ。本尊は阿弥陀如来、延久二年（一〇七〇）の創建である。

道を挟んだ向かいには、「海津迎賓館」と銘打った、何れも金色に塗装された山門と塀が目を奪う。まさに寺院の造りであり、レンズを向けたが、全くの個人所有の建物と聞き、驚かされた。

この地区の湖岸には、風波から家宅を守るための石積みが約一・二キロメートルにわたって続く。恰も城壁の如くであり、江戸時代中期にはほぼ現在の景観になったと言われる。平成二十年（二〇〇八）には、この石積みを含め、江戸時代建造の町屋五軒、漁業組合の旧倉庫などが国の重要文化的景観に選定されている。

湖岸の石積み

阿伎師里若狭に入るに吾過ぎし　湖北の岸の海津里とふ

昔日に栄えしを識る家並なり　阿伎師之里の街過ぐる道

境内に数多の社殿並び居る　天神社建つ阿伎師之里に

二十三、関原《せきのはら》—美濃国—

源仲正が詠んだ「鳴き交はす鶯の音にしきられて　行きもやられぬ関の原かな」の初句、二句が「鶯の鳴きつる声に」と改変されて、『名寄』に収められるが、この関原は「天下分け目の……」で知られる岐阜県の「せきがはら」とするのが妥当なようである。『名寄』にも、「又美濃国在之」と小書きが添えられている。越前国の歴史地名辞典にも、また三万分の一の地図にも見当たらない。筆者もこれらのことから美濃国の歌枕と見做し、続いて探訪を予定している「美濃編」に詳述することとする。

未勘

二十四、黒戸橋《くろとのはし》

『名寄』、『松葉』に、出展も詠者も記載のない「誰そこのねさめ《〔寝覚〕》てきけ《〔聞〕》は《ば》あさむつ《〔浅水〕》の　くろと《〔黒戸〕》のはし《〔橋〕》をふみ《〔踏〕》とゝろ《〔轟〕》かす」が載る。歌中に浅水とあるから、十二で述べた現在の浅水川であり、黒戸橋はその川に架かる橋である、あるいはあったと思われる。しかし地図にも地名辞典にも記載がない。残念ながらこれ以上の考察は断念せざるを得ず、未勘とした。

越前国歌枕歌一覧（名所の数字は各歌枕集収載ページ）

有乳（併せて同〈ノ〉高嶺〔根〕、同峯〔嶺〕、同山、同山裾野）・**矢田**〈大、広〉**野**

名所歌枕（伝能因法師撰）

有乳山（三二一）
矢田の野に浅茅色つくあらち山
岑の淡雪寒くそ有らし　〔万葉十〕
（「矢田野」に重載―筆者注）
あらち山裾の、あさち枯しより
嶺には雪のふらぬ日もなし
〔新後撰〕（中務卿宗尊親王）

謌枕名寄

有乳山（九六二）
やたの野のあさち色つくあらち山
みねのあは雪さむくふるらし　〔万葉十〕
（「矢田野」に重載―筆者注）
あらち山すそ野のあさちかれしより
峯には雪のふらぬ日もなし　（中務卿）
神無月時雨にけりなあらち山
行かふ袖も色かはるまて
有乳峯（九六四）
やたの野の浅茅かはらもうつもれぬ
いくへあらちの峯のしら雪　（為家）
あらち山みねの木からしさきたて、
雲のゆくてにおつるもみちは　（定家）
有乳高嶺（九六四）
あらち山雪ふりつもるたかねより
さえてもいつる夜はの月かけ　〔金〕
有乳山（九六二）
うちたのむ人のこゝろはあらちやま
こしちくやしき旅にもある哉
〔金〕（読人不知）

類字名所和歌集

有乳（三四九）
矢田の野に淺茅色つくあらち山
嶺の淡雪寒くそ有らし
〔新古今〕（人丸）
（「矢田野」に重載―筆者注）
あらち山裾の、あさち枯しより
岑には雪のふらぬ日もなし
〔新後撰〕（中務卿宗尊親王）
神無月時雨にけりなあらち山
行かふ袖もいろ替るまて
〔新拾遺〕（前内大臣）
矢田の野の浅茅か原も埋れぬ
いくへあらちの岑の白雪
〔続拾遺〕（為家）
（「矢田野」に重載―筆者注）
あらち山みねの木枯さきたて、
雲の行てにおつる白雪
〔新後拾遺〕（前中納言定家）
あらち山雪ふり積る高根より
さえても出るよはの月哉
〔金葉〕（藤原兼房朝臣）
打頼む人の心のあらち山
こしち悔しき旅にもあるかな
〔金葉〕（読人不知）

増補松葉名所和歌集

有乳山（五四五）
矢田の野の色つく見れはあらち山
嶺の淡ゆき寒く降らし　〔万十〕
（「矢田野」に重載―筆者注）
有乳山裾野（五六〇）
有乳山裾野の浅茅枯しより
嶺には雪のふらぬ日もなし
〔新後撰〕（中務卿親王）
有乳山（五四五）
神無月時雨にけりな有乳山
ゆきかふ袖のいろかはるまて
〔新勅〕（前内大臣）
有乳嶺（五四九）
矢田の野の浅茅か原も埋れぬ
いく重あらちの峯の白雪
〔續拾〕（為家）
有乳山（五四五）
あらち山みねの木からし先たて、
雲のゆく手に落る白ゆき
〔新後拾〕（定家）
あらち山雪ふりつもる高ねより
さえても出るよはの月かな
〔金葉〕（藤原兼房

有乳（併せて同〈ノ〉高嶺〔根〕、同峯〔嶺〕、同山、同山裾野）・**矢田〈大、広〉野**

おもひやるこゝろさへこそかなしけれ
　あらちの山の冬のけしきは
　右二首贈男に付て越前国へ罷たりける女のおとこの心かはりにけれは都に侍ける母の許につかはしける返しは母のよめるとなむ

あとたゆるあらちの山の雪こへに
　そりのつなてのひきそわつらふ（顕隆）

雪ふかくふりしつもれは有乳山
　木すゑに鹿そたちなつみける（読人不知）

雲かゝるあらちの山をかりかねの
　きりにまとはていかゝきつらん（斎宮河内）

あらち山ほたるのかけをしるへにて
　たとるは谷の木すゑ成けり（俊頼）

手向するあらちの山の夕とまり
　ひとりや君かいほりさすらむ（読人不知）

はつみ雪ふりにけらしなあらち山
　こしの旅人そりにのるまて（兼昌）

あらち山夕日かくれのあさちはら
　色つきぬとやむしの鳴らん（家隆）

冬こもる夜の間の風のあらち山
　いかに木葉のまなくちるらむ（俊頼）

思ひやる心さへこそ苦しけれ
　あらちの山の冬の氣色は
〔金葉〕（おや）

跡たえてあらちの山の雪こえに
　そりの綱手を引そわつらふ
〔久安百〕（親隆）

雪深く降しつもれはあらち山
　梢に鹿そたちなつみける
〔良玉〕

雲かゝるあらちの山を雁かねの
　道にまとはていかて来つらん
〔堀百〕（河内）

あらち山ほたるのかけをしるへにて
　たとるは谷の梢也けり
〔名寄〕

手向するあらちの山の夕とまり
　ひとりや君か庵さすらん
〔夫木〕

初み雪ふりにけらしなあらち山
　越の旅人そりにのるまて
〔堀百〕（忠房）

有乳山夕日かくれの浅茅原
　いろ付ぬとやむしのなくらん
〔名寄〕（家隆）

冬こもる夜の間の風のあらち山
　いかに木のはの間なくちるらん
〔建保百〕（康光）

有乳（併せて同〈ノ〉高嶺〔根〕、同峯〔嶺〕、同山、同山裾野）・矢田〈大・広〉野

名所歌枕（伝能因法師撰）

謌枕名寄

あらち山時雨ふるらしやたのなる
もゝえのはしは紅葉しにけり
（僧正実伊）

冬きてはおもひもかけしあらち山
雪おれしつゝ道まかひけり
（俊頼）

都出し衣手かれてあらち山
いろかはりゆく秋風そふく
（知家）

類字名所和歌集

吹風のあらちの高ね雪さえて
やたの枯野に雹ふるなり
〔玉葉〕（衣笠前内大臣）
（「矢田野」に重載―筆者注）

有乳山夕こえくれてやたの野の
淺ち刈敷こよひかもねん
〔玉葉〕（新院御製）
（「矢田野」に重載―筆者注）

あらち山夕霧はるゝ秋風に
やた野のあさち露もとまらす
〔新拾遺〕（正二位隆教）
（「矢田野」に重載―筆者注）

あらち山やたのひろのゝ月影に
宿り殘さぬ淺ちふの露
〔新後拾遺〕（藤原長秀）
（「矢田野」に重載―筆者注）

いくへとはわけてもしらし有乳山
雲もかさなる峯の白雪
〔続千載〕（正三位為実）

さえわたる音もあらちの山風に
やたのゝあさち霜結ふ也
〔続後拾遺〕（藤原長秀）

増補松葉名所和歌集

有乳ノ高根（五四九）

吹風のあらちの高ね雪さえて
矢田の枯野にあられふる也
〔玉葉〕（衣笠内大臣）

有乳山（五四五）

有乳山夕越くれて矢田の野の
浅茅刈しきこよひかもねん
〔玉葉〕（新院御製）
（「矢田野」に重載―筆者注）

あらち山夕きりはるゝ秋風に
矢田野の浅茅露もとまらす
〔新拾〕（隆教）
（「矢田野」に重載―筆者注）

あらち山矢田のひろ野の月かけに
宿りのこさぬ浅ちふの露
〔新後拾〕（藤原長秀）
（「矢田野」に重載―筆者注）

有乳（併せて同〈ノ〉高嶺〔根〕、同峯〔嶺〕、同山、同山裾野）・矢田〈大、広〉野

けさの朝け寒き有乳の山下風
初雪ふりぬ野への浅ちふ
〔新千載〕（伏見院御製）

やたの野の浅ちを寒み雪ちりて
あらちの岑にかゝる浮雲
〔新千載〕（藤原重綱）
〔「矢田野」に重載―筆者注〕

有乳山朝立雲のさゆるより
やた野をかけてふれるしら雪
〔新千載〕（等持院贈左大臣）
〔「矢田野」に重載―筆者注〕

有乳山あすは往来も絶ぬへし
けふこそ分め峯のしら雪
〔新千載〕（津守国助）

矢田の野に打出てみれは山風の
あらちの岑は雪降にけり
〔新後拾遺〕（前大納言為家）
〔「矢田野」に重載―筆者注〕

あらち山こゆへき道も行暮ぬ
やたのゝ草に枕むすはん
〔新後拾遺〕（権中納言経嗣）
〔「矢田野」に重載―筆者注〕

野辺の色に春をや見せんあらち山
峯の淡雪かすむともなき
〔柏玉〕（後柏原）

有乳山谷のうくひす野へに出て
なけともいまた春のあわ雪
〔玉吟〕（家隆）

ゆふたちの降くる音のあらち山
矢田野をかけて風そはけしき
〔御百首〕（後土御門院）

冬のよの嶺のあらしや荒ち山
月よりかるゝのへのあさちふ
〔建保百〕（順徳院）

有乳（併せて同〈ノ〉高嶺〔根〕、同峯〔嶺〕、同山、同山裾野）・矢田〈大、広〉野

名所歌枕（伝能因法師撰）

矢田野（三一二）

やたの野の浅茅色つくあらち山
嶺の淡雪寒くそ有らし
〔万葉十〕（よみ人しらす）
（「有乳山」に重載—筆者注）

謌枕名寄

矢田野（九六四）

やたの野の浅茅色つくあらち山〻
（人丸）
（「有乳山」に重載—筆者注）

ものゝふのやたのゝすゝき打なひき
をしかつまよふ秋は来にけり
（寂蓮）

類字名所和歌集

矢田野（二七六）

矢田の野に浅ち色付あらち山
岑のあは雪寒くそ有らし
〔新古今〕（人麿）
（「有乳」に重載—筆者注）

武士の矢田野の薄うちなひき
を鹿つまよふ秋はきにけり
〔続後撰〕（舜延法師）

増補松葉名所和歌集

有乳山雪も日数もふるまゝに
梢そちかき峯にまつ原
〔夫木〕（為家）

此ころはあらちの山の跡たえて
菅の葉しのきみ雪ふるらし
〔夫木〕

秋風のあらちおろしに矢田の野の
浅茅は今そうらかれぬへき
〔家集〕（為家）
（「矢田野」に重載—筆者注）

いかはかりふりつみぬらんあらち山
岩のかけ路に崩れ落る雪
〔夫木〕（清輔）

あらち山峯の淡雪いかならん
ふもとのあさちうらかれにけり
〔夫木〕（行意）

人こゝろあらちの山になる時そ
契りこしちの道はくやしき
〔六帖〕

有乳山裾野（五六〇）

夕くれは風のけしきのあらち山
麓の野へにあは雪そふる
〔建保〕（兵衛内侍）

矢田野（四三八）

矢田の野に浅茅色つくあらち山
峰の淡雪寒くそ有らし
〔万〕（人丸）
（「有乳山」に重載—筆者注）

ものゝふの矢田野の薄打なひき
男鹿妻かふ秋はきにけり
〔續後撰〕（寂延）

有乳（併せて同〈ノ〉高嶺〔根〕、同峯〔嶺〕、同山、同山裾野）・矢田〈大、広〉野

矢田広野（九六五）
わらひおるやたのひろ野にうちむれて
おりくらしつゝかへるさと人
（好忠）

矢田大野（九六五）
まくすはらなひく秋風ふくからに
やたの大野の萩はちるらし

梓弓やたの廣野にくさしけみ
分入人やみちまとふらん
〔玉葉〕（従一位教良）

あらち山夕こえ暮てやたのの、
あさち刈敷こよひかもねん
〔玉葉〕（新院御製）
（「有乳」に重載―筆者注）

寒渡る音もあらちの山風に
やたのゝあさち霜むすふなり
〔続後拾遺〕（藤原秀長）
（「有乳山」に重載―筆者注）

あらち山朝立雲のさゆるより
やた野をかけてふれる白雪
〔新千載〕（等持院贈左大臣）
（「有乳」に重載―筆者注）

あらち山夕霧はるゝ秋風に
やたのゝあさち露もとまらす
〔新拾遺〕（正三位隆教）
（「有乳」に重載―筆者注）

あらち山やたのひろ野の月影に
宿り残さぬ浅茅生の露
〔新後拾遺〕（藤原長秀）
（「有乳」に重載―筆者注）

やたのゝあさち色付程をたに
またて枯行虫のこゑかな
〔新後拾遺〕（源高秀）

わらひ生る矢田のひろ野に打むれて
折くらしつゝ帰る里人
〔家集〕（好忠）

真くす原なひく秋風吹からに
矢田の大野は真萩ちるらし
〔六帖〕

あつさ弓やたの広野の草しけみ
わけ入人や道まとふらん
〔玉葉〕（教良）

有乳山夕越暮て矢田の野の
あさち刈敷こよひかもねん
〔玉葉〕（新院）
（「有乳山」に重載―筆者注）

寒渡る音もあらちの山風に
やたのゝ浅茅霜むすふ也
〔續後拾〕（秀長）

有乳山朝立くものさゆるより
やた野をかけてふれる白雪
〔新千〕（等持院贈左大臣）

あらち山夕きりはるゝ秋風に
やたのゝ浅茅露もとまらす
〔新拾〕（隆教）
（「有乳山」に重載―筆者注）

あらち山矢田の広野の月影に
宿りのこさぬあさちふの露
〔新後拾〕（長秀）
（「有乳山」に重載―筆者注）

やたのゝの浅茅色つくほをたに
またてかれゆく虫の声哉
〔新後拾〕（源高秀）

	同峯〔嶺〕、同山、同山裾野）・矢田〈大、広〉野
名所歌枕（伝能因法師撰）	雪さそふ嶺の嵐の音たえて やたの広野は霜枯にけり 〔夫木〕（中務）
謌枕名寄	
類字名所和歌集	やたのゝ浅ちか原も埋もれぬ いくへあらちの峯の白雪 〔続拾遺〕（為家） （「有乳」に重載―筆者注） やたの野やよ寒の露のをくなへに 浅ち色付を鹿なく也 〔玉葉〕（贈従三位為子） 吹風のあらちの高ね雪寒て やたの枯野にあられふる也 〔玉葉〕（衣笠前内大臣） （「有乳」に重載―筆者注） やたの野のあさちを寒雪散て 有乳の岑にかゝるうき雲 〔新千載〕（藤原重綱） （「有乳」に重載―筆者注） を鹿鳴やたのゝ薄ほに出て まねけとつまはつれなかりけり 〔新千載〕（藤原基夏） やたの野に打出てみれは山風の あらちの峯は雪ふりにけり 〔新後拾遺〕（為家） （「有乳」に重載―筆者注） あらち山こゆへき道も行暮ぬ やたのゝ草に枕結はん 〔新後拾遺〕（権中納言経嗣） （「有乳」に重載―筆者注）
増補松葉名所和歌集	矢田の野やかすみの袖も淡雪に 又吹かへす峯の朝風 〔永正御着到〕（実隆）

塩津山	有乳（併せて同〈ノ〉高嶺〔根〕、
塩津山（四三一） 朝朗ひかたをかけてしほつ山 吹こす風につもるしら雪 〔新後撰〕（津守国助） 塩津山打こえくれは我のれる 駒そ爪つく家こふらしも 〔風雅〕（笠金村） 知ぬらんゆきゝに馴て塩津山 世にふる道はからき物そと 〔続古今〕（紫式部）	
塩津山（七〇二）或近江 朝ほらけひかたをかけて塩津山 吹こす風につもる白ゆき 〔新後撰〕（津守国助） しほ津山打こえくれは我のれる 駒そつまつく家恋らしも 〔風雅〕（笠金村） 風ふけは空にひかたの塩津山 花そみちくる沖つしら波 〔夫木〕（後九条）	打むれていさゝはつまんつほ菫 矢田のひろ野はしめさゝす共 〔名寄〕 矢田の野は跡なく晴て有乳山 一むら高くくもる夕たち 〔宝永御着到〕（為綱） ものゝふの矢田野の浅茅風さはき 雲に乱るゝ秋の雁かね 〔夫木〕（為頼） 有乳山時雨ふるらし矢田野なる 百枝の櫨も紅葉しにけり 〔夫木〕（実伊） 矢田の野にあられ降きぬあちら山 嵐も寒く色かはるまて 〔玉吟〕（家隆） 秋風のあらちおろしにやたの野の あさちは今そうらかれぬへき 〔家集〕（為家） （「有乳山」に重載―筆者注）

敦賀（併せて同浦、同山、同海、同ノ沖、角鹿〈ノ〉浜〔濱〕、同浦、同山）

名所歌枕（伝能因法師撰）

角鹿浜（三一二）
越の海のつのかの浜ゆ大船に
真梶ぬきおろしいさなとり
〔万葉三〕（金村）
（越中国「越海」に重載―筆者注）

謌枕名寄

角鹿浜（九六七）
越海之角鹿浜従大船尓真木貫下霙《ママ》
魚取海路尓出而阿倍木管我榜行者
大夫乃手結浦尓海未通女塩焼煙矣

角鹿浦（九六八）
我をのみおもひつるかの浦ならは
かへるの山はまとはさらまし
（読人不知）
（「海路山」に重載―筆者注）

角鹿山（九六七）
あつさ弓つるかの山を春こえて
かへりしかりはいまそなくなる
〔新古〕（為家）
ひきわかれいる空そなきあつさ弓
つるかの山の岩のかけみち
〔良玉〕（家親）

類字名所和歌集

敦賀（一八九）
我をのみ思敦賀の越ならは
帰るの山はまとはさらまし
（読人不知）
（「帰山」に重載―筆者注）

増補松葉名所和歌集

角鹿ノ濱（二八五）
こしの海のつのかの濱に大舟に
まかちぬきをろしいさなとり
〔万三〕（金村）
（越中国「越の海」に重載―筆者注―）

敦賀山（二八〇）
我をのみ思ひつるかの越ならは
帰るの山はまとはさらまし
〔後撰〕
（「帰山」に重載―筆者注）
梓弓つるかの山を春こえて
帰れる雁はいまそなくなる
〔夫木〕（為家）
引わかれくる空そなきあつさゆみ
つるかの山の岩のかけ道
〔名寄〕（隆家）
わかをれるにしきとやみるから人の
つるかの山のみねの紅葉ゝ
〔夫木〕（兼昌）

敦賀海（二八四）
かへる山思ひつるかの越の海に
契りや深き春のかりかね
〔夫木〕（後鳥羽）
（「帰山」、越中国「越の海」に重載―筆者注）
しらまゆみつるかの舟路よるも猶
おして引こす波のかけかは
〔夫木〕（後九条）

敦賀ノ沖（二八六）
かへる雁北をさしゆく波の上に
あまもつるかの沖のつりふね
〔夫木〕（後九条）

飼飯海（併せて同浦）	色〈の〉浜〔濱〕	手結潟〔泻〕（併せて同〈我・ノ〉浦）
飼飯海（三一一） けひの海のにはよくあらしかりこもの 乱いてみゆ蜑の釣舟 〔万葉三〕（人丸） けひの浦によする白波しく〳〵に 妹か姿はおもほゆるかも 〔万葉十二〕（読人不知）	**色浜**（三一三） 降雪の色の浜への白妙に それとも分ぬ村千鳥かな 〔名寄〕（中務） そらのうらの色の浜とは成ぬ共 浪のかいとかならんとすらん （伊勢）	**手結我浦**（三一三） 手結潟塩みち渡るいつゆかも 悲しきせろかわがり通はん 〔万葉十四〕（よみ人しらす） ますらおのたゆひの浦に蜑乙女 塩やく煙草まくら 〔万葉三〕（金村） 越の海のたゆひの浦を旅にして みれはともしみ日本思ひつ 〔万葉三〕（よみ人しらす） （越中国「越海」に重載―筆者注―）
飼飯海（九六九） けゐの海のにはよくあらしかりこもの みたれてみゆるあまのつり舟 〔万二《マヽ》〕（人丸） **飼飯浦**（九六九） けゐの浦によする白波しきく〳〵に いもかすかたもおもほゆるかな 〔万十二〕	**色浜**（九七〇） ふる雪の色のはまへのしろたへに それともわかぬむら千とりかな （中務卿）	**手結泻**（九六九） たゆひかた塩みちわたるいつゆかも かなしきせこかわかりかよはん **手結浦**（九六九） 大夫乃手結浦尓海末通女塩焼矣 〔万〕 こしの海のたゆひの浦を旅にして うれはともしみやまとおもひつ 〔万〕
飼飯浦（四七三） けひの海にはよくあらしかりこもの 乱れてをみゆ蜑の釣舟 〔万三〕（人丸） けひの浦によする白波しく〳〵に 妹かすかたはおもほゆる哉 〔万十二〕	**色の濱**（二一九） 降ゆきのいろのはまへの白妙に それともわかぬむらちとりかな 〔名寄〕（中務） そらの浦の色のはまとはありぬとも 波のかひとはならんとすらん 〔家集〕（伊勢） 山おろしに紅葉ちりしく色の濱 冬は越路にとまりさひしな 〔夫木〕 しほそむるますをの小貝ひろふとて いろの濱とやいふにや有らん 〔山家〕（西行）	**手結潟**（二一四七） たゆひかた塩みちわたるいつゆかも かなしきせろかわかりかよはん 〔万十四〕 **手結ノ浦**（二一四〇） ますらおのたゆひかうらに蜑乙女 塩やく煙草まくら下略 〔万〕（金村） こしの海の手結のうらを旅にして 見れはともしみやまと思ひつ 〔万〕 （越中国「越の海」に重載―筆者注―）

	手結潟〔泻〕（併せて同〈我・ゝ〉浦）	五幡山（併せて同坂、伊津〔都〕波多、同坂、同山）
名所歌枕（伝能因法師撰）		五幡山（三一二） 忘なん世にもこしちの帰山 いつはた人にあはんとすらむ 〔新古今〕（家持） かへるまの道ゆかん日はいつはたの 坂にそてふれ我をし思はゝ 〔万葉十八〕（家持）
謌枕名寄		五幡坂（九六七） わすれなむよにもこしちの帰る山 いつはた人にあはんとすらむ 〔新古〕（伊勢） かへる山みち行人はいつはたの さかに袖ふれ我をおもはゝ 〔海路詠合〕（家持） 君をのみいつはたおもふこしなれは ゆきゝの道ははるけからしを 〔後〕（読人不知）
類字名所和歌集		伊津波多（二六） 忘なん世にもこしちの帰山 いつはた人にあはんとすらん 〔新古今〕（伊勢） （「帰山」に重載—筆者注） 君をのみいつはたと思越なれは 往来の道ははるけからしを 〔後撰〕（読人不知） 帰山いつはた秋と思こし 雲ゐのかりもいまやあひみん 〔続後拾遺〕（家隆） （「帰山」に重載—筆者注）
増補松葉名所和歌集	舟とむるたゆひの浦の明ほのに こしちをいそく雁はなく也 〔夫木〕（家冬） 逢ことはたゆひのうらの旅枕 こかれそあかすよはのもしほ火 〔玉吟〕（家隆）	伊津波多坂（十二） かへるまの道ゆかん日はいつはたの 坂に袖ふれ我をし思はゝ 〔万十八〕（家持） 伊都波多山（八） かへる山いつはた秋と思ひこし 雲ゐの鴈も今やあひみん 〔續後拾〕（家高） （「帰山」に重載—筆者注） かきくらしこしのかた道ふる雪に いつはた山をおもひこそやれ 〔夫木〕（藤原範経）

帰山（併せて海路山）

帰山（三一〇）

梅の花いろは雪にも通ふ也
かへる山して君はとはなん
（中務）

海路山（九六五）

かへる山ありとはきけと春かすみ
たちわかれなはこひしかるへし
〔古〕（利貞）

たちわかれかすみへたて丶かへる山
きてもとまらぬ春のかりかね
（性助法乀）

しら雪の八重ふりにけるかへる山
帰る〳〵も老にけるかな
（棟梁）

あともたえしおりも雪にうつもれて
かへる山路にまとひぬるかな
〔千〕（右近大将実房）

帰る山なにそはありてあるかひは
きてもとまらぬ名にそありける
（躬恒）

我をのみおもひつるかのうらならは
かへるの山はまとはさらまし
〔後〕（読人不知）
（「角鹿浦」に重載―筆者注）

まてといひてたのめし秋も過ぬれは
かへる山路の名そかひもなき
（西住法乀）

こえかねていまそこしちの帰る山
雪ふる時の名こそありけれ
（頼政）

春はこよひ柴のとほそにかへるやま
あさけのかせにたれをまたまし
〔柴戸〕（行意）

みやこ人かへる山路に跡たえて
さかひもしらぬ秋の夕きり
（順徳院）

帰山（一一二四）

かへる山ありとはきけと春霞
たち別なは恋しかるへし
〔古今〕（きの俊定）

立わたる霞へたて丶帰山
きてもとまらぬ春のかりかね
〔続拾遺〕（入道二品親王性助）

白雪の八重降しける帰山
帰る〳〵もおひにけるかな
〔古今〕（在原棟梁）

跡もた丶しをりも雪に埋れて
帰山路にまとひぬるかな
〔千載〕（右近大将実房）

帰山何そはありて有かひは
きても留らぬ名にこそ有けれ
〔古今〕（躬恒）

我をのみ思つるかのこしならは
帰るの山はまとはさらまし
〔後撰〕〔読人不知〕
（「敦賀」に重載―筆者注）

まてといひて頼みし秋も過ぬれは
帰山ちの名そかひもなき
〔千載〕（西住法師）

越かねて今そこしちに帰山
雪ふる時の名にこそ有けれ
〔千載〕〔頼政〕

帰山（一五〇）

かへる山ありとはきけと春かすみ
立わかれなは恋しかるへし
〔古今〕（俊定）

たちわたるかすみへたて丶かへる山
きてもとまらぬ春のかりかね
〔續拾〕（性助親王）

白ゆきの八重降しける帰る山
かへる〳〵も老にけるかな
〔古今〕（棟梁）

跡もたえしをりも雪に埋もれて
かへる山路にまとひぬる哉
〔千載〕（実房）

帰る山何そはありて有かひは
きてもとまらぬ名にこそ有けれ
〔古今〕（躬恒）

我をのみ思ひつるかのこしならは
かへるの山はまとはさらまし
〔後撰〕
（「敦賀山」に重載―筆者注）

梅の花いろは雪にもかよふ也帰る山
して君はとはなん
〔家集〕（中務）

春はこよひ柴のとほそに帰る山
朝けの風に誰をまたまし
〔建保百〕（僧正行意）

みやこ人かへる山路の跡たえぬ
さかひもしらぬ秋のゆきふり
〔建保百〕（順徳院）

帰山（併せて海路山）

名所歌枕（伝能因法師撰）

君か行道も旅ちの都には
　またくかへるの山にそありてふ
（躬恒）

行道をうらみてのみはやりはてし
　帰の山にまへを頼みて
（忠見）

詞枕名寄

みやこ人くるれはやかてかへるやま
　なにそはひとりとまるいほりそ
（兵衛）

かりかねの花とひわけてかへる山
　かすみも峯にのこるものかは
（範宗）

旅ころもなれてもつらき秋風を
　袖にうらみてかへる山人
（知家）

類字名所和歌集

忘れなん世にも越ちの帰山
　いつはた人にあはんとすらん
〔千載〕（伊勢）
（「伊津波多」に重載―筆者注）

たのめてもはるけかるへき帰山
　いく重の雲の下に待覧
〔新古今〕（賀茂重政）

あふ事をいつとかまたむ帰山
　ありとはかりの名を頼め共
〔続拾遺〕（津守経国）

帰山いつはた秋とおもひこし
　雲ゐの鳫も今やあひみん
〔続後拾遺〕（家隆）
（「伊津波多」に重載―筆者注）

暮はつる春はいつくに帰山
　ありとしきかは行て尋ねん
〔新続古今〕（後二条入道前太政大臣女）

増補松葉名所和歌集

みやこ人くるれはやかて帰る山
　何そはひとりとまるいほりそ
〔夫木〕（兵衛内侍）

わすれなん世にもこしちの帰る山
　いつはた人にあはんとすらん
〔新古〕（伊勢）

たのめてもはるけかるへき帰る山
　いくへの雲の下にまつらん
〔新古〕（賀茂重政）

あふ事をいつとかまたん帰る山
　ありとはかりの名をたのめそも
〔續拾〕（津守経国）

かへる山いつはた秋とおもひこし
　くもゐの鳫も今や逢みん
〔續後拾〕（家隆）
（「伊都波多山」に重載―筆者注）

くれはつる春はいつくにかへる山
　春としきかはゆきて尋ねん
〔新續古〕（後二条入道前太政大臣）

帰山（併せて海路山）

忘るなよ帰山路に跡たえて
日数は雪のふりつもるとも
〔千載〕（俊頼）

ともすれは跡絶ぬへきかへる山
こしちの雪はさそ積らん
〔続後撰〕（読人不知）

春霞なお立かくせかへる山
こえゆく鴈の道まとふかに
〔玉葉〕（花山院前内大臣）

けふ迄は雪ふみ分て帰山
これより後やみちもたえなん
〔玉葉〕（観意法師）

行鴈はかへる山ちの雪みても
花の都を思ひいてなん
〔続後拾遺〕（康資王母）

行末に帰山ちのなかりせは
なにを別のなくさめにせん
〔新千載〕（禅心法師）

敷嶋やたゝしき道に帰山
有てそ世〻の跡もさかゆく
〔新千載〕（読人不知）

いつのまにふり積りぬる雪なれは
かへる山ちに道迷ふ覧
〔新後拾遺〕（仲実）

さり共と尋ねこしちのかひもなく
跡をたにみて帰山哉
〔新続古今〕（前中納言雅兼）

家つとに折ひまもなく桜花
かへる山路に春風そふく
〔草庵〕（頓阿）

ほとゝきす又とふこともかたからす
帰る山路や木くらかりけん
〔名寄〕

	帰山（併せて海路山）	武生ノ国府	安治麻野	丹生山
名所歌枕（伝能因法師撰）				丹生山（三一二） ひとりのみきけはさひしも時鳥 にふの山へにいゆき鳴にも 〔万葉十九〕〔大伴家持〕 まかねふくにふのまそほの色に出て いはなくのみそあがこふらくは
謌枕名寄				丹生山（九九五）（越中国より） ひとりしてきけはさひしもほとゝきす にふの山へにゐゆきなくにも 〔万〕
類字名所和歌集				
増補松葉名所和歌集	帰る山みねの浅茅に風さえて 遠のすそ野にすかるなく也 〔名寄〕（如願法し） ともに我帰る山路の紅葉ゝは ちり〳〵にこそわかるへらなれ 〔名寄〕（躬恒） 程なくも春に何そはかへる山 とゝまらぬ名にゆく年はうし 〔芳雲〕（実陰） かへる山おもひつるかのこしの海に 契やふかき春の鴈かね 〔御集〕（後鳥羽） （「敦賀海」、越中国「越の海」に重載―筆者注）	武生ノ国府（二一七〇） 道のくちたけふのこふに我は有と 親にはかたれ心あひの風 〔催馬楽〕 （「道の口」に重載―筆者注）	安治麻野（五六〇） あちま野にあちさえ咲る夕月夜 露の宿りは秋ならすとも 〔玉吟〕（家隆） あちま野に宿れる君か帰りこん 時のむかへをいつとかまたん 〔万十五〕〔娘子〕	丹生山（六九） ひとりのみきけはさふしも時鳥 にふの山へにいゆきなくかも 〔万十九〕（大伴家持） まかねふくにふのまそほの色に出て いはなくのみそあかこふらくは

浅〔朝〕水〈ノ〉橋	玉江（併せて同沖〔瀛〕）
	玉江（三一三） 夏刈の玉江の芦をふみしたき むれゐる鳥の立空そなき 〔後拾遺〕（源重之） 玉江こく芦刈小舟さし分て たれを誰とかわれはさためん 〔後撰〕（よみ人不知） 玉江漕こも刈舟のさしはへて 波まもあらはよらんとそ思 〔拾遺〕（よみ人不知） 夏刈の玉江の芦の短夜に みるそらもなき月の影かな 〔続後拾遺〕（忠房親王）
浅水橋（九六八） あさ水のはしはしのひてわたれとも とゝろ〳〵となるそわひしき	**玉江**（九七〇） 夏かりの玉江のあしをふみしたき むれゐる鳥のたつ空そなき 夏かりのあしのかりねもあはれなり 玉江の月のあけかたのそら （俊成）
	玉江（一七一） 夏刈の玉江の芦をふみしたき むれゐる鳥の立空そなき 〔後拾遺〕（源重之） 夏かりの芦のかりねも哀なり 玉江の月の明かたのそら 〔新古今〕（俊成） 玉江こく芦刈小舟さし分て たれを誰とかわれは定めん 〔後撰〕（読人不知） 玉江漕こも刈舟のさしはへて 波まもあらはよらんとそ思 〔拾遺〕（読人不知） 夏刈の玉江の芦の短夜に みるそらもなき月のかけかな 〔続後拾遺〕（忠房親王）
朝水　橋（五六五） あさうつの橋はしのひて渡れとも とゝろ〳〵となるそわひしき 〔懐中〕 春きてはかすみの渕にわたしける きゝしやいつくあさむつの橋 〔千首〕（牡丹花） 見し人も袖やぬるらん五月雨に 名さへわするゝあさうつの橋 〔夫木〕（光俊） 日を経つゝつもれる雪にかくろへぬ 名のみ也けりあさうつの橋 〔久安百〕（大炊御門左大臣） 誰そこのねさめてきけはあさうつの くろとの橋をふみとゝろかす 〔懐中〕 ことつてん人の心もあやうさに ふみたにも見ぬあさむつのはし 〔愚草〕（定家）	**玉江**（二五七）（越中国より転載—筆者注） なつ刈の玉江のあしをふみしたき むれゐる鳥のたつ空そなき 〔後拾〕（源重之） 夏刈のあしのかりねもあはれ也 玉江の月のあけかたのそら 〔新古〕（俊成）

玉江（併せて同沖〔瀛〕）

名所歌枕（伝能因法師撰）

謌枕名寄

しら露の玉江のあしのよな〳〵に
秋かせちかくゆくほたるかな
〔新勅〕（道助法親王）

玉江瀛（九七〇）
秋ふかき玉江のおきのうきまくら
人はいつくに月をみるらん
（家隆）

類字名所和歌集

夏ふかみ玉江に茂る芦のはの
そよくや舟の通ふ成らん
〔千載〕（法性寺入道前太政大臣）

みかきなす玉江の波のます鏡
けふより影や移し初けん
〔玉葉〕（為家）

村鳥のうき名や空に立にけん
玉江の芦のかりねはかりに
〔新千載〕（藻壁門院但馬）

月影も宿りさためぬ白露の
玉江のあしにうら風そふく
〔新続古今〕（稱名院入道内大臣）

増補松葉名所和歌集

夏深み玉江にしけるあしの葉の
そよくや舟のかよふなるらん
〔千載〕（法性寺入道）

みかきなす玉江のあしのますかゝみ
けふより影やうつし初けん
〔千載〕（為家）

村鳥のうき名や空にたちにけん
玉江のあしのかりねはかりに
〔新千〕（藻壁門院但馬）

月かけもやとりさためぬ白露の
玉江のあしにうら風そふく
〔新續古〕（称名院入道）

夏刈の玉江のあしやくちぬらん
波に鳥ゐる五月雨のころ
〔千五百〕（良平）

なつかりの玉江のあしの下かくれ
たくや螢の蜑のもしほ火
〔御集〕（後鳥羽）

鳴のゐる玉江に生る花かつみ
かつよみなからしらぬなりけり
〔夫木〕（俊頼）

手向草しけき玉江のそなれ松
世に久しきも君かためなり
〔名寄〕（俊成）

玉江沖（二四七）
秋ふかき玉江の沖のうき枕
人はいつくに月を見るらん
〔夫木〕（家隆）

藤嶋	竹〈ノ〉泊（併せて同浦）	叔〔殊〕羅河〔川〕―越中編より―
	竹泊（三一三） こしの海の竹の泊を今朝見れは ひとよをこめて雪降にけり 〔夫木〕	叔羅河（三一二三） しくら河なつさひのほり平瀬には さてさし渡し早瀬には 〔万葉十九〕（大伴家持）
	竹泊（九七四）加賀国より こしの海の竹のとまりをきてみれは 一よをこめて雪ふりにけり 竹浦（九七四）加賀国より をとそよく竹の浦かせ吹立て まさこにあそふ秋のかりかね	殊羅河（九九七） しくら川なつせひのほるひらせには さてさしわたりはやせには うらしつめつゝ かひのほるう舟をしけみしくら川 瀬々の浪やくかゝり火のかけ 〔千五百番〕（顕照）
藤嶋（四九五） 君ゆゑに越路にかゝる藤嶋は 我立杣の松の末まで 〔拾玉〕（慈鎮） 墨染のたつ杣なれは藤しまの 久しき末もまつにかゝるか 〔拾玉〕（頼朝）	竹ノ泊（二四七） こしの海の竹のとまりをけさみれは ひとよをこめて雪ふりにけり 〔夫木〕（兼昌） 浦波の声をまくらに長きよの たけのとまりの月をみし哉 〔千首〕（牡丹花） 波よする竹のとまりのすゝめ貝 うれしき世にも逢にける哉 〔山家〕（西行） 竹浦（二四〇） 音そよく竹のうら風吹たてゝ まさこにあそふ秋の鴈かね 〔夫木〕（光俊）	叔羅川（七二二） しくら川なつさひのほり平瀬には（上下略） さてさしわたし早瀬には 〔万〕（家持） かひのほる鵜ふねをしけみしくら川 瀬・の波やく篝火の影 〔千五百〕（顕昭）

	広域	国違	
	道の口（併せて道口武生国府）	越〈ノ〉中山 ―越後編へ―	…道ノ池）―大和国―
名所歌枕（伝能因法師撰）			猟路（三一一） 若草をかりちの小野にしたこては いはひふせらぬ鶉こそ 〔万葉三〕（人丸） 遠つ人かりちの池に住鳥の 立てもゐても君をしそ思ふ
謌枕名寄	道口武生国府（九七〇） みちのくちたけふのこふに我ありと おやにはかたれこゝろあひの風	越中山（九六八） かりかねは帰るみちにやまよふらむ こしの中山かすみへたてゝ （西行） 冬ふかきこしのなか山馬はあれと 雪ふみならしかちよりそゆく （定家）	
類字名所和歌集			狩道池（一二五）加賀国より 遠つ人狩道の池に住をしの 立てもゐても君をこそ思ふ
増補松葉名所和歌集	道の口（六九六） みちの口たけふのこふに我は有と おやにはかたれ心あひの風 〔催馬楽〕 （「武生ノ国府」に重載―筆者注） 道の口たもとすゝしくわけこしや 夏か秋かのこゝろあひの風 〔永正九六御会〕（宗清） 夢にさへえやはかよはんみちの口 きくもはけしき心あひのかせ 〔續撰吟〕（為広）	越ノ中山（五一〇） 鴈かねは帰る道にやまとふらん こしの中山かすみへたてゝ 〔山家〕（西行） 冬深きこしの中山馬はあれと 雪ふみならしかちにてそゆく 〔名寄〕（知家） ねわたしにしるしの竿やたてぬらん 恋のまちつる越の中山 〔山家〕（西行）	猟路小野（一六六） 若くさをかりちの小野にしゝこそは いはひふせめうつらこそ略 〔万〕（人丸） 狩道ノ池（一八六）或加賀 とほつ人かりちの池にすむ鴛の たちてもゐても君をしそ思ふ

猟路（併せて同小野、同原、	顔の池 —大和国—	吹飯浜〔濱〕—和泉国—
		吹飯浜（九六九） ときつ風ふけゐのはまに出いつ、 あかういのちはいもかためこそ 〔万〕
猟路小野（一六六） わかなつむ袖こそかすめ遠つ人 かりちの小野の雪はけぬらし 〔夫木〕（実伊） 猟路原（一六八） はしたかの上毛吹たて、吹風に かりちの原はあられふる也 〔夫木〕（衣笠内大臣） 狩道ノ池（一八六）或加賀 遠つ人かりちの池のあやめ草 中〱たえねこんも頼まし 〔家集〕（家隆） 君をのみたちてもゐてもおもふ哉 かりちの池の鳥ならなくに 〔正治百〕（俊成）	顔の池（一八六）或大和 我もいさ立よりて見ん玉ひかる かほの池には水やひかると 〔夫木〕	吹飯濱（四九三） 時つ風吹ゐの濱に出ゐつ、 あかふ命は妹か為こそ 〔万十二〕 波間よりふけゐの濱を見渡せは 汀の松の木高かりけり 〔夫木〕

	阿伎師之里 ―近江国―	関原 ―美濃国―
名所歌枕（伝能因法師撰）		
謌枕名寄	阿伎師之里（九六五） あらち山雪けの空に成ぬれは あきしのさとにみそれふりつゝ （仲実）	関原（九六八）又美濃国在之 うくひすのなきつる声にしきられて 行もやられぬせきのはらかな （仲正）
類字名所和歌集		
増補松葉名所和歌集		

未勘

	黒戸橋
名所歌枕（伝能因法師撰）	
謌枕名寄	黒戸橋（九六八） たれそこのねさめてきけはあさむつの くろとのはしをふみとゝろかす
類字名所和歌集	
増補松葉名所和歌集	黒戸橋（四二六） 誰そこのねさめてきけはあさむつの くろとのはしをふみとゝろかす

石川県　加賀編

越国が七世紀の終わりに越前、越中、越後の三国に分けられたことは、越前編で述べた。古くには、賀我、加宣、香我、賀加等と表記されたこの地方は、初め越前国に属していたが、弘仁十四年（八二三）、律令制最後の国・加賀国として分立された。石川県の概ね現・かほく市以南が領域である。国府、国分寺はともに現在の小松市に置かれ、平安時代以降は皇族や摂関家などの荘園が多く設けられ、また平安末期には平氏一門の知行国とされた。その支配に抗っていた白山宮加賀馬場《ばんば》（三、籠〈ノ〉渡の項で詳述）や林、富樫等の武士団は、寿永二年（一一八三）西上してきた木曽義仲に与し、加賀・越中の国境にある倶利伽羅峠で「火牛の計」により平家の大軍を撃破、勢いそのままに京より平家を追討した。

その義仲が源範頼、義経との戦いで敗死した後は、加賀国を含む北陸一帯は鎌倉幕府の支配するところとなった。室町時代に入ると富樫氏が守護職を務めたが、長享二年（一四八八）に蜂起した信州本願寺派の僧侶、門徒（一向一揆）によって滅ぼされ、天正八年（一五八〇）に織田信長配下の柴田勝家らによって平定されるまでの約一世紀、この地は「百姓持ちの国」として本願寺一門の支配するところとなった。近世になると、前田家が金沢城を拠点に加賀、能登、越中と領域を広げ、加賀百万石の国力を誇つ

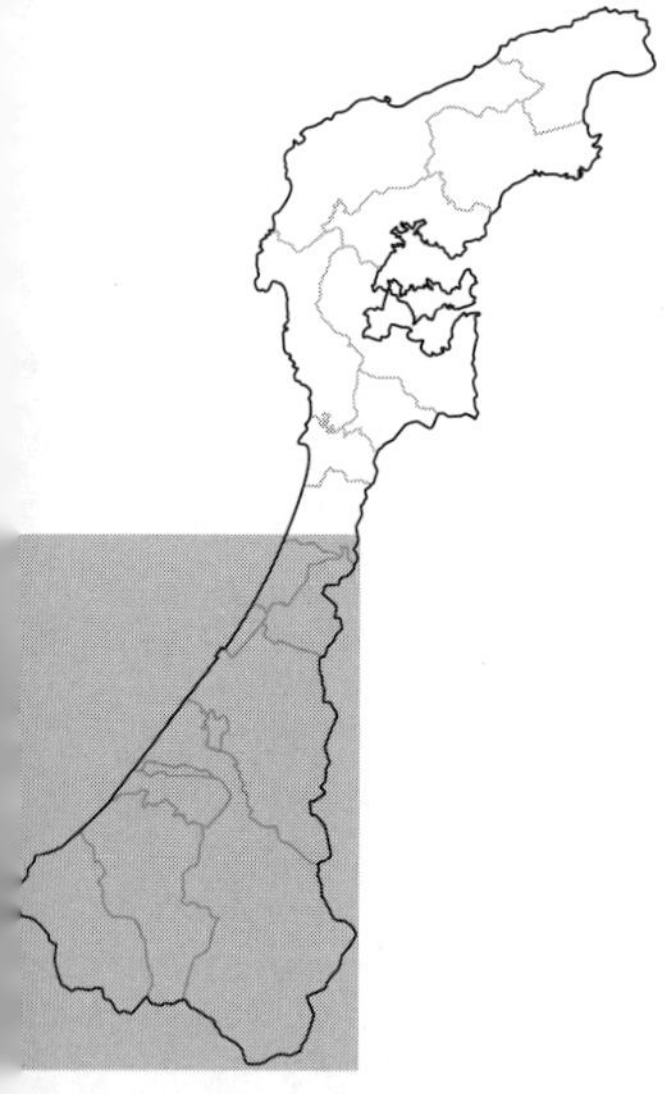

に至った。なお、最南部の江沼郡、加えて能美郡の一部には、加賀藩支藩の大聖寺藩が置かれ、また白山麓十八ヶ村は幕府直轄領であった。

金沢の宮腰《みやのこし》（現・同市金石《かないわ》付近）や手取川河口の本吉（現・白山市美川本吉町付近）は日本海海運の拠点港として大いに栄え、銭屋五兵衛、木屋藤右衛門らの豪商を生み出した。当時の（今もそうであるが）特産品としては、加賀友禅、金箔、九谷焼、山中塗器等がある。

明治二年（一八六九）の版籍奉還で、加賀藩の正式名称が金沢藩とされ、廃藩置県以降の変遷を経て明治五年（一八七二）に石川県として現在の県域が確定した。

歌枕の地は数少なく、小松市周辺に点在するが、県都・金沢市とその付近には見当たらない。察するに、金沢市は十六世紀半ばに一向一揆の拠点が置かれたのを起源とし、織田信長配下の佐久間盛政が金沢城を築城、前田家の入城で発展した、ほぼ近世以降の新興都市であるが故であろう。

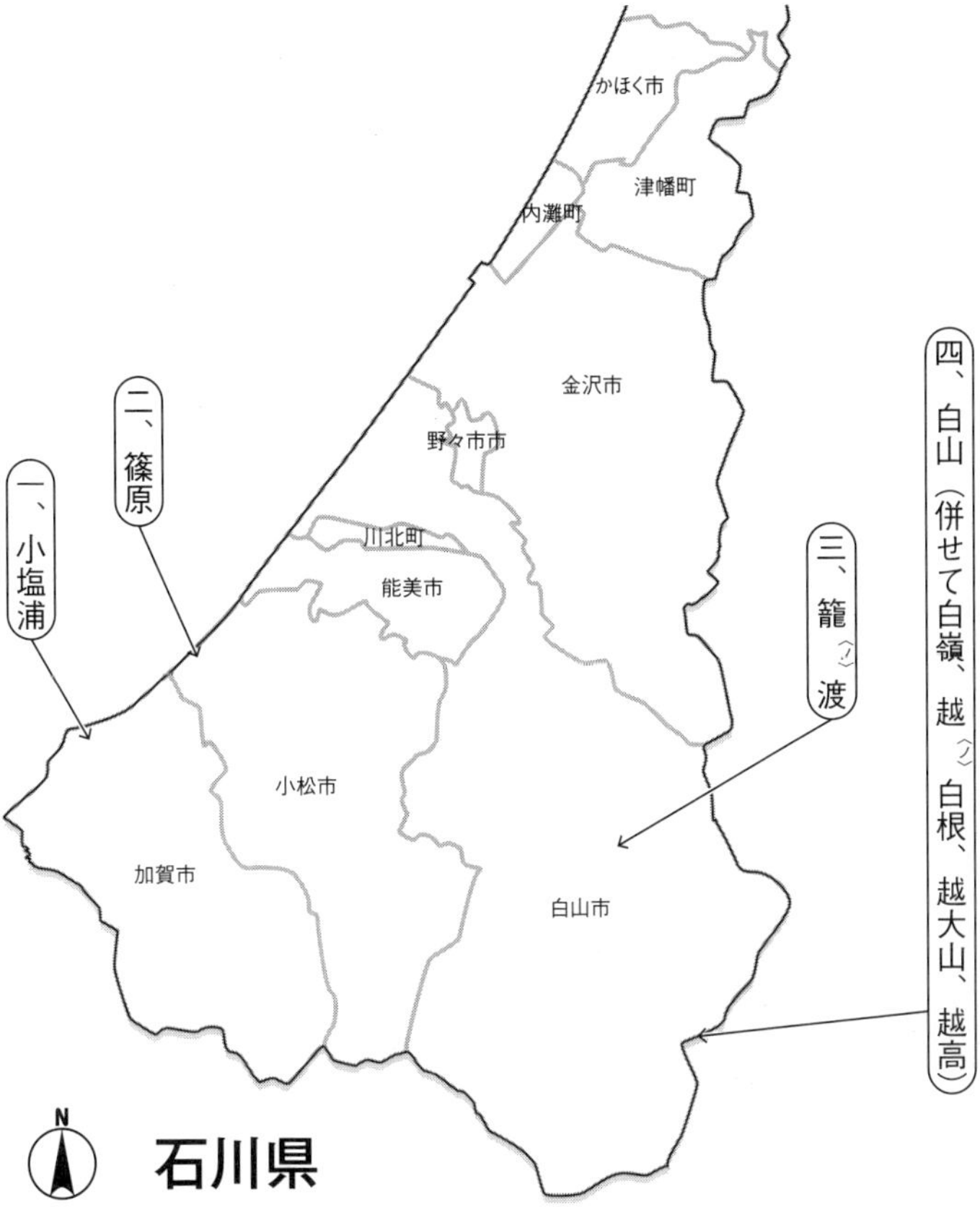

一、小塩浦《おしおのうら》

加賀市街から尼御前岬

『名寄』に「おもひきやをしおの浦のとまやにてねさめに秋の月をみんとは」が収められる。出典は不明、詠者は藤原正頼とあるがその人となりには辿り着いていない。

この小塩浦は、福井県との県境から日本海沿いを十キロメートルほど、北陸自動車道・尼御前SAの西一キロメートル弱の加賀市小塩町辺りという。そこに向かう途中、国道三百五号線で加賀市役所方面に向かって県境から約六キロメートル、市街地に鎮座する全昌寺に参詣した。この寺には、**松尾芭蕉**が一泊し、**『奥の細道』**にも一項を立て、前泊した**曽良**の「終宵《よもすがら》秋風聞くやうらの山」、**芭蕉**が出立直前に吟じた「庭掃きて出でばや寺に散る柳」を挿入している。

創建は比較的新しく、天正四年（一五七六）に山城国に建てられ、慶長三年（一五九八）にこの地に遷された。堅固かつ華やかな山門、手入れの行き届いた寺庭、居の広い寄棟造の優美な本堂

全昌寺内茶室

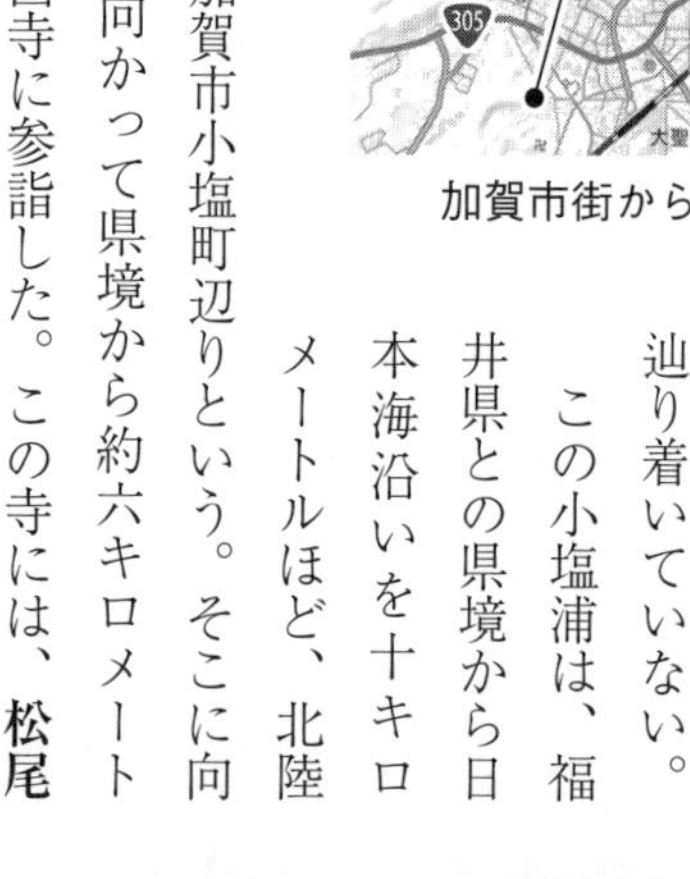
全昌寺山門

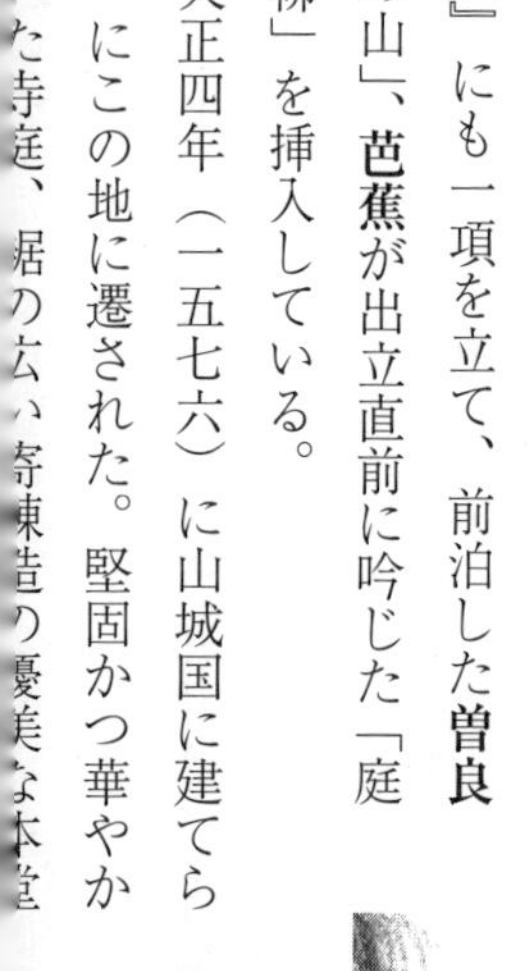

庭内の句碑・塚

芭蕉木像

と、それぞれに趣がある。境内には先の二句の碑や芭蕉塚が建つ。また両人が泊まった部屋が茶室として復元され、本堂には**芭蕉**の木造座像が安置される。

全昌寺の南でJR北陸本線と国道八号線が交差するが、そこから国道を東へ九キロメートル余り、加賀市分校町《ぶんぎょうまち》で県道四十三号・丸山加賀線を南に一・三キロメートル、接続する県道十一号・小松山中線を東に四百メートルほど、小松市那谷町《なたまち》に、那谷寺《なたでら》が奇岩と緑溢れる森に囲まれて鎮座する。時代を感じさせる二層の山門を潜ると、朱の鮮やかな金堂華王殿《こんどうけおうでん》が目に飛び込む。南に延びる石畳の参道を進むと、左手奥の崖の中腹に本殿の大悲閣が、三百八十年を経た厳かな姿で建つ。右手には、これも十七世紀中期に建立された三重塔が重厚な構えを見せる。

その手前の展望台からは参道を隔てた奇岩遊仙境の景観を望むことが出来る。

芭蕉はこの寺も訪れ、「奇石さま〴〵に、古松植ゑならべて、萱ぶきの小堂岩の上に造りかけて、殊勝の土地也」と記し、「石山の石より白し秋の風」の句を残し

加賀市分校町（前地図東方面）

那谷寺・大悲閣

那谷寺・金堂華王殿

那谷寺山門

た。その句碑と翁塚が林間に並んで据えられている。

歌枕ではないが芭蕉の道程に惹かれて参詣した二ヶ寺、共に必見の寺であった。

さて、芭蕉の足跡に多くを割いてしまったが、本題の小塩浦である。兄・源頼朝に追われた源義経が奥州を目指して北陸路を落ちる際、同行していた尼御前が足手纏いになることを恐れて身を投げたとの、悲しい逸話の残る尼御前岬から西に続く海域が小塩浦と推測される。海岸から少し奥まった小塩町内には、創建年代は明らかではないが、小ざっぱりとした貴船神社、赤色瓦が目を引く妙徳寺等がある。

この地は、隣り合う橋立町を中心に北前船の港として発展し、船主達は得た富で藩財政を支え、士分として扱われたとも言う。特に江戸から明治にかけて巨額の富を築いた酒谷家の屋敷や庭園が、北前船の里資料館として公開されている。

橋立町の山手には、こじんまりとした出水《いずみ》神社が林間に鎮座する。今は参詣人も疎らと見受けられる

妙徳寺

貴船神社

北前船の里資料館

那谷寺・三重塔

翁塚と芭蕉句碑

出水神社

か　歴史に古い　創建になんと景行天皇十七年　西暦では二百六十七年に当たるという。祭神は神武天皇の祖父天津日高彦火火出見命《あまつひだかひこほほでみのみこと》（別名・山幸彦）、その妻神・**豊玉姫命**、**応神天皇**等である。重鎮の神々である。

蕉翁の訪ひて参りし二ヶ寺あり　吾も参りたり小塩浦行く途に
小塩浦義経の悲話残り居る　尼御前岬にほど近く在り
北前の航路の富得し豪商の　居りし里あり小塩浦辺に

二、篠原《しのはら》

一の「小塩浦」に比定した小塩町近くから県道百四十八号・小塩潮津線を東に二キロメートル余りが、歌枕「篠原」に比定される加賀市篠原町である。県道百四十八号と県道二十号・小松加賀線が交差する篠原北の交差点から東へ四百メートル、左手の森を背に此処の地名を冠した篠原神社の鳥居がある。参道を進むと、正面に木々に囲まれて赤色瓦を葺いた入母屋造の拝殿が建つ。養老二年（七一八）の創建とも伝えられ、天児屋根命《あめのこやねのみこと》を祀る。

寿永二年五月十一日、倶利伽羅峠で源（木曽）義仲軍に敗れた平家は、ここ篠原で陣を整えるが、その結果につき『**平家物語**』には、「同じく二十三日、卯の刻に源氏篠原へ押し寄せて、午の刻まで戦ひけり。―中略―平家篠原を

加賀市篠原町

実盛塚

篠原古戦場跡

篠原神社拝殿

篠原神社参道口

攻め落されて落ち行きけり」とある。まさにこの地がその戦いの場であり、総崩れとなった平家方の中で、ただ一騎踏み止まって奮戦し、遂には手塚光盛に討たれたのが斎藤実盛であった。越前の出の実盛は、故郷に錦を飾るとして赤地錦の直垂を身に着け、六十を超える齢を恥じて白髪を墨染にしての参戦であった。

　篠原神社の北六百メートル、県道二十号から西に少し入り込んだ所に広場があり、古戦場跡とされる。その中央部には、実盛塚として周囲の木々よりやや高い松の植えられた一画が、石塀で囲まれる。

　実盛塚のほぼ東、片山津温泉街を通る県道三十九号・山中伊切線の西側に、首洗池がある。打ち取った実盛の首を洗ったとされ。実盛の兜を前に首実検をする木曽義仲、手塚光盛、検分役の樋口次郎の三人が囲む像が建てられて

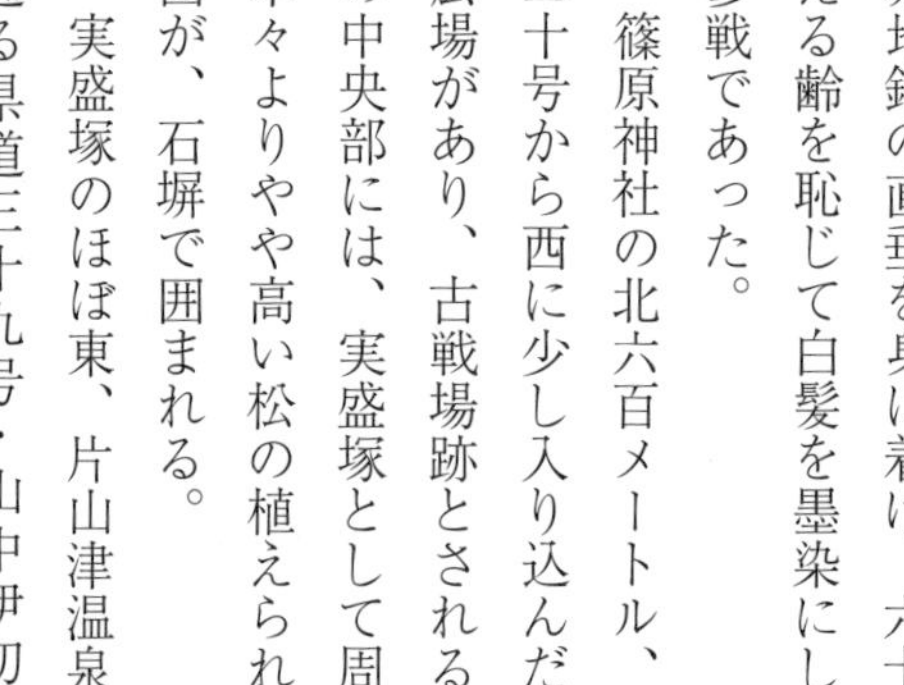
首洗池

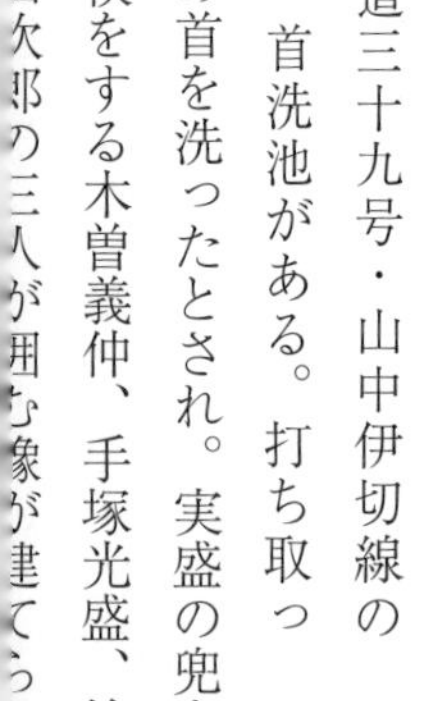
芭蕉句碑

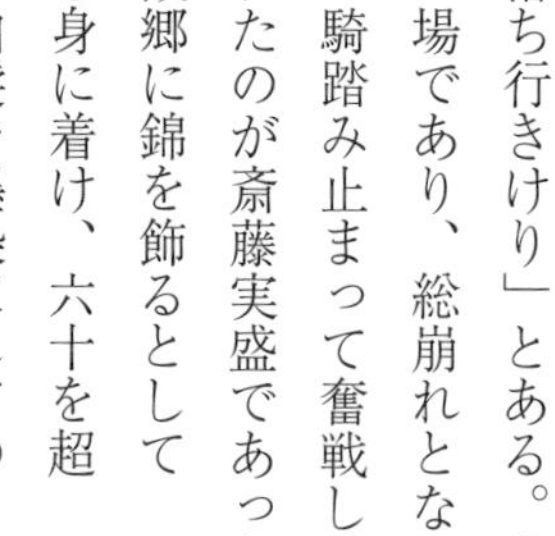
実盛首実検の像

安宅住吉神社拝殿

加賀市安宅新町

弁慶立像

いる。実盛は二歳の義仲を助命した過去があり、それ故義仲はその死を悼み、実盛の甲冑、直垂を多太神社（後述）に奉納したとの伝えが残る。その多太神社に参詣した**松尾芭蕉**は、「むざんやな甲の下のきりぐす」の句を残し、ここ首洗池に句碑が建つ。

篠原北交差点から県道二十号を八・二キロメートル北上し、安宅新町で接続する海岸よりの道を二キロメートル余り進むと安宅公園に出る。天応二年（七八二）の創建で、荘保四年（一六四七）にこの地に遷座した安宅住吉神社の一万二千坪の境内に整備された公園で、神社の社殿のほか、義経一行が奥州に落ちる途で、弁慶の機転と関守・富樫泰家の温情で通ったことで良く知られ、歌舞伎「勧進帳」でも演じられる安宅関の跡地があり、弁慶像等も立つ。また昭和八年（一九三三）に訪れた**与謝野寛**・**晶子**夫妻は、十首に余る歌を詠んでいるが、そのうち

安宅関跡

与謝野晶子句碑

安宅公園入口

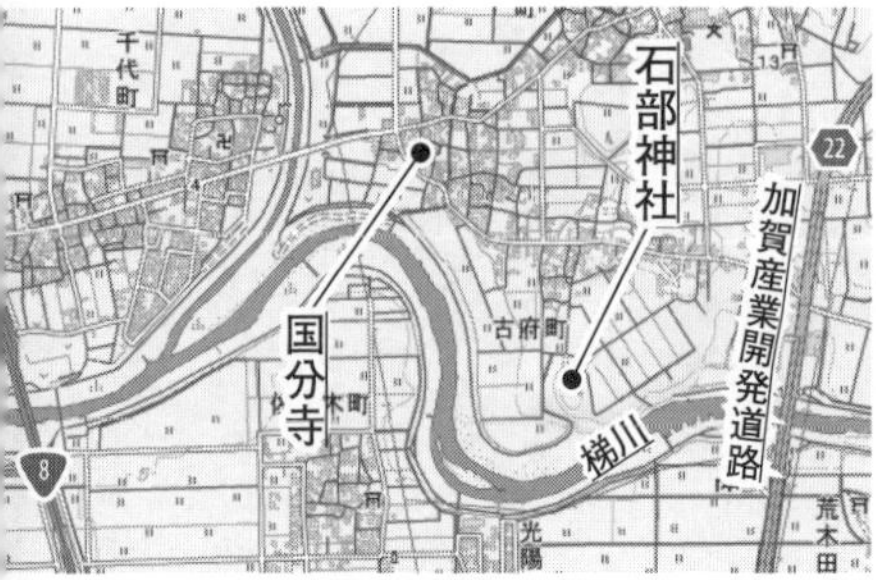

加賀市梯川付近

多太神社拝殿

境内の芭蕉句碑

の一首、**晶子**の「松たてる安宅の砂丘その中に　清きは文治三年の関」の歌碑も建つ。義経一行がこの関を通ったのが文治三年（一一八七）三月であった。

　なお先に述べた、実盛の甲冑や直垂が奉納され、**芭蕉**が参詣した多太神社は、JR北陸本線・小松駅の南一キロメートルほどの、JR線の西に鎮座する。創建は**武烈天皇**五年（五〇三）とのこと、歴史ある神社である。

　JR北陸本線・小松駅の東四キロメートルほど、南北に並走する国道八号線と県道二十二号・加賀産業開発道路の間を、蛇行しつつ東西に流れる梯《かけはし》川の北岸近く、古府町の田畑の中に石部《いそべ》神社が鎮座する。弘仁十四年（八二三）に加賀国が越前国から分立し、置かれた国府の在所がこの神社の北側と推量され、石部神社は府南社とも呼ばれた。後に総社として隆盛したと言う。

　国分寺跡も国府跡と同様、遺跡は発見されていない。現国分寺がやはり古府町に在るが、旧国分寺に比定する資料はない。住宅地の中に、恰も周囲の民家の一つのような構えを見せていた。

「案原一」を詠み込んだ歌は、『名寄』、『名寄』、『公実』に「廿

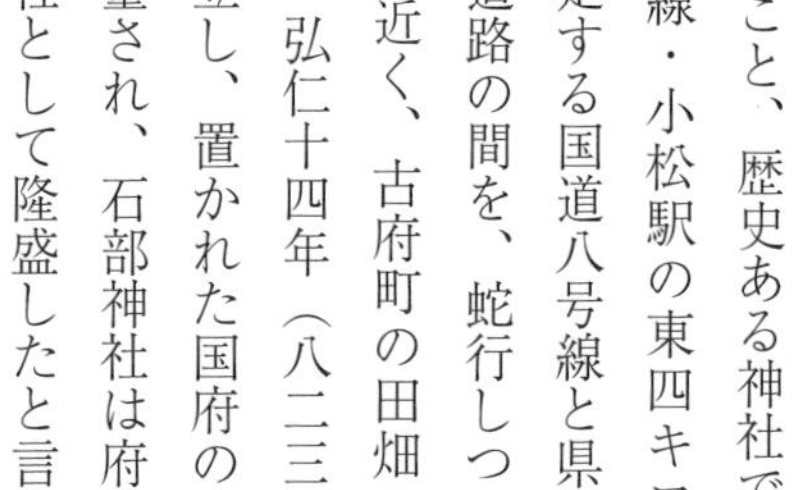
石部神社

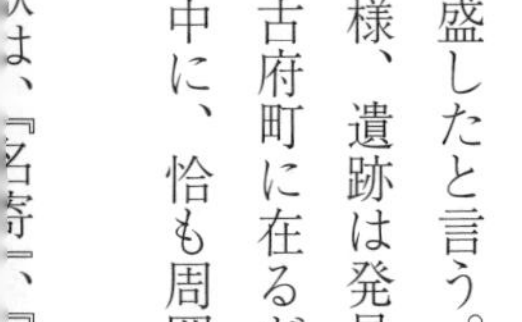
石部神社参道口

の中はうきふししげき篠原や　旅にしあれば妹夢に見ゆ」「衣手に夕風寒しの原や　時雨る野へ《〔辺〕》に宿はなくして」が挙げられる。前歌の出典は『**新古今和歌集**』、詠者は**藤原俊成**、後歌はそれぞれ『**続古今和歌集**』、**行意**である。

義仲の勝つを決めたる古戦場　篠原里の家並みの奥に
篠原に敗れし平家の老将の　奮戦の様識りて悲しも
弁慶と関守の美談残りたる　安宅の関跡篠原近くに

現・国分寺

三、籠《かごの》〈ノ〉渡《わたり》

「いたづら《〔徒〕》にやすくもすきぬ山ふし《〔臥〕》の　かこ《〔籠〕》のわたり《〔渡〕》もあれは《ば》あるなり」が『名寄』、『松葉』に収められる。詠者は**衣笠内大臣**とあるから**藤原家良**、出展は『山臥現六』とあるが、筆者には残念ながら分かっていない。

国府、国分寺があったとされる古府町の南から国道三百六十号線を東に、中海町で南東に向きを変え、嵐町で再び東に、合わせて二十キロメートル、下吉野交差点で別名白山街道と称する国道百五十七号線に接続する。市境を超えて白山市である。国道百五十七号線と三百六十号線の共用区間を手取川に沿い、そして流れ込む支流の尾添《おぞ》川に沿って再び単独になった国道三百六十号線を南に約五キロメートルで尾添《おぞう》の集落に着く。ここから先、白山白川郷ホワイトロードを辿ること約二十キロメートル、車走行二時間で岐阜県との県境である。

尾添の集落は、国道と、北を並流する尾添川に挟まれて位置するが、集落内の簡易郵便局の向かいに加寶神社

尾添大橋

加寶神社社殿

尾添大橋から見る尾添川

加寶神社参道口

笥笠中宮神社社殿

が鎮座する。拝殿は間口三間、ごく小振りである。が、この宮は白山信仰、登拝の拠点であった、白山信仰が盛んであった時代、加賀から白山を目指す人々は、麓の本宮（後述の白山《しらやま》比咩《ひめ》神社）、そしてこの地の尾添川対岸の笥笠《けがさ》中宮神社を参拝し、川を渡ってこの宮を経て山に向かった。

その渡河地が籠渡で、まさに川の上に大縄を張って、籠で渡った。今は、多分その地点であろうと推測されるが、尾添大橋が架かる。なお、川を渡るとそこは女人禁制であったと言う。

先述の白山比咩神社は、先の下吉野の交差

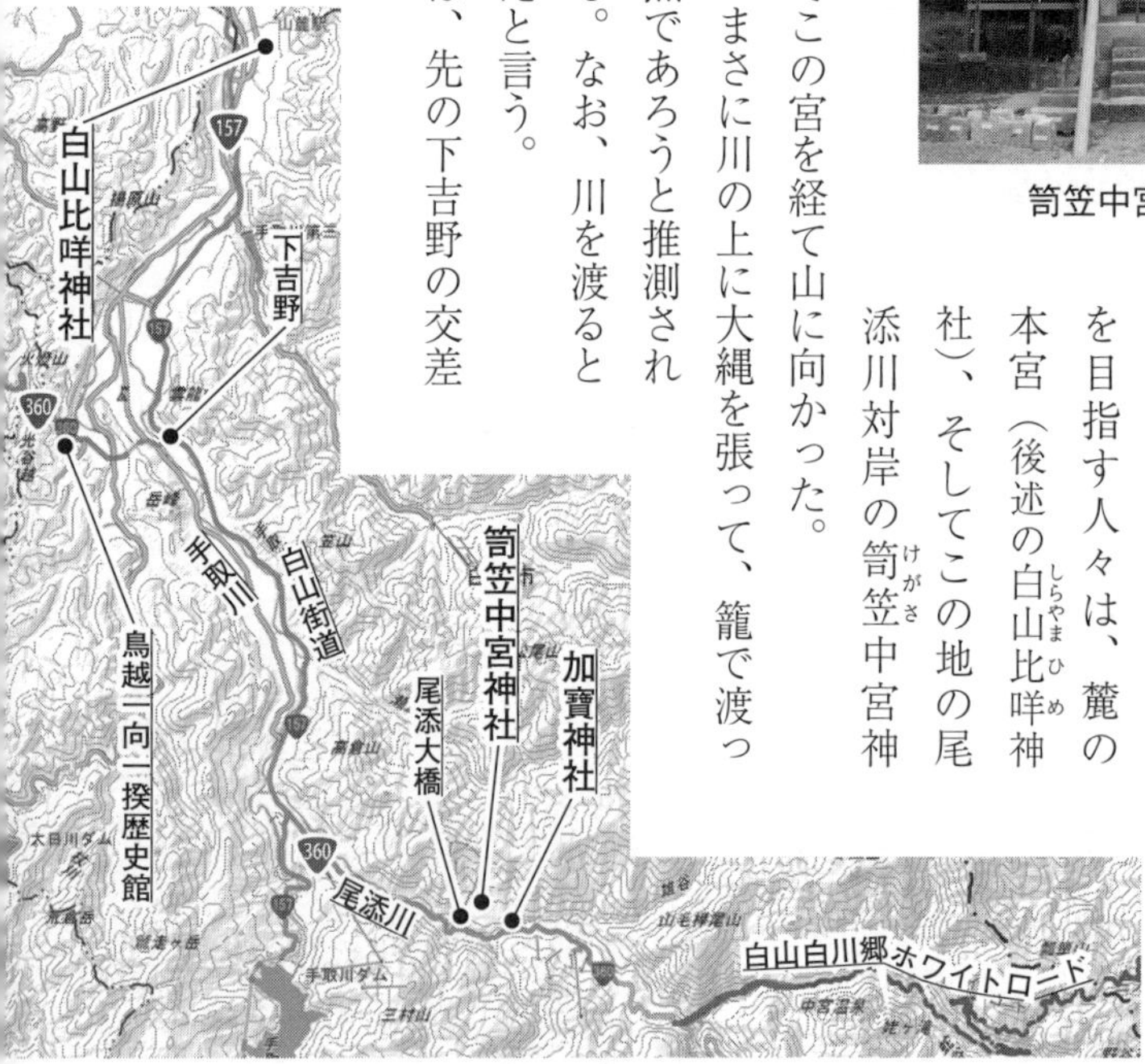

尾添集落

白山比咩神社拝殿

白山比咩神社参道口

点から国道百五十七号線を八・五キロメートル余り北上　白山町西からT字に接続する県道百三号・鶴来水島美川線を辿って一・二キロメートルの県道西に鎮座する。第十代崇神《すじん》天皇の代に白山を遥拝する「まつりのにわ」が創建され、霊亀二年（七一六）に社殿が建てられたという。九世紀末には加賀国一宮に定められた。霊山に登って修行することを禅定《ぜんじょう》、山の頂を禅頂《ぜんちょう》、禅頂に至る登山道を禅定道《ぜんじょうどう》という。禅定道の起点が馬場《ばんば》で、白山には、美濃、越前、加賀三方向からの禅定道があり、美濃馬場の長滝白山神社（次項に記述）、越前馬場の平泉寺白山神社（本書越前編十四に記述）、そして加賀馬場がこの白山比咩神社で、現在、全国二千社余の白山神社の総本山である。

また、下吉野の交差点から国道三百六十号線を西に一・三キロメートルに、鳥越一向一揆歴史館があり、一向一揆に関する映画が上映され、ジオラマ等を展示する。「百姓持ちの国」と称される加賀一向一揆の歴史を学ぶことが出来る。

白山の登拝の道古は　尾添の川を籠にて渡れり

加賀国の一の宮なる加賀馬場　詣でて向かふ籠渡へ

籠渡の左岸右岸の古き宮　今道変はり参る人無く

鳥越一向一揆歴史館

四、白山《しらやま》（併せて白嶺、越〈ノ〉白根、越大山、越高）

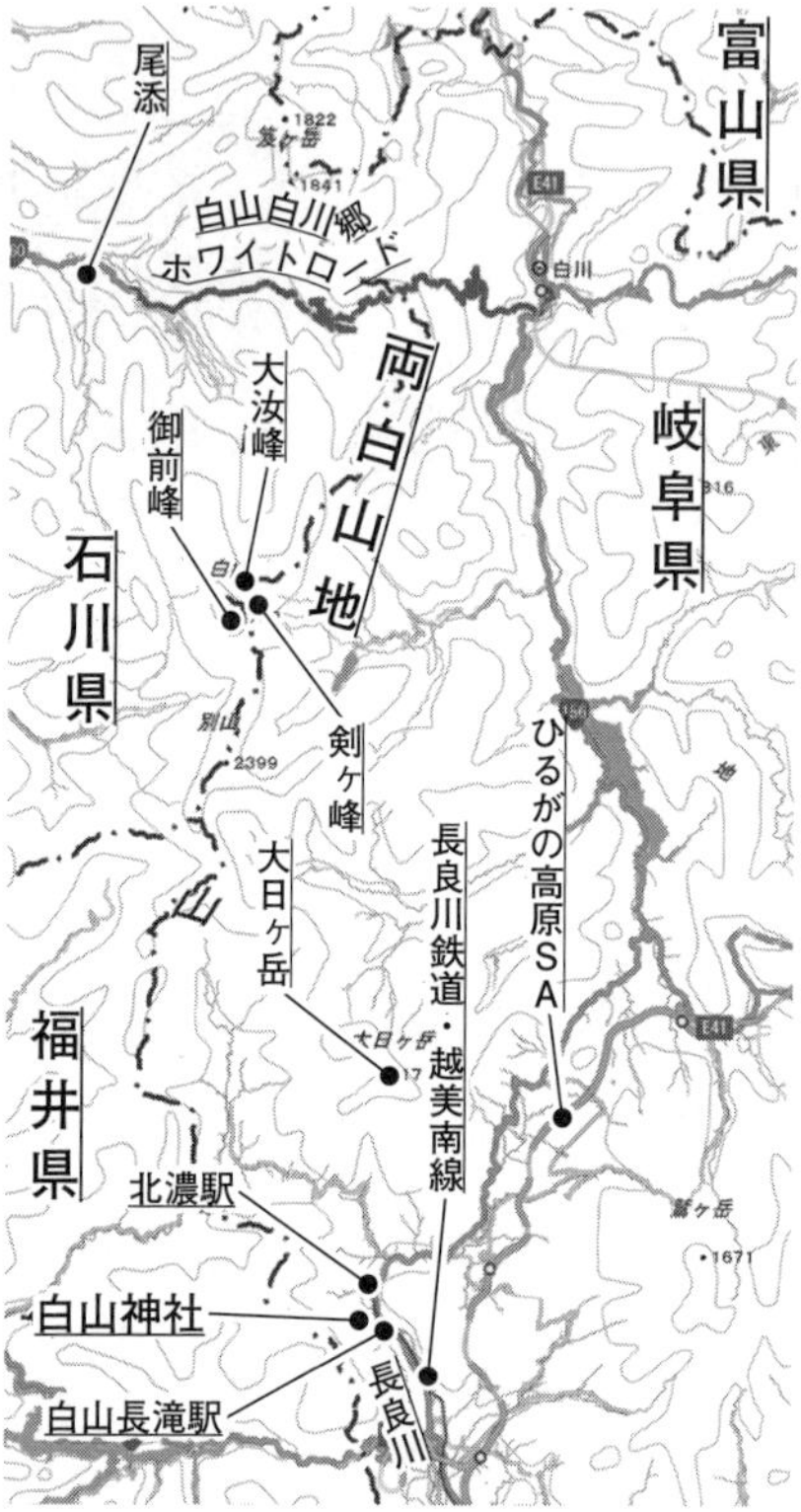

白山三峰付近

福井県、岐阜県、石川県、富山県の四県にまたがる両白山地の中央の、同山地の最高峰、石川県白山市と岐阜県白川村の境界に聳えるのが白山である。最高峰の御前峰（二千七百二・二メートル）、剣ヶ峰（二千六百七十七メートル）、大汝峰（二千六百八十四メートル）の白山三峰を中心とした、周辺の山々の総称である。活火山で、最も近い時代の噴火は万治二年（一六五九）であった。嘗ては「越白峰《こしのしらね》」と呼ばれていたが、何時の頃からか「白山」と書き、「しらやま」の呼称を経て現在は「はくさん」と呼ばれる。

この白山は、富士、立山（富山県・越中編二十四）と並んで日本三大霊山に数えられる。古来、白山から流れ出る多くの川が田畑を潤し、農業を支えてきた。それ故、水神、農業神としての白山の神格化が人々の間に自然発生したと推測される。養老元年（七一七）、越前国の僧・泰澄が白山神のお告げに導かれて登頂を果たし、以後それまで

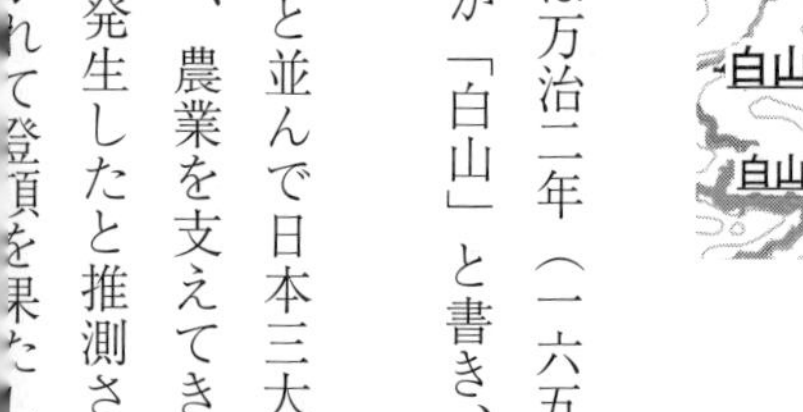
北陸自動車道徳光ＰＡ近くからの白山（御前峰？）

長滝白山神社拝殿

長滝白山神社本殿

の遥拝から登拝へと、祈りの形が移行した。前項でも触れたが、白山山頂には神仏が坐すと考えられ、禅頂と呼ばれ、そこに至る修行の登山道が禅定道である。越前、加賀、美濃の三方向から禅定道が整備されていて、その起点を馬場《ばんば》と言う。越前馬場は白山平泉寺（福井県越前編十四に記述）、加賀馬場は白山比咩《ひめ》神社（前項に記述）、そして美濃馬場が長滝白山神社である。前二社はそれぞれの項に譲り、ここでは国が異なるが、長滝白山神社について記述する。

第三セクターによる長良川鉄道・越美南《えつみなん》線は、岐阜県美濃加茂市の美濃太田駅から同郡上《ぐじょう》市の北濃《ほくのう》駅まで七十二・一キロメートルを、ほぼ長良川に沿って北上する。北の終点の北濃駅の一つ手前に白山長滝駅がある。駅の西、並走する国道百五十六号線（同百五十八号線共用）を挟んで駐車場があり、白山神社と白山長瀧《ちょうりゅう》寺の社号標、寺号標が左右に建つ参道が北に延びる。参道の左右には、経聞坊、蔵泉坊、一乗坊などの坊跡が点在する。神橋を渡ると一帯を包む森が開け、社庭が広がる。正面には立派な拝殿、その奥に大御前社を中央に、左に越南知《おおなむち》社、右

長滝白山神社参道口

長滝白山神社参道

長良川鉄道・越美南線
白山長滝駅

白山長瀧寺

に別山《べっさん?》社と、三棟の本社が並ぶ。左手には、神仏習合時代に一体であった白山長瀧寺の本堂が、今も並び建つ。共々古色に溢れ、格調高い雰囲気を醸し出す。

東海北陸自動車道は美濃市付近から、これも長良川に沿って北に、そして徐々に東に振れつつ高山市に向かうが、郡上市の北端近くのひるがの高原ＳＡから、天候に恵まれれば白山を遠望出来る。訪れた日は靄がかかって山影がはっきりせず、施設内に掲げられた写真を写して納得した。

白山を詠み込んだ歌は数多く、さすが古くから霊山として崇められた証と頷ける。『能因』、『名寄』、『類字』、『松葉』全てに、『**古今和歌集**』から**凡河内躬恒**の、「消え果つる時しなければ越路なる白山の名は雪にぞ有ける」が収められる等々で、**勅撰和歌集**から引く『類字』に収められるだけでも二十四首にも及ぶ。詠者も、**紀貫之**、**藤原俊成**、**後鳥羽院**を始め錚々たる歌人が並ぶ。当国越前のみならず、北陸を代表する歌枕である。

雲霧に隠れがちなる白山を　二度三度訪ひ漸うに撮る

白山に三馬場あり其々に　趣きありて時過ごしたり

美濃国の馬場を訪ふる道の途で　霊峰白山東より見る

東海北陸自動車道・ひるがの高原ＳＡからの山脈

五、加賀国《かがこく》

『詞花和歌集』には、**源俊頼**の「よろこびをくは《加》へ《え》にいそ《急》ぐ旅なれば　思へ《え》どえこそと《止》ゞめざりけれ」が、「左京太夫**顕輔**加賀守にてくだり侍けるにいひつかはしける」の詞書と共に収められ、それを『名寄』が「加賀国」の歌枕歌として挙げている。ただし詠者を「**俊成**」としているが、誤写であろうと思われる。

この、歌中には読み込まれず詞書に拠ってのみ歌枕とされた「加賀国」は、まさに一国を指し、特定の地を探るを得ず、またその概要については編頭で述べた故、項を立てるに止める。

加賀路辿り歌枕訪ふ旅楽し　霊峰白山垣間見て行く
あな寂しただ推し量るのみ加賀国の　国府の跡も国分の寺も
口惜しや期待に違ひて歌枕　加賀の古都なる金沢に無く

国違

六、狩道池《かりじのいけ》―越前編十九を経て大和国―

『類字』には、**『新勅撰和歌集』**から「遠つ人狩道の池に住をしの　立てもゐても君をしそ思ふ」が引かれるが、『能因』、『松葉』はこれを、他の数首と共に越前国に収載する。よって本編では項としては立てるが、記述は越前編十九に譲ることとする。なお、そこでも述べたように、越前国にもその存在は確認できず、通説とされる奈良県宇陀市界隈をその地に比定した。

七、竹浦《たけのうら》（併せて同泊）―越前編十五へ―

『名寄』には、「竹浦」の歌として「をちそよく竹の浦かせ吹立て　まさこにあそふ秋のかりかね」が、「竹泊」に「こしの海の竹のとまりをきてみれは　一よをこめて雪ふりにけり」を収めるが、前歌は『松葉』が、後歌は『能因』、『松葉』が越前国に項立てして載せる。

この地はまさに越前国と加賀国の境に位置し、さらには編頭に述べた如く、弘仁十四年（八二三）までは加賀国は越前国の領域であった故の混乱と思われる。本書においても越前編十五に項を立てたので、そちらを参照されたい。

八、都気山《つげのやま》—大和国・伊賀国—

『名寄』には「かきりなく思ふこ、ろをつけの山　やまをかふこそたのむへらなれ」が収められる。出典も詠者も記されていない。この歌枕は厄介である。加賀国にそれらしき地は見当たらない。

『和歌の歌枕・地名大辞典』は、これを大和国の歌枕とし、天理市、桜井市との市境近くの奈良市都祁小山戸町《つげおやまと》に鎮座する都祁山口神社の後背の山と推定しつつ、三重県伊賀市柘植町辺りも候補として解説する。以上のことから、本書は加賀国での比定を断念し、上記双方を簡単に解説することで一項とする。

都介野山

奈良市の東部、国道二十五号線（名阪国道）の針ＩＣの南三キロメートルに、都介野岳（六百三十・九メートル）がなだらかな山容を見せて聳える。そのほぼ真西二キロメートル足らずの田園の奥に、都祁《つげ》山口神社が鎮座する。創建年代は不詳とされるが、**神武天皇**の皇子・神八井耳命《かんやいみみのみこと》の後裔の都祁直《つげのあたい》が闘鶏国造《つげのみやつこ》となってここに住み、氏神を祀ったことを始め

奈良市東部都介野岳付近

来迎寺本堂

都祁山口神社拝殿

来迎寺参道口

都祁山口神社参道口

とすると言うから、奈良時代以前である。杉木立に囲まれる参道を進んだ山門の奥の境内の一段の高みに、社殿が建つ。なお、神社の北百メートルの、まさに田圃の真ん中に小さな鳥居があり、数本の木が生い茂る。「森神さん」と呼ばれ、神社と関連があると言う。

神社の北北東一キロメートルには、**行基**の開創と伝える来迎寺が林間に静かに建つ。本堂には、鎌倉時代の仏師・**快慶**の作とされる善導大師坐像が安置され、国の重要文化財に指定されている。

さらにその北方四百メートルには、天平二年（七三〇）の文献に記される都祁水分神社が、杉の木立が鬱蒼と茂る中に鎮座する。拝殿の奥に建つ朱色の塗りの鮮やかな本殿は、明応八年（一四九九）の造営で、国の重要文化財に指定されている。

なおこの三つの寺社は、針IC付近から南西に延びる県

都祁水分神社参道口

都祁水分神社拝殿

都祁水分神社本殿

森神さん

福地城跡登城口
と芭蕉句碑

芭蕉生誕三百六十年の記念
モニュメント

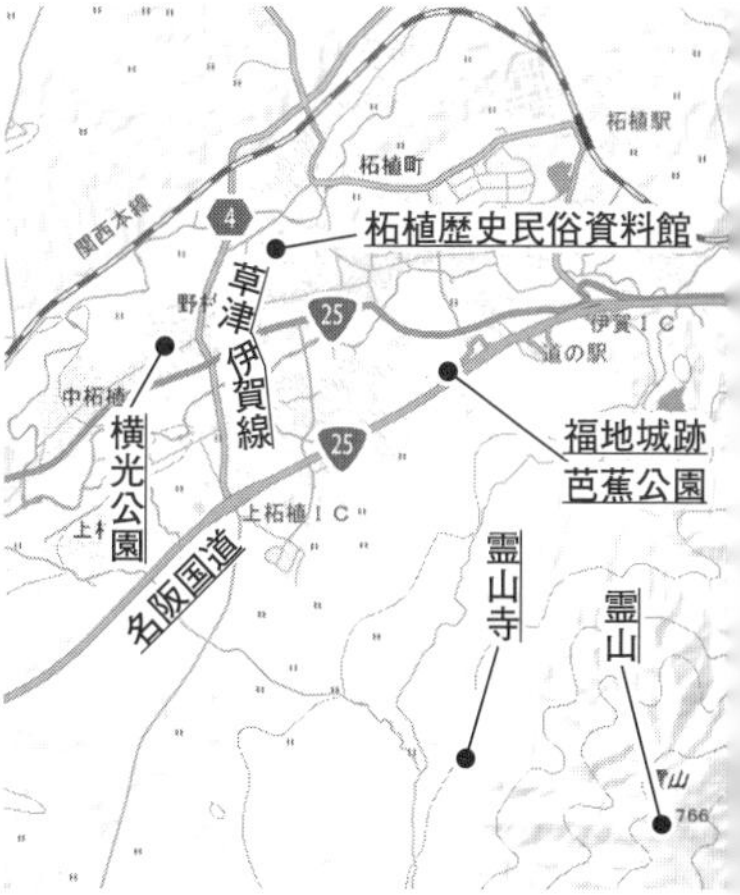

伊賀市柘植地区付近

道三十八号・柘井都祁線の東に位置し、それぞれの　以下、時には農道かと見紛うほどの狭さで道程を解説し難く、地図上の直線距離にて記述した。

一方、国道二十五号線を北東に四十キロメートル足らず、三重県伊賀市の柘植地区が、「都気山」の伊賀国の候補とされる。

三重県伊賀市の中心部の北東、並走する名阪国道と一般国道の共に二十五号線が合流する手前、両道に挟まれて福地城跡がある。明治二十六年（一八九三）に城跡の持ち主が土地を寄付し、**松尾芭蕉**二百年忌を記念して芭蕉公園が造られた。城跡の標柱の横には「そばはまだはなでもてなす山路かな」の句碑が据えられ、また左手には平成十五年（二〇〇三）に、生誕三百六十年の記念モニュメントも斬新なデザインを見せる。

時代は下るが、「文学の神様」と呼ばれた**横光利一**は、ここ東柘植尋常小学校に四年間在籍した。平成十一年（一九九九）に生誕百年を記念して、一般国道二十五号線と三重県道四号・草津伊賀線の交差点の西に横光公園が造られた。園内の

横光公園

ランプのモニュメント

伊賀流忍者博物館

横光利一文学碑

一画には、絶筆となった『洋燈《ランプ》』をモチーフにしたモニュメントがある。また、柘植小学校と同中学校の中間どころの柘植歴史民俗資料館の右手奥の小山には、**利一**の句・「蟻台上に飢えて月高し」を刻んだ碑と、川端康成による解説文の碑が建てられている。

この地区の南方二・五キロメートルに標高七百六十六メートルの霊山《れいざん》が聳える。この地を歌枕「都気山」とするなら、あるいはこの山であろうか。頂上近くの山腹には、弘仁年間（八一〇〜二四）に**最澄**によって開かれたと伝える霊山寺がある。現在は黄檗宗である。時代を感じさせる本堂が印象深い。

公園内には可愛い忍者が…

なお伊賀国の中心は、先に述べたよう

霊山寺入口

伊賀市上野城跡付近

霊山寺本堂

史跡・芭蕉翁
誕生の地入口

芭蕉翁生家（工事中）

芭蕉翁記念館

館内の芭蕉翁像

南西の　JR関西本線・伊賀上野駅と名阪国道のすぐ南の伊賀市役所にかけてであった。そのほぼ中間所には上野公園が整備され、復元天守のある伊賀上野城や伊賀流忍者博物館、この地の出身の**松尾芭蕉**を顕彰する記念館や生誕三百年を記念して昭和十七年（一九四二）に建てられた俳聖殿など、見るべき施設が配される。

公園の南を東西に走る国道百六十三号線沿いには**芭蕉**の生家が残されるが、生憎改修中で防護壁に囲まれ、内部見学はおろか外観を総覧することも叶わなかった。

この伊賀上野には嘗て国府、国分寺が置かれていてその地も明らかであるのだが、前者は保存整備工事が始められたばかり、後者は草や低木の生える広場に堂塔の位置を示す標識が建つのみであった。両者ともその区域は他の土地利

工事中の看板

伊賀国府跡

俳聖殿

用に供されてはおらず、一日も早い整備復元が待たれる。

「都気山」を大和、伊賀の何れとするかは判然としないが、表記は異なるものの音読が同一の山があり、古社、古寺の点在する大和国の都祁に分がある気がするが如何。

都気の山越路歩めど探しあぐね　大和・伊賀路に証求めり

同音の都介野山在り大和路の　古社古寺並ぶ田園の端

俳聖の出《いで》し地近き柘植の里　古寺を訪ねて山推し測りたり

国分寺跡の看板

伊賀国分寺跡

未勘

九、蓮《はちす》〈の〉浦《うら》

『名寄』には「つみふかき身はほろふやとをとに聞　はちすの浦をゆきてたにみん」が載る。出典も詠者も記載がない。また『松葉』に同歌が載るが、これも出典を『名寄』とするのみで、詠者も不明である。

さて、加賀国の領域を、現在の縮尺三万分の一の地図で探しても、比定を確信する地は見つからない。歌中にも、加賀国の地であることを示唆する語句はなく、悩ましい。強いて候補を挙げるとすれば、白山市の南端近くで日本海に流れ込む手取川の河口の北の、現・白山市蓮池町であるが、この辺りの日本海沿岸は砂浜が続き、手取川河口付近が唯一港湾に適していて、北前船が入出港する要港として賑わったという。明治の廃藩置県直後の金沢県は、明治五年（一八七二）に県庁をこの地に移し、当時の郡名に因んで石川県と改称した。ただし翌年には県庁は金沢市に戻された。

このように近世以降はそれなりの歴史があるが、残念ながら歌枕に比定するほどの事跡は見当たらない。

一方、南の北潟湖の東に、福井県あわら市蓮ヶ浦《はすがうら》がある。地名は酷似しているが、ここは越前国、さらには辺りを巡って見ても歌枕の地を想起させる寺社、旧跡は見当たらず、また伝承等を耳にすることもなかった。

以上の如く、残念ながら歌枕「蓮〈の〉浦」の比定は叶わないまま今に至っている。

加賀国歌枕歌一覧（名所の数字は各歌枕集収載ページ）

	小塩浦	篠原	籠〈ノ〉渡	白山（併せて白嶺、越〈ノ〉白根、越大山、越高）
名所歌枕（伝能因法師撰）				白山（三一四） きえ果る時しなければこしち成 白山の名は雪にそ有ける 〔古今〕（躬恒） 越白根（三一六） 年深くふりつむ雪をみる時そ こしの白根に住心ちする 〔後撰〕（よみ人不知） 白山（三一四） 余所にのみ恋や渡らん白山の ゆき見るへくもあらぬ我身は 〔古今〕 君をのみ思ひこしちの白山は いつかは雪のきゆる時ある 〔古今〕（宗岡大頼）
謌枕名寄	小塩浦（九七四） おもひきやをしおの浦のとまやにて ねさめに秋の月をみんとは 〔蓬屋〕（藤原政頼）	篠原（九七五） 世中はうきふししけししのはらや 旅にしあれはいも夢に見ゆ 〔新六〕（俊成） 衣手に夕かせさむししのはらや しくる丶野へにやとはなくして （行意）	籠渡（九七五） いたつらにやすくもすきぬ山ふしの かこのわたりもあはれなる世に 〔山臥現六〕（衣笠〵）	白山（九七一） きえはつる時しなければこしちなる しら山の名は雪にそありける （躬恒） 白嶺（九七三） 年ふかくふりつむ雪を見る時そ こしのしらねにすむこ丶ちする 白山（九七一） よそにのみこひやわたらんしら山の 雪みるへくもあらぬ我身を （躬恒） 君をのみおもひこしちのしら山は いつかは雪のきゆるときある （宗岳大類）
類字名所和歌集		篠原（四三二） 世中はうきふししけし篠原や 旅にしあれは妹夢にみゆ 〔新古今〕（俊成） 衣手に夕かせ寒ししの原や 時雨る野へに宿はなくして 〔続古今〕（僧正行意）		白山（四三一） きえ果る時しなければこしち成 白山の名は雪にそ有ける 〔古今〕（躬恒） 越白根（三一二） 年深くふりつむ雪をみる時そ こしの白根に住心ちする 〔後撰〕（読人不知） 白山（四三一） よそにのみ恋や渡覧白山の ゆきみるへくもあらぬ我身は 〔古今〕（躬恒） 君をのみ思ひこしちの白山は いつかは雪のきゆる時ある 〔古今〕（宗岡大頼）
増補松葉名所和歌集		篠原（七一〇） 世の中はうきふししけきしの原や 旅にしあれは妹夢にみゆ 〔新古〕（俊成） 衣手に夕風寒ししの原や 時雨る丶野へに宿はなくして 〔續古〕（行意）	籠〈ノ〉渡（一七七） いたつらにやすく過きぬ山臥の かこのわたりもあれはあるなり 〔名寄〕（衣笠内大臣）	越〈ノ〉白山（五一〇）・白山（七〇二） きえはつる時しなければ越路なる 白山の名は雪にそ有ける 〔古今〕（躬恒）

白山（併せて白嶺、越〈ノ〉白根、越大山、越高）

思ひやる越の白山しらね共
一夜も夢にこえぬ日そなき
〔古今〕（貫之）
白山に雪ふりぬれは跡絶て
今はこしちへ人もかよはす
〔後撰〕（よみ人しらす）
改玉の年をわたりてあるか上に
ふりつむ雪の絶ぬ白山
〔後撰〕（よみ人しらす）
都まて音にふりくる白山は
ゆきつきかたき所なりけり
〔後撰〕（よみ人しらす）
いとはれてかへり越ちの白山は
いらぬにまとふ物にそ有ける
〔後撰〕（源よしの朝臣）
たゝふすま白山風のねなへとも
子ろかをそきのあかつみてゐしも
〔万葉十四〕（よみ人しらす）
君か行こしの白山しらね共
雪のまに〳〵跡はたつねん
〔古今〕（藤原兼輔朝臣）
年ふれはこしの白山老にけり
おほくの冬の雪つもりつゝ
〔拾遺〕（忠見）
いつくそとまつ程過はしら山の
雪まの跡を尋さらめや
〔続後拾遺〕（中務）

おもひやるこしのしら山しらねとも
一夜も夢にこえぬ夜そなき
（紀貫之）
しら山に雪ふりぬれは跡たえて
いまはこしちの人もかよはす
（女）
あら玉のとしをわたりてあるかうへに
ふりつむ雪のきえぬしら山
〔後〕（読人不知）
都まてをとにふりくるしら山は
ゆきつきかたき雲井なりけり
〔後〕（読人不知）

白嶺（九七三）
みよしのゝ花のさかりをけふみれは
こしのしらねに春風そふく
（俊成）

白山（九七一）
白山の雪の下草われなれや
したにもえつゝ年のへぬらん
〔新勅〕（読人不知）
たくふすましら山風のねはへとも
ころやをそきのあろこそいしも
〔万十四〕

思ひやる越の白山しらね共
一夜も夢にこえぬ日そなき
〔古今〕（貫之）
白山に雪ふりぬれは跡絶て
今はこしちへ人もかよはす
〔後撰〕（読人不知）
改玉の年をわたりてあるか上に
ふりつむ雪の絶ぬ白山
〔後撰〕（読人不知）
都まて音にふりくる白山は
ゆきつきかたき所なりけり
〔後撰〕（読人不知）
いとはれてかへり越ちの白山は
いらぬにまとふ物にそ有ける
〔後撰〕（源よしの朝臣）

越白根（三一二）
み吉野の花のさかりをけふみれは
こしの白根に春風そ吹
〔千載〕（俊成）

白山（四三一）
白山の雪のした草我なれや
下にもえつゝ年のへぬらん
〔新勅撰〕（読人不知）
君か行こしの白山しらね共
雪のまに〳〵跡はたつねん
〔古今〕（藤原兼輔朝臣）
年ふれはこしの白山老にけり
おほくの冬の雪つもりつゝ
〔拾遺〕（忠見）
いつくそとまつ程過はしら山の
雪まの跡を尋さらめや
〔続後拾遺〕（中務）

いとはれて帰りこしちの白山は
入らぬにまとふ物にそ有ける
〔後撰〕（源よし）

越白根（五一二）
みよしのゝ花のさかりをけふみれは
こしの白根に春風そ吹
〔千載〕（俊成）

白山（七〇二）
白山の雪の下くさ我なれや
下にもえつゝ年の経ぬらん
〔新勅〕

白山（併せて白嶺、越〈ノ〉白根、越大山、越高）

名所歌枕（伝能因法師撰）

白山の峯なれはこそ白雪の
かのこまたらに降てみゆらめ
〔夫木〕（家持）

待人もみえねは夏もしら雪や
猶ふりしける越の白山
〔順Ⅰ〕（源順）

年をへて降つもる白山の
か丶れる雲やつれ成らん
〔重之〕（重之）

謌枕名寄

しら山にとしふる雪やつもるらん
よはにかたしくたもとさゆ也
〔新古〕（公）

年ふともこのしら山わすれすは
かしらの雪をあはれとはみよ
〔顕輔〕

昔より名にふりつめるしらやまの
雲井の雪はきゆるよもなし
〔信明〕

白嶺（九七三）
こ丶に又ひかりをわけてやとすかな
こしのしらねや雪のふるさと
（後京極〵）
右一首日吉客人宮奉詠

越高（九七四）
都たにあとたゆはかり降雪に
こしのたかねをおもひこそやれ
（通俊）

白根（九七三）
あはれなりこしのしらねにすむ鳥も
松をたのみて世をすくすらん
〔正治百〕

類字名所和歌集

白山に年ゆる《ママ》雪やつもるらん
夜はにかたしく袂さゆ也
〔新古今〕（公住《ママ》）

年ふとも越しら山忘すは
かしらの雪を哀ともみよ
〔新古今〕（顕輔）

昔より名にふりつめる白山の
雲ゐの雪はきゆる世もなし
〔新勅撰〕（源信明朝臣）

越白根（三一二）
爰に又ひかりを分てやとすかな
越の白根や雪のふる里
〔続古今〕（後京極摂政前太政大臣）

増補松葉名所和歌集

白山の嶺なれはこそ白ゆきの
かのこまたらにふりて見ゆらん
〔家集〕（家持）

越ノ白山（五一〇）
まつ人も見えねは夏も白雪や
なほふりしける越の白山
〔家集〕（順）

白山（七〇二）
年をへて雪降つもる白山の
か丶れるくもやいつれ成らん
〔家集〕（重之）

越白根（五一二）
都たに跡たゆはかりふるゆきに
こしの高ねを思ひ社やれ
〔雪葉〕（通俊）

あはれ也こしの白根に住鳥も
まつをたのみて世を過すらん
〔壬二〕（家隆）

白山（併せて白嶺、越〈ノ〉白根、越大山、越高）

しら山のゆきのなこりは寒くとも
かたみの風はあふきつゝゆけ
〔中務〕（中務）

白山に雪降しきて寒くとも
絶すあふきの風を忘るな
〔中務〕（中務）

さえのほるこしのしらねの夜はの月
雪はこほりのふもとなりけり
（家隆）

白山（九七一）
初雪にしるしのさほはたてしかと
そことも見えぬこしのしら山
（大炊御門右大臣）

白山の松の木かけにかけろひて
かすかにすめるらひの鳥かな
〔正治百〕（後鳥羽院）

雲のゐるこしのしら山おひにけり
おほくの年の雪つもりつゝ
〔拾〕（忠見）

しら山にふるしら雪のこそのうへに
ことしもつもる恋もするかな
〔六帖〕

白嶺（九七三）
さくら咲春の山辺は雪きえぬ
こしのしらねの（ママ）こゝちこそすれ
人こふるかひもをはいとひけり
われのけゝなくしらねこゆれと
（仲美）

白山（四三一）
千早振雪のしら山わきて猶
ふかき頼は神そしるらん
〔新拾遺〕（読人不知）

さへのほるこしの白根の冬の月
雪は氷のふもと也けり
〔壬二〕（家隆）

白山（七〇二）
初雪のしるしの竿はたてしかと
そことも見えぬ越のしら山
〔万代〕（大炊御門右大臣）
（「越ノ白山」に重載―筆者注）

白山の松の木かけにかくろひて
やすらにすめるらいの鳥哉
〔御集〕（後鳥羽）

ち早ふる雪の白山わきて猶
ふかきたのみは神そしるらん
〔新拾〕

白山（併せて白嶺、越〈ノ〉白根、越大山、越高）

名所歌枕（伝能因法師撰）

謌枕名寄

越大山（九七三）
みゆきふるこしの大山行すきて
いつれの日にか我さとを見ん

類字名所和歌集

かきくらし玉ゆらやますふる雪の
いくへ積りぬ超の白山
〔新勅撰〕（大納言師頼）
けぬか上にさこそは雪の積らぬ
名に降にけるこしの白山
〔続後撰〕（安嘉門院甲斐）
雪ふれはみな白山に成にけり
いつれをこしの方とかはみん
〔続後拾遺〕（禖子内親王家宣旨）
わきて猶たのむ心もふかきかな
跡垂そめし雪のしら山
〔新千載〕（前大僧正道玄）
雪山をつくらせ給ふよしをきゝて
行てみぬ心のほとを想ひやれ
都のうちのこしの白山
〔新後拾遺〕（周防内侍）

増補松葉名所和歌集

越白根（五一二）
春出て冬にそむかふ天つ鴈
みやこのかすみこしの白雪
〔草根〕（正徹）
をしなへてかすめる花と見ゆる哉
こしの白根の春の明ほの
〔夫木〕（さぬき）
雪ふれはみな高からぬ山もなし
いつれみこしの白根成らん
〔堀百〕（師時）
越ノ白山（五一〇）
ちさとまてけしきにこむる霞哉
ひとり春なきこしの白山
〔詠藻〕（俊成）

広域

白山（併せて白嶺、越〈ノ〉白根、越大山、越高）

花も雪も色はかはらし帰る鴈
　都の梢こしのしら山
　〔千五百〕（宮内卿）

春はた丶朧月夜と見るつきを
　雪にくまなきこしの白山
　〔月清〕（後京極）

初雪のしるしのさほは立しかと
　そことも見えぬこしのしら山
　〔万代〕（大炊御門）

（右四首「白山」に重載—筆者注）

白山（七〇二）

千里まてけしきにこむる霞哉
　ひとり春なきこしの白山
　〔詠藻〕（俊成）

花もゆきも色はかはらし帰る鴈
　都の梢こしのしら山
　〔千五百〕（宮内卿）

春はた丶おほろ月夜と見る月を
　雪にくまなき越の白山
　〔月清〕（後京極）

（右三首「越ノ白山」に重載—筆者注）

白山の雪の中にもかけ深き
　まつをたのみて鳥や鳴らん
　〔新六〕（知家）

雪のうち越の白山見わたせは
　雲にさはらぬさらしなの月
　〔千五百〕（良平）

加賀国

加賀国（九七〇）

よろこひをくはへていそく国なれは
　おもへとえこそと丶めさりけれ
　（俊成）

右詞花集第〇《ママ》左京太夫顕輔加賀守
にて下ける時つかはしける

国違

	狩道池 —越前編を経て大和国—	竹浦（併せて同泊）—越前編へ—	都気山 —大和国・伊賀国—
名所歌枕（伝能因法師撰）			
詞枕名寄		竹浦（九七四） をとそよく竹の浦かせ吹立て まさこにあそふ秋のかりかね 竹泊（九七四） こしの海の竹のとまりをきてみれは 一よをこめて雪ふりにけり	都気山（九七四） かきりなく思ふこゝろをつけの山 山をかふこそたのむへらなれ
類字名所和歌集	狩道池（一二五） 遠つ人狩道の池に住をしの 立てもゐても君をしそ思ふ 〔新勅撰〕（読人不知）		
増補松葉名所和歌集			

蓮〈の〉浦

蓮浦（九七四）
つみふかき身はほろふやとをとに聞
はちすの浦をゆきてたにみん

蓮の浦（六二）
つみふかき身をうかふやと音にきく
はちすの浦の行てたにみん
〔名寄〕

石川県　能登編

能登国は、石川県のかほく市や津幡町の北部から能登半島全域にかけてを領域としていた。

古代においては、この地は東北蝦夷地平定の前進基地であり、また日本海に突き出た地形から、大陸や朝鮮半島との往来が繁く、高句麗、渤海の使節との交渉を行う要地であった。養老二年（七一八）に越前国から分離、天平十三年（七四一）には一旦越中国に併合されたが、天平宝字元年（七五七）に再び一国として分置された。国府、国分寺は、現在の七尾市に置かれていた。

平安末期には平家一門の知行国となったが、寿永二年（一一八三）の木曽義仲の挙兵の際には、各地の地侍が呼応し平家を追討、鎌倉、南北朝時代にかけては、名越《なごえ》、吉見、桃井、畠山氏等々が守護を務め、室町時代は畠山氏が世襲する。その畠山氏は天正八年（一五七七）に上杉謙信に滅ぼされ、さらに同九年（一五八一）以降は、前田家の領するところとなって明治期に至る。

廃藩置県で七尾県となるも、翌明治五年（一八七二）石川県に編入された。古来よ

三、雲津（併せて久毛津）

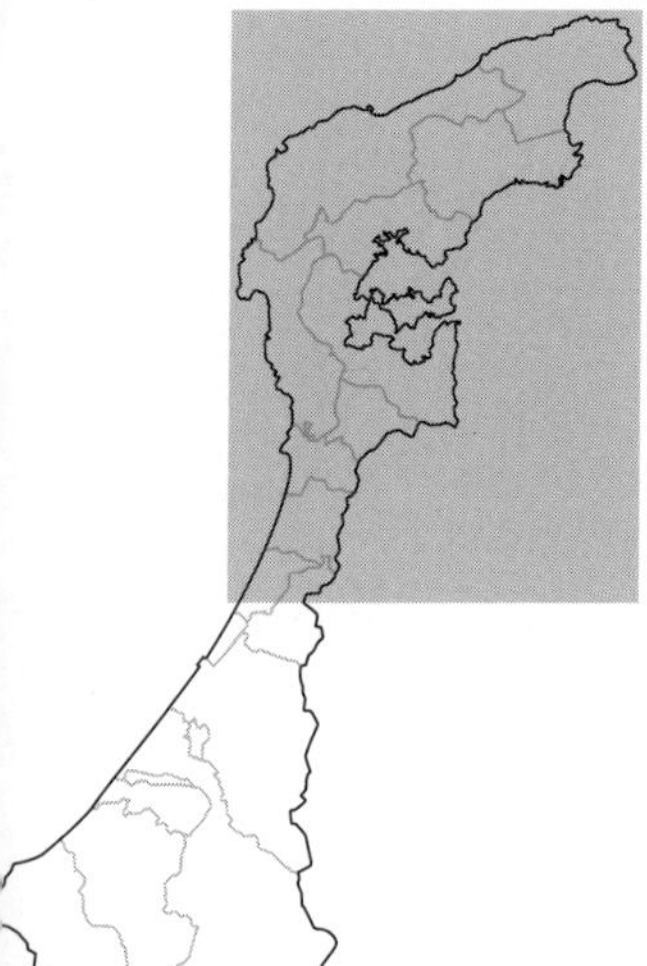

り海産物に恵まれ、烏賊、鮑、海鼠等が特産であり、また塩製も盛んで、藩の専売品とされて財政を支えてきた。

歌枕の地も多く、概ね海岸線に沿って点在する。天平十八年（七四六）、**大伴家持**が越中国守として赴任したのは、折から能登が越中国に併合されていた時期で、家持の領内巡察の際の歌も多く残される。

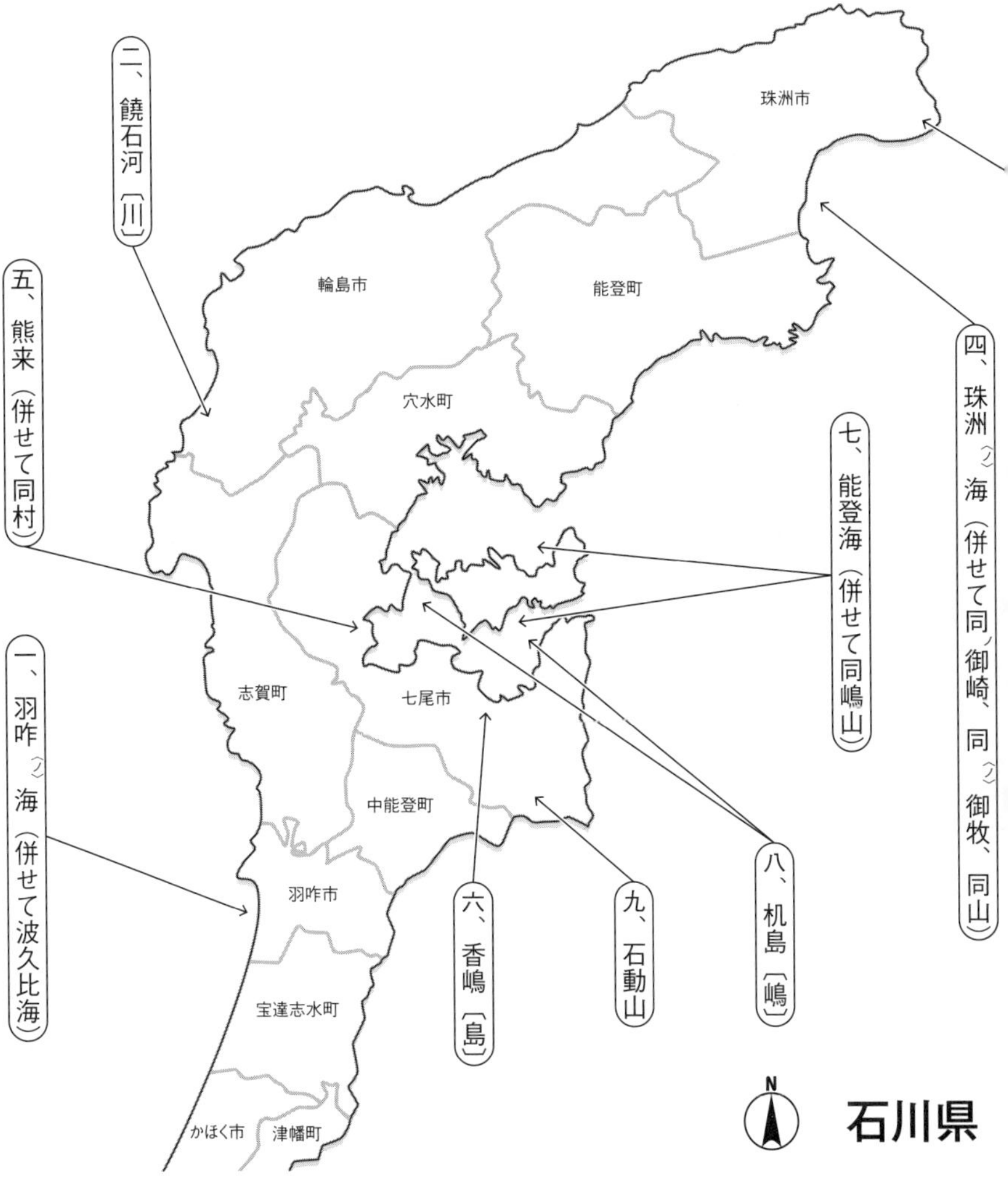

一、羽咋《はくいの》〈ノ〉海《うみ》（併せて波久比海）

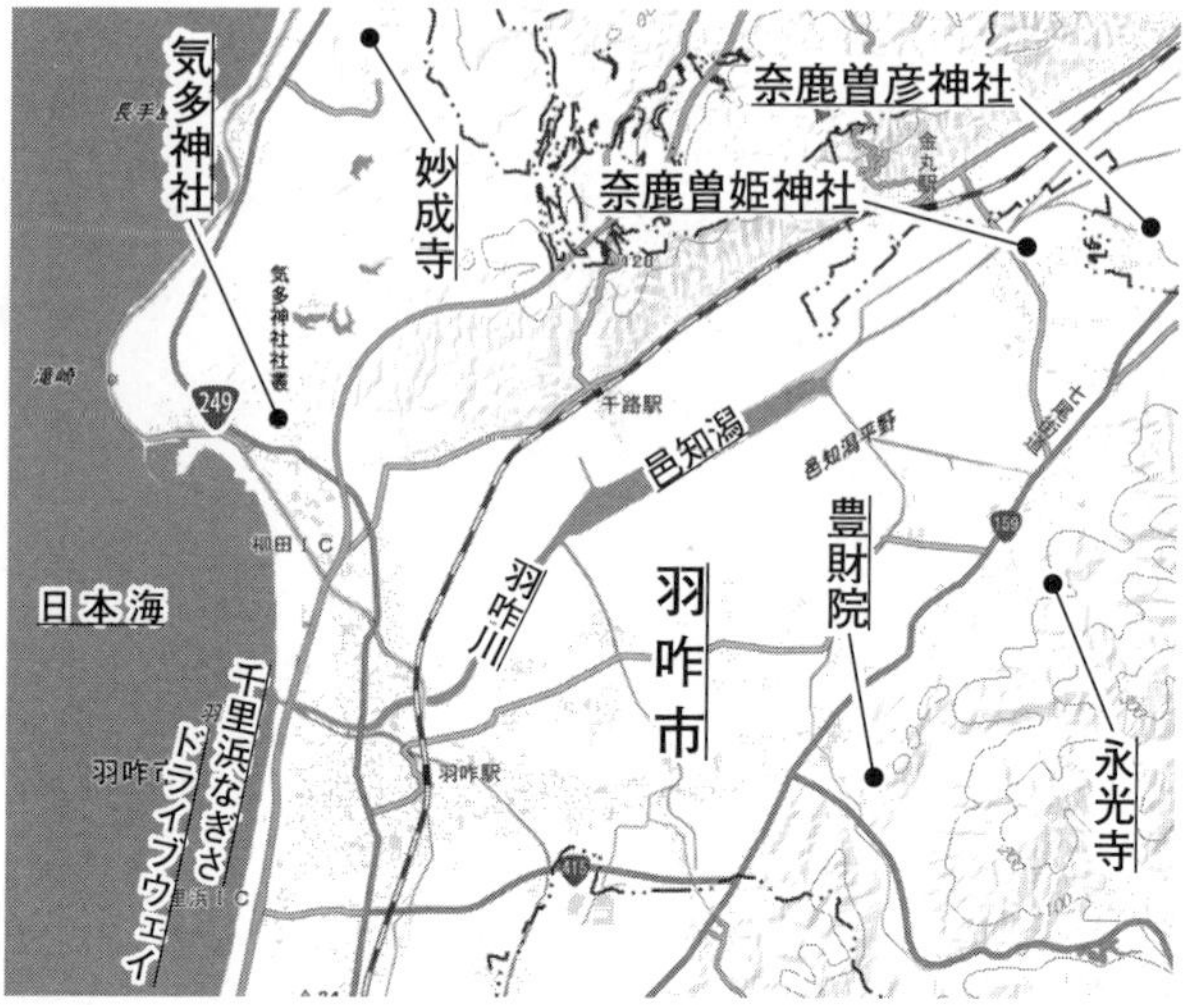

羽咋市邑知潟周辺

能登半島の付け根の日本海に面する海浜は砂浜が延々と続き、なんと浜際を車両で走行することが出来る。南は宝達志水町今浜から、北は羽咋市千里浜《ちりはま》町に至る八キロメートルの千里浜なぎさドライブウェイである。海浜に沿って北流する海流によって細かい砂が運ばれ、海水を含んで恰も舗装道路の如く固く締まっている。なお、打ち寄せるのは砂だけではなく、多くの塵芥も打ち上げられる故古くには塵浜と表記されていたとのこと、昭和二年（一九二七）に千里浜と改変された。そのドライブウェイの北端に、「之乎路《しをぢ》から　直《ただ》越えくれば羽咋の海　朝凪ぎしたり船梶もがも」と刻まれた石柱が建てられている。当時、越中守であった**大伴家持**が、天平二十年（七四八）に内巡行の折にこの地で詠んだ歌である。『**万葉集**』巻第十七に収められ、『能因』、『名寄』、

ドライブウェイ脇の万葉歌碑

千里浜なぎさドライブウェイ

折口父子の歌碑

気多神社神門

気多神社拝殿

気多神社参道口

『松葉』にこの地の歌として挙げられている『万葉集』には「気太の神宮に赴き参り、海辺を行く時に作る歌一首」の詞書が付される。

その気多神社は、羽咋市役所付近から国道二百四十九号線を四キロメートル弱北進した地で、やや北西に向きを変えている国道の三百メートルほどに鎮座する。能登国一宮のみならず、さらに古く、能登国が越中国の一部であった時代から国の一宮であった。主祭神は大己貴命《おおあなむちのみこと》（**大国主命**）、**延喜式**神名帳には名神大社に列せられ、近代になって明治四年（一八七一）には国幣中社、大正四年（一九一五）には国幣大社となるなど、北陸道屈指の名刹である。昭和五十八年（一九八三）には昭和天皇が行幸され、

「斧入らぬみやしろの森めずらかて　からたちばなの生ふるを見たり」と詠まれた。

鳥居を潜って参道を進んだ正面に神門、その奥に拝殿、本殿、本殿の左右には若宮神社、白山神社が立ち並ぶ。それら全てが国指定の重要文化財である。境内の鳥居近くには、**折口信夫**とその養嗣子・春洋《はるみ》の歌碑が建てられる。それぞれ「氣多のむら若葉くろずむ時に来て　遠《とお》海原の音を聴きをり」、「春畠に菜の葉荒びしほど過ぎておもかげに師をさびしまむとす」である。

国道二百四十九号線を北上して三・五キロメートルほどから真東一キロメートルに、

妙成寺仁王門

妙成寺本堂

妙成寺五重塔

栄光寺本堂

栄光寺石段と山門

豊財院本堂

豊財院参道口

日蓮の孫弟子の開いた日蓮宗の北陸本山の妙成寺《みょうじょうじ》が建つ。仁王門、五重塔、本堂をはじめ多くが江戸初期の建築で、国の重要文化財に指定される。

ところで、羽咋市中心部近くを流れる羽咋川を北東に遡ると邑知《おうち》潟が平らかな水面を見せる。現在は長さ三キロメートル、幅三百メートルほどの広さであるが、古くには周囲の平坦地が全て水底であったと推定されている。現在、「みずうみ」「湖」と表記するが、嘗ては「水海」とも表記し、それ故**大伴家持**はこを「羽咋の海」と詠んだとする説もある（『北陸萬葉集古磧研究』―鴻巣盛廣―）。頷けないこともないが、歌意全体からすれば、やはり羽咋の日本海岸を詠んだとするのが妥当であろう。なお、この古き邑知潟の周辺と思しき各所には、成和元年（一三一二）に開かれた能登初の禅

奈鹿曽彦神社鳥居と社号標

奈鹿曽彦神社拝殿

邑知潟

行場である豊財院、同じく同年に開創され、後醍醐天皇の勅願寺となった曹洞宗の栄光寺《ようこう》、また大己貴神の御子の兄妹神をそれぞれ祭る奈鹿曽彦《なかそひこ》、奈鹿曽姫の両神社など、由緒ある寺社を散見することが出来る。

羽咋の海砂浜固く延び居りて　車行き交ふ波音聞きつつ
家持が羽咋の海を過ぎ行きて　詣りたる宮厳かに建つ
謂れある寺社並び居り今一つの　羽咋の海とふ邑知の潟辺に

奈鹿曽姫神社鳥居と社号標

奈鹿曽姫神社拝殿

二、饒石河《にぎしがわ》〔川〕

国道二百四十九号線を、羽咋市役所付近を起点として三十三キロメートルほど北上すると増穂ヶ浦に出る。拙著『歌人が巡る中国の歌枕・山陽の部』の長門編十一「時（の）浦」で紹介した。羽咋郡志賀町富来《とぎ》地区にあり、約四キロメートルの砂浜が続き、ギネスブックに登録される全長四百六十・九メートルのベンチが置かれている。浜の一角には、二葉百合子歌唱で大ヒットした

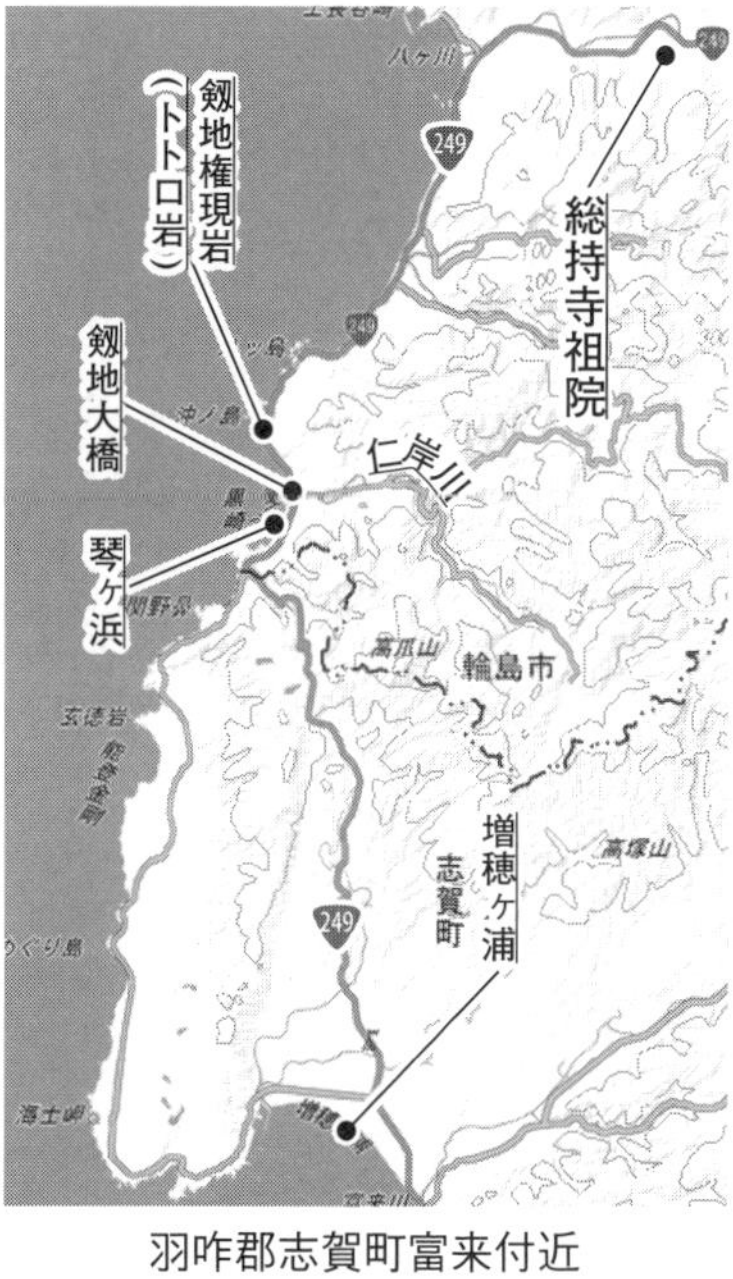

羽咋郡志賀町富来付近

「岸壁の母」（モデルの端野いせさんはこの地の生まれ）の解説石板と、俵万智の「桜貝の淡きピンクを一身に　集めて立てり浜の少女は」の木板が並ぶ。

さらに国道を十二キロメートルほど北上すると琴ヶ浜に出る。この浜のほぼ中央に流れ出る川が、歌枕「饒石川」に比定される仁岸川である。国道が跨ぐ剱地大橋の北西の袂には、「妹にあはず久しくなりぬにぎし川　清き瀬ごとにみなうらはへてな」が万葉仮名で刻まれた歌碑が建つ。天平二十年（七四八）に、当時越中国守であった**大伴家持**は国内諸郡を巡行した。折しも能登が越中国に編入されていた時期で、この地も訪れたのである。結句の「みなうらはえてな」は、「水占延へてな」と表記し、水中に縄を延ばして占うことを言い、「て」は完了の助動詞「つ」の未然形、「な」は、意思、希望を表す上代に用いられた助詞である。

なおこの歌は『**万葉集**』巻第十七に載り、『能因』、『名寄』、『松葉』にこの地の歌として収められている。

さらに北上する国道二百四十九号線は、ほぼ八キロメートル能登半島西岸に沿って走る。途中の海浜は、通称トトロ

仁岸川河口

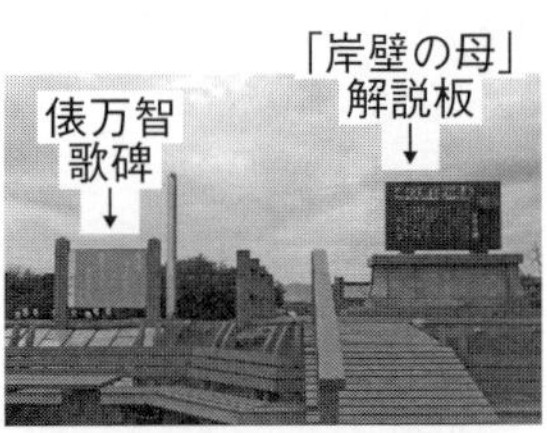

「岸壁の母」の解説板と俵万智の歌碑

剱地大橋袂の歌碑

仁岸川と剱地大橋

富来の世界一長いベンチ

剱地権現岩（トトロ岩）

り成す景勝が続く

国道は、輪島市門前町道下《どうげ》から内陸部を東、そして北東へと向かうが、その約三キロメートル、輪島市役所門前総合支所のほぼ正面に、大本山総持寺祖院が堂宇を構える。元亨元年（一三二一）に瑩山紹瑾《けいざんじょうきん》禅師によって開創され、長く曹洞宗の大本山として隆盛を極め、末寺一万六千を数えるに至ったが、明治三十一年（一八九八）の災禍でほぼ全ての七堂伽藍が焼失、布教の中心を神奈川県横浜市鶴見区に移転した。その後逐次堂宇が再建され、祖院として信仰を集めている。

総持寺祖院山門

参道を進むと正面に、二層の間口二十メートル、高さ十七・四メートルの山門が周囲を圧している。山門を潜った正面やや右に、総欅造の大伽藍、大祖堂とも呼ばれる法堂が見事な構えを見せる。右手に仏殿、左手に座禅堂と呼ばれる僧堂が、何れも二十メートルの間口を広げ、柱や敷板の間に配される壁の白さが印象的である。

なお、平成十九年（二〇〇七）三月の能登半島地震により被災、令和三年（二〇二一）三月を目標に修復が行われている。境内には立ち入り禁止の柵が巡らされ、工事車両が動き、落ち着いた雰囲気が乱されているのは、致し方のないこととは言えやや残念であった。同年四月には落慶法要が、そして九月には開創七百年記念行事が予定され

総持寺祖院法堂

総持寺祖院座禅堂

総持寺祖院仏殿

ている。

増穂ヶ浦に短歌演歌の碑の並ぶ　饒石川目指す道端の浜なる

琴ヶ浜に流れ出でたる饒石川　建つ歌碑ありてここぞと識れる

饒石川過ぎ行く先の名刹の　居並ぶ堂宇威風溢れり

三、雲津《くもつ》（併せて久毛津）

『名寄』、『松葉』に、『**永久百首**（『堀河院後度百首』）』から**藤原仲実**の「雲津よりすゞ《〔珠洲〕》めぐり《〔巡〕》するこし舟の　沖こき《〔漕〕ぎ》さか《〔離〕》るほの〳〵《ぐ》に見ゆ」が収められる。この歌にある「雲津（久毛津）」は、能登半島の先端の南側、珠洲市三崎町雲津に比定される。ただし現在は「もず」と読む。多分に物見遊山的になるが、その雲津に至る間の能登半島の景観等を訪ねつつ記述する。

輪島市西部、輪島市鳳至《ふげし》町に奥津姫神社が鎮座する。輪島市の沖五十キロメートルの日本海に浮かぶ舳倉《へくら》島の、同名の古社を本宮とする里宮である。階段を上ったすぐ間近に拝殿が建ち、全容をカメラに収めるには、階段の最上部から少し下がって撮らねばならない。階段の登り口には、『**万葉集**』巻第十八の、**大伴家持**がこの地で詠んだとされる「沖つ島い行き渡りて潜《かづ》くちふ　鰒珠もが包みて

奥津姫神社参道口

奥津姫神社（里宮）拝殿

奥津姫神社参道口
脇の歌碑

道の駅すず塩田村

白米の千枚田

製塩風景

道らむ」の歌碑が据えられる「沖つ島」は舳倉島を指すのであろう。

国道二百四十九号線は、輪島市中心街の東から珠洲市馬緤《まつなぎ》町までの三十キロメートルはほぼ海岸線を走る。その間、「白米《しろよね》の千枚田」や揚げ浜式の製塩を体験できる「道の駅すず塩田村」等があり、道中飽きることは無い。

国道は、珠洲市馬緤町から内陸部を横切って、珠洲市中心街に向かうが、その内陸部に入って三キロメートルの、北鉄奥能登バスの則貞《のりさだ》停留所の西の林間には、平時忠とその一族の石墳が人目を避けるようにひっそりと立ち並ぶ。平時忠は、姉・時子が平清盛の妻、妹・滋子が**後白河法皇**の女御で**高倉天皇**の母であり、大いに権勢をふるったが、寿永四年（一一八五）壇ノ浦の戦いで捕えられ、能登に配流となり、文治五年（一一八九）に、六十歳でこの地の配所で没した。源頼朝もその死を惜しんだと言う。その時忠の詠ん

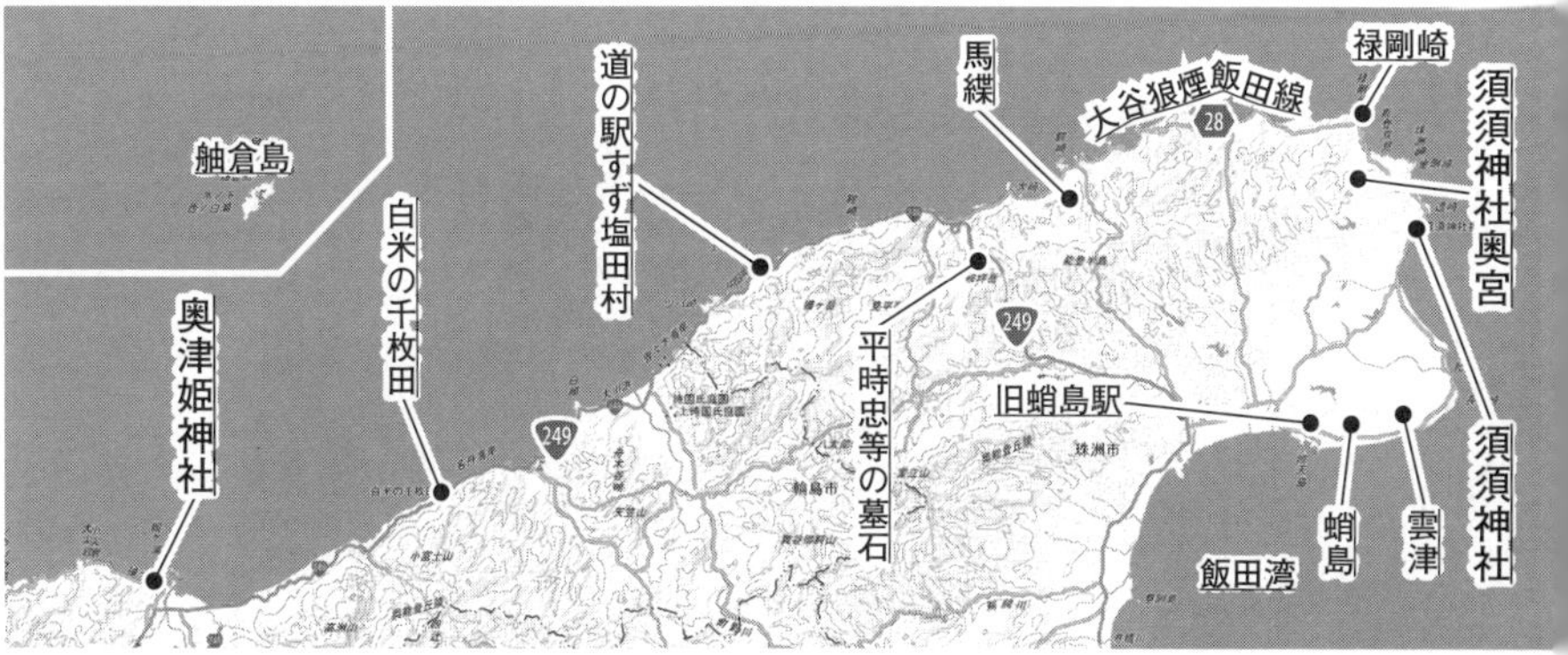

能登半島北端部

平家一族の墓石群

平時忠の歌碑

だ「白波の討ち驚かす岩の上に　寝らえで松の幾世経ぬらん」の歌碑も建てられる。なお、源義経の側室として衆知の静御前は時忠の娘である。

先程の、珠洲市馬緤町で国道から分岐する県道二十八号・大谷狼煙飯田線で海岸線を東に辿ると、十六キロメートル余で能登半島の最先端・禄剛崎《ろっこう》に出る。岬を過ぎると県道は海岸に沿いながら南に向かい、五キロメートルほどで須須神社である。

須須神社は、現在奥宮がある山伏山に第十六代**崇神天皇**の世（約二千年前）に創建され、天平勝宝年間（七四九〜五六）にこの地に遷った。古くには朝廷からの献幣があり、近くは藩主前田利家ご祈願所に定められたりと、多くの崇敬を集めた。一の鳥居は開けた海辺近くに建ち、二の鳥居を潜ると広葉樹林の中を参道が通う。国の重要文化財の木造男神坐像五躯や、「蝉折の笛」等の源義経ゆかりの品が収蔵される。

能登半島の先端の東岸を、県道二十八号を辿って南下、東から入り込む飯田湾の北岸に沿って西に向かうと、珠洲市三崎町雲津に出る。県道脇に設けられた「寄り道パーキング雲津」から見る日本海（飯田湾口）の彼方には、白山連峰を望むことが出来、旅の疲れが癒される眺めである。

さて、この雲津地区では残念ながら、歴史を証言するような事跡、伝承などには辿り着けていない。しかしすぐ西隣の珠洲市[illegible]町は興味深い町である。あるいは古い時代には雲津ま

須須神社拝殿

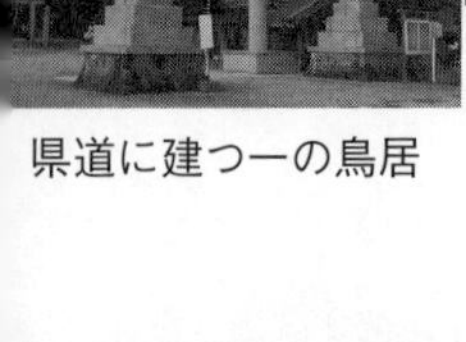
県道に建つ一の鳥居

二の鳥居と参道口

現在より広域で　ここ蛸島地区も含まれていたと考えるのは如何であろうか。

蛸島の海岸は砂浜にもかかわらず水深が比較的深く、単に漁港に止まらず商業港の役割を有していた。そのため街の景観は、漁師町の屋並みの間に商家や造り酒屋等が散見し、時代を感じさせる雰囲気である。さらに西の珠洲市正院町川尻には、平成十七年（二〇〇五）に廃線となった、のと鉄道能登線の終着駅・蛸島駅の駅舎が残る。何やら懐かしい感もあるが、昔日の繁栄を想像すると寂しさを感ずる。

雲津から日本海を望む
（好天であれば彼方に立山連峰が…）

蛸島の街並

旧・蛸島駅

雲津目指す半島巡る道の辺に　景勝・遺跡様々に在り
白山の峯連なれり雲津なる　高みより見る海の彼方に
盛衰の史語り居る景観の　残る街あり雲津に接して

四、珠洲《すず》〈ノ〉《の》海《うみ》（併せて同ノ御崎、同〈ノ〉御牧、同山）

『万葉集』巻第十七に「珠洲の海に朝開きして漕ぎ来れば　長浜の浦に月照りにけり」、巻第十八に長歌「珠洲の海人の沖つ御神にい渡りて　潜《かづ》き取るといふ鰒玉以下略」が載り、前歌は『能因』、『名寄』、『松葉』に、後歌は『能因』、『松葉』に収められる。共に詠者は**大伴家持**である。歌に詠まれる「珠洲の海」はどの海域であろうか。

旧の珠洲郡は、半島の先端部、現在の珠洲市に能登町西部を合わせた領域であり、「珠洲〈ノ〉海」は、その領域の周囲を囲む、飯田湾を含む日本海と見做すべきであろうか。また他の歌に詠み込まれる「珠洲の御崎」が、その海域のどの岬を指すのかも資料が無い。「珠洲の御牧」、「珠洲山」についても同様ではあるが、能登町と珠洲市の境には、「駒渡」、「馬渡」の地名が今も残ることから、あるいは嘗て御牧がこの辺りに在り、周辺を「珠洲山」と称したと推定できなくもない。このような曖昧な比定をそのままにすることをご容赦頂いて、珠洲市から能登町を巡った。

雲津や蛸島を過ぎて、県道二十八号・大谷狼煙飯田線は飯田湾の北岸を西に、途中で県道十二号・蛸島港線と同五十二号・折戸飯田線を合せて珠洲市役所の手前で国道二百四十九号線に接続する。国道を挟んだ、市役所のほぼ北二百メートルに春日神社が鎮座する、

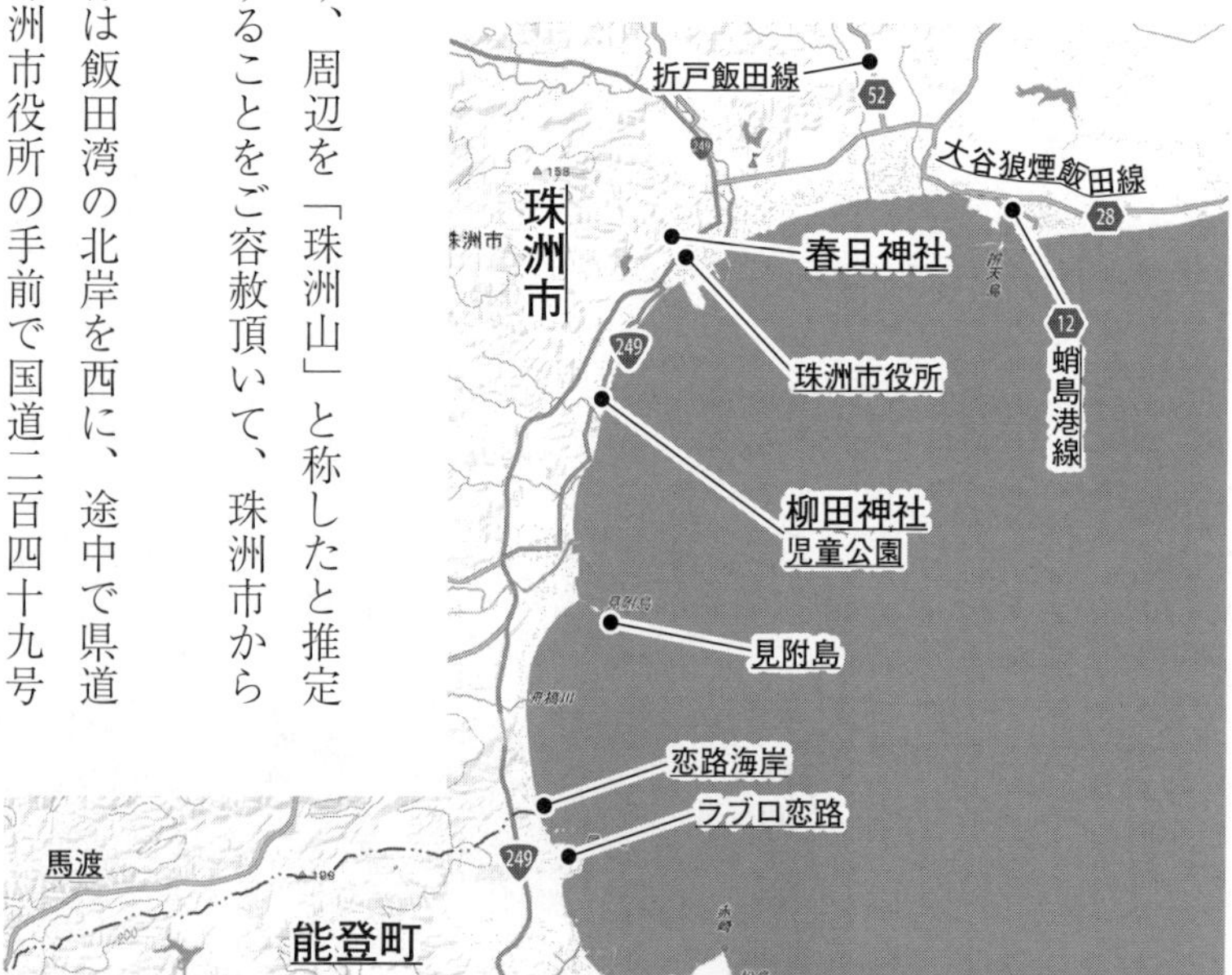

能登半島北東部

春日神社は当初現在より北方に在って、天児屋根大神《amenokoyane》を祀り、若山社と呼ばれる近郷七ヶ村の総社であった。弘長元年（一二六一）に奈良春日大社の分霊を奉遷し、文明年間（一四六九～八六）に現在地に遷って今に至る。

春日神社参道口

春日神社拝殿

万葉歌碑

境内の一角には、冒頭の万葉歌の歌碑が据えられる。なお、傍らに立てられる解説板は万葉仮名の母字で表記され、せめて現代仮名のルビでも添えられたらと感じた。

　珠洲市役所から海沿いを通る一般道を二キロメートル余り、右側に第二十八代**宣化天皇**の時代の創建という柳田神社が建つ。歴史は古いが、拝殿は規模も大きくなく、構《かまえ》にも派手さはない。道を挟んだ海側には児童公園があり、ここにも冒頭の万葉歌の刻まれた碑がある。

　国道二十八号線を南下、見附島西口の交差点から東に左折すると、海上の目と鼻の先に軍艦島とも呼ばれる見附島が浮かぶ。長径百六十メートル、短径五十メートル、高さ二十九メートルの周囲の切り立った島である。なかなか特異な景観で、訪れる人も多い。波が高くなければ、二百メートルの踏み石から成る道を歩いて渡ることが出来る。

　さらに海岸沿いを四キロメートルほど南下した恋路海岸のやや先、海に張り出した尾ノ崎の高台に宿泊施設・ラブロ恋路があり、その前庭にはやはり冒頭の万葉歌の碑が据えられている。こ

柳田神社前
児童公園の万葉歌碑

見附島

柳田神社拝殿

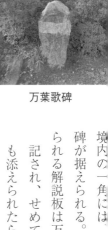

こを珠洲ノ御崎とするのもありかと、勝手に思った。
先に述べた如く漠とした探訪であったが、珠洲の景観、寺社、歌碑の在所を巡って、歌枕の一端には触れることが出来たと感じている。

珠洲の海に愛称さながら浮かびおり　威風堂々見附の島は
歌碑のある高みに立てば歌枕の　珠洲の御崎をここと思へり
解説の万葉仮名に迷ひたる　碑の建つ社珠洲海近くに

尾ノ崎高台の万葉歌碑

五、熊来《くまき》（併せて同村）

この地は、『能因』、『松葉』に「熊来」、『名寄』に「熊来村」と項立てされる。律令制下の能登郡に熊来村があり、時を経て現在はその地名はなく、字名で多くの地区に分かれる七尾市中島町一帯を指すと言う。わずか熊木川にその名残を見るのみである。

ボラ待ちやぐら

前項に記述した恋路海岸付近から、国道二百四十九号線は十五キロメートルほど内陸部を通り、能登町中心街で再び日本海岸沿いに出て、左手に海を眺めつつ十キロメートルを南下する。鵜川漁港付近からまた内陸部を横切ること十五キロメートルを超えて穴水町に入り、入り組んだ七尾北湾に出る。平らかな海面を眺めつつ進むと、海中に建つ木製の櫓が目に飛び入る。「ボラ待ちやぐら」と呼ばれ、土掛けた櫓にボラの群れが掛かるのを見張り、網を引く漁法である。最盛期には四十基以上あったと言うが、現在は二基が残される。

国道を西に五キロメートルほど、穴水町役場の南東五百メートルの穴水町歴史民俗資料館の直ぐ奥に、長谷部信連《のぶつら》を祀る長谷部神社が鎮座する。治承四年（一一八〇）の**以仁王**《もちひとおう》の乱で平家に捕えられた信連は、『**平家物語**』巻第四の「信連合戦」によれば、その剛勇さに免じて、「思ひなほりたらば、のちには当家に奉公もいたせかし」と助命され、伯耆国（鳥取県西部）の日野に流された。源氏の世となって「鎌倉殿（源頼朝）、心ざしのほどをあはれみて、能登の国に御恩ありける（領地を賜った）」とされ、この地を治めることとなった。拝殿は簡素であるが手入れが行き届き、秋の陽光を浴びて輝いていた。なお、社庭の一角には、前項でも各所に据えられていた**大伴家持**の、「珠洲の海に……」を刻んだ歌碑が建つ。

穴水町の中心部の東、のと鉄道七尾線の終着駅・穴水駅の西方七百メートルに、先述の長谷部信連の菩提寺の来迎寺が林間

長谷部神社歌碑

長谷部神社拝殿

長谷部神社参道口

穴水町

来迎寺本堂

来迎寺山門

に建つ。弘仁五年（八一四）に**嵯峨天皇**の勅願により創建された青龍寺を起源とし、江戸期に現在の名に変えたと言う。古刹の雰囲気が漂い、庭園は県の名勝に指定されている。

　穴水町役場付近から、七尾北湾に沿って国道二百四十九号線を南下、八キロメートルで七尾市に入る。さらに五キロメートル余り、「ツインブリッジのと口」の交差点を右折、道なりに進んで接続する県道二十三号・富来中島線を南に左折して三〜四百メートルほど、上町《かんまち》橋の袂に水辺公園が整備されている。橋が架かるのが熊木川、公園の一角には、『**万葉集**』巻第十六に収められる、詠者不明の長歌「はしだて《橋立》の

熊木のやらに　新羅斧　落し入れ　わし

かけてかけて　な泣かしそね　浮き出づるとや見む　わし」

を刻んだ歌碑が建つ。また、ごく近隣にある市立中島小学校は、平成十六年（二〇〇四）に熊木小学校他を統合した。まさに歌枕「熊来」その地であろう。なおこの歌、やや難解であるが、初句「はしだての」は熊来に掛かる枕詞、「やら」は「水底」の意、「わし」は掛け声で

熊木川水辺公園

七尾市（前地図南方）

水辺公園の歌碑

水辺公園から熊木川上流を

「わっしょい」「かけて」は「決して」「全然」の意の副詞「そね」は「な…そね」で「…しないで欲しい」の意の上代語である。歌意は、「熊木の水底に新羅斧を落とし込んで、ワッショイ　決してお泣きなさるな　浮かび出て来るかと見よう　ワッショイ」というところか。この歌に加えて、「橋立の熊来酒屋にまぬらる奴　わし　さすひ立て率て来なましを　まにらる奴　わし（「まぬらる」は「どやされる」、「さひす立て」は「引っ張り出す」、「率て来なまし」は「連れて来てやりたい」、「まにらる」は「どじな」の意）」が『能因』、『名寄』、『松葉』に、『**万葉集**』巻第十七、**大伴家持**の「香島より熊来をさして漕ぐ舟の　楫取る間なく都し思ほゆ」が『能因』、『松葉』に収載されている。

県道二十三号線を北に道なりに進むこと一・五キロメートルの左側に、久麻加夫都阿良加志比古《くまかぶとあらかしひこ》神社と称する、何とも長い名の神社が鎮座する。祭神の久麻加夫都阿良加志比古神と都奴加阿良斯止神《つぬがあらしとのかみ》は韓国の王族神で、この地の守護神になったと言う。石造りの白い鳥居と参道の正面奥に建つ拝殿の赤茶色の屋根が碧空に鮮やかに映えている。この境内にも、手元の歌枕集に収載されていた先の万葉歌三首を、一枚に刻んだ石板が据えられている。

久麻加夫都阿良加志比古神社社殿

久麻加夫都阿良加志比古
神社参道口

境内の万葉歌碑

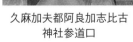

古は海辺に在りしか万葉の　歌に詠まれし熊来の村は
熊木川の畔に熊来の村在りし　統べ合はせたる旧校名に識る
名の長きに惹かれ訪ひたる御社に　熊来詠みたる歌碑の建ち居り

六、香嶋《かしま》〔島〕

香島〔嶋〕を詠み込んだ歌は、『名寄』、『松葉』にただ一首、前項にも収められていた『**万葉集**』巻第十七から**大伴家持**の、「香島より熊来をさして漕ぐ舟の　楫取る間なく都し思ほゆ」が収められるのみである。しかしこの地は能登国の歴史の上で、特に律令制下では中心的な地であった。後述するが、国府、国分寺がこの地に在った。

山の寺遊歩道入口

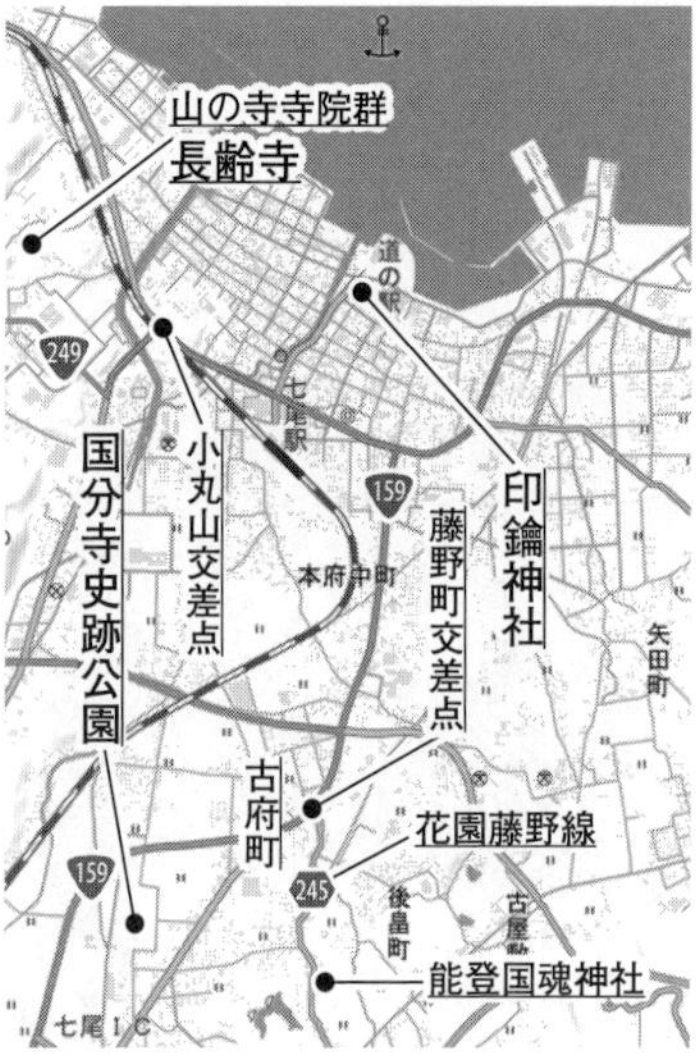

七尾市中心街

前項「熊来」に比定した七尾市中島町上町《かんまち》から県道二十三号・富来中島線を南下、
一・五キロメートルほどで国道二百四十九号線に接続するが、

能登国分寺の
復元された南門

南方倉庫の礎石

長齢寺本堂

前田利家父母の墓

に十五キロメートル余り進むと七尾市中心街に出る。その手前、小丸山交差点の西に「山の寺寺院群」がある。天正九年（一五八一）、城主であった前田利家が七尾城の防御陣地を目的として、浄土真宗以外の二十九寺院を移転配置したことに始まる。現在は十六の寺院が残り、各寺院を結ぶ山道は、「瞑想の道」と称されるおよそ二キロメートルの遊歩道として整備されている。目についた一寺、長齢寺のみを参詣した。

長齢寺は、天正九年に利家が建てた宝円寺を始とし、同十一年（一五八三）、利家の金沢城転居の際、改めて金沢城下に宝円寺を建立、こちらを改称したと言う。ここには利家の父母の墓が遺されている。なお、利家の母の法名は「長齢妙久大師」で、寺名の由来である。

さて能登国府であるが、発掘等の調査は行われてはなく、明らかになった国分寺跡と、東の能登国総社である能登国魂神社の間の古府町《ふるこまち》に在ったと推定されているのみである。

七尾市中心部、川原町から金沢市に向かう国道百五十九号線が南へ、古府町で本線とバイパスに分かれるが、その挟まれた地に能登国分寺跡が史跡公園として整備されている。南門や塀が復元され、各種建造物の礎石が遺されている。

能登国魂神社拝殿

能登国魂神社参道口

国道がバイパスと二又に分かれる二百メートルほど手前、藤野町交差点で東に分岐する県道二百四十五号・花園藤野線を一キロメートルほど南下すると。左手に能登国魂《のとこくたましい》神社が鎮座する。第十代**崇神天皇**の時代の創建と伝えられる。天元二年（九七九）、平安中期の歌人・**源順**《したごう》が能登守に赴任し、この神社を再建、国内の神四十三座を勧請して総社とした。

なお、七尾湾に面した府中町には印鑰《いんにゃく》神社が建つ。印は国衙の印璽《いんじ》、鑰《やく》は倉庫の鍵のこと、能登国府のこれらを管理した施設で、神格化して祀っていたと言う。大同年間（八〇六～一〇）に兵火により焼失、神体の印と鑰は石櫃に収めて土中に埋められて難を逃れ、約八百年後の文禄年間（一五九二～六）に掘り出され、神社も再興された。五月三日から五日に催行される青柏《せいはく》祭で曳き廻される山車の「でか山」は、重さ二十トン、高さ十四メートル、車輪の直径は二メートルを超える。その車輪が境内の一角に展示されている。

名の高き和倉湯近く国の府も　国分の寺も香嶋に在りとふ

古に香嶋に在りし国の府の　印・鑰のみが神と祀らる

平安の歌人香嶋に神集め　総社創れり国守となりて

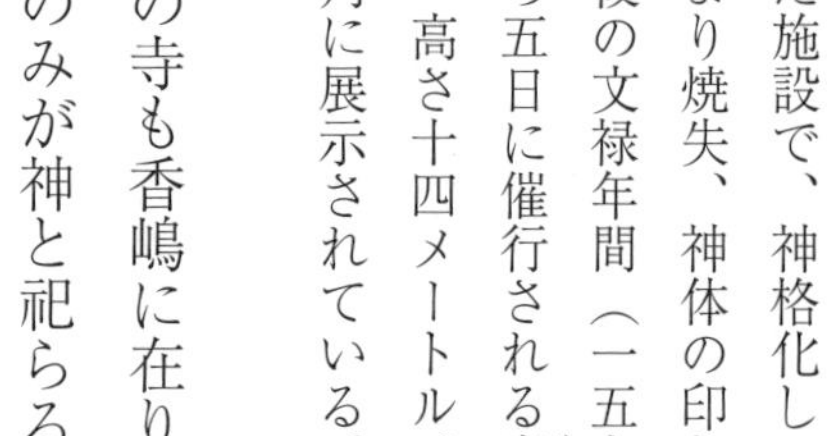

印鑰神社拝殿

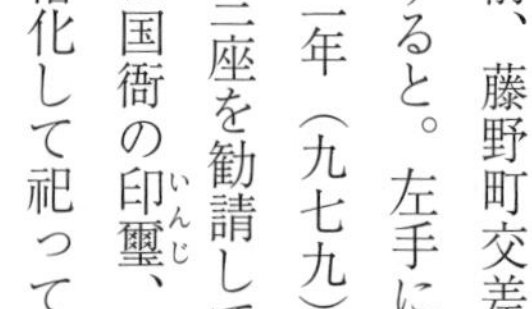

印鑰神社鳥居と社号標

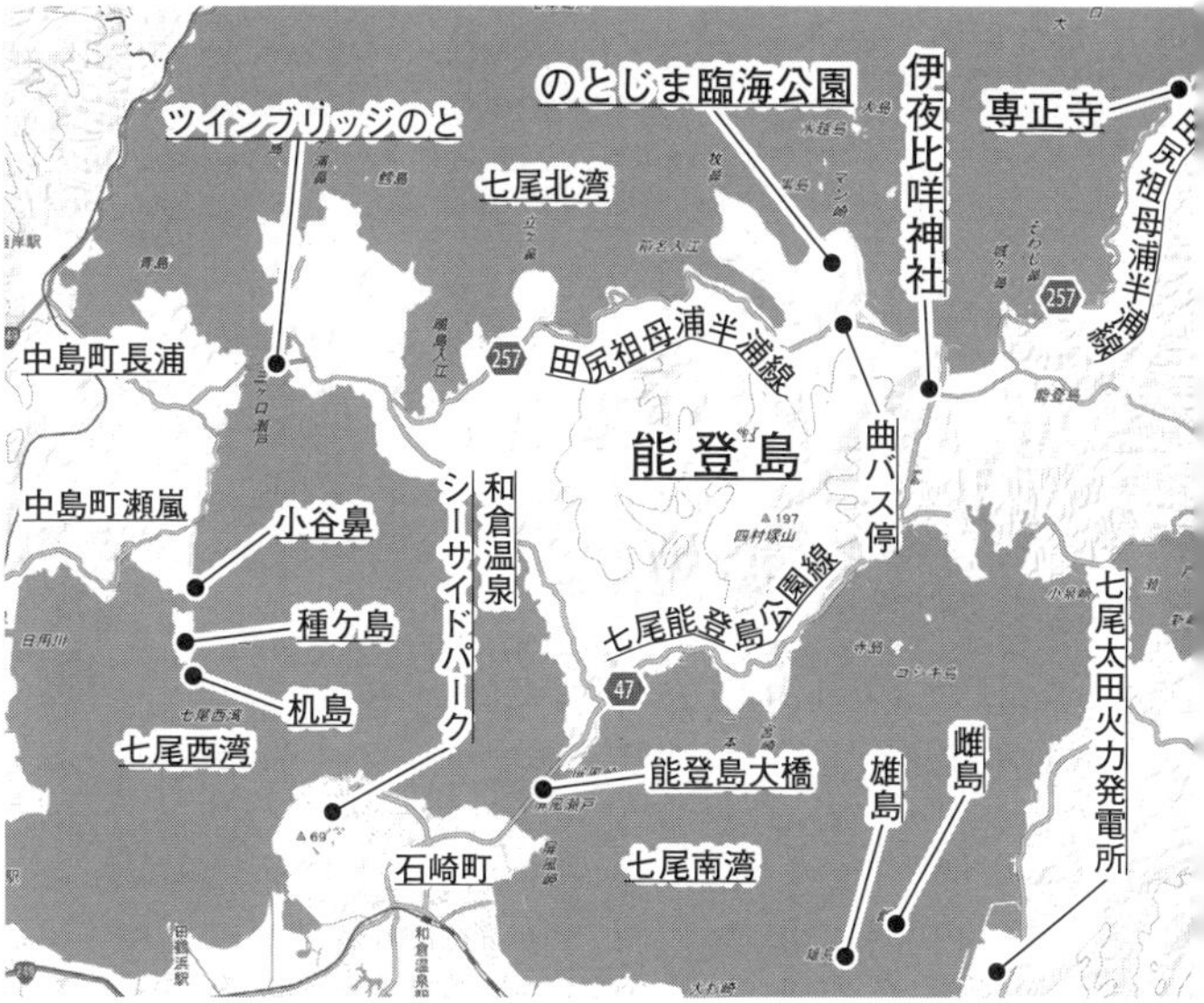

能登島

七、能登海《のとのうみ》（併せて同嶋山）

併記する歌枕「能登嶋山」の能登嶋は、詠み込まれる『**万葉集**』巻第十七の**大伴家持**の長歌、「鳥房立て船木伐るとい ふ　能登の嶋山今日見れば　木立茂しも幾代神びぞ」の詞書に、「能登の郡にして香島の津より舟を発し、熊来の村をさして往く時に作る歌」とあり、既に前項、全々項で述べた熊来、香島との位置関係からして、七尾湾に浮かぶ能登島に比定できる。

また「能登海」は、『能因』、『名寄』、『松葉』に、『**万葉集**』巻第十二の「能登の海に釣する海人の漁り火の　光にいませ月待ちがてり」が収められるが、釣舟の漁火が見えるのは、当時の船の大きさを想像するに、比較的陸に近い、どちらかと言えば内海のこととするのが自然であろう。『松葉』に載る他の三首も同様に内海の情景の感があり、であれば、能登島の北、西、南を取り巻く七尾湾に比定するのが妥当と断じた。

能登島は、東西十四キロメートル、南北七キロメートル、周囲七十一キロメートル、

和倉温泉シーサイドパークより
ツインブリッジのとを望む

伊夜比咩神社拝殿

伊夜比咩神社参道口

専正寺本堂

専正寺入口

面積四十七平方キロメートル、仮に存在しなければ二百五十平方キロメートルの海面域を有する七尾湾のほぼ二十パーセントを占めて湾の中央部に位置する。為に七尾湾は北湾、西湾、南湾に区分される。能登半島とは、昭和五十七年（一九八二）に和倉温泉近くの七尾市石崎町との間に架けられた能登島大橋（全長一千五十メートル）、平成十一年（一九九九）に七尾市中島町長浦とを結んだ中能登農道橋（同六百二十メートル）、通称「ツインブリッジのと」によって陸路で往来できる。

能登島大橋を渡って県道四十七号・七尾能登島公園線を辿ること八キロメートル、向田《こうだ》漁港の手前、東に向かう県道二百五十七号・田尻祖母浦半浦線の分岐点の西に、創建年代は不詳だが、**延喜式**に名を連ねる伊夜比咩神社が鎮座する。古くは東の山地に在ったが、この地の八幡神社と合わせ、その後神明神社（年代不詳）、そして明和六年（一七六九）に白山神社、寛政十二年（一八〇〇）に菅原神社を合祀した。

また県道二百五十七号を海岸に沿って東北方面に約七キロメートル、多浦鼻の手前の山手に浄土真宗本願寺派専正寺が建つ。能登島で最も古い寺で、改宗以前の天台宗で二十四代、その後の浄土真宗で二十五代を数えると言う。

のとじま臨海公園水族館

飛鳥時代の持統天皇は、庶民の生活文化向上のため尼僧を各地に派遣したと言う。この地に来た尼僧を人々は敬い、「御祖母様《おんばさま》」と慕った。寺には御祖母様の墓や木像が残る。

先の県道分岐点から県道二百五十七号を西に向かい、海沿いを経て道なりに二キロメートルほど、曲《まがり》バス停を右折して北向すると「のとじま臨海公園」に出る。その中心施設の水族館近くに、冒頭の万葉長歌の刻まれた、新旧の歌碑が並べて据えられる。

能登島に二橋架かりて心地良し　渡り行くにも眺め愛でるにも
家持が見し漁火の今見えず　能登の海辺のネオン煌めき
能登海の真中の能登島新しき　レジャー施設あり古寺古社もあり

水族館近くの万葉歌碑

八、机島《つくえのしま》〔嶋〕（地図は前項参照）

『万葉集』巻第十六には、「能登の国の歌」として三首が並ぶ。その前二首は本編五の「熊来」に紹介した。そして三首目は「鹿島嶺《かしまね》の机の島のしただみを　い拾ひ持ち来て　石もちつつき破り　早川に洗ひ濯ぎ　辛塩にこごと揉み　高坏に盛り机に立てて　母にあへつや目豆児の刀自　父にあへつや身女児の刀自」の長歌である。詠者の記載はないが、特定の個人が詠んだのではなく、『萬葉集釋注―伊藤博』は、これらを、全て能登で行われていた謡い物であるとしている。この長歌の歌意は、「鹿島嶺近くの机島のしただみ貝を拾って来て、石で突いて破り、早い川の流れで洗い濯いで、辛い塩で揉んで高坏の皿に盛って机上に置き、母に御馳走したか、かわいいおかみさん

机島

よ、父に御馳走したか、愛くるしいおかみさんよ」で、しただみ貝の調理法と父母を敬う道徳心が詠われた童歌と言える。

しただみは「小贏子」あるいは「細螺」と表記し、「きさご」とも呼ばれる直径二センチメートルほどの巻貝である。身は食用に、殻はおはじきに使われたと言う。

さて、歌中の机島については、少なくとも二説ある。

一説は、今でもその名で実在する、七尾西湾、七尾市中島町瀬嵐《せあらし》の小谷鼻の沖二百メートル余の種ヶ島の、さらにその直ぐ沖に属島の如くに浮かぶ周囲三百メートルの無人島である。島内には先の万葉歌の碑が建てられていると言う。定期便等はなく、西方の中島町筆染の濱から遠望するに止まった。

いま一説は、七尾南湾、七尾市大田町にある北陸電力七尾太田火力発電所の沖に浮かぶ雄島か雌島、あるいはその属島である。これも無人島である。遠望するしか術がないが、赤灯台が確認できる。本来一対と思われる白灯台は探し得ていない。

以上、二説を紹介したが、共に対岸から眺めるのみで、何れが『**万葉集**』に詠まれた「机島」かの比定には至っていない。

なお『**万葉集**』の原典では、冒頭歌の初句が「所聞多祢乃《そもたねの》」と表記され、それを『名寄』は万葉仮名のままで（ただし一字目は「取」）、『能因』、『松葉』は平仮名「そもたねの」と記載する。それを、万葉の解説書は「香島嶺の」と転じて解説する。これは万葉の戯書で、「聞く所多し」で「姦《かしま》し」に通じ、同音の「香島」に当てるのである。戯書の例としては、「桜の花の不所ころかも」の「不所」は、「あるべき所に無い」の意味から、花であれば「散る」ことになり、「散れる」と読ませる。また、「八十一」を、掛算を戻って「くく」と読

雌島

ませる等である。
比定も曖昧、歌も読解の厄介な歌枕「机島」である。

机島定め難かる二島あり　人も住まざり行くも叶はず
古くより謡ひ継がれし童歌　机島に碑あり万葉の歌とて
何処なり相建つ筈の白灯台　机の島の赤灯台に

石動山（山頂は霧に閉ざされ……）

九、石動山《ゆするぎのやま》―越中編三十四より―

『松葉』に、越中国の歌枕として「石動山」が項立てされ、「うこきなき御代にかはりてゆするきの　山とは神の名付初けん」が載る。しかしこれは『松葉』の収載の誤りで、ここ能登国の歌枕とするのが正しい。今は「せきどうざん」と呼ばれる石動山は、石川県と富山県の県境のすぐ近く、石川県中能登町の東端に聳える。標高は五百六十四メートル、古くから山岳信仰の山として崇められて

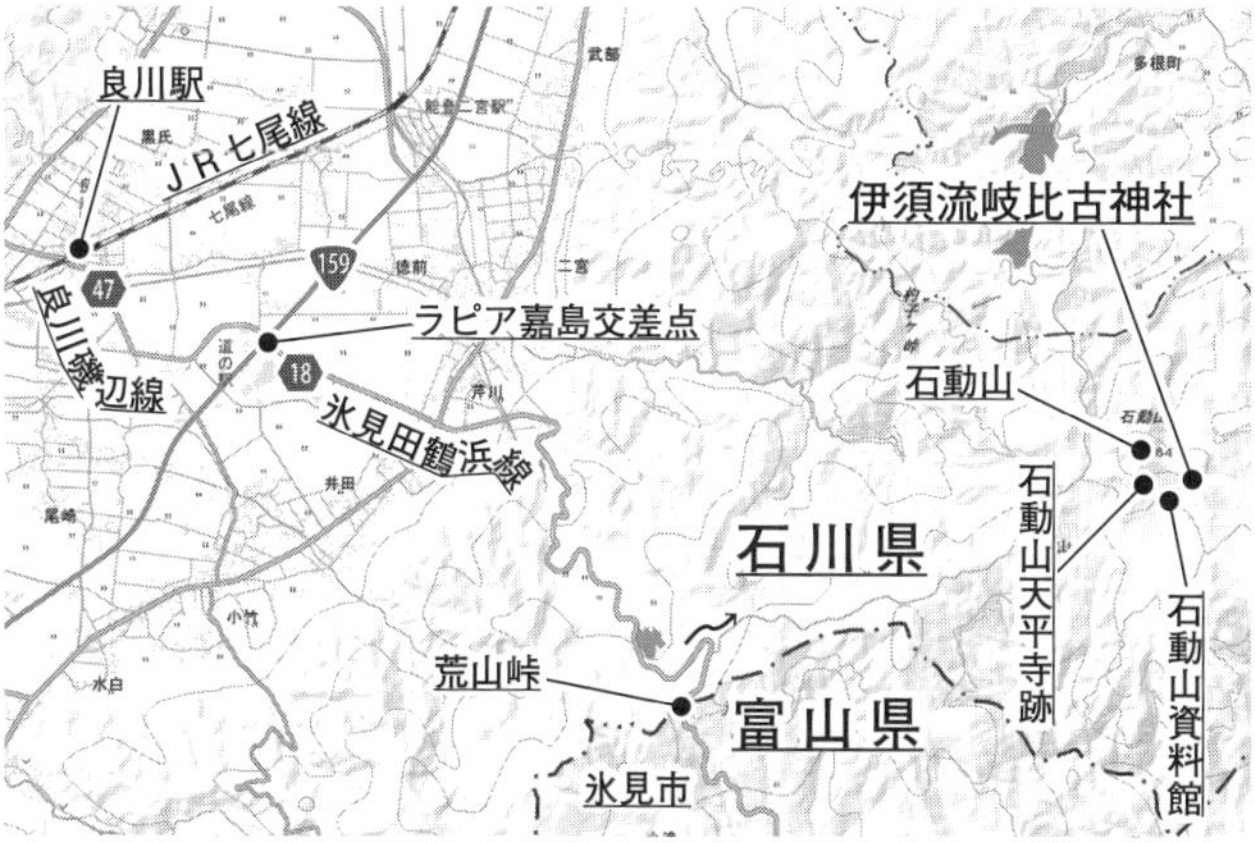

ＪＲ七尾線良川駅から石動山

きた。開山は、崇神天皇六年（紀元前九二）方道仙人によるとも、養老元年（七一七）泰澄大師によるとも伝えられる。延喜式には伊須流岐比古神社と記され、鎌倉時代に、大宮権現を中心に五社権現（大宮、白山宮、梅宮、火宮、剣宮）が山内に祀られた。その頃は石動寺、室町末期には天平寺とも呼ばれ、最盛期には、三百六十余の院坊と約三千人の衆徒を擁したと言う。

南北朝時代や戦国時代末期には、幾度となく興亡を繰り返したが、江戸期に入ると、加賀藩の保護の下多くの坊が再興したが、明治の廃仏毀釈でほぼ全ての院坊が破却された。

大宮坊本堂跡礎石

大宮坊勅使橋と御成門

石川県津幡町と七尾市の和倉温泉を結ぶＪＲ七尾線の良川駅付近から、県道三百二十五号・良川磯辺線を南東に二キロメートル余り、国道百五十九号線をラピア嘉島の交差点で横切り、県道十八号・氷見田鶴浜《たつるはま》線をさらに三キロメートル、県境の荒山峠の手前を左折して一般道を五キロメートル進むと、石動山資料館に出る。平成四年（一九九二）に県有林管理事務所を改造して開設された。廃仏毀釈以後も近隣で保管されていた仏像、仏具、絵画、古文書などの資料約七十点が展示される。

資料館の道を挟んだ向かいに大宮坊の跡がある。明治以降坊跡は、小学校の分校や宅地・田畑に利用されていたが、平成に入ってからの発掘調査で遺構が明らかになった。五年をかけて平成十四年（二〇〇二）に御成門、板塀、勅使橋、書院台所棟が復元され、また本堂の礎石等も元の位置に置かれて、往時を偲ぶことが出来る。

石動山資料館

大宮坊復元書院台所棟

大宮坊の標柱

大宮坊跡の少し左手には　伊須流岐比古神社の参道の登り口がある。参道の周囲は深い杉木立、熊笹が生い茂り、路面には苔が密生する。まさに深山であり、幽玄の界である。木立奥深く建つ梁行七間、桁行四間の拝殿の周囲もびっしりと苔が生す。元禄十四年（一七〇一）に神輿堂として建てられ、明治七年（一八七四）に本殿を背後に移築して拝殿に転用したと言う。入母屋造りの銅板葺きで、装飾はほとんどなく、年を経た故であろうか、あるいはもともと白木であったのか、塗りも一切ない。それが却って神秘的な雰囲気を醸している。殿前には講堂跡の礎石が並ぶ。

本殿はさらに古く、承応二～三年（一六五三～四）に石動山頂に建てられ、明治七年に現在の場所に遷されたのである。

このように歴史も雰囲気も歌枕に相応しい山である。例として挙げられる歌が冒頭の一首のみであるのがやや寂しい。

県境に石動山の聳え居り　史いと長く修行の山として
石動山の数多の院坊破壊され　大宮坊のみ復元《もど》され今に

伊須流岐比古神社拝殿

伊須流岐比古神社参道口

伊須流岐比古神社本殿

苔生して熊笹茂る深山に　伊須流岐比古の社鎮座す

国違

十、岩瀬渡《いわせのわたり》—越中編二十一へ—

『名寄』、『松葉』に項立てされる歌枕である。ここに挙げられる歌の一つが、次項の「宮崎山」にも挙げられる「舟とむる岩瀬の渡小夜更けて　宮崎山をいつる月かけ」で、宮崎山との相関を考慮せざるを得ない。次項にて、その宮崎山を越中国とするとした故、本項も能登国とせず、越中国の地とする。手元の歌枕集の越中国に「岩瀬渡」の項は無いが、漢字表記は異なるものの相通じると思われる「石勢野《いわせ》」、「磐瀬野」、「伊波世野」の項があり、富山市の神通川河口付近に比定される。神通川は富山県を代表する河川の一つで、以前はその渡河が舟便であっただろうし、渡し場が在ったとするに疑問は無い。『和歌の歌枕・地名大辞典』も同様の解説で、これを越中国に収める。筆者もこの解説に従い、越中編の二十一に於いて述べることとする。

十一、宮崎山《みやざきやま》—越中編二十八へ—

『能因』、『松葉』に、「池水も今氷るらし宮崎の　山風寒くゆきはふりつゝ」が収められる。出典は『**夫木和歌抄**』、詠者は**中務**《なかつかさ》である。ところが、手元の地図や地名辞典にそれらしき山は見当たらず、歌中にも能登国を想わせる語句は無く、また歌意も国名を絞り込むものではない。『和歌の歌枕・地名大辞典』はこれを越中国と解説し、富山県下新川郡朝日町元屋敷の城山（標高二百四十八・六メートル）に比定する。『能因』、『松葉』のみならず『名寄』、『類字』も、越中国に宮崎山を項に立てていないが、大辞典の比定を根拠とし、加えてたまたま目にした江戸後期の名所和歌集の『**名所栞**』が、『松葉』にこの地の歌として載る「舟とむる岩瀬の渡小夜更けて　宮崎山をいつる月かけ」を例歌として挙げて越中国としている故、筆者もこれに従って次の越中編の二十八に詳述する。

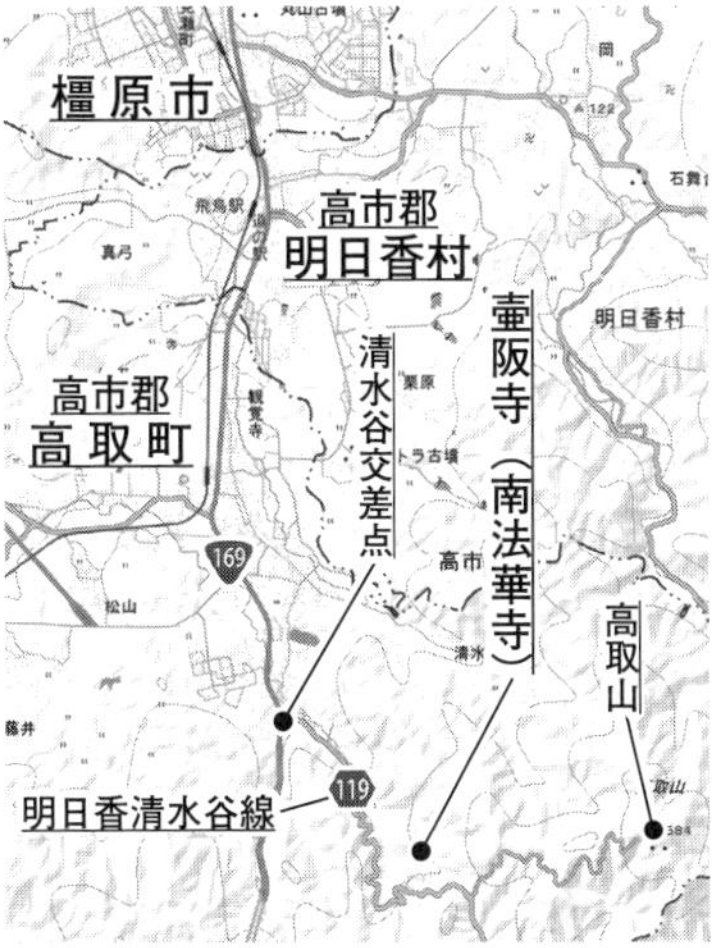

奈良県橿原市・高取町・明日香村

十二、高渕山《たかぶちのやま》—大和国—

平安時代の女流歌人・**相模**の詠んだ「狩人の来ぬ日ありともたかぶちの　山の雉子《きぎす》は長閑ならまし」が、歌枕「高渕山」の歌として『松葉』収められる。「雉子」は「雉」の古語である。しかし、この高渕山を能登国に探しても手掛かりは皆無である。何故に能登国に収載されたのだろうか。筆者の浅薄な推理であるが、**相模**の母方の祖父が能登守慶滋保章《よししげのやすあき》であることに、何かしらの関係があるのかも知れない。ともかく能登国に見つけきれないのである。

『和歌の歌枕・地名大辞典』はこれを大和国の歌枕とし、奈良県高取町の高取山（標高五百八十三・九メートル）に比定する。享保年間（一七一六〜三五）の幕撰地誌とされる『大和志』に、嘗ては「鷹鞭山」と称されたとあるが故とのことである。また、前項でも参照した『名所栞』も、この歌を大和国「高潭」に収載している。この説に従って大和国の歌枕とし、たまたま奈良県散策の折垣間見た高取山につき触れておく。

奈良県橿原市の橿原神宮の東を南北に走る国道百六十九号線は、南進すると一旦明日香村を通って高取町に入る。そこから三キロメートル、清水谷の交差点で左折して、曲折の続く県道百十九号・明日香清水谷線を二キロメートル余りで壷阪寺と通称される西国六番札所・南法華寺に至る。

壷阪寺境内を遠望する

この寺の創建は大宝三年（七〇三）、長谷寺と共に古くから観音霊場として栄えた。人形浄瑠璃の演目として、そして「妻は夫をいたわりつ、夫は妻をしたいつつ……」の名文句で始まる浪曲でも語られる、「壺阪霊験記」の舞台で有名である。本尊の十一面千手観世音菩薩のご利益に肖り、古くから眼病に霊験あらたかとされ、多くの参拝客で賑わう。なお寺名は南法華寺であるが、宗派は天台宗でも日蓮宗でもなく、真言宗系の単立寺院である。

壷阪寺の東二キロメートルほどに高取山が聳える。山上には国指定の史跡である高取城の跡が残る。高取城は南北朝時代の築城を始めとされるが、天正十七年（一五八九）から豊臣秀長（秀吉の異父弟）の配下の本多利久によって改めて築城され、岐阜県の岩村城、岡山県の備中松山城と並ぶ日本三大山城の一つと数えられる城塞として

に至るのである。現在も石塁や石垣が遺されていると言う。登山道の緩急に半ばめた、遠望できる稜線にたたなた
見受ける。

本来ならば山姿を望める撮影ポイントを探し、また城跡まで登り、かつ寺内を見学すべきではあったが、天候不良もあって先を急ぎ、壷阪寺を遠望するのみに終わったこと、ご容赦願いたい。

高渕の山能登国に探しかね　文の紐解き大和路歩む

なだらかな山容なれど高取の　山なる城の険しきと聞く

人数多目に利益ありと参り来る　古社高取の山腹に建つ

山口県下関市角島

十三、角島《つのしま》―長門国―

『**万葉集**』巻第十六の「角島の瀬戸のわかめは人の共《むた》　荒かりしかど我とは和海藻《にきめ》（角島の瀬戸で採れたわかめは、人前ではまるで荒藻《あらめ》のように靡かなかったのに、俺とだけになったらまるで波に揺られる和海藻のように俺に靡くんだよな）」が載るが、何故か『能因』、『松葉』にこの地の歌として収められる。『**万葉集**』の解説書には、この「角島」を、今もその名で山口県下関市の西北の響灘に浮かぶ角島に比定する。本来なら先著『歌人が巡る中国の歌枕・山陽の部』

本州側から角島大橋

角島小学校の万葉歌碑

の長門編に項を立てるべきではあったが欠落しているため、本項にて凡そを記述する。

ＪＲ山陽本線下関駅近くから国道百九十一号線を、道中見え隠れする響灘と海浜の景観を楽しみながら北上すること五十キロメートル余り、角島大橋の本島側の下関市豊北町《ほうほくちょう》神田に出る。大橋は、角島との間の海人《あま》ケ《が》瀬戸《せと》を跨ぎ、平成十二年（二〇〇〇）に開通した。平成十七年（二〇〇五）の平成の大合併以前のことで、事業主体が当時の豊浦郡豊北町であったため、町道として建設された。故に規格が低く、最高速度が四十キロメートルに制限される。さらに、ここは北長門海岸国定公園の区域内、景観に配慮して橋脚の高さが低く抑えられ、また自然保護の観点から、中間に位置する鳩島を直線的に跨がず、迂回して対岸の瀬崎に向かう。島側の橋の袂には「瀬崎陽《せざきあかり》の公園」が整備され、その展望台の一角に「平城宮着海藻上進之地」の碑が建てられる。昭和二十八年（一九六三）に平城京跡から発掘された木簡の一つに、この地から都に贈られたワカメの荷につけられた荷札があり、「長門国豊浦郡濃嶋所出穉海藻　天平十八年三月廿九日」と書かれているとのこと、この島の奈良朝との関りの歴史を物語る貴重な遺物である。

島は中央部が縊れているが、その最も狭い地の南の海浜近くに下関市立角島小学校があり、その校庭の一角に、緑陰を背に冒頭の万葉歌の歌碑が建つ。

角島大橋の角島側の
「平城宮着海藻上進之地」の碑

ところで時代は下るが、戦前・戦後の昭和に活躍した女流小説家、中本たか子（本名・蔵原タカ子）は、明治三十六年（一九〇三）にこの島で生まれた。昭和二年（一九二八）に上京、プロレタリア文学に接近し、検挙された体験もある。同十六年（一九四一）蔵原惟人と結婚、戦後は共産党に入党、平成三年（一九九一）八十七歳で死去した。作品には『南部鉄瓶工』、『滑走路』などがある。たか子の生誕の地の石柱の奥に、隣接のつのしま旅館が管理する中本たか子文学資料館がある。

中本たか子生誕地

角島の響の灘に浮かび居り　白き大橋海・空に映え
都への献上記す札ありて　角島相応し歌枕の地に
反骨の中本たか子生受けし　長門角島に資料館建つ

未勘

十四、長浜《ながはま》〔濱〕浦《のうら》

本編四の冒頭に挙げた、『**万葉集**』巻十七の**大伴家持**の「珠洲の海に朝開きして……」が、この地の歌としても『能因』、『松葉』に収められる。この「長浜〔濱〕浦」は、定め難き歌枕である。

古くには、長い浜があれば、他国に同名があろうと（多分他国に同じ名があるという情報も、当時は届いて無かったとも思える）「長浜」と呼んだのだろう。手元の歌枕集に限っても、伊勢、遠江、筑後にもあり、詠み込まれる歌の歌意、あるいは詞書、添書、詠者の任地、旅の行程等から判断することになる。

さてこの歌は「珠洲の海」が詠み込まれ、さらに詞書に、「珠洲の郡より舟を発《だ》し、大沼郡に還る時に、長浜の湾《うら》に泊り、月の光を仰ぎ見て作る歌」とあり、詠者・**大伴家持**が当国を巡行していることも明らかで、能登国、あるいはせいぜいこの国と併せて一国であった越中国の浜であることは明白である。

しかし、国内のどの浜に比定にするかに迷うのである。手掛かりは先の詞書中の「大沼郡」であるが、律令制下の能登国の郡は珠洲、鳳至《ふげし》、羽咋、能登の四郡であり、越中国には射水《いみず》、礪波《となみ》、婦負《ねいorめひ》、新川《にいかわ》の各郡が置かれていた。即ち大沼郡は見当たらない。が、『萬葉集釋注』で伊藤博は、**大伴家持**の巡行の行程と、詞書中の「還る」から「大沼郡」は何らかの誤りで、目指したのは国府であったと推論する。

では、帰路の船旅で立ち寄った「長浜」はどこに比定すべきだろうか。七尾湾内であろうか。あるいは七尾市の西の観音崎から富山県高岡市伏木（越中国国府の所在地―越中編十参照）に至る富山湾西岸の何れかの浜であろうか。残念ながらこれ以上の考察は今のところ術がなく、未勘とした。

長浜の定め難かり此処彼処　らしき浜在り能登の海辺に
家持の泊まりし長浜何処なり　歌枕訪ふ道々尋ねり
打ち寄する波音聞きつつ想ひ居り　古き泊の長浜ここかと

能登国歌枕歌一覧（名所の数字は各歌枕集収載ページ）

	羽咋〈ノ〉海（併せて波久比海）	饒石河〔川〕	雲津（併せて久毛津）	珠洲〈ノ〉海
名所歌枕（伝能因法師撰）	羽咋海（三一八） しほちからたゝ越くれはくひの海 朝なきしたり船梶もかも 〔万葉十七〕（大伴家持）	饒石河（三一九） 妹にあはす久しく成ぬにきし河 清き瀬毎にみなうらはへてな 〔万葉十七〕（大伴家持）		珠洲海（三一八） すゝの海に朝ひらきして漕くれは なか浜の浦に月照にけり 〔万葉十七〕（大伴家持） （「長浜浦」に重載—筆者注） すゝの海士の沖つみかみにいわたりて かつきとるてふあはひ 〔万葉一八〕（大伴家持）
謌枕名寄	波久比海（一〇〇〇） しほちからたゝこえくれはくひの海 あさなきしたり舟のかちかも	饒石河（九七八） いもにあはすひさしく成ぬにしき川 きよきせことにみなうらハへて 〔万十七〕 紅葉ちる山下水はそめませの にしき河とそ見えわたりける （仲正）	雲津（九七七） 雲津よりすゝめくりするまし船の おきのほをさかるほの〳〵にみゆ	珠洲海（九七七） すゝの海あさひらきしてこきくれは なかはまうらに月いてにけり 〔万十七〕（家持） 右従珠洲郡発船還本郡之時泊長浜見月
類字名所和歌集				
増補松葉名所和歌集	羽咋《ノ》海（六一） しほぢからたゝこえくればはくひの海 朝なぎしたり船梶もがも 〔万十七〕（家持）	饒石川（七二） 妹にあはす久しく成ぬにきし川 清き瀬ことにみな打はへてな 〔万十七〕（大伴家持） もみち散山下水は染ませの にしき河とそ見えわたるなり 〔名寄〕（仲忠）	久毛津（四二七） くも津よりすゝめくりするこし舟の 沖こきさかるほの〳〵に見ゆ 〔堀後百〕（仲実） （「珠洲〈ノ〉海」に重載—筆者注）	珠洲《ノ》海（七六五） すゝの海に朝ひらきして漕くれは 長濱の浦に月照にけり 〔万十七〕（家持） （「長濱浦」に重載—筆者注） すゝのあまの沖津みかみにいわたりて かつきとるといふあはひ玉 〔万十七〕（家持）

	珠洲〈ノ〉海（併せて同ノ御崎、同〈ノ〉御牧、同山）	（併せて同村）
名所歌枕（伝能因法師撰）		**熊來**（三一七） 階楯のくまきのやくに新羅斧 おとしいれはしかけてかけて なゝかしそね 〔万葉十六〕（よみ人不知）
謌枕名寄	**珠洲御牧**（九七七） なつけするすゝのみまきのこまならは かひしふるのをわすれさらなん 〔懐中〕 **珠洲山**（九七七） すゝの山おきつみかへにゐわたりて かつきとるといふあはひたまつ 心なくさにほとゝきすなく 五月のあやめ草花橘にぬきこしへ かつらにせよとつゝみてやらん しら玉をつゝみてやらは あやめくさ花橘にあへもぬゐかな 〔拾玉〕 右為賜京家題真珠哥	**熊来村**（九七六） 階鏞熊来乃夜良尓新羅斧堕入和 之何毛佀・・・鳴焉曽祢 浮出流夜登将見和之
類字名所和歌集		
増補松葉名所和歌集	雲津よりすゝめくりするこしふねの 漕《沖》さかるほの〳〵に見ゆ 〔堀後百〕（仲実） （「雲津・久毛津」に重載―筆者注） **珠洲ノ御崎**（七六九） いくつらそすゝの御さきをふり捨て こしなる里へいそく雁かね 〔夫木〕（顕昭） けさ立し雲はるゝ夕波に すゝの御さきそ霧の底なる 〔一人三臣〕（宗清） **珠洲ノ御牧**（七六四） なつけたるすゝの御まきの駒ならは かひしふる野をわすれさるらん 〔懐中〕	**熊来**（四三四） はしたてのくまきのやらにしらき斧 おとしいるゝわしかけてかけて なかしそね 〔万十六〕

<table>
<tr><th>熊来</th><th>香嶋〔島〕</th><th>能登海（併せて同嶋山）</th></tr>
<tr>
<td>階楯のくまき酒やにまのらるのわし
さそひ立ゐてきなましを
まのらるのわし
〔万葉十六〕（よみ人しらす）
かしまよりくまきをさして漕舟の
梶取まなく都しおもほゆ
〔万葉十七〕（大伴家持）</td>
<td></td>
<td>能登海（三一七）
のとの海に釣する蜑の漁火の
光にいませ月待かてら
〔万葉十二〕（よみ人不知）
能登島山（三一七）
とふさたて舟木きるといふ
のとの島山けふ見れは
こたちしけしも幾代神ひそ
〔万葉十七〕（大伴家持）</td>
</tr>
<tr>
<td>階鍬熊来酒屋尓真奴良留奴和之
佐須比立率而來奈摩之乎
真奴良留奴和之
右二首能登国哥三首内</td>
<td>香嶋（九七六）
かしまよりくまきをさしてこく船の
かちとる間なくみやこしおもへ
〔万十七〕
右能登郡従香嶋津発船行出熊木村時作哥</td>
<td>能登海（九七五）
のとの海につりするあまのいさりひの
ひかりにゐませ月まちかてに
能登嶋山（九七五）
とふさたてふな木きるといふ
のとの嶋山けふみれは
こたちしけしもいくむへそ
（家持）
右能登郡従香嶋津発船行出熊来村作哥</td>
</tr>
<tr><td></td><td></td><td></td></tr>
<tr>
<td>はしたてのくまき酒やにまのらるの
わしさすひたちゐてきなましを
〔万十六〕
かくまよりくまきをさしてこく舟の
かちとるまなく都しおもほゆ
〔万十七〕（家持）
（「香島」に重載―筆者注）</td>
<td>香島（一七四）
かしまなるくまきをさしてこく舟の
かちとるまなく都しおもほゆ
〔万十七〕（家持）
（「熊来」に重載―筆者注）</td>
<td>能登海（三八一）
能登の海に釣するあまのいさり火の
光にいませ月待かてら
〔万十二〕
のとの海ののとかにかすむ春の日は
沖に出そふ蜑の釣ふね
〔名寄〕（家隆）
のとの海や霞吹わたす夕風に
嶋めくりする舟そいさよふ
〔一人三臣〕（宗清）
よはふ名は都はるけきのとの海や
かしまをかけてよする白波
〔家集〕（公條）
能登嶋山（三八〇）
とふさたて舟木きるといふ
のとの嶋山けふみれは
こたちしけしもいくよかみひそ
〔万〕</td>
</tr>
</table>

国違

	能登海（併せて同嶋山）	机島〔嶋〕	石動山 ―越中編より―	岩瀬渡 ―越中編へ―
名所歌枕（伝能因法師撰）		机島（三一八） そもたねのつくゐの島の小螺《シタヽミ》を い拾ひ持来て石持て 〔万葉十六〕（よみ人しらす）		
詞枕名寄	なきさよりけふこそみつれとふさたて ふなき丶るてふのとのしま山 （衣笠〵）	机嶋（九七六） 取聞多祢乃机之嶋能小螺乎 伊拾持来而鄒追伎破夫利 早河尓洗濯辛塩尓古胡登毛美 高抔尓盛机尓立而母尓奉都也 目豆児乃肩攵尓献都也身女児乃肩 右能登国哥三首内		岩瀬渡（九七八） 船とむるいはせのわたりさよふけて みやまきかはをいつる月かけ （定正）
類字名所和歌集				
増補松葉名所和歌集	浪間よりけさこそ見つれとふさたて 舟木きるてふのとのしま山 〔新六〕（衣笠内大臣） 舟木とるそのかよひちも絶ぬへし 雪の日をふるのとの嶋山 〔千百〕（宋雅）	机嶋（二八六） そもたねのつくゐのしまのした丶みを いひろひ持て石もちて 〔万十六〕	石動山（六二七） うこきなき御代にかはりてゆるするきの 山とは神の名付初けん 〔回国記〕（宗祇）	岩瀬渡（三四）或越中 舟とむるいはせの　渡さよ更て 宮崎山を出る月かけ 〔名寄〕（重政） 〔「宮崎山」に重載―筆者注〕 五月雨は岩瀬の渡波こしに みやさき山に雲そか丶れる 〔夫木〕（基俊） 〔「宮崎山」に重載―筆者注〕 あまそきに雪降つめる舟を見て 渡りかたきは岩瀬也けり

宮崎山 —越中編へ—	高渕山 —大和国—	角島 —長門国—
宮崎山（三一七） 池水も今こほるらし宮崎の 山風さむく雪はふりつゝ 〔夫木〕（中務）		角島（三一八） つの島のせとのわかめは人のとも あれたりしかと我ともは 〔万葉十六〕（よみ人しらす）
宮崎山（六五六） 池水も今氷るらし宮さきの 山風寒くゆきはふりつゝ 〔夫木〕（中務） さみたれはいはせの渡波こえて 宮さき山に雲そかゝれる 〔夫木〕（基広） （「岩瀬渡」に重載—筆者注） 舟とむる岩瀬の渡小夜更て 宮崎山をいつる月かけ 〔名寄〕（重政） （「岩瀬渡」に重載—筆者注）	高渕山（二二七） 狩人のこぬるありとも高ふちの 山のきゝすはのとけからまし 〔夫木〕（相模）	角島（二八六） つのしまのせとのわかめは人のとも《むた》 あれたりしかと我とも《むた》は略 〔万十六〕

未勘

長浜〔濱〕浦
長浜浦（三一八） すゝの海に朝ひらきして漕くれは なか浜の浦に月照にけり 〔万葉十七〕（大伴家持） （「珠洲海」に重載—筆者注）
長濱浦（三〇七） すゝの海に朝ひらきして漕くれは 長濱の浦に月照にけり 〔万十七〕（家持） （「珠洲海」に重載—筆者注） 朝なゆふな刈てふあまのみるめたに 猶ほしたえぬ長濱のうら 〔新六〕（行家）

富山県　越中編

古くには北陸道一帯を越（高志）国と称したが、七世紀末までに越前、越中、越後の三国に分割された。その当時は越中国領であった頸城《くびき》、古志、魚沼、蒲原の四郡が大宝二年（七〇二）越後国に移り、一時領域であった能登国が、天平宝字元年（七五七）に改めて分立して、現在の富山県と領域を同じくする越中国が確定した。国府、国分寺は現在の高岡市伏木に在ったとされる。

鎌倉時代には比企氏、名越氏、南北朝から室町時代には吉見氏、桃井氏、井上氏、畠山氏などが守護職を務めた。室町中期以後、加賀から一向一揆が波及したが、守護代に押されて支配は限定的であった。

戦国時代は織田信長麾下の佐々成政、その後は前田利家が領有、江戸時代には金沢藩の支藩として富山藩の領することとなった。

明治四年（一八七一）の廃藩置県では富山県となるも、翌年新川《にいかわ》県と改称、同九年（一八七六）には石川県に編入されたが、同十六年（一八八三）に富山県として再設置された。

富山藩二代藩主・前田正甫《まさとし》は、自領で製造された鉱物を配合した丸薬「反魂丹」を全国に販売すべく、富山売薬（富山の置き薬）の仕組みを作ったとされ、現代でも一般用医薬品の販売業態の一つ、配置販売業として受け継がれている。

大伴家持は、天平十八年（七四六）から天平勝宝三年（七五一）までの足掛け六年、越中国守としてここに赴任した、その間多くの歌を詠み、『**万葉集**』巻第十七以降に二百二十三首が収められる。それらに詠み込まれた地の数多く、特に今は幻となった布施の水海の周囲はまさに歌枕の稠密地帯であり、それらの比定には悩まされた。なお古い時代の領域が隣国にまで及んでいたことで、現在の富山県とする越中国を外れる地もあり、本編に項を立てたり、隣国に譲ったりと、筆者自身の混乱を映した如くの編集になったことを反省している。

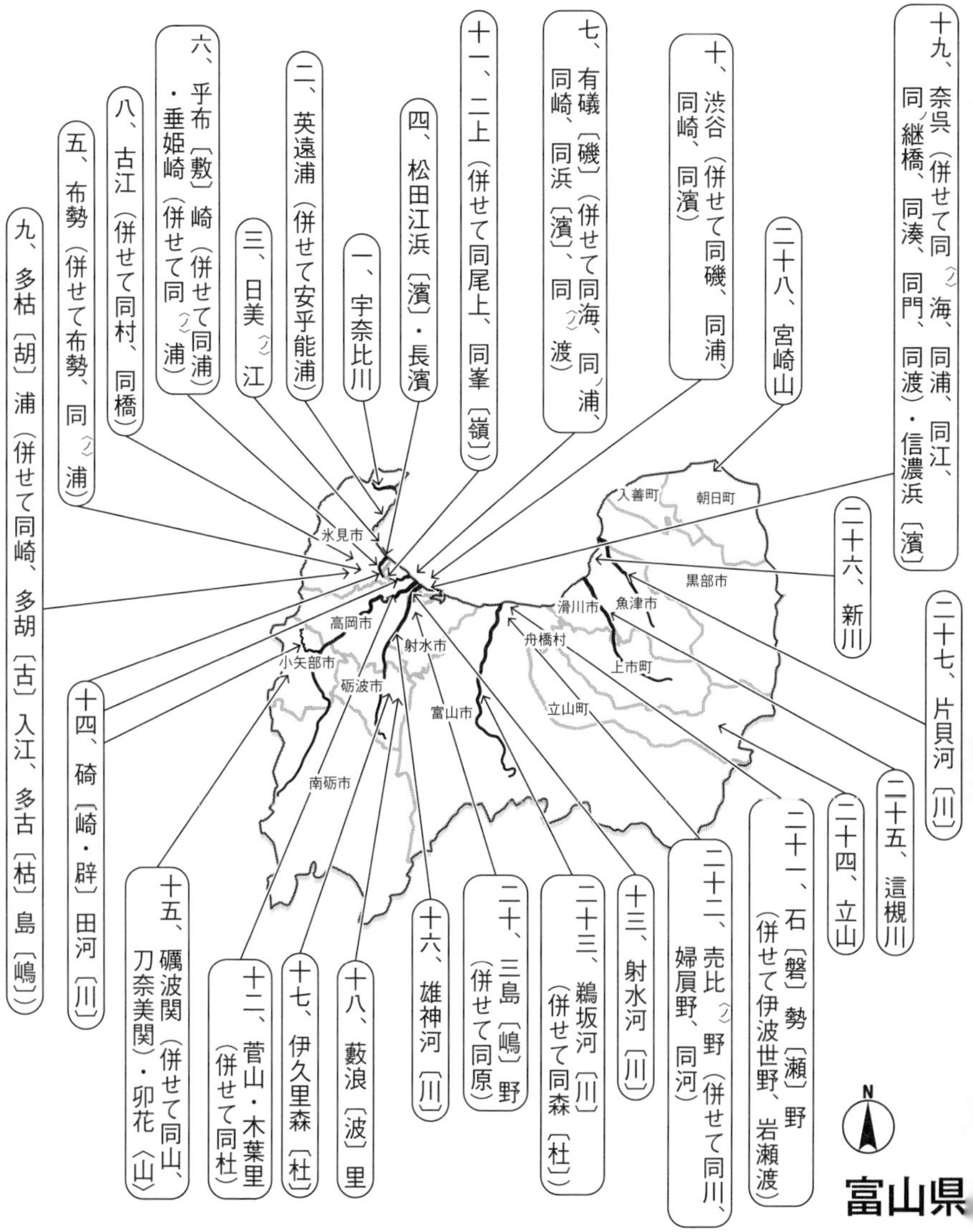

富山県

一、宇奈比川《うなひがわ》

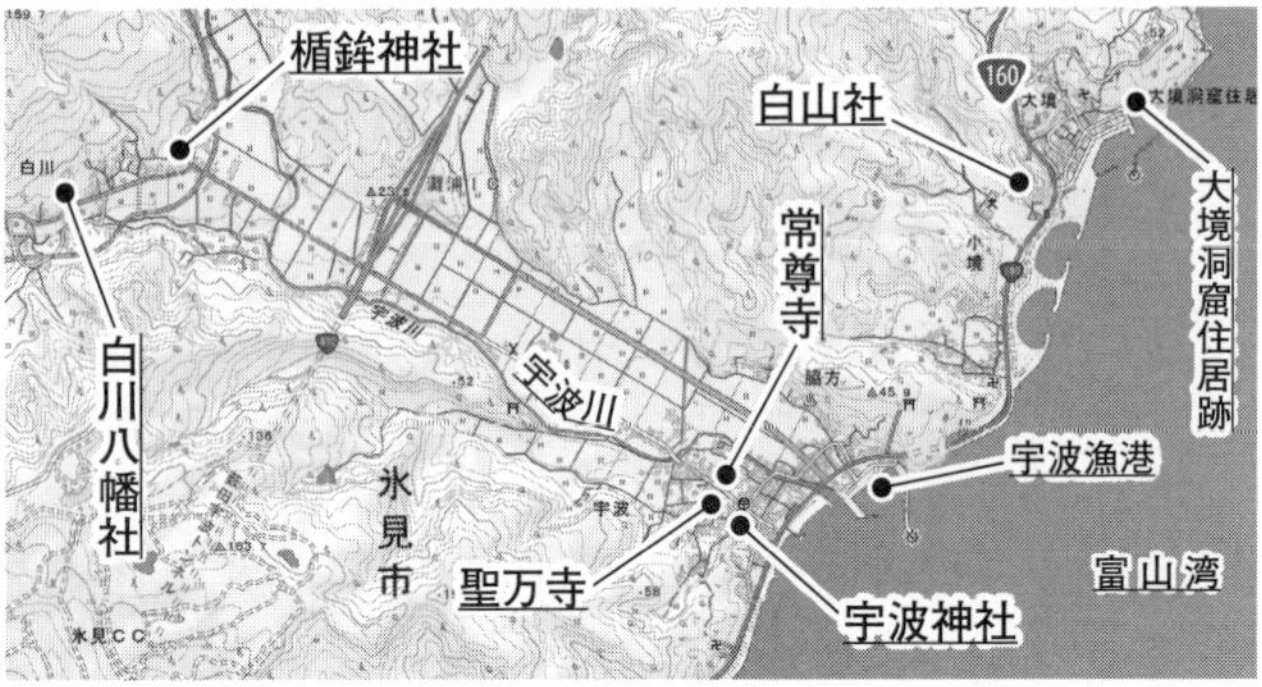

宇波漁港周辺

『万葉集』巻第十七に「布施の水海に遊覧する賦一首」として、**大伴家持**の「もののふの……」の長歌が載る。その歌中に「長濱過ぎて宇奈比川清き瀬毎に……」が『能因』、『松葉』に「宇奈比川」の歌枕歌として収められる。

富山湾西岸を走る国道百六十号線の、石川・富山の県境から南へ八キロメートル足らず、宇波漁港近くに流れ出る宇波川が歌枕「宇奈比川」に比定される。西の両県の県境を形成する宝達丘陵を源とし、三・七キロメートル東流する二級河川である。

国道をやや北に戻った大境漁港の奥に白山社が鎮座し、その背面の崖に国指定史跡の大境洞窟住居跡がある。今から約七千年前の縄文時代前期の、海食洞に遺された住居跡で、多くの人骨や土器が出土した。この辺りが古代から人の営みが在った証であり、近くを流れる、

洞窟前の白山社

大境洞窟住居跡

宇波川河口

楯鉾神社

白川八幡社

白川八幡社参道口

決して大河でもない宇奈比川が、後に**大伴家持**によって歌に詠まれたことも頷ける。
　宇波川の中流域、県道七十号・万尾脇方線の脇には、白川八幡社が鎮座する。社号標には「村社　八幡社」とあり、鳥居の奥から石段を登って境内に至る。拝殿は工事中とも思えないが白いシートで覆われる。創祀年代は不詳とされるが、歴史を感じさせる。また六百メートルほど下った境外には、末社の楯鉾神社がこぢんまりとした風情で建つ。本殿と拝殿が一体となっている。
　また下流域には、春秋の例祭で、米粉を清水で溶いてから笹の葉に垂らして固める古来の方法の粢《しとぎ》が奉納される宇波神社、あるいは由緒不明の常尊寺、聖万寺等が並ぶ。
ところで、冒頭の**大伴家持**の長

宇波神社入口

常尊寺本堂

聖万寺本堂

宇波神社

歌は、越中守として赴任した翌年・天平十九年（七四七）の旧暦四月二十四日に詠まれたもので、集中の前二首の詞書に「大目秦忌寸八千島《だいさくわんはたのいみきやちしま》の館にして、守《かみ》大伴宿禰家持に餞《うまのはなむけ》する宴の歌」とあり（大目は国司の四等官のことという）、さらに添書に「右は、守大伴宿禰家持、正税《しゃうぜい》帳を持ちて京師《みやこ》に入らむとし、よりて此の歌を作り、聊《いささ》かに相別るる嘆《なげき》を陳《の》ぶ」とある。即ち**大伴家持**は、租税の出納を記した正税帳を太政官に届けるべく上京することになっており、別離の宴が催され、それに対する謝辞としての長歌である。今でこそ富山県高岡市から京都に公務出張するのは如何ほどのことでもないが、当時は別れの宴を張るほどの大事であったのだろう。

宇奈比川近き海の辺洞の在り　人住まひたり七千歳前
参りたり宇奈比川沿ひの小《ち》さき寺社　由緒も史も解らぬままに
京へと赴く人に宴せし　国境《さかひ》に近き宇奈比川辺で

二、英遠浦《あおのうら》（併せて安乎能浦）

前項に記した宇波漁港から国道百六十号線を南に三・五キロメートル、左に分岐する県道三百七十三号・藪田下田子線をしばらく進むと阿尾漁港があり、その先には浜が続く。漢字表記が異なるが、歌枕「英遠浦・安乎能浦」であるのは疑うべくもない。『**万葉集**』巻第十八に載る、**大伴家持**の「英遠の浦に寄する白波いや増しに　立ちしき寄せ

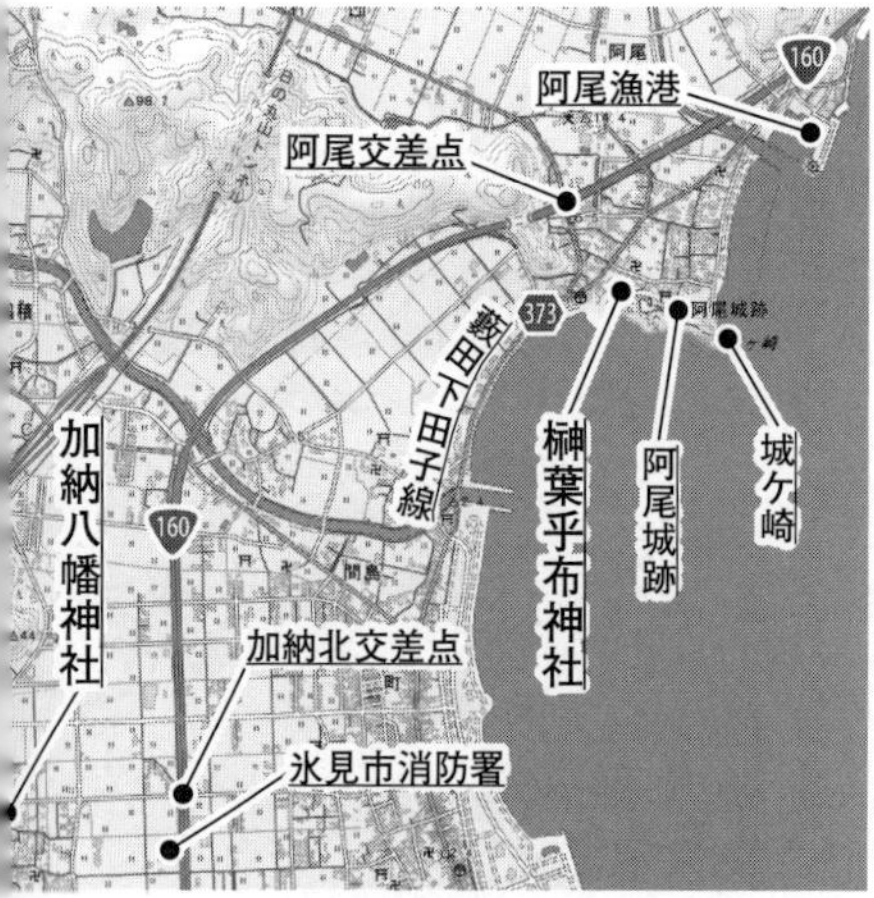

阿尾漁港周辺

阿尾城跡から英遠浦と氷見市街を望む

英遠浦

来東風をいたみかも」そのままの様である。写真にある如く、浜の南端には垂直に切り立った台地状の城ケ崎が張り出している。

岬の名前が示す通り、城ケ崎には崖端城と言える阿尾城が在った。先に述べたように、東の海側は断崖絶壁、西の陸側も急勾配で難攻不落の城と言えよう。築城時期は不明だが、出土品等から少なくとも千四百年代の後半と推定されている。天文十九年（一五五〇）大友宗麟に滅ぼされた肥後の守護大名・菊池氏の流れを汲む菊地氏が、天正年間（一五七三〜九二）に入って居城とし、当初上杉謙信、次に佐々成政に与し、最後は前田利家の家臣となって城を明け渡した。なお城は、慶長二年（一五九七）頃廃棄されたと言う。本丸、二の丸、三の丸の曲輪や、土塁、空堀が遺る。

現在城の跡には榊葉乎布神社が鎮座する。越中国国主として赴任した**大伴家持**が勧進して創建されたと伝える。菊地氏が阿尾城入定の際、伊勢神宮から榊を移植したことから、榊葉の接頭語が付加されたと言う。台地の最も西に建つ拝殿は、平成七年（一九九五）の再建で、風雪除けの覆いが施されているが、目にする屋根の装いは格式を感じさせる。なお、台地上に登る道の脇には、冒頭の万葉歌を刻んだ石の碑が据えられている。また高みからは、富山湾と氷見市

榊葉乎布神社拝殿

阿尾城標柱と
榊葉乎布神社参道口

万葉歌碑

加納八幡神社参道口

加納八幡神社拝殿

街地を望むことが出来る。
　城ケ崎の西の阿尾交差点から国道百六十号線を氷見市街地方面に三キロメートル、氷見市消防署の手前の加納北交差点を右折して五百メートルに加納八幡神社がある。鳥居を潜って参道を進むと、境内の入り口の左右に石柱が立てられている。右には明治天皇御詠の「国といふくにのかゞみとなるばかり　みがけますらを大和だましひ」、左に昭憲皇太后（明治天皇皇后）の「おくふかき道もきはめむものごとの　本末をだにたがへざりせば」が彫られている。
　また境内の一画には、**大伴家持**の「玉桙《たまほこ》の道に出て立ち往く吾は　君の事跡《ことと》を負ひてし行かむ」の歌碑もある。『**万葉集**』巻第十九に、「五日の平旦（午前四時ごろ）に道に上る（旅路につく）。よりて、国司の次官《すけ》已下（以下）の諸僚皆共に視贈る。時に、射水の郡の大領安努君広島《あののきみひろしま》が門前の林中に預《あらかじ》め餞饌《せんさん》の宴を設《ま》く。ここに、大帳使大伴宿禰家持、内蔵伊美吉縄麻呂《くらのいみきつなまろ》の盞《さかづき》を捧ぐる歌に和《こた》ふる一首」の詞書と共に収められる。天平勝宝三年（七五一）、**大伴家持**が少納言への遷任を命ぜられ、ここ越中国を離任して帰京する際の歌である。

英遠浦の断崖の上万葉の　歌人建てしとふ古社鎮座せり
崖端の城跡より見る英遠浦の　彼方に横たふる氷見の街並
家持や天皇《すめろぎ》・后《きさき》の歌碑の建つ　英遠浦近き八幡神社に

明治天皇（右）、昭憲皇太后（左）の歌の石柱

大伴家持の歌碑

三、日美《ひみ》〈ノ〉《の》江《え》

富山県氷見市は県の北西部に位置し、富山湾を東に見て、北と西を石川県と接する。氷見の名の由来については、①古くに蝦夷防備の最前線で、狼煙の火を見る地であった故の火見、②富山湾を隔てて立山連峰の万年雪が望める故の氷見、③富山湾は古くから漁業が営まれ、多くの漁火が見える故の火見、④干潟が広がって陸になった故の干海、などの説がある。歌枕「日美江」の漢字表記に見合う説は見当たらない。高岡市万葉歴史館の編集による『越中万葉百科』にも、「氷見の江」と表記して解説する。筆者が勝手に想像するに、氷見は真東に向いていて、富山湾の対岸遥かに霊峰立山を望み、そこから万物に恵みを与える太陽が昇る、それ故の美辞「日美江」とするのは如何であろうか。

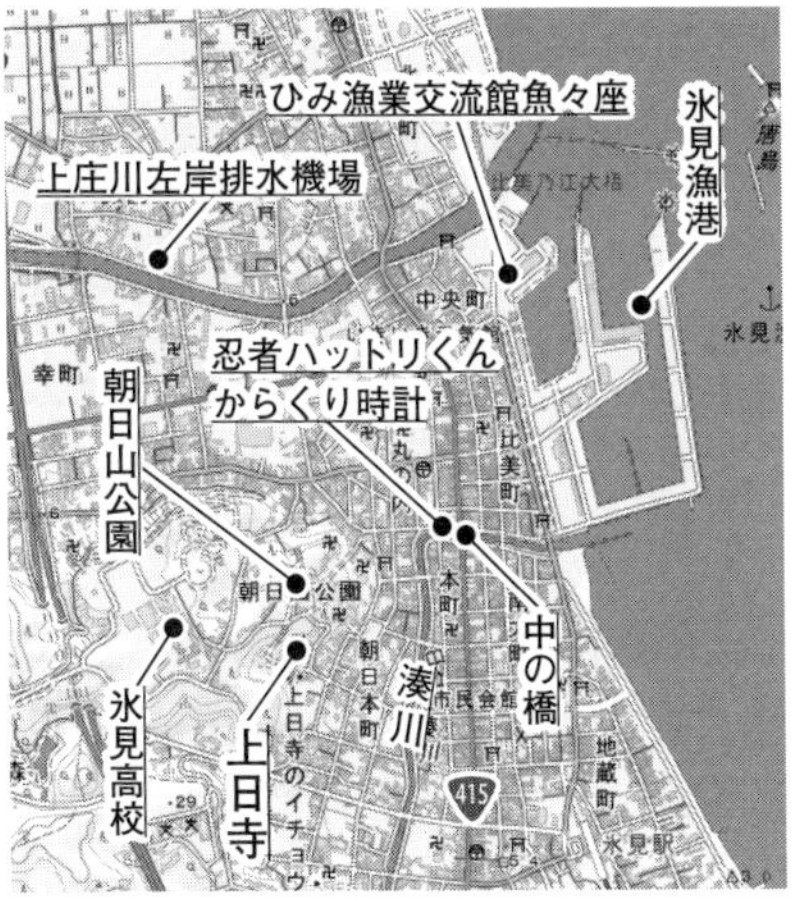

氷見漁港周辺

筆者の独断の仮説はともかく、日美〈ノ〉江は、現在の氷見漁港を中心とする海浜一帯であろう。港には、約四千点の漁具が展示される「ひみ漁業交流館魚々座《ととざ》」があり、その奥に「都奈之等流比美乃江過弖《つなしとるひみのえすぎて》（ルビは筆者による）」と刻まれた歌碑が据えられる。『**万葉集**』巻第十七に、「放逸《のが》れたる鷹を思ひて夢《いめ》見、感悦《よろこ》びて作る歌一首」の詞書に続いて収められる、**大伴家持**の長歌の一部である。

また氷見市街地北部を流れる上庄川の左岸に上庄川左岸排水機場が

氷見漁港

氷見漁港に建つ万葉歌碑

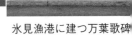

上庄川左岸排水機場の万葉歌碑

上日寺本堂

あり、その前の緑地には、これも**大伴家持**の、「わが欲りし雨は降りくぬかくしあらばことあげせずとも年は栄えむ」が刻まれた歌碑がある。第四句の「ことあげ」は「言挙げ」で言葉に出して言うこと、結句の「年」は五穀のことで、歌意は「私が願っていた雨が降ってきた。このようであるなら、言葉に出して言わなくとも五穀は豊かに実るであろう」である。用水を管理する施設に立てられるに相応しい歌碑である。

市の南部を西から東に流れる仏生寺川の支流とされる湊川は、繁華街の西を一・五キロメートルほど北に流れ、ほぼ市の中心部で直角に向きを東に変えて四百メートルで富山湾に注ぐ。その曲折地点から約百メートル下流に、国道四百十五号線の中の橋が架かる。橋の南東の袂には「藤浪の影なす海の底清み　しづく石をも珠とぞ吾が見る」の歌碑が置かれる。天平勝宝二年（七五〇）旧暦四月十二日、**大伴家持**他三人が布施の水海に遊覧し、多祜の湾に船泊《は》てして、藤の花を望み見て各々懐《おもひ》を述べて作った歌の内の、**家持**の歌である。湊川の両岸は、湊川リバーウォークと呼ばれる散策ゾーンとして整備され、中の橋とひとつ上流の復興橋の間には、藤子不二雄監修の忍者ハットリくんと仲間達七体のキャラクターが一時間毎に顔を出すからくり時計が仕込まれた工の橋

湊川

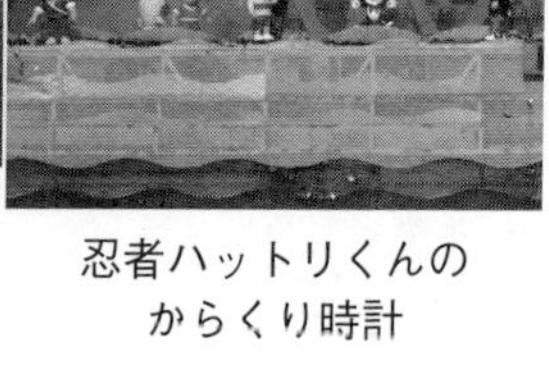

忍者ハットリくんのからくり時計

中の橋南詰万葉歌碑

が散策の人々の目を和ませる

上日寺の大銀杏と寺号標

大銀杏の根回り

海岸線に沿って南北に延びる氷見市の市街地の西には、朝日山公園があるが、その南の裾野に、白鳳十年（六八一）創建の古寺が建つ。霊峰白山を開山した**泰澄**の若き頃の修行地に、法道上人が開いたと伝える上日寺である。最盛期には七堂伽藍が立ち並び、十八坊を有する規模であったと言う。寛永十五年（一六三八）と天保三年（一八三二）の二度の火災で、多くの堂宇、寺宝、記録が焼失した。境内左手前の寺号標の奥に、何と創建時に植えられたとされる大銀杏が高々と枝を広げる。樹高三十六メートル、幹周り十二メートル、国の天然記念物に指定される。

なお朝日山公園に続く南西の高台にある県立氷見高校の正門を入った右手には、察するところ昔日の布施の海を模したのであろう緑地があり、以前には現氷見市役所に在った有磯高等学校に置かれていた万葉歌碑三基が移設されている。

県立氷見高校万葉歌碑

県立氷見高校の緑地

県立氷見高校

今変じ漁港となりし日美の江に　万葉歌碑の目に鮮やかに
湊川岸辺の緑人癒し　街中流れ日美の江に出づ
日美の江の端の林間の上日寺　銀杏の古木史を伝へり

四、松田江浜〔濱〕・長濱

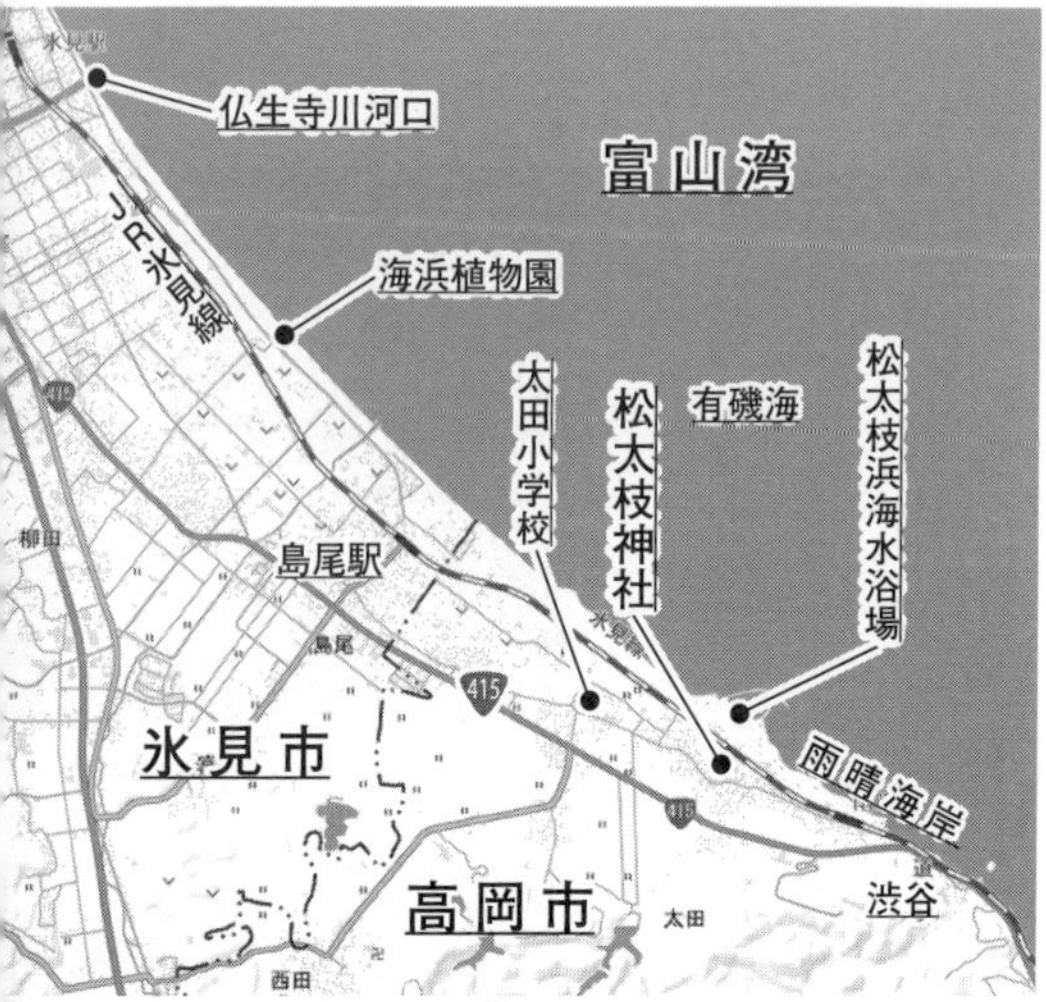

ＪＲ鳥尾駅周辺

『能因』と『松葉』には、「松田江浜〔濱〕」の項が立てられ、『**万葉集**』から巻第十七の、「もののふの八十伴《やそとも》の緒の……」と「大王《おほきみ》の遠の朝廷《みかど》ぞ……」の二首の長歌の一部が収められる。前歌には「松田江の長浜過ぎて」、後歌には「松田江の浜行き暮し」と詠み込まれる。詠者は共に**大伴家持**である。

ところで『松葉』には「長濱」の項があり、先の長歌のうちの前歌が重複して載せられる。この「松田江浜〔濱〕」と「長濱」につき、『越中万葉百科』は、前者は氷見市から高岡市渋谷《しぶや》にかけての海岸線に、後者はその一部、氷見市島尾から雨晴海岸（高岡市渋谷）にかけての海浜に比定している。これらのことから本書では二項をまとめて記述することとした。

『越中万葉百科』の言う氷見市の仏生寺川河口付近から高岡市

渋谷に至る海岸線に、四キロメートル余りの砂浜が続く。海岸線に沿ってJR氷見線が通うが、その島尾駅の北東一・二キロメートルに、平成八年（一九九六）に開設した日本各地の海浜植物を植栽展示する氷見市海浜植物園があり、その北の一画に「万葉故地」と題記し、「麻都太要能奈我波麻」と刻まれた碑が建てられている。現代表記では「松田江の長浜」であり、まさに歌枕二項を顕かす碑である。

植物園の南東一・八キロメートルほどの海浜は、松田枝浜海水浴場として整備される。浜際には松の林が続き、地名に相応しい。白砂青松の浜と、富山湾の青い海、そして夏の晴れ渡る空、炎暑を和らげる浜風、暫し旅の疲れを癒すことが出来た。

松田枝神社拝殿

松田枝神社参道口

浜に沿って先述のJR氷見線、さらに内陸側に国道四百十五号線が通るが、その間に松田枝神社が鎮座する。社名からして土地の歴史を物語る証でもあればと参拝した。小ざっぱりとした境内に、派手さは無いが落ち着いた構えの社殿が建つ。しかし由緒書も掲示されてなく、時代を語る跡もない。それもそのはず、太田雨晴観光協会の資料には、明治四十二年（一九〇九）の建立とあり、社名に釣られた筆者の独り相撲であった。

氷見市から高岡市にかけて、**『万葉集』**に収められる歌の碑が据えられている小・中・高の学校が多く見られる。松田枝神社の北西二百メートル余りにある高岡市立太田小学校の門脇にも、小さいと言うより可愛い、身の丈五十センチメートルほどの**大伴家持**像と解説板をは

松田江浜

海浜植物園の碑

め込んだ石、そして『**万葉集**』巻第十九の**家持**が詠んだ「渋谿を指して我がゆくこの濱に　月夜飽きてむ馬しまし停め」を刻んだ碑が置かれる。

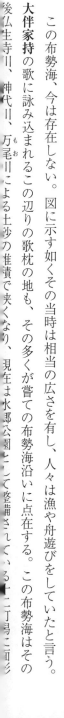

浜白く松は緑に海青く　夏陽輝く松田江の浜
松田江の浜なる園に歌枕　証す碑建ち居り海に向かひて
微笑まし松田江の浜の学び舎に　建つ家持の像いと小さくて

高岡市立太田小学校大伴家持像と歌碑

五、布勢海《ふせのうみ》（併せて布勢、同〈ノ〉浦）

この「布勢海」は、越中国の歌枕の華と言える。天正十八年（七四六）から天平勝宝三年（七五一）まで国守としてこの地に赴任していた**大伴家持**は、この布勢海をこよなく愛でて、屡々遊覧に訪れ、多くの歌を詠んでいる故である。手元の四冊の歌枕集、名所和歌集全てに、「布勢の海の沖つ白波あり通ひ　いや年のはに見つつしのはむ」が収められ、その他四首が『能因』、『名寄』、『松葉』に、三首が『能因』、『名寄』に、また『松葉』のみにではあるが、『**万葉集**』巻第十九に収載される「念《おも》ふどち」を初句とする長歌の一部、「ふせの海に小舟つらなめ……」が収められる。

この布勢海、今は存在しない。図に示す如くその当時は相当の広さを有し、人々は漁や舟遊びをしていたと言う。**大伴家持**の歌に詠み込まれるこの辺りの歌枕の地も、その多くが嘗ての布勢海沿いに点在する。この布勢海はその後仏生寺川、神代川、万尾《もお》川による土砂の堆積で狭くなり、現在は水郷公園として整備されている十二町潟に面影

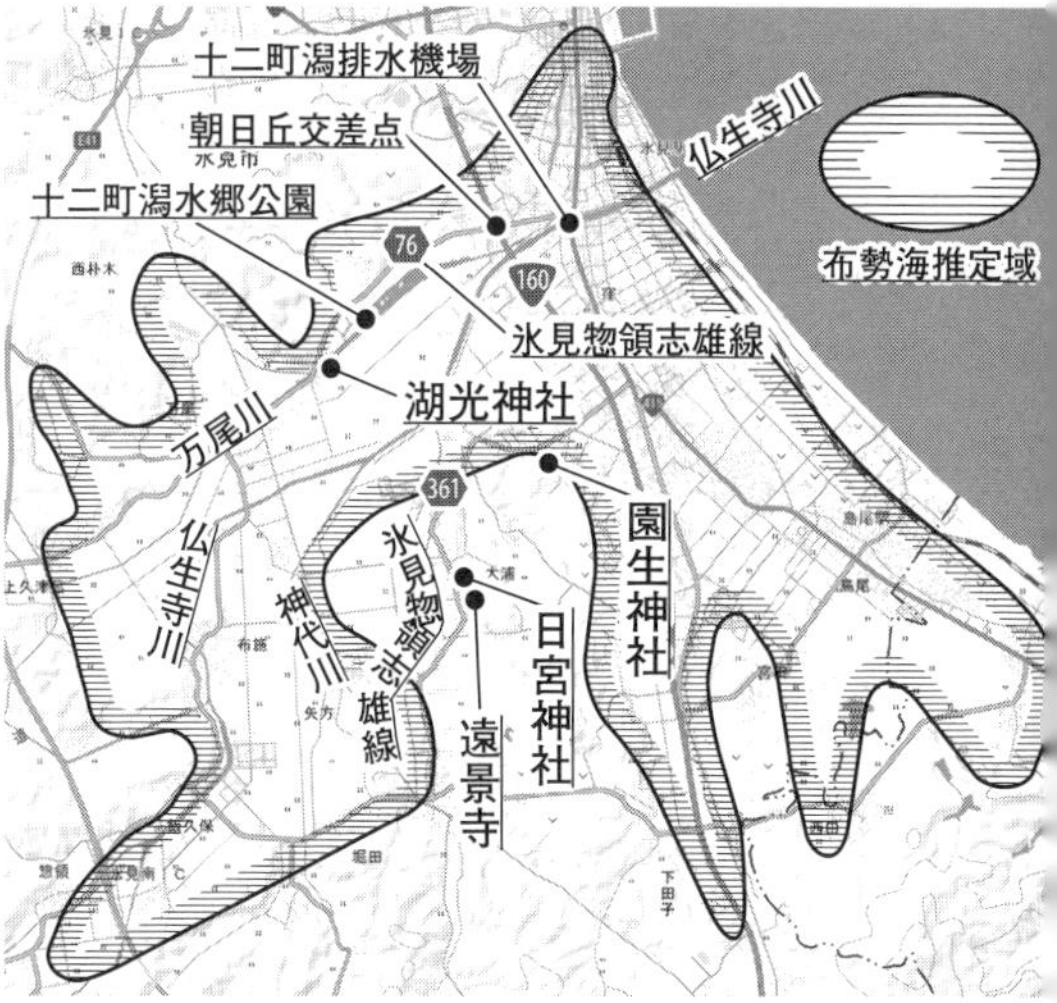

仏生寺川・神代川・万尾川合流域

を残すのみである。前ページで紹介した県立氷見高校の西を通る国道百六十号線を南に、朝日丘交差点で右折して県道七十六号・氷見惣領志雄線を西に一キロメートル、県道の南に公園の入り口がある。

入り口を入って左手には万葉植物園、芝生広場があり、「萬葉布勢水海之跡」と刻まれた石柱が建てられ、その足元には冒頭に紹介した「布勢の海の……」を刻んだ歌碑が置かれる。公園に沿って万尾川が流れるが、その右岸にオニバス発生地がある。文化庁の解説では、オニバスは一年生の水草で、淡水中に種子から五月上旬に発芽、その葉は七月ごろに直径一～二メートルに成長、八月上旬から一ヶ月ほど四～五センチメートルの赤紫色の花を付ける。ここ十二町潟のオニバスは、大きさも生育数も他に例が無く、大正十二年（一九二三）に国の天然記念物に指定された。

「萬葉布勢水海之跡」の碑

オニバスの池

十二町潟水郷公園

公園入口

湖光神社参道口
（社号標の側面に万葉歌）

湖光神社社殿

十二町潟の南西端の万尾川の右岸に、**天照大神**他三柱の神を祭神とする湖光神社が鎮座する。社格は村社で、境内の広さも社殿の規模もそれ以上ではない。鳥居を潜る手前の右手の社名を刻んだ石柱の側面には、『**万葉集**』巻第十九の、「六日、布勢の水海に遊覧して作る歌一首」の詞書に続く、先に『松葉』単独に収められると記した長歌の前半部「念ふどち丈夫《ますらを》の木能《の》暗《くれ》乃《の》繁き思《おもひ》を見明《みあき》らめ情《こころ》遣らむと布勢の海に小船連並《つらな》め真櫂《まかい》懸けい漕ぎ廻《めぐ》れば（ルビは筆者による）」が刻まれる。

万尾川は十二町潟の北東で仏生寺川に合流するが、ほぼその地点に十二町潟排水機場がある。昔日の布勢海であったこの地域の標高はわずかで、田畑の排水を促すための施設である。施設の建物の前庭に緑地帯があり、そこには冒頭の万葉歌の歌碑が据えられる。

古は水面の広き布勢の海　今田園に全て変はれり
布勢の海面影僅かに残したる　十二町潟にオニバスの池あり
歌碑の建つ小社訪ひたり古に　在りたりと聞く布勢の海の端

万尾川の流れ

十二町潟排水機場の
万葉歌碑

六、乎布《おふ》〔敷《の》〕崎《さき》（併せて同浦）・垂姫崎《たるひめのさき》（併せて同〈ノ〉浦）（地図は前項参照）

高岡市万葉歴史館発行の『越中万葉百科』の地名解説には、「乎布」につき「氷見市園《その》から大浦にかけて二上山塊の連なりが北側に突出した丘陵の辺りか。かつての布勢の水海南岸の景勝地。湾入部が乎布の浦、突出部が乎布の崎」、「垂姫」は「氷見市大浦付近とされる。かつてあった布施の水海南岸の景勝地。湾入部を垂姫の浦、突出部を垂姫の崎」とある。この記述から、「乎布」、「垂姫」の歌枕の地は、同一ではないにしろごく至近であり、一項に纏めることとした。

手許の歌枕集、名所和歌集には、「乎布〔敷〕崎」、「乎布〔敷〕浦」には五首、「垂姫崎」、「垂姫〈ノ〉浦」には四首の歌が挙げられるが、『松葉』に収められる**逍遥院**、即ち**三条西実隆**の「かけしあれは月のかつらのをふのさき　花と散かふ波の秋風」以外は全て『**万葉集**』を出典とし、**田辺史福麻呂**《たなべのふひとさきまろ》の二首、遊行女婦土師《うかれめはにし》の一首以外は**大伴家持**の作である（一首重載）。**家持**の重載される一首は、前項「布勢海」にも収載された「思ふどちますらをのこの……」を、初句、二句とする長歌で、「乎布の浦に霞たなびき垂姫に藤波咲きて」と両地が詠み込まれ、至近の地であることの証であると感じた。

さて、この地の歴史を語る事跡や寺社を事前に探したが見当たらな

階段脇の標柱

参道口の社号標

園生神社拝殿

園生神社の両部鳥居

い。そこで域内にあるいくつかの神社仏閣を気儘に訪ねた。

　氷見市園には園生《そのふ》神社が鎮座する。ただし、参道に至る階段の登り口の石柱には「園神社」とあり、その理由は判らない。石段を登りきると苔生した参道が延び、四本の控柱（稚児柱）のある立派な両部鳥居（四脚《よつあし》鳥居、権現鳥居、枠指《わくざし》鳥居、稚児柱鳥居とも）が建てられ、竹林に囲まれる境内には、回廊のある小規模ながら格調の高い拝殿がある。なお、由緒等は不明である。

遠景寺参道口

遠景寺本堂

　園生神社の北を通る県道三百六十一号・五十里《いかり》氷見線を辿って西、次いで南南西、さらにほぼ南に五キロメートルほどの氷見市大浦に日宮神社が在る。社号標の奥に鳥居があり、その奥の林間にこれまた回廊のある、古びてはいるが格式の高さを窺わせる拝殿が建つ。創建は天平年間（七二九〜四八）と伝え、**大伴家持**が国守であった間に神鏡、幣帛を奉献したと言う。
　日宮神社の南約百五十メートルの県道の東側に、浄土真宗本願寺派高倉山遠景寺の立派な寺号標が立つ。県道に沿って並ぶ屋並みの間の石畳の参道の奥に、清々しく整った本堂がある。残念ながら由緒等が書かれた解説板は見当たらない。

日宮神社鳥居

日宮神社拝殿

日宮神社社号標

乎布崎も垂姫崎も布勢海の　南の辺り並び在りしか

遊びたる家持の歌に乎布崎や　垂姫崎の重ね詠まれり
歌枕の証求めて社寺を訪ふ　乎布・垂姫と思しき道を

七、有礒《ありそ》〔磯〕（併せて同海、同ノ浦、同崎、同浜〔濱〕、同〈ノ〉渡）

（地図は四、「松田江浜〔濱〕・長濱」参照）

「有礒」を詠み込んだ歌は数多い。総じて二十九首、**勅撰和歌集**を出典とするものだけでも十三首が、手許四冊の歌枕集、名所和歌集に例歌として載せられる。例えば、『**後撰和歌集**』から何れも詠み人不明の「島隠れ有礒にかよふあしたづの　ふみ置く跡は浪も消たなん」、「言はで思ふ心有磯の浜風に　立つ白浪のよるぞわびしき」が、また『**拾遺和歌集**』からこれまた共に詠み人不明の「かくてのみありその浦の浜千鳥　よそになきつゝ恋ひやわたらむ」と、「有磯海の浦と頼めしなごり浪　うちよせてける忘れ貝哉」が、『能因』、『名寄』、『類字』、『松葉』全てに収載される等々である。なお二首目の「言はて思ふ……」は技巧的な歌である。二句目は「心あり」と「有磯」が掛けられ、さらに「有磯の浜風に立つ白浪の」が「寄る」の序詞となり、加えてその「寄る」と「夜」が掛けられる。歌意の幹にあたるのは「言はで思ふ心ありて　夜ぞわびしき」である。やや技巧が勝ち過ぎの感もあるが……。

もちろん越中国の国守としてこの地に在った**大伴家持**も詠み遺している。『**万葉集**』巻第十七に、「かからむとかねて知りせば越の海の　有磯の波も見せましものを」、また一の「宇奈比川」や、四の「松田江浜〔濱〕」にも挙げた長歌「もののふの……」の七句目以下、「白波の有磯に寄する渋谷の……」等である。

さて、この歌枕「有礒〔磯〕」は悩ましい。元々は「波の荒い磯」の意味の普通名詞であり、実在しなかったと言う。**家持**は、四で紹介した松田枝浜海水浴場の南に続く、また国府の北に位置する、岩礁が明媚な風光を織り成している雨晴海岸（十、渋谷で詳述）辺りを形容したと解釈されている（『萬葉集釋注』―伊藤博―他）。他にも**家持**が有磯を詠んだ数首の歌があり、また天平二十年（七四八）春三月二十五日、左大臣橘家の使者である田辺福麻呂も布勢海に遊んで、「おろかにぞ我は思ひし乎布の浦の　有磯のめぐり見れど飽かずけり」と詠み込む。このように古くに詠まれた雨晴海岸の風景が京に届き、いつしか有磯海が、日美江から渋谷に至る海域の固有名詞として定着、さらに歌枕として詠み伝えられるようになったと思われる。筆者が参考にした三万分の一の道路マップにも有磯海の記載がある。

ところで有磯海に沿う浜は、既述のように、四の松田江浜や後の十、渋谷で解説する故、海の風景写真一葉を掲げるに止めるが、**大伴家持**が愛で、多くの歌に詠み、後に歌枕に列した有磯海の浜景色と涼風を暫しの間満喫した。

なお、**松尾芭蕉**の**奥の細道**の道程は、越中国に入って黒部川を渡り、高岡に泊まって後倶利伽羅峠越えて加賀国に入国するが、その途で「わせの香や分入る右は有磯海」と吟じている。

数々の歌に詠まれし有磯海　風光明媚な海浜ありて
有磯海打ち寄す波や磯・浜の　眺め相応し古歌に詠まるるに
時を経て歌の枕と知られたる　有磯の海を吾も暫し愛づ

有磯の海

八、古江《ふるえ》（併せて同村、同橋）

古江について『越中万葉百科』は、氷見市神代《こうじろ》、堀田《ほりた》、矢方《やのほう》に比定する。有磯海を後にして再び古の布勢海の南岸

大伴家持を祀る御影社

円山周辺

大伴家持歌碑

に戻り、六の乎布、垂姫であった氷見市園、大浦の南西に位置する地を訪ねた。

矢方の直ぐ西に氷見市布施があり、その西北端に円山《まるやま》が聳える。有磯海から四キロメートルも内陸にありながら標高は二十メートルで、それでも小とは言え山であり、古の布勢海変じた田園の海抜の低さが判ろうと言うのである。そして万葉の時代、この円山は布勢海に浮かぶ島であったと言う。山中には布勢神社が鎮座する。円山の東を走る県道七十六号・氷見惣領志雄線がやや西に向きを変えたあたりから、住宅地の中を北に延びる細道を五十メートルほど進むと鳥居があり、その先の石段を登った山頂の境内には、

布勢神社拝殿

布勢神社参道口

「大伴家持卿遊覧之地」石柱

木々に囲まれて小振りの社殿が建つ。その一画には「大伴家持卿遊覧之地」と彫られた石柱が建てられ、また**大伴家持**の「明日の日の布施の浦みの藤波に　けだし来鳴かず散らしてむかも」の歌碑も据えられる。さらに社殿の奥には、**家持**を祀る御影社が鎮座する。**家持**を祀る社としては国内最古とも言われる。円山は、まさに**大伴家持**を偲ぶ、ある意味聖地とも言える山であった。

　氷見市堀田には曹洞宗の延暦禅寺がある。六の「平布〔敷〕崎・垂姫崎」の末尾で紹介した遠景寺から、県道三百六十一号・五十里《いかり》氷見線を南に一・三キロメートルほど、県道の左側に立派な寺号標が建てられ、境内に向かって参道が延びる。創建は、それ故の寺号かどうかは判らぬが、天台宗の寺院として延暦年間（七八二～八〇六）と伝える。境内正面には本堂、左手には重厚な屋根を被った観音堂が建つ。なお境内入り口の左には、樹高二十四メートルの大欅が枝を広げる。

延暦禅寺大欅

　『能因』には「古江村」と項を立て、また『松葉』には単に「古江」として、「葦鴨の集《すだ》く古江に一昨日《をとつひ》も　昨日《きのふ》もありつ……」が歌枕歌として載せられる。これは『**万葉集**』巻第十七の**大伴家持**詠、「放逸せる鷹を思ひて、夢に見て感悦びて作る歌」の長歌の一部である。この歌は三の「日美〈ノ〉江」や四の「松田江浜〔濱〕」にも挙げられた。この長歌には、他にもここ近隣の歌枕が、まさにオンパレードの如く多く詠み込まれる。上記三か所以外に、「三島野」、「二上山」、「多胡の島」が見出されるのである。

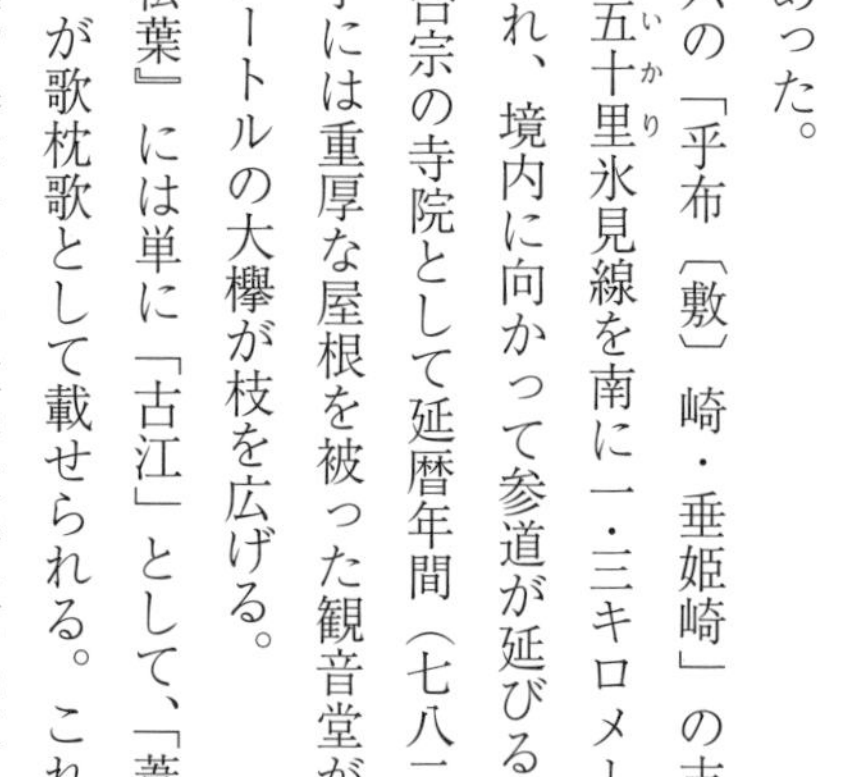
延暦禅寺本堂

延暦禅寺観音堂

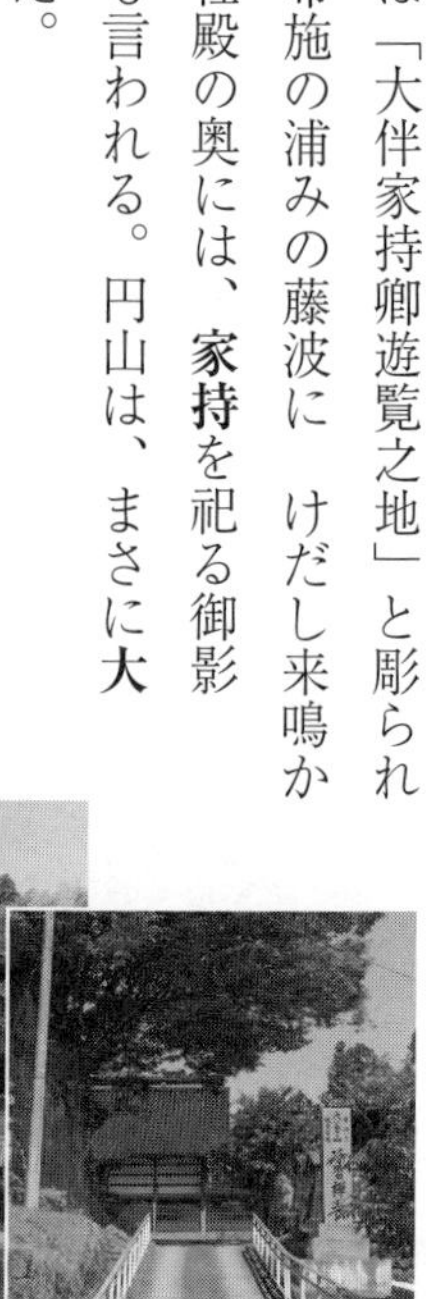
延暦禅寺参道口

古は小島なりしと伝へ居る　円山訪ひたり古江行く途で
家持を祀る社も歌碑も建つ　古江に近き布勢の御社
古江なる史長き寺の大欅　足下の堂宇守る如く立つ

九、多枯〔胡〕浦《たこのうら》（併せて同崎、多胡〔古〕入江、多古〔枯〕島〔嶋〕）

『能因』、『名寄』、『類字』、『松葉』全てに、『**拾遺和歌集**』から**柿本人麻呂**の「たこの浦の底さへにほふ藤浪を　かざして行かん見ぬ人のため」が収められる。ところが、『**万葉集**』巻第十九の、「十二日に、布勢の水海に遊覧するに、多祜の湾《うら》に舟泊りし藤の花を望み見て、おのおのも懐《おもひ》を述べて作る歌四首」の詞書に続く四首の、二首目に次官《すけ》内蔵忌寸縄麻呂《くらのいみきつなまろ》が詠んだとされる一首そのものである。**柿本人麻呂**は生没年未詳ながら和銅三年（七一〇）の平城遷都以前の没とされ、**大伴家持**が布勢の水海に遊覧したのが天平勝宝二年（七五〇）旧暦四月十二日、『**拾遺和歌集**』の成立が寛弘三年（一〇〇六）前後、一体どのような経過を経て縄麻呂の歌が**人麻呂**の作とされて『**拾遺和歌集**』に収められたのか、筆者には謎である。このほかにも多くの歌がこの

氷見市南方

国泰寺前バス停
近くの石柱

国泰寺法堂

国泰寺総門

地を詠み込む。

前項の「古江」とした氷見市神代、堀田、矢方の東の、氷見市上田子、下田子、宮田、上泉《かみいずみ》が多枯〔古、胡〕に比定される。

氷見市街地から国道百六十号線を南に六キロメートル足らず、上田子の交差点で左折すると国泰寺前のバス停のある交差点に出る。ここには「大伴家持卿歌碑」と彫り込んだ石柱が立ち、側面には「多《た》胡《こ》乃《の》佐《さ》伎《き》許《こ》能《の》久《く》礼《れ》之《し》氣《げ》爾《に》霍公鳥《ほととぎす》伎《き》奈《な》伎《き》等《と》余《よ》米《め》婆《ば》波《は》太《だ》古《こ》非《ひ》米《め》夜《や》母《も》（多胡の崎木の暗茂に霍公鳥　来鳴き響めばはだ恋ひめやも—筆者注）」の歌が刻まれる。

国泰寺は臨済宗法燈派大本山で、先のバス停の東一キロメートルほどにある。嘉元二年（一三〇四）に開かれた東松寺を祖とする。嘉暦三年（一三二八）、**後醍醐天皇**より「護国摩頂巨山国泰仁王万年禅寺」の勅額が下賜され、勅願寺となったと言う。時代は下って江戸時代の享保年間（一七一六〜三五）に、ほぼ現在の形に整備された。

古色溢れる総門を潜ると、左に吽形、右に阿形の仁王像が護る豪壮な構えの山門がある。龍淵池を挟んで格調の高い雰囲気の法堂、さらにその奥には回廊で続く大方丈

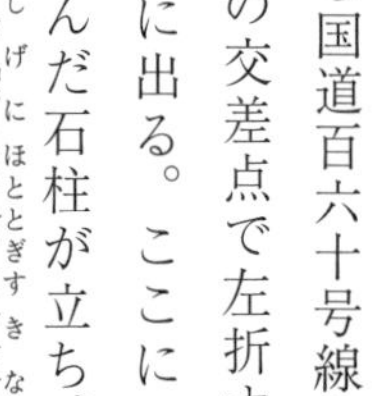

右・阿形仁王像

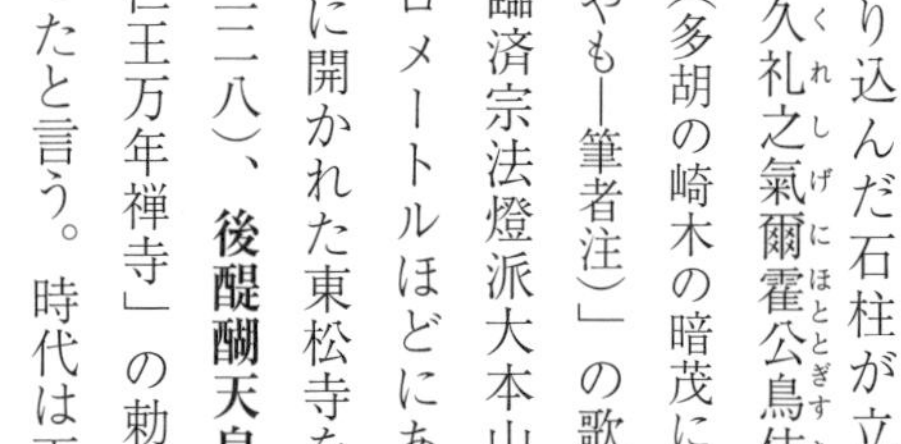

国泰寺山門

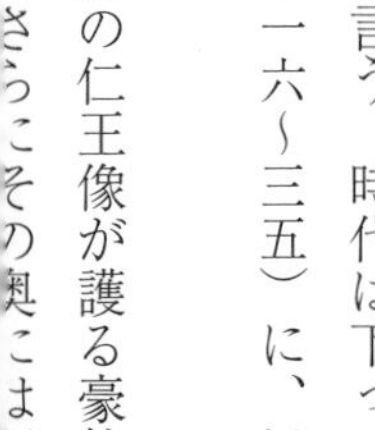

左・吽形仁王像

かあり、その間の中庭には幾つもの奇岩が配される

国泰寺大方丈

国道百六十号を、上田子交差点の北（氷見市街地方面）七〜八百メートルの下田子南交差点の西三百メートルに、田子浦藤波神社が鎮座する。**大伴家持**の部下が**家持**から授かった太刀を祀ったのを始まりとすると言うから、創建は八世紀半ばである。この辺りには、**家持**が布勢の水海を遊覧しつつ愛でた藤が多く、この神社の鳥居にも、樹齢二百年と推定される藤が覆い被さるように枝を広げる。石段の参道を登り切った直ぐ、手の届きそうな近くに回廊の巡る拝殿が建つ。為に正面からではレンズに納まりきれず、斜めからの撮影となった。

本堂の裏手には、台座付きの石柱が建つ。正面には、日本近代児童文学の創始者・巌谷小波の父である巌谷修《しゅう》（近江国出身の官僚、漢詩人、書家。書家としての号は一六）の筆で「大伴家持卿歌碑」と彫られ、右側面には、**本居宣長**の曽孫で、東京帝国大学講師となった国文学者の本居豊頴《とよかい》による、「藤奈美《〔波〕》能《の》影 成《〔成す〕》海之《の》底清美《み》 之都《〔雫〕》久石乎《を》毛《も》珠等《と》曽《ぞ》吾《わが》見流《る》」と刻まれる。万葉の時代を伝えるのみならず、碑文の書そのものも芸術的かつ史的価値がある。

国道百六十号線の下田子北交差点から六百メートルほど北の上泉交差点の西に、平成十年（一九九八）に発見され、国の史跡に指定される柳田布尾山《ぬのお》古墳がある。全長百七・五メートル、日本海側での最大の規模の前方後円墳で、古墳時代前期前半（三世紀末〜四世

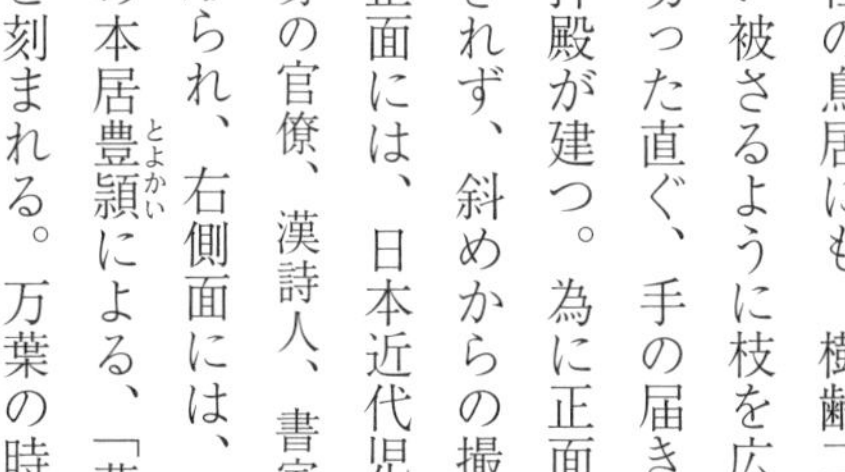

田子浦藤波神社拝殿

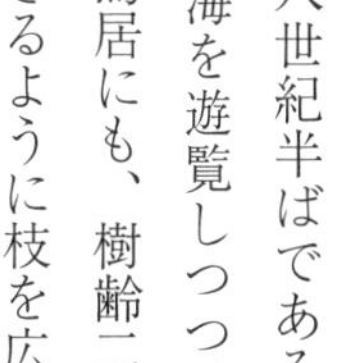

田子浦藤波神社
社殿裏の歌碑

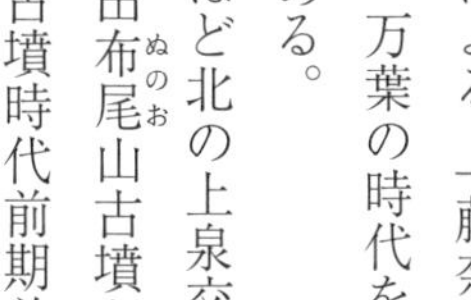

田子浦藤波神社参道口

紀初頭）の築造と推定されている。古墳の全体像がはっきりと確認でき、周囲は公園として整備され、古墳館もあって、歌枕とは直接の関係は無いが、この地の古代の歴史を偲ぶに格好の史跡である。

多枯浦の田園の中石柱の　万葉の歌刻まれて立つ
国泰寺堂宇それぞれ整ひて　多枯の浦辺に格高く在り
名の高き人万葉歌刻みたる　石柱建ち居り多枯なる古社に

古墳館

柳田布尾山古墳

十、渋谷《しぶたに》（併せて同磯、同浦、同崎、同濱）

四で述べた松田枝浜から海岸線を南東に向かうと、白砂の続く浜景色から一変して、岩礁が千変万化する雨晴海岸に出る。古の「渋谷磯」である。ＪＲ氷見線雨晴駅の南東三百メートル、海岸線に沿ってＪＲと国道四百十五号線が並走するが、両線を横切った浜際に、頂きに小社・義経社が鎮座する義経岩がある。奥州に下る義経一行が、俄雨をこの岩陰で避けたとの伝えが残る。

その先約三百メートルには渋谷川の河口があり、その袂近くのごく小さな「つまま小公園」には、安政五年（一八五八）に建てられた、「磯上之《いそのうへの》都萬麻乎《つままを》見者《みれば》根乎延而《ねをはへて》年深有之《としふかからし》神左備尓家里《かむさびにけり》」と彫られた歌碑が立つ。『万葉集』巻

義経岩と義経社

第十九の大伴家持の歌である

渋谷川河口

つまま小公園の家持歌碑

さてこの地は、越中国の中心地にごく近い。ＪＲ氷見線雨晴駅の二つ高岡駅寄りに伏木駅があり、そこから直線距離にして西四百メートルほどに勝興寺がある。文明三年（一四七一）に本願寺八世蓮如が北陸布教の途で、現在の南砺市福光に建てた土山御坊を前身とする。永正十六年（一五一九）に現・小矢部市末友に移転、勢力を拡大して一向一揆の中心を為したが、天正九年（一五八一）に全山を焼かれ、同十二年（一五八四）に現地にて再興、以後加賀藩前田家の庇護の下、本山との関係も深め、現在に至るまで隆盛を誇る。約三万平方メートルの境内には、寛政七年（一七九五）に建立された桁行九間、梁間九間、入母屋造の壮大な本堂を始め、十二棟の重要文化財を含む諸堂が配される。本堂に向かって左手には「水の涸れない池」があり、その辺には「越中

氷見市伏木市街

勝興寺唐門

勝興寺本堂

勝興寺の水の涸れない池

「越中國廳址」

國廳址」と刻まれた石碑が据えられる。即ち、越中国の国府が勝興寺を中心とする一帯に在ったとされるのである。

また寺領には三基の万葉歌碑が建つ。一基は鼓堂の右に、巻第十八の長歌「葦原の瑞穂の国を……」の一部、「海行かば水漬く屍　山行かば草生す屍　大王《おほきみ》の辺にこそ死なめ　顧みはせじ」が、二基目は「水の涸れない池」に南に、同じく巻第十八の「あしひきの山の木末《こぬれ》の寄生《ほよ》取りて　挿頭《かざ》しつらくは千年寿《ほ》くとぞ」が、また三基目は、寺領の北西の角の一般道に面した緑地帯に、「もののふの八十をとめらが汲みまがふ　寺井のうへの堅香子《かたかご》の花」が、何れも万葉仮名で刻まれる。

また総門前の小公園には、平成二十七年（二〇一五）に建てられた**大伴家持**像と、「しなざかる越に五年《いつとせ》住み住みて　立ち別れまく惜しき宵かも」の碑がある。

勝興寺の西を走る国道四百十五号線を北に辿って五百メートル、気多神社口の交差点の東に越中国分寺跡がある。今は小庵とも言える薬師堂が建つが、個々の境内を含む周辺千五百平方メートルが国分寺跡として富山県の史跡に指定されている。ただ、その薬師堂の荒みが激しく、一日も早い修復が待たれるところである。

勝興寺鼓堂脇の歌碑

池の南の万葉歌碑

勝興寺北西緑地帯の歌碑

勝興寺総門前の家持像と歌碑

勝興寺総門

国分寺跡薬師堂

国分寺跡の西方に、養老二年（七一八）に**行基**が創建したと伝える気多神社が鎮座する。他方、天平宝字元年（七五七）、越中国から能登国が分立した際、越国の大社であった能登国羽咋の気多大社をこの地に勧進したとの伝えもある。越中国一宮として隆盛を誇ったが、平安末期に木曽義仲、戦国時代には上杉軍による兵火により全てが焼失、永禄年間（一五五八〜六九）に本殿（国指定重要文化財）が再建され、千六百年代半ばに領主・前田家の祈願所となったことで、再建が成ったと言う。

林間の参道を進むと、左右に羽を広げたような拝殿があり、その奥になかなか凝った造りの本殿がある。その脇には、**大伴家持**没後千二百年の昭和六十年（一九八五）に顕彰会によって建立された大伴神社が建つ。

この伏木には数多くの万葉歌碑がある。全てを巡れた訳ではないが、その一部を紹介する。

先の気多神社口の交差点の南百メートル余り、伏木一の宮のバス停の脇に「奈呉の海に舟しまし貸せ沖に出でて　波立ち来やと見て帰りくむ」、その東三百メートルの高台にある光暁寺の前に「春の苑紅にほふ桃の花　下照る道に出で立つをとめ」が万葉仮名で、すぐ南西の伏木小の校庭に、「も能ゝふのやそをとめら可く三万かふ　寺井の上のかたか

気多神社参道口

気多神社本殿

気多神社本殿横の大伴神社

気多神社拝殿

伏木一の宮バス停の歌碑

光暁寺前の歌碑

伏木小学校の石柱と石板

伏木中学校の歌碑

この花」の石柱と、「春の園紅匂う桃の花　下照る道二出だ立つ乙女」の石板が、国道四百十五号線沿いの伏木中の校門脇に、「杉の野にさ踊る雉《きぎし》いちしろく　音にしも泣かむ隠妻《こもりづま》かも」が万葉仮名で、さらに越中國守館の址とされる旧伏木測候所、現気象資料館の前庭に、「朝床に聞けば遥けし射水川　朝漕ぎしつつ唱ふ船人」が建つ等々である。

渋谷を詠み込んだ歌は総じて九首を数えるが、『松葉』の「渋谷浦」に収められる、『**夫木和歌抄**』から「雪も《の》よにしふ谷の浦を漕出て　釣するあまは袖やぬからん」以外は、「馬並《な》めていざうち行かな渋谷の　清き磯廻《いそま》に寄する波見に」以下、すべて**大伴家持**の万葉歌である。

なお歌碑を多数紹介したため、写真の溢れる項になったことをご容赦願いたい。

渋谷の奇岩織り成す浜際に　義経縁の伝へ遺れり

国の府も国分の寺も在りしとふ　渋谷の先伏木の街に

気象資料館の歌碑

気象資料館

越中國守館址の石柱

十一、二上山《ふたがみやま》（併せて同尾上、同峯〔嶺〕）

天平十八年（七四六）から天平勝宝三年（七五一）の五年余りを国守としてこの地に在った**大伴家持**は、二上山をこよなく愛でて、『**万葉集**』巻第十六の「渋谷の二上山に鷲ぞ子産《こむ》とふ翳《さしは》にも　君がみために鷲ぞ子産とふ」を始め、多くの歌に詠み込み、手許の四冊の歌枕集にもそのうち九首が収められる。ＪＲ氷見線・伏木駅から直線距離にして四キロメートル東方に聳えるのが二上山（標高二七四メートル）である。頂からは古の布勢海を一望出来、その景観にさぞかし癒されたのであろう。

二上山郷土資料館

資料館脇の万葉歌碑

前項で述べた勝興寺の西、国道四百十五号線の伏木国府《こふ》の交差点から西に向かって二上山万葉ラインが通う。二・七キロメートルほどの左側に、昭和四十四年

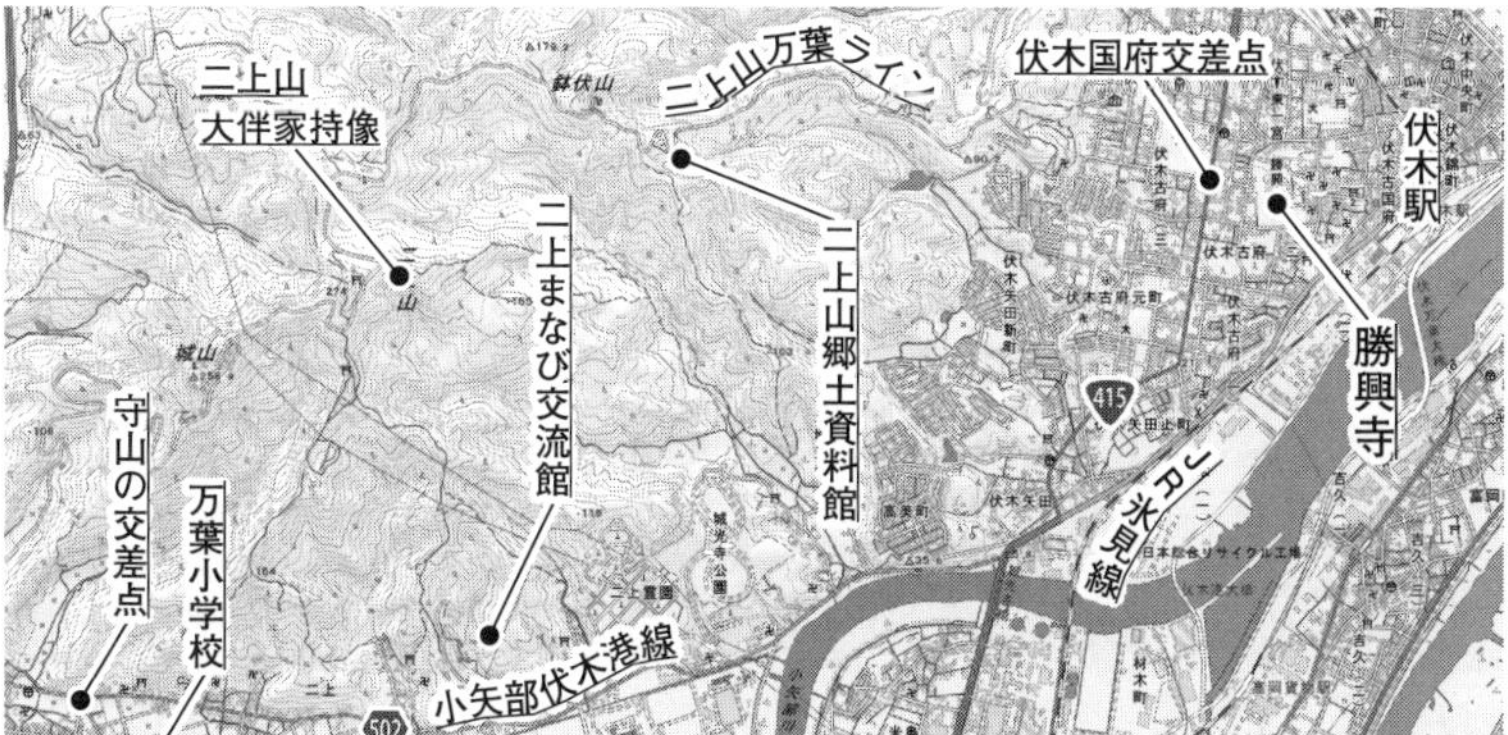

氷見市伏木市街から二上山

二上まなび交流館の
万葉長歌の歌碑

二上山山頂

二上山直下の家持像

同反歌の石柱

（一九六九）開館の二上山郷土資料館がある。と言っても、理由は判らぬが平成二十五年（二〇一三）に惜しまれつつ閉館し、今は人気もなく、管理の手も入っていない雰囲気である。一画の緑地の中には、「玉くしげ二上山に鳴くとりの　こゑの恋しきときは来にけり」が、万葉仮名と併せて刻まれた歌碑が据えられる。

　しばらくそのまま進むと頂上直下に公園があり、**家持**の立像が建てられ、その台座の裏には、先の「玉くしげ……」の歌が刻まれる。

　南に向かって山を下ると、麓近くに二上まなび交流館（旧・二上青少年の家）があり、その前庭には『**万葉集**』巻第十九の長歌「桃の花……」全歌が刻まれた碑と、その反歌「霍公鳥鳴く羽触《はぶり》にも散りにけり　盛り過ぐらし藤波の花」が刻まれた石柱が立ち、また庭の周りには、中・高校生の筆による、「磯の上に生ふる馬酔木を……」（『万葉集』

「あしひきの……」

「言問はぬ……」

「磯の上に生ふる……」

・高校生による歌碑群

万葉小学校の万葉歌碑

巻第二〇）」、「言問はぬ木すら紫陽花……（『同』巻第四）」「あしひきの山桜花ひと目だに……（『同』巻第十七）」、「卯の花のともにし鳴けば……（『同』巻第十八）」、「物部の八十少女らが……（『同』巻第十九）」、「磯の上の都万麻を見れば……（『同』巻第十九）」が彫られた石板が配される。

前項でも触れたが、ここ高岡市には万葉歌碑が多数建てられていて、目立つのは小・中・高の敷地にも多いことである。

二上まなび交流館の南を東西に走る県道三十二号・小矢部伏木港線を西に、守山の交差点で左折して直ぐ東に市立小学校があるが、なんとその校名が「万葉小学校」である。**万葉集**と**大伴家持**を、市の文化の大きな柱とするに相応しい校名である。校門の右手直ぐ奥に、二上山郷土資料館や頂上直下の**家持**像にも刻まれていた「玉くしげ二上山に……」が彫られた歌碑が据えられている。

二上の山の頂家持の　像の立ち居り布勢の海望み
若人の書なる歌碑あり二上の　山の麓の学びの館に
驚きぬ校名「万葉」と名付けたる　学舎《まなびや》の在り二上山の裾

「卯の花の……」

「物部の……」

「磯の上の……」

二上まなび交流館の

十二、菅山《すがのやま》・木葉里《このはのさと》（併せて同杜）

『松葉』の「菅山」と「木葉里」の項に、また『名寄』の「木葉里」の項に、「色さそふ（『名寄』は「色そむる」）木のはの里の唐にしき　あらくな立そすかの山風」が載る。出典が『類聚』、詠者は行家とされるが、どうも信じ難い。少し長くなるが、筆者の抱く疑問の故を記す。「類聚」と略されたと考えられるのは、筆者の知るところ、『類聚歌林』、『類聚古集』、『類聚歌合』、『類聚百首和歌』であるが、全てが詠者生存以前の歌集・歌合である。即ち『歌林』は**山上憶良**の編纂、『古集』は万葉歌を抄出、部類した書で、論外である。『歌合』は平安時代の歌合古筆証本の名称で、十巻本と廿巻本とがあるが、十巻本は天喜四年（一〇五六）～治暦四年（一〇六八）の間の歌合集であり、後者は**堀河天皇**期（一〇八六～一一〇七）から**崇徳天皇**期（一一二三～四一）までの歌合を集成編輯したものである。また『百首和歌』は『**堀河百首**』のことで、長治二～三年（一一〇五～六）に**堀河天皇**に奏覧された。一方行家は**藤原行家**であろうが、その生没年は貞応二年（一二二三）から建治元年（一二七五）で、出典とされる『類聚』から類推される四書より以降であって、収載は不可能なのである。あるいは筆者の知る以外の『類聚』があるのだろうか。

一方、吉原栄徳の『和歌の歌枕・地名大辞典』はこの歌

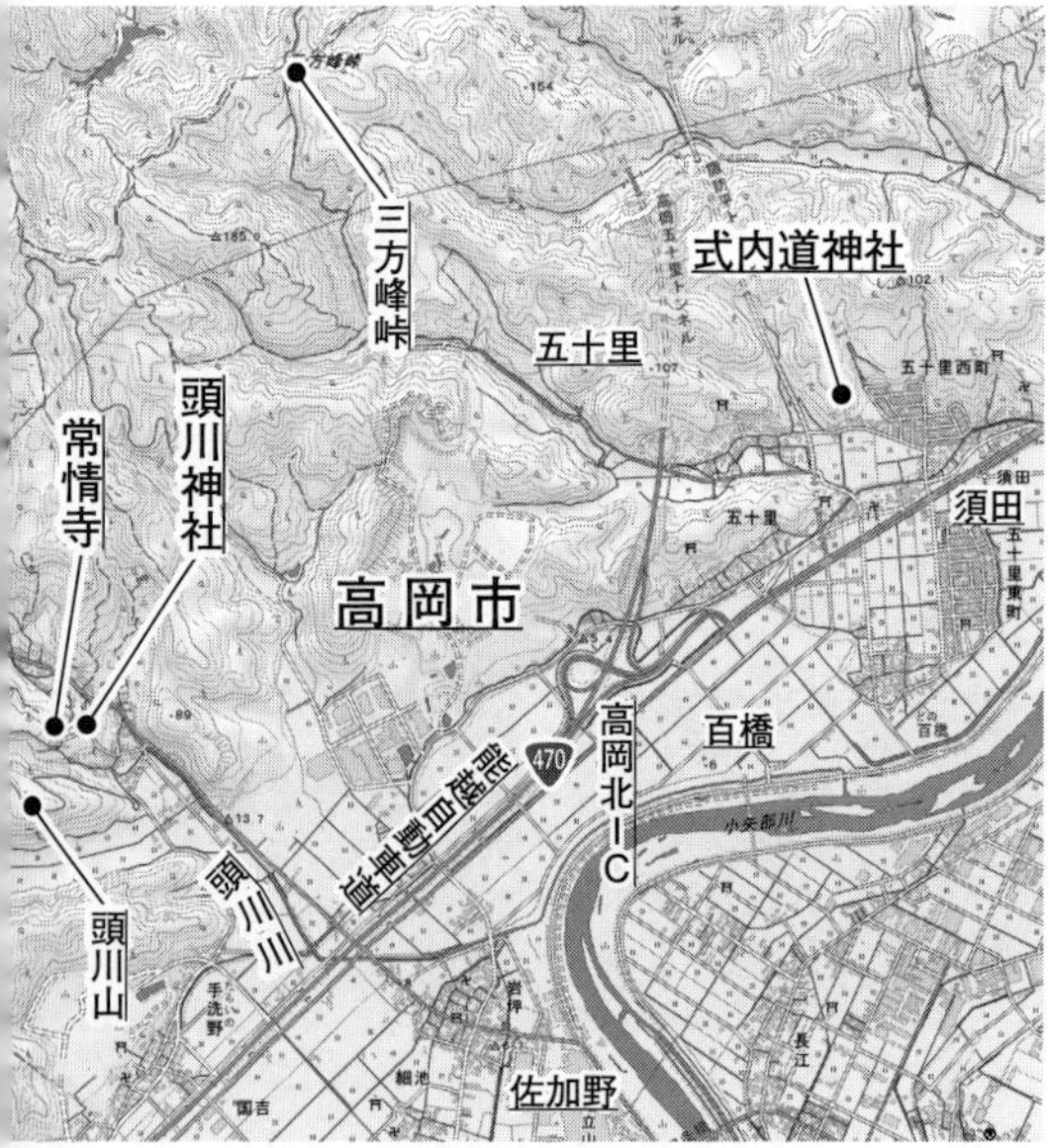

能越自動車道高岡北ＩＣ付近

を『弘長百首』を出典とし、詠者を後九条内大臣　即ち九条基家とする。これならば納得できる。以上のことから『松葉』、『名寄』の何らかの誤りと考えたのだが、如何？

さて「菅山」、「木葉里」である。『和歌の歌枕・地名大辞典』は、前者につき「須加の山」として、『能因』、『名寄』に載る『万葉集』巻第十七の「心には緩《ゆる》ふことなく須加の山　すかなくのみや恋ひわたりなむ（大伴家持）」を例歌に挙げ、現・高岡市岡田以東を須賀荘とし、その北西の「サガ山」に比定するが、岡田の地名も「サガ山」も見当たらない。ただし後者「木葉里」の項では冒頭歌を引いて、「須加の山」を頭川《ずかわ》山とし、「木葉里」をその付近と解説する。

他方『越中万葉百科』は、「須加の山」を、古くの須加荘の北の山とし、その須加荘につき、現在の高岡市佐加野付近とする説と、百橋《どのはし》、五十里《いかり》、須田辺りとする説を紹介する。佐加野説ならば頭川山であろうし、百橋・五十里・須田説ならば氷見市との市境の三方峰峠辺りの山並を指すのだろうか。「木葉里」については記述が無い。

このように、歌にも場所の比定にも悩まされた歌枕であるが、「菅山」を頭川山とし、「木葉里」をその付近として歩を進めた。

頭川神社拝殿

頭川神社参道口

頭川山は、高岡市中心街から西北西に直線距離で五キロメートル余り、国道四百七十号・能越自動車道の高岡北ＩＣの西南西一・五キロメートルにある、標高五十メートルほどの小山というか丘である。丘の上には安居山古墳があり、その古墳の地形を利用して南北朝以前に築かれた頭川城が在ったと言う。貞治二年（一三六三）に、当時の越中国守護の斯波義将によって攻め落とされと伝える。付近を巡ったが登城口を見つけることが出来ず、さらには山容を確認出来なかった

常情寺本堂

常情寺山門

のは悔いが残る。

頭川山の北を頭川川が北西から南東に流れ、県道六十四号・高岡氷見線が沿うように並走する。山の五百メートルほど上流近くに頭川神社が建つ。旧国吉郷十三村が合併して旧頭川村が成立して後、明治四十一年（一九〇八）に村内の春日社、八幡社、日吉社等七社を合わせて現在の社号になったと言う。杉木立の中に静かに鎮座している。

頭川神社を背に百メートルほど西に、真宗大谷派の常情寺がある。由緒等は不明だが、山門は重厚で、本堂も風格がある。機会あればご住職にでもお会いして、その歴史等を伺いたいと思う。

先の須加荘に関する記述中の高岡市五十里に、式内道神社が鎮座する。**孝元天皇**の第一子で、甥の**崇神天皇**の時代に**四道将軍**の一人として北陸を平定した大彦命《おおひこのみこと》を祀る。創建年代は判らぬが、式内とあるから平安期以前と推定する。拝殿は小振りだが格調の高さを感じさせる。

菅の山迷ひ迷ひて文の謂ふ　頭川の山と強ひて定めり
巡れども歌枕の証さして無く　菅の山辺の社寺を訪ひたり
思ひたりあるいはここが木葉里　木々囲み居る社寺を参りて

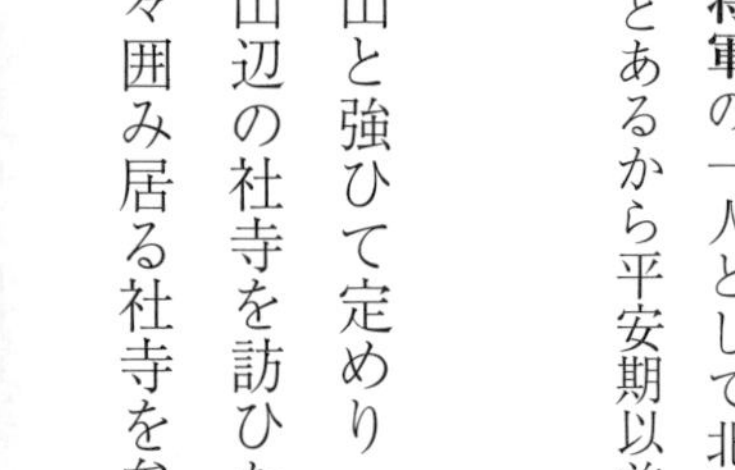
式内道神社拝殿

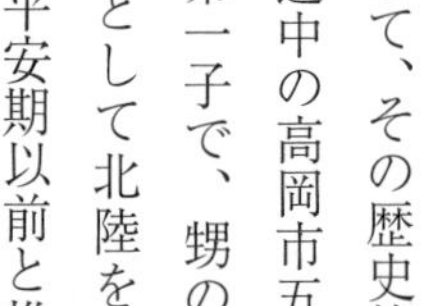
式内道神社参道口

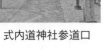

十三、射《いみ》水《ず》河《がわ》〔川〕

十の「渋谷」から十一の「二上山」、十二の「萱山・木葉里」まで、小矢部川の北岸を辿った。この小矢部川の中流以下の古称が射水川である。河口から遡って記述するのはやや分かりにくいかも知れぬが、筆者の足跡とお赦しを願いたい。

伏木から見た小矢部川河口

河口は越中国府の在った高岡市伏木の南にあり、富山湾に流れ出る。

二上山の南を蛇行しつつ西南から東北に流れる小矢部川の、最終蛇行部の上流部を県道五十七号・高岡環状線の米島大橋が横切る。橋の欄干には十二枚の万葉歌を刻んだ金属板がはめ込まれる。

欄干の万葉歌の金属板の１枚
「立山にふり置ける雪を常夏に見れども飽かず神からならし」

米島大橋と小矢部川

小矢部川と庄川

子撫川との合流地点

さらに遡って小矢部市に入ると、左岸に商業施設の三井アウトレットパークがひときわ目立つ。その広い敷地の西北端で、次項で述べる子撫《こなで》川が流れ込む。ここから上流はほぼ南北に流れる。

南砺市との市境に差し掛かる辺りの水田の広がる田園に、周囲に民家等視界を遮るものが皆無の、春日神社の鳥居と社殿が目に飛び込む。社殿の裏手には中流域の小矢部川が豊かな水の流れを見せる。『越中万葉百科』によれば、奈良時代には、今は東方約八キロメートルを並流する庄川が、現在の小矢部市津沢の南で合流していたと言う。ちょうど春日神社のある辺りである。そこから下流の小矢部川を射水川と呼んだ。なおその後、両河川の合流地点は様々に変わり、江戸時代には、今で言えば高岡市郊外辺りに移ったとされる。

小矢部川の水源は、南砺市の南西部、石川県との県境に聳える標高千五百七十二メートルの大門山にあり、全長六十八キロメートル、流域面積六百八十二平方キロメートルの一級河川である。

「射水川」が詠み込まれた歌は、『能因』、『名寄』、『松葉』に五首が挙げられるが、何れも出典は**『万葉集』**、詠者は**大伴家持**である。巻第十七の長歌「射水川い行き巡れる……」、同じく巻十七の長歌「藤浪は咲きて散りにき……」の十七句目以下「射水川水門《みなと》の洲鳥《すどり》……」、巻第十八の長歌「大王《おほきみ》の任《まき》のまにまに……。」の二十五句目以下、「射水川雪消溢《ゆきげはふ》りて……」等々である。先述の如く当時の射水川は、現在の小矢部川と庄川を合わせて流れる、水量豊かな大河川であったのは間違いなく、あらゆる面で重要な川であり、それ故**家持**も多くの歌に詠み込んだのであろう。

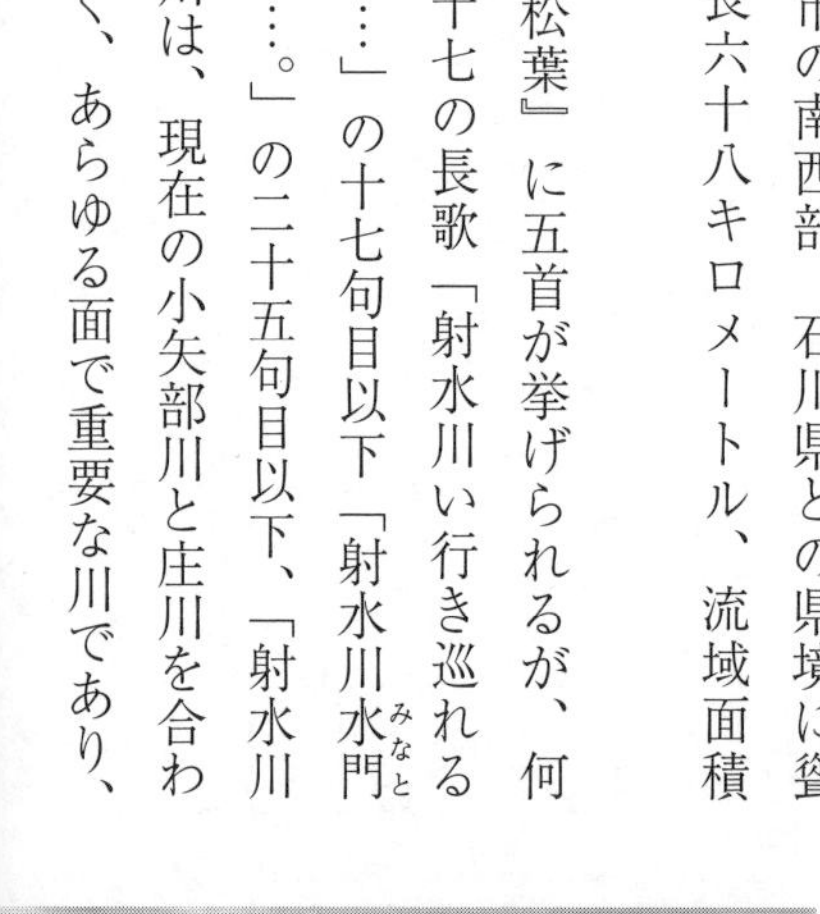

春日神社裏手の小矢部川

古は小矢部川・庄川併せ流れ　大河となりて射水河と言ひき
射水河を跨ぐ大橋の欄干に　万葉の歌掲げられて居り
新しき施設建ち居る射水河辺　支流併せる景色変はらず

十四、碕《さ》〔崎《き》・辟〕田《た》河《が》〔川《わ》〕

『万葉集』巻第十九に、「あらたまの年ゆき変り……」で始まる長歌が収められる。詠者は不明である。その八、九句目に「流るさき田の川の瀬に」とあり、『能因』、『名寄』、『松葉』に歌枕歌として載せられる。この「碕〔崎・辟〕田河〔川〕」につき『越中万葉百科』は、「国府のある富山県高岡市伏木から遠くない川」として、三河川を候補に挙げる。

まずは九で述べた上田子付近から発すると思われる、今は小河川の泉川である。東北に向かって流れ、JR氷見線・島尾駅の北方で富山湾（有磯海）に流れ込む。

泉川と加古川

泉川河口

春日神社

子撫川ダム（上流）

子撫川ダムの堤体

加古川河口

次に、同じく氷見線の越中国分駅のすぐ東の国分浜で富山湾に至る加古川である。これも小河川で、河口部でも幅が四メートルほど、水路とも言える規模である。源は二上山辺りとされるが、確認は出来ていない。

三番目は、前項で小矢部川との合流地点を紹介した子撫《こなで》川である。石川県羽咋郡宝達志水《ほうだつしみず》町に近い氷見・高岡の市境近くから発してほぼ南流し、五位ダムを経て子撫川ダムで小矢部市に入る。子撫川ダムは高さ四十五メートル、堤頂部の長さ二百二十四メートル、基底部の広いロックフィルダムで、下流側には堤を守るために施された岩石が露出していて、その造りを見せる。

子撫川ダムから県道二百六号・津幡宮島峡公園線が、ある時は川に沿い、ある時は離れて下流に向かい、宮島温泉で県道七十四号・小矢部津幡線に接続する。その五百メートルほど手前の道端には、ルーブル美術館所蔵のドミニック・アングル作「泉」を象徴とする「泉陽の像」が立てられ、傍らには、「みどりこきやま峡のさと泉湧く　天つ乙女のひかりかがやく」と刻まれた歌碑が据

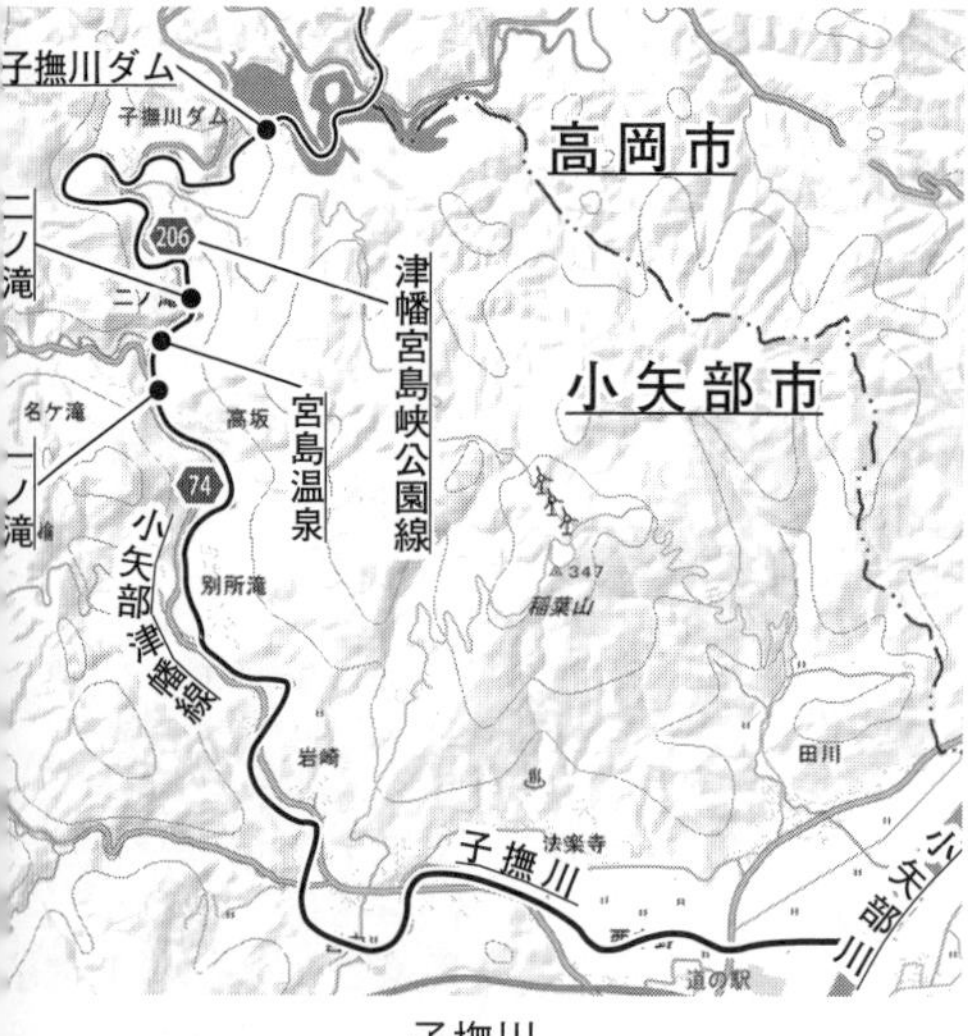

子撫川

子撫川中流域

えられる。

さらに下流二百メートルには「二ノ滝」があり、「せせらぎにやわはだ匂うおとめらし　きぬぎぬのすそ花くれないに」の歌碑が立つ。実は対岸の茂みの中に、ナポリ国立考古学博物館所蔵の「カッリピージェのヴィーナス（別名・美尻のヴィーナス）」を模した像が立つという。

宮島温泉を過ぎて二百メートルほどには、小さなナイアガラと呼ばれる「一ノ滝」が目を楽しませる。県道沿いには、バチカン美術館が所蔵する「水瓶で水をくむヴィーナス」を象徴とする像と、「そそとして水もしたたる乙女たつ　やまはみどりぞ滝つぼに映ゆ」の歌碑が置かれる。実は子撫川の渓谷には、今回は予習不足で見逃したが、この他にも九基の女神像が配されると言う

処々のヴィーナス像と歌碑

以上『越中万葉百科』が「碕（崎・辟）田河（川）」の候補とする三河川を紹介したが、最終的に何れに比定するか迷うところである。国府から然程離れていない泉川、加古川が有力ではあろうが、現在は取り立てるほどの川とは思えない。子撫川は規模も景観も十分歌枕に値するが、国府からは二十キロ弱南を流れる。機会あればさらなる考察をと思うところである。

国の府に近き小さき二流れ　碕田の川と定むを躊躇ふ

子撫川との合流地点（再掲）

渓流の景観麗し碕田川　府に遠かれど古人も愛でしか
碕田川に相応しきかな子撫川　岸辺に数多女神像立つ

十五、礪波関《となみのせき》（併せて同山、刀奈美関）・卯花《うのはな》〈山〉

寿永二年（一一八三）木曽義仲率いる源氏方は、北陸路に攻め込んだ平維盛を総大将とする平家十万の大軍を、倶利伽羅峠に於いて夜討ちを掛けて撃破、余勢を駆って入京、平家は幼い安徳天皇を伴って西国へ落ち延びた。なおこの戦いで木曽義仲は、数百頭の牛の角に松明を括り付けて崖下の平家軍に向けて追い落とし、大混乱に陥れたとの逸話が残る。その倶利伽羅峠は、砺波関の西に位置する。

砺波関は鼠ヶ関（越後国と出羽国の境）、愛発関（近江国と越前国の境―福井県越前編一参照）と共に、越の三関として和銅五年（七一二）に設けられた。小矢部市街地の南西で、県道四十二号・小

砺波の関の標柱

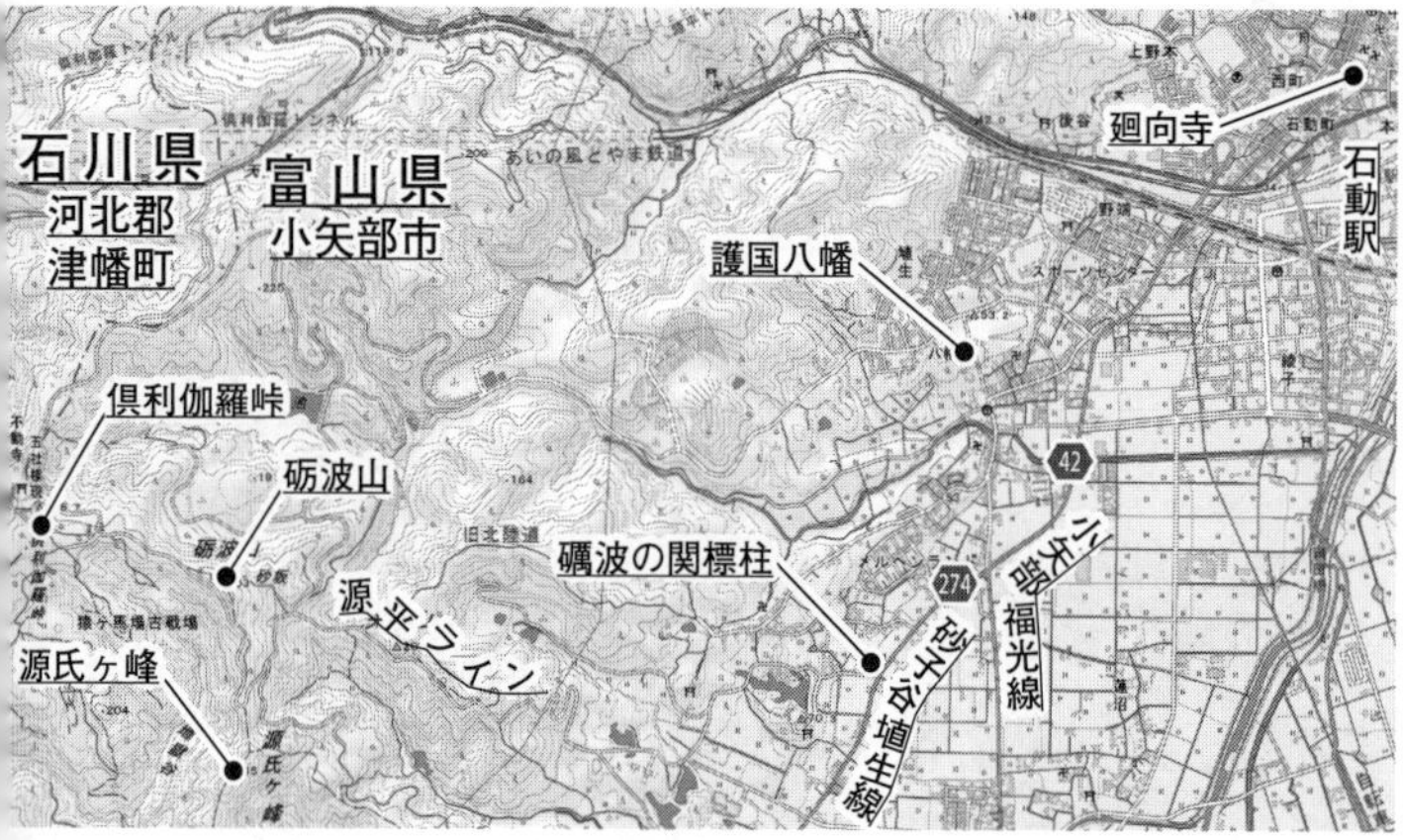

子撫川

矢部福光線から県道二百七十四号・砂子谷埴生線が分岐するが、その県道二百七十四号沿い、先の分岐点から五百メートルほどの西側の角地に、石柱が新・旧二本建てられている。正面には「礪波の関」と大書され、その下に**大伴家持**の詠んだ「焼大刀《やきたち》の礪波の関にあすよりは　守部やりそえ君を留めるむ（焼いて鍛えた太刀、その太刀を磨ぐという礪波の関に、明日からは番人をもっと増やして、あなたをお引き留めしましょう）」の万葉歌が刻まれ、側面には「この関を設けしは和銅五年にして　越の三関の一なり」と書かれる。なお石柱の奥に建つ小祠と石碑は、砺波の関とも万葉とも無関係で、明治四十二年（一九〇九）に建てられた、陸軍歩兵伍長・山本知二氏を偲んでのものである。「礪波関」を詠み込んだ歌としてはこの一首以外に、「越路にはそり（橇）ひく（曳）ほど（程）に成《なり》にけり　となみ（礪波）の関の雪の明ほ《ば》の」他二首が、『名寄』、『松葉』に収められる。

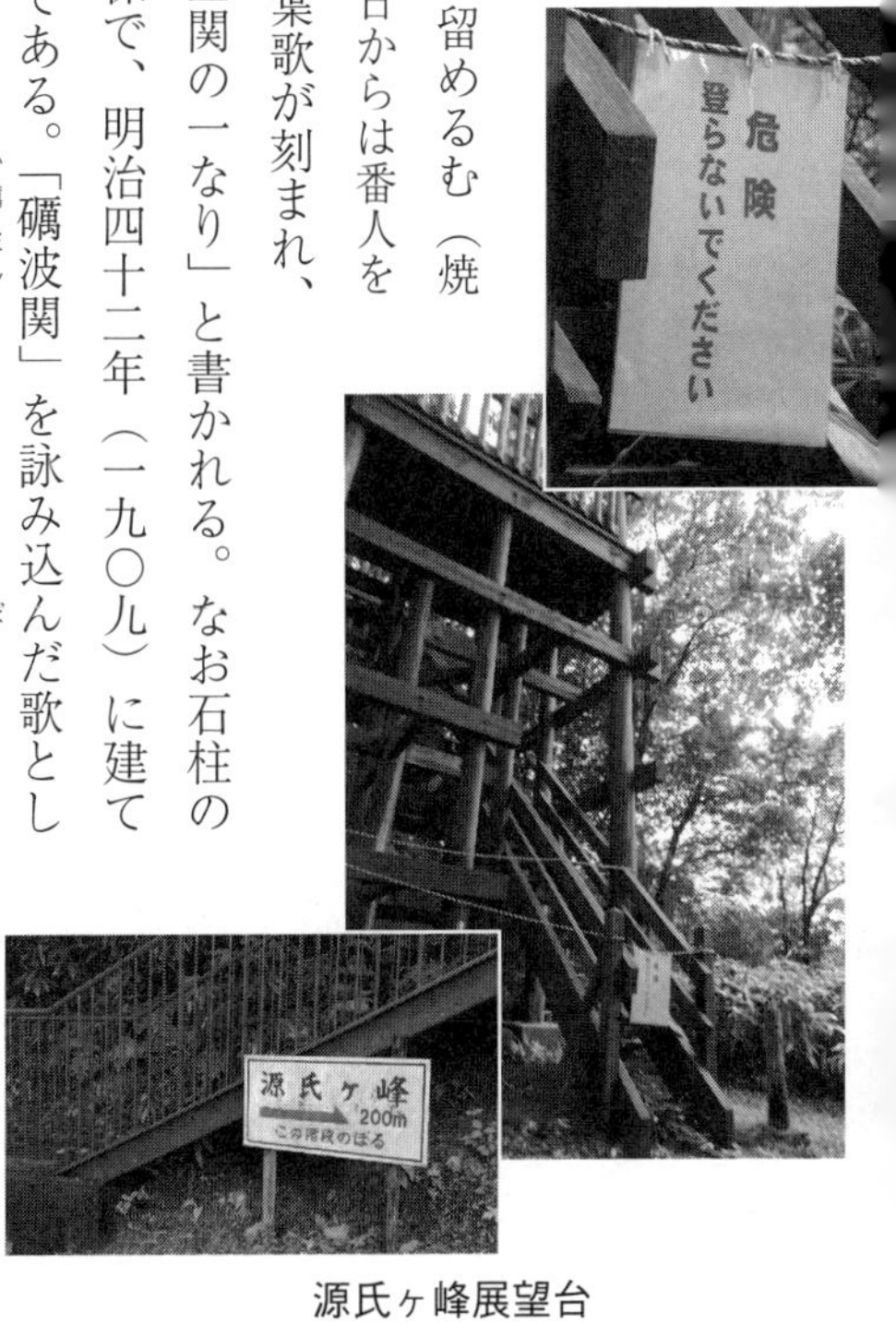

源氏ヶ峰展望台

そのまま県道二百七十四号を南進して五百メートル余り、西に向かって源平ラインが、砺波山、そして倶利伽羅峠へと続く。二キロメートル余りであろうか、道は一旦南に大きく曲がり、三百メートルほどでヘアピン状に戻ってまた西に向かう。そのヘアピンカーブの先に「源氏ヶ峰」への階段があり、ほぼ頂上に展望台が設けられている。ただし理由は判らぬが展望台は「危険」の札が下がり、登ること叶わずであり、為に山容を確認出来なかった。この源氏ヶ峰が歌枕「卯花山」に比定される。

ところでこの「卯花〈山〉」を詠んだ歌は、『**万葉集**』巻第十の**柿本人麻呂**の「かくばかり雨の降らくに時鳥　卯花山になほか鳴くらむ」が、『能因』、『類字（出典は『**玉葉和歌集**』）』、『松葉』に、巻第十七の**大伴家持**の長歌「あ

「義仲の……」

「あかあかと……」
芭蕉句碑

源氏ヶ峰

地獄谷解説板

をによし奈良を来離れ……」の中の「見渡せは《ば》卯花山の時鳥……」が、『能因』、『名寄』、『松葉』に収められる。また、『**新千載和歌集**』や『**風雅和歌集**』からも引かれるが、これらの歌に詠まれるのは特定の山を指す固有名詞ではなく、『萬葉集釋注』が解説する如く「卯の花に埋まった山」で、もともと普通名詞である。しかし『越中万葉百科』の説に依れば、後世に越中の歌枕としてもてはやされ、いつの日か「源氏ヶ峰」に比定されるようになった。**松尾芭蕉**も元禄二年（一六八九）旧暦七月十五日に「卯の花山・くりからが谷をこえて」加賀国に入ったと『**奥の細道**』に記す。この時代には比定が確定していたと言えよう。

　展望台を過ぎると左（南）に深い谷を望む。平家の多くが転げ落ち落命した地獄谷である旨を解説する木柱が立てられる。

　ヘアピンカーブを過ぎて間もなく、砺波山の山頂近くを通る。そのまま進むと倶利伽羅峠に至るが、道半ばに、昭和四十九年（一九七四）建立の源平供養塔があり、近くには火牛

砺波山

火牛のモニュメント

源平供養塔

廻向寺本堂

反歌二首

表面

裏面
万葉歌碑

廻向寺山門

の像が置かれる。ここまでの道の途中には『万葉集』巻第十九、**大伴家持**が大伴宿禰池主に贈った霍公鳥の長歌「わが背子と手携はりて……」が、表裏に万葉仮名と読み下しで刻まれた石板とその反歌二首の歌碑が立つ広場、あるいは**松尾芭蕉**の「あかあかと日は難面《つれなく》もあきの風」や、「義仲の寝覚の山か月かなし」の句碑も立てられている。

なお、「礪波の関」の石柱の立つ場所の北方一キロメートルには、護国八幡宮が鎮座する。奈良時代の創建とされ、木曽義仲が戦勝を祈願したと伝えられる。参道を進むと左手に、木曽義仲の騎馬像が高い台座の上に雄姿を見せる。百三段の石段を登った境内の、江戸初期にかけて造営された風格のある社殿は、国の重要文化財に指定されている。

また小矢部市の中心街、あいの風とやま鉄道・石動《いするぎ》駅の三百メートルほど北に廻向寺がある。源平合戦の犠牲者供養のため、寿永年

護国八幡宮神社拝殿

護国八幡宮神社参道口

木曽義仲像

間（一一八二～三）に卯花山（源氏ヶ峰）に開かれ、嘉永四年（一六二七）に現在地に移転した。なお寺の山号が卯花山《うのはなざん》である。

道の端に新旧二基の標立つ　礪波の関の在りし地なりと
卯花の山の際なる地獄谷　吹き昇る風に悲話を偲べり
礪波山通ふ道辺に碑の立てり　家持の歌蕉翁の句の

十六、雄神河《おがみがわ》〔川〕

（庄川峡以北の下流域の地図は十三、「射水河〔川〕」参照）

十三の「射水河〔川〕」で、古くには現在の小矢部市津沢の南で庄川と小矢部川が合流していたと記した。明治末期から大正初期にかけての河川切替工事によって分離し、現在の流路になった。河口付近では、両河川の距離は七百メートルほどで、並ぶが如く富山湾に注ぐ。

その庄川の中流域、現在の礪波市庄川町辺りが旧・雄神の庄で、それ故古くには雄神川と呼ばれた。

源流は岐阜県高山市南部の、鷲ヶ岳（千六百七十一・五メートル）と烏帽子岳（千六百二十五・二メートル）の間の谷から発する一色川で、高山市荘川町惣則《そうのり》で寺河戸川を合わせて主川となる。後日、飛騨国を探訪中に偶々通り遭わせ、撮影

庄川源流域

相倉合掌造り集落

集落入口

庄川源流

することが出来る幸道であった。以後北流し、御母衣ダムや鳩谷《はとがや》ダムを経て白川郷を過ぎ、県境を越えて富山県に入る。一旦東に向きを変え、小原ダムを過ぎて再び北流する。越中国の歌枕の「雄神河（川）」故、ここから辿ることとした。

小原ダムは昭和十七年に完成した高さ五十二メートルの発電用ダムで、小原、新小原両発電所で合計九万キロワットの電力を供給可能と言う。

庄川に着かず離れず北へ下る国道百五十六号線を、ダムから五キロメートルほど、南砺市下梨で左に分岐する国道三百四号線を約二キロメートル進むと相倉合掌造り集落に出る。先の白川郷、小原ダム上流の菅沼集落と共に、「白川郷・五箇山合掌造り集落」として平成七年（一九九五）にユネスコの世界文化遺産に登録された。二十三棟の合掌造り家屋が現存し、日本の原風景を偲ばせる集落である。

庄川中流域

小原ダム

小牧ダム

庄川峡遊覧船

下梨の分岐点から国道百五十六号線を北進すること二十キロメートル余りの一帯は、庄川が創り出した峡谷で庄川峡と呼ばれる。すぐ下流の小牧ダムによってせき止められ、この辺りだけが穏やかな水面を見せ、左岸から遊覧船が運航される。なお対岸上流には、この遊覧船で三十分以外アクセスの無い大牧温泉がある。

国道百五十六号線は砺波市庄川町金屋で庄川から離れるが、その離れ際で右折して川に沿う道を進むと、庄川水記念公園がある。庄川の流れや合口ダムを目の前にして遊歩道が巡らされ、水資料館、美術館、特産館、足湯等が整備されている。

庄川とは無縁だがちょっと寄り道。記念館の西約五百メートルに、由緒は判らぬが光照寺がある。本堂の構えもなかなかであるが、必見は境内の鐘楼の脇に据えられる昭和八年（一九三三）完成の大仏である。正式名は、十万人分の遺骨が塗りこめられている故の「十万納骨大仏」で、高さ三・九メートルの台座に六・三メートルの緑青色の大仏像が座す。ただし鉄筋コンクリート造りで、着色されたものである。高岡大仏（二十、「三島（嶋）野（併せて同原）」参照）、小杉大仏（同）と並ぶ富山三大大仏である。

記念公園の下流に架かる二つ目の橋が雄神橋で、県道十一号・新湊庄川線が通う。橋を渡って左にカーブした先の右手に、旧き雄神の庄の総社である雄神神社が鎮座する。創建時

雄神橋

光照寺本堂

庄川大仏

中町放水路

代は不明だが、八世紀半ばの複数の古文書にその名があると言う。もとは庄川近くに在ったが、氾濫に因って被害を受け、宝永七年（一七一〇）に現地に遷った。拝殿は屋根の美しい造りで、木々の緑を背に厳かに建つ。

雄神橋の一キロメートルほど下流には中町放水路があり、庄川と小矢部川が合流していた場所があるいはこの辺りであったかと想像し、暫し歩を止めた。

この「雄神河〔川〕」を詠み込んだ歌は、『**万葉集**』巻第十七から**大伴家持**の、「雄神川紅匂ふ乙女らし　葦付取ると瀬に立たるらし」のほか、**源俊頼**の三首等が挙げられている。

雄神神社拝殿

雄神神社参道口

源を偶々目にせし雄神川　飛騨の清流併せ流れり
雄神川を辿り訪ひたる相倉　合掌造りの居並びて居り
ダムありて峡谷巡る舟浮かぶ　雄神の川の流れ堰き止め

十七、伊久里森《いくりのもり》〔杜〕

前項で述べた中町放水路の、下流一・五キロメートルほどに雄神大橋が架かり、県道二十五号・砺波細入線が東

梅谷神社参道口

梅谷神社拝殿

綽如杉

境内の万葉歌碑

西に通う。大橋から東に向かって約三・五キロメートルの左手に梅谷《せんたに》神社が鎮座する。この所在地が砺波市井栗谷《いくりだに》であり、「伊久里森〔杜〕」をこの辺りに在った森とするのに異論はないと思われる。『能因』、『名寄』、『松葉』に挙げられる歌枕歌の一首が、『**万葉集**』巻第十七の、「八月の七日の夜に、守大伴宿禰家持が舘に集ひて宴する歌」の詞書に続いて並ぶ十三首の内の一首で、僧玄勝が伝誦したと伝えられる「妹が家に伊久里の杜の藤の花　今来む春も常かくし見む」であり、ここ越中で詠まれた故である。冒頭の梅谷神社の境内に据えられる歌碑にも、この歌が刻まれている。

ただし『名寄』に、出典不明で**藤原知家**の詠んだ「いつかたのいくりの森の春ならん　あかれぬ藤の花を見すてゝ」や、『松葉』に『**堀河百首**』から**藤原顕季**の、「ほとゝきす声あかなくに尋ねきて　いくりの杜にいくよへぬらん」に詠まれる「いくりの森〔杜〕」が、この地を指すとは断定しがたい。本書が拠り所とする四冊の歌枕集、名所和歌集にはないが、大和国、越後国にその地を比定する和歌集等もあり、今後の考察の課題としたい。

さて梅谷神社は、明治四十二年（一九〇九）に地元の神明宮と八幡宮を合祀し

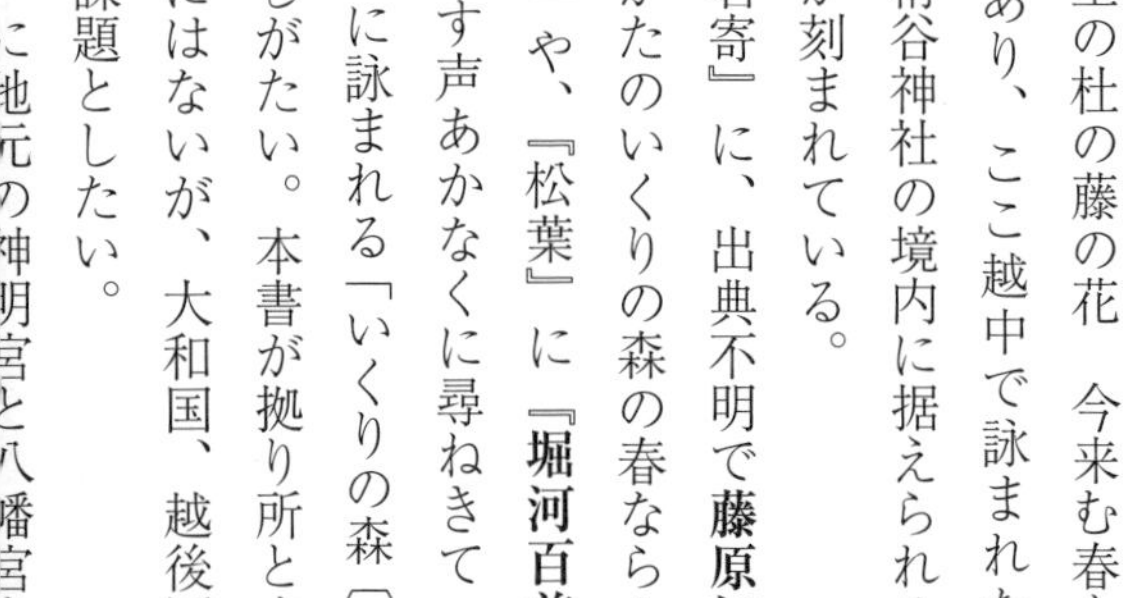

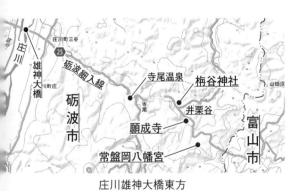

庄川雄神大橋東方

て改称して成立したと言う。元の二宮の情報は残念ながら入手していない。拝殿は小振りで、風雪除けの透明の覆屋に囲まれる。拝殿の右手前に、幹周り七・五メートル、樹高四十五・五メートルの杉が天を突くが如きの姿を見せる。十四世紀末に植えられたとか、樹齢六百年を超えることになる。手植えしたとされる綽如《しゃくにょ》上人に因んで綽如杉と呼ばれる。

県道二十五号の梅谷神社の手前（西）の南に寺尾温泉がある。正確にはあった。天保二年（一八三一）開湯、山間の一軒宿として親しまれたが平成十四年（二〇〇二）十二月に閉館した。その玄関にもやはり先述の万葉歌の歌碑があると聞いて訪れたが、残念ながら見付け切らなかった。なお同温泉は、長野県白馬村のホテル業者が借り受け、大学のゼミやサークルの合宿を誘致する形で復活するとのことである。

伊栗谷地区を北西から南東に横断する県道二十五号線沿いには、浄土真宗本願寺派の願成寺、常盤岡八幡宮等がある。共に由緒に辿り着けてはおらず、道すがら参拝したのみである。

以上、何やら隔靴掻痒の感のある項となったことをお赦し願いたい。

願成寺本堂

願成寺参道口

常盤岡八幡宮参道口

常盤岡八幡宮拝殿

休業中の寺尾温泉

古き名を継ぎたる街の今にあり　伊久里の森の在りたるを識る
伊久里森を詠みたる歌の碑の立ちて　歌の枕の地と定めたり
訪ひたるも証少なき伊久里森　道道に建つ宮や寺にも

十八、藪《やぶ》浪《なみ》〔波《の》〕里《さと》

『万葉集』巻第十八の最終に「藪波の里にやど借り春雨に　隠《こも》りつつむと妹に告げつや」が収められ、『能因』、『名寄』、『松葉』に「藪浪〔波〕里」の歌枕歌として挙げられる。『万葉集』には、「墾田の地を検察する事に縁《よ》りて、礪波郡の主帳多次比部北里《たじひべのきたさと》の家に宿る。時に忽《たちまち》に風雨起りて、辞去すること得ずして作る歌一首」の詞書があり、砺波市東部の和田川中流域に比定される。

栃上神社参道口

和田川は前項の

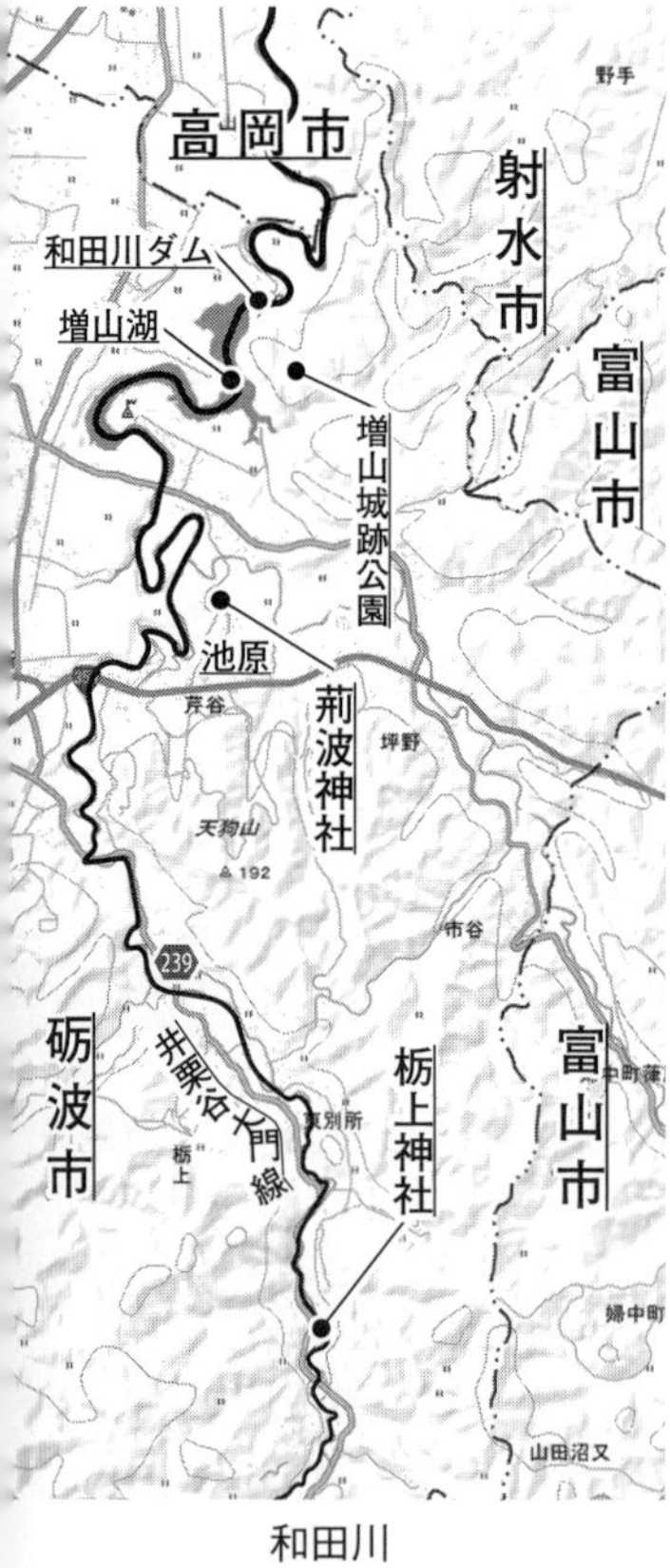

和田川

増山湖

栃上神社拝殿

井栗谷を源とし、ほぼ北流して射水市大島北野で庄川に合流する。水源近く、県道二百三十九号・井栗谷大門線の脇の河岸段丘上部の丘陵地には、栃上《とちあげ》神社が緑に囲まれて鎮座する。社領には常緑広葉樹の自然林が残され、また林床にはシダ類が自生し、学術的にも貴重とのことである。なお創建年代等の情報は入手出来ていない。

中流域に差し掛かる砺波市池原には荊波《うばら》（「やぶなみ」と読みたいところであるが……）神社が鎮座する。規模は小さいが、古記録に奈良時代の創祀とあり、また天平宝字三年（七五九）の古地図にも記載があるとのこと、古社であることは間違いない。社殿にはガラス張りの覆いが巡らされているが、黒色瓦の屋根は風格がある。境内右手には、冒頭の万葉歌が万葉仮名で刻まれる碑が立つ。

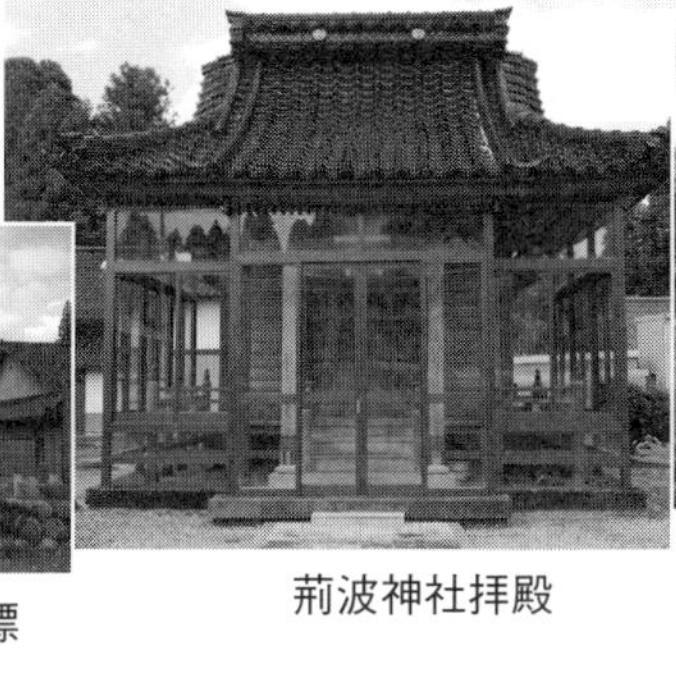
荊波神社拝殿

境内の万葉歌碑

荊波神社鳥居と社号標

歌枕の地とされる和田川中流には、和田川ダムによって堰き止められた増山湖がある。和田川ダムは堤高二十一メートルのコンクリート製で、和田川の治水と高岡市、射水市、小矢部市への利水、水力発電を目的に昭和四十二年（一九六七）に完成した。

ダムの東には、松倉城（魚津市）、守山城（高岡市）と並んで、越中三大山城と称される増山城跡が遺る。南北朝時代（一三三六～九二）中期には築城されていて、戦国時代から神保氏、上杉氏、佐々氏、前田氏が領有した。上杉謙信がこの城を攻略した際、「増山之事、元来嶮難之地、人衆以相当、如何にも手堅相抱候間」と、その要害堅固さを書状に書き記したと言う。元和元年（一六一五）の一国一城令で廃城となった。平成二十一年（二〇〇九）に国の史跡に指定されている。城域には歩を進めなかったが、城跡公園の駐車場から山を眺め、無人の休憩所として設けられている増山陣屋で、城に関する資料、解説を学んだ。

伊久里森に源あるらし藪浪の　里貫きて流るる川の
古き文に名の残り居る小社在りて　万葉歌碑建つ藪浪里に
藪浪の里見下ろして城在りき　堅き守りを猛将讃へし

増山城跡のある山並と増山陣屋

十九、奈呉《なご》（併せて同〈ノ〉海、同浦、同江、同ノ継橋、同湊、同門、同渡）・信濃浜《しなののはま》〔濱〕―越後編七、佐渡編三より―、

越中国の国府の在った、即ち古き時代の中心であった高岡市伏木地区（十、渋谷に詳述）の東、小矢部川を挟んだ射水市の、さらに並行して富山湾に流れ込む庄川河口の右岸から富山新港に至る海岸線が、歌枕「奈呉浦」に比定される。三万分の一の道路地図にも、放生津町の浜は「奈呉ノ浦」と記され、海際を走る道が切れ込む海洋部を渡る橋が奈呉の浦大橋とある。嘗てはこの辺りには、『松葉』に項立てされる歌枕「奈呉ノ継橋」が架けられていたと想像する。**葉室光俊**、即ち**真観**の「かきつまた关てや花のへたつらん　とたへかくるゝなこの継はし」や、和

大楽寺

奈呉ノ浦

奈呉の浦大橋

大楽寺山門

大楽寺万葉歌碑

泉式部の「いそきしも越路のなこの継橋も　あやなく我やなけきわたらん」等が例歌として挙げられる。なお、『能因』には越後国に、『名寄』には佐渡国として「奈古継橋」が項立てされるが、ここ越中国とするのが妥当と思われる。

奈呉ノ浦の東端から内陸に三百メートル、射水市立町《たてまち》に大楽寺がある。長徳二年（九九六）に開山され、弘安元年（一二七八）に天台宗から浄土宗に変じたと言う。本堂は珍しい漆喰白壁土蔵造りで、それ故に全国の寺院で第一番目の国の有形文化財に登録された。その本堂に至る石畳の参道の右手に、『**万葉集**』巻第十七、**大伴家持**の詠んだ「水門《みなと》風寒く吹くらし奈呉の江に　妻呼ひ交はし鶴《たつ》さはになく」が、小澤翠香氏の流麗な筆跡で彫られた歌碑が据えられる。

大楽寺の東六百メートルに放生津八幡宮が鎮座する。天平十九年（七四七）に、時の国守・**大伴家持**が宇佐八幡宮を勧進し、奈呉八幡宮として七堂伽藍を建立したと伝える。室町時代にここ放生津が石清

小矢部川・庄川河口

水八幡宮領になり、あるいはそれに伴って社号が変えられたのだろうか。祭神は**応神天皇**、相殿に**仁徳天皇**を祀る。県道三百五十号・堀岡新明神能町線の脇の鳥居を潜り、数十メートルで直角に折れる参道の先に格式の高さを想わせる拝殿がある。

放生津八幡宮拝殿

放生津八幡宮参道口

本堂に至る参道の右側の疎らな林間に、**松尾芭蕉**の句碑と**大伴家持**の歌碑が立てられる。

『**奥の細道**』で**芭蕉**は、元禄二年（一六八九）旧暦七月十四日にこの地を通っている。その時吟じた「わせの香や分入る右は有磯海」が刻まれている。

家持は『**万葉集**』巻第十七に天平二十年（七四八）正月二十九日に詠んだと添書のある四首があるが、その内の一首、「東風《あゆの》いたく吹くらし奈呉の海人の　釣する小舟《をぶね》漕ぎ隠る見ゆ」が、**佐々木信綱**の筆による万葉仮名表記で刻まれる。

さらに、参道を本堂の方に曲がらずにそのまま進むと、**大伴家持**を祀る、平成五年（一九九三）再建の簡素ではあるがきれいに整備された祖霊社が建ち、当宮の成立と**家持**との密接な関係を物語る。

奈呉ノ浦から内陸寄り、直線距離で南西八百メートルほどの、射水市桜町の市立新湊小学校の敷地の西の大石川沿いには、平成九年（一九九七）に建てられた歌碑があり、先に挙げた「水門風……」が刻まれる。

万葉歌碑

芭蕉句碑

放生津八幡宮境内

大伴家持を祀る祖霊社

奈呉江、奈呉海をはじめ、奈呉を詠み込んだ歌は数多い『**万葉集**』から十一首挙げられるのを始め、**伏見院**、**後二条院**、**後柏原天皇**、**宗尊親王**や**藤原俊成**、**葉室光俊**、即ち**真観**、**和泉式部**等、錚々たる歌人が詠んでいる。

また「信濃浜（濱）」は、放生津辺り、奈呉に近い浜とされ（『越中万葉百科』）、地理的に明確な区分が不可能なため、本項に併載した。『**万葉集**』巻第十七の、**大伴家持**による「越の海の信濃の浜を行き暮らし　長き春日も忘れて思へや」や、**藤原為家**の「何処《いづく》より今日《けふ》吹き初めぬ越の海の　信濃の浜の秋の初風」、「越の海や信濃のはまの秋風に　木曽の麻衣《あさぎぬ》雁ぞ鳴くなる」等が、歌枕歌として挙げられる。

今に残る奈呉の浦辺を通ふ道　渡る橋の名も歌枕受け
家持が開きし宮に夫《そ》を祀る　社も建ち居り奈古海近く
信濃浜学ぶも訪ふも迷ひたり　奈呉浦の浜と分かつに難く

新湊小学校の万葉歌碑

二十、三島《みし》（嶋《ま》）野《の》（併せて同原）

八の「古江（併せて同村、同橋）」の最後に記したように、『**万葉集**』巻第十七の長歌「大王《おほきみ》の遠の朝廷《みかど》ぞ……」に詠まれる数多い歌枕の一つとして、「三島（嶋）野」が、「三島野を背向《そがひ》に見つゝ……」と詠まれ、またその反歌の「矢形尾の鷹を手に据ゑ三島野に　狩らぬ日まねく月ぞ経にける」、さらに巻第十八の「三島野に霞たなびきし

三嶋野神社遠景

三嶋野神社拝殿

三嶋野神社弾道口

かすがに　昨日も今日も雪は降りつつ」が、この地の歌枕歌として挙げられる。

この三島野につき『越中万葉百科』は、射水市の旧射水郡大門町から大島町にかけての一帯に比定する。庄川の右岸、あいの風とやま鉄道の越中大門駅の周辺と思われる。少し離れるが、越中大門駅の南二・五キロメートルに、周囲を水田に囲まれて三嶋野神社が鎮座する。村の鎮守社の雰囲気であるが、まさに歌枕を冠した神社であり、まずは参拝した。由緒等は判っていない。

その東三百メートルほどには藤巻神明宮が建つ。これも村社の雰囲気であるが、拝殿の入母屋の屋根は重厚感がある。社領の入り口の右手には、先の「三島野に霞たなびき……」の歌が万葉仮名で刻まれた碑が据えられている。あるいは嘗ての三島野は、この辺りまでを地域としていたのだろうか。一面に広がる田園風景はその当時、**大伴家持**が鷹狩を楽しんだ原野であったと伝えられるが、確かに当時を想像するに十分である。

戻って歌枕のほぼ中心地、越中大門駅の南六百メートルには市立大門中学校があり、その校庭にも藤巻神明社の碑と同じ歌の碑がある。

ここで一見に値すると思われる庄川の対岸、即ち左岸の高岡市中心街付近を訪れた。

日北陸本線が、北陸新幹線の開通に伴って第三セクター方式に切り替えられたあいの風

藤巻神明宮拝殿

藤巻神明宮参道口

境内の万葉歌碑

とやま鉄道と　JR氷見線　同城端線　さらには軌道線の万葉線が乗り入れる高岡駅の北口前の広場には、「大伴家持と乙女」の銅像が建てられている。台座の前には、『**万葉集**』巻第十九に収められる「もののふの八十《やそ》をとめ《〔乙女〕》ら《〔等〕》が挹《く》みまが《〔紛〕》ふ《う》　寺井の上のかたかご《〔堅香子〕》の花」と、詠者・**大伴家持**の略解を記した銅板が添えられる。なお歌中、「もののふの」は「物部の」で数多いことを意味し、「五十《いそ》」や「八十《やそ》」に掛かる枕詞、「堅香子」はカタクリの古称である。

高岡大佛と阿形像

高岡駅北口前広場の家持像

高岡駅の北北西五百メートル、坂下町通りと大仏前通りの交差点の南西角に、砺波市庄川町の光照寺の「十万納骨大仏」（十六、「雄神河（川）」参照）、射水市三ケ《さんが》の小杉大仏と併せて富山三大大仏とされる高岡大佛が、天を突くが如く座している。承久三年（一二二一）、

大門中学校内の万葉歌碑

射水・高岡市境

小杉大仏

承久の乱を避けて越中に入道した源義勝が二上山の麓に木造にて建立、慶長十四年（一六〇九）に前田利長によって高岡城下に移転、その後二度にわたって焼失、昭和八年（一九三三）に総高十五・八五メートルの銅像として再建された。奈良、鎌倉と並んで日本三大仏とされ、歌枕とは無関係だが必見であろう。

なお小杉大仏は、「三島〔嶋〕野」と思しき辺りの東、あいの風とやま鉄道・小杉駅の北東六百メートルほどの蓮王《れんのう》寺の本堂内に安置される。蓮王寺は大宝元年（七〇一）**行基**によって開山した古刹である。大仏は高さ約五メートルの阿弥陀如来木製座像で、長保年間（九九九～一〇〇三）頃の建立とされる。戦国時代に長尾為景によって焼き討ちに遭ったが、頭部と手が奇跡的に残り、江戸中期に胴体部分を刻み、残された頭部と手を繋いで復元したと言う。境内の植え込みには、**松尾芭蕉**が貞享五年（一六八八—九月三十日元禄と改元）春、伊賀上野近郊の新大仏寺を訪ねて得た（『笈の小文』）「丈六に陽炎高し石の上」の句碑が置かれている。

なお、庄川左岸に沿って南北に通う県道五十七号・高岡環状線沿いには、多くの施設に万葉歌碑が建てられている。あいの風とやま鉄道と交差する地点から北に五百メートル余りの市立野村小学校の前庭、さらに北一キロメートル余りから東に入った新井学園高岡向陵高校中庭（ここには家持像も立てられる）、五百メートルほど北の高岡いわせの郵便局の角地、もう一キロメートルほど北に進んだ左奥の市立能町小学校前庭等々である。このうち

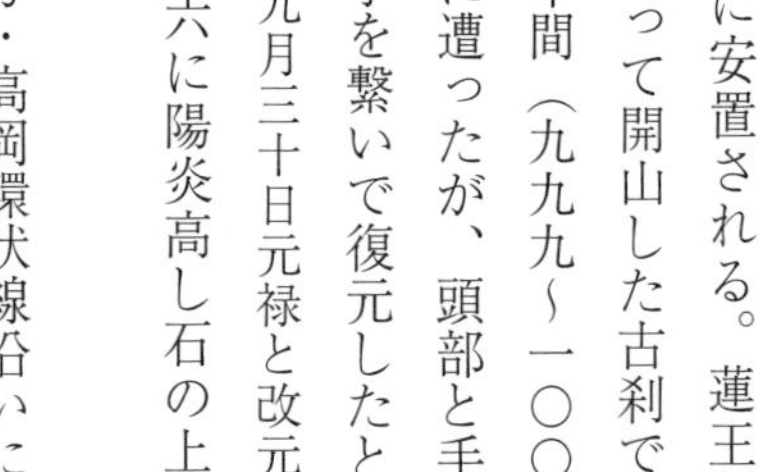

蓮王寺本堂

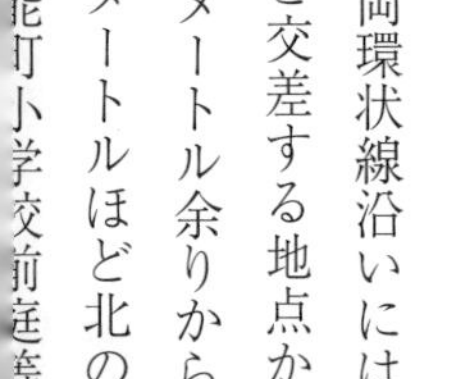

蓮王寺山門

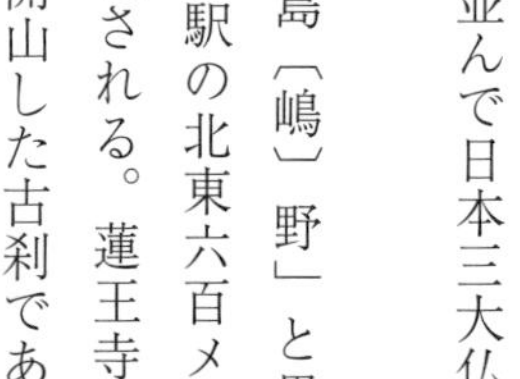

境内の芭蕉句碑

前三施設の歌碑には、巻第十九の「石瀬野に秋萩凌《しぬ》ぎ馬並《な》めて　初鷹狩《とがり》（向陵高の碑には鳥狩）だにせずや別れむ」が刻まれる。実は次項の「石〔磐〕勢〔瀬〕野・伊波世野」の比定の地の候補の一つがこの辺りであり、その証の歌碑群である。

能町小学校の歌碑は、同じく巻第十九の「朝床に聞けば遥けし射水川　朝漕ぎしつつ歌ふ船人」である。射水川は十三に述べたように、同校の近くを西から北に流れて富山湾に注ぐ小矢部川の古称であり、それ故の歌碑であろう。蛇足ではあるが、ここには近頃は目にしなくなった二宮金次郎の像があり、台座には「自ら学ぶ」と記される。

家持の鷹狩りせしとふ三島野を　巡り偲べり今田の広がりて
万葉の歌に因める像建てり　三島野近きターミナル前に
三島野の対岸の道に沿ひて在り　万葉歌碑建つ学舎《まなびや》数多

野村小学校前庭

高岡向陵高校中庭

能町小学校
二宮金次郎の像

能町小学校

高岡いわせの郵便局角

県道五十七号線沿いに多くの万葉歌碑が

二十一、石《い》〔磐《わ》〕勢《せ》〔瀬〕野《の》（併せて伊波世野、岩瀬渡—能登編十より—）

前項の項末で、本項の歌枕につき、比定する地の候補の一つが高岡市中心部近く、庄川左岸であることは既に述べた。『越中万葉百科』は今一つの候補地を、富山市東岩瀬町付近とする。神通川（この川も古称・鵜坂川が歌枕であり、次々項に記述）河口の右岸一帯である。

岩瀬浜

岩瀬漁港

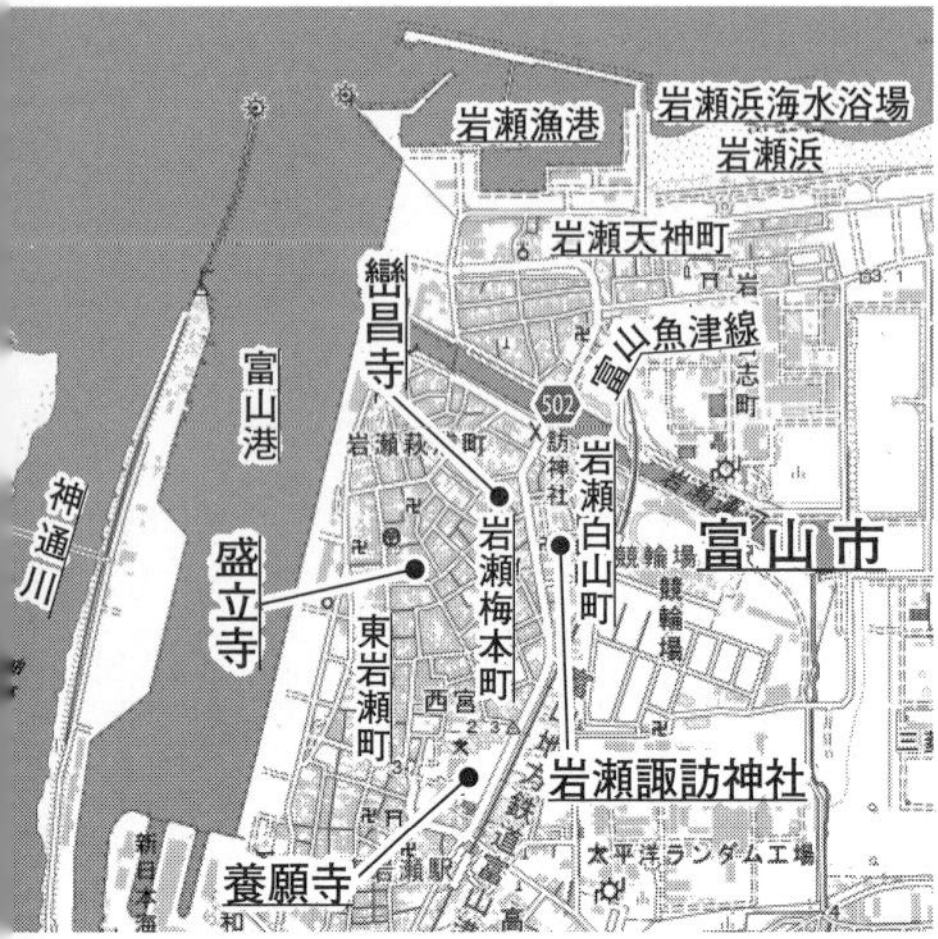

神通川河口

右岸には富山港が南に切れ込む。寛永年間（一六二四～四三）に河口港として利用され、大正から昭和にかけて東岩瀬港として整備された。現在は日本海側拠点港に選定されている。その先端から東に漁港があり、その名を岩瀬漁港と言う。さらにその東の浜は岩瀬浜として海水浴場として利用されている。また付近は岩瀬天神町、岩瀬白山町等、岩瀬を冠した町名が十七も連なる。まさに歌枕の地名が今こ

境内の万葉歌碑

岩瀬諏訪神社拝殿

岩瀬諏訪神社参道口

盛立寺本堂

盛立寺入口

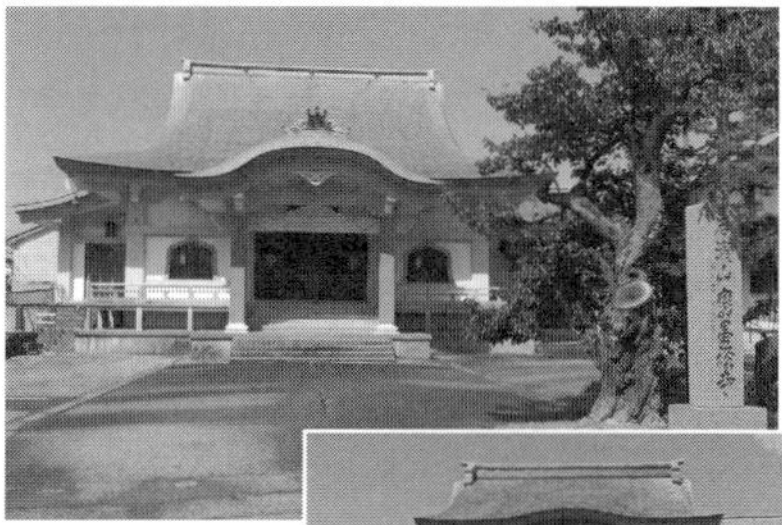
巒昌寺本堂

巒昌寺山門

続いているのである。

その岩瀬白山町には、県道一号・富山魚津線に面して岩瀬諏訪神社が鎮座する。創建は万治二年（一六五九）とされ、当時は神通川の西の西岩瀬に在った。その地が神通川の氾濫の被害に遭う等により数度の移転を経て、昭和十七年（一九四二）に現在地に遷座した。毎年五月十七・十八両日に、十四基の豪華絢爛の曳山車が町内を練り歩く岩瀬曳山祭りは、創建時に用材を運んだことが起源とされる。入り口付近には、前項の高岡市立野村小学校、高岡向陵高校、いわせの郵便局前の歌碑と同じ歌が、万葉仮名で刻まれる碑が据えられる。

この地区には仏閣も数多く点在する。岩瀬諏訪神社の西百五十メートルの岩瀬梅本町には、曹洞宗の巒昌《らんしょう》寺、さらに南西百五十メートルの東岩瀬町には浄土真宗本願寺派の盛立《じょうりゅう》寺、そこからほぼ北四百五十メートルの岩瀬御蔵町に真宗大谷派の養願寺がある。残念ながらそれぞれの寺歴、由緒等には行き着いていない。

この歌枕「石〔磐〕勢〔瀬〕野・伊波世野」を詠み込んだ歌のうち、『能因』、『名寄』、『類字』、『松葉』全てに収められる

養願寺入口

養願寺本堂

のが、前項、本項の各所に据えられる歌碑の「石瀬野に秋萩凌ぎ……」である。

天平勝宝三年（七五一）旧暦七月十七日をもって**大伴家持**は少納言に選任され、越中国守の任を終えることとなった。折しも不在であった朝集使《ちょうしゅうし》の掾久米朝臣広縄《じょうくめのあそみひろなわ》の館に贈り残した歌であり、『**万葉集**』に記される詞書が、「既に六載《=歳?》の期《ご》に満ち、忽に遷替の運《とき》に値《あ》ふ。ここに、旧きに別るる悽《かなしび》、心中に鬱結《うつけつ》す。涕《なみだ》を拭《のご》ふ袖は、何を以てか能《よ》く早《かわ》かむ。因りて悲しびの歌二首を作りて、式《も》ちて忘るること莫《な》き志を遺す」で、歌の背景が良く判る。

他にも**藤原顕季**、**姉小路顕朝**、**藤原定家**の歌が並ぶが、何れも鷹狩の様が併せて詠い込まれ、**家持**の歌を切っ掛けにして「岩瀬野」には鷹狩の観念が付随したと思われる。まさに初期の歌枕そのものである。

ところで、能登編十で述べたが、歌枕「岩瀬渡」が『名寄』、『松葉』に項立てされ、詠者を『名寄』は定正、『松葉』は重政として、「舟とむる岩瀬の渡小夜更けて　宮崎山を出る月影」や、『松葉』に他二首が収められる。しかし能登国にそれらしき地が見当たらず、『和歌の歌枕・地名大辞典』の解説に従い本項に併せた。なお察するところ、神通川を渡河する何れかの地であろうが、ここぞという比定には至ってはいない。

歌枕の「いはせ」冠する町の名の　鵜坂の川の辺に数多
石勢野の街々の寺巡りたり　由緒も史も判らぬままに
任を離れ上る家持惜しみたり　石勢野の秋鷹狩《とがり》せずして

二十二、売《め》比《い》（ノ）野《の》（併せて同川、婦負野、同河、）

『能因』に「売比野」、『名寄』に「婦負野」、『松葉』に「売比ノ野」と項立てされて、『万葉集』巻第十七の「めひの野の薄押しなみ降る雪に　宿借る今日し悲しく思ほゆ」が収められる。詠者につき、『能因』、『名寄』は**大伴家持**とするが誤りで、『松葉』にあるごとく**高市連黒人**《たけちのむらじくろひと》が正しい。**黒人**の歌を、越中国の下級役人であったと思われる三国真人五百国《みくにのまひといほくに》が**家持**に披露し、**家持**が記し留めたのである。

この歌を万葉仮名で刻んだ碑が、ＪＲ高山本線・西富山駅の北九百メートル、県道四十四号・富山高岡線から同二百七号・四方新中茶屋《よかたしんなかちゃや》線が分岐する峠茶屋交差点脇に据えられている。

この辺り一帯が歌枕「売比野・婦負野（『越中万葉百科』では婦負野と記す）」に比定される。

峠茶屋交差点から県道二百七号線を辿ってすぐ右の分岐する道を進むと、左に大きく湾曲した先に豊栄稲荷神社の鮮やかな朱の鳥居が目に飛

豊栄稲荷神社拝殿

豊栄稲荷神社参道口

峠茶屋の万葉歌碑

ＪＲ富山駅周辺

歌碑のある一画への入口

富山歌塚

歌塚奥の家持歌碑

び込む。宝永元年（一七〇四）、富山藩二代藩主前田正甫《まさとし》が、東の神通川対岸の現・千石町に伏見稲荷大社の分霊を祀って建立したのを祖とし、昭和四十九年（一九七四）にこの地に遷座した。

そのまま道なりに進むと、右手の林間に富山歌塚がある。この歌塚は、昭和六十年（一九八五）に富山城址公園に建てられ、後年この地に移転した。台座の上には**大伴家持**の坐像が載り、左側面には**家持**の「春の苑久れなゐ匂ふ桃のは奈　した照る美ちに出でたつをとめ」の歌が刻まれる。さらにその奥に、やはり**家持**の「立山に降りおける雪を常夏に　見れともあかす神からならし」の歌碑や、地元の歌人の歌碑、有縁の先人の像等が並ぶ。

先述の富山城址公園には富山城が在ったが、安政五年（一八五八）の飛越地震によって焼失、さらに明治四年（一八七一）の廃藩置県で廃城となった。現在の天守閣は、昭和二十九年（一九五四）に城跡の敷地で開催された富山産業大博覧会にあわせて完成した模擬天守である。以後富山市郷土博物館として運営されている。なお天守入り口の左には、天正十年（一五八二）から同十三年まで城主であった戦国武将・佐々成政の詠んだ、「何事もかはりはてたる世の中に　知らでや雪の白くふるらん」が刻まれた碑が据えられる。

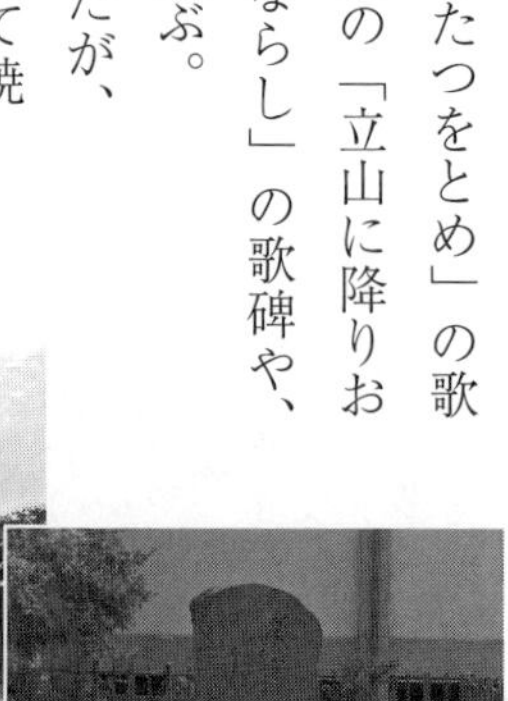
佐々成政の歌碑

富山城模擬天守

全福寺参禅道場

富山城址公園の東　富山地方鉄道本線・東新庄駅の北六百メートルに、十五世紀半ば頃の創建と見られる全福寺がある。寺号標には全福禅寺とあり、現代的な山門を潜った正面には、これも現代的な構えの参禅道場が、左手には、こちらはいかにも寺院建築の、本堂と思われる重厚な造りの堂がある。その手前の茂みには、中央に「たち山」と大書し、左右に『**万葉集**』巻第十七の「太刀山にふり於ける雪を常夏尓　みれともあかす加ん可らならし」が刻まれた歌碑が建つ。

境内の万葉歌碑

さて、『能因』には「売比野」の項に、『名寄』には「婦負河」、『松葉』には「売比川」と項立てして、『**万葉集**』巻第十七、**大伴家持**が「鵜を潜《かづ》くる人を見て」作った歌「めひ川の速き瀬ごとに篝《かがり》さし　八十伴《やそとも》の男《を》は鵜川立ちけり」が収載される。「八十伴の男」は「多くの役人達」の意である。この「婦負河・売比川」は、この地を流れる神通川（次項「鵜坂川」）のことと言う。

碑の一基売比野の歌を刻まれて　県道交はる緑地帯に建つ

売比の野に近き丘の上《へ》塚の在り　家持像坐し歌彫り込まる

全福寺本堂

全福寺参道口

神通川源

神通川

家持の詠みし売比川古の　神通川とふ鵜坂川とも

二十三、鵜坂河《うさかがわ》〔川〕（併せて同森〔杜〕）

前項でも触れたが神通川の、それも現在の富山市中央部付近の古称が鵜坂川とのことである。なお、「じんつうがわ」とも呼ぶが、道路標識等には「じんずうがわ」と表記されて

神通川第一ダム

猪谷関所館

神通川第二ダム

いる。

富山城址公園の南からほぼ真南に走る国道四十一号線を二十八キロメートルほど、富山市と岐阜県飛騨市の境で、南東から流れてきた高原川と、南西から流れてきた宮川が合流する。国道は新国境橋で宮川を渡って、高原川に沿って岐阜県の奥飛騨温泉郷に向かう。その新国境橋の合流地点から下流が神通川である。

新国境橋の下流六百メートルほど、ほぼ平行に走るＪＲ高山本線の猪谷《いのたに》駅の直近に、かつて越中国と飛騨国を結ぶ飛騨街道に置かれていた、富山藩西猪谷関所の跡に建てられる猪谷関所館がある。関所番の古文書等から当時の往来を偲ぶことが出来る。

多久比禮志神社拝殿

多久比禮志神社参道口

さらに下ると、神通川第一、第二、第三ダムが、何れも北陸電力の発電用に水を湛えている。

神通川の流れに沿って左岸を走ってきた国道四十一号線は、第三ダムの上流の笹津橋を渡ってやや川を離れ、北上して富山市中心部に向かうが、その笹津橋から四キロメートル余り、富山南警察署の手前の上大久保六区西の交差点を左折、一・二キロメートル先、神通川に架かる新婦大橋の手前に多久比禮志《たくひれし》神社が鎮座する。白鳳元年（六七二）、林宿禰弥鹿

鵜坂神社拝殿

鵜坂神社本殿

鵜坂神社参道口

鵜坂神社境内の大伴家持御歌碑

鵜坂神社境内の
芭蕉句碑

鵜坂神社東
神通川堤防の歌碑

伎（読み方不明）が神通川を遡っていると、白髪の老人に塩水の湧く泉を教えられ、水を煮詰めると塩を得た。この地を開拓すべしとの神託と解して社殿を建て、老人を鹽土老翁として祀ったのを始まりとする。この地の地名は今も富山市塩で、伝承を裏付ける。コンクリート製の社殿は洋風の造りで、神社のイメージとはかけ離れているが洒落ている。

さらに神通川を八キロメートル余り下った、婦中大橋の北の左岸に、歌枕と同名の鵜坂神社がある。『和歌の歌枕・地名大辞典』は、この神社を取り巻く森を「鵜坂森」に比定する。

創建は第十代**崇神天皇**の時代というから、紀元前ということになる。奈良時代初期には、**行基**によって別当寺の鵜坂寺の二十四院七堂伽藍が建立され、神社も**延喜式**にその名が載る名社であった。鵜坂寺は明治の廃仏毀釈で廃絶、境内奥の一画に面影が残るのみである。前項末に記した**大伴家持**の「めひ《売比》川の……」の歌碑が平成十年（一九九八）に建てられ、真新しいが故に、木々に囲まれた落ち着いた雰囲気の境内で一際輝きを放っている。なお前項でも述べたが、売比川は神通川の古称の一つである。

鵜坂寺跡

さらに境内の南の一画には、**松尾芭蕉**の「油断して行くな鵜坂の尻打祭」の句碑も据えられる。尻打祭とは、鵜坂神社に平安時代から伝わる婦女の貞操を戒めた祭で、日本五大奇祭の一つとされていた。第二次大戦後は途絶えている。

また神社の東、神通川の堤防には、これも**大伴家持**の万葉歌「鵜坂川渡る瀬多みこの吾が

井田川の源

神通川河口

井田川の神通川への流入点

馬の　足搔の水に衣濡れにけり」が、万葉仮名で刻まれた碑が建つ。『能因』、『松葉』に収載される、歌枕「鵜坂川」を詠み込んだ歌である。

しかし**家持**が馬で渡った川が神通川なのかについて異説もある。即ち、神通川は富山県の七大河川の一つに数えられ、流れの量も速さも馬での渡河は危険で、実際は支流の井田川であったとする説である。

井田川は、富山市八百町高熊で、西から室牧川、南から野積川を合わせて源とし、神通川の西をほぼ平行に北流し、婦中町下条《げじょう》辺りから徐々に東に向きを変え、鵜坂神社の北二・五キロメートルほど、県道四十四号・富山高岡線が神通川を渡る富山大橋の南三百メートルで神通川に流れ込む。これも一級河川ではあるが、確かに神通川に比べれば川幅は狭く、水量も少ないと思われる。

なお富山大橋の西詰のすぐ脇にごく小規模の公園があり、**大伴家持**の万葉歌「立山に降り置ける雪を常夏に　見れども飽かず神からならし」の碑が、また堤防上を走る道を挟んだ直ぐ西側の富山大橋ポケットパークと称する小公園には、先に紹介した**家持**の「鵜坂川……」の碑が建てられている。

神通川はその後北流し、富山港の西で富山湾に注ぐ。

富山大橋

富山大橋西詰小公園の歌碑

富山大橋ポケットパークの歌碑

飛騨国の二河《ふたかは》併せ鵜坂川　山切り裂きてひたすら北へ
歌碑や句碑境内に建つ古社の在り　鵜坂川に沿ふ森に包まれ
鵜坂川跨ぐ大橋の袂なる　園地に歌碑の二基並びたり

室堂平からの立山三峰

二十四、立山《たちやま》

現在「たてやま」と呼ばれるが、古くには「たちやま」と呼ばれた立山は、北アルプス（飛騨山脈）の北部、立山連峰の主峰の、雄山《おやま》（三千三メートル）、大汝山《おおなんじやま》（三千十五メートル）、富士ノ折立《ふじのおりたて》（二千九百九十九メートル）の三峰の総称で、富山県の東部、長野県との県境近くに聳える。なお、南の浄土山（二千八百三十一メートル）、北の別山《べっさん》（二千八百八十メートル）と雄山を併せて立山三山と呼ばれることもあると言う。立山の開山は、約千三百年前に遡り、佐伯有頼によると言う、

立山↔美女平のケーブルカー

美女平↔室堂平の定期バス

立山連峰・黒部ダム

剱岳

称名滝

富山地方鉄道・電鉄富山駅（北陸新幹線JR高山線、第三セクターのあいの風とやま鉄道の富山駅に隣接）から同鉄道立山線で三十四キロメートル、特急で一時間足らずで立山駅に着く。もちろん県道六号・富山立山公園線でここまで来ることは出来るが、この先は路線バス、観光バス等のみが通行出来、一般車両は通れない。一般客は約七分のケーブルカーで景観を楽しみながら標高九百七十七メートル（標高差四百八十七メートル）の美女平に向かう。そこで立山高原バスに乗り換え、標高二千四百五十メートルの室堂平《むろどうたいら》に、木々の間から落差日本一、三百五十メートルの称名滝や、標高二千九百九十九メートルの剱岳の山容を眺めながら、約一時間で到着する。室堂平からは、なんの遮るものもなく立山の三峰を望むことが出来る。

立山は古来神々が宿る山とされ、富士山、白山（加賀編四参照）と並んで、日本三大霊山として山岳信仰の対象であった。**大伴家持**が『**万葉集**』に詠む「立山に降り置ける雪を常夏に　見れども飽かず神《かむ》からならし」は、まさにその信仰の顕れであろう。歌中の結句の「から」は「柄・故」と表記して、付属する名詞の本性や持ち前のことを表す接尾語、「ならし」は、断定の助動詞「なり」の連体形＋推量の助動詞「らし」の短縮形で、「山の神のせいであるに違いない」と訳す。

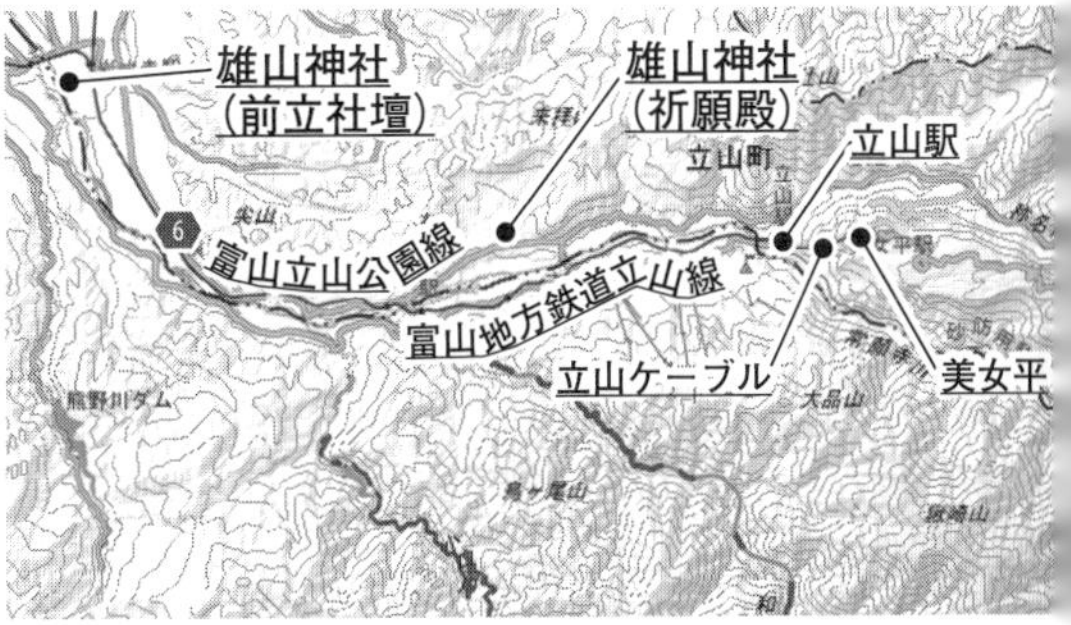

立山連峰・黒部ダム

平安時代になり、仏教としての意義がこの立山にも加わり、天台密教や浄土教の影響を受けた修験の山となった

立山若宮

立山大宮

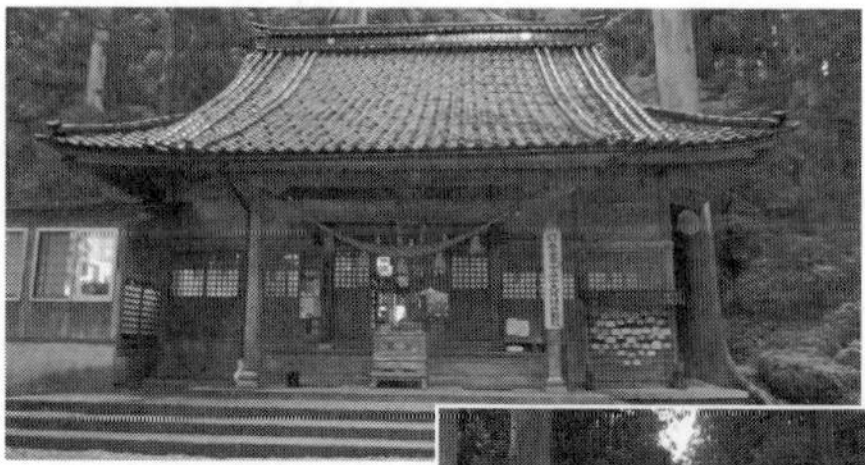
雄山神社中宮
祈願殿

雄山神社中宮参道口

と言う。しかし明治の廃仏毀釈で立山信仰の根本が崩され、宗教色は急速に衰退した。以後は、雄大な景観を資源とする登山と観光に傾斜して行くことになる。さらに昭和三十八年（一九六三）に、百七十一人の殉職者と七年の歳月をかけて完成した黒部ダム（通称黒四ダム）が、多くの観光客を呼ぶこととなった。

　立山信仰の証として今に残るのが雄山神社である。峰本社、中宮の祈願殿、前立《まえたて》社壇の三社から成る。峰本社は雄山の山頂に在り、大宝元年（七〇一）の開山とのこと、現在の社殿は平成八年（一九九六）の造営である、残念ながら登頂には自信が無く、室堂平から遥拝したのみである。

　中宮の祈願殿は、立山駅から五キロメートルほど富山寄りの、県道六号線沿いに鎮座する。神社の所在地である立山町芦峅寺《あしくらじ》は、この中宮の神仏習合時代の寺院名に由来し、この辺りから東方の立山三山、黒部ダムを越え、長野県境に至る奥深い区域の大字である。鳥居を潜ると、まさに林立する木々の間の参道が続き、神橋を渡って二又道を左手に向かうと、右手少し奥に祈願殿が建つ。明治維新までは芦峅大講堂と称していたと言

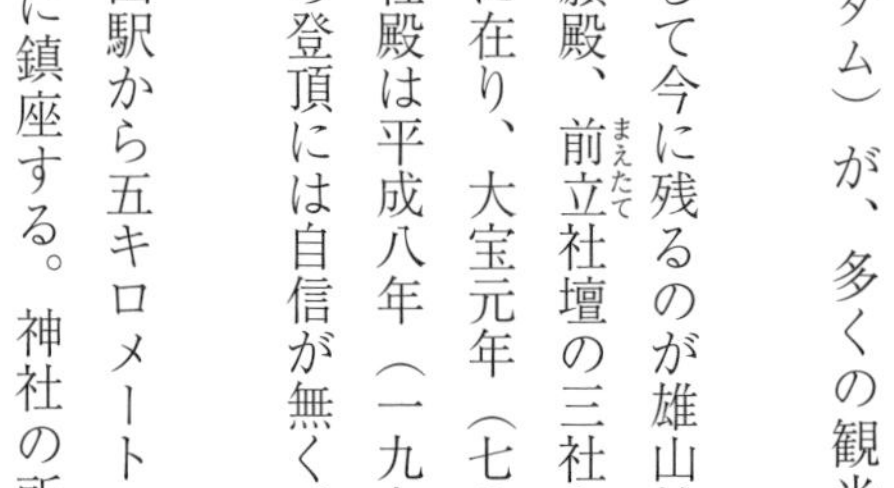
雄山神社前立社壇拝殿

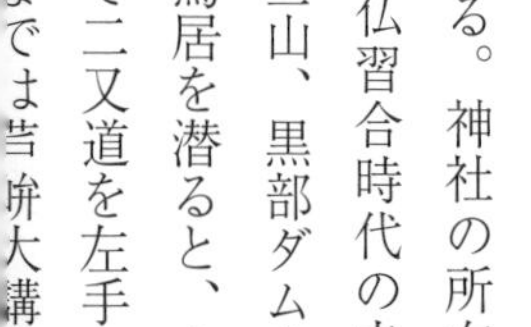
雄山神社前立社壇本殿

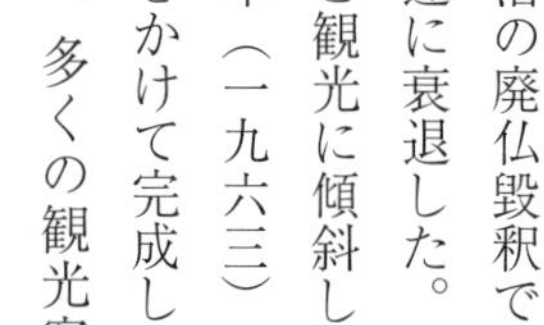
雄山神社前立社壇参道口

う。さらに参道を進むと、最も奥まった場所に立山大宮と称する祠がある。ここには嘗て本殿と大拝殿が偉容を誇っていたとのこと、明治初年に山中から落石があり、両殿共に破壊され、今に至っている。

また祈願殿の右手奥には、自然石の上に建てられた立山若宮がある。古くから、剣岳の地主神・刀尾《たちお》天神を祀る二十一の末社の総本宮として、厚く崇敬されてきた。また立山に登拝する人々は、必ずこの宮を参拝したと言う。

前立社壇は、祈願殿から県道六号線を富山方面に九キロメートル余り、県道の西の富山地方鉄道の岩峅《いわくらじ》寺駅のさらに西に鎮座する。社領の北西に表神門、南東には東神門がある。拝殿は、従来の絵馬堂のあった場所に昭和十七年（一九四二）に造営された。その奥の本殿は、建久年間（一一九〇～八）に源頼朝が再建、明応元年（一四九二）には室町幕府第十代将軍・足利義稙《よしたね》が造営、さらに天正十一年（一五八三）には佐々成政が改修と、武家の関わりの歴史がある。明治三十九年（一九〇三）には国の重要文化財に指定された。間口五間の檜皮葺、流造で、神社本殿としては北陸地方最大の規模である。

ケーブルとバス乗り継ぎて立山の　峰の麓を目指し旅行く
古くには祈りの山と伝へ聞く　立山は現在《いま》遊山客溢る
立山の祈りの宮のそれぞれに　木立の中に厳めしく座す

東神門

表神門

雄山神社前立社壇

二十五、這槻川《はいつきがわ》

『万葉集』巻第十七に大伴家持の、「新川郡《にひかはのこほり》の延槻川を渡る時に作る歌一首」の詞書に続く「立山《たちやま》の雪し消《く》らしも延槻の　川の渡瀬《わたりせ》鐙《あぶみ》漬《つ》かすも」が、本項の題記「這槻川」の歌として『能因』、『名寄』、『松葉』に収められる。この歌は、『能因』、『松葉』に、初句に因り「立山」の歌枕歌としても重載される。この這槻川は、現在の早月川に比定される。

　早月川は、立山連峰の剱岳を源とする白萩川と立山川を併せ、西から西北西に徐々に向きを変え、四十五・二キロメートルを流れて、魚津市と滑川市の境界を成しながら富山湾に注ぐ二級河川

上原砂防ダム

ゾロメキ神社

早月川

この辺りの早月川は
ゾロメキである

剱橋から上流を

下流を

てある　生憎の天候不順て　その二河川を合わせる地点までは至らなかったが、すぐその下流にある馬場島《ばんばじま》の北陸発電所付近まで足を延ばした。ここの河岸には、ゾロメキという、何とも奇妙な名の庵状の神社が建つ。昭和三十三年（一九五八）に北陸電力関係者の発起で水神殿建立の計画が持ち上がり、剱岳山頂よりご神体を奉迎したが、相前後して富山営林署が上流に山神殿を建立し、結果至近に神殿が二棟建立されることになった。しかし管理維持の都合から雷神を加えて合祀することとし、営林署造営の社殿を現地に移設、ゾロメキ神社とした経過がある。なお「ゾロメキ」はこの付近の地名で、石がぞろぞろ転がっているガレ場の意と言う。

旧白萩東部公民館跡の歌碑

早月川は平均河床勾配が十一分の一の超急流河川で、加えて富山県内屈指の荒廃河川とのことで、本支流合わせて六十一基の砂防ダムが築かれている。ゾロメキ神社の下流四キロメートルほどには、その一つ上原砂防ダムがあり、ダムの様子を眺めることが出来る。

この辺りから川に沿って上流に向かう県道三百三十三号・剱岳公園線に、北の魚津市から南進してきた同六十七号・宇奈月大沢野線、西の富山市から東進してきた同四十六号・上市北馬場線が接続する地点の南五百メートル、今は更地になっている旧白萩東部公民館の敷地の一画に、冒頭の万葉歌の歌碑が据えられている。

魚津水族館の歌碑

早月川河口

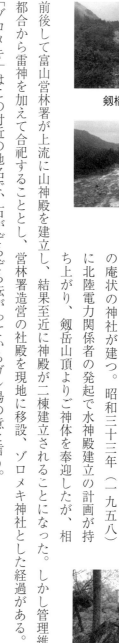

早月川の河口の魚津市側には、富山県唯一の遊園地・ミラージュランドがある。シンボルともいえる大観覧車（高さ六十六メートル）からは、富山湾と立山連峰を同時に一望できると言う。十三種類の遊具やバーベキュー広場、海水プール、パークゴルフ場、ふれあい牧場等々、家族ぐるみで楽しむことが出来る。隣接の魚津水族館の右手の公園には、県内最大の高さ（四・五メートル）の歌碑が建てられ、やはり冒頭の万葉歌が万葉仮名で刻まれる。

魚津市側から見る早月川の河口は、人工物をほとんど目にすることは無く、日本海に繋がっていた。

這槻の川遡り源を　探るも空し雨天に阻まれ

岸に建つ小さき社の名の奇なり　這槻川の様表して

魚津駅付近

雲覆ふ海の辺侘し這槻の　河口に人の工の跡無く

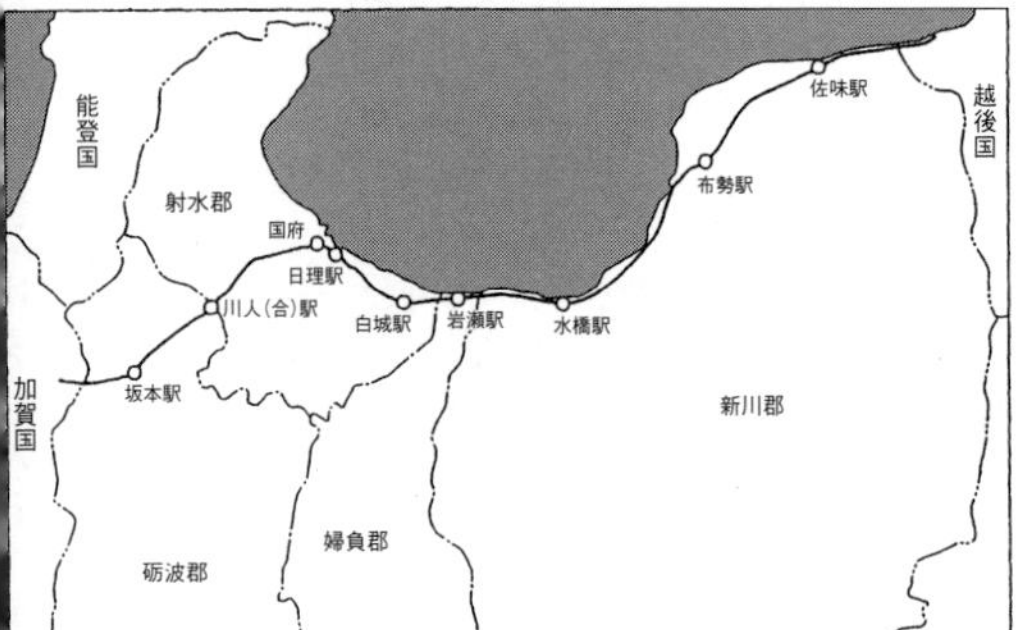

律令制下の越中国の郡
出典：吉原栄徳著『和歌の歌枕・地名大辞典』

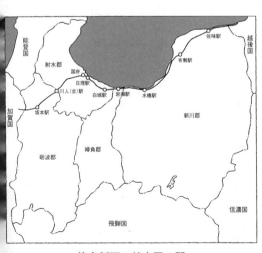

二十六、新川《にいかわ》

前々項の「立山」では紹介しなかったが、その地の歌枕歌でもあった**大伴家持**の長歌の一部「新川のその立山は常夏に　雪降り敷きて帯ばせる」が、『松葉』に引用される。『**万葉集**』巻第十七には「立山の賦一首」と詞書があり、さらに「このやまは新川の郡に有り」と添えられる。即ち「新川」は、越中国の神通川から東の半国を占めていた大郡のことである。新川郡を探訪するにしても広域故、その中心である現・魚津市街に絞ってらしき地を巡った。

魚津両八幡宮本殿

魚津両八幡宮表参道

あいの風とやま鉄道・魚津駅の南方三キロメートルほどに、八幡宮が鎮座する。地名を冠して宮津八幡宮と呼ばれる。『**三代実録**』に、貞観十五年（八七三）には従五位下に叙されたと記載があり、古社であることは間違いない。拝殿は漆黒の瓦、建具も黒に塗られ、重々しい。扉に浮き出た金の笹竜胆の紋が鮮やかである。

富山地方鉄道本線の電鉄魚津駅の南五百メートルに、魚津と冠した八幡宮がある。江戸時代に廃絶の憂き目に遭った故、由緒は詳らかではないが、創建は古いとされる。西の県道百三十七号・堀江魚津線から東に参道を進むと、富山地方鉄道本線とあいの風とやま鉄道の高架を潜った

宮津八幡宮拝殿

宮津八幡宮境内口

魚津城跡の碑

先に境内が広がる。拝殿は回廊が巡り、重厚な佇まいである。宮津、魚津両八幡宮とも村社ではあるが、歴史あると聞き立ち寄った。

電鉄魚津駅の西南には本町一丁目が海際まで広がるが、法務局、裁判所等の司法機関の出先近くに、ごく最近、平成三十年（二〇一八）に市立よつば小学校に統合された大町小学校の敷地、校舎が残る。ここは魚津城の本丸跡地とされ、旧正門を入って左手に「魚津城跡」の石碑が置かれている。魚津城は建武二年（一三三五）椎名氏によって築かれたが、戦国時代に上杉氏の手に落ち、越中支配の拠点となった。その上杉氏も佐々成政に追われ、さらに成政も豊臣秀吉に敗れて肥後に移封、文禄四年（一五九五）以降は前田氏の支配するところとなった。最後は元和元年（一六一五）の一国一城令によって廃城となったと言う。なお、天正元年（一五七三）、上杉謙信が魚津城攻めの際詠んだとされる、「武士《もののふ》のよろいのそでをかたしきて　枕に近きはつかりの声」の碑が、小学校跡の裏門と思しき脇の「ときわの松（二代目）」の根元に据えられている。

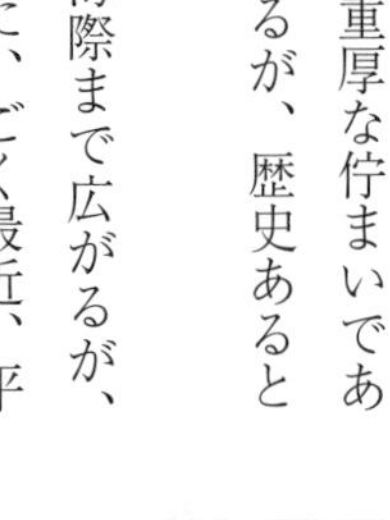

旧大町小学校の
二代目ときわの松

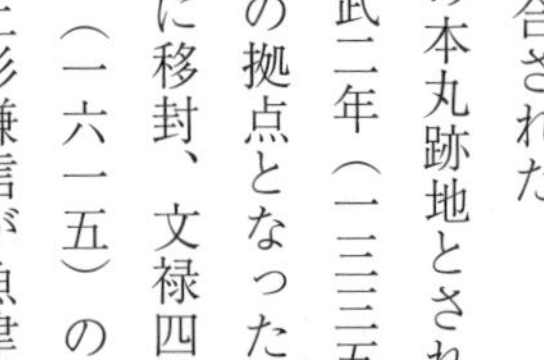

ときわの松根元の
上杉謙信歌碑

大町海岸公園の「魚津の
米騒動のモニュメント

さて時代は下るが、大正三年（一九一四）から七年（一九一七）にかけての第一次世界大戦の影響で、日本の資本主義経済は急速に発展したが、その反面、物価の高騰甚だしく、庶民の実質賃金は七十パーセント以下まで落ち込んでいた。特に米価は、シベリア出兵を見越しての、地主と米商人の投機的買占めで急騰し、半年で倍にまで跳ね上がった。これにより全国各地で米の安売り放出を求めて、米屋、投機商人、米穀取引所、果ては高利貸、地主が群集の襲撃に遭い、一道三府三十二県に及んだと言う。政府は軍隊を主導して鎮圧したものの、寺内内閣は崩壊、原敬内閣が誕生した。いわゆる大正の米騒動である。この騒動の発端になったのが、ここ魚津市の漁民婦人たちが起こした県産米の県外移出阻止運動である。本町一丁目の海岸沿いの大町海岸公園には、魚津の米騒動のモニュメントが置かれ、また騒動の場となった旧十二銀行事務所兼米蔵の裏手（海側）には、「米騒動発祥の地」の石柱が建てられている。

旧十二銀行

海岸沿いの「米騒動発祥の地」の石柱

魚津市の海岸線は蜃気楼の名所として知られる。現れるのは三月下旬から六月上旬の十一時から十六時、晴天で微風の時に限ると言う。対岸の景色が伸展、あるいは反転して見える大気中の虚像である。海岸線の各所に見学地の標識があり、また海沿いを走る県道二号・魚津生地《いくじ》入善《にゅうぜん》線の、魚津市港町と経田《きょうでん》西町の間は「しんきろうロード」と呼ばれる。

その「しんきろうロード」の北鬼江地区の道脇には、『**万葉集**』巻第十七に載る**大伴家持**の、「越の海の信濃の濱を行き暮らし　長き春日を忘れて思へや」が、万葉仮名表記と並べて刻まれた碑が据えられる。

しんきろうロード沿いの万葉歌碑

しんきろうロードに掲げられる「蜃気楼の見える町魚津」表示板

新川に廃れし城の跡の在り　廃校の庭に主の歌碑も建つ

片貝川

片貝川と布勢川合流付近

街道沿いの崖下の万葉歌

近代に世を揺るがせし米騒動　起こりとなりし新川の街
海遥かに蜃気楼を愛でる地の
新川の浜の其処此処に在り

二十七、片貝河《かたかいかわ》〔川〕

富山県内を流れる小矢部川、庄川、神通川、常願寺川、早月川、黒部川、そして本項の歌枕である片貝川を七大河川と言う。

片貝川は、富山県南東部、魚津市、黒部市、上市町の境界が一点に集まる猫又山（二千三百七十八・二メートル）を源とし、ほぼ北西に二十七キロメートルを流れ、魚津市と黒部市の市境を成して富山湾に注ぐ。平均勾配が八・五パーセントの屈指の急流である。今回は源流ま

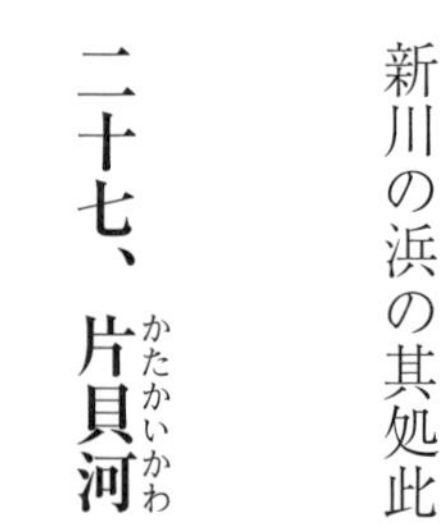

片貝川上流部の河原

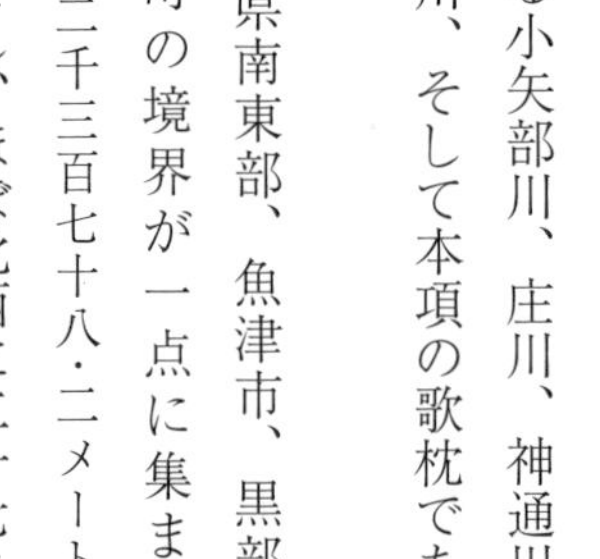

日枝社社殿

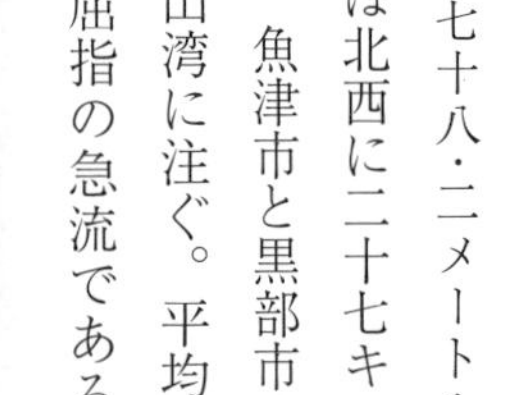

日枝社入口

黒谷頭首工

黒谷橋下流

川の瀬団地小公園の
万葉歌碑

て辿ることはしなかったが、河口から十四・五キロメートル付近の、県道百三十二号・三箇吉島《さんがきちじま》線脇に立つ小さな社の、日枝社付近まで遡った。至近の平沢橋から見る片貝川の上流は、さほど水量は無いが、河床には石がまさにごろごろしていて、増水時の水勢の激しさを想像出来る。

　平沢橋の一キロメートルほど下流、右岸を走る県道三百三十一号・黒谷上村木《くろだにかみむらき》線が、左岸を走って黒谷橋で川を渡った県道百三十二号に接続する。その交差点の山肌の裾に、『**万葉集**』巻第十七、**大伴家持**の詠んだ「片貝の川の瀬清く行く水の　絶ゆることなくあり通ひ見む」の歌碑が置かれている。この辺りになると所々で支流を集めた片貝川は水量を増し、黒谷橋のすぐ上流には、黒谷頭首工（堰）が設けられて水を湛える。ただし下流には変わらず流れ下ってきた石が河床を埋める。

　片貝川と、平行に北方を流れる布施川の間を通う県道百二十六号・福平経田《ふくひらきょうでん》線の、北陸新幹線との交差地点から南東に九百メートル、千光寺が姿を見せる。天平十八年（七四六）に**行基**によって開かれた古刹と言うことで、川からはやや離れるが参拝した。最盛期には十六坊を有する規模であったが、天文二十年（一五五一）、上杉謙信によって十三坊が焼かれ、今に続くのは観音堂のほか三坊で、その三坊はそれぞれ別の寺院となっている。その寺域を合わせると広大で、往時を偲ぶことが出来る。仁王門、観音堂が何時の建立かは

千光寺観音堂

千光寺仁王門

大徳寺本堂

大徳寺境内入口

大徳寺参道口

定かでないが、古色があふれている。

　さらに下って、国道八号線が片貝川を渡る片貝大橋の東詰めの北に、市営川の瀬団地があり、団地内の小公園には先の万葉歌が刻まれる碑が建つ。

　川の瀬団地の西、川向かいの五百メートル、県道三百十四号・沓掛魚津線沿いに大徳寺がある。大宝元年（七〇一）に越中国司となった佐伯有若（立山を開山した佐伯有頼の父）が開いたと伝える。持光寺（この辺りの町名）のバス停の脇に、寺号標が建ち、木立の間を参道が延びる。境内に入る手前の門の脇には、「明治天皇持光寺御小休所」の石柱があり、門に連なる土塀には五本の定規筋が引かれていて、格式の高さを窺い知ることが出来る。門に至るまでの左の林間には、これまた先の万葉歌「片貝の……」が刻まれた碑が据えられる。

　片貝川河口は自然のままで、雲に覆われた日本海に流れ出す景観は、秋半ばと言うのにまるで冬景色を見るようで、寂寥感さえ覚えた。

床《とこ》一面流れて来たる石塊に　覆われて居り片貝川の

大徳寺参道脇の万葉歌碑

片貝川河口

片貝の川辺を通ふ道脇の　崖下に置かるる万葉の歌碑
立山の縁伝ふる古寺の在り　片貝川の辺に近く

二十八、宮崎山《みやざきやま》—能登編十一より—

能登編十一で述べたが、「宮崎山」は手許の四冊の歌枕集にはここ越中国に収載が無く、『能因』、『松葉』にのみ能登国の歌枕として項立てされる。

城山

『和歌の歌枕・地名大辞典』はこれを富山県新川郡朝日町の城山に比定していて、他に拠り所とする資料、文献が無く、大辞典に従ってここに項立てをした。ただ、半信半疑の道行きで、探訪ならず浅訪に終わり反省するところである。

城山（二百四十八・八メートル）は朝日町役場の北東三キロメートルに聳え、北陸自動車道の城山トンネルが貫く。また海岸寄りの麓を国道八号線が、これまた同名の城山トンネルで通り過ぎる。

この山頂には嘗て宮崎城が在り、越中国最東端の

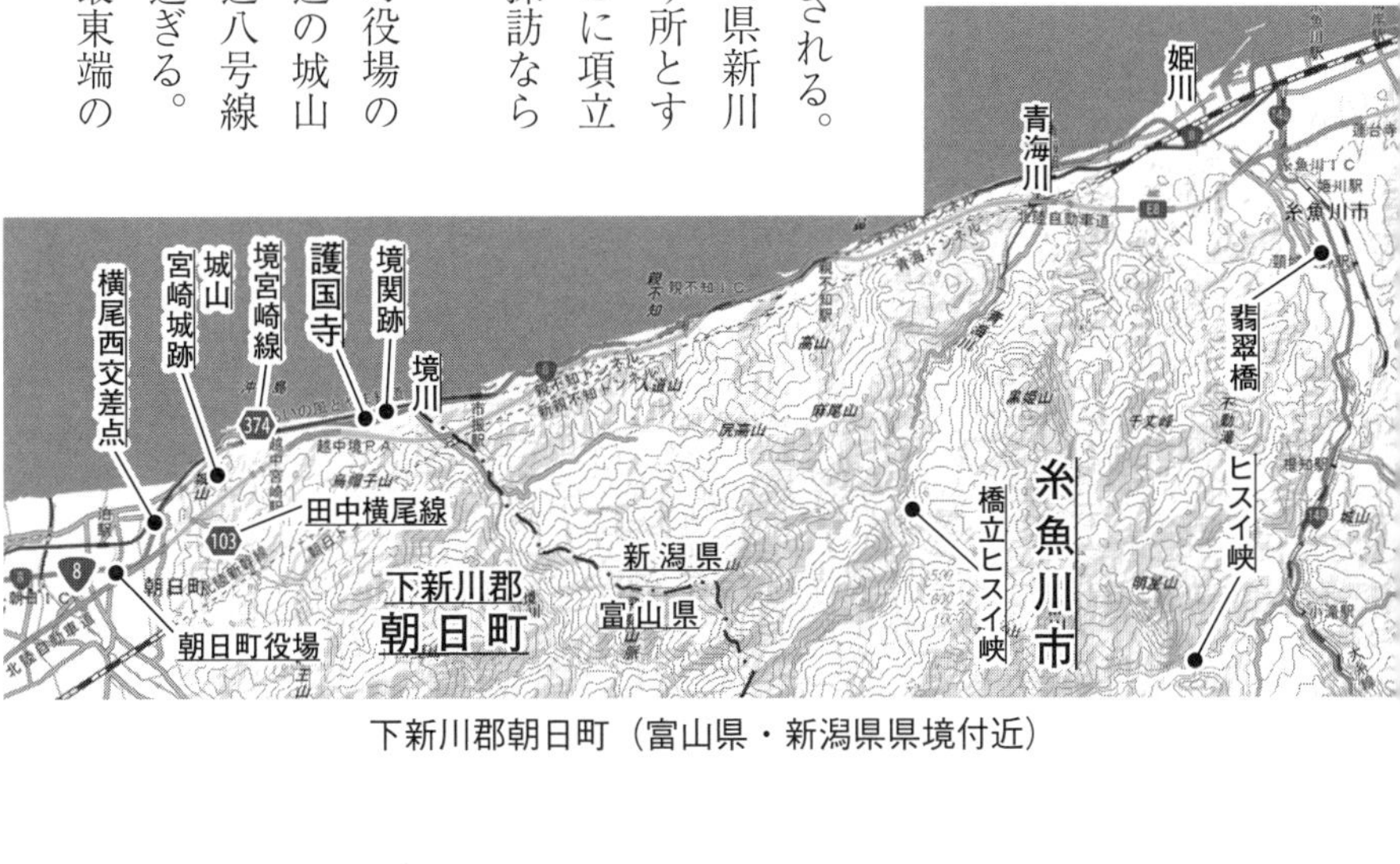

下新川郡朝日町（富山県・新潟県県境付近）

関の館

境関跡の大門

境関阯の碑

関所の池

守りを固めていた。それ故この城山が歌枕「宮崎山」に比定されるのである。

治承四年（一一八〇）**後白河法皇**の第三皇子・**以仁王**《もちひとおう》は、平氏討伐の令旨を全国の源氏に発して蜂起を促し、自らも挙兵を試みるが事前に発覚、逃亡中に戦死した。その第一皇子の北陸宮《ほくろくのみや》は越前国に逃れ、折から父・**以仁王**の令旨を掲げて信濃に挙兵した木曽義仲の庇護を受け、一方で義仲の「錦の御旗」に奉じられ、ここ宮崎城を御所としたという。戦国時代には、上杉、佐々、再び上杉、そして前田と主が変わるが、関ケ原の戦い以後、後述の境関が設けられ、宮崎城は廃城となった。

朝日町役場の北の国道八号線を新潟方面に一・四キロメートルほど下り、横尾西の交差点で右折、県道百三号・田中横尾線を一キロメートル余りの交差点を左折、二キロメートルほどで駐車場らしき広場に出る。その先は木々生い茂る林間の遊歩道を辿ると城跡に至るが、広場から城山と思しき山容を眺めるに止めた。

横尾西交差点からさらに国道八号線を下って四キロメートル、境交差点で左に分岐する県道三百七十四号・境宮崎線を一キロメートル、右側に先述の境関跡の復元さ

護国寺本堂

護国寺参道

朝日町のヒスイ海岸

れた大門が姿を見せる。江戸期には岡番所、浜番所が置かれ、関所の厳重さは日本随一であったと言われる。明治二年（一八六九）の廃関後の跡地が境小学校の敷地となったが、平成六年（一九九四）に統廃合され、その地に「関の館」が建てられて各種資料が展示される。館の奥に「境関阯」の碑と解説板、さらに左手奥には関所の池が復元される。

関所跡の直ぐ西南に、大同四年（八〇九）に**空海**が創建したと伝えられる真言宗の護国寺が在る。寺内には昭和五十三年（一九七八）完成の池泉回遊式庭園が造られ、四国八十八ヶ所や西国三十三ヶ所のお砂踏霊場が設けられ、四季の花々が参拝客の目を楽しませる。

手許の六万分の一のロードマップには、長野県白馬村を発し、北流して隣接の新潟県糸魚川市で日本海に注ぐ姫川や、その西を流れる青海《おうみ》川の上流にヒスイ峡の存在が示され、それらの河岸や河口の東西の浜では、運に恵まれればヒスイの原石を見つけることが出来るという。ここ朝日町の境や宮崎の海岸もヒスイ海岸と呼ばれて、季節を問わず採集の人が三々五々浜を捜し歩く姿が見受けられる。なお姫川には翡翠橋が架かり、その右岸の下流側の欄干には、万葉集巻第十三の、「沼名川の底なる玉求めて　得し玉かも拾ひて　得し玉かも惜しき　君が老ゆらく惜しも」を彫り込んだ金属板が埋め込まれ、橋の四隅には大きなヒスイの原石が置かれている。

境関の東一キロメートルには、新潟県との県境を成す境川が流れ、これは越後国の歌枕とされていて、本書でも次編の一に項立てする。

姫川と翡翠橋

欄干の万葉歌

国境宮崎山に城在りし　戦いの世の主盛衰し
宮崎の山の麓の境関　学舎に変りき廃されし後
流れ着く玉求め居る人のあり　宮崎山の近き浜辺に

広域

二十九、越《こし》〈の〉《の》海《うみ》（併せて同〈ノ〉湖、同〈ノ〉大山、同の葉山）

ここ越中国のみならず、越前、越後、佐渡の諸国に、「越」を冠した歌枕が項立てされる。しかしこれらを地域を絞って比定するのは困難である。『越中万葉百科』も「越」につき、「越前・越中・越後三国の総称。現在の福井（東部）・石川・富山・新潟の諸県に当たる。古代北陸一帯はコシと呼ばれ、「高志」（『古事記』）、「越」（『日本書紀』）、「古志」（『出雲国風土記』）、『万葉集』では「越」、「故之」、「故志」、「故事」、「古之」などと表記された（一部略）」と解説する。

『能因』に「越海」、『松葉』に「越の海」と項立てされて収められる万葉長歌の、「越の海の角鹿の浜ゆ　真梶ぬきおろしいさなとり……」や、その反歌「越の海の手結が浦を旅にして　見ればともしみ大和思ひつ」は、それぞれ「角鹿の浜」、「手結の浦」と他の地名が詠み込まれて、共に越前国の歌と断定でき、本書も越前編三、同六に採り上げた。

しかし、**源順**の「越の海に群れは居るとも都鳥　京の方ぞ恋しかるべき」を始め、**後鳥羽院**　**藤原俊成**　**藤原家隆**等々、著名な歌人が詠んだ歌には比定の手掛かりは見受けられない。それ故、北陸一帯の何れかの海であり、山であると解して特定の地に比定せず、「広域」として項を立てるに留めた。

国違

古の名高き歌人《うたびと》様々に　詠みたる越の海や何処に
歌枕探し訪ねて迷ひたり　彼《あ》が越の海此が越の山かと
越の海も越の大山も定め難し　北陸路一帯越と言ふ故

三十、丹生山《にぶのやま》―越前編十一へ―

『名寄』には、『**万葉集**』を出典として「ひとりしてきけはさひしもほとゝきす　にふの山へにゐゆきなくにも」が収められる。詠者については記載が無いが、この歌は『同』巻第十九の**大伴家持**が詠んだ「われのみし聞けば寂《さぶ》しも霍公鳥　丹生の山辺にい行き鳴かにも」が何らかの理由で変じたものである。この歌につき『能因』、『松葉』は、越前国の歌枕として項立てしており、越前市の西に丹生山地が連なる故、本書はすでに越前編十一で記述した。もちろんここ越中国に比定に値する山は無く、越前編の項に委ねる。

三十一、玉江《たまえ》―越前編十三へ―

『**後拾遺和歌集**』を出典とする**源重之**の「夏刈の玉江の蘆を踏みしだき　群れゐる鳥のたつ空ぞなき」、『**新古今和歌集**』から**藤原俊成**の、「夏刈りの蘆のかり寝もあはれなり　玉江の月の明け方の空」他八首が、『松葉』に「玉江」の歌枕歌として収載される。しかし越中国にはそれらしき地は無い。

一方、**重之**の歌は『能因』、『名寄』、『類字』に、**俊成**の歌は『名寄』、『類字』に、越前国の「玉江」の歌として挙げられ、福井市中心街のやや南に比定する地があり、越前編十三に項を立てた故、ここでは記述を省略する。

三十二、叔《し》〔殊《く》〕羅《ら》河《が》〔川《わ》〕―越前編十六へ―

『能因』、『名寄』、『松葉』が越中国とする「叔〔殊〕羅河〔川〕」は、『和歌の歌枕・地名大辞典』、『越中万葉百科』、また目にした『**万葉集**』の解説書も、越前国、即ち福井県の越前市を流れる日野川に比定する。これに従って既に越前編十六で詳述した故、ここはその旨を記すための項立てのみとする。

三十三、伊夜彦《いやひこ》〈ノ〉《の》神《かみ》（併せて弥彦神）―越後編二へ―

『能因』には「伊夜彦神」、『名寄』には「弥彦神」、『松葉』には「伊夜彦ノ神」としてここ越中国に項立てされ、

『**万葉集**』巻第十六の「弥彦おのれ神さび青雲の　たなびく日すら小雨そほ降る」「弥彦神の麓今日らもか　鹿の伏すらむ　皮服着て角つきながら」が収められる。しかしながらこの弥彦神は、新潟県西蒲原郡弥彦村の、標高六百三十八メートルの弥彦山の東麓に鎮座する弥彦神社のことと言う。本来越後国の歌枕とすべきところであるが、本書次編の編頭に詳述する如く、信濃川河口以南は大宝二年（七〇二）まで越中国に属していた。それ故越中国に項立てされたと思われ、本書は改めて越後編二に於いて、「寺泊」と併せて記述することとした。

三十四、石動山《ゆするぎのやま》―能登編九へ―

本書能登編の九で、ここ越中国に『松葉』が項を立てる「石動山」は、石川県の東端、富山県との境に聳える、標高五百六十四メートルの石動山《せきどうさん》であると述べた。それ故ここでは単に項を立てるのみであるが、『松葉』にその歌枕歌として挙げられる「うこきなき御代にかはりてゆするきの　山とは神の名付初けん」の出典、詠者について一言付記する。『松葉』はこれを『回国記』に**宗祇**が詠んだとするが、京都聖護院の僧・道興《どうこう》が編んだ文明十九年（一四八七）成立の『廻国雑記』とするのが正しいと思われる。この『廻国雑記』は原本や古写本が伝わらず、江戸期に『宗祇回国記』の名で写本されたため、『松葉』の記載となったのだろう。江戸後期には、関岡野洲良《やすら》によって**宗祇**著者説が誤りとされたとのこと、古典の継承の困難さを窺い知ることが出来る。

気比神社拝殿

気比神社参道口

気比神社社門

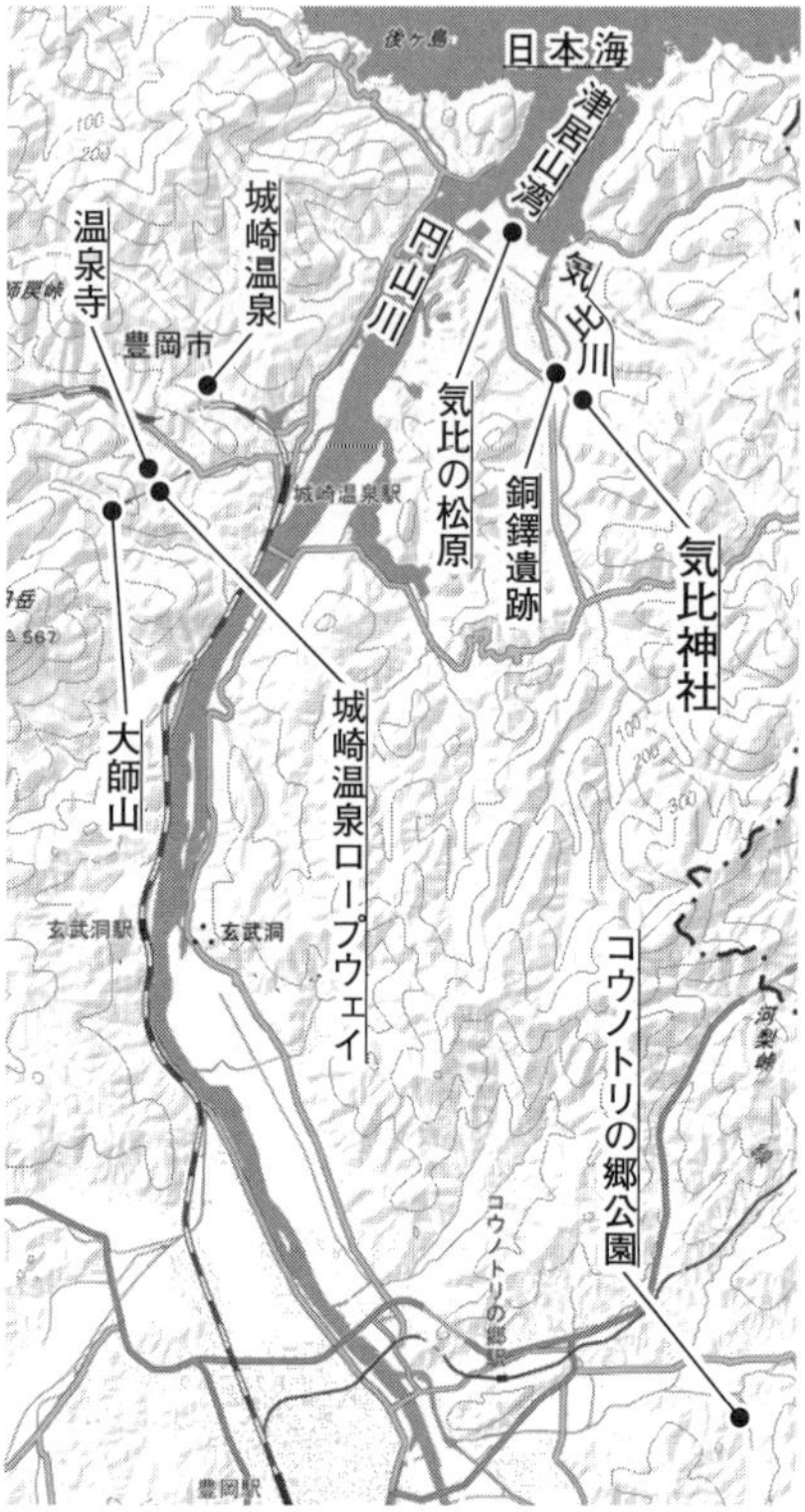

兵庫県豊岡市円山川周辺

三十五、気比《けひ》〈ノ〉古宮《ふるみや》―但馬国―

『能因』、『名寄』、『松葉』に載る「山をきる剣を峰に残し置きて　神寂《さび》にけりけひの古宮」を、ここ越中国の歌枕として「気比〈ノ〉古宮」と項立てして収める。しかしながら『和歌の歌枕・地名大辞典』の解説には、『松葉』が出典とする『**夫木和歌集**』はこれを越前国とし、一方『能因』が出典とする『**万代和歌集**』は、詞書に「但馬の気比の社にて」とあると言う。『**夫木和歌抄**』の収載は、本書越前編四「飼飯海（併せて同浦）」にて述べた、敦賀市に鎮座する越前国一宮の気比神宮故であろう。この説を采るのは先の越前

銅鐸遺跡

城崎温泉ロープウェイ頂上駅からの眺望

気比の松原

編四と重複するため、ここでは割愛する。

さて、『**万代和歌集**』が但馬国とする拠所の「気比古宮」は、現在の兵庫県豊岡市気比字宮代に在る、式内社の気比神社で、和銅二年（七〇九）の創建と伝えられる。主祭神は敦賀の気比神宮と同じ伊奢沙別命《いざさわけのみこと》、加えて**神功皇后**が配祀され、気比神宮と何らかの関わりがあることは間違いない。豊岡市の中心街を北に流れ、津居山《ついやま》湾で日本海に注ぐ円山川の東に、ほぼ平行に流れる気比川があり、河口から一・五キロメートルほどの右岸に、鳥居、社門、拝殿が一直線に並ぶ。社門も拝殿も村社の規模ではあるが、様式は歴史を感じさせる風情がある。

神社の北二～三百メートルの河岸には、大正元年（一九一二）に四個の銅鐸が発見された地がある。気比神社との関連は不明だが、少なくともこの地が弥生時代から要地であったことを偲ばせる。

円山と気比の両河口に挟まれた海岸は白砂青松の浜が続き、海水浴場としてその季節には大いに賑わうと言う。

円山川を三キロメートルほど遡った左岸には、七つの外湯を巡ることで知られる城崎温泉がある。七世紀初め、コウノ

温泉寺本堂

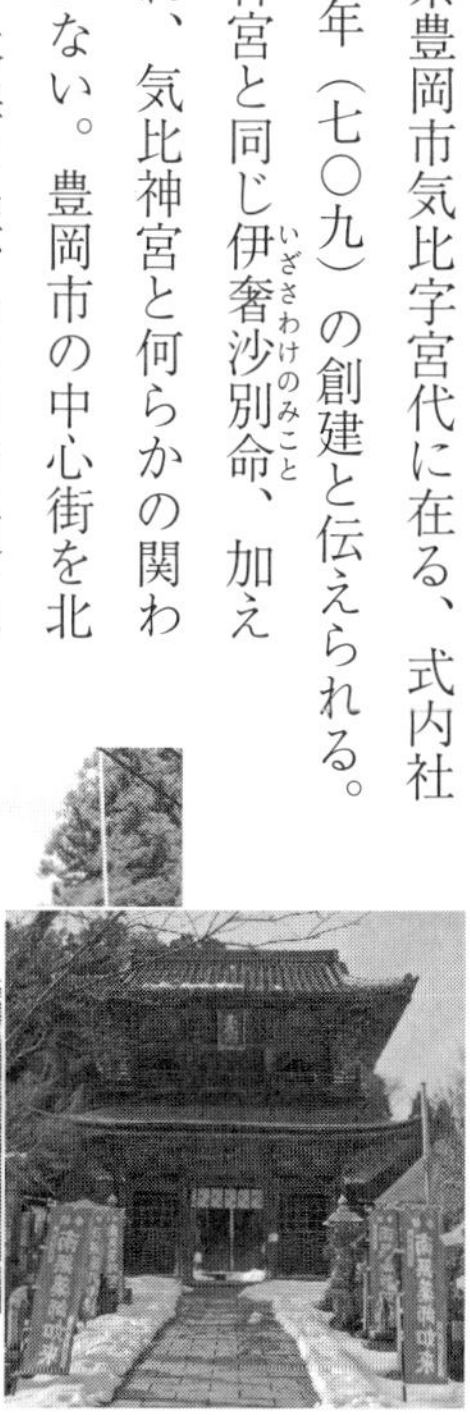
温泉寺仁王門

温泉寺本坊

コウノトリ文化館

文化館のコウノトリの模型

トリが傷を癒していることから発見されたとの伝えがあり、養老四年（七二〇）に温泉が開かれたと言う。この温泉郷の守護寺が温泉寺で、天平十年（七三八）に温泉の開祖でもある道智上人によって開かれ、山号「末代山」と寺号は、時の**聖武天皇**から賜ったとのことである。温泉街の南西の大師山（二百三十七メートル）の頂に向かっては、昭和三十八年（一九六三）に城崎温泉ロープウェイが開通、その山麓駅の西に温泉寺の仁王門、中間駅が温泉寺駅で、本坊、本堂、多宝塔などがある境内に直結している。

ロープウェイの山頂駅からは、城崎温泉街、円山川、丹後半島、日本海を視界とする眺望が素晴らしい。

なお、城崎温泉発見の切っ掛けとなったコウノトリが、日本の空から消えたのは昭和四十六年（一九七一）、最後の生息地であった豊岡市では同四十年（一九六五）から人工飼育を始め、平成十七年（二〇〇五）に放鳥に成功した。近隣では無農薬による稲作を行うなど、地域を挙げてその保護活動が行われている。幸運にも雪に覆われた水田で羽を休める姿を目にすることが出来た。豊岡市街の東にはコウノトリの郷公園があり、コウノトリ文化館も設けられ、飼育の歴史等を学ぶことが出来る。

冒頭に述べた如く、「気比〈ノ〉古宮」はここ越中国ではなく、越前、あるいは但馬と考えられるが、では何れに比定すべきであろうか。『能因』が出典とする『**万代和歌集**』は宝治二年（一二四八）、『松葉』が出典とする『**夫木和歌抄**』は早くとも延慶二年（一三〇九）に編まれたとされ、前者の収載歌が後者に引かれたのであろうし、

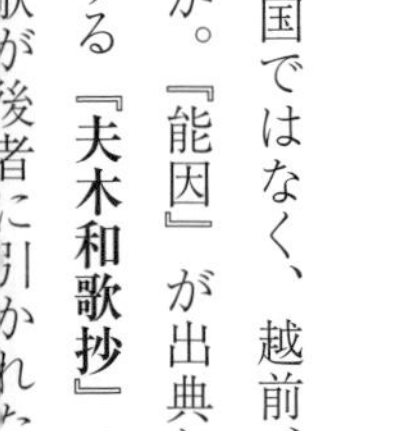

雪の水田で羽を
休めるコウノトリ

後者を編纂する過程での誤解と判じ　但馬を本命としたいか如何であろうか

迷ひたる気比の古宮参りたり　雪降り初むる但馬路訪ね
古き世に開かれたりとふ湯の街の　対岸に在り気比古宮の
田園を再び舞ひ居りコウノトリ　気比の古宮鎮座する里

未勘

三十六、大野路《おおのじ》〔道〕

『**万葉集**』巻第十六に「越中の国の歌四首」の詞書に続く、詠み人不詳の四首の一番目の歌、「大野道は茂道《しげじ》茂路《しげみち》茂くとも　君し通はば道は広けむ」が載り、『能因』、『名寄』、『松葉』に収められる。

この歌枕「大野路〔道〕」は悩ましい。『萬葉集釋注』で伊藤博は、これを「荒野の中の小道」と解し、なお「地名ともいう」と付記する。であれば、このあとの「非地名」のグループに項立てするところであるが、『越中万葉百科』、『和歌の歌枕・地名大辞典』、あるいは桜井満訳注の『旺文社全訳古典撰集・万葉集』では、地名として幾つかの候補を挙げている。即ち

①　氷見市大野　②高岡市大野　③高岡市福岡町大野　④南砺市大野　⑤南砺市井口付近　である。

本来ならばこれらの各地を踏査し、何らかの証を求めるべきところであるが、それぞれの地の詳細の手掛かりとなる文献等が入手できず、今後の課題として今回は未勘とした。

三十七、立島《たつじま》

『**夫木和歌抄**』に、「天喜元年（一〇五三―筆者注―）八月頼家朝臣家越中国名所歌合、立島」の詞書があり、詠み人不明の「何時となく藻塩の煙たつ島に　棚引き添ふる春霞かな」が収められる。頼家とは寛仁期（一〇一七〜二〇）から応徳期（一〇八四〜六）の歌人である**源頼家**で、備中、越中等の守を歴任している。これが『松葉』に載る。

この詞書からして、間違いなく越中国を詠んだ歌であるが、「立島」に比定される島が見当たらない。あるいは「立つ」は「煙」を主語とする術語であって、「島」の固有名詞ではないとも考えられる。何れにしても比定叶わず未勘とした。

非地名

三十八、磯浦《いそのうら》

『**万葉集**』巻第二十、同集の集末に近く、「二月（天平宝字二年〈七五八〉―筆者注）に、式部大輔中臣清麻呂朝臣が宅にして宴する歌十首」が並ぶが、その十首目が、伊藤博の『萬葉集釋注』によれば「磯の裏に常呼び来棲む鴛鴦《おしどり》の　惜しき我が身は君がまにまに」であり、『能因』、『松葉』に、「磯浦」と項立てされる歌枕歌として挙げられる。両書とも詠者を中臣清麻呂とするが、正しくは治部少輔大原今城真人である。

この歌の初句の現代語訳は「庭の入り込んだ磯陰に（『萬葉集釋注』、『新潮日本古典集成万葉集五』等）」で、特定の地名とは解さない。

またこの宴が催されたのは、**大伴家持**が少納言に選任されて帰京した天平勝宝三年（七五一）から七年後であり、また中臣清麻呂宅は平城京に在ったとのことで、「磯浦」を越中国の歌枕とする根拠が無く、歌の現代語訳に従って非地名とした。

三十九、伊頭部山《いずべやま》（併せて伊都）

『**万葉集**』巻第十九に、霍公鳥と藤の花を詠み込んだ長歌一首、短歌一首があり、続いて「更に霍公鳥の鳴くこと晩きを恨むる歌三首」が収められる。その一首「我がここだ偲はく知らに霍公鳥　いづへの山を鳴きか超ゆらむ」が一部字句の異同がありつつ、『能因』、『松葉』の「伊頭部山」、『名寄』の「伊都」の歌として載せられる。しかし、この歌の現代語訳「私がこんなに待ち焦がれているのも知らずに、霍公鳥、あの鳥は、今頃どの辺の山を、鳴きながら飛び越えているのであろうか（『萬葉集釋注』）」に示される如く、「いづへ」は上代語の不定称の代名詞で、「どのへん」の意であって、特定の地名を示す語ではない。歌群の流れからすると天平勝宝二年（七五〇）の**大伴家持**越中守在任中に詠まれたとされ、当国の歌ではあるが、「伊頭部山」は歌枕ではないとする。

四十、茂《し》〔繁《げ》〕山《やま》

『名寄』に「茂山」、『松葉』に「繁山」と項が立てられ、**『新撰六帖題和歌』**から、五人の詠者の一人である**藤原為家**の「しげ山の背向《そがひ》の道の谷間《たにあひ》は　夏とて風の吹かぬ日ぞなき」が、また『名寄』には、**『万葉集』**巻第十九の**大伴家持**が山吹の花を詠んだ長歌、「うつせみは恋を繁みと……」の九句目以下の六句、「しげ山の谷辺に生ふる山吹を　やどに引き植ゑて朝露に　にほへる花を」が挙げられる。しかしこれらに詠み込まれる「茂〔繁〕山」は、特定の山を示すものではなく、「木々が茂る山」の意であって、歌枕の地ではない。

四十一、椙《す》〔杉《ぎの》〕野《の》

『万葉集』巻第十九の、「杉の野にさ踊る雉《きぎし》いちしろく　音にしも泣かむ隠《こも》り妻かも」が、『能因』の「椙野」、『名寄』

の「杉野」に収められるか　この初句の「杉の野」は「杉林の野」の意で、地名ではないという（『萬葉集釋注』『越中万葉百科』）。さらに『越中万葉百科』は、「かつて国庁の西北辺から二上山麓一帯にかけて杉木立の笹原が広がり、雉の生息地であったのだろう」と解説する。これらに依拠して「椙〔杉〕野」は地名ではないとした。

四十二、須《す》蘇〔蕪〕《そ》末《ま》〔末〕《や》山《ま》

『**万葉集**』巻第十七に、二上山（本編十一参照）を詠んだ長歌「射水川い行き廻れる玉櫛笥……」が載り、その第十五句目以下が「統《す》め神の裾廻《すそみ》の山の渋谷の　崎の荒磯《ありそ》に朝なぎに」で、『能因』、『松葉』の「須蘇末山」、『名寄』の「須蕪末山」に収められる。「裾廻の山」の万葉仮名表記は「須蘇末乃夜麻」で、後世の「末」と「末」の書写の誤りが定着してしまったと想像できる。即ち「須蘇末山」は存在しない。なお加えて、歌中の「裾」は二上山の麓であり、詠者は**大伴家持**、それ故の越中国であり、そんな先入観と誤写が相俟っての項立てと判断し、非地名とした。

四十三、太刀造江《たちつくりえ》

この「太刀造江」が何故地名とされ、さらに越中国に在りとされたのかは不明である。『松葉』に『**後拾遺和歌集**』から、前太政大臣とあるから**藤原道長**の「万代を君かまもるといのりつる　太刀つくり江のしるしとをみよ」が載せられる。岩波の『新日本古典文学大系』による現代語訳は「万代までもわが君を

お守りしようと祈りながら鍛えた、しるしの太刀・作り柄を御覧ください」とある。即ち、漢字表記に「柄」ではなく「江」を当てたことからしての誤りと言わざるを得ない。反証する手立てが無い故、非地名とした。

四十四、見《み》奈《な》岸《ぎ》〔疑《し》之《や》〕山《ま》

この「見奈岸〔疑之〕山」も地名でない。「見る」の連用形＋「和《な》ぐ（心が穏やかになる、落ち着く）」の連用形＋過去の助動詞「き」の連体形である。

『**万葉集**』巻十九の、**大伴家持**が「四月の三日に、越前《こしのみちのくち》の判官《じょう》大伴宿禰池主に贈る霍公鳥の歌　感旧の意《こころ》に勝《あ》へずして懐《おもひ》を述ぶる一首」の長歌、「我が背子と手携《たづさ》はりて……」に「見和ぎし山に八峰《やつを》には霞たなびき……」と詠み込まれ、『能因』、『名寄』、『松葉』に例挙される。**家持**は、二上山のことを「眺めやりながら心を晴らし、心が和らいだ山」と形容表現したのである。

四十五、雪嶋《ゆきしま》

『名寄』と『松葉』に、「雪島の巌《いわお》に植ゑたるなでしこは　千代に咲かぬか君が挿頭《かざし》に」が収められる。『**万葉集**』巻第十九の、天平勝宝三年（七五一）正月三日に介《すけ》蔵忌寸《くらのいみき》縄麻呂《つなまろ》宅で催された宴席で、遊行女婦《うかれめ》蒲生娘子《かまふのをとめ》が詠んだ歌である。この初句の「島」は、いわゆる四面を水に囲まれた陸地、即ち一般的な島ではなく、庭の泉水の中の築山、あるいは築山・泉水などのある庭園のことと言う。他にも『**夫木和歌抄**』に載る**藤原行能**の、「雪嶋の巌に立

越中国歌枕歌一覧（名所の数字は各歌枕集収載ページ）

	宇奈比川	英遠浦（併せて安乎能浦）	日美〈ノ〉江	松田江浜〔濱〕・長濱
名所歌枕（伝能因法師撰）	宇奈比川（三二七） うなひ河清き瀬毎にうかはたち かゆきかく行みつれとも 〔万葉十七〕（家持） （「松田江浜」に重載―筆者注）		日美江（三二七） まつたえの浜行くらしつなしとる ひみの江過てたこのしま とびたもとほりあし鴨の すたくふるえに 〔万葉十七〕 （「松田江浜」に重載―筆者注） おとゝひもきのふもありき ちかくあらは 〔拾遺〕（家持）	松田江浜（三二三） 松田江の浜行くらしつなしとり ひみのえ過てたこの島 〔万葉十七〕（家持） （「日美江」に重載―筆者注）
謌枕名寄		英遠浦（一〇〇〇） あおのうみによするしら波いやましに たちしきよせてあゆをいたみかも 〔万十八〕		
類字名所和歌集				
増補松葉名所和歌集	宇奈比川（三六八） しふ谷のさきたもとほりまつたえの 長濱過てうなひ川 清き瀬ことに鵜河たち かゆきかくゆき見つれとも下略 〔万〕（家持） （「松田江濱」、「長濱」に重載―筆者注）	安乎能浦（五六九） あをの浦によする白波いやましに 立しきよせくあゆをいたみかも 〔万十八〕〔家持〕	日美ノ江（七四三） 松田江の濱行くらしつなしとる ひみの江過てたこの嶋 とひたもとほりあし鴨の下略 〔万〕（家持） （「松田江濱」に重載―筆者注）	松田江濱（四六一） まつ田江の濱行くらしつなしとる ひみの江過てたこの浦 〔万〕 （「日美ノ江」に重載―筆者注）

	松田江浜〔濱〕・長濱	布勢、同〈ノ〉浦）
名所歌枕（伝能因法師撰）	まつたえの長浜過てうなひ川 清き瀬ことにうかは 〔万葉十七〕（よみ人不知） （「宇奈比川」に重載―筆者注）	**布勢海**（三二一） 布勢の海沖つ白波ありかよひ 弥年のはにみつゝ思はん 〔万葉十七〕（家持） うらくはしふせの水海に海士舟に 真梶かいぬき白妙の 〔万葉十七〕（大伴家持） 玉くしけいつしかあけんふせの海の 浦を行つゝ玉もひろはん 〔万葉十八〕（田辺史福麿） ふせの海に舟うけすへて沖へこき へに漕みれはなきさには 〔万葉十七〕（大伴家持） 明日の日のふせの浦間のふちなみに けたしき鳴すちらしてんかも 〔万葉十八〕（大伴家持） いかにせかふせの浦そもこゝたくに 君か見せんと我をとゝむる 〔万葉十八〕（田辺史福麿）
詞枕名寄		**布勢海**（九八四） ふせの海おきつしら浪ありかよひ いやとしのはにみつゝしのはん 〔万十七〕（家持） ふせの水うみにあまを舟 （池主） 玉くしけいつしかあけんふせの海の 浦をゆきつゝ玉もひろはん 〔万十八〕 ふせの海舟うけすへてなきさには あちむらさはき玉くしけ二上山に （家持） **布勢浦**（九八五） あすの浦ふせの浦まの藤波に けたしきなかすくらしてんかも （家持） いかにあるふせの浦そもこちたくも 尓吉民我世武等我をとゝむる 〔万十八〕
類字名所和歌集		**布勢**（三〇四） 布勢の海沖つ白波ありかよひ 弥年のはにみつゝ忍はん 〔新勅撰〕（家持）
増補松葉名所和歌集	松田江の長濱過てうなひ川 清き瀬ことにうかはたち下略 〔万〕 （「宇奈比川」、「長濱」に重載―筆者注） **長濱**（三一〇） まつたえのなか濱過てうなひ川 清き瀬ことに鵜川たち 〔万〕 （「宇奈比川」、「松田江濱」に重載―筆者注）	**布勢海**（四九六） 布勢の海沖つ白波有かよひ いやとしのはに見つゝしのはん 〔万十七〕（家持） 浦くはしふせの水海にあまふねに まかちかいぬき上下略 〔万十八〕（家持） 玉くしけいつしかあけんふせの海の 浦をゆきつゝ玉もひろはん 〔万十八〕（田辺福丸） **布勢〈ノ〉浦**（四九六） ふせの浦に舟うけすへて沖へこき へにこき見れは渚には あちむらさはきこぬれ花さき 〔万十八〕 あすの日のふせの浦まの藤波に けたしきなかすちらしてんとも 〔万十八〕〔家持〕

布勢海（併せて

音のみきゝて目に見ぬふせの浦を
　みすはのほらし年はへぬ共
　〔万葉十八〕（読人不知）
ふせの浦を行てし見れは百敷の
　大宮人に語りつきてん
　〔万葉十八〕（読人不知）

をとにき、めにはまたみぬふせの浦を
　見すはのほらし年はへぬとも
ふせの浦をゆきてもみては百敷の
　大宮人にかたりつきなむ
　〔万十八〕
右四首天平廿年三月廿三日左大臣
橘家之使者造泊司合史田辺史独
九御食丁守伴宿祢舒爰新哥并使
誦合詠共述心緒 奈古海 丁時斯之明
将遊覧布勢水海仍述懐作哥

布勢の海のありそによする白波の
　かさしに匂ふ春の浦藤
　〔続後拾遺〕（法印定為）
聲絶す聞えそ渡る布勢の海に
　鳴や千鳥のあり通ひつゝ
　〔新千載〕（民部卿為藤）

布勢海（四九六）
ふせの海の有そによする白波の
　かさしに匂ふ春の浦藤
　〔續後拾〕（法印定為）
声たえず聞えそわたる布勢海に
　なくや千鳥の有かよひつゝ
　〔新千〕（為藤）
ふせの海やかすむ朝けはゆく舟の
　有そのかよひ有としもなし
　〔雪玉〕（実隆）
布せの海にそこさへ清くすむ月の
　光や沈む玉とみゆらん
　〔草庵〕（頓阿）
ふせの海に小舟つらなめまかいかけ
　いこきめくれはをふの浦に
　霞たなひきたるひめに
　藤浪咲て濱きよく
　〔万十七〕
（「乎布浦」、「垂姫浦」に重載―筆者注）
布勢浦（四九六）
咲かゝるふせの浦はの藤波に
　うつるかけのみ松は見えつゝ
　〔夫木〕（衣笠内大臣）

（併せて同浦）・垂姫崎（併せて同〈ノ〉浦）

名所歌枕（伝能因法師撰）

平布崎（三二六）
おろかにそ我は思ひしおふの浦の
有礒のめくりみてとあかぬかも
〔万葉十八〕（福丸）
（「有礒渡」に重載—筆者注）
おふの崎漕たもとほりひねもすに
みるともあくへき島ならなくに
〔万葉十八〕（家持）
おふの崎花ちりまかひ渚には
あし鴨さはきさゝれなみ
〔万葉十七〕（家持）
乎布の浦に霞たな引たる姫の
藤浪さきて浜きよく
〔万葉十八〕（よみ人不知）
（「垂姫崎」に重載—筆者注）

垂姫崎（三二六）
たる姫の浦を漕つゝけふの日は
たのしくあそへいひつきにせん
〔万葉十八〕（遊女土師）
たるひめの浦をこく船梶間にも
ならのわきへを忘て思へや
〔万葉十八〕（よみ人しらす）
神さふるたるひめの崎漕めくり
みれともあかすいかに我せん
〔万葉十八〕（田辺史福丸）

謌枕名寄

乎敷浦（九八六）
おろかにそ我は思ひしおふの浦の
ありそのめくりみれとあかすけり
〔万〕
右王水海遊覧時各述懐作哥

乎敷崎（九八五）
おふのさきこちたもとほりひねもすに
見てもあくへき浦にあらなくに

垂姫浦（九八六）
たる姫の浦をこきつゝけふの日は
たのしくあそへいひつきにせん
〔万〕
たるひめの浦をこく舟かちまにも
ならのはきつを忘れておもふや

垂姫崎（九八六）
かむさひるたるひめの崎こきめくり
みれともあかすいかにわすれん
〔万〕

類字名所和歌集

増補松葉名所和歌集

乎布浦（一一〇）
をろかにそ我はおもひしをふのうらの
有礒のめくりみなとあかぬかも
〔万十八〕（田辺福丸）
（「有礒」に重載—筆者注）

乎布崎（一一〇）
をふの崎花散まかふなきさには
あしかもさわきさゝらなみ
〔万十七〕〔家持〕

乎布浦（一一〇）
をふのうらに霞たな引たるひめの
藤波さきて濱きよく
〔万〕
（「布施海」、「垂直ノ浦」に重載—筆者注）

乎布崎（一一〇）
かけしあれは月のかつらのをふのさき
花と散かふ波の秋風
〔雪玉〕（逍遥院）

垂姫ノ浦（一二四九）
垂姫の浦を漕つゝけふの日は
たぬしくあそへいひつきにせん
〔万十八〕（遊行女婦土師）
たるひめの浦をこくふねかちまにも
ならのわきへをわすれて思へや
〔万十八〕（家持）
かみさふるたるひめの崎漕めくり
みれともあかすいかに我せん
〔万十八〕（田辺史福丸）

有礒〔磯〕（併せて同海、同ノ浦、同崎、同浜〔濱〕、同〈ノ〉渡）	乎布〔敷〕崎
有礒渡（三二四） 島かくれありそに通ふ芦たつの ふみ置跡は波もけたなん 〔後撰〕（読人しらす） かくてのみ有礒の浦の浜千鳥 よそになきつゝ恋や渡らん 〔拾遺〕（よみ人不知） ありそ海の浦とたのめし名残波 打よせてける忘れ貝かな 〔拾遺〕（よみ人不知） いはて思ふ心ありその浜風に 立白波のよるそわひしき 〔後撰〕（読人しらす） ありそ海の浜の万砂と頼めしは 忘るゝ事の数にそ有ける 〔古今〕（読人しらす） 我も思ふ人も忘るなありそ海の 浦吹風のやむ時もなく 〔後撰〕（ひとしきこのみこ） 我恋は有その海の風をいたみしきり によする浪のまもなし 〔新古今〕（伊勢）	垂姫に藤波咲て浜清く しら波さはきしく〳〵に 〔万葉十九〕（よみ人しらす）
有礒（九八一） しまかくれありそにかよふあしたつの ふみをくあとは波もうたなん 〔後〕（伊勢） 右越中任国之間遙聞弟喪感傷作哥 **有礒海**（九八二） かくてのみありその浦のはま千鳥 よそになきつゝこひやわたらん 〔拾〕（読人不知） ありそ海の浦とたのめしなこそなみ うちよせてけるわすれかひかな 〔拾〕 **有礒浜**（九八四） いはておもふ心ありそのはまかせに たつ白波のよるそわひしき **有礒海**（九八二） ありそ海のはまのまさことたのめしは わするゝことのかすにそありける 〔古〕（読人不知） わか思ふ人も忘るなありそうみの 浦ふく風のやむときもなく 〔後拾〕 我恋はありその海の風をいたみ しきりによする浪の間もなく 〔拾〕（伊勢）	
有礒（三五〇） 嶋かくれありそに道ふ芦たつの ふみ置跡は波もけたなん 〔後撰〕〔読人不知〕 かくてのみ有礒の浦の濱千鳥 よそになきつゝ恋や渡らん 〔拾遺〕（読人不知） ありそ海の浦とたのめし名残波 打よせてける忘れ貝哉 〔拾遺〕（読人不知） いはて思ふ心ありその濱風に 立白波のよるそわひしき 〔後撰〕（読人不知） ありそ海の濱のま砂と頼めしは 忘るゝ事の数にそ有ける 〔古今〕（読人不知） 我も思ふ人も忘るなありそ海の 浦吹風のやむ時もなく 〔後撰〕（ひとしきこのみこ） 我恋は有その海の風をいたみ しきりに寄る波のまもなし 〔新古今〕（伊勢）	
有礒（五七二） 嶋かくれ有礒に通ふ芦田鶴の ふみおく跡は波もけたなん 〔後撰〕 **有礒ノ浦**（五六九） かくてのみありそのうらの濱千鳥 よそに鳴つゝ恋わたるらん 〔拾遺〕 ありそうみの浦とたのめし名残なみ 打よせてける忘貝哉 〔拾遺〕 **有礒濱**（五七一） いはて思ふ心ありそのはま風に たつ白波のよるそわひしき 〔後撰〕	布勢の海に小舟つらなめまかいかけ いこきめくれはをふの浦に 霞たなひきたるひめに 藤波咲て濱きよく下略 〔万〕 （「乎布浦」、「布施海」に重載―筆者注）

有礒〔磯〕（併せて同海、同ノ浦、同崎、同浜〔濱〕、同〈ノ〉渡）

名所歌枕（伝能因法師撰）

かゝらんと兼てしりせは越の海の
ありその波もみせまし物を
〔万葉十七〕（大伴家持）

我恋は読むともつきしありそ海の
浜の万砂はよみ尽す共
〔古今〕（よみ人しらす）

白波のありそによするしふ谷の
さき祑ほりまつたえの
〔万葉十七〕（大伴家持）

おろかにそ我は思ひしおふの浦の
有礒のめくりみれとあかすけり
〔万葉十八〕（田辺史福丸）
（「乎布崎」に重載―筆者注）

謌枕名寄

有礒（九八一）
かゝらんとかねてしりせはこしの海の
ありその波もみせまし物を
〔万十七〕
右越中任国之間遥聞弟喪感傷作哥

有礒浜（九八四）
かよひくるなみのありそのはまちとり
跡はしはしもなとかとゝめぬ

有礒海（九八二）
ありそ海のはまのまさこをみなもかな
ひとりぬる夜のかすにとるへく
〔後〕（相模）

昔より思ふ心はありそうみの
はまのまさこのかすもおほえす
〔後拾〕〔閑院大夫〕

おもふことありその海のうつせかひ
あはてやみぬる名をやのこさん
〔堀百〕〔師頼〕

人しれぬおもひありその浦かせに
浪のよるこそいはまほしけれ
（俊忠）

類字名所和歌集

通ひくる名のみ有その濱千鳥
跡はしはしもなとか留めぬ
〔新後撰〕（尚侍藤原頂子朝臣）

我恋は讀ともつきしありそ海の
濱の真砂はよみ盡す共
〔古今〕

ありそ海の濱の真砂をみなもかな
獨ぬる夜の数に取へく
〔後拾遺〕（相模）

昔より思ふ心はありそ海の
濱のま砂のかすもしられす
〔続古今〕（閑院大君）

思事有その海のうつせ貝
あはてやみぬる名をや残さん
〔新後撰〕（大納言師頼）

人しれぬ思ひ有礒の浦風に
波の寄こそいはまほしけれ
〔金葉〕（中納言俊忠）

増補松葉名所和歌集

有礒（五七二）
かゝらんとかねてしりせは越の海の
有礒の波も見せましものを
〔万〕（家持）

有礒濱（五七一）
かよひくる名のみ有その濱千鳥
あとはしはしもなとかとゝめぬ
〔新後撰〕（尚侍藤原《ママ》子）

有磯（五七二）
白波のあり磯によするしふ谷の
さき祑ほりしつたえの下略
〔万〕（家持）

おろかにそ我はおもひしをふの浦
有磯のめくりみれとあかぬかも
〔万〕（家持）
（「乎布浦」に重載―筆者注）

有礒〔磯〕（併せて同海、同ノ浦、同崎、同浜〔濱〕、同〈ノ〉渡）

ありそ海の浜にはあらぬ底にても
数しらす社嬉しかりけれ
〔伊勢〕（伊勢）

こゑ人のひたひかみゆふありそ海の
ゆふそめこゝろ我わすれめや
〔万十一〕

我恋の数にしとらはありそうみの
はまのまさこもつきぬへら也
〔後〕（棟梁）

をとにきくたかしの浜のあた波は
かけしや袖のぬれもこそすれ

有礒（九八一）
白波のありそにかよふたちのさき　如上
しふたにの谷のありそに

有礒崎（九八二）
しふたにのありそのさきにおきつ波
（大伴黒主）
右追加布勢水海賦又伊勢海詠之

有礒渡（九八四）
大さきのありそのわたり霧こめて
をちかたこゑに舟よはふなり

おほさきのありその渡はふくすの
ゆくかたなくやおもひわたらん

波こゆるありそのまくすうらみまて
あはてうらみの露そこほるゝ
（前内大臣）

風をいたみありそに通ふはま千鳥
波高からし跡もとゝめす
〔新六〕（知家）

有磯崎（五七二）
しふ谷のありその崎も見えぬまて
波高からし五月雨の頃
〔宝治百〕（定嗣）

	有礒〔磯〕	古江（併せて同村、同橋）	島〔嶋〕）
名所歌枕（伝能因法師撰）		**古江村**（三二一三） 芦鴨のすたく古郷におとゝひも 昨日もありき近くあらは 〔万葉十七〕（大伴家持）	**多枯浦**（三二一七） 多枯浦の底さへ匂ふ藤なみを かさしてゆかんみぬ人の為 〔拾遺〕（柿本人丸） （「多古島」に重載―筆者注）
謌枕名寄		**古江村**（九八八） 五月雨はふるえのむらのとまやかた のきまてかゝるたこの浦なみ （定円）	**多胡浦**（九八六） たこの浦のそこさへにほふ藤なみを かさしてゆかんみぬ人のため 〔万十九〕 右子細同前布勢浦哥
類字名所和歌集			**多枯浦**（一七二） 多枯浦の底さへ匂ふ藤なみを かさしてゆかんみぬ人の為 〔拾遺〕（柿本人麿）
増補松葉名所和歌集	**有磯渡**（五七八） 吹風のありその渡波越て 葛の若葉にむすふ白つゆ 〔夫木〕（後九条） をちかたや名のみ有その渡りえぬ 日もゆくくれのくすの浦風 〔家集〕（牡丹花）	古江（四九九） 芦かものすたくふる江にをとつ日も きのふもありつ下略 〔万〕（家持） **古江村**（五〇六） さみたれは古江の村の苫屋形 軒ませ《で》かゝる田子のうら波 〔夫木〕〔法印定円〕 （「多枯浦」に重載―筆者注） **古江**（四九九） 待えつるふる江の藤の春の日に 梢の花をならへてそ見る 〔愚草〕（定家） 君か代に我身ふる江のあやめ草 老の波にそ長き根はひく 〔新葉〕（坂夫） **古江橋**（四九〇） くちにけるふる江のはしを山川に 又咲わたす春の藤かえ 〔家集〕（牡丹花）	**多枯浦**（二四八） たこのうらの底さへ匂ふ藤波を かさしてゆかん見ぬ人のため 〔拾遺〕（人丸）

多枯〔胡〕浦（併せて同崎、多胡〔古〕入江、多古〔枯〕

多古島（三二八）
たこの浦の底さへ匂ふ藤浪を
かさしてゆかむみぬ人のため
〔拾遺〕（大伴家持）
（「多枯浦」に重載―筆者注）
たこの崎この暮しけに時鳥
来鳴とよめは将こひめやも
〔万葉十八〕（大伴家持）
いさゝかに思ひてうしをたこの浦に
咲る藤みて一夜へぬへし
〔万葉十九〕（次宮内忌寸丸）
音信よこしのは山の時鳥
たこの藤なみ今さかりなり
（家持）
つなしとるひみの江過てたこの島
とひたもとほり芦鴨の
〔万葉十七〕（大伴家持）

多胡崎（九八六）
たこのさきこのくれしけみほとゝきす
きなきとよめはたこひめやも

多胡浦（九八六）
＊いさゝかに思ひてこしをたこの浦に
さける藤見て一夜へぬへし
〔万十九〕
をとつれよこしのしは山のほとゝきす
たこのうら藤いまさかりなり
（家隆）
をのかなみにおなし末葉そしほれぬる
藤さくたこのうらめしの身や
〔新古〕（慈鎮）
＊藤なみのかけなる浦のそこきよみ
しつくいしをも玉と我みる

多胡入江（九八八）
さなへとるたこの浦人夏かけて
なはしろ水に入江せくなり
（家隆）

をのか波に同末はそしほれぬる
藤咲たこの恨めしの身や
〔新古今〕（慈円）

多枯崎（二四九）
たこのさき此くれしけに時鳥
きなきとよめははた恋めやも
〔万十八〕（家持）

多枯嶋（二四九）
つなしとるひみの江過てたこのしま
とひともとほり芦鴨の
〔万十七〕（家持）

多枯浦（二四八）
藤浪のかけなる海の底清み
しつく石をも玉とそ我みる
〔万〕

多古入江（二五八）
早苗とる田子の浦藤夏かけて
苗代水に入江せくなり
〔名寄〕〔家持〕
（「多枯浦」に重載―筆者注）

胡〔古〕入江、多古〔枯〕島〔嶋〕）

名所歌枕（伝能因法師撰）

謌枕名寄

多胡浦（九八六）

＊ぬれつゝもしゐてやおらむたこの浦の
　そこさへにほふ春のふちなみ
　　　　　　　　　　　　（順徳院）

＊藤波を借廬につくり湾廻為流
　ひとはしらぬあまとやみらし

　＊四首遊覧布勢水海泊於多祐湾望
　　見藤花各述懐作哥

むらさきのしき波よるとみるまでに
　たこの浦藤花さきにけり
　　　　　　　　　　　　〔堀百〕

松かえに浪のかけたる色見えて
　汀もちかきたこのうら藤
　　　　　　　　　　　　（為信家）

うつりゆく春をはたこのうらみても
　わすれすかけよきしの藤なみ
　　　　　　　　〔千五百〕（雅経）

類字名所和歌集

たこの浦や汀の藤の咲しより
　うつろふ波そ色に出ける
　　　〔続後拾遺〕（前関白左大臣）

沖つ風吹こす礒の松かえに
　あまりてかゝる多枯のうら藤
　　　　　〔玉葉〕（藤原宗泰）

早苗取たこの浦人此ころや
　も塩もくまぬ袖ぬらすらん
　　〔続後拾遺〕（前左兵衛督教定）

此比はたこの藤波なみかけて
　行てにかさす袖やぬれけん

増補松葉名所和歌集

多枯浦（二四八）

さなへとる田子のうら人夏かけて
　苗代水に入江せくらし
　　　　　　　　　　　　〔名寄〕
　（「多古入江」に重載―筆者注）

たこのうらやみきはの藤の咲しより
　うつろふ波そ色に出ける
　　　〔續後拾〕（前関白左大臣）

多枯〔胡〕浦（併せて同崎、	渋谷（併せて同磯、同浦、同崎、同濱）
	渋谷（三一二三） 馬なめていさ打ゆかむしふ谷の 　清き磯間によする波見に 　〔万葉十七〕（大伴家持） すめ神のすそみの山の渋谷の 　さきのありそに朝なきに 　〔万葉十七〕（大伴家持） 　（「須蘇末山」に重載―筆者注） しふ谷をさして我行この浜に 　月夜あきてん馬しましとめよ 　〔万葉十九〕（大伴家持） 渋谷のさきのありそによする波 　いやしく〳〵に古おもほゆ 　〔万葉十七〕（大伴家持） 白波のありそによするしふ谷の 　さき袂ほりまつたえの 　〔万葉十七〕（大伴家持）
	渋谷磯（九八一） こまなへていさうちゆかなしふ谷の 　きよきいそまによするしら波 　（家持） 　右天平廿八年八月七日夜舒宴坎 **渋谷崎**（九八〇） すめかみのすそまの山のしふ谷 　崎のありそにあさなきによする白波 しふ谷をさしてわれゆくこのはまに 　月夜あきてん馬しはしかせ しふ谷のさきのありそによするなみ 　いやしく〳〵にいにしへおほゝゆ 　右二上山賦 白波のありそによするしふ谷の 　さきたもとおりまつたへの 　奈我はますきて 　右布施海賦
咲藤の花にやあかぬ時鳥 　たこのうら波たちかへりなく 　〔家集〕（通躬） 五月雨のふる江の村の苫屋かた 　軒までかゝるたこのうらなみ 　〔新拾〕（法印定円） 　（「古江村」に重載―筆者注） たこのうらや夏をもいはす秋の風 　さそふ白波たゝぬ日そなき 　〔文亀三歌合〕（徳大寺前左大臣） 朝氷鳰もかよはすなりにけり 　何をよすらんたこのうら波 　〔夫木〕（第三のみこ）	**渋谷磯**（七一六） 駒なへていさ打ゆかんしふ谷の 　清きいそ間によする波見に 　〔万十七〕（家持） **渋谷崎**（七一六） すめ神のすそまの山のしふ谷の 　崎の有磯に朝なきに略 　〔万〕（家持） 　（「須蘇末山」に重載―筆者注） **渋谷濱**（七一五） しふ谷をさして我ゆくこの濱に 　月夜あきてん馬しはしとめよ 　〔万十九〕（家持）

	渋谷（併せて同磯、同浦、同崎、同濱）	二上山（併せて同尾上、同峯〔嶺〕）
名所歌枕（伝能因法師撰）	しふ谷のありその崎に沖つ波 よせくる玉藻かたよりに 〔万葉十七〕（大伴家持） しふ谷の二上山に鷲そ子うむといふ さしはにも君が御為に 鷲そ子うむといふ 〔万葉十六〕 （「二上山」に重載―筆者注）	**二上山**（三二〇） しふ谷の二上山に鷲そ子うむといふ さしはにも君か御為に 鷲そ子うむといふ 〔万葉十六〕 （「渋谷」に重載―筆者注） ぬは玉の夜は更ぬらし玉くしけ ふたかみ山に月かたふきぬ 〔続古今〕（道良） 玉くしけふたかみ山に鳴鳥の 声の恋しき時は来にけり 〔万葉十七〕（大伴家持）
謌枕名寄		**二上山**（九七九） しふたにの二上山にわしそこをうむといふ さらはにも君かために わしそこうむといふ 〔万〕 右越中国哥四首内 むはたまの夜はふけぬらし玉くしけ ふたかみ山に月かたふきぬ 〔万〕（家持） たまくしけふたかみ山になく鳥の こゑの恋しき時はきにけり 〔万〕 右二上山賦
類字名所和歌集		**二上山**（三〇四）
増補松葉名所和歌集	**渋谷浦**（七一三） しふ谷の有磯の崎に沖つ波 せよくる玉藻かたよりに略 〔万〕（家持） （「渋谷崎」に重載―筆者注） **渋谷崎**（七一六） しふ谷のありその崎に沖つ波 よせくる玉もかたよりに 〔万十七〕（大伴池主） （「渋谷浦」に重載―筆者注） **渋谷浦**（七一三） 雪《の》もよにしふ谷の浦を漕出て 釣するあまは袖やぬからん 〔夫木〕	**二上山**（四七六） しふ谷の二上山にわしそ子うむといふ さしはにも君か御為に 鷲そこむとふ子うむといふ 〔万十六〕 ぬは玉の夜は更ぬらし玉くしけ 二上山に月かなふきぬ 〔万十七〕（土師宿祢道良） 玉くしけふたかみ山になく鳥の 声の恋しきときは来にけり 〔万十七〕（家持）

二上山（併せて同尾上、同峯〔嶺〕）

玉くしけ二かみ山にはふつたの
ゆきも別すありかよひ
〔万葉十七〕（大伴家持）
かきかそふふたかみ山に神さひて
恋るこるの木もとも枝かも
〔万葉十七〕（大伴家持）
三島野をそかひに見つゝ二上の
山飛越て雲かへり
〔万葉十七〕（大伴家持）
（「三島野」に重載―筆者注）
二上のをてもこのもにあみさして
あが待鷹をいめにつけつも
〔万葉十七〕（大伴家持）
ふたかみの山に隠れる郭公
今も鳴ぬか君にきかせん
〔万葉十八〕（遊女土師）
玉くしけふたかみ山は春花の
咲るさかりに秋の葉の
〔万葉十七〕（大伴家持）
むは玉の夜はあけぬらし玉匣
二上山に月かたふきぬ
〔万葉十七〕（家持）

玉くしけふたかみ山にはふくすの
ゆきはわかれすありかよひ
〔万〕（家持）
かきあそふ二上山にや《マヽ》むさひて
たてるつるのきもとしへも
およ角やしとき葉に
右二首布施水海賦
みしまのをそかひにみつゝ二上の
山とひこえてくもかゝり
〔万〕
（「三嶋野」に重載―筆者注）
二上のおきもこのゝにあみさして
あかまつたかをいぬにつけつも
〔万〕
右射水郡古江村取獲蒼鷹作哥
二上の山にこもれるほとゝきす
いまもなかぬか君にきかせん
〔万十八〕
いみつ河ゐゆきめくれるたまくしけ
ふたかみ山は春花の
さけるさかりに秋は野に
にほえるとき・・己下渋谷哥載之
〔万〕

むは玉の夜はあけぬらし玉匣
二上山に月かたふきぬ
〔続古今〕（家持）
郭公あかすもあるかな玉くしけ
二上山のよはの一こゑ
〔続後拾遺〕（読人不知）

玉くしけ二上山にはふ蔦の
ゆきは別れすありかよひ下略
〔万十七〕（家持）
かきそふる二上山に神さひて
たてるとかの木もともえも
〔万〕（家持）
みしま野をそかひに見つゝ上下略二上の
山飛こえて雲かけり
〔万十七〕（家持）
（「三嶋野」に重載―筆者注）
二上のをてもこのもにあみさして
あか待鷹をいめにつけても
〔万十七〕（家持）
ふたかみの山にか《こも》くれるほとゝきす
今もなかぬか君にきかせん
〔万十八〕（遊女《行女婦》土師）
射水川いゆきめくれる玉くしけ
ふたかみ山に春花の
咲るさかりに秋の葉の下略
〔万〕（家持）
君か代はふたかみ山の峯に生る
みとりの松の生かはるまて
〔夫木〕
我恋は二上山のもろかつら
もろともにこそかけまほしけれ
〔林葉集〕（俊恵法し）

	二上山（併せて同尾上、同峯〔嶺〕）	菅山・木葉里（併せて同杜）
名所歌枕（伝能因法師撰）	ふたかみの尾上のしゝにこもにしは 郭公まてといまた来なかす 〔万葉十九〕（家持）	菅山（三二八） 心にはゆるふ事なくすかの山 すかなくのみや恋渡りなん 〔万葉十七〕（大伴家持）
謌枕名寄		菅山（九八八） こゝろにはゆるふときなきすかのやま すかる、のみやこひわたるらん 〔万十七〕（家持） 右越中守大伴宿祢時水郡古江村取獲蒼鷹作哥 反哥三首内 春は猶日かけもなかきすかのやま 見らくにあかぬ花の色かな （衣笠） 木葉里（九八八） 色そむる木のはの里のからにしき あらくなたちそすかの山かせ （行意） ちりまかふ木の葉のさとをたちわかれ さそすみうしと秋もゆくらん 〔現六〕
類字名所和歌集		
増補松葉名所和歌集	二上嶺（四八一） 二上の嶺をやすらふほとゝきす 心つくしの声そふりせぬ 〔夫木〕（光明峯寺） 二上尾上（四八二） ふたかみの尾上のしゝにこもにしは 時鳥まてといまた来なかす 〔万十八〕（大伴家持）	菅山（七六一） 春は猶おもかけもなき菅の山 見らくにあかぬ花のいろかな 〔名寄〕（衣笠内大臣） 白いとのすかの端山の月まつと 暮る夜かけてうつころも哉 〔夫木〕（後九条内大臣） 色さそふこの葉の里のからにしき あらくな立そすかの山風 〔類聚〕（行家） （「木葉里」に重載—筆者注） 木葉里（五二七） 色さそふ木のはの里の唐にしき あらくな立そすかの山風 〔類聚〕（行家） （「菅山」に重載—筆者注） ちりまかふ木のはの里を立別れ さそすみよしと秋もゆくらん 〔現六〕

菅山・木葉里（併せて同杜）	射水河〔川〕
	射水河（三一九） いみつ河いゆきめくれる玉くしけ 二上山は春花の 〔万葉十七〕（家持）
	射水河（九七八） いみつかはみなとのすとりあさなきに かたにあさしほみては つまよひかはす 右布勢海賦追和 いみつ川雪かへにまして行水の いo《ゃ》ましにのみたつかなく 奈呉江のすけのねもころに 思むすほし 〔万十八〕 あさことにきけははるけしいみつ河 あさこきしつゝうたふ舟人 〔万十九〕
吹くもる風の音こそさひしけれ このはの里の秋の夕くれ 〔夫木〕 秋深み嵐にそひて時雨れは このはの里そさひしかりける 〔夫木〕 **木葉杜**（五一五） しくれの雨間なくしふれは名にしおふ このはの杜も色かはりゆく 〔夫木〕（光俊）	**射水川**（四〇） 射水川いゆきめくれる玉くしけ ふたかみ山の春花の さける盛に略 〔万十七〕（家持） 射水川みなとのす鳥朝なきに かたにあさりし塩みては 〔万十七〕（家持） いみつ川雪きえ満てゆく水の いやましにのみたつかなく 〔万〕（家持） 朝床にきけははるけしいみつ河 朝漕しつゝうたふ舟人 〔万十九〕（家持） いみつ川清き河内に出立て わかたち見れはあゆの風 〔万十七〕（家持）

	碕〔崎・辟〕田河〔川〕	礪波関（併せて同山、刀奈美関）・卯花〈山〉
名所歌枕（伝能因法師撰）	碕田河（三三二） 足引の山下《ひき》とよみ落瀧つ なかるさき田の河の瀬に 〔万葉十九〕（よみ人不知） 紅の衣にほはしさき田川 絶る事なく我かへり見ん 〔万葉十九〕（よみ人不知）	
謌枕名寄	崎田河（九九六） 春されは花みゝにほふあしひきの 山したひゝきおちたきつ 流崎田の河の瀬にあゆこさはしる しまつ鳥うかひともなへかゝりさし なつさひゆけは くれなゐの衣にほはしさきた川 たゆる時なくわかかへり見む さきた河くたすう舟にさすさほの をとさゆるまで夜はふけにけり （二条院讃岐） 年ことにこあゆしはしれは崎田河 うかへのつきちかはせたつねん	礪波関（九九二） やきたちをとなみのせきにあすよりは もりへよりそへきみをとゝめん 右天平勝宝二年東大寺僧平栄贈泊 作哥 こしちにはそりひくほとに成にけり となみのせきの雪のあけほの いもか家にくものふるまひしるからん となみのせきをけふこえくれは 〔堀百〕（顕季）
類字名所和歌集		
増補松葉名所和歌集	辟《サキ》田川（六一三） 足引の山下ひゝき落瀧ち なかるさきたの川の瀬に略 〔万十九〕 さきた川下す鵜ふねにさす棹の 音さゆるまて夜は更にけり 〔名寄〕（讃岐） 年のはに鮎しはしれはさきた川 鵜やつかつきて川瀬尋ねん 〔万十九〕	刀奈美関（八二） やきだちのとなみの関にあすよりは もりべやりろ《ぞ》へ君をとゝめん 〔万十八〕（家持） 越路にはそりひくほとに成にけり となみの関の雪の明ほの 〔名寄〕 明わたるとなみの関のまさしくは かつわかれゆくせなをとゝめよ 〔宝治百〕（定嗣）

礪波関（併せて同山、刀奈美関）・卯花〈山〉

卯花山（三三〇）
見渡せは卯花山の時鳥
　音のみし鳴ゆ朝霧に
　　〔万葉十七〕（大伴家持）
明ぬともなをかけ残せ白妙の
　うの花山のみしかよの月
　　〔新千載〕（中務卿宗尊親王）
かくはかり雨のふらくに時鳥
　卯花山になをかなくらん
　　〔万葉十〕（人丸）

礪波山（九九一）
見わたせは卯の花山の時鳥
　ねのみしなかゆあさきりの
　みたるゝ心ことにいてゝ
　いははゆゝしみとなみ山
　たむけの神にぬさまつり
　まつのさえたにゆふされは
　　（「卯花」に重載―筆者注）

卯花（九九二）
見和多勢波宇能波奈夜麻乃保等登
芸須祢能未之奈可為安佐疑里能
美太流々許々呂許登尓伊泥弖伊
婆由遊思美門奈美夜麻
　　（「礪波山」に重載―筆者注）
ほとゝきすうの花山のあるしして
　空にしられぬ月になくなり
　　（守覚法〻）
日かけさす卯花山のをみころも
　たれぬきかけて神まつるらん
　　（小侍従）

卯花山（一二三三）
明ぬともなをかけ残せ白妙の
　うの花山のみしかよの月
　　〔新千載〕（中務卿宗尊親王）
かくはかり雨のふらくに時鳥
　卯花山になをかなくらん
　　〔玉葉〕（人麿《ママ》）
郭公卯花山にやすらひて
　そらに知れぬ月になくなり
　　〔新千載〕（仁和寺二品親王守覚）

刀奈美山（八二）
となみ山手向の神にぬさ祭り
　あか恋のまくはしけやし
　　〔万十七〕（家持）
　　（「卯花山」に重載―筆者注）
となみ山飛こえてなくほとゝきす
　都にたれかきゝなやむらん
　　〔夫木〕（為家）
となみ山飛こえ行てあけたては
　松のさえたに夕されは
　月にむかひて略
　　〔万十九〕（家持）

卯花山（三五二）
見わたせは卯花山の時鳥
　音のみし鳴ゆ朝きりに下略
　　〔万十七〕（家持）
明ぬとも猶影のこせ白妙の
　卯の花山のみしか夜の月
　　〔新千〕（宗尊親王）
かくはかり雨のふらくに時鳥の
　うの花山を《に》猶かなくらん
　　〔万十〕（人丸）
ほとゝきすうの花山にやすらひて
　空にしられぬ月になく也
　　〔新千〕（二品親王守覚）
日影さすうの花山の小忌衣
　誰ぬきかけて神まつるらん
　　〔名寄〕（小侍従）

	礪波関（併せて同山、刀奈美関）・卯花〈山〉	雄神河〔川〕
名所歌枕（伝能因法師撰）		
謌枕名寄	夏の夜は入ても月はのこりけり 卯の花山をあめになかめむ （隆信）	雄神河（九九三） おかみ河くれなゐにほふおとめらも あしつきとるとせにたゝすらし 〔万十七〕 右巡行波郡礪波郡雄神河辺作哥 おかみ河ねしろたかゝやふみしたき とるあしつきもせなかためとそ 右む月の七日中宮仲実か許へなゝくさなつかはすとていへり おかみ川かきのはひえにあゆつりて あそふもさめぬそのねおもへは
類字名所和歌集	朝またき卯花山をみわたせは 空はくもらてつもる白雪 〔風雅〕（前大納言経房）	
増補松葉名所和歌集	朝またきうの花山を見渡せは 空はくもらてつもる白ゆき 〔風雅〕（経房） なかめつる月より月は出にけり 卯花山の夕くれの空 〔月清〕（後京極） 雪にたにふむ跡とめしこしちなる 卯花山を分やまよはん 〔園草〕（雅俊）	雄神川（一二二） をかみ河紅ゐ匂ふ乙女らし 芦つきとると瀬にたゝすらし 〔万十七〕（家持） 雄神川ねしろたかゝやふみしたみ とる芦附もせなか為とそ 〔名寄〕（俊頼） をかみ川やきのはゐえに鮎つりて あそふもさめぬそのね思へは 〔名寄〕（俊頼） をかみ川うきつにはゆるゑくの上《うれ》を つみしなへてもそこのみたのめ 〔散木〕（俊頼） 雄神川波風さえて乙女子か 袖にも雪をかへすとそみる 〔文明千〕（海在山大納言）

伊久里森〔杜〕	藪浪〔波〕里
伊久里森（三一九） 妹か家にいくりの杜の藤花 今こん春もつねかへし見ん 〔万十七〕（勝是也）	藪浪里（三三一） やふなみの里に宿かり春雨に こもりつゝむと妹につけつや 〔万葉十八〕（家持）
伊久里森（九九六） いもか家にいくりの森の藤のはな 今こん春もつねかそしみん 右越中守大伴宿祢任国間舒宴僧重 時伝誦 いつかたのいくりの森の春ならん あかれぬ藤のはなを見すてゝ （知家）	藪波里（九九三） やふなみのさとにやとかる春雨の こほりつゝむといもにつけつる 〔万十八〕 右宿礪波郡時越起風雨不得去作哥
伊久里杜（一七） 妹か家にいくりの杜の藤の花 今こん春もつねかくしみん 〔万〕（勝是巴） ほとゝきす声あかなくに尋ねきて いくりの杜にいくよへぬらん 〔堀百〕（顕季）	薮浪里（四四八） やふなみの里に宿かり春雨に こもりつゝむと妹につけつや 〔万十八〕（家持）

佐渡編より―、同湊、同門、同渡）・信濃浜〔濱〕

名所歌枕（伝能因法師撰）

奈呉（三三一）
湊風寒く吹らしなこの江に
妻よひかはし田鶴沢になく
〔万十七〕（家持）
なこの海に塩のはやひはあさりしに
出んとたつは今そ鳴なる
〔万葉十八〕（福丸）
あゆの風いたく吹らしなこの海士の
釣する小舟漕かへるみゆ
〔万葉十七〕（家持）
浪たてはなこの浦間による貝の
まなき恋にそ年はへにける
〔万葉十八〕（福丸）

謌枕名寄

奈呉江（九九八）
湊かせさむくふくらしなこのえに
つまよひかはしたつさはになく
〔万十七〕
奈呉海（九九七）
奈古の海のしほのはやひはあさりにも
いてんとたつはいまそなくなる
〔万〕
右数首哥等大伴宿祢越中守時度度
宴哥也
あゆの風いたくなふきそなこの海に
つりするを舟こきかへるみゆ
〔万十七〕（家持）
奈呉浦（九九九）
浪たてはなこの浦まによるかひの
まなきこひにそ年はへにける
〔万十八〕
奈呉江（九九八）
雲はらふなこの入江のしほかせに
みなとをかけてすめる月かけ
奈呉渡（九九九）
ふきはらふあなしの風に雲はれて
なこのとわたるありあけの月
〔万代〕（俊成）
奈呉江（九九八）
月いてゝ今こそかへれなこのえにゆ
えわするゝあまのつり舟
（光俊）
あふことはなこえにあさるあしたつの
うきねをなくと人はしらすや
〔金〕（法性寺関白）

類字名所和歌集

奈呉（二一五）
湊風さむく吹らしなこの江に
妻よひかはしたつ澤に鳴
〔続古今〕（家持）
雲はらふなこの入江の塩風に
湊をかけてすめる月かけ
〔新後撰〕（前大納言具房）
吹はらふあなしの風に雲晴て
なこのとわたる有明の月
〔新千載〕（俊成）
月出て今こそ帰れなこの江に
夕わするゝあまの釣舟
〔続古今〕（藤原光俊）
逢事もなこ江にあさる芦鴨の
うきねを鳴と人は知すや
〔金葉〕（摂政左大臣）

増補松葉名所和歌集

奈呉ノ海（三〇二）
なこの海の塩のはやひはあさりしに
出んとたつは今そ鳴なる
〔万十八〕（田辺福丸）
東風いたく吹らしなこの蜑の
釣する小舟漕かへる見ゆ
〔万十七〕（家持）
波たてはなこの海間による貝の
まなき恋にそ年はへにける
〔万十八〕（田辺福丸）
奈呉湊（三一一）
雲はらふなこの入江の塩風に
みなとをかけてすめる月かけ
〔新後撰〕（具房）
奈呉門（三一七）
吹はらふあなしの風に雲はれて
なこの門わたる在明の月
〔新千〕（俊成）
奈呉江（三二五）
月出て今こそ帰れなこの江に
ゆふへわするゝ蜑のつりふね
〔續古〕（光俊）
逢事もなこ江にあさる芦鴨の
うきねをなくと人はしらすや
〔金葉〕（摂政左大臣）

奈呉（併せて同〈ノ〉海、同浦、同江、同ノ継橋―越後編、

なこの海の沖つ白波しく〳〵に
おもほえんかも立別は
〔万葉十七〕（家持）

なこの蜑の釣する舟は今こそは
ふなたなうちてあへて漕てめ
〔万葉十七〕（大目）

なこの海に舟しましかせ沖に出て
波立くやとみて帰らん
〔万葉十八〕（福丸）

あゆをいかみなこの浦わによする波
いやちへしきに恋渡るかも
〔万葉十九〕（丹比）

みなと風さむく吹らしたつのなく
なこの入江につらゝゐにけり
（長方）

奈呉海（九九七）
なこの海のおきつ白浪しく〳〵に
おほゝえんかもたちわかれなは
〔万十七〕（家持）

なこのあまのつりする舟はいまこそは
舟たなうちてかつてこきてぬ

なこの海に舟しはしかせおきに出て
浪たちくやとみてかへりこむ

奈呉浦（九九九）
あふをいたみなこのうらはによする波の
いやちへしきにこひわたるかな
〔万十九〕

奈呉江（九九八）
なこの浦のあれたるあさの嶋かくれ
風にかたよるすかのむら鳥

湊風寒く吹らし鶴の鳴
なこの入江につらゝゐにけり
〔続後撰〕（備中納言長方）

礒な摘なこの蜑人事とはん
干にかはかぬ袖はありやと
〔新千載〕（法橋顕昭）

なこの浦にとまりをすれは敷妙の
枕にたかき沖つ白波
〔続千載〕（後二条院）

波さはくなこの湊の浦かせに
入江の千鳥むれてたつ也
〔新続古今〕（伏見院御製）

みなと風寒くふくらし鶴のゐる
なこの入江につらゝゐにけり
〔續後撰〕（長方）

奈呉ノ海（三〇三）
奈呉の海のあれたる朝の嶋かくれ
風にかたよるすかのむら鳥
〔万代〕（経正）

いそなつむなこのあま人ことゝはん
ほすにかはかぬ袖は有やと
〔新千〕（顕昭）

奈呉浦（三〇六）
なこの浦にとまりをすれは敷妙の
枕にたかき沖つしら波
〔續千〕（後二条院）

奈呉湊（三一一）
波さはくなこのみなとのうら風に
入江の千鳥むれてたつ也
〔新續古〕（伏見院）

佐渡編より一、同湊、同門、同渡）・**信濃浜〔濱〕**

名所歌枕（伝能因法師撰）

舟はてしかし振たて丶庵りする
なこ江の浜へ過かてぬかも
〔万葉七〕（藤原卿）

謌枕名寄

奈呉海（九九七）
なこの海をあさこきくれはうみ中に
かこそなくなるあはれそのかこ
〔万七〕

奈呉江（九九八）
たつの鳴なこの入江のすかのねも
ころにおもひすほ丶れ
〔万十八〕（家持）

奈呉浦（九九九）
こしの海あゆの風ふくなこの浦に
舟はと丶めよ波まくらせむ
〔堀百〕（仲実）
ゆふされはつまよひかはしなくたつの
こゑふきをくるなこのうら風
（仲実）

類字名所和歌集

なこの江に芦のはそよく湊風
こよひも波にさむく吹らし
〔続後拾遺〕（前大納言基良）

なこの海やと渡る舟の行すりに
ほのみし人の忘られぬ哉
〔続後撰〕（権中納言俊忠）

増補松葉名所和歌集

奈呉江（三二五）
波さはくなこのみなとの浦風に
入江の千鳥むれてたつ也
〔新續古〕（伏見院）

奈呉湊（三一一）
なこの江に芦の葉そよくみなと風
こよひも波に寒く吹らし
〔續後拾〕（基良）

奈呉江（三二五）
なこの江に芦の葉そよく湊風
こよひも波に寒く吹らし
〔續後拾〕（基良）

奈呉（併せて同〈ノ〉海、同浦、同江、同ノ継橋—越後編、

奈古継橋（三三四）—越後国より—

いとゝしく恋路に迷ふ我身かな
なこの継橋とたえのみして
〔夫木〕（読人不知）

奈古継橋（一〇〇二）—佐渡国より—

かきつはたすきてや花のへたつらん
とたえのかるゝなこのつきはし

あつまちのなこのつき橋わたらねと
世にふるみちもあやうかりけり
（式乾門院）

なこの江に妻よひかはし鳴田鶴の
聲うら悲さよや更ぬる
〔玉葉〕（中務卿宗尊親王）

波風のなこ江の春の帰るさを
したふ道にそ田鶴も鳴なる
〔拾玉〕（後柏原）

降つもる雪にはあともなこの江の
氷をわけて出る釣ふね
〔百首〕（頓阿）

いたつらにくちやはてなんたつの鳴
なこ江の小菅むすほゝれつゝ
〔夫木〕（衣笠内大臣）

奈呉海（三〇三）

なこの海にたつとも見えぬをしかもや
遠さかりゆく蜑の友舟
〔広田社百〕（実守）

奈呉浦（三〇六）

浦風や更ゆくまゝに遠からん
なこの入江に千鳥つまとふ
〔夫木〕（実清）

夕されは塩風吹てなこの浦の
遠き洲先にたつそなくなる
〔夫木〕（鷹司院御）

奈呉ノ継橋（三〇二）或越後

かきつはた咲てや花のへたつらん
とたえかくるゝなこの継はし
〔名寄〕（光俊）

あつまちのなこのつき橋わたらねと
世にふる道もあやうかりけり
〔名寄〕（式乾門院御匣）

	奈呉・信濃浜〔濱〕	三島〔嶋〕野（併せて同原）
名所歌枕（伝能因法師撰）	信濃浜（三三三） 越の海のしなのゝ浜を行暮し 永き春日も忘て思へや 〔万葉十七〕（大伴家持）	三島野（三二八） みしま野をそかひに見つゝ二上の 山飛越て雲かくり 〔万葉十七〕（大伴家持） （「二上山」に重載―筆者注）
謌枕名寄	信濃浜（一〇〇〇） こしのうみのしなのゝはまを行くれし なかき春日もわすれて思や 〔万十九〕（家持） いつくよりけふ吹そめぬこしの海の しなのゝはまの秋のはつかせ	三嶋野（九八九） みしまのをそかひに見つゝふたかみの 山とひこえてくもかへり （家持） （「二上山」に重載―筆者注） みしま野のあさちかうは葉秋風に 色つきぬとやうつらなくらん 〔後拾〕（前内大臣基） おもかけをほのみしまのにたつぬれは ゆくゑもしらぬもすのくさくき 〔六百番〕（隆信） 裏書云六百番哥合顕如陳状もすの くさくきの　事有可見 やかたをの鷹てにすへてみしま野に からぬひまなくつきそへにける 〔万十七〕（家持）
類字名所和歌集		三嶋野（四〇九）
増補松葉名所和歌集	いそきしも越路のなこの継橋も あやなく我やなけきわたらん 〔夫木〕（和泉式部） 信濃濱（七一五） こしの海のしなのゝ濱を行くらし 永き春日もわすれて思へや 〔万十七〕（大伴家持） いつくよりけふ吹そめぬ越の海の しなのゝ濱の秋のはつ風 〔現六〕（為家） 越のうみや信濃の濱の秋風に 木曽の麻衣鴈そなくなる 〔夫木〕（為家） 駒なへていそくとすれと越の海の しなのゝ濱は末そはるけき 〔夫木〕（公朝）	三嶋野（六六四） みしま野をそかひに見つ上下略ゝ二上の 山飛越て雲かくり 〔万十七〕（家持） （「二上山」に重載―筆者注） みしま野の浅茅か上葉秋風に いろ付ぬとやうつら鳴らん 〔續拾〕（前内大臣基） おもかけをほのみしま野に尋ねきて ゆくゑもしらぬもすの草くき 〔六百番〕（隆信） やかた尾の鷹を手にすへみしま野に からぬひまなく月そへにける 〔万十七〕（家持）

三島〔嶋〕野（併せて同原）

三嶋原（九八九）
夏くれはみしまかはらにかるくさの
ゆふてもたゆくとけぬ君かな
（家隆）

三嶋のや暮れは結ふやかた尾の
鷹もま白に雪は降つゝ
〔新拾遺〕（為家）

いかにねて都の夢もみしま野の
あさち刈しく露の手枕
〔新続古今〕（前大僧正果守）

三島野やくるれはむすふやかた尾の
鷹もましろに雪はふりつゝ
〔名寄〕（為家）

みしま野にかすみたなひきしかすかに
きのふもけふも雪は降つゝ
〔万十八〕（家持）

みしま野や荻の上葉にふく風そ
秋のはしめのしるし成ける
〔夫木〕

つのくむとみしまの野へのしのすゝき
ほに出る秋に成にける哉
〔夫木〕

三嶋原（六六七）
夏くれはみしまか原に刈草の
ゆふてもたゆくとけぬ君かな
〔名寄〕（家隆）

かり人のわけこしほともふる雪の
消あへぬ春をみしまの ゝ原
〔雪玉〕（政為）

石〔磐〕勢〔瀬〕野（併せて伊波世野、岩瀬渡—能登編より—）

名所歌枕（伝能因法師撰）

石勢野（三二〇）
いはせのに秋萩しのき駒なへて
　小鷹狩をもせてや別ん
　　〔万葉十九〕（家持）
いはせ野に間たき行て遠近に
　鳥ふみたてゝ白ぬりの
　　〔万葉十九〕（よみ人しらす）

謌枕名寄

石瀬野（九九六）
いはせ野にあきはきしのきこまなへて
　こたかゝりたにせてやわかれん
　　（家持）
秋附婆芽子開にほふ石瀬野に
　馬多地行てをちこちに
　鳥ふみたてゝ白塗の
　小鈴もゆらもあわをかり
　　（家持）
　右詠白太鷹哥
しらぬりのすゝもゆらゝにいはせ野に
　あはせてそみるましらふの鷹
　　〔堀百〕（顕季）
岩瀬渡（九七八）—能登国より—
船とむるいはせのわたりさよふけて
　みやまきかはをいつる月かけ
　　（定正）

類字名所和歌集

伊波世野（二六）
いはせの、秋萩しのき駒なへて
　小鷹狩をもせてや別ん
　　〔新拾遺〕（家持）
いはせ野に鳥踏立てやかたおの
　鷹を手にすへからぬ日はなし
　　〔新続古今〕（按察使顕朝）

増補松葉名所和歌集

磐瀬野（一九）
岩瀬野に秋萩しのき駒なへて
　小鷹狩《はつとかり》をもせてやわかれん
　　〔新拾〕（家持）
白ぬりの鈴もゆらゝにいはせ野に
　あはせてそみるし《ま》しらふの鷹
　　〔堀百〕（顕季）
いはせ野に鳥ふみ立てやかたお《を》の
　鷹を手にすへからぬ日はなし
　　〔新續古〕（顕朝）
いはせ野や鳥ふみ上てはし鷹の
　梢もゆらにゆきは降つゝ
　　〔愚草〕（定家）
岩瀬渡（三四）—能登国より—　或越中
舟とむるいはせの　渡さよ更て
　宮崎山を出る月かけ
　　〔名寄〕（重政）
五月雨は岩瀬の渡波こしに
　みやさき山に雲そかゝれる
　　〔「宮崎山」に重載—筆者注〕
　　〔夫木〕（基俊）
あまそきに雪降つめる舟を見て
　渡りかたきは岩瀬也けり
　　〔「宮崎山」に重載—筆者注〕
　　〔夫木〕

売比〈ノ〉野（併せて同川、婦屓野、同河）	鵜坂河〔川〕（併せて同森〔杜〕）	立山
売比野（三三一） めひの野のすゝきをしなへ降雪に 宿かるけふし悲しくおもほゆ 〔万葉十七〕（大伴家持） めひ川の早き瀬ことにかゝりさし やそとものをはうかは立けり 〔万葉十七〕（大伴家持）	**鵜坂河**（三三〇） う坂河渡る瀬おほみあが馬の あかきの水にきぬゝれにけり 〔万葉十七〕（家持）	**立山**（三二九） 立山にふりをける雪をとこなつに みれともあかすかんからならし 〔万葉十七〕（大伴家持）
婦屓野（九九三） ぬひの野のすゝきをしなみ降雪に やとかるけふもあなしくおほゝゆとや （家持） **婦屓河**（九九三） ぬひ川にはやきせことにかゝりせし やくともしほはうかひたちけり 〔万十七〕（家持）	**鵜坂川**（九九四）項表示無し―筆者注 見るたひのひとのこゝろはうさか川 わたるせおほみいかゝたのまむ 右同丁婦不思河哥 **鵜坂森**（九九四） いかにせんうさかのもりにみをすれと 君かしもとのかすならぬ身を 巳上四首篇者曰郡名也	**立山**（九九〇） たち山にふりをける雪をとこなへに みれともあかすかむからならしも （家持） 右立山賦
売比野（六四五） めひの野の薄をしなみふるゆきに 宿かるけふしかなしくおもほゆ 〔万十七〕（高市連黒人） **売比川**（六四五） めひ川の早き瀬ことに篝さし やつ《そ》とものおは鵜川たちけり 〔万〕（家持）	**鵜坂川**（三六八） 鵜坂川わたる瀬多み此あが馬の あがきの水にきぬゝれにけり 〔万十七〕（家持） うさか川八十伴の男の篝火に まかふはさよのほたる也けり 〔堀百〕（顕仲） **鵜坂杜**（三五四） いかにせんうさかのもりに身はすとも 君かしもとの数ならぬ身を 〔家集〕（俊頼）	**立山**（二二七） 立山にふりおける雪をとこなへ《っ》に 見れともあかすかんがらならし 〔万十七〕（大伴家持）

新川	這槻川	立山	
	這槻川（三三〇） たち山のゆきしくらしもはひつきの 川の渡りせあふみつかすも 〔万葉十七〕（大伴家持） （「立山」に重載—筆者注）	にひ河のそのたち山にとこなつに 雪降しきておはせる 〔万葉十七〕（大伴家持） あまそゝり高き立山冬夏と わく事もなく白妙に 〔万葉十七〕（よみ人不知） 立山のゆきし暮しもはひつきの 河の渡りせあふみつるすじ 〔万葉十七〕（よも人不知） （「這槻川」に重載—筆者注）	名所歌枕（伝能因法師撰）
	這槻川（九九〇） たち山の雪つくらしもはひつきの かはのわたりせあふみつかすも （家持） 右巡行波郡渡新河郡這槻河作哥	すめかみのうしはきゐますにひかはの そのたち山にとこなへに 雪ふりしきて於婆勢流 かたかひかはのきよきせに あさよひことにたつきりの （家持） しら雲のちへをゝしわけあまそゝく たかき立山冬夏とわくこともなく しろたへに雪はふりをきてみねたかみ 谷をふかみとおちたきつ きよき淵にあさみす きりたちわたるゆふされは 雲井たなひき たち山にふりをける雪のとこなへに けすきわたるはかんなからとそ （池主） 右追加立山賦	詞枕名寄
			類字名所和歌集
新川（七二） 新川のその立山はとこなつに 雪ふりしきておはせる 〔万十七〕（大伴家持） （「立山」に重載—筆者注）	這槻川（六五） たち山の雪しくらしもはひつきの 川のわたり瀬あふみつかすも 〔万十七〕（大伴家持） （「立山」に重載—筆者注）	にひ川のそのたち山にとこなへ《つ》に 雪ふりしきておばせる 〔万十七〕（大伴家持） （「新川」に重載—筆者注） 立山の雪しくらしもはひつきの 川のわたりせあふみつく《か》すも 〔万十七〕（大伴家持） （「這槻川」に重載—筆者注）	増補松葉名所和歌集

片貝河〔川〕	宮崎山（能登編より）
	宮崎山（三一七） 池水も今こほるらし宮崎の 山風さむく雪はふりつゝ 〔夫木〕（中務）
片貝河（九九一） かたかひの川のせきよくゆく水の たゆることなくありかよひみん 〔万七〕（家持） おちたきつかたかひ川のたへぬこと いまみる人もやますかよはん 〔万七〕	
片貝川（一八四） かた貝の河の瀬きよくゆく水の 絶ることなくありかよひみん 〔万十七〕（大伴家持） 落瀧つかたかひ川の絶ぬこと 今見る人もやますかよはん 〔万十七〕（大伴池主） かたかひ川の清き瀬にあさよひことに たつきりの略 〔万十七〕（大伴家持）	**宮崎山**（六五六） 池水も今氷るらし宮さきの 山風寒く雪はふりつゝ 〔夫木〕（中務） さみたれはいはせの渡波こえて 宮さき山に雲そかゝれる 〔夫木〕（基広） （「岩瀬渡」に重載—筆者注） 舟とむる岩瀬の渡小夜更て 宮崎山をいつる月かけ 〔名寄〕（重政） （「岩瀬渡」に重載—筆者注）

広域

越〈の〉海（併せて同〈ノ〉湖、同〈ノ〉大山、同の葉山）

名所歌枕（伝能因法師撰）

越海（三二九）
こしの海の角かのはまゆ大舟に
　真梶ぬきおろしいさなとり
　　〔万葉三〕
（越前国「角鹿浜」に重載―筆者注）
越の海のたゆひの浦を旅にして
　みれはともしみ日本思ひつ
　　〔万葉三〕（よみ人不知）
（越前国「手結我浦」に重載―筆者注）
こしの海にむれはゐるとも都鳥
　みやこのかたそ恋しかるへき
　　〔夫木〕（源順）

謌枕名寄

類字名所和歌集

越海（三一一）
越の海やなれける浦の波ゆへに
　かならす帰る春の雁金
　　〔新後拾遺〕（前参議為実）
天つ空ひとつにみゆる越の海の
　波を分てもかへるかりかね
　　〔千載〕（従三位頼政）

増補松葉名所和歌集

越の海（五一七）
こしの海のつのかの濱に大舟に
　真かちぬきおろしいさなとり
　　〔万七〕
（越前国「角鹿ノ濱」に重載―筆者注）
越の海のたゆひの浦を旅にして
　見れはともしみ日本思ひつ
　　〔万三〕（金村）
（越前国「手結ノ浦」に重載―筆者注）
こしの海にむれはゐるとも都鳥
　みやこの方そ恋しかるへき
　　〔家集〕（順）
こしの海やなれける浦の波ゆゑに
　かならす帰る春の雁かね
　　〔新後撰〕（為実）
春にいま立帰る山の有としも
　波にはきかぬこしのあら海
　　〔拾玉〕（後柏原）
越の海の山なきものをなかむれは
　こゝろにのみそ月そ入ける
　　〔夫木〕（道因法し）
こしの海の底に沈める玉つさを
　初雁かねそ空によむなる
　　〔林葉〕（俊恵法し）
冬の来る空もそなたの越の海の
　あらいそ波や先時雨らん
　　〔雪玉〕（逍遥院）

国違

越〈の〉海（併せて同〈ノ〉湖、同〈ノ〉大山、同の葉山）

越大山（三三〇）
み雪ふるこしの大山行過て
いつれの日にか我里をみん
〔万葉十二〕（読人不知）

越湖（三一二）
恨ても何にかはせんあはての
越の湖みるめなけれは
〔続後拾遺〕（俊成）

さえ渡る嶺のくもよりこしの海の
空にも波の雪の塩風
〔夫木〕（俊成卿女）

かへる山思ひつるかの越の海に
契りや深きはるのかりかね
〔御集〕（後鳥羽）

（越前国「敦賀海」・同「帰山」に重載
―筆者注）

越ノ湖（五二三）
恨みても何にかはせんあはてのみ
こしの水海みるめなけれは
〔續後拾〕（俊成）

越ノ大山（五一二）
みゆきふるこしの大山行過て
いつれの日にか我里をみん
〔万十二〕

天つ鴈春やあらぬと思ふらん
行越かぬるこしの大山
〔千首〕（為尹）

ふ、きする越の大山こえなやみ
日影も見えすくる、空哉
〔玉吟〕（家隆）

越の葉山（五一一）
音つれよこしの端山の時鳥
多枯の浦藤今さかり也
〔夫木〕（家隆）

丹生山 ―越前編へ―

丹生山（九九五）
ひとりしてきけはさひしもほと、きす
にふの山へにゐゆきなくにも
〔万〕

玉江 ―越前編へ―

名所歌枕（伝能因法師撰）

謌枕名寄

類字名所和歌集

増補松葉名所和歌集

玉江（二五七）
夏刈の玉江のあしやくちぬらん
　波に鳥ゐる五月雨のころ
　　　〔千五百〕（良平）
なつかりの玉江のあしの下かくれ
　たくや螢の蜑のもしほ火
　　　〔御集〕（後鳥羽）
鴫のゐる玉江に生る花かつみ
　かつよみなからしらぬなりけり
　　　〔夫木〕（俊頼）
月かけもやとりさためぬ白露の
　玉江のあしにうら風そふく
　　　〔新續古〕（称奈院入道）
手向草しけき玉江のそなれ松
　世に久しきも君かためなり
　　　〔名寄〕（俊成）
夏深み玉江にしけるあしの葉の
　そよくや舟のかよふなるらん
　　　〔千載〕（法性寺入道）
夏刈のあしのかりねもあはれ也
　玉江の月のあけかたのそら
　　　〔新古〕（俊成）
なつ刈の玉江のあしをふみしたき
　むれゐる鳥のたつ空そなき
　　　〔後拾〕（源重之）
村鳥のうき名や空にたちにけん
　玉江のあしのかりねはかりに
　　　〔新千〕（藻壁門院但馬）
みかきなす玉江のあしのますか丶み
　けふより影やうつし初けん
　　　〔玉葉〕（為家）

気比〈ノ〉古宮 —但馬国—	石動山 —能登編へ—	伊夜彦〈ノ〉神（併せて弥彦神）—越後編へ—	叔〔殊〕羅河〔川〕—越前編へ—
気比古宮（三三三） 山をきるつるきの嶺に残し置て ふみまかひけりけひの古宮 〔万代〕（よみ人不知）		**伊夜彦神**（三一九） いやひこのおのれ神さひ青雲の 棚引日すらこさめそほふる 〔万葉十六〕（よみ人不知） いやひこの神の麓にけふらかも 鹿の臥覧皮の衣きて角つきなから 〔万葉十六〕（よみ人不知）	**叔羅河**（三二三） しくら河なつさひのほり平瀬には さてさし渡し早瀬には 〔万葉十九〕（大伴家持）
気比古宮（九九一） 山をきるつるきを峯に残し置て 神さひにけりけひのふる宮 （行意） 右立山のけひの社にて読るとなん		**弥彦神**（九九四） いやひこのをのれ神さひあを雲の たなひくみすらみそれそほふる いやひこの神のふもとにけふをしか しかのふしなん波眼着而角附なから かはもきつけてへのつけ 右二首越中国哥四首内	**殊羅河**（九九七） しくら川なつせひのほるひらせには さてさしわたりはやせには うらしつめつゝ かひのほるう舟をしけみしくら川 瀬々の浪やくかゝり火のかけ 〔千五百番〕（顕照）
気比〈ノ〉古宮（四七四） 山をきるつるきを嶺にのこし置て かみさひにけりけひのふる宮 〔夫木〕（行遍）	**石動山**（六三七） うこきなき御代にかはりてゆるするきの 山とは神の名付初けん 〔回国記〕（宗祇）	**伊夜彦〈ノ〉神**（五〇） 伊夜彦のおのれ神さひ青雲の たなひく日すら小雨そほふる 〔万十六〕 いやひこの神のふもとにけふしもか 鹿のふすらん皮の衣きて角つきなから 〔万十六〕	**叔羅川**（七二二） しくら川なつさひのほり平瀬には上下略 さてさしわたし早瀬には 〔万〕（家持） かひのほる鵜ふねをしけみしくら川 瀬・の波やく篝火の影 〔千五百〕（顕昭）

未勘

	名所歌枕（伝能因法師撰）	謌枕名寄	類字名所和歌集	増補松葉名所和歌集
大野路〔道〕	大野路（三三一） おほのちはしけちはしけちしけく共 君し通は、道は広けん 〔万葉十九〕（読人不知）	大野道（九九五） おほのちはしけちはしけちしけりとも きみしかよは、みちしひろけん 〔万十六〕		大野路（三九四） 大野路はしけちはしけち茂くとも 君しかよは、道はひろけん 〔万十六〕
立島				立島（二四五） いつとなくもしほのけふりたつ嶋に たなひきそふる春かすみ哉 〔夫木〕

非地名

	名所歌枕（伝能因法師撰）	謌枕名寄	類字名所和歌集	増補松葉名所和歌集
磯浦	磯浦（三一九） いその浦につねよひきすひ鴛鳥の おしきあか身は君かまに〳〵 〔万葉二十〕（清丸）			磯浦（二八） いそのうらにつねよびきすむ鴛鳥の をしきあか身は君のまに〳〵 〔万二十〕（中臣清丸）
伊頭部山（併せて伊都）	伊頭部山（三一九） わかこ、たしのは、しらに子規 いつへの山を鳴かこゆらん 〔万葉十九〕（読人しらす）	伊都（九九四） 我こ、にしのはゐしらすほと、きす いつくの山をなきかこゆらん 〔万十九〕		伊頭部山（八） わがこ、にしのば、しらにほと、きす いづべの山を鳴かこゆらん 〔万十九〕
茂〔繁〕山		茂山（九九五） 茂山のそかひの道のたにあひは 夏とて風のふかぬ日そなき しけ山の谷へにおふるやまふきを やとにひきうへて朝露にほへる花を （家持）		繁山（七〇三） しけ山のそかひの道の谷あひは 夏とて風の吹ぬ日そなき 〔新六〕（為家） 我宿に引うゑて見んしけ山の 露に匂へる山吹のはな 〔夫木〕（顕朝）

	椙〔杉〕野	須蘇〔藮〕未〔末〕山	太刀造江
	椙野（三二二八） すきの野にさをとる雉子いちしろく 音にしも鳴んこもり妻かも 〔万葉十九〕（よみ人不知）	須蘇末山（三二二三） すめかみの須そまの山のしふ谷の さきのありそに朝なきに 〔万葉十七〕	
	杉野（九九五） すきの野にさおとるきゝすいちしろく ねにしもゆかんこもりつまかも 〔万十九〕	須藮末山（九八〇） 須《す》売《め》加《か》未《み》能《の》須《す》藮《そ》末《ま》乃《の》夜《や》麻《ま》能《の》之《し》夫《ふ》多《た》 尓《に》能《の》佐《さ》吉《き》乃《の》安《あ》里《り》藮《そ》尓《に》阿《あ》佐《さ》奈《な》芸《き》尓《に》余《よ》 須《す》流《る》之《し》良《ら》奈《な》美《み》 谷の戸はけふしほさしてあまころも すそまの山に秋風そふく （光俊）	
しけ山のほくしの光ほの見えて 木の間かすかに明るしのゝめ 〔夫木〕（為氏）	椙野（七六四） 御かりする人やきくらん杉の野に さをとる雉子声しきる也 〔六百番〕（季経）	須蘇末山（七六〇） すめ神のすそまの山のしふ谷の 崎のありそに朝なきに略 〔万〕（家持） 谷の戸は夕しほさしてあまころも すそまの山に秋風そふく 〔名寄〕（光俊） 妻こひに鹿はなく也から衣 すそまの山の秋のゆふくれ 〔夫木〕（経平）	太刀造江（二五七） はつなへにうすの玉かすとりそへて いくしまつらんたちつくり江に 〔堀百〕（俊頼） 万代を君かまもるといのりつる 太刀つくり江のしるしとをみよ 〔後拾〕（前太政大臣）

	見奈岸〔疑之〕山	雪嶋
名所歌枕（伝能因法師撰）	見奈岸山（三三一） 夕去はふりさけ見つゝ思ふかも みなきし山に八峯には 〔万葉十九〕（大伴家持）	
謌枕名寄	見奈疑之山（九九五） みなきし山にやつをには 霞たなひきたにへには つはき花さき	雪嶋（一〇〇〇） 雪しまのいはほにうふるなてしこは 千代にさきぬる君かかさしに 右大伴宿祢越中任国時舒宴遊行女 婦蕪生娘女作哥也其詞云天平勝 宝三年正月三日積雪彫成重巖之 作哥巧徖散草樹之花云々 雪嶋のいはねにたてるそなれまつ まつとなき世にしほれてそふる こひしくはなとかはとはぬ雪しまの いはほにさけるなてしこの花
類字名所和歌集		
増補松葉名所和歌集	見奈岸山（六五七） 夕されはふりさけ見つゝ思ふかも みなきし山にやつ峯には 〔万〕（家持） をしこめてみなきし山の朝霞 やたけも見えす立にけらしも 〔夫木〕（光俊）	雪嶋（六四二） ゆきしまのいはほに生るなてしこは 千世に咲ぬか君かかさしに 〔万〕（蒲生娘子） ゆき嶋のいはほに立るそなれ松 待かひもなき世にもふる哉 〔夫木〕（行能） 雪しまや岩ほなてしこ水越て 宿る月さへうつろひにけり 〔夫木〕（光明峯寺）

新潟県　越後編

古くにはここ越後が、越前、越中両国と併せて「越国」であったことは、既に両国の編頭で述べた。七世紀末に三国に分割した当時の越後国は、南境を河口を同じくしていた阿賀野川・信濃川辺りとし、北方は出羽地方で**蝦夷**の勢力地域と接していて明確ではなかった。大宝二年（七〇二）に越中国から境川以北を併合、和銅五年（七一二）北部を出羽国として以後の領域が確定した。天平十六年（七四三）に佐渡を併せたが、天平勝宝四年（七五二）旧に復した。国府、国分寺は現在の上越市に置かれた。

平安末期には、東北地方から南下した武家の城《じょう》氏が棟梁として国を支配したが、平氏に組したため木曽義仲に敗れ、その後鎌倉幕府の知行地となった。**建武新政**後、新田義貞が守護となって領すも、藤嶋の戦い（越前編十四参照）で討死、以後足利幕府が任命した上杉家が支配することとなったが、守護代の長尾氏が台頭、永禄四年（一五六一）長尾景虎（後の法号が謙信）が上杉家の養子となって関東管領を継いだ。全盛期には佐渡、越中、能登、加えて近隣十二カ国の一部まで支配を広めた。

豊臣政権によって上杉景勝が会津に移封され、堀氏他によって分割統治され、さらに江戸期には頻繁に大名が交代し、幕末期には十一の小藩が分立した。

明治四年（一八七一）の廃藩置県で十県が置かれ、同年末に柏崎県と新潟県の二県に整えられ、さらに同六年（一八七三）、新潟県に統一された。

近世には、信濃川、阿賀野川河口域の新潟平野（越後平野）が干拓、開拓され、広大な水田と豪農を生み出し、また十七世紀後半には大阪に向けての西回り航路が発達し、新潟港が発展した。

歌枕の地は数ヶ所しかない。**松尾芭蕉**の『**奥の細道**』の記述も「鼠の関をこゆれば越後の地に歩行《あゆみ》を改めて、越中の国一ぶりの関に到る。」とのみである。越中国から北上しつつ歌枕の地を訪ね、道々気になる地についても記し、さらに『能因』、『名寄』、『松葉』には越中国に収載される「伊夜彦神（併せて弥彦神）」は至近の「寺泊」に併述し、『名寄』、『松葉』が佐渡国とする「雪〈ノ〉高浜〔濱〕」も一項とした。加えて国府、国分寺の在った上越市も、歌枕の地ではないが編末に一項を立てた。なお**芭蕉**の言う「一ぶりの関」は、現在の県域では新潟県にある。

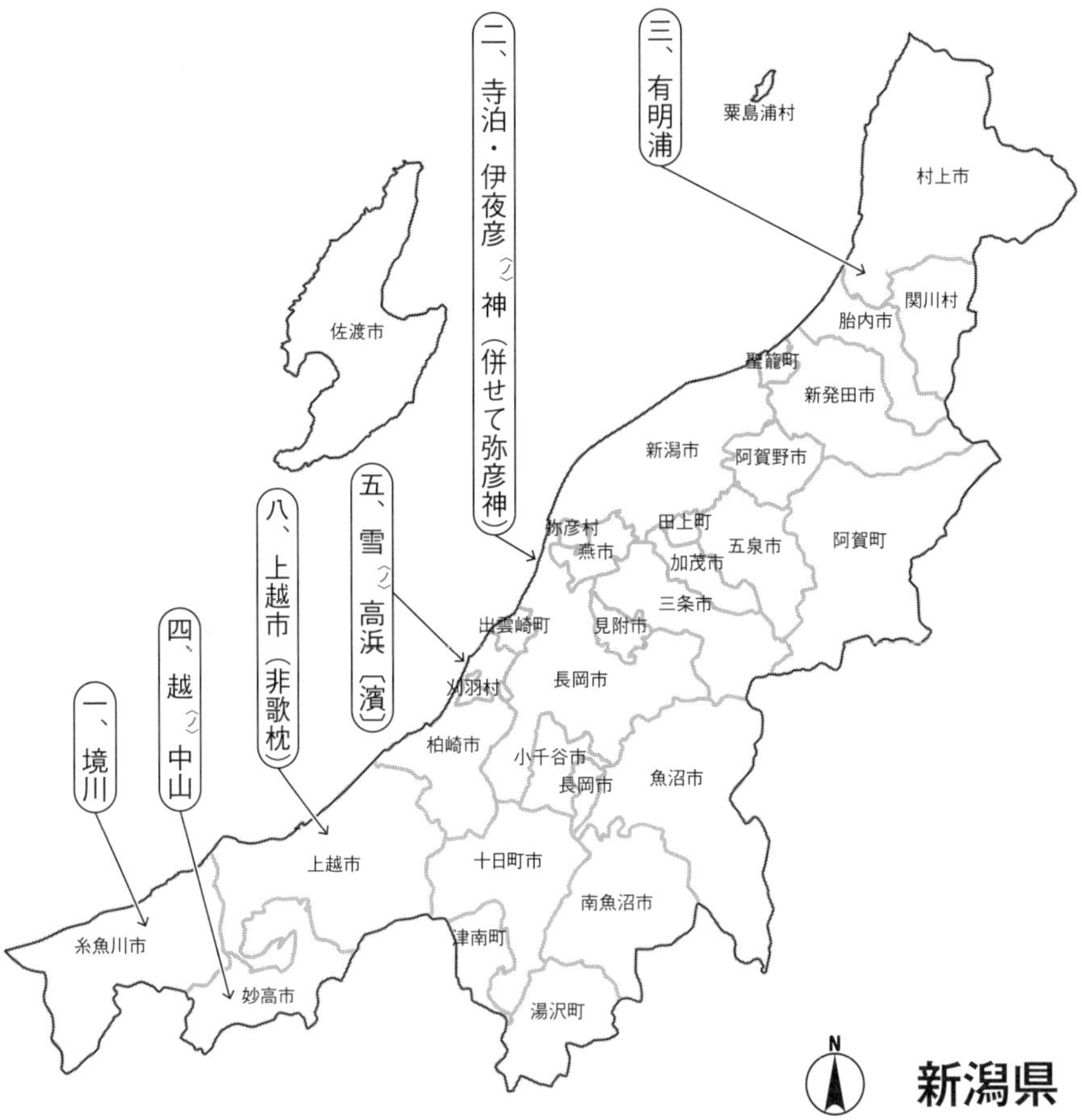

一、境川

富山県下新川郡朝日町と新潟県糸魚川市との境付近の源から富山県内を北流、中流域からは東方からの新潟県道百十五号・上路市振停車場線と添うが如くにほぼ県境に沿って日本海に注ぐ、現在の境川がこの歌枕である。**『堀河百首』**の**藤原顕季**が詠んだ、「舟もなく岩波高きさかひ川水まさりなは人もかよはし」が『松葉』に収められる。しかし、境川そのものやその流域に、歌枕を証かす事跡等は見当たらない。ただし、ここは糸魚川市市振、**松尾芭蕉**が遊女二人と同じ宿に泊まった事跡の遺る宿場であった。

境川河口

富山県朝日町から境川を越えて国道八号線を東に一・五キロメートル足らず、あいの風とやま鉄道とえちごトキめき鉄道の接合駅である市振駅の東で左折し、市振の街並みを縦断する道を進むと、寛永年間（一六二四～四三）に設けられた市振関所の趾を示す石柱と、定め書きを復した木製の看板が建つ。陸路、海路の双方の検問、監視を行った。

そのまま東に歩を進めると、「奥の細道市振の宿桔梗屋跡」の木柱が建てられている。**芭蕉**が投宿した宿で、「一つ屋に遊女も寝たり萩

親不知周辺

在りし日の海道の松

現在の若松

弘法の井戸

奥の細道市振の宿
桔梗屋跡の標柱

と月」と吟じた。なお中江晩籟は、安政三年（一八五八）刊行の追悼句集『三富集』に、「市振の桔梗屋に宿る。むかし蕉翁、此宿に一泊の時、遊女も寝たる旧地なり」として、一句「寝覚めしてなにやらゆかし宿の花」と記す。また**良寛**も後年一宿し、「市振や芭蕉も寝たりおぼろ月」の句を残したと言う。

さらにその先には、弘法大師**空海**縁とされる「弘法の井戸」が、屋根を組み、釣瓶も設けられて遺される。弘法大師が杖で地を突くと水が湧き出て、泉や池、井戸となったという伝承は、日本全国で千数百ヶ所に及ぶと言う。もちろん**空海**一人の足跡では不可能で、中世に全国を勧進して廻った遊行僧が弘法大師と解釈された故との説もある。

市振の街中の道は一キロメートルほどで国道八号線に繋がるが、その直前、さらに海浜寄りを並行してきた道との合流点に松の若木が植えられている。平成二十八年（二〇一六）に、それまであった老松が台風によって倒され、改植された「海道の松」である。近世以前は北陸道の難所であった「天険・親不知《おやしらず》」の西に位置し、これから行く旅人は安全を祈願し、過ぎ来た者は無事を感謝してこの松を崇めたと言う。

国道を挟んだ山側には曹洞宗長円寺があり、境内には糸魚川市出身の文学者で

市振関所趾

定書の看板

長円寺境内の芭蕉句碑

長円寺本堂

長円寺参道口

詩人、歌人の**相馬御風**の揮毫した、先の**芭蕉**の句碑が据えられる。

先述の親不知は、正確には市振から糸魚川市歌までが親不知、歌から同市青海までが子不知で、併せて親不知・子不知と言う。この間十五キロメートルの海岸線は飛騨山脈の北端にあたり、日本海の荒波によって浸食され三百~四百メートルの断崖絶壁が続く。かつてここを往来する旅人は、崖下の極々狭い海岸線を波間を縫って進まねばならず、波に攫われた者も数知れなかったと言う。参勤交代でここを通った加賀藩主は、五百人の波除人夫の人垣によって波を防いだとのことである。親は子を、子は親を省みるゆとりもない険しさからこの名が付いた。

国道八号線の傍らに昭和四十三年（一九六八）に整備された記念広場があり、親不知の険峻な海岸を眺めることが出来る。また今でもカーブの多い国道の通行の安全を祈願して、「愛の母子像」が建てられている。

古も現在《いま》も越後と越中を　分かち流るる境の川の
境川にほど近き関市振に　芭蕉を偲ぶ名残りの数多
子不知と親不知越え関通り　境川渡る道京《みやこ》目指して

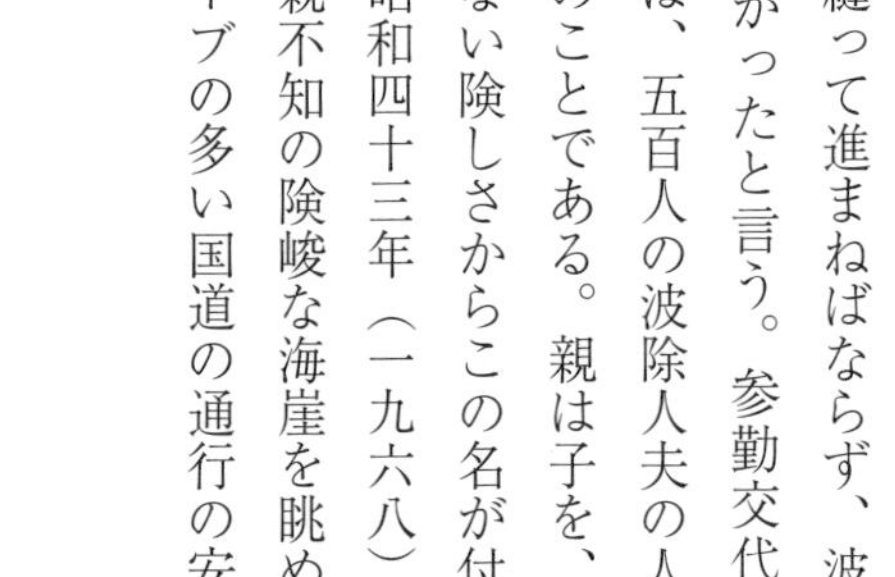
親不知の景観

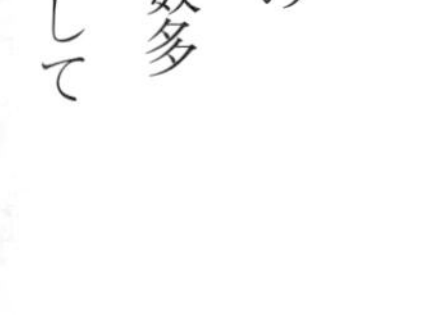
愛の母子像

二、寺泊《てらどまり》・伊夜彦〈ノ〉神（併せて弥彦神）

—越中編三十三より—

北陸自動車道の糸魚川ＩＣから百キロメートル弱、西山ＩＣから県道二十三号・柏崎高浜堀之内線を北へ一キロメートル、坂田の交差点で右折して国道百十六号線を十一キロメートルほど北上、ＪＲ越後線の出雲崎駅の南の川西交差点で左折して国道三百五十二号線を西に進むと、約三キロメートルで日本海に出る。海沿いの南西に向かっては同三百五十二号がそのまま走るが、その六～七百メートルの海岸には、海浜公園が整備されている。この海浜公園の一角に、**松尾芭蕉**と幼少期の**良寛**の坐像が、共に海を向いて据えられる。近世を代表する文人二人が、ほぼ百歳の歳の差を越えて同じ浜に肩を並べる風景は微笑ましくも感じた。

良寛像

出雲崎海岸の芭蕉像

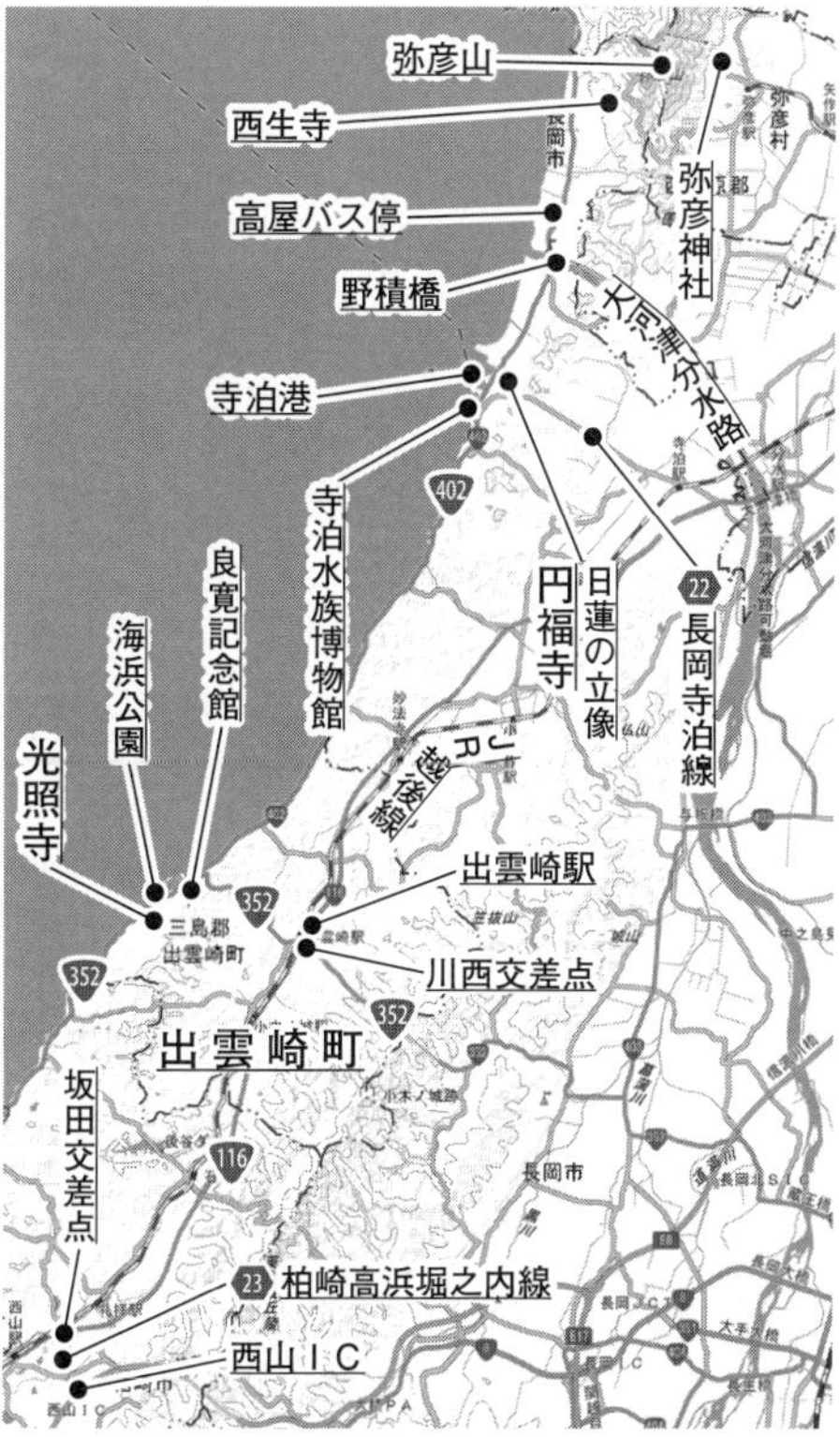

寺泊港周辺

良寛はここ出雲崎に宝暦八年（一七五八）に生を受け、安永四年（一七七五）十八歳で光照寺に入り、二十二歳の時、この地を訪れた国仙和尚に従い備中玉島の円通寺で修

光照寺本堂

光照寺への参道

良寛記念館

業を重ねた。その光照寺は、国道を挟んだ南側、出雲崎尼瀬《あませ》郵便局の南八十メートルの高台にある。また出雲崎漁港の北端の山手には、生誕二百年を記念して昭和四十年（一九六五）に開館した、**良寛**の遺墨、遺品、文献等を展示する記念館がある。時間が許せば必見の館である。

さて、「寺泊」である。

『松葉』に「故郷とき、し越後の空をたに　猶末遠くかへるかりかね」が、「興国二年越後国寺泊といふ所にしは〳〵住侍しに帰雁をき、て」の詞書を添えて収められる。詠者は**宗良親王**、出展は親王の**私家集**・『**李花集**』である。歌中に「寺泊」の地名はないが、詞書によってこの地の歌であることが判る。**宗良親王**は、南朝興国元年（北朝暦応三年―一三四〇）に足利方の高師泰《こうのもろやす》、仁木義永に敗れて、ここ寺泊や越中国の放生津《ほうじょうづ》（現・富山県射水市）に同五年（一三四四）まで滞在した。

出雲崎漁港から長岡市の寺泊港までは約十四キロメートルである。寺泊港は近世には北前船の寄港で賑わい、また令和元年（二〇一九）五月まで、佐渡島との間に定期航路が開かれていた。港付近では、日本海に沿って北上する国道四百二号線の岡側に色とりどりの看板がずらりと並ぶ。地場産はもとより、全国の海産物が集結する「寺泊魚の市場通り」、通称「魚のア

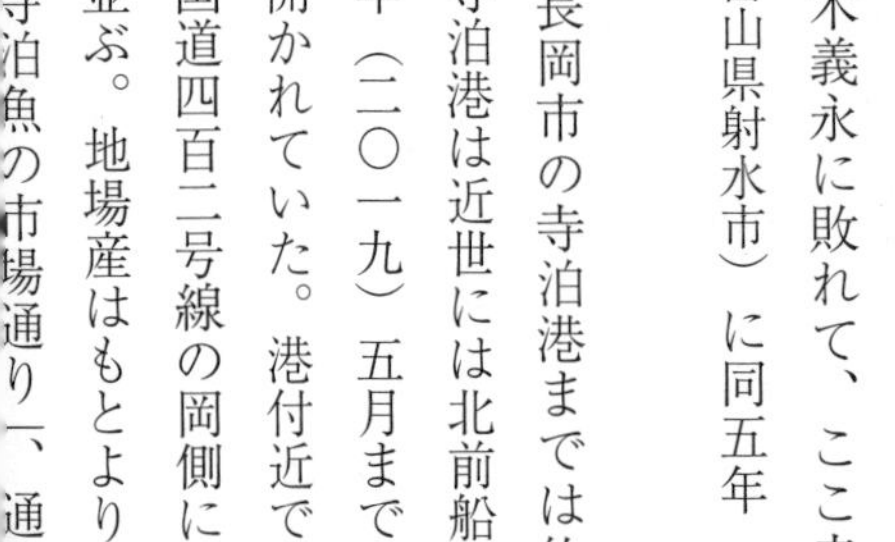
寺泊魚の市場通り

メ横」である。新鮮な魚介類のお持ち帰りばかりでなく、店先での浜焼き、二階の食堂の海鮮料理を楽しみつつ、海原と浜風を満喫できるスポットである。

この地には、海運、漁業だけでなく、歴史を語る事跡も残り、気になる数ヶ所を訪れた。海沿いに南北に連なる集落の南端、寺泊水族博物館近くでほんの少し内陸を通った国道四百二号線は、いったん左折して海岸沿いに進路を取り直すが、そのまま直進する道が県道二十二号・長岡寺泊線である。その接合地点から北へ六百メートルほど、ほぼ並行する国道と県道の間に、延長六年（九二八）創建の曹洞宗円福寺が建つ。こざっぱりとした境内の右手、日本海を見下ろして二基の七輪の石塔が祀られている。奥州に在った源義経が、平家討伐の旗を挙げた兄・頼朝の下へ馳せ参じた際、従った佐藤継信、忠信兄弟の奮戦ぶりは人の知るところであるが、兄弟の母・音羽御前が二人の安否を気遣っての上京の途、ここ寺泊で我が子が討死したとの悲報を聞き、円福寺で髪を下し、石塔を建てて兄弟の菩提を弔ったとの伝えが残る。

石川家屋敷跡

日蓮像

また円福寺から五百メートルほど北、市場通りの一本山側の道沿いに松が植えられた一画がある。文永八年（一二七一）に佐渡配流となった**日蓮**は、風待ちのためここ寺泊に七日間留まった。

円福寺本堂

円福寺参道

音羽御前建立の石塔

その時滞在した石川吉弘の屋敷跡がここであり、日蓮宗門で評価に高い、弟子・日常宛ての書状「寺泊御書」を認めたと言う。建てられている佐渡に向かって手を高く翳して立つ日蓮の立像が、周囲を威圧するかの如くである。

ここからは、『能因』、『名寄』、『松葉』の越中国に項立てされていた「伊夜彦（ノ）神（併せて弥彦神）」—越中編三十三参照—についての記述である。

西生寺宝物館

西生寺客殿

西特弘智堂
（即身仏霊堂）

寺泊港からさらに国道四百二号線を北上、信濃川の大河津分水路に架かる野積橋を渡って二・四キロメートル、高屋のバス停の先百五十メートルを右折して一般道を道なりに一・七キロメートルほどで、寺泊野積の西生《さいしょう》寺に出る。弥彦山の南西中腹に位置する。創建は天平五年（七三三）**行基**による。本尊は二年ごとに一か月御開帳されるのみの秘仏・阿弥陀如来像であるが、これには解説を要する。

今から三千年前にインドで鋳造された一寸八分（約五センチメートル）の純金の阿弥陀如来像が、推定の域を出ない幾つかの経緯の何れかを経て弥彦山に安置されたと伝えられる。その祀られる伽藍を**行基**が、以前の西生寺の地の飛峯《とびがみね》に遷し、自ら刻んだ阿弥陀如来木造に純金仏を内仏として収めて本尊とした。その**行基**作の木像も、後年さらに大きな阿弥陀如来像に内包され、現在に至っていると言う。即ち、この寺の本尊は、三重の阿弥陀如来仏なのである。なお、この地に西生寺が移座したのは久安元年（一一四五）である。また、この寺の奥の院で即身仏になるための修行・木喰行を成就し、貞治二年（一三六三）に入定した弘智法印のミイラ仏が安置される。全国にある即身仏二十四体のうちの最古の御仏である。緑林に包まれる堂宇を巡り参ったが、境内不案内で本堂を撮影し損ねたのが残念であり、ご容赦頂きたい。

今述べた弥彦山は標高六百三十四メートル、寺泊の北端近く、弥彦村との境に聳える。その東麓には、**天照大神**の曽孫で、越の国に降りてこの地方の基を開いた天香山命《あめのかごやまのみこと》（別名・高倉下命《たかくらじのみこと》、手栗彦命《たくりひこのみこと》）を、第六代**孝安天皇**元年（紀元前三九二）に奉祀した弥彦神社が鎮座する。即ち二千四百年余の歴史がある。本編八に述べる、上越市五智の居多神社が越後一宮であるが、何故かこの弥彦神社も越後一宮とされ、朝廷から庶民に至るまで広く崇敬を集め、毎年二十万人以上の初詣客で賑わうと言う。杉木立に囲まれた長い参道を進むと重厚な構えの随身門、潜った先の広い境内の正面に入母屋造、唐破風を優美にせり出した銅板葺きの堂々とした拝殿が建つ。その奥には幣殿と本殿があるが、回廊が巡らされていて目にすることは出来ない。

弥彦神社
社務所の前庭の万葉歌

弥彦神社
鹿苑近くの万葉歌

この境内には万葉歌碑が二基据えられる。一基は社務所の前庭の茂みの中に「伊夜彦おのれ神さび青雲の　棚引く日すら小雨そほふる」と、もう一基は鹿苑近くに「伊夜彦神の麓に今日らもか　鹿の伏すらむ皮服《かはころも》着て角つきながら」と刻まれる。共に巻第十六の「越中国の歌四首」の歌群に載る。それ故であろうか、先述の如く『能因』、『名寄』、『松葉』は、この二首を挙げて、「伊夜彦神・弥彦神」を越中国の歌枕としているが、他の名所和歌集（『勅撰名所和歌集抄出』、『名所栞』等）はここ越後国に項を立てていることもあり、ここに記すこととした。

弥彦神社拝殿

弥彦神社参道口

随身門

なお**松尾芭蕉**は『**奥の細道**』の途で、元禄二年（一六八九）旧暦七月三日にここ弥彦神社を詣でて、この地に宿泊した。その事跡を記念した「荒海や佐渡に横たふ天乃河」の句碑が、弥彦神社の北、競輪場を挟んで立つ宝光院の境内に据えられる。

寺泊訪ふ道の途に出雲崎　浜に並べり芭蕉と良寛の像
賑はしく遊山の客呼ぶ店並ぶ　寺泊港に近き道沿ひ
いま一社一の宮の在り伊夜彦の　神を祀りて二千歳余の

三、有明浦《ありあけのうら》

『松葉』には、「有明海」をここ越後の歌枕として、『**夫木和歌抄**』の、為実（五条為実？）の詠んだ「波のいろにあり明の浦の末見えて　塩瀬も白くのこる月影」を載せる。『和歌の歌枕・地名大辞典』はこの「有明浦」につき、九州北西部の、長崎、佐賀、福岡、熊本四県に囲まれた有明海に比定しつつ、越後国にこだわるならば現在の村上市有明であろうと解説する。残念ながら先の歌中には特定する証は無い。迷うところであるが、後者に比定することとした。前々項の境川から前項の寺泊までもそうであっ

宝光院境内の芭蕉句碑

宝光院本堂

ＪＲ新潟駅万代口付近

白山神社隋神門

白山神社一の鳥居

白山神社拝殿

たが、寺泊から村上市まで百キロメートル以上の距離があり、道々気になる寺社を訪ねつつ北上した。

　弥彦村の北には、県都・新潟市が位置する。今でこそ、本州日本海側での唯一の政令都市であるが、元和二年（一六一六）の港開設、寛文十二年（一六七二）の奥羽米回送の寄港地になって後の港湾都市としての繁栄で、古歌との関りは残念ながら見出せない。文化財として挙げられるのも、菖蒲塚古墳、古津八幡浜遺跡等以外は、旧新潟税関庁舎、旧笹川家住宅、萬代橋等、近世以降の遺物が主である。道すがら新潟総鎮守の白山神社を参拝した。

　新潟市役所の直近に鎮座する白山神社は、その名が示す通り、霊峰白山の頂に祀られる菊理媛大神（別名・白山比咩《しらやまひめ》大神）を勧進して延喜年間（九〇一～二三）、あるいは寛治年間（一〇八七～九三）に建立されたと言う。県道百六十四号・白山停車場女池線に面して建つ朱の「古町の第一鳥居」を潜ってしばらく進み、参道を右に曲がると豪壮な屋根を戴く隋神門、その奥に立派な本殿が参拝客を迎える。隣接する明治六年（一八七三）開設のオランダ風回遊式の白山公園は、四季を通じて市民の憩いの場となっている。

　なお、ＪＲ新潟駅万代口から県道三十三号・新潟停車場線、接続する国道七号線を進むと、信濃川に架かる萬代橋に至るが、その東詰めのやや手前の右手に新潟日報メディアシップのビルがあり、その五階に新潟市出身の偉才・**會津八一**の業績を伝える記念館がある。

　新潟市の東に新発田市があるが、その中心街、市役所とＪＲ羽越本線・新発田駅の中ほどに、大化四年（六四八）に隣接する聖籠《せいろう》町諏訪山に鎮座し、宝暦六年（一七五六）にこの地に遷座した、地域の総鎮守・諏訪神社が建つ。

胎内市胎内川付近

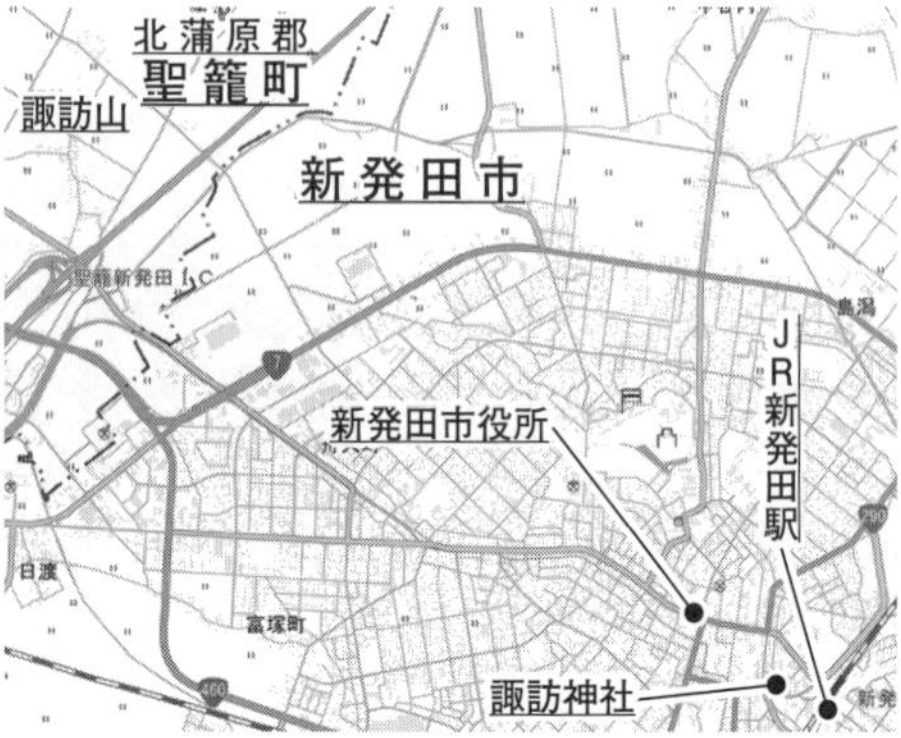

ＪＲ新発田駅付近

この神社の社殿は、本殿、幣殿、拝殿が一棟になっていて、この種の社殿では大規模なものである。参道の朱の鳥居の近くには、**芭蕉**の「雲折〳〵人をやすむる月見哉」の句碑が据えられる。

新発田市の北、村上市の手前に胎内市がある。市名の由来は市中を流れる胎内川とのこと、伏流水から想起される「胎内」であるとか、アイヌ語の「清い流れ」の意の「テイ・ナイ」に因る等の諸説がある。

その胎内市の日本海沿い、国道百十三号線と県道三号・新潟新発田村上線が交差する乙《きのと》に、乙宝寺が建つ。**聖武天皇**の勅願で天平八年（七三六）に、**行基**とインドより渡来の婆羅門僧正によって開かれた。

東の駐車場から西に石畳の参道が延び、延享二年（一七四五）に改修された仁王門を潜る。なお改修の際、創建時の金堂の古材が用いられていると言う。右手には、元和六年（一六二〇）竣工、柿葺の純和様式、国の重要文化財に指定される三重の大塔が、木立に囲まれて建つ。

諏訪神社の社門

諏訪神社社殿

諏訪神社芭蕉句碑

乙宝寺三重の大塔

乙宝寺大日堂

乙宝寺仁王門

乙宝寺参道口

参道の奥正面には、仁王門と時を同じく再建されるも昭和十二年（一九三七）に焼失、昭和五十八年（一九八三）に復元された五間四面の大日堂が美しい構えを見せる。大日堂の右手、観音堂への登り口の左に、不玉の「三越路や乙の寺の花ざかり」、安田以哉坊の「差別なう神も仏もさくらかな」、さらに**松尾芭蕉**の「うらやまし浮世の北の山桜」の句碑が並ぶ。

さて、『和歌の歌枕・地名大辞典』が「有明浦」の

村上市市街周辺

有明浦（？）に続く瀬波海岸

乙宝寺句碑群

比定の候補とする村上市有明であるが、現在は内陸に位置し、日本海までは直線で三キロメートルほどの距離がある。その日本海に面した海岸は、白砂の浜と、防風、防砂を目的とする林が、瀬波から岩船にかけて五キロメートルほど続く。岩船は、少なくとも七世紀中頃までは蝦夷征討の前進基地で、磐舟柵が設けられ、小祠が祀られていたと言う。その祠を祖とする石船神社が県道三号・新潟新発田村上線沿いに鎮座する。

羽黒神社参道口

西奈彌羽黒神社拝殿

朱の両部鳥居を潜って長い参道を進むと、鳥居の華やかさと対照的に質実な雰囲気の社殿が建つ。拝殿正面は風雪除けの建屋が設けられていて、引き戸を開けて参拝する。境内には**松尾芭蕉**の「文月や六日も常の夜には似ず」、「花咲て七日鶴見る麓哉」の句碑が据えられるが、前者を目にすることが叶わず、後者のみを駐車場近くで認めた。

有明とはやや距離があるが、村上市中心部、市役所の南七百メートルほどに、西奈彌《せなみ》羽黒神社（通称・羽黒神社）が鎮座する。創建は**持統天皇**元年（六八七）と言うから、これも歴史ある神社である。ほぼ道に面して社号標、やや奥に石造りの鳥居があり、その先から緩やかな勾

石船神社駐車場近くの芭蕉句碑

石船神社拝殿

石船神社参道口

石船神社拝殿内部

羽黒神社石段と鳥居

配の石段が続く。中間所と最上部の境内口に、木製の朱の両部鳥居が建ち、正面に拝殿が重厚な構えを見せ、村上の総鎮守とされるに相応しい。

なお、村上市役所の北二百メートル足らず、小町通りに面して鮭料理専門店の井筒屋があるが、ここは元禄二年（一六九八）六月二十八、九の両日**芭蕉**が宿泊した「宿久左衛門」跡であり、国の有形文化財に指定されている。因みにここ村上市は、天然塩と天日干しで作る塩引き鮭が伝統食である。

井筒屋

道道に名社名刹参りたり　遥かの北の有明浦目指し
有明に現在《いま》は浦無し近き浜に　古社の建ち居り木立に囲まれ
名物の塩引き鮭鬻《ひさ》ぐ店の在り　嘗て蕉翁泊まりしと聞く

四、越《こしの》〈ノ〉中山《なかやま》—越前編十八より—

越前編の十八で、この「越〈ノ〉中山」につき、幾つかの候補があるが、その一つの妙高山をここで解説すると記した。道は前後するが、北陸自動車道・上越Ｊｃｔから南に分岐する上信越自動車道で約三十二キロメートル

スキー神社

妙高山

スキー神社の鳥居

に妙高高原がある。西方には、「越〈ノ〉中山」の比定地の候補の一つである妙高山（二千四百五十四メートル）が美しい姿を見せる。山麓には幾つものスキー場が開かれ、春の新緑、夏の避暑、秋の紅葉と、四季を通じて賑わうリゾート地である。

妙高高原ＩＣ出口の東四百メートルの旧北国街道沿いに、「日本一古い」と標榜するスキー神社が在る。祭神として、雨、雪の神の高雷神、闇雷神と**少彦名命**に加えて、日本で初めてのスキー犠牲者の酒井薫氏が祀られる。なおスキー神社は、新潟県湯沢町を始め長野、山形、青森等に少なくとも五社あると言う。

妙高山周辺

明治天皇
関川行在所の標柱

野尻湖

野尻湖畔のナウマンゾウの像

関川関所の番屋

関川関所

旧北国街道を二キロメートル足らず南進すると、左手に「加賀藩本陣の大石家」の跡地がある。旧関川宿の中心である。明治十一年（一八七九）には、時の天皇陛下が巡幸された際の行在所とされた。

本陣跡の直ぐ先の、更なる旧道を南に進むと関川関所跡がある。「道の歴史館」が建ち、関所と番所が復元され、五街道（東海道、中山道、日光街道、甲州街道、奥州街道）に次ぐ主要道としての歴史と雰囲気を学ぶことが出来る。

関所跡の南数百メートル、国道十八号線の信越大橋を渡るとそこは長野県である。二・五キロメートルほどで、その形から芙蓉湖とも呼ばれる野尻湖に出る。妙高高原、長野県の黒姫高原と共に妙高戸隠連山国立公園に指定される。ナウマンゾウの化石が出土する湖としても知られ、近くの草原には、その親子の実物大の像が置かれている。

少し信濃に踏み込んだが、越後に戻って、県境から北国街道（国道十八号線）を九キロメートルほど北進すると、上信越自動車道との間に和銅年

関山神社拝殿

関山神社社号標と参道

関山神社参道口鳥居

間（七〇八～一四）創建の関山神社が鎮座する。神仏習合の時代は関山権現と称し、**嵯峨天皇**の時代（八〇九～二三）に**空海**がこの地に参籠し、七堂伽藍を造営したと言う。木立に囲まれる拝殿は回廊が巡り、その回廊も十分に覆う広さの優美な屋根に、格調の高さを窺わせる。

神社の参道口の左手には、鎌倉時代の作と推定され、奈良薬師寺のものに次ぐ古さと言う仏足石が、覆屋に守られて遺される。中央に仏足、左に舎利塔、右に仏手華判が並んで同一面に彫られていて、この形式は我が国唯一という。

仏足石覆屋

仏足石

妙高高原ＩＣと関山神社のちょうど中間所、国道十八号線や上信越自動車道の西に赤倉温泉がある。それまでは霊山の妙高山の一画として入山が禁じられていたが、文化十三年（一八一六）に開湯され、同十五年には高田藩（現・上越市）の許可の下、十数軒の湯治宿が開業し、日本唯一の藩営温泉が誕生した。『**金色夜叉**』で知られる文豪・**尾崎紅葉**が、明治三十二年（一八九九）に療養のための新潟への旅の途でここ赤倉温泉の香嶽楼に投宿、紀行文『煙霞療養』に、地理、天象共に日本一とこの地を絶賛し、さらに「地の僻なるために世間に知られず、また知られてもなおかつそれがために足を運ばれぬのである」記し、「宿ひきの夏鶯よ人も来ず」と吟じている。これを機に文人が訪れるようになり、明治三十九年（一九〇六）には**岡倉天心**がやはり香嶽楼に投宿、以後毎年の避暑地とし、果ては山荘を建て、晩年を過ごして終焉の地となった。

また同四十一年には、**与謝野鉄幹**、**晶子**夫妻、**有島武郎**らが同じく香嶽楼で歌を詠んだと言う。現在も営業する香嶽楼の入り口には、「紅葉山人碑」が建てられる。

歌枕「越〈ノ〉中山」を妙高山とする説に従って散策したが、それなりの名所であった。歌枕歌として挙げられるのは、越前編十八でも記した**西行**の、「雁がねは帰る道にや迷ふらん　越の中山霞隔てて」と「嶺《ね》渡しにしるしの竿や立てつらむ　木挽待ちつる越の中山〈第四句目を、『松葉』は〈恋の待ちつる〉とする〉」、及び**藤原定家**の「冬深きこしの中山馬はあれと　雪ふみならしかちにてそゆく」の三首であるが、ここ妙高山に比定しきれないのが惜しいところである。

朝陽浴び頂の雪煌めけり　湯の宿より見る越の中山
文人の越の中山愛でにけり　湯治の街の麓に在りて
古の仏足石の遺り居り　越の中山仰ぐ街の端

五、雪〈ノ〉《ゆきの》高浜《たかはま》〔濱〕 ―佐渡編四より―

『名寄』、『松葉』には佐渡国の歌枕として、**藤原為家**の「ふりつもる雪の高はまはる〳〵と　木かけも見えぬ越の浦風」が載るが、佐渡国にらしき浜は見当たらない。『和歌の歌枕・地名大辞典』で吉原栄徳は、これを越後国、現在の柏崎市宮川辺りの海浜に比定していて、筆者もそれに従う。

香嶺楼前の紅葉山人碑

鉢崎関所跡

直江津中心街から新潟方面に三十キロメートルほどであろうか、上越市から柏崎市に入って二・五キロメートル

高浜海水浴場

胞姫神社拝殿

ほどの海沿いの一般道脇には、戦国時代に設置された鉢崎《はっさき》関所跡がある。五キロメートル余り東の米山（標高九九二・五メートル）から中ノ岳（同四百二十九メートル）、旗持山（城山、同三百六十五・九メートル）と続く旗持山脈が海に迫る地形を利している。

関所跡の東、国道八号線の山手に胞姫《よなひめ》神社が鎮座する。国道わきから細道を辿った奥に、人目を避けるようにひっそりと建つ。文治二年（一一八六）、海路を奥州へ落ちる途にあった源義経一行は、嵐に遭って当地に上陸、この地に差し掛かった時、義経の正室が産気づき苦しんだが弁慶の祈願により亀若丸を無事出産、胞衣《えな》を納めて祀ったのを起源とする。県下では安産の神として参拝者を集めると言う。

柏崎市宮川・椎谷地区

旗持山脈

椎谷陣屋跡

椎谷陣屋入口跡

西光寺本堂

西光寺参道口

柏崎市の中心街から国道三百五十二号線を北上、十キロメートル余りで柏崎市宮川に出る。その海岸は高浜海水浴場として整備されていて、歌枕の高浜とされる浜である。近隣には真言宗豊山派の吉祥院や、西光寺が並ぶ。

　高浜海水浴場から国道を北に二・五キロメートル、椎谷《しいや》海浜公園があり、国道を挟んだ向かいの丘に椎谷陣屋跡が遺る。この地を治めた椎谷藩初代藩主・堀直之が現在の西山町妙法寺に仮陣屋を設け、正徳五年（一七一五）に五代直央《なおなか》によってこの地に移された。慶応四年（一八六八）の戊辰戦争の兵火ですべてが焼失、今は当時の建造物の跡地を示す表示板が立つのみである。なお藩邸跡の左の鳥居と社は、後年建てられたものであろう。

　陣屋跡の北三～四百メートルには椎谷観音堂がある。弘仁二年（八一一）、この海に流れ着いた正観音菩薩像を安置したことに始まると言う。三百段の石段を登った先に、明和七年（一七七〇）再建の観音堂が建つ。屋根は藁葺、一部苔生

椎谷観音堂

吉祥院

して時代を感じさせる。境内の一角には幹周り六メートル以上、樹齢は千年を越す、市の文化財に指定される欅の大木が枝を広げる。

佐渡国の歌枕とふ高浜は　越後国なる潮浴《しほあみ》の浜
高浜を目指す道端の山影に　義経縁の社座し居り
古寺もあり陣屋の跡も遺り居り　高浜近き里の辺りに

広域

六、越《こし》〈の〉山《やま》（併せて越路〈ノ〉浦、越菅原、同の里）

『**拾遺和歌集**』に載る**藤原佐忠**《すけただ》の「我一人越の山地に来しかども　雪降りにける跡を見る哉」、『**千載和歌集**』から**藤原通俊**の「をしなべて山のしらゆきつもれども　しるきは越のたかねなりけり」が「越山」の歌として、『類字』に収められ、また『松葉』には**慈鎮**の「こしの山雪けの雲も晴のきて　みとりをわくる雁のもろ声」他六首が、やはり歌枕「越の山」の歌として並ぶ。しかしこれらの歌の「越山」が、越後国内の特定の山を窺わせる語句は見当たらず、何処とも決め難い。「越路浦」、「越菅原」、「越の里」も同様である。
であれば、これらの歌枕は特定の地点、地域とするよりは、越国の山、越国の浦等々とするのが妥当と思われる。

即ち越後国全域の山々、浦々ではなかろうか。いや、越後国に留まらず、あるいは北陸を一国とした越（高志）国とすべきかも知れない。このことについては、越中編二十九の「越〈の〉海（併せて同〈ノ〉浦、同〈ノ〉大山、同の葉山」でも、思うところを述べた。

以上の筆者の浅薄な考察ではあるが、広域の地を示す歌枕と断じた。

数多あり「越」を冠する歌枕　北陸路なる国其々に

越の山・浦・原・里の何処なり　吾に問ひつつ越後路を行く

文開き古歌読み解くも越の山　比べ定むを思ひ限れり

国違

七、奈古継橋《なごのつぎはし》—越中編十九へ—

『能因』には、『**夫木和歌抄**』の「いとゝしく恋路に迷ふ我身かな　なこの継橋とたえのみして」を挙げて、ここ越後国に項を立てる。また、実は『名寄』も佐渡国に「奈古継橋」の項を立てて、**葉室光俊**、即ち**真観**の「かきつはた咲てや花のへたつらん　とたへかるゝなこのつきはし」他一首を収める。しかし当国にも佐渡国にも比定すべき地は無く、越中国、即ち現・富山県の射水市、富山空港付近が嘗ての奈古浦であり、察するところその近隣にあった継橋を指すのであろう。『松葉』にはその地の歌として、『名寄』に挙げられた二首と、**和泉式部**の「いそきしも越路のなこの継橋も　あやなく我やなけきわたらん」等が載り、本書でも既に越中編十九で、現在の奈呉の浦大橋付近に嘗て在った橋と比定した故、本編での記述は省略する。

非歌枕

八、上越市

北陸自動車道能生ＩＣ付近

北陸自動車道の親不知ＩＣから新潟宝面へ二十七キロメートル、能生《のう》ＩＣから海浜沿いの県道八号線に出てさらに新潟方面に一キロメートルほどの右手百メートル足らずに、**伊弉諾尊**、大巳貴命《おおむなちのみこと》（**大国主命**）、奴奈川姫命《ぬながわひめみこと》を祀る能生白山神社が鎮座する。糸魚川市北端に近い。

奴奈川姫命については、『**古事記**』の**大国主命**の段に、「この八千矛《大国主命》の神、高志《越》の国の沼河比売《奴奈川姫》を婚《よ》ばはむとして」歌を贈答し、「明日《くるつひ》の夜に、御合《みあ》ひま

能生白山神社拝殿

能生白山神社参道口

能生歴史民俗資料館

しき」と記述される。即ち奴奈川姫命は**大国主命**の妻神の一人である。二神の子が諏訪大社の祭神の建御名方神《たけみなかたのかみ》とされる。社伝には第十代**崇神天皇**の時代の創建とされ、二千年を超える歴史がある。**延喜式**には奴奈川神社とされ、寛弘年間（一〇〇四～一〇一〇）に加賀白山の霊を合祀して白山神社と社名が変わった。一、二の鳥居を潜るとやや開けた境内に出る。ほぼ正面に御旅所があり、その左手前に宝暦五年（一七五五）の再建と思われる、茅葺の古色溢れる拝殿が建つ。その奥には永正十二年（一五一五）の建立と言うから、優に五百年を経た本殿が鎮座する。国の重要文化財である。なお、御旅所の右手、道を挟んだ高台には、この地方の農家の古民家が能生歴史民俗資料館として移築され、その苔の生した屋根が時代を感じさせる。訪れた日は残念ながら休館日であったが、ゆとりがあれば必見であろう。

なお、二の鳥居の先に、**松尾芭蕉**が『**奥の細道**』の道の途で能生に投宿して吟じた「曙や霧にうづ満くかねの声」の句を添えた、「越後能生社汐路の名勝」の文を刻んだ碑が据えられる。

「越後能生社
汐路の名勝」碑

上越地方の政治・行政の中心であった高

ＪＲ直江津駅周辺

田地区（旧高田市）と、北前船の往来や交通の要路であった直江津地区（旧直江津市）の旧二市が合併して、昭和四十六年（一九七一）に旧上越市が誕生、さらには平成十七年（二〇〇五）に周辺十三町村を編入して、県下で三番目の人口を擁する現在の市域となった。

能生ＩＣからさらに新潟方面へ二十五キロメートル、北陸自動車道に上信越自動車道が接合する上越Ｊｃｔの北西一キロメートルに、春日山城、春日山神社がある。

南北朝時代の建城と伝えられる春日山城は、上杉謙信の居城として広く知られる。空堀や石積みが残り、往時の大城郭を偲ぶことが出来る。中腹に立つ上杉謙信の立像は、昭和四十四年（一九六九）の作で、三メートルの像高があり、周囲を圧倒する雄姿である。

城跡のほぼ東五百メートルの林間に、上杉謙信公を祀った春日山神社が鎮座する。それなりの歴史を期待して訪れたが、驚いたことに、なんと、近代郵便制度の創設者である前島密の援助で、童話作家の小川未明の父・小川澄晴によって明治三十四年（一九〇一）に創建された、まさ

高田城跡・三重櫓

高田城跡の掘

上杉謙信像

春日山城跡

春日山神社参道口

春日山神社拝殿

浄興寺太子堂

浄正寺

西光寺

正光寺

浄興寺本堂

玄興寺

正念寺

浄興寺山門

浄泉寺

に真新しい神社であった。神明造の社殿は、紅葉の木々に囲まれて落ち着いた雰囲気であった。

　高田地区には、徳川家康の六男・松平忠輝の居城として、忠輝の舅の伊達政宗の総監督の下、天下普請によって慶長十九年（一六一四）に築城された高田城の跡がある。明治三年（一八七〇）に本丸御殿、三重櫓等が焼失、三年後には廃城令で残余の建造物も取り壊された。現在は城址公園として整備され、シンボルとして平成五年（一九九三）に三重櫓が再建された。

　城跡もさることながら、特筆すべきは、えちごトキめき鉄道高田駅西の寺町界隈の寺院群である。高田城下の町割りで寺院を集中させ、宗派ごとに区分けをして形成された。現在でも六十三ヶ寺を数えると言う。例えば浄興寺、九ヶ寺の末寺を有する真宗浄興寺派の本山で、正式名称は浄土真宗興行寺という。建保二年（一二一四）に

親鸞が、常陸国笠間郡稲田郷（現・茨木県笠間市）に草庵を建てたのを祖とし、以後度重なる火災により常陸、信濃の国内を転々とし、永禄十年（一五六七）に上杉謙信の招きでここ越後国に遷った。延宝七年（一六七九）建立の入母屋造柿葺、間口、奥行きとも十五間余の本堂は、国の重要文化財に指定される。現在の本尊は、室町中期の作とされる木造阿弥陀如来立像であるが、当初は**親鸞**の手による**聖徳太子**像で、今も境内の一画の太子堂に祀られる。この浄興寺は、裏寺町通りに面して山門があり、参道が西に向かうが、わずか百メートルほどの間に、左には正念寺、正光寺、浄正寺、右には浄泉寺、玄興寺、西光寺が、参道を守るが如く建ち並ぶ。界隈の諸寺それぞれを参拝するには相当の時間を要するが、散策するだけでも歴史を感じることが出来る。

府中八幡宮拝殿

府中八幡宮参道口

さて、越後国の国府、国分寺は上越市に在ったと編頭で述べた。しかし残念ながら、共にその所在は明らかになっていない。しかし推定される地はある。

直江津駅は、JR信越本線と第三セクターによるえちごトキめき鉄道（旧JR北陸本線の新潟県部分）の接続駅である。その直江津駅の南西一・五キロメートル付近の町名は国府である。歴史的な謂れが無いのにこの町名が用いられるとは考えにくい。加えて、承元元年（一二〇七）に**親鸞**が越後の国府に流されたとの記録があり、その配流所の跡に建つのが、本願寺国府別院（上越市国府一―七―一）である。それゆえこの辺りに国府が置かれていたとするのが自然であろう。

本願寺国府別院

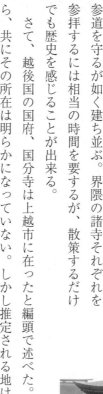

五智国分寺三重塔

五智国分寺本堂

五智国分寺参道口

五智国分寺山門

五智国分寺境内芭蕉句碑

また、直江津駅のほぼ西五百メートルには、少なくとも中世以降越後総社の役割を果たしてきた府中八幡宮が鎮座する。総社は国守が参拝するに便宜のため、国内の神社の祭神を一社に勧請して造られた。その位置は国衙から離れていたはずもなく、先の本願寺国府別院から一キロメートルほどの距離は、国府の所在を証する拠所の一つであろう。

古い時代の国分寺の所在が明らかでないことは先述したが、本願寺国府別院の真北六百メートルに五智国分寺がある。永禄五年（一五六二）に上杉謙信が国分寺堂宇の腐朽を惜しんで再建したとされることから、旧国分寺がここ、あるいはここから然程遠くない場所に在ったと言えよう。盛時は東西十町、南北八町、東京ドーム二つ分の寺域があったという。現在の本堂は、昭和六十三年（一九八八）の失火で焼失した後、平成九年（一九九七）に再建されたものである。詳細は省くが、五智とは、大日如来に備わる五つの智慧のことで、それぞれの智を成就した如来が五智如来である。ここには大日、薬師、宝生、釈迦、阿弥陀の五体の仏像が本尊として祀られる。所在する町名も上越市五智である。

なお**松尾芭蕉**が、元禄二年（一六八九）旧暦七月八日に高田の医師・細川春庵を訪ねた際に吟じた、「薬欄にいづれの花をくさ枕」の句碑が境内に置かれている。

その五智には、越後一宮とされる居多《こた》神社が鎮座する。弘仁四年（八一三）に朝廷から従五位下を賜ったとあるから、創建はそれ以前、代々の国司の篤い崇敬と保護を受け、今でも縁結び、子宝祈願の神として広く信仰を集める。この地に流された**親鸞**が上陸したのが居多ヶ浜、そしてまず参拝したのがこの居多神社であり、「すゑ遠く法を守らせ居多の神　弥陀と衆生のあらん限りは」と神前に詠進したと言う。

なお越前編十三で述べたが、**親鸞**の「片葉の葦」の伝えがこの神社にも残る。

上越市は歌枕の地ではないが、古くに国府、国分寺が設けられていた故、一項を立てて概説した。

藁葺の社に史を偲びたり　歌枕訪ひ越後路行きて
寺町に古寺の参道守るがごと　数多の寺の居並びて在り
国の府も国分の寺も偲ぶのみ　関りありとふ寺社に参りて

居多神社参道口

居多神社社殿

親鸞の歌碑

越後国歌枕歌一覧（名所の数字は各歌枕集収載ページ）

	境川	寺泊・伊夜彦〈ノ〉神（併せて弥彦神）—越中編より—
名所歌枕（伝能因法師撰）		伊夜彦神（三一九） いやひこのおのれ神さひ青雲の 棚引日すらこさめそほふる 〔万葉十六〕（よみ人不知） いやひこの神の麓にけふらかも 鹿の臥覧皮の衣きて角つきなから 〔万葉十六〕（よみ人不知）
謌枕名寄		弥彦神（九九四） いやひこのをのれ神さひあを雲の たなひくみすらみそれそほふる いやひこの神のふもとにけふをしか しかのふしなん波眼着而角附なから かはもきつけてへのつけ 右二首越中国哥四首内
類字名所和歌集		
増補松葉名所和歌集	堺川（六一三） 舟もなく岩波高きさかひ川 水まさりなは人もかよはし 〔堀百〕（顕季）	寺泊（五三二） 興国二年越後国寺泊といふ所にし は〳〵住侍しに帰雁をきゝて 故郷ときゝし越後の空をたに 猶末遠くかへるかりかね 〔李花集〕（宗良親王） 越後国寺泊といふ海つらに住侍し 比よもすから千鳥をきゝて あら磯の外ゆく千鳥さそなけに たちゐも波のくるしかるらん 〔李花集〕（宗良親王） 為兼佐渡国へまかり侍し時越後国 寺泊といふところにて申送り侍り し 物思ひこしちの浦の白波も 立帰るならひ有とこそきけ 〔玉葉〕（遊女初君） 〔「越路ノ浦」に重載—筆者注〕 伊夜彦ノ神（五〇） 伊夜彦のおのれ神さひ青雲の たなひく日すら小雨そほふる 〔万十六〕 いやひこの神のふもとにけふしもか 鹿のふすらん皮の衣きて角つきなから 〔万十六〕

	有明浦	越〈ノ〉中山 ―越前編より―	雪〈ノ〉高浜〔濱〕―佐渡編より―
名所歌枕（伝能因法師撰）			
謌枕名寄		越中山（九六八） かりかねは帰るみちにやまよふらむ こしの中山かすみへたてゝ （西行） 冬ふかきこしのなか山馬はあれと 雪ふみならしかちよりそゆく （定家）	雪高浜（一〇〇一） ふりつもる雪のたかはまはる〳〵と 木かけもみえぬこしの浦かせ （為家）
類字名所和歌集			
増補松葉名所和歌集	有明浦（五六九） 波のいろにあり明の浦の末見えて 塩瀬も白くのこる月影 〔夫木〕（為実）	越ノ中山（五一〇） 鴈かねは帰る道にやまとふらん こしの中山かすみへたてゝ 〔山家〕（西行） 冬深きこしの中山馬はあれと 雪ふみならしかちにてそゆく 〔名寄〕（知家） ねわたしにしるしの竿やたてぬらん 恋のまちつる越の中山 〔山家〕（西行）	雪〈ノ〉高濱（六四一） ふりつゝくゆきの高はまはる〳〵と 木掛けお見えぬ越の浦風 〔現六〕（為家） （「越路ノ浦」に重載―筆者注）

広域

	同の里）
名所歌枕（伝能因法師撰）	越山（三三二） 我独こしの山地にこしるとも 雪ふりにける道をみるかな 〔拾遺〕（藤原佐忠朝臣）
謌枕名寄	
類字名所和歌集	越山（三一二） 我獨こしの山ちにこしか共 雪ふりにける跡をみる哉 〔拾遺〕（藤原佐忠朝臣） をしなへて山の白雪つもれ共 しるきはこしの高ね也けり 〔千載〕（治部卿通俊）
増補松葉名所和歌集	越の山（五一一）

越〈の〉山（併せて越路〈ノ〉浦、越菅原、

越菅原（三三三四）
真玉つくこしの菅原我からて
人のからまくおしき菅原
〔万葉七〕（よみ人不知）

越路浦（三一二）
物想ひ超ちの浦の白波も
立帰るならひありとこそきけ
〔玉葉〕（遊女初君）

こしの山雪けの雲も晴のきて
みとりをわくる雁のもろ声
〔拾玉〕（慈鎮）

都たに夜寒に成ぬいかはかり
こしの山人ころも打らん
〔夫木〕（範宗）

おほつかなこしのを山の椎柴の
青葉も見えすつもる白雪
〔夫木〕（俊忠）

こしの山たてをくさほのかひそなき
日をふる雪にしるし見えねは
〔夫木〕（大炊御門）

雪つもる越の山風吹ぬらし
桧原松のはあらはれにけり
〔夫木〕（頼政）

みね高き越のを山に入人は
柴車にてくたる也けり
〔堀百〕（顕季）

越路ノ浦（五一八）
物おもひこしちの浦の白波も
立帰るならひ有とこそきけ
〔玉葉〕（遊女初君）
（「寺泊」に重載—筆者注）

降つゝくゆきの高濱はる〴〵と
こかけも見えぬ越のうら風
〔現六〕（為家）
（越後国、佐渡国「雪　高濱」に重載—筆者注）

越の里（五二七）
月かけにうつもれぬとや思ふらん
雪にならへるこしの里人
〔夫木〕（頼政）

国違

名所歌枕（伝能因法師撰）	謌枕名寄	類字名所和歌集	増補松葉名所和歌集

奈古継橋 ―越中編へ―

奈古継橋（三三四）
いとゝしく恋路に迷ふ我身かな
なこの継橋とたえのみして
〔夫木〕（読人不知）

新潟県　佐渡編

佐渡国は佐渡島一島を領域とする。

『**古事記**』には、**伊弉諾尊**、**伊弉冉尊**の夫婦神が津島（対馬）の次に佐渡島を生んだとあり、『**日本書紀**』には億岐洲《おきのしま》（隠岐島）と佐渡洲を雙《ふたご》に生むと記される。

天平十五年（七四三）、一旦越後国に併合されたが、天平勝宝四年（七五二）に再び一国となる。国府、国分寺は、現在の佐渡市真野地区に置かれた。神亀元年（七二四）に「遠流の地」と定められ、万葉歌人の**穂積朝臣老**、その後**順徳上皇**、**日蓮**や**世阿弥**など、著名な人々が流された。

守護職には、鎌倉時代は名越、北条氏等、室町時代は畠山、上野、高氏等が務め、鎌倉初頭に守護代として入島した本間氏が、天正十七年（一五八九）に上杉景勝に滅ぼされるまで実効支配した。

佐渡は古くから金の産出が知られていた。十二世紀前半の成立とされる『**今昔物語集**』の巻第二十六・第十五の「能登ノ国ノ掘鐵者《クロガネヲホル》、行佐渡国《サドノクニニユキテ》掘金語《コガネヲホリタルコト》」には「佐渡ノ国ニコソ金《コガネ》ノ花栄《サキ》タル所ハ有《アリ》シカ」と記している。ただし当時は、『掘る』といっても鉱山ではなく、砂金採集であったとのこと、十六世紀の精錬技術の開発で鉱山開発が促され、徳川幕府によって全

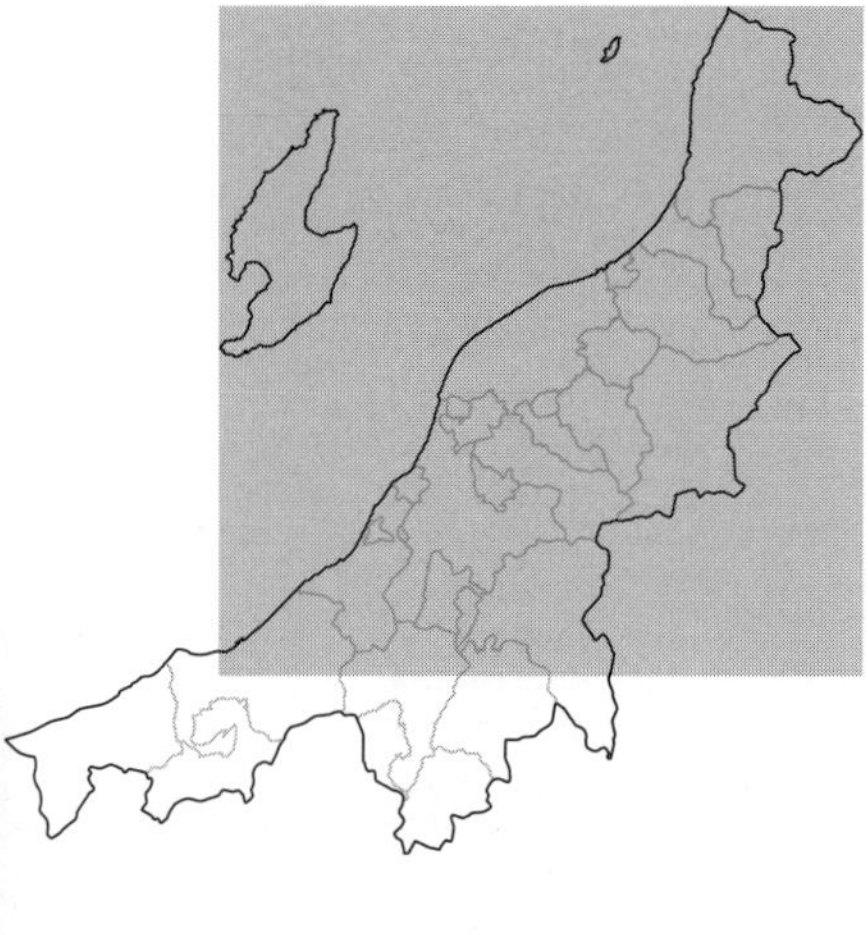

島が直轄地とされ、幕府財政に大いに貢献した。

　慶応四年（一八六八）に設置された佐渡県（第一次）が、わずか二か月後の同年（元号が変わって明治元年）十二月に新潟府の管轄になり、明治二年に改めて佐渡県（第二次）として分離再設され、同四年（一八七一）に相川県と改称、同九年（一八七六）に新潟県に再併合された。

　ところで歌枕の地であるが、筆者が座右に置く四冊の歌枕集（名所和歌集）には数ヶ所項立てされるが、「佐渡ノ海」以外は他の国に収載されるべきと判断される。その「佐渡ノ海」にしても、海域を絞り込む術もなく、為に、第一項を借りて佐渡島内探訪の記述となったことをご容赦願いたい。

一、佐渡《さど》ノ《の》海《うみ》

『松葉』にはこの歌枕の例歌として、**『久安百首』**に載る**藤原季通**の「佐渡の海のあわの嶋とをさしなから　田に作るまて君はましませ」と、**藤原家隆**の**私家集**・**『玉吟集**（**『壬二集』**）**』**の「さとの海や吹くる風のかたもうし　なかむる袖に落る涙は」が挙げられるが、全長二百六十キロメートルに及ぶ佐渡島の海岸線を探っても、何処の海域かを特定する術はない。「佐渡島に至る海」、あるいは「佐渡島周辺の海」と、漠とした海とするのが難が無いと思える。

両津港

船窓より佐渡島を見る

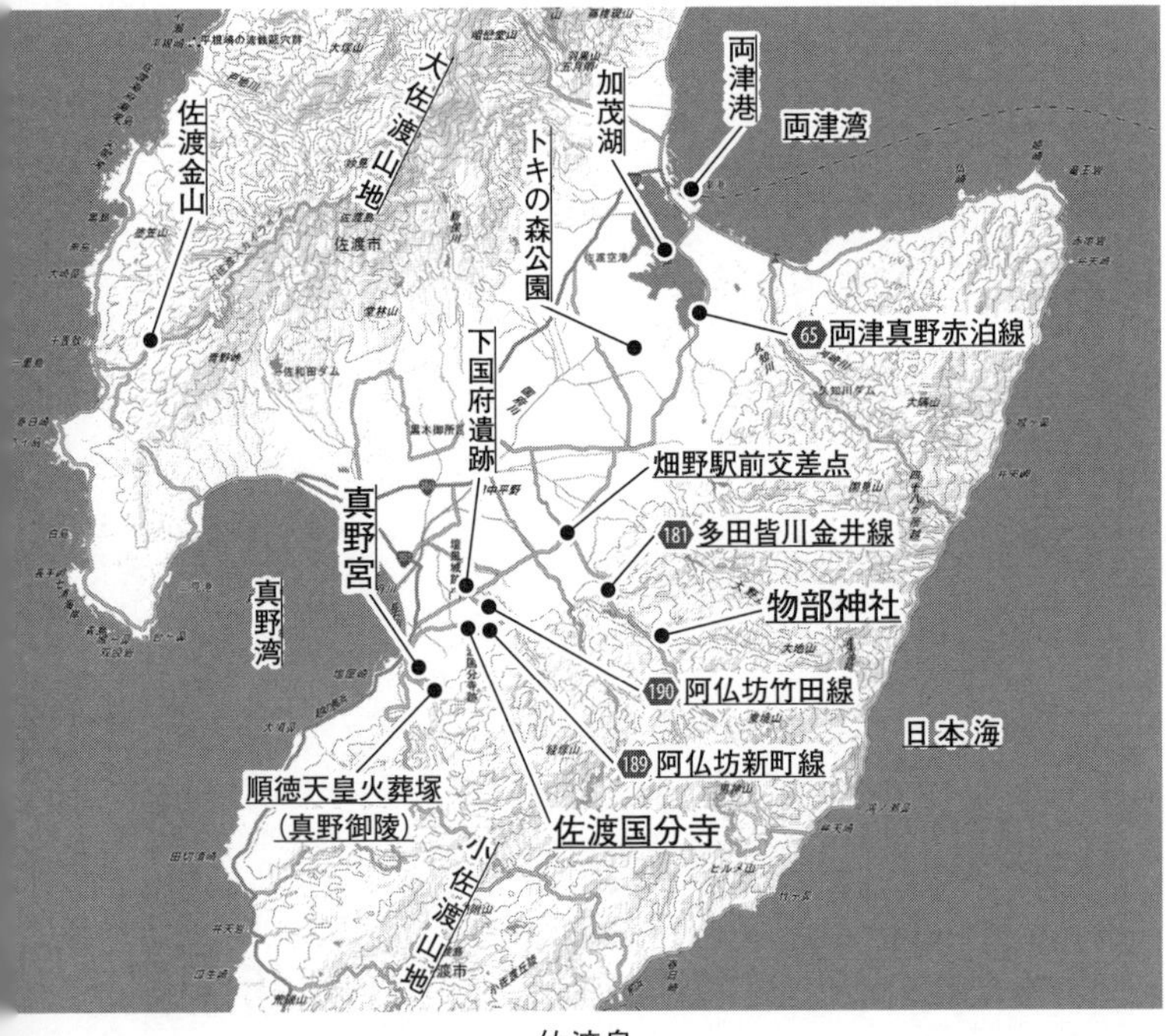

佐渡島

佐渡島には空港はあるが現在旅客運航はされていない。新潟港と両津港をフェリーで二時間半、ジェットフォイルによって一時間五分で結ぶ新潟航路、直江津港と小木港を高速フェリーによって一時間四十分で結ぶ直江津航路の二航路がある。

島の地形は北に大佐渡山地、南に小佐渡山地が北東から南東に走り、その間の、東の両津湾と西の真野湾を結ぶ地域は国仲平野が広がる。佐渡金山以外の大方の文化的、歴史的遺産は、国仲平野とその周辺に在る。以下、それらを順不同で辿ったままを簡単に紹介する。

両津港から県道六十五号・両津真野赤泊線を南西に十三キロメートル、畑野駅前交差点で左折して県道百八十一号・多田皆川金井線を南東に五キロメートル、左の脇道の奥に物部神社が鎮座する。養老六年（七二二）に配流された**穂積朝臣老**が祠を建てて物部氏の祖先である宇麻志麻治命を祀ったのを始めとし、貞観三年（八六一）に社殿が建造されたと言う。拝殿の屋根の反りが美しい、境内の一角には、**穂積朝臣老**がこの地で詠んだ長歌の反歌、「天地《あめつち》を歎き乞ひ禱《の》み幸《さき》くあらば　また還り見む滋賀の唐崎」の歌碑が建てられる。『**万葉集**』巻第十三に収められる。

下国府遺跡

先の駅前交差点から県道六十五号をさらに南西に三・五キロメートル、県道右の台地状の広場に二重の堀に囲まれた下国府《しもこう》遺跡が整備されている。佐渡国府の何らかの施設（あるいは官舎?）と推定されていて、国の史跡の指定を受けて

穂積朝臣老の歌の石柱

物部神社拝殿

物部神社裏参道口

佐渡国分寺跡

国府川下流域

いる。なお、佐渡国府の位置については、国府川流域に在ったとされるが特定されてはいない。
　下国府遺跡のやや北から県道百九十号・阿仏坊竹田線を東南に折れ、道なりに一・五キロメートルほど、山中を走る県道の右手の林間に阿仏坊妙宣寺が静かに鎮座する。弘安元年（一二七八）に、**日蓮**の弟子の阿仏坊日得上人が自宅を阿仏寺として開いたことに始まると言う。茅葺の風格ある仁王門を潜って境内を巡ると、江戸後期に建てられた新潟県内唯一の五重塔や、江戸末期再建の十二間四方の本堂など、格式の高さを納得させる堂宇が配される。
　さらに県道百九十号に接続する県道百八十九号・阿仏坊新町線を一キロメートルほど進むと、佐渡国分寺が建ち、その西には嘗ての国分寺境内の跡が遺されている。現国分寺は延宝二年（一六七四）までには再建されていたとされる。参道の石段を登って茅葺の仁王門を潜ると右手の開けた寺庭の奥に間口十間を超える本堂があり、また木々の間をまっすぐ進むと、正面に寛文六年（一六六六）建立の瑠璃堂が

妙宣寺五重塔

妙宣寺本堂

妙宣寺山門

妙宣寺仁王門

現国分寺瑠璃堂

現国分寺本堂

現国分寺山門

鎮座する。茅葺の寄棟造で、元々なのか、あるいは年を経て剥げ落ちたのかは判らぬが、木肌の露な柱や建具は、時代を感じさせる。

県道百八十九号をそのまま道なりに進み、真野新町で接合する県道六十五号、同三百四号・真野新町線を経て三・五キロメートルに、**順徳天皇**を祀る真野宮《まのぐう》が鎮座する。**承久の乱**に敗れた**順徳天皇**（その時は上皇）は、承久三年（一二二一）佐渡配流となり、在島二十二年、仁治三年（一二四二）真輪寺にて四十六歳で崩御された。

真輪寺は以来、天皇の火葬塚を管理してきたが、明治の廃仏毀釈により本堂を改修して宮の社殿とし、明治七年（一八七四）に県社として認められ、真野宮と改称した。

広い宮前から門を潜るとすっきりとした境内、そして正面には飾り気は無いが落ち着いた雰囲気の拝殿が建つ。右奥に回り込むと、林間に上皇の行在所の跡が保存される。また宮の右には佐渡歴史伝説館があるが。その中間の一角には、百人一首にも択ばれている**順徳院**の歌「ももしきやふるき軒端のし

順徳院歌碑

真野宮拝殿

順徳院行在所跡

真野宮社門

のふにも　なほあまりある昔なりけり」の碑が建てられる。

県道三百四号をさらに山手に進むこと一キロメートル余り、真野観光センターの奥に、杉の林に囲まれて順徳天皇火葬塚（通称は真野御陵、入り口の石柱も御陵と彫られる）がある。**順徳上皇**崩御の後荼毘に付されたのがこの地で、遺骨は翌年京に移され、今は左京区大原勝林院町の大原陵《おおはらのみささぎ》に眠るが、この火葬塚も陵と同じ扱いで、宮内庁の管理下にある。

もちろんここ佐渡には、他にも名所が多くあり、中でも衆知の金山跡とトキの森公園を訪れたが、ここでは記述を省略する。

真野御陵

真野御陵口

古に流人渡りし佐渡の海　現在《いま》一時《いっとき》で遊山客渡る

林間に古き門・堂遺り居り　幽玄漂ふ佐渡国分寺

半生を流されしまま身罷れし　順徳院の塚佐渡の山辺に

佐渡金山口

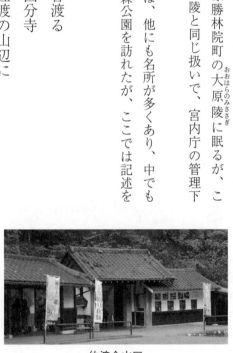

広域

二、越〈ノ〉《こしの》菅原《すがわら》（併せて同〈ノ〉松原、同水海）

越後編六にも述べたが、越に始まる様々な地名は、特定の地に比定する手掛かりが無い。加えてここは佐渡であり、越前でも、越中でも、越後でもない。一時期は越後に併合され、また古くには北陸一帯を総じて越（高志）の国であった故、佐渡に項を立てても全くの誤りではないが、かと言ってらしき地名が見当たらない以上、広域の地を示すとするのが無難であろうと考え、項を立てるのみとした。

なお両津港の直ぐ西に（前項地図参照）、新潟県最大の湖である加茂湖があり、これを、『名寄』に載る**藤原俊成**の「うらみてもなにゝかはせんあはてのみ　こしのみつうみみるめなけれは」の「越水海」かとも考えたが、全く確証が無く、比定に至っていない。

地図調べ文紐解くも定まらず　佐渡に在りとふ越の菅原
古の越（高志）国故か佐渡国に　「越」を冠する歌枕あるは
古歌詠《うた》ふ越の水海或いはと　水面眺めり加茂の湖

加茂湖

国違

三、奈古継橋《なごのつぎはし》―越中編十九へ―

これは越後編七で述べたが、越中国に収載すべき歌枕であり、ここでは項のみを立てるに止める。

四、雪《ゆき》〈ノ〉高浜《たかはま》〔濱〕―越後編五へ―

高浜は新潟県柏崎市宮川辺りの海浜に比定して、既に越後編五に項を立てて解説した。故にここでは項のみとする。

佐渡国歌枕歌一覧（名所の数字は各歌枕集収載ページ）

歌枕集	佐渡ノ海
名所歌枕（伝能因法師撰）	
謌枕名寄	
類字名所和歌集	
増補松葉名所和歌集	佐渡ノ海（六〇八） 佐渡の海のあわの鳴とをさしなから 田に作るまて君はましませ 〔久安百〕（季通） さとの海や吹くる風のかたもうし なかむる袖に落る涙は 〔玉吟〕（家隆）

広域

歌枕集	越〈ノ〉菅原（併せて同〈ノ〉松原、同水海）
名所歌枕（伝能因法師撰）	
謌枕名寄	越菅原（一〇〇一） しらさりしこしのすかはらかれはてゝ かりにもあらぬちきりなりとは （家隆） 越松原（一〇〇一） しほ風にえやはむかはん枝も葉も そむきにたてるこしの松はら （信実） 越水海（一〇〇一） うらみてもなにゝかはせんあはてのみ こしのみつうみみるめなけれは （俊成）
類字名所和歌集	
増補松葉名所和歌集	越ノ菅原（五一七） しらさりきこしの菅原あれはてゝ かりにもあはぬ契有とは 〔壬二〕（家隆） 真玉つくこしの菅原我からて 人のからまくおしき菅原 〔万〕 越ノ松原（五一七） 塩風にはやはむかはん枝も葉も そむきにたてるこしの松原 〔名寄〕

	奈古継橋 —越中編へ—	雪〈ノ〉高浜〔濱〕—越後編へ—
名所歌枕（伝能因法師撰） 国違		
謌枕名寄	奈古継橋（一〇〇二） あつまちのなこのつき橋わたらねと 世にふるみちもあやうかりけり（式乾門院） かきつはたすきてや花のへたつらん とたえのかるゝなこのつきはし	雪高浜（一〇〇一） ふりつもる雪のたかはまはる〳〵と 木かけもみえぬこしの浦かせ（為家）
類字名所和歌集		
増補松葉名所和歌集		雪ノ高濱（六四一） ふりつゝくゆきの高はまはる〳〵と 木かけも見えぬ越の浦風〔現六〕（為家） （越後国「越路ノ浦」に重載—筆者注）

事項・作品略解

〔あ〕

東歌（あずまうた）
　一般的には、『**万葉集**』巻第十四所収の、東海道の遠江国以遠、東山道の信濃国以遠の、いわゆる東国で詠まれた二三〇首の短歌。大部分が東国地方の民謡の口誦と見られ、民衆の生活に密着した詠みぶりは異彩を放つ。

伊勢物語（いせものがたり）
　平安中期の歌物語。作者・成立年は不詳。**在原業平**と目される人物の一代記風の百二十余段の短編から成り、全編に渡って二百首余の短歌が挿入される。**源氏物語**への影響大。

謌枕名寄（うたまくらなよせ）
　澄月（一七一四～九八）撰との説もあるが不詳の名所歌枕集。一説には室町期の編纂とも。約六〇〇〇首収載。

永久百首（えいきゅうひゃくしゅ）
　『堀河院次郎百首』、『堀河院後度百首』とも。嘉祥二年（一一〇七）崩御の**堀河天皇**と、永久二年（一一一四）に崩じた中宮篤子内親王の遺徳を偲んで、永久四年（一一一六）、**藤原仲実**の勧進で中宮の側近らが催行した懐旧百首と云われる。

蝦夷（えぞ）
　古代の奥羽から北海道にかけて住み、言語や風俗を異にして中央政権に服従しなかった人々。「えみし」とも。

延喜式（えんぎしき）
　律令制定以後、律令条文の補足、改定のための法令を「格」、律令の施行細則が「式」。**醍醐天皇**勅命で延喜七年（九〇七）に格十二巻が、延長五年（九二七）式五十巻が完成。式中の巻九、十に、毎年祈年祭《としごいのまつり》の幣帛《へいはく》にあずかる宮中・京中・五畿七道の三一三二神社を国郡別に登載した神名式があり、神名帳と呼ぶ。なお、延喜式は残るが、延喜格は現存しない。

奥の細道（おくのほそみち）
俳諧師**松尾芭蕉**が元禄二年（一六八九）、弟子の曽良を伴い、奥羽北陸の旅に出た。全行程六百里、五ヶ月間の長旅であり、道中の記録と、折々に読んだ句を編集した書。一般には陸奥の歌枕の探訪が主眼であったとされる。

〔か〕

懐中抄（かいちゅうしょう）
室町期の歌学書。同名異書複数あり。

久安百首（きゅうあんひゃくしゅ）
崇徳院主催の第二度百首。康治年間（一一四二〜三）に院より題が下され、久安六年（一一五〇）に詠進。**崇徳院**、**藤原俊成**、**藤原顕輔**等十四名の作。『**千載和歌集**』の撰歌の資料となった。

玉葉和歌集（ぎょくようわかしゅう）
伏見院の院宣による第十四番目の**勅撰和歌集**。建和元年（一三一二）京極為兼が撰集。総歌数二八〇〇余首。

金葉和歌集（きんようわかしゅう）
白河上皇の院宣による第五番目の**勅撰和歌集**。院宣下命から二年後、大治元年（一一二六）、三度目の奏上で完成。選者は**源俊頼**、最後尾に連歌の部。総歌数六三七首、連歌十一首。

源氏物語（げんじものがたり）
紫式部により十一世紀初頭に成立した長編小説。全五十四帖。平安の貴族社会を描写。

現存和歌六帖（げんぞんわかろくじょう）
葉室光俊撰と云われる**私撰集**。当時現存していた歌人の歌を収載。建長二年（一二五〇）**後嵯峨院**に奏献。

建武新政（けんむのしんせい）
建武中興とも。元弘三年（一三三三）鎌倉幕府滅亡後、**後醍醐天皇**により行われた新政。古代的天皇親政復活を目指すが、足利尊氏の離反により、三年足らずで崩壊。以後南北朝時代を迎える。

弘長百首（こうちょうひゃくしゅ）
七玉集とも。弘長元年（一二六一）、『**続古今和歌集**』撰定のため**後嵯峨院**の下命により召した百首。作者は**藤原家良**、**藤原為家**等七名。他の応製（勅命を奉じて詩歌を詠進すること）百首と異なり、下命者・**後嵯峨院**は詠じていない。

古今和歌集（こきんわかしゅう）
醍醐天皇の勅命による初の**勅撰和歌集**。延喜五年

（九〇五）、**紀貫之**、**紀友則**、**凡河内躬恒**、**壬生忠岑**の撰進。総歌数約一一〇〇首。

古今和歌六帖（こきんわかろくじょう）
貞元・天元期（九七六～八二）の成立とされる類題和歌集。歳時天象、地儀上、地儀下、人事上、人事下、動植物の六帖に、総じて二十五項目五百十六題を設けて、『**万葉集**』から『**古今和歌集**』、『**後撰和歌集**』の頃までの約四五〇〇首を分類収載したもの。

古事記（こじき）
現存する日本最古の歴史書。稗田阿礼が誦習した、神代から**推古天皇**（五九二～六二八在位）までの帝紀皇室伝承を、太安万侶が和銅五年（七一二）撰録献上。漢字音訓による日本語表現。

後拾遺和歌集（ごしゅういわかしゅう）
白河天皇の勅命による第四**勅撰和歌集**。応徳三年（一〇八六）**藤原通俊**が撰集。総歌数一二二〇首。

後撰和歌集（ごせんわかしゅう）
村上天皇の勅命により天暦五年（九五一）和歌所を設置。**清原元輔**など**梨壺の五人**により撰進。情緒的な歌が多い。総歌数一四〇〇余首。第二**勅撰和歌集**。

金色夜叉（こんじきやしゃ）
尾崎紅葉の未完の小説。明治三十年（一八九七）から読売新聞、同三十六年（一九〇三）に続編を『新小説』に発表。後に新派の当り狂言に。

今昔物語集（こんじゃくものがたりしゅう）
十二世紀前半の成立とされる、編者未詳、千余の説話を集めたわが国最大の古代説話集。三十一巻のうち天竺（インド）五巻、震旦（中国）五巻、本朝二十一巻、全体の三分の二が仏教説話で、残余が世俗説話。各説話が「今は昔……」で始まる。文章は漢字、片仮名による宣命書き。

〔さ〕

催馬楽（さいばら）
平安時代初期に成立した歌謡の一つ。上代の民謡などを外来の唐楽の曲調にのせたもの。笏拍子《しゃくびょうし》、笙《しょう》、篳篥《ひちりき》、竜笛《りゅうてき》、琵琶、箏《そう》を伴奏とする。室町時代に廃れるが、現在十曲ほどが復興されている。

防人（さきもり）
辺土を守る人の意。多くは東国から徴発されて筑紫・壱岐・対馬など北九州の守備に当たった兵士。彼等とその家族の作った歌が、『**万葉集**』巻第十四に短歌五首、巻第二十に長歌一首、短歌九一首が収載される。巻第二十のは、天平勝宝七年（七五五）の防人交替に際し、防人部領使《ことりづかい》が上進した一六六首のうち、**大伴家持**が採歌した歌である。

山家集（さんかしゅう）
西行の歌集。一五〇〇余首収載。歌集中の「願はくは花の下にて春《われ》死なむ　そのきさらぎの望月のころ」は辞世の歌とも。

三十六歌仙（さんじゅうろっかせん）
藤原公任《きんとう》撰『三十六人撰』に基づく歌人三十六人。**柿本人麻呂**、**紀貫之**、**凡河内躬恒**、**伊勢**、**大伴家持**、**山部赤人**、**在原業平**、**紀友則**、**小野小町**、**壬生忠岑**、**壬生忠見**などなど。

三代実録（さんだいじつろく）
→**日本三代実録**（にほんさんだいじつろく）

三代集（さんだいしゅう）
平安時代初期の三つの**勅撰和歌集**。古くは『**万葉集**』、『**古今和歌集**』、『**後撰和歌集**』とされたこともあったが、現在は、『俊頼髄脳』の云う『**古今和歌集**』、『**後撰和歌集**』、『**拾遺和歌集**』とする。

私家集（しかしゅう）
歌集の分類名の一つ。個人の歌の集のことで、一般には近世以前の歌人のもの。

詞花和歌集（しかわかしゅう）
崇徳上皇の院宣による第六番目の**勅撰和歌集**。**藤原顕輔**によって仁平元年（一一五一）に第一次本、久寿元年（一一五四）第二次本奏上。総歌数四〇九首。

私撰集（しせんしゅう）
正式には私撰和歌集。個人が多数の歌人歌を撰定し編纂した私的な歌集。↔**勅撰和歌集**

四道将軍（しどうしょうぐん）
記紀伝承で、**崇神天皇**の時、四方の征討に派遣された将軍。北陸は大彦命、東海は武渟川別命《たけぬなかわわけのみこと》、西道（山陽）は吉備津彦命、丹波（山陰）は丹波道《たんばのみち》主命《ぬしのみこと》。

拾遺愚草（しゅういぐそう）
藤原定家の**私家集**。建保四年（一二一六）上中下三巻が成立。その後天福元年（一二三三）まで増補。写本が多数伝存。

拾遺和歌集（しゅういわかしゅう）
第三番目の**勅撰和歌集**。『**古今和歌集**』、『**後撰和歌集**』に漏れた歌を拾うの意。**花山院**が関与か。寛弘三年（一〇〇六）に成立とも。晴（公のこと↔

藝）の歌を中心に一三〇〇余首。

拾玉集（しゅうぎょくしゅう）

慈鎮の家集。嘉歴年間（一三二六～二八）に、青蓮院座首尊円入道親王が**慈鎮**の百首を類聚し、さらに貞和二年（一三四六）に残りの詠草類を集成して成立。四六〇〇余首、あるいは五九〇〇余首収載。

十三代集（じゅうさんだいしゅう）

勅撰二十一代集のうち、『**古今和歌集**』～『**新古今和歌集**』の八代集に続く**勅撰和歌集**。『**新勅撰和歌集**』、『**続後撰和歌集**』、『**続古今和歌集**』、『**続拾遺和歌集**』、『**新後撰和歌集**』、『**玉葉和歌集**』、『**続千載和歌集**』、『**続後拾遺和歌集**』、『**風雅和歌集**』、『**新千載和歌集**』、『**新拾遺和歌集**』、『**新後拾遺和歌集**』、『**新続古今和歌集**』。

承久の乱（じょうきゅうのらん）

承久三年（一二二一）、**後鳥羽上皇**の鎌倉幕府打倒の兵乱。幕府方の勝利に終り、上皇は隠岐に配流、朝廷方の勢力が著しく失墜。

正治二年院初度百首（しょうじにねんしょどひゃくしゅ）

正治二年（一二〇〇）七月に**後鳥羽院**の下命で老齢歌人を中心として人選されたが、**藤原俊成**の直訴で新進、女流の歌人も追加され、同年十一月に披露。詠者は院を始め、式子内親王（百人一首「玉の緒よ絶えなば絶えねながらへば　忍ぶることの弱りもぞする」）、**藤原俊成**、**定家**父子、**慈円**、**寂蓮**他十七名。

続古今和歌集（しょくこきんわかしゅう）

後嵯峨院の下命による第十一番目の**勅撰和歌集**。文永二年（一二六五）奏覧。撰者は**藤原行家**、**藤原為家**、**九条基家**、**藤原家良**（完成直前に没）、**真観**（**葉室光俊**）。万葉歌人も多く入集。総歌数一九一五首。

続後拾遺和歌集（しょくごしゅういわかしゅう）

後醍醐天皇の勅命による第十六番目の**勅撰和歌集**。嘉暦元年（一三二六）二条為定により完成。総歌数一三五五首で、**十三代集**中最小の規模。

続後撰和歌集（しょくごせんわかしゅう）

後嵯峨院院宣による第十番目の**勅撰和歌集**。建長三年（一二五一）**藤原為家**により奏覧。総歌数一三七七首。

続拾遺和歌集（しょくしゅういわかしゅう）

第十二番目の**勅撰和歌集**。**亀山天皇**の勅命で弘安元年（一二七八）藤原為氏により奏覧。**御子左家**系多数入集。総歌数一四四一首とも。

続撰吟集（しょくせんぎんしゅう）

天文五年（一五三六）から同九年（一五四〇）の

間に成立した、編者未詳の私撰集。歌数三四〇〇余首。**飛鳥井雅世**以下当時の堂上歌人の歌が収載され、室町中期の歌壇を知る重要資料。

続千載和歌集（しょくせんざいわかしゅう）

第十五番目の**勅撰和歌集**。**後宇多院**の下命で二条為世（『**新後撰和歌集**』に続いて二度目）により撰進。文保二年（一三一八）とも同三年とも。総歌数二〇〇〇余首。

新古今和歌集（しんこきんわかしゅう）

後鳥羽院院宣による第八番目の**勅撰和歌集**。**藤原定家**ら六人。後、**寂蓮**の死で五人の撰集。元久二年（一二〇五）完成。定家等の**御子左家**系、**後鳥羽院**歌壇の歌人中心。総歌数一九七九首。

新後拾遺和歌集（しんごしゅういわかしゅう）

後円融天皇の勅命で二条為遠、その急死により二条為重が至徳元年（一三八四）に撰進。総歌数一五四五首。第二十番目の**勅撰和歌集**。

新後撰和歌集（しんごせんわかしゅう）

第十三番目の**勅撰和歌集**。**後宇多院**の院宣で二条為世により嘉元元年（一三〇三）に奏覧。総歌数一六一二首。

新拾遺和歌集（しんしゅういわかしゅう）

第十九番目の**勅撰和歌集**。**後光厳天皇**は当初二条為明に下命するも、為明の病没により頓阿が継いで貞治二年（一三六三）撰進。総歌数一九〇〇余首。

新続古今和歌集（しんしょくこきんわかしゅう）

後花園天皇の勅命による第二十一番目の**勅撰和歌集**。**飛鳥井雅世**により永享十一年（一四三九）奏覧。総歌数二一四四首。

新千載和歌集（しんせんざいわかしゅう）

後光厳天皇の下命により、延文四年（一三五九）に二条為定が奏覧した第十八番目の**勅撰和歌集**。室町幕府初代足利尊氏の執奏によるもので、武家執奏による国選和歌集の先例。総歌数二三六四首。

新撰六帖題和歌（しんせんろくじょうだいわか）

類題集。『新撰六帖』とも。成立は寛元二年（一二四四）六月直後か。**九条家良**が主催、『**古今和歌六帖**』の題を中心にした約五百三十題について、**九条家良**、**藤原為家**、**藤原知家**、藤原信実、**葉室光俊**の五人が各題一首、計二六〇〇余首を収載。

新勅撰和歌集（しんちょくせんわかしゅう）

後堀河天皇の勅命の第九番目の**勅撰和歌集**。仮奏覧後、天皇崩御により中断するも、文暦二年

（一二三五）完了。撰者は**藤原定家**。定家と親交のあった歌人や鎌倉幕府関係の歌人が多い。総歌数一三七三首。

新葉和歌集（しんようわかしゅう）
南北朝時代、北朝では将軍家と二条家が提携して**『新千載和歌集』**、**『新拾遺和歌集』**が成ったが、南朝方の採歌なく、第九十六代（南朝初代）**後醍醐天皇**の皇子・**宗良親王**が撰集。南朝弘和元年（一三八一）第九十六代（南朝第三代）長慶天皇より准勅撰の綸旨。

雪玉集（せつぎょくしゅう）
後水尾院の宮廷で編集されたとみられる**三条西実隆**の歌集。天文六年（一五三七）頃成立か。**後柏原院**の『柏玉集』、冷泉政為の『碧玉集』と並んで三玉集と呼ばれる。総歌数八二〇〇余。室町時代歌壇の重要資料。

千載和歌集（せんざいわかしゅう）
後白河天皇の下命による第七番目の勅撰和歌集。文治四年（一一八八）**藤原俊成**撰進。情緒豊かな幽玄体歌風の歌多数。総歌数一二八八首。

〔た〕

大化改新（たいかのかいしん）
大化元年（六四五）六月の蘇我氏打倒に始まる一連の政治改革。氏姓制度の弊を打破し、唐の律令制を基に天皇中心の中央集権国家建設を目標とした。**中大兄皇子**、**中臣鎌足**が中心。

勅撰和歌集（ちょくせんわかしゅう）
天皇の綸旨、上皇、法皇の院宣によって編集された公的歌集。**『古今和歌集』**から**『新続古今和歌集』**までの二十一を数える。一般には、和歌所を設けて撰歌が行われた。**↔私撰集**

〔な〕

梨壺の五人（なしつぼのごにん）
天暦五年（九五一）に**村上天皇**の勅により、撰和歌所が梨壺と呼ばれた宮中・昭陽舎に置かれ、五人の撰者によって**『後撰和歌集』**の編纂が行われた。その撰者、即ち、大中臣能宣（百人一首「みかきもり衛士《ゑじ》のたく火の夜は燃え　昼は消えつつ物をこそ思へ」）、**清原元輔**、**源順**、紀時文、坂上望城を「梨壺の五人」と呼ぶ。

日本三代実録（にほんさんだいじつろく）
延喜元年（九〇一）、藤原時平、大蔵善行等が勅を奉じて撰進した**六国史**の一つ。『日本文徳天皇実録』の後を受けて、**清和**、**陽成**、**光孝**の三天皇の約三十年間を記した編年体の史書。

日本書紀（にほんしょき）
養老四年（七二〇）、**元正天皇**の勅命のより**舎人親王**らが編集。漢文、編年体の歴史書。**六国史**の第一。

〔は〕

八代集（はちだいしゅう）
勅撰和歌集のうち第一番目から第八番目の、『**古今和歌集**』、『**後撰和歌集**』、『**拾遺和歌集**』、『**後拾遺和歌集**』、『**金葉和歌集**』、『**詞花和歌集**』、『**千載和歌集**』、『**新古今和歌集**』を云う。

風雅和歌集（ふうがわかしゅう）
第十七番目の**勅撰和歌集**。**花園院**企画。**光厳上皇**親撰。貞和三年（一三四七）完成。持明院統の天皇、皇族、京極派歌人の詠歌多数。総歌数二二〇〇余首。

夫木和歌抄（ふぼくわかしょう）
勅撰和歌集未収載歌を部類分けしたもの。藤原長清によって延慶二年（一三〇九）頃成立。三十六巻、五九六題、一七三五〇余首収載。

平家物語（へいけものがたり）
和漢混淆文による平家の繁栄と滅亡を描いた散文の叙事詩。琵琶法師によって各地で語られ、後世の文・芸に大きく影響。成立は十三世紀前半か。

保元の乱（ほうげんのらん）
保元元年（一一五六）七月の内乱。皇室において**崇徳上皇**と**後白河天皇**が、摂関家では**藤原頼長**、**藤原忠通**が対立し、**崇徳**・**頼長**側には源為義、**後白河**・**忠通**側には平清盛、源義朝が参戦、敗れた**崇徳上皇**は讃岐に配流された。これが切っ掛けとなって武士の政界進出が進んだ。

宝治百首（ほうじひゃくしゅ）
後嵯峨院が『**続後撰和歌集**』撰定の資料とするために当代四十名から召した百首。宝治二年（一二四八）か。

渤海（ぼっかい）
六九八年、中国東北地方の東部に起こった国。大祚栄《だいそえい》が靺鞨《まっかつ》族を支配して、唐から渤海郡王に封ぜられた。養老四年（七二七）以来しばしば日本と通交。十五代で契丹の滅ぼされた。

堀河院歌壇（ほりかわいんかだん）
管弦や和歌に造詣の深い**堀河院**の周囲に形成された歌人集団。源国信、同師時、藤原俊忠等の近臣に**源俊頼**も加わり、盛んに和歌活動。

堀河院後度百首（ほりかわいんごどひゃくしゅ）→**永久百首**（えいきゅうひゃくしゅ）

堀河百首（ほりかわひゃくしゅ）
『堀河院初度百首』、あるいは『堀河院太郎百首』とも。**源俊頼**の企画を源国信が長治年間（一一〇四～五）に**堀河天皇**に奏覧。

〔ま〕

枕草子（まくらのそうし）
長保二年（一〇〇〇）以降の成立とされる**清少納言**作の随筆集。作者が中宮定子《ていし》に仕えていた頃を中心とし、四季の情趣、人生の面白味などを、客観的観察や主観的考察を織り交ぜた、鋭い感覚と機知に富んだ作品。

松葉名所和歌集（まつばめいしょわかしゅう）
内藤宗恵により万治三年（一六六〇）編集。先に世に出た『**類字名所和歌集**』は**勅撰和歌集**収載の名所和歌を集めたが、本集は**私撰集**や**私家集**など、私的な名所和歌を集成した書。寛政年間（一七八九～八〇〇）、尾崎雅嘉によって増補された。

万代和歌集（まんだいわかしゅう）
衣笠前内大臣、即ち**藤原家良**の撰と推定される私撰集。宝治二年（一二四八）成立か。春、夏、秋、冬、神祇、釈教、恋（一～五）、雑（一～六）、賀に部類された全二十巻。『**万葉集**』以降の**勅撰和歌集**未収載の三八二八首を収める。家良は勅撰を望んだか。

万葉集（まんようしゅう）
奈良時代末期に成立した現存する最古の和歌集。二十巻約四五〇〇首。一～二巻が勅撰？　**柿本人麻呂**が関った？　等諸説がある。**大伴家持**が最終編集者であったとするのが一般的。歌風は素朴で力強く雄大。『**万葉集考**』を著した江戸中期の国学者・賀茂真淵は「ますらをぶり」と評した。

御子左家（みこひだりけ）
御堂関白**藤原道長**の六男・正二位権大納言長家を祖とする家系。長家―忠家―俊忠―**藤原俊成**―**藤原定家**―**藤原為家**と連なる和歌の家柄。**俊成**、**定家**父子二代によって歌道の中心に。**藤原為家**の子は、嫡男・為氏が二条家、為教が京極家、為相《ためすけ》が冷泉家と三家に分家、嫡流の二条家が**御子左**を名乗る。

壬二集（みにしゅう）
　藤原家隆の家集。玉吟集とも。寛元三年（一二四五）内大臣**九条**（藤原）**基家**が編纂。伝本は三系統あるが、それぞれ欠落が見られ、総歌数は三〇〇〇超か。**後鳥羽院**の評価が高い。

名所栞（めいしょのしおり）
　村上忠純によって元治元年（一八六四）に編まれた歌枕書。全国の名所を山、嶺等六十余項に分ける。『東関紀行』、『十六夜日記』等、紀行、日記類からも証歌を引く。

〈や・ら・わ〉

六国史（りっこくし）
　原則として編年体で書かれた奈良・平安時代の朝廷で編集された六つの史書の総称。『**日本書紀**』、『続日本紀』、『日本後紀』、『続日本後紀』、『日本文徳天皇実録』、『**日本三大実録**』を言う。

類字名所外集（るいじめいしょがいしゅう）
　元禄十一年（一六九八）**契沖**によって編まれた名所研究書。『**類字名所和歌集**』の補遺、増訂を意図し、編集も同書を踏襲する。

類字名所和歌集（るいじめいしょわかしゅう）
　元和三年（一六一七）里村昌琢が編集。**勅撰和歌集**から名所を詠い込んだ歌を抄出。名所八八七ヶ所、総歌数八八二一首。

六歌仙（ろっかせん）
　平安初期、**文徳**〜**光孝天皇**期（八五〇〜八七）に活躍した僧正**遍昭**、**在原業平**、**文屋康秀**、**喜撰法師**、**小野小町**、**大友黒主**の六歌人。**紀貫之**が『**古今和歌集**』の仮名序で「ちかき世にその名きこえたる人」と評したことによる。

倭妙類聚鈔（わみょうるいじゅしょう）
　承平年間（九三一〜三八）に、勤子内親王の求めで**源順**《したごう》が編纂した辞書。『和名抄』とも。

人名略解

〔あ〕

會津八一（あいづやいち）１８８１～９５６
　新潟県生まれ、早稲田大学卒の歌人、書家、美術史家。万葉風を近代化した独自の歌風を確立。歌集『鹿鳴集』、書跡集『遊神帖』等。

顕輔（あきすけ）→**藤原顕輔**（ふじわらのあきすけ）

飛鳥井雅世（あすかいまさよ）１３９０～４５２
　永享二年（一四三〇）権中納言、嘉吉元年（一四四一）正二位となるも同年出家。法名祐雅。永享期（一四二九～四〇）以降の歌壇の第一人者。『**新続古今和歌集**』を撰進。

姉小路顕朝（あねがこうじあきとも）１２１２～６６
　鎌倉中期の公卿。父・宗房が散位中に没したため、若年時は苦労するも、**後嵯峨上皇**の信を受け、上皇の伝奏を務め、院政の中核的地位に。権中納言、安察使、中納言を経て、文永二年（一二六五）大納言。翌三年に病に倒れ出家し、本復することなく没した。

天照大神（あまてらすおおみかみ）
　伊弉諾尊《いざなぎのみこと》の女《むすめ》。高天原の主神。日の神と崇められ、日本の皇室の祖神とされる。伊勢神宮の内宮に祀られる。

有島武郎（ありしまたけお）１８７８～９２３
　東京生まれ、札幌農学校卒の小説家。「白樺」同人。人道主義的傾向が強い。『或る女』、『カインの末裔』等。自ら命を絶つ。

在原業平（ありわらのなりひら）８２５～８０
　第五十一代**平城天皇**の皇子・阿保親王の五男。天長三年（八二六）臣籍に降下。**三十六歌仙**の一人。『**古今和歌集**』初出。『**伊勢物語**』の主人公と言われる。百人一首「ちはやぶる神代も聞かず龍田川　からくれなゐに水くくるとは」

在原棟簗（ありわらのむねやな）生年未詳～８９８
　在原業平の子。東宮舎人、雅楽頭、左兵衛佐、安芸介、左衛門佐を経て従五位上筑前守。『**古今和歌**

集』初出。

伊弉諾尊（いざなぎのみこと）
　天つ神の命で、**伊弉冉尊**とともに日本の国土、神を産み、山海・草木をつかさどった男神。**天照大神**、**素戔嗚尊**の父神。

伊弉冉尊（いざなみのみこと）
　伊弉諾尊の配偶神。火の神を産んで死に、夫神と別れ黄泉国《よみのくに》に住む。

和泉式部（いずみしきぶ）生没年未詳
　父は越前守大江雅致《まさむね》、母は越中守平保衡《やすひら》の娘。和泉守橘道貞の妻。為尊《ためたか》親王、敦道《あつみち》親王（何れも**冷泉天皇**の皇子）の寵愛を受け、中宮彰子《しょうし》に仕え、再び藤原保昌に嫁すなど情熱的一生。敦道親王との恋を描いたのが『和泉式部日記』。『**拾遺和歌集**』に初出。百人一首「あらざらむこの世のほかの思ひ出に
　いまひとたびの逢ふこともがな」

伊勢（いせ）８７７頃?〜９３８頃?未詳
　宇多天皇皇后・温子《おんし・よしこ》に出仕し、天皇の寵愛を受け、寛平末年（八九七）ごろ皇子を生むも五年後（八年後とも）に死別、延喜七年（九〇七）には温子も崩御。その後**宇多天皇**の第四皇子・敦慶《あつよし》親王と二十年余り関係を続け、**中務**《なかつかさ》を生む。**三十六歌仙**の一人。百人一首「難波潟短き蘆のふしの間も　逢はで
　このよを過ぐしてよとや」

宇多天皇（うだてんのう）８６７〜９３１
　第五十九代。仁和三年（八八七）〜寛平九年（八九七）在位。**菅原道真**を重用。法皇を初めて称する。和歌、箏、琴などに長じ、歌合を多数主催するなど、宮廷和歌の基盤確立。『**古今和歌集**』に初出。

円仁（えんにん）７９４〜８６４
　慈覚大師とも。大同三年（八〇八）比叡山延暦寺に上がり、**最澄**に師事、代講を務めた唯一の弟子。承和五年（八三八）〜同十四年（八四七）在唐、この間の滞在記が『入唐求法巡礼行記』。通称目黒不動の瀧泉寺、山形市の立石寺、松島の瑞巌寺等を開いたと言う。六十一歳で第三代延暦寺座主に。

応〔應〕神天皇（おうじんてんのう）
　第十五代。四世紀末〜五世紀初頭に在位。在位中、多数の渡来人が来日し大陸文化を伝える。倭の五王の「讃」？

大国主命（おおくにぬしのみこと）
　素戔嗚尊の子で出雲国の主神。**少彦名命**と協力して天下を経営。後に国土を**天照大神**の孫の**瓊瓊杵尊**《ににぎのみこと》に譲り、出雲大社に祀られる。七福神の一つである

大黒天と習合して、いわゆる「大国さま」として崇められる。大己貴命《おおあなむちのみこと》とも。

大友皇子（おおとものみこ）６４８～７２
第三十九代弘文天皇。六七一～六七二在位。**天智天皇**の皇子。**天武天皇**と**額田王**の間の十市皇女を妃とする。父帝の崩御により、吉野から東国に脱出した大海人皇子（第四十代**天武天皇**）との壬申の乱で敗死。明治三年（一八七〇）追謚。

大友黒主（おおとものくろぬし）生没年・伝未詳
六歌仙の一人。**大友皇子**の曾孫説も。近江居住の地方歌人か。『**古今和歌集**』初出。

大伴坂上大嬢（おおとものさかのうえのおおいらつめ）生没年未詳
大伴坂上郎女の娘、**大伴家持**の妻。『**万葉集**』巻第四に**家持**との贈答歌十四首が載る。**家持**が越中国赴任中には、自身も越中に下向した。

大伴旅人（おおとものたびと）６６５～７３１
奈良時代前期の歌人。神亀五年（七二八）、六十歳を過ぎて太宰帥に任じられ、妻・大伴郎女、長子・**大伴家持**共々西下。当時の筑前守であった**山上憶良**と切磋琢磨し、筑紫歌壇を形成。任地で妻を失くし、天平二年（七二八）大納言として帰京。『**万葉集**』に秀歌多数。

大伴家持（おおとものやかもち）７１８～８５
大伴旅人の長男。大伴家凋落の時期に当たり、波風の多い生涯であった。天平勝宝七年（七五五）兵部少輔の任に在って**防人**の歌を集めた。『**万葉集**』の編纂に大きく関った。**三十六歌仙**の一人。百人一首「かささぎの渡せる橋に置く霜の　白きを見れば夜ぞ更けにける」

岡倉天心（おかくらてんしん）１８６２～９１３
横浜生まれの美術界指導者。東大でフェノロサに師事。東京美術学校長。日本美術院創設。米国ボストン美術館東洋部長。英文による『東洋の理想』、『茶の本』等。

尾崎紅葉（おざきこうよう）１８６７～９０３
江戸芝生まれの小説家。明治十八年（一八八五）山田美妙らと硯友社、『我楽多文庫』創刊。明治中期の文壇を牽引。『二人比丘尼色懺悔』、『**金色夜叉**』等。

娘子（おとめ）→**狭野弟上娘子**（さのおとかみのむすめ）

小野小町（おののこまち）生没年・伝未詳（８２５～９００とも）
三十六歌仙の一人。姉と共に**仁明天皇**（在位八三三〜五〇）の更衣と推測される。『**古今和歌集**』に十八首入集。歌風は艶麗、情熱的にして哀感のある恋歌に優れている。百人一首「花の色は移りにけりないたづらに　わが身世にふるながめせし間に」

折口信夫（おりぐちのぶお）１８８７〜１９５３
大阪生まれの国文学者、歌人。国学院大、慶大教授。民俗学を国文学に導入。歌人の号は「釈迢空《しゃくちょうくう》」。『古代研究』、歌集『海やまのあひだ』、小説『死者の書』等。

〈か〉

快慶（かいけい）生没年未詳（１１８３〜１２３６生存確認）
運慶と競った鎌倉前期の仏師。師は康慶。運慶と共作の東大寺南大門仁王像、同寺の地蔵菩薩像、僧形八幡像等。

柿本人麻呂（かきのもとのひとまろ）生没年未詳
天武天皇の時代（六九七〜七〇七）に宮廷歌人として活躍か。『**万葉集**』に約三七〇首。三十六歌仙の一人。百人一首「あしびきの山鳥の尾のしだり尾の　ながながし夜をひとりかも寝む」

笠〈朝臣〉金村（かさの〈あそみ〉かなむら）生没年・伝未詳
吉備地方出身の豪族・笠氏の一族だが卑官に終わる。**元正・聖武**期（七一五〜四九）の宮廷歌人か。行幸従駕の歌多い。『**万葉集**』に長歌十一首、短歌三十五首（左注による類推を含む）。

花山天皇・院（かざんてんのう・いん）９６８〜１００８
第六十五代。永観二年（九八四）〜寛和二年（九八六）在位。第六十三代**冷泉天皇**第一皇子。一歳で叔父の第六十四代円融天皇即位の時皇太子となる。即位時には有力な外戚が無く、二年足らずで退位、出家。絵画、建築、和歌に長じ、『**拾遺和歌集**』を親撰とも。

亀山上皇（かめやまてんのう）１２４９〜３０５
第九十代。**後嵯峨天皇**の第三皇子、正元元年（一二五〇）〜文永十一年（一二七四）在位。弘安元年（一二七八）藤原（二条家の祖であるが、号したのは子の為世から）為氏に『**続拾遺和歌集**』を撰ばせる。『亀山院御集』、『嘉元仙洞御百首』など。『**続古今和歌集**』初出。

河合曽良（かわいそら）１６４９〜７１０
信濃出身の江戸中期の俳人。**松尾芭蕉**に師事し、

『鹿島紀行』、『**奥の細道**』の旅に随伴した。壱岐勝本に客死。『奥の細道随行日記』を著す。

桓武天皇（かんむてんのう）737～806
第五十代。天応元年（七八一）～延暦二十五年（八〇六）在位。平安遷都、勘解由使の設置、坂上田村麻呂の蝦夷征伐など。**最澄**、**空海**に新仏教を興させる。

喜撰法師（きせんほうし）生没年・伝未詳
六歌仙の一人。山城国の出で、醍醐の山に出家し、後に宇治に庵室を結んだと伝えられるも確証は無い。『**古今和歌集**』初出。百人一首「わが庵は都のたつみしかぞ住む　世をうぢ山と人はいふなり」

衣笠内大臣（きぬがさないだいじん）
→**藤原家良**（ふじわらのいえよし）

紀貫之（きのつらゆき）868?～946?
平安前期の歌人、歌学者。**三十六歌仙**の一人。『**古今和歌集**』の撰者で仮名の序文を草す。『土佐日記』を著す。百人一首「人はいさ心も知らず古里は　花ぞ昔の香ににほひける」

紀利貞（きのとしさだ）生年未詳～881
元慶四年（八八〇）従五位下、同五年阿波介。**六歌仙**時代の歌人。『**古今和歌集**』に四首のみ。

紀友則（きのとものり）生没年未詳
紀貫之の従兄弟。多くの歌合せの撰者に選ばれるなど歌人としては早くから名声を得るも、四十歳過ぎまで無官。**三十六歌仙**の一人。『**古今和歌集**』の撰者となるも完成前に没したか。百人一首「久方の光のどけき春の日に　しづ心なく花の散るらむ」

行意（ぎょうい）1177～1217
父は関白太政大臣藤原基房。平安末から鎌倉初期の天台宗の僧。**土御門**、**順徳**両天皇の護持僧を務める。和歌に秀で、内裏歌合にも参加。『**新勅撰和歌集**』以下に入集。

行基（ぎょうき）668～749
渡来人系の法相宗の僧。諸国を巡遊し、社会事業、民衆教化に努める。各地に、開基したと伝えられる寺、開湯したとされる温泉等が残る。我が国初の大僧正となり、奈良東大寺の大仏建立の功績により、東大寺四聖の一人に数えられる。

清原元輔（きよはらのもとすけ）908～990
清少納言の父。**梨壺の五人**の一人。**三十六歌仙**の一人。『**後撰和歌集**』の撰者の一人。屏風歌、祝賀の歌多数。百人一首「契りなきかたみに袖をしぼりつつ　末の松山浪越さじとは」

空海（くうかい）７７４～８３５
弘法大師とも。讃岐出身の僧で真言宗の開祖。延暦二十三年（八〇四）入唐。弘仁七年（八一六）高野山開山。詩文に長じ、『三教指帰』、『性霊集』等。三筆の一人とも。四国八十八ヶ所霊場は巡錫の行程と言われる。

九条基家（くじょうもといえ）１２０３～８０
九条良経の子。嘉禎三年（一二三七）内大臣、翌年辞官。歌合、百首に出詠するも**藤原定家**には評価されず、『**新勅撰和歌集**』には入集せず。遠島中の**後鳥羽院**とも通じる。**藤原為家**の歌壇制覇に対抗して**真観**、**藤原知家**等反**御子左家**派を庇護。『**弘長百首**』等の作者、『**続古今和歌集**』の撰者の一人。『**続後撰和歌集**』初出。

桉作村主益人（くらつくりのすぐりのますひと）生没年不詳
『新撰姓氏録』に、桉作氏は**仁徳天皇**の時代に帰化したとあり、村主は帰化系の人々に賜った姓であることから、帰化人の子孫と考えられる。『**万葉集**』に収められる二首以外には見られない。

景行天皇（けいこうてんのう）
第十二代。『**日本書紀**』には、在位六十年。第十一代**垂仁天皇**の第三皇子。即位十二年に九州に親征、熊襲、土蜘蛛を征伐。子の日本武尊《やまとたけるのみこと》は、再叛した熊襲、東国の蝦夷を討伐する。

継体天皇（けいたいてんのう）生年不詳～５３１
第二十六代。五〇七～三一在位。第二十五代**武烈天皇**に子がなく、越前から迎えられる。崩御は八十二歳とも。

契沖（けいちゅう）１６４０～７２１
十一歳で出家、十三歳で高野山へ、二十四歳で阿闍梨位。『**万葉集**』の注釈書『万葉代匠記』、歴史的仮名遣い研究書『和字正濫鈔』や、多数の古典の注釈書を著す。万葉研究は賀茂真淵、**本居宣長**等に影響を与えた。

元正天皇（げんしょうてんのう）６８０～７４８
第四十四代（女帝）。霊亀元年（七一五）～神亀元年（七二四）在位。草壁皇子（**天智天皇**と**持統天皇**の子）の第一王女。母は**元明天皇**。第四十二代**文武天皇**の同母姉。在位中の養老四年（七二〇）『**日本書紀**』を完成。『**万葉集**』に五首、**聖武天皇**の名で三首。

元明天皇（げんめいてんのう）６６１～７２１
第四十三代（女帝）。慶雲八年（七〇七）～和

銅八年（七一五）在位。父は**天智天皇**、母は蘇我姪娘《めいのいらつめ》。**天武天皇**六年（六七九）草壁皇子（**天武天皇**と**持統天皇**の子）の正妃に。草壁皇子は皇太子になるも**持統天皇**三年（六八九）に早世、文武元年（六九七）、息子の珂瑠皇子が第四十二代**文武天皇**として即位するも、慶雲四年（七〇七）二十五歳で崩御、母帝が皇位に就いた。藤原京から平城京への遷都、『**風土記**』編纂の詔勅、『**古事記**』の完成、和同開珎の鋳造等の事跡。

孝元天皇（こうげんてんのう）

記紀伝承上の第八代。父は第七代孝霊天皇、母は細媛命《ほそひめのみこと》。軽（奈良県橿原市大軽町付近）の境原宮《さかいはらのみや》に遷都、劒池嶋上陵《つるぎのいけのしまのかみのみささぎ》に葬られる。

光孝天皇（こうこうてんのう）　830〜87

第五十八代。元慶八年（八八四）〜仁和三年（八八七）在位。第五十四代**仁明天皇**の第四皇子。母は藤原沢子《たくし》。第五十五代**文徳天皇**は兄、第五十六代**清和天皇**は甥。百人一首「君がため春の野に出でて若菜つむ　わが衣手に雪は降りつつ」

光厳天皇・上皇（こうごんてんのう・じょうこう）　1313〜64

北朝第一代。北朝元徳三年・南朝元弘元年（一三三一）〜北朝正慶二年・南朝元弘三年（一三三三）在位。第九十三代後伏見天皇の皇子。**後醍醐天皇**の皇太子となるも元弘の乱により北条高時に擁立されて即位。北条氏滅亡で退位。叔父の**花園院**企画・監修の下で『**風雅和歌集**』を親撰。以下**勅撰和歌集**に七十九首入集。

後宇多天皇・院・法皇（ごうだてんのう・いん・ほうおう）　1267〜324

第九十一代。第九十代**亀山天皇**の第二皇子。文永十一年（一二七四）〜弘安十年（一二八七）在位。嘉元元年（一三〇三）に『**新後撰和歌集**』、文保二年（一三一八）に『**続千載和歌集**』の撰集を二条為世に命じた。

弘法大師（こうぼうだいし）→**空海**（くうかい）

後柏原天皇・院（ごかしわばらてんのう・いん）　1464〜526

第百四代。明応九年（一五〇〇）〜大永六年（一五二六）在位。第百三代**後土御門天皇**と源朝子《ちょうし》の皇子。応仁の乱後、財政逼迫が続く中で、二十二年後の即位。朝儀の復興に努める。家集『**柏玉集**』は、**三条西実隆**の『**雪玉集**』、冷泉政為の『**碧玉集**』と並んで三玉集。

後光厳天皇（ごこうごんてんのう）1338〜74
　北朝第四代。観応三年（一三五二）〜応安四年（一三七一）在位。正平六年（一三五一）、北朝方が南朝に帰順し、皇統が一次的に南朝に統一（正平一統）されるが、翌年南朝方が京都を急襲し、北朝方が奪還するも、何れも上皇となっていた北朝初代光厳天皇、同二代光明天皇、同三代崇光天皇と皇太子・直仁親王が吉野に連行され、北朝第四代として擁立された。しかし権威は弱く、後継問題も混迷する中、自身の第一皇子・緒仁親王に譲位し、三年後三十七歳で崩御。将軍足利尊氏の執奏を受け、『**新千載和歌集**』の撰を下命。

後嵯峨天皇・院（ごさがてんのう・いん）1220〜72
　第八十八代。仁治三年（一二四二）〜寛元四年（一二四六）在位。法皇在位寛元四年〜文久九年（一二七二）。『**続後撰和歌集**』、『**続古今和歌集**』撰集を下命。本人歌は、以後の**勅撰和歌集**に多く収載。

後白河天皇・法皇（ごしらかわてんのう・ほうおう）1127〜92
　第七十七代。久寿二年（一一五五）〜保元三年（一一五八）在位。以後安元三年（一一七九）までと、養和元年（一一八一）〜建久三年（一一九二）の二度、計三十四年間院政を行う。この間、**保元の乱**、平治の乱、治承・寿永の乱と戦乱が相次ぎ、さらには第七十八代二条天皇、平清盛、木曽義仲との対立で、波乱の治世であった。今様を愛好し、『梁塵秘抄』を撰す。

後醍醐天皇（ごだいごてんのう）1268〜339
　第九十六代。文保二年（一三一八）〜延元四年（一三三九）在位。建武元年（一三三四）、天皇親政を目指し、足利尊氏、新田義貞らと鎌倉幕府を倒し、建武の新政（中興とも）を行うも尊氏と対立、吉野に遷って南北朝始まる。『**続後拾遺和歌集**』撰集を下命。

後土御門天皇・院（ごつちみかどてんのう・いん）1442〜500
　第百三代。寛正五年（一四六四）〜明応九年（一五〇〇）在位。宮廷、幕府が同居した室町邸では、歌合、月次和歌、着到和歌など度々催行。家集『紅塵灰集』。

後鳥羽天皇・院・上皇（ごとばてんのう・いん・じょうこう）1180〜239
　第八十二代。元暦元年（一一八四）〜建久九年（一一九八）在位。五歳で即位、十九歳で譲位。承

久三年（一二二一）王権復古のため倒幕を謀るも敗北（**承久の乱**）。同年隠岐に配流、在島十九年で崩御。諸芸を好み、とりわけ和歌に長じ、歌壇を形成。歌合、百首多数催行。歌論書『後鳥羽院御口伝』では、**藤原定家**との歌観の差が判る。『**新古今和歌集**』を撰進さす。百人一首「人もをし人もうらめしあぢきなく　世を思ふゆゑに物思ふ身は」

後二条天皇・院（ごにじょうてんのう・いん）　１２８５〜３０８

第九十四代。正安三年（一三〇一）〜徳治三年（一三〇八）在位。第九十一代**後宇多天皇**の第一皇子。『**新後撰和歌集**』初出。

近衛正家（このえまさいえ）１４４４〜５０５

近衛房嗣の次男、長享二年（一四八八）従一位関白太政大臣。自邸で歌会、連歌会を催す。『文亀三年（一五〇三）内裏三十六番歌合』他に出詠。『新撰菟玖波集』にも。

後花園天皇・院（ごはなぞのてんのう・いん）　１４１９〜７０

第百二代。正長元年（一四二八）〜寛正五年（一四六四）在位。諸芸に秀で、永享十一年（一四三九）飛鳥井雅世に『**新続古今和歌集**』を撰進せしむ。『永享百首』、『後花園院御集』など。

後水尾天皇・院（ごみずのおてんのう・いん）　１５９６〜６８０

第百八代。慶長十六年（一六一一）〜寛永六年（一六二九）在位。以後明正、後光明、後西《ごさい》、**霊元**の四代、五十一年間に院政。学を好み、『詠歌大概註』『拾遺集抄註』などの著作。

後冷泉天皇（ごれいぜいてんのう）１０２５〜６８

第七十代。寛徳二年（一〇四五）〜治暦四年（一〇六八）在位。永承年間（一〇四五〜五二）に三度の内裏歌合。『**後拾遺和歌集**』に初出。

〔さ〕

西行（さいぎょう）１１１８〜９０

俗名・佐藤義清で北面の武士。保延六年（一一四〇）二十三歳で出家。二十七歳の時、**能因法師**の歌枕を辿って陸奥に、五十一歳で、親交のあった**崇徳院**慰霊と空海の遺跡巡礼のため四国を旅している。『**山家集**』は西行の歌集。百人一首「嘆けとて月やは物を思はする　かこち顔なるわが涙かな」

最澄（さいちょう）767～822
延暦四年（七八五）比叡山に入山。同二十三年（八〇四）入唐。帰朝後天台宗を確立。貞観八年（八六六）**清和天皇**より日本初の諡《おくりな》「伝教大師」を賜る。

嵯峨天皇（さがてんのう）786～842
第五十二代。大同四年（八〇九）～弘仁十四年（八二三）在位。第五十代**桓武天皇**の皇子。第五十一代**平城天皇**の同母弟。第五十三代淳和天皇は異母弟。薬子の変を制圧。蔵人所、検非違使を設ける。漢詩文に長じ、勅撰漢詩文集『文華秀麗集』、『凌雲集』の編纂を命ず。能書でもあり、**空海**、橘逸勢《たちばなのはやなり》と並ぶ三筆の一人。

坂上大嬢（さかのうえおおいらつめ）
→大伴坂上大嬢（おおとものさかのうえのおおいらつめ）

坂上田村麻呂（さかのうえたむらまろ）758～811
平安初期の武人。征夷大将軍として**蝦夷**征討に大功。光仁、**桓武**、**平城**、**嵯峨**の四代に出仕。大同四年（八〇九）正三位、翌弘仁元年大納言。宝亀十一年（七八〇）、あるいは延暦十七年（七九八）に京都・清水寺を建立。

相模（さがみ）生没年未詳
長徳・長保（九九五～一〇〇三）の生か。父は源頼光か（養父とも）。母は能登守慶滋保章の女。相模守大江公資《きんより》に嫁すも不仲か。やがて一条天皇（九八六～一〇一一在位）の第一皇女・脩子《しゅうし》内親王に出仕、以後多くの歌合せに列し、**能因法師**、**和泉式部**等と親交。指導的立場でもあり、『**後拾遺和歌集**』には**和泉式部**に次ぐ入集数である。百人一首「恨みわびほさぬ袖だにあるものを　恋に朽ちなむ名こそ惜しけれ」

佐々木信綱（ささきのぶつな）1872～1963
三重県生まれの歌人、国文学者。東京大学古典科卒業後、折からの短歌革新運動の一翼を担い、明治三十一年（一八九八）雑誌『心の花』を主宰、創刊、以後『思草』、『新月』等十二歌集を刊行、万葉風の抒情作風を確立し、歌壇の第一人者に。学者としても和歌史、とりわけ『**万葉集**』の近代における研究を確立した。昭和十二年（一九三七）第一回文化勲章受章。

狭野弟〔**茅**〕**上娘子**（さののおと〔ち〕がみのおとめ）生没年・伝未詳
『**万葉集**』巻第十五の目録に、「**中臣朝臣宅守**の、蔵部の女嬬狭野弟上娘子を娶きし時に、勅して流罪に断じて、越前国に配しき。ここに夫婦の別れ易く会ひ難きを相歎き、各々慟《いた》む情を陳《の》べて贈答する歌六十三首」とあり、これ以上の資料はない。六十三首中二十三首が娘子の詠歌とされる。

猿田彦命（さるたひこのみこと）
日本神話によると、**邇邇藝命**《ににぎのみこと》降臨の際、道案内した神。身の丈七尺、赤ら顔で鼻の長さ七咫《し》（約百二十六センチメートル）と云われ、天狗の原型とされる。三重県伊勢市の猿田彦神社、同県鈴鹿市の椿大神社《つばきのおおかみのやしろ》等に祀られる。

三条西実隆（さんじょうにしさねたか）１４５５～１５３７
永正十二年（一五一五）従一位昇叙の沙汰を固辞、翌年出家。和歌を飛鳥井雅親に師事、十五世紀末から十六世紀前半の歌壇の代表者。逍遥院と号す。

慈円（じえん）→**慈鎮**（じちん）

塩土老翁（しおつちのおじ）
日本神話の海の神。『**日本書紀**』の「神代下」に、兄・火闌降命《ほのすそりのみこと》（海彦）釣針を紛失して途方に暮れている弟・**彦火火出見尊**《ひこほほでみのみこと》（山彦）に、「吾當《まさ》に汝《いましみこと》の爲に計《たばか》らむ」と助けたとあり、また**神武天皇**東征に当たって、「東《ひむがし》に美《よ》き地《くに》有り」と進言したと記す。

志貴皇子（しきのみこ）生年未詳～７１５〔６〕
第三十八代**天智天皇**第七皇子。薨去から五十四年後、皇子の白壁王が第四十九代弘仁天皇に即位、よって春日宮御宇天皇の追号。『**万葉集**』に短歌六首。

重行（しげゆき）→**源重行**（みなもとのしげゆき）

慈鎮（じちん）１１５５～１２２５
慈円とも。関白九条（藤原）兼実の実弟。天台座主となった学僧で、教界と政界を結ぶ実力者。歌人としても『**千載和歌集**』以下多数。百人一首「おほけなくうき世の民におほふかな　わがたつ杣に墨染の袖」

持統天皇（じとうてんのう）６４５～７０２
第四十一代。六八六～九称制、～六九七在位。**天智天皇**第二皇女、大海人皇子《おおあまのみこ》（**天武天皇**）と結婚、天皇崩御により称制、東宮草壁皇子《くさかべのみこ》の死で即位。『**万葉集**』に長歌二首、短歌四首。百人一首「春過ぎて夏来にけらし白妙の　衣ほすてふ天の香具山」

寂蓮（じゃくれん）生年未詳～１２０２
俗名・藤原定長。**藤原俊成**の末弟にして猶子。承安二年（一一七二）に出家。歌合、百首に出詠多数。建仁元年（一二〇一）和歌所寄人となり、『**新古今**

和歌集』の撰者に任命されるも、完成を前にして没す。百人一首「村雨の露もまだ干ぬ槇の葉に　霧立ち昇る秋の夕暮れ」

順徳天皇・院・上皇（じゅんとくてんのう・いん・じょうこう）1197〜242

第八十四代。承元四年（一二一〇）〜承久三年（一二二一）在位。第八十二代**後鳥羽天皇**の第三皇子。父帝の院制の下、兄・第八十三代**土御門天皇**（四歳で即位）から十四歳の時譲位を受け、二十五歳で第一皇子の仲恭天皇（四歳）に譲位。**後鳥羽上皇**と共に鎌倉幕府打倒を試みる（**承久の乱**）も敗北、佐渡に流され、同地で没した。詠歌に秀で、自撰家集『順徳院御集』一二七九首も。歌学書『八雲御抄』を編纂。百人一首「ももしきや古き軒端のしのぶにも　なほあまりある昔なりけり」

正徹（しょうてつ）1381〜459

備中國小田庄神戸山城主・小松康清の子。十四〜五世紀の冷泉派歌壇の中心であった今川了俊に師事、十五世紀前半に活躍する。紀行『なぐさめ草』、歌論書『正徹物語』など。歌集『草根集』は一万首を越す。

聖徳太子（しょうとくたいし）574〜622

正式には厩戸皇子《うまやどのおうじ》。第三十一代用明天皇の皇子。母は穴穂部間人《あなほべのはしひと》皇后。第三十三代**推古天皇**の即位とともに皇太子となり、摂政として冠位十二階、憲法十七条制定。遣唐使を派遣、寺院多数建立。『**万葉集**』に短歌一首。

称徳天皇（しょうとくてんのう）718〜770

第四十八代。天平宝字八年（七六四）〜宝亀元年（七七〇）在位。第四十六代孝謙天皇重祚。第四十七代淳仁天皇の廃位を受けて即位。**道鏡**を重用。

聖武天皇（しょうむてんのう）701〜55

第四十五代。神亀元年（七二四）〜天平勝宝元年（七四九）在位。仏教に信心厚く、天平十三年（七四一）国分寺、国分尼寺建立の詔を発布し、同十五年、大仏造立を発願。天平勝宝四年（七五二）には東大寺大仏を開眼した。『**万葉集**』に長歌一首、短歌十首入集。

逍遥院（しょうよういん）→**三条西実隆**（さんじょうにしさねたか）

白河天皇・院・上皇（しらかわてんのう・いん・じょうこう）1053〜129

第七十二代。延久四年（一〇七二）〜応徳三年

（一〇八六）在位。以後、**堀河**、**鳥羽**、**崇徳**の各天皇の三代に亘って院政を執る。途絶えていた**勅撰和歌集**を復活させ、応徳三年（一〇八六）『**後拾遺和歌集**』、大治元年（一一二六）『**金葉和歌集**』を撰ばしむ。『**後拾遺和歌集**』に初出。

真観（しんかん）→**葉室光俊**（はむろみつとし）

神功皇后（じんぐうこうごう）
　息長足日女命《おきながたらしひめのみこと》とも。第十四代**仲哀天皇**の皇后。天皇と共に熊襲征服。その途で天皇が没するも渡朝し、新羅攻略。

神武天皇（じんむてんのう）
　記紀伝承上の初代天皇。**瓊瓊杵尊**《ににぎのみこと》の曾孫、**玉依姫命**が母。日向の高千穂宮から東征、紀元前六六〇年、大和国畝傍橿原神宮で即位。明治以降この年を紀元元年とする。

親鸞（しんらん）１１７３～２６２
　浄土真宗の開祖。皇太后宮大進日野有範の長子。**慈円**、続いて**法然**の弟子に。承元元年（一二〇七）、念仏弾圧により越後配流。恵信尼を妻としたのはこの頃か。建暦元年（一二一一）赦免され、帰京した晩年まで常陸国等関東で伝道布教。『歎異抄』は弟子唯円の編んだ語録。

推古天皇（すいこてんのう）５５４～６２８
　第三十三代。五九三～六二八在位。父は第二十九代欽明天皇。異母兄第三十代**敏達天皇**の皇后となる。天皇崩御の後、同母兄の用明天皇が二年ほど在位し、その没後、第三十二代崇峻天皇が即位するも、五九二年に素我馬子によって暗殺された。そのため翌年豊浦宮で史上初の女帝として即位した。甥にあたる用明天皇の御子の厩戸皇子（**聖徳太子**）を皇太子とし、冠位十二階、十七条憲法、遣隋使派遣などの施策を推進する。

垂仁天皇（すいにんてんのう）
　第十一代。在位中、殉死の禁令を発布、替えて埴輪の埋納を行う。池溝を築き農耕を振興せしむ。

菅原道真（すがわらのみちざね）８４５～９０３
　昌泰二年（八九九）に右大臣になるも、藤原氏の反発で延元元年（九〇一）大宰府に左遷、配所で没す。学問、詩文に優れ、『類聚国史』、『菅家文章』等の著作あり。百人一首「このたびは幣も取りあえず手向山　紅葉の錦神のまにまに」

杉田玄白（すぎたげんぱく）１７３３～８１７
　小浜藩の江戸藩邸の生まれ。代々藩の外科医。前野良沢らと『解体新書』翻訳。著作に『蘭学事始』等。

少彦名命（すくなひこなのみこと）
　大国主命と協力して国土経営を行った神。医薬、禁厭《まじない》の法を創る。

素戔嗚尊（すさのおのみこと）
　伊弉諾尊《いざなぎのみこと》の子で、**天照大神**《あまてらすおおみかみ》の弟神。天岩戸事件により高天原を追放され、出雲で八岐大蛇《やまたのおろち》を退治する。新羅に渡り、帰途、船舶用材の苗木を持ち帰り植林させた。**大国主命**の父神。

崇神天皇（すじんてんのう）
　記紀伝承上の第十代。第九代開化天皇の第三皇子。**四道将軍**を派遣するなど祭祀、軍事、内政においてヤマト王権国家の基盤を整えた、実在可能性のある最初の天皇。三世紀後半か。

崇徳天皇・院・上皇（すとくてんのう・いん・じょうこう）
1119～64
　第七十五代。保安四年（一一二三）～永治元年（一一四一）在位。先帝・鳥羽上皇により皇太帝の近衛天皇に譲位させられる。**保元の乱**に敗れ、讃岐に配流され、その地で崩御する。和歌に長じ、『**詞花和歌集**』の編纂を院宣。百人一首「瀬を早み岩にせかるる滝川の　われても末に逢はむとぞ思ふ」

世阿弥（ぜあみ）1363?～1443?
　幼名鬼夜叉。室町時代初期、父・観阿弥とともに申楽を大成。第三代将軍足利義満の庇護を受けるも、第六代将軍足利義教の代には、甥の音阿弥が重用され、**世阿弥**とその長男・観世元雅は興行地盤を奪われた。永享四年（一四三二）に元雅が客死、同六年自身も佐渡国に流刑、帰洛に関しては定かでない。

清少納言（せいしょうなごん）推九六四～推1025
　『**後撰和歌集**』の撰者の一人である**清原元輔**の娘。和漢の学に通じた才女で、**紫式部**と並び称せられ、正暦四年（九八一）頃から第六十六代一条天皇の皇后・定子に仕える。長保二年（一〇〇〇）の定子の死で宮中を辞す。以後の詳細は断片的。『**枕草子**』の作者。百人一首「夜をこめて鳥の空音ははかるとも　よに逢坂の関はゆるさじ」

清和天皇（せいわてんのう）850～881
　第五十六代。天安二年（八五八）～貞観十八年（八七六）在位。第五十五代**文徳天皇**第四皇子。母は太政大臣・藤原良房の娘の明子。良房の後見で、生後八ヶ月で三人の兄を退けて皇太子。九歳で即位、良房が実権掌握。二十七歳で第一皇子・貞明親王（第五十七代陽成天皇、百人一首「筑波嶺の峰より落つるみなの川　恋ぞつもりて淵となりぬる」）に譲位。二年半後の元慶三年（八七九）出家。第六皇子貞純親王の子の経基王が臣籍降下して清和源氏。

宗祇（そうぎ）1421～502

生国も含めて前半生の事跡不詳。京都相国寺で修行するも三十歳頃連歌の道に転進。長享二年（一四八八）、六十八歳で北野連歌会所奉行に。明応四年（一四九五）に『新撰菟玖波集』撰進。

相馬御風（そうまぎょふう）1883～950

現・新潟県糸魚川市生まれの詩人、歌人、評論家。早大英文科卒業後、復刊の『早稲田文学』に参加、野口雨情、三木露風等と「早稲田詩社」を設立して口語自由詩運動。早大校歌「都の西北」作詞（二十五歳）。大正五年（一九一六）、三十四歳で糸魚川に隠棲、以後**良寛**研究の傍ら童話、童謡発表。同地の奴奈川姫伝説を拠り所に、糸魚川の翡翠産出を推測、昭和十年（一九三五）の発見につながる。数多くの校歌、「春よこい」、「かたつむり」の作詞。著作多数。

〔た〕

醍醐天皇（だいごてんのう）885～930

第六十代。寛平九年（八九七）～延長八年（九三〇）在位。十三歳で元服と同時に即位。**菅原道真**左遷後は左大臣・藤原時平に実権を握られる。詩、箏、琵琶に長じ、和歌は歌合を多く催し、**『古今和歌集』**撰進を下命する。

泰澄（たいちょう）682～767

越前国麻生津生まれの奈良時代の修験道の僧。十四歳で出家し法澄。大宝二年（七〇二）**文武天皇**より「鎮護国家の法師」に任ぜられ、越前国坂井郡（現・福井県坂井市丸岡町）に天台宗の豊原寺を建立。養老元年（七一七）越前国白山に登り妙理大菩薩を感得、平泉寺建立。**称徳天皇**即位（七六四）の折り正一位大僧正の位を賜り、**泰澄**と改名。

大弐三位賢子（だいにのさんみけんし）生没年未詳

父は藤原宣孝、母は**紫式部**。第六八代後一条天皇の母・上東門院彰子（**藤原道長**の娘）に出仕、第七十代**後冷泉天皇**の乳母となって三位典侍、太宰大弐高階成章に嫁して大弐三位と呼ばれる。多くの歌合に出詠、家集『大弐三位集』。**『後拾遺和歌集』**初出。百人一首「有馬山猪名《ゐな》の笹原風吹けば　いでそよ人を忘れやはする」

高倉天皇（たかくらてんのう）1161〜81
第八十代。仁安元年（一一六八）〜治承四年（一一八〇）在位。**後白河天皇**の第七皇子。同父の兄・二条天皇が退位して、わずか二歳の子・六条天皇が即位、それも四歳で、これも未だ八歳の**高倉天皇**に禅譲する。さらに二十歳で三歳の**安徳天皇**に譲って退位。**後白河院**と平清盛の策謀の意図が明らかである。参考までに、二条は退位から一ヵ月後二十一歳で、六条は八年後十三歳で、高倉自身も譲位の翌年二十一歳で崩御している。

高浜虚子（たかはまきょし）1874〜959
愛媛県松山市出身の俳人。正岡子規に師事し、明治三十年（一八九七）に松山で子規が主宰・発行した「ホトトギス」を、翌年以降東京で虚子が編集、花鳥諷詠の客観写生を説く。『五百句』、『虚子俳話』など。写生文の小説もある。昭和二十九年（1954）文化勲章受章。

高市連黒人（たけちのむらじのくろひと）生没年未詳
伝不詳。持統・文武時代の下級官人か。『**万葉集**』に収められる十七首のほとんどが羇旅歌。

田辺史福麻呂（たなべのふひとさきまろ）生没年未詳
万葉第四期（七三八〜七五九）の歌人。朝鮮系帰化人の子孫か。**柿本人麻呂**の流れを継承する万葉最後の宮廷歌人。天平二十年（七四八）、左大臣橘諸兄《もろえ》の使者として越中国に下向、**大伴家持**等と飲宴遊覧。

玉依姫命（たまよりひめのみこと）
記紀神話では海（綿津見）神の女《むすめ》。鵜萱草葺不合尊《うがやふきあえずのみこと》の妃で**神武天皇**の母。

湛慶（たんけい）1173〜256
鎌倉時代の仏師。運慶の長子。若年より、父に従い奈良の興福寺、東大寺の復興、造像に携わり、父亡き後は慶派を主宰。高知・雪蹊寺の毘沙門天三尊像、京都東山・三十三間堂の千手観音座像等。

仲哀天皇（ちゅうあいてんのう）
第十四代。記紀伝承の天皇。日本武尊《やまとたけるのみこと》の第二皇子。皇后は**神功皇后**。熊襲征伐の途で筑前にて崩御。

土御門天皇・院（つちみかどてんのう・いん）1195〜231
第八十三代。建久九年（一一九八）〜承元四年（一二一〇）在位。**後鳥羽天皇**第一皇子。承久三年（一二二一）の**承久の乱**に敗れ、父は隠岐に、弟・

順徳院は佐渡に流され、院は土佐、後に阿波に遷り、そこで崩御した。建保四年（一二一六）の『土御門院御百首』は、**藤原定家**等の高評価。『**続後撰和歌集**』初出。

天智天皇（てんちてんのう）６２６〜７１
第三十八代。**中大兄皇子**。称制六六一〜七、六六八〜七一在位。皇太子時代、**中臣鎌足**と共に蘇我氏を討って**大化改新**（六四五）。和歌に長じ、『**万葉集**』に四首。百人一首「秋の田のかりほの庵のとまをあらみ　わがころもでは露にぬれつゝ」

天武天皇（てんむてんのう）６２２〜８６
第四十代。大海人皇子。六七三〜八六在位。**天智天皇**の同母弟。第三十九代弘文天皇（**天智天皇**の皇子）と対立、壬申の乱（六七二）に勝利。『**万葉集**』に長歌四首、短歌三首。

道鏡（どうきょう）７００?〜７２
河内の出、弓削氏。第四十八代**称徳天皇**に信頼され、太政大臣禅師、法王に。宇佐八幡の神託と称して皇位の継承を企てるも、**和気清麻呂**に阻止され、天皇没後、下野国薬師寺別当に左遷、同所で没。

舎人親王（とねりしんのう）６７６〜７３５
第四十代**天武天皇**の第三皇子、第四十七代淳仁天皇の父。養老三年(七一九)に、後の**聖武天皇**の首皇子の補佐を下命され、同四年、太政官首班となり、右大臣・長屋王とともに皇親政権を樹立。葬儀の日に太政大臣を贈られる。没後二十年、天平宝字二年（七五八）に第七王子が即位し、天皇の父として崇道尽敬皇帝《すどうじんきょうこうてい》と追号。『**日本書紀**』編纂を主宰、養老四年に撰進。

鳥羽天皇（とばてんのう）１１０３〜５６
第七十四代。嘉承元年（一一〇七）〜保安四年（一一二三）在位。第五十三代**堀河天皇**第一皇子。四歳の第一皇子に譲位し、**崇徳天皇**とする。大治四年（一一二九）の**白河院**崩御後、**崇徳**、近衛、**後白河**の三代二十八年に渡って院政を敷く。**催馬楽**、音律、典正に長ず。

豊玉姫命（とよたまひめのみこと）
日本神話に登場する女神。**神武天皇**の父方の祖母、かつ母方の伯母。海神《わたつみ》の娘で、竜宮に住むとされる。**彦火火出見尊**（山彦）の妃。

〔な〕

中務（なかつかさ）９１２?〜９９１?
平安中期の女流歌人。**三十六歌仙**の一人。**伊勢**は母、父は第五十九代**宇多天皇**の皇子・敦慶《あつよし》親王。やはり**三十六歌仙**とされる源信明《さねあきら》を夫とする説も。親王、権勢の重鎮、著名歌人との交際の伝えも多い。家集に『中務集』。

中臣鎌足（なかとみのかまたり）614〜69
藤原氏の祖。**中大兄皇子**を助けて蘇我家を滅ぼし、**大化改新**に大功。

中臣〈朝臣〉宅守（なかとみの〈あそみ〉やかもり）　生没年未詳
神祇伯・東人《あずまと》の七男。藏部女嬬《にょじゅ》の**狭野弟上娘子**を娶ったこと（異説あり）で、天平十一年（七三九）に越前国に配流、同十三年の大赦で帰京したと伝える。『**万葉集**』巻第十五の目録に、「中臣朝臣宅守の、蔵部の女嬬狭野弟上娘子を娶《ま》きし時に、勅して流罪に断じて、越前国に配しき。ここに夫婦の別れ易く会ひ難きを相歎き、各々慟《いた》む情を陳《の》べて贈答する歌六十三首」とある。

中大兄皇子（なかのおおえのおうじ）　**→天智天皇**（てんちてんのう）

長皇子（ながのみこ）　生年不詳〜715
天武天皇の皇子。持統天皇七年（六九三）、同母弟・弓削皇子とともに浄広弐、大宝令の位階制度の二品に。キトラ古墳の被葬者とも。

日蓮（にちれん）1222〜82
鎌倉時代の僧。天台宗を学び、高野山、南都等で修行するも法華経に真髄を見出し、建長五年（一二五三）安房国清澄山にて立教開宗（日蓮宗）を宣言。他宗を攻撃し、「立正安国論」を主張したため、伊豆、佐渡に配流。文永十一年（一二七四）赦免され、身延山を開く。『観心本尊抄』、『開目抄』など。

邇邇藝命（ににぎのみこと）
天照大神の孫神で、その命により国土統治のため、高天原から日向国の高千穂峰に降り、大山祇神《おおやまつみのかみ》の女の木花之開耶姫命《このはなのさくやひめ》を娶った。

仁徳天皇（にんとくてんのう）　生没年未詳
第十六代。五世紀初めの在位。倭の五王の「讃」ともいわれる。大阪府堺市の日本最大の前方後円墳が仁徳陵とされる。『**万葉集**』に四、あるいは五首。

仁明天皇（にんみょうてんのう）810〜50
第五十四代。天長十年（八三三）〜嘉祥三年（八五〇）在位。第五十二代**嵯峨天皇**の皇子。**小野小町**が更衣として仕える。

額田王（ぬかたのおおきみ）生没年未詳
七世紀後半の歌人。大海人皇子（**天武天皇**）との間に十市皇女《とおちのひめみこ》。『**万葉集**』に長歌三首、短歌九首。。

能因法師（のういんほうし）988〜没年不詳
中古においての**三十六歌仙**の一人。漂白の歌人。歌学書に、敬語の解説や、国々の名所を内容とする書ありと伝えられる。百人一首「嵐吹く三室のやまのもみぢ葉は　龍田の川の錦なりけり」

〔は〕

芭蕉（ばしょう）→**松尾芭蕉**（まつおばしょう）

花園天皇・院（はなぞのてんのう・いん）　1297〜348
第九十五代。延慶元年（一三〇八）〜文保二年（一三一八）在位。第九十二代**伏見天皇**の第三皇子。兄、後伏見院（第九十三代）の猶子、第九十四代**後二条天皇**の皇太子。幕府の圧力で第九十六代**後醍醐天皇**に譲位、建武二年（一三三五）出家。皇統（持明院統、大覚持統）の分裂対立に翻弄される。『**玉葉和歌集**』に十二首入集。『**風雅和歌集**』の企画・監修。

土師（はにし）生没年・伝未詳
越中国の遊行女婦《うかれめ》。**田辺史福麻呂**を伴った**大伴家持**の布勢の水海遊覧や久米朝臣広縄の宴で、**家持**等と歌詠。『**万葉集**』に短歌一首。

葉室光俊（はむろみつとし）1203〜76
承久二年（一二二〇）右少弁・蔵人になるも**承久の乱**で父・権中納言光親の罪に連座して筑紫に配流、貞応元年（一二二二）許され、嘉禄三年（一二二七）には右少弁、安貞二年（一二二八）正五位上、その後右大弁となるも、嘉禎二年（一二三六）出家。法名**真観**。和歌に長じ、寛元二年（一二四四）、**藤原為家**、蓮性らと『**新撰六帖題和歌**』、以後六条家一門と連携して反**御子左家**勢力。文応元年（一二六〇）鎌倉に下向、将軍**宗尊親王**の歌道師範。『**続古今和歌集**』撰進、『**現存和歌六帖**』奏献など。

彦火火出見尊（ひこほほでみのみこと）
記紀神話で**邇邇藝命**の子、母は木花之開耶姫。海幸山幸神話では山幸彦、海宮に赴き海神の女《むすめ》と結婚。

敏達天皇（びだつてんのう）538?〜85
第三十代。五七二〜五八五在位。当初百済大井宮（大阪府河内長野市、同富田林市、奈良県桜井市、同北葛城郡広陵長など諸説）、四年後、訳語田幸玉宮《おさたのさきたまのみや》（桜井市・春日神社付近）に遷宮。晩年仏教禁止令。

伏見天皇・院（ふしみてんのう・いん）1256〜317
第九十二代。弘安十年（一二八七）〜永仁六年（一二九八）在位。以後の正安三年（一三〇一）までと、延慶元年（一三〇八）〜正和二年（一三一三）まで院政。『仙道五十番歌合』ほか多数の歌合、歌会を主催。『**玉葉和歌集**』の編纂を下命。

藤原顕季（ふじわらのあきすえ）1055〜123
母が**白河天皇**の乳母で、自身も乳母子として近侍、その寵を受け正三位修理太夫に。また承保二年（一〇七五）讃岐守以後三十年間六カ国を受領し、富も入手。**白河院**近臣の和歌活動の中心的存在で、元永元年（一一一八）初めて人麿影供を主催、六条藤家の基礎を作る。『**後拾遺和歌集**』初出。

藤原顕輔（ふじわらのあきすけ）1090〜155
藤原顕季の三男。永久四年（一一一七）の『鳥羽殿北面歌合』以下多数の歌合に出詠。**崇徳院**の院宣により、仁平元年（一一五一）『**詞花和歌集**』を奏覧。百人一首「秋風にたなびく雲の絶え間より　もれ出づる月の影のさやけき」

藤原家隆（ふじわらのいえたか）1158〜237
三十代半ばには、既に歌合を主催したといわれる。『**新古今和歌集**』に四十三首など歌作多数。百人一首「風そよぐならの小川の夕暮は　みそぎぞ夏のしるしなりけり」

藤原家良（ふじわらのいえよし）1192〜264
大納言藤原忠良の子。仁治元年（一二四〇）正二位内大臣も翌年辞任。歌合多数。『**宝治百首**』、『**弘長百首**』、『**新撰六帖題和歌**』等の撰者。『**続古今和歌集**』の撰者となるも、奏覧前に没。『**新勅撰和歌集**』初出。号は**衣笠内大臣**。

藤原鎌足（ふじわらのかまたり）
→**中臣鎌足**（なかとみのかまたり）

藤原公任（ふじわらのきんとう）966〜1041
寛弘六年（一〇〇九）権大納言、長和元年（一〇一二）正二位に至るも、常に同年齢の**藤原道長**の後塵を拝し、万寿元年（一〇二四）職を辞して同三年出家。宮廷歌壇の指導的位置を占める。『**古今和歌集**』の美学を継承しつつ**藤原俊成**、**藤原定家**の理論への先駆的役割。『**和歌九品**』はじめ著作多数。『**拾遺和歌集**』初出。百人一首「滝の音は絶えて久しくなりぬれど　名こそ流れてはほ聞こえけれ」

藤原定家（ふじわらのさだいえ・ていか）1162〜241

藤原俊成の子。『**新古今和歌集**』、『**新勅撰和歌集**』の選者。歌風は「余情妖艶」、「有心」。歌論に『近代秀歌』、日記に『明月記』。小倉百人一首を撰する。百人一首「来ぬ人をまつほの浦の夕なぎに　焼くや藻塩の身もこがれつつ」

藤原俊成（ふじわらのしゅんぜい・としなり）1145〜93

一旦は葉室家に入るも、仁安二年（一一六七）本流に復する。同年正三位、承安二年（一一七二）皇太后宮太夫に。安元二年（一一七六）出家。十八歳頃から詠歌。以後歌壇の指導的立場になる。歌風は「優艶」から「寂風」まで幅広い。文治四年（一一八七）『**千載和歌集**』を奏覧する。百人一首「世の中よ道こそなけれ思ひ入る　山の奥にも鹿ぞ鳴くなる」

藤原季通（ふじわらのすえみち）生没年未詳

嘉保・永長年間（一〇九四〜六）〜保元・平治年間（一一五六〜九）の生存か。「色めき過し」（『今鏡』）て正四位下まで。琵琶、箏、笛、郢曲（楚の国の歌。転じて卑俗な歌。流行歌。）に優れる。『**久安百首**』に途中から撰者。『**千載和歌集**』に十五首採られる等、**藤原俊成**の高評価。『**詞花和歌集**』初出。

藤原佐忠（ふじわらのすけただ）生没年未詳

平安中期の歌人。従四位上勘解由長官まで。この間、天暦五年（九五一）に摂津守、厚保二年（九六五）に太宰大弐等。『**拾遺和歌集**』に一首。

藤原為家（ふじわらのためいえ）1198〜275

藤原定家の嫡男。父の死後歌壇に重きをなし、『**続後撰和歌集**』を単独撰進する。阿仏尼を溺愛、没後の相続争いの因となる。その訴訟のため鎌倉に下った阿仏尼の紀行文が『十六夜日記』である。

藤原知家（ふじわらのともいえ）1182〜258

正三位顕家の子、『**続古今和歌集**』の撰者・**藤原行家**の父。寛喜元年（一二二九）参議正三位となるが、嘉禎四年（一二三八）出家、法名蓮性。建仁年間（一二〇一〜三）頃から歌壇に名を連ね、百首、歌合など多数。特に**藤原定家**との親交は深かった。『**新古今和歌集**』初出。

藤原仲実（ふじわらのなかざね）1057〜118

蔵人や、参河、備中、紀伊、越前守を経て正四位下中宮亮まで。**堀河院歌壇**の有力歌人。『**堀河百首**』等歌合、百首出詠多数。歌学書『綺語抄』他。『**金**

葉和歌集』初出。

藤原通俊（ふじわらのみちとし）１０４７〜９９

寛治八年（一〇九四）従二位、権中納言、治部卿兼務。**白河天皇**の信任厚く、承保二年（一〇七五）の勅命により応徳三年（一〇八六）『**後拾遺和歌集**』撰進。二十九歳での下命に長老等の反発も。『同集』初出。

藤原道長（ふじわらのみちなが）９６６〜１０２７

長和五年（一〇一六）摂政、寛仁元年（一〇一七）従一位太政大臣。同三年出家、法名行観。後一条天皇、後朱雀天皇、**後冷泉天皇**三代の外祖父で、藤原氏全盛時代を築く。家集に『御堂関白集』。『**拾遺和歌集**』初出。

藤原光範（ふじわらのみつのり）１１２６〜２０９

父は藤原永範、母は隠岐守・大江行重の娘。文章博士、東宮学士、式部大輔を経て従二位民部卿。承元三年（一二〇九）出家。一説には絵師でもあったと。『**千載和歌集**』初出。

藤原行家（ふじわらのゆきいえ）１２２３〜７５

安芸権守、左京太夫等を経て文永四年（一二六七）従二位。同十一年（一二七四）子の隆博に譲官。出詠は二十一歳頃に初見、反**御子左家**派として活躍。

『**続古今和歌集**』撰者。『**続後撰和歌集**』初出。

藤原行能（ふじわらゆきよし）１１７９〜没年未詳

七十二歳頃まで存命か。宮内権少輔、修理権太夫、左京太夫、嘉禎二年（一二三六）従三位。仁治元年（一二四〇）六十二歳で出家、法名寂能。歌合、百首多数出詠。『**新古今和歌集**』初出。

武烈天皇（ぶれつてんのう）

記紀に記された五世紀末の第二十五代。第二十四代仁賢天皇の第一皇子。暴君とも伝えられる。皇子女無く、**仁徳天皇**からの皇統が絶え、越前国から第二十六代**継体天皇**。

文徳天皇（ぶんとくてんのう）８２７〜５８

第五十五代。嘉祥三年（八五〇）〜天安二年（八五八）在位。第五十四代**仁明天皇**第一皇子。父帝の時代に、**嵯峨上皇**の支援で力を得た藤原良房の圧力で、良房の娘・明子との間に成した第四皇子を皇太子とし、第五十六代**清和天皇**に。

文屋康秀（ぶんやのやすひで）生没年未詳

六歌仙の一人。貞観二年（八六〇）刑部中判事、元慶元年（八七七）山城大掾、縫殿助。『**古今和歌集**』初出。百人一首「吹くからに秋の草木のしをるれば　むべ山風をあらしといふらむ」

平城天皇（へいぜいてんのう）７７４〜８２４
　第五十一代。大同元年（八〇六）〜同四年（八〇九）在位。第五十代**桓武天皇**の第一皇子。病により四年で異母弟の**嵯峨天皇**に譲位。**在原業平**の祖父。『**古今和歌集**』中の「奈良帝」か。

遍昭〔照〕（へんじょう）８１６〜９０
　俗名良岑宗貞。**桓武天皇**皇子大納言安世の八男。**仁明天皇**に近侍するも、天皇崩御により出家、比叡山で**円仁**より菩薩戒を受け、洛東に元慶寺開山。**六歌仙**の一人。『**古今和歌集**』初出。家集に『遍昭宗』。百人一首「天つ風雲の通ひ路吹きとぢよ　をとめの姿しばしとどめむ」

法然上人（ほうねんしょうにん）１１３３〜２１２
　浄土宗の開祖。父の遺言で比叡山に入山、皇円、叡空に師事、安元元年（一一七五）、四十三歳で専修念仏を唱え、浄土法門を開く。承元元年（一二〇七）、**後鳥羽上皇**による念仏停止の断で還俗させられ、讃岐に流されたが、十ヵ月後赦免された。

穂積朝臣老（ほずみあそみおゆ）生年未詳〜７４９
　養老二年（七一八）正五位上式部大輔。同六年（七二二）時の第四十四代**元正天皇**を非難し不敬罪を問われ、佐渡国へ配流。天平十二年（七四〇）の大赦で帰京、のち復して大蔵大輔。

堀河天皇・院（ほりかわてんのう・いん）１０７９〜１１０７
　第七十三代。応徳三年（一〇八六）〜嘉永二年（一一〇七）在位。近臣や**源俊頼**と**堀河院歌壇**形成する。『**堀河百首**』など。

〔ま〕

松尾芭蕉（まつおばしょう）１６４４〜９４
　伊賀上野に生まれる。俳諧を志し、貞門に北村季吟に師事。延宝三年（一六七五）江戸に下り、西山宗因の談林風に触れ、更には同八年（一六八〇）に深川に庵を結び、以後蕉風を確立して行く。『野ざらし紀行』、『**奥の細道**』など。

源兼昌（みなもとのかねまさ）生没年未詳
　大治三年（一一二八）までは生存。従五位下皇后宮少進まで。**堀河院歌壇**に連なる忠通家歌壇で活躍し、多くの歌合に出詠。**永久百首**の作者の一人。『**金葉和歌集**』初出。百人一首「淡路島かよふ千鳥の鳴く声に　幾夜寝覚めぬ須磨の関守」

源重之（みなもとのしげゆき）生年未詳〜１０００頃？
　実父・兼信が陸奥国に土着したため、伯父・兼忠の養子に。官歴は地方官までで、晩年は不遇。東宮であった**冷泉天皇**に献上した『重之百首』は百首和歌の祖。**三十六歌仙**の一人、『**拾遺和歌集**』初出。百人一首「風をいたみ岩うつ波のおのれのみ　くだけて物を思ふころかな」

源順（みなもとのしたごう）９１１〜９８３
　文章生、民部少丞、和泉守等々を経て、天延二年（九七四）従五位上、天元三年（九八〇）能登守に。天暦五年（九五一）**梨壺の五人**の一人として、『**万葉集**』の訓点作業と『**後撰和歌集**』の撰進に従事。編著『**和妙類聚鈔**』、家集『順集』。

源経信（みなもとのつねのぶ）１０１６〜９７
　承保四年（一〇七七）正二位、寛治五年（一〇九一）大納言に。同八年大宰権帥に任じられ翌年赴任するも、任地で没す。詩歌管弦に長じ、**後冷泉天皇**時代の歌壇の指導的地位を占めるが、**白河天皇**の時代は冷遇、晩年の**堀河天皇**期は長老として重きを成した。中古三十六歌仙の一人。**源俊頼**の父。『**後拾遺和歌集**』初出。百人一首「夕されば門田の稲葉おとづれて　蘆のまろやに秋風ぞ吹く」

源俊頼（みなもとのとしより）１０５５〜１１２９
　官位には恵まれなかったが、当初は**堀河天皇**の楽人として活躍。父・**源経信**の死後、**堀河院歌壇**の中心となる。**白河院**の院宣により『**金葉和歌集**』を撰進。歌論書『俊頼髄脳』は、関白藤原忠実の娘・泰子のための作歌手引書といわれる。百人一首「憂かりける人を初瀬の山おろしよ　はげしかれとは祈らぬものを」

源仲正（みなもとのなかまさ）生没年未詳
　爵位は従四位下、嘉保二年（一〇九五）**堀河天皇**の六位蔵人（天皇の秘書的下級役人）、以後検非違使、兵庫頭、下総守、下野守等を歴任。歌人としても名を顕し、**源俊頼**、**藤原俊成**等と親交。『**金葉和歌集**』初出。

源頼家（みなもとのよりいえ）生没年未詳
　爵位は従四位下。長元八年（一〇三五）蔵人、備中、越中等の守を歴任、延久四年（一〇七二）頃筑前守。多くの歌合に出詠、越中守時代に自ら『頼家名所合』を催行。『**後拾遺和歌集**』初出。

三原王（みはらのおおきみ）生年未詳〜７５２
　第四十代**天武天皇**の第三皇子の**舎人親王**の子。養老元年（七一七）、二世王として蔭位《おんい》（父のお陰で子孫に位を叙す制度）を受け、無位から従四位に直叙。天平勝宝元年（七四九）正三位中務卿に。

壬生忠見（みぶのただみ）生没年不詳
　壬生忠岑の子。共に**三十六歌仙**。官歴は天徳二年（九五八）の摂津大目《だいさかん》以降不明。**村上**朝（九四四〜六七）の歌壇で活躍。百人一首「恋すてふ我が名はまだき立ちにけり　人知れずこそ思ひそめしか」

壬生忠岑（みぶのただみね）生没年未詳
　九二〇年代までは生存か。終生卑官であったが、歌人として著名。**紀友則**と並ぶ作歌数で他を圧倒。子の**壬生忠見**と共に**三十六歌仙**。『**古今和歌集**』の撰者の一人。百人一首「有明のつれなく見えし別れより　暁ばかり憂きものはなし」

宗尊親王（むねたかしんのう）１２４２〜７４
　第八十八代**後嵯峨天皇**の第一皇子。第三皇子が第八十九代後深草天皇に即位すると、初の皇族将軍として鎌倉入りするも、実権は無く、和歌の詠作に打ち込み、鎌倉歌壇が形成された。

宗良親王（むねながしんのう）１３１１〜没年未詳
　第九十六代**後醍醐天皇**の皇子。信濃宮、信州中書王とも称される。正中二年（一三二五）十五歳で尊澄と名乗って親王宣下、元徳二年（一三三〇）二十歳で天台座主。延元二年（一三三七）還俗して宗良。以後信濃を本拠に、南朝の中心として越中、越後、遠江を転戦。歌詠に秀でるが、北朝主流の時代、**勅撰和歌集**に採歌されず、「いかなれば身は下《しも》ならぬことの葉の　うづもれてのみ聞えざるらむ」と歎き、自ら『**新葉和歌集**』を撰ぶ。家集『李花集』。

村上天皇（むらかみてんのう）９２６〜６７
　第六十二代。天慶七年（九四四）〜康保四年（九六七）在位。摂関を置かず親政。天暦の治の評価。『**後撰和歌集**』撰集を下命。天徳四年（九六〇）内裏歌合催行。

紫式部（むらさきしきぶ）生没年不詳も９７０？〜１０１４？
　正五位下越後守藤原為時の女。長徳四年（九九八）藤原宣孝に嫁すも三年後に死別、この頃より『**源氏物語**』執筆開始か。寛弘二年（一〇〇五）第六十六代一条天皇の中宮・彰子に出仕、晩年まで。『紫式部日記』、家集・『紫式部集』など。百人一首「めぐり逢ひて見しやそれともわかぬ間に　雲隠れにし夜半の月かな」

以仁王（もちひとおう）１１５１〜８０
　第七十七代**後白河天皇**の第三皇子。幼少の頃から英才の誉れ高く、皇位継承の有力候補であったが、後の第八十代**高倉天皇**の生母・平滋子《じし》（建春門院）

の妨害で可能性が消滅、親王宣下もならず。治承四年（一一八〇）平家討伐を決意、令旨を発し、自らも蜂起したが敗死。なお、令旨によって木曽義仲、源頼朝等各地の源氏が蜂起、平氏滅亡の切っ掛けとなる。

本居宣長（もとおりのりなが）1730〜801

江戸中期の国学者、荷田春満《かだのあずままろ》、賀茂真淵、平田篤胤と並んで国学四大人《したいじん》。京に上って医学修行のかたわら『**源氏物語**』等を研究。宝暦七年（一七五七）帰郷して医業に携わる一方、古典研究。明和元年（一七六四）賀茂真淵に入門、同時に起稿した『古事記伝』を寛政十年（一七九八）完成。古道回帰を説き、「もののあはれ」の文学評論を展開、「てにをは」、活用等の研究。古典注釈にも功多大。家集『鈴屋集』、『石上稿』、歌論に『排蘆小舟《あしわけおぶね》』他、和歌注釈書に『万葉集玉の小琴』等。

文武天皇（もんむてんのう）683〜707

第四十二代。文武天皇元年（六九七）〜慶雲四年（七〇七）在位。第四十代**天武天皇**の第二皇子の草壁皇子の長男、母は**天智天皇**皇女で第四十一代**持統天皇**の妹、後の第四十三代**元明天皇**である阿陪皇女。十四歳での即位のため、祖母の前帝・**持統天皇**が初めて太上天皇を称して後見、院政形式の萌芽。

〔や〕

家持（やかもち）→**大伴家持**（おおとものやかもち）

宅守（やかもり）

→**中臣〈朝臣〉宅守**（なかとみの〈あそみ〉やかもり）

山川登美子（やまかわとみこ）1879〜909

現・福井県小浜市出身の歌人。明治三十年（一八九七）大阪・梅花女学校卒。同三十三年（一九〇〇）**与謝野鉄幹・晶子**夫妻と出会う。翌年山川駐七郎と結婚するも、一年で死別。その後**与謝野鉄幹**等の新詩社に接近、投歌。**与謝野晶子**等との共著で『恋衣』刊行。亡夫の結核が因で生家で死去。二十九歳。

山上憶良（やまのうえのおくら）660?〜733?

出自不詳なるも、渡来の人とも。万葉歌人。大宝二年（七〇二）入唐。帰国後和銅七年（七一四）従五位下。養老五年（七二一）に東宮（後の**聖武天皇**）侍講に。神亀五年（七二八）筑前守。「子等を思ふ歌」、「貧窮問答歌」に代表される人生歌が多い。

陽成天皇・院（ようぜいてんのう・いん）869〜949

第五十七代。貞観十八年（八七六）〜元慶八年

（八八四）在位。生後三ヶ月で立太子、九歳で父帝**清和天皇**から譲位される。十五歳で大叔父の**光孝天皇**に譲位、以後上皇暦六十五年（歴代一位）。百人一首「筑波嶺の峰より落つるみなの川　恋ぞつもりて渕となりぬる」。

横光利一（よこみつりいち）1898〜947
福島県生まれの小説家。早大中退。川端康成と共に新感覚派運動、次いで新心理主義文学に移行。『日輪』、『上海』、『旅愁』等。

与謝野晶子（よさのあきこ）1878〜942
歌人。大阪府堺市生、堺女学校卒。**与謝野鉄寛**の妻。明治三十四年（一九〇一）、「やわ肌のあつき血汐にふれも見で　さびしからずや道を説く君」を代表作とする『みだれ髪』。雑誌「明星」を支える。官能的な恋愛を大胆に詠う。

与謝野鉄寛（よさのてっかん）1873〜935
京都生まれの詩人、歌人。**与謝野晶子**は妻。落合直文に学び、浅香社、新詩社創立、「明星」の刊行に尽力。新派和歌運動に貢献。詩歌集『東西南北』『天地玄黄』など。

〔ら〕

良寛（りょうかん）1758〜831
江戸後期の曹洞宗の僧、歌人、漢詩人、書家。越後国出雲崎の名主でかつ神官を務め、俳人でもあった以南の長子。安永四年（一七七五）出家して曹洞宗光照寺にて修行、同八年（一七七九）二十二歳で備中玉島（現・岡山県倉敷市）の円通寺に移り、国仙和尚に師事。寛政三年（一七九一）師の入寂を機に諸国を巡り、同七年（一七九五）一旦帰郷、主に越後国上山《くがみやま》の国上《こくじょう》寺の五合庵に居した。晩年は越後国三島郡島崎村の能登屋木村元右衛門方に、翌年から愛弟子・貞心尼が訪れた。無欲、自由な脱俗生活。和歌に関しては「万葉を学ぶべし」と述べ、抒情の質において万葉風。

冷泉為広（れいぜいためひろ）1450〜526
藤原定家の孫・為相《ためすけ》を祖とする冷泉家の七代目。正二位権大納言兼民部卿。第十一代将軍足利義澄《よしずみ》の推挙で歌道師範。『親長卿家歌合』以下多くの歌合に出詠。『文亀三年六月十四日三十六番歌合』の判者。

冷泉天皇（れいぜいてんのう）950〜1011
　第六十三代。厚保四年（九六七）〜安和二年（九六九）在位。第六十二代**村上天皇**第二皇子。持病があって後継問題が早くから問題となり、同母弟の為平親王（左大臣源高明が推す**村上天皇**第四皇子）と守平親王（右大臣藤原諸尹《もろただ》が推す同天皇第七皇子）との争いが、安和二年の「安和の変」に発展、同年八月、守平親王を第六十四代円融天皇として譲位。以後藤原氏の摂関職設置が常態化。家集『冷泉院御集』、『**詞花和歌集**』初出。

蓮如（れんにょ）1415〜99
　室町時代の浄土真宗中興の祖。本願寺八世。比叡山衆徒の襲撃に遭い、京都東山大谷を出て、文明三年（一四七一）越前吉崎に赴き、北陸地方で布教。文明十五年（一四八三）山科本願寺、明応五年（一四九六）大坂石山に大坂御坊を建立、本願寺を真宗を代表する宗門に。『正信偈大意』等布教のための著作。

〔わ〕

和気清麿（わけのきよまろ）733〜99
　備前出身の奈良時代の官人。**道鏡**が宇佐八幡宮の神官と結託して皇位を望んだ時、勅使として阻止。ために**道鏡**の怒りを買い大隅に流されるも、**道鏡**失脚後帰京して光仁、**桓武**の二天皇に仕え、平安遷都に尽力。

事項・作品・人名略年表

（天皇は退位年記載、（ ）内は即位年。人名は没年記載、（ ）内は生年。）太字は略解に項立

和暦	西暦	天皇	人名	作品・事項	社会
	前585	①**神武**（前660〜）			
	前158	⑧**孝元**（前214〜）			
	前30	⑩**崇神**（前97〜）			
	70	⑪**垂仁**（前29〜）		?この頃魏志倭人伝	
	130	⑫**景行**（71〜）			
	200	⑭**仲哀**（192〜）	?この頃**神功皇后**（?〜）		
	310	⑮**応神**（270〜）	?この頃武内宿祢（?〜）	?この頃後漢書	
	399	⑯**仁徳**（313〜）	?この頃**桜作主益人**（?〜）		
	479	㉑雄略（456〜）			
	506	㉕**武烈**（498〜）			
	531	㉖**継体**（507〜）			
	585	㉚**敏達**（572〜）			
	607				小野妹子遣唐使
	622		**聖徳太子**（574〜）		
	628	㉝**推古**（593〜）			
大化元	645	㉟皇極（642〜）			**大化の改新**
			?この頃河辺宮人（?〜）		
五	649				冠位十二階
白雉五	654	㊱孝徳（645〜）			
	669		**中臣鎌足**（614〜）		
	671	㊳**天智**（668〜）			**壬申の乱**
（白鳳）	672		**大友皇子**（648〜）		

和暦	西暦	天皇	人名	作品・事項	社会
	686	㊵**天武**（673〜）	?この頃**額田王**（?〜）		
	697	㊶**持統**（686〜）			
大宝元	701				大宝律令
慶雲四	707	㊷**文武**（697〜）	?この頃**高市連黒人**		
和銅元	708				和同開珎鋳造
三	710		?この頃**柿本人麻呂**（?〜）		平城京遷都
五	712			**古事記**	
六	713				風土記編纂の勅
霊亀元	715	㊸**元明**（707〜）	**長皇子**（?〜）		
			志貴皇子（?〜）		
養老四	720			**日本書紀**	
神亀元	724	㊹**元正**（715〜）			
天平二	730				防人の廃止
三	731		**大伴旅人**（665〜）		
五	733		?この頃**山上憶良**（660?〜）		
七	735		**舎人親王**（676〜）		
			?この頃**笠金村**（?〜）		
九	737		?この頃**桉作村主益人**（?〜）		
天平勝宝元	749	㊺**聖武**（724〜）	**行基**（668〜）		
			穂積朝臣老（?〜）		
四	752		**三原王**（?〜）		東大寺大仏開眼
天平宝字三	759			**万葉集**	

			?この頃中臣〈朝臣〉宅守（?〜）		
			?この頃狭野弟〔茅〕上娘子（?〜）		
			?この頃田辺史福麻呂（?〜）		
			?この頃土師（?〜）		
神護景雲元	767		**泰澄**（682〜）		
宝亀元	770	㊽**称徳**（764〜）			
三	772		**道鏡**（700?〜）		
延暦四	785		**大伴家持**（718〜）		
十三	794		?この頃**大伴坂上大嬢**（?〜）		平安京遷都
十八	799		**和気清麿**（733〜）	?この頃国造本紀	
二十三	804				最澄・空海入唐
二十五	806	㊿**桓武**（781〜）			
大同四	809	㊿①**平城**（806〜）			
弘仁二	811		**坂上田村麻呂**（758〜）		
十三	822		**最澄**（767〜）		
十四	823	㊿②**嵯峨**（809〜）			
承和二	835		**空海**（774〜）		
嘉祥三	850	㊿④**仁明**（833〜）			
天安二	858	㊿⑤**文徳**（850〜）			
貞観六	864		**円仁**（794〜）		
十一	869			続日本後紀	
十八	876	㊿⑥**清和**（858〜）	?この頃**大友黒主**（?〜）		

和暦	西暦	天皇	人名	作品・事項	社会
元慶四	880		**在原業平**（825〜）		
五	881		**紀利貞**（?〜）		
八	884	⑰**陽成**（876〜）	?この頃**文屋康秀**（?〜） ?この頃**喜撰法師**（?〜）		
仁和三	887	㊽**光孝**（884〜）			
寛平二	890		**遍昭**〔照〕（816〜）		
六	894				遣唐使を廃す
九	897	㊾**宇多**（887〜）			
昌泰元	898		**在原棟梁**（?〜）		
三	900		?この頃**小野小町**（825?〜）		
延喜元	901			**日本三代実録**	菅原道真左遷
三	903		**菅原道真**（845〜）		
五	905		?この頃**紀友則**（?〜）	①**古今和歌集**	
七	907			**延喜格**	唐滅亡
延長三	925		?この頃**凡河内躬恒**（859?〜）		
五	927			**延喜式**	
六	028		?この頃**壬生忠岑**（?〜）		
八	930	⑳**醍醐**（897〜）			
承平元	931			これ以降**倭名類聚抄**	
五	935			土佐日記	平将門の乱
七	937			?この頃**伊勢物語**	
天慶元	938		?この頃**伊勢**（?877〜）		

天慶二	939				藤原純友の乱
九	946		?この頃紀貫之（868?～）		
天暦五	951			②後撰和歌集	
康保四	967	⑥②村上（944～）	?この頃壬生忠見（?～）		
			?この頃藤原佐忠（?～）		
安和二	969	⑥③冷泉（967～）			
天延二	974			蜻蛉日記記事この年まで	
貞観三	980			この頃古今和歌六帖	
永観元	983		源順（911～）		
寛和二	986	⑥⑤花山（984～）			
正暦元	990		清原元輔（908～）		
二	991		?この頃中務（912?～）		
長保二	1000		この頃源重之（?～）	これ以降枕草子	
寛弘三	1006			?③拾遺和歌集	
五	1008			?この頃源氏物語	
三	1014		?この頃紫式部（970?～）		
万寿二	1025		この頃清少納言（964?～）		
四	1027		藤原道長（966～）		
			この頃和泉式部（976?～）		
			この頃能因法師（988～）		
長久二	1041		藤原公任（966～）		
永承六	1051				前九年の役
康平四	1061		?この頃相模（993?～）		
治暦四	1068	⑦⓪後冷泉（1045～）			

和暦	西暦	天皇	人名	作品・事項	社会
承暦四	1080		?この頃**源頼家**（?〜）		
永保二	1082		?この頃**大弐三位賢子**（999?〜）		
三	1083				後三年の役
応徳三	1086	(72)**白河**（1072〜）		④**後拾遺和歌集**	
承徳元	1097		**源経信**（1016〜）		
康和元	1099		**藤原通俊**（1047〜）		
長治元	1104			**堀河百首**	
嘉承二	1107	(73)**堀河**（1086〜）			
永久四	1116			**永久百首**	
元永元	1118		**藤原仲実**（1057〜）		
保安四	1123	(74)**鳥羽**（1107〜）	**藤原顕季**（1055〜）		
天治元	1124			?この頃までに **今昔物語集**	
大治元	1126			⑤**金葉和歌集** この時以降良玉集	
三	1128		?この頃**源兼昌**（?〜）		
四	1129		**源俊頼**（1055〜）		
保延六	1140		?この頃**源仲正**（?〜）		
永治元	1141	(75)**崇徳**（1123〜）			
久安六	1150			**久安百首**	
仁平元	1151			⑥**詞花和歌集**	
久寿二	1155		**藤原顕輔**（1090〜）		

保元元	1156				**保元の乱**
三	1158	⑯**後白河**（1155〜）			
平治元	1159		?この頃**藤原季通**（1094?〜）		平治の乱
治承四	1180	⑳**高倉**（1168〜）	**以仁王**（1151〜）		
文治元	1185	㉑安徳（1180〜）			平家滅亡
四	1188			⑦**千載和歌集**	
建久元	1190		**西行**（1118〜）	この頃**山家集**	
三	1192			六百番歌合	源頼朝征夷大将軍
四	1193		**藤原俊成**（1145〜）		
九	1198	㉒**後鳥羽**（1184〜）			
正治二	1200			**正治二年初度百首**	
建仁二	1202		**寂蓮**（?〜）		
三	1203			?この頃千五百番歌合	
元久二	1205			⑧**新古今和歌集**	
承元三	1209		**藤原光範**（1126〜）		
四	1210	㉓**土御門**（1198〜）			
建暦二	1212		**法然上人**（1133〜）		
建保四	1216			**拾遺愚草**	
五	1217		**行意**（1177〜）		
承久三	1221	㉔**順徳**（1210〜）			**承久の乱**
嘉禄元	1225		**慈鎮**（1155〜）		

和暦	西暦	天皇	人名	作品・事項	社会
嘉禎元	1235			⑨**新勅撰和歌集** 小倉百人一首	
二	1236		?この頃**快慶**（1183?～）		
三	1237		**藤原家隆**（1158～）		
仁治二	1241		**藤原定家**（1162～）		
寛元元	1243			この頃迄平家物語	
二	1244			**新撰六帖題和歌**	
三	1245			**壬二集**	
四	1246	⑧⑧**後嵯峨**（1242～）			
宝治二	1248			**宝治百首**	
				万代和歌集	
建長二	1250			**現存和歌六帖**	
				秋風抄	
三	1251			⑩**続後撰和歌集**	
			?この頃**藤原行能**（1179～）		
康元元	1256		**湛慶**（1173～）		
正喜二	1258		**藤原知家**（1182～）		
弘長元	1261			**弘長百首**	
二	1262		**親鸞**（1173～）		
文永元	1264		**藤原家良**（1192～）		
二	1265			⑪**続古今和歌集**	
三	1266		**姉小路顕朝**（1212～）		
九	1272		仙覚（1203～）		

十一	1274	(90)**亀山**（1250〜）	**宗尊親王**（1242〜）		文永の役
建治元	1275		**藤原為家**（1198〜） **藤原行家**（1223〜）		
二	1276		**葉室光俊**（1203〜）		
弘安元	1278			⑫**続拾遺和歌集**	
三	1280		**九条基家**（1203〜）		
四	1281				弘安の役
五	1282		**日蓮**（1222〜）		
十	1287	(91)**後宇多**（1274〜）			
正応二	1289		一遍（1239〜）		
永仁六	1298	(92)**伏見**（1287〜）			
嘉元元	1303			⑬**新後撰和歌集**	
徳治三	1308	(94)**後二条**（1301〜）			
延慶二	1309			この頃**夫木和歌抄**	
三	1310			これ以降徒然草	
正和元	1312			⑭**玉葉和歌集**	
文保二	1318	(95)**花園**（1308〜）		⑮**続千載和歌集**	
嘉暦元	1326			⑯**続後拾遺和歌集**	
北・元徳三	1331				元弘の変 南北朝始まる
北・正慶二	1333	北1**光厳**（1331〜）			鎌倉幕府滅亡
北・建武元	1334				**建武新政**
三	1336				室町幕府開設

和暦	西暦	天皇	人名	作品・事項	社会
北・暦応二	1339	(96)**後醍醐**（1318〜）			
北・貞和二	1346			**拾玉集**	
三	1347			⑰**風雅和歌集**	
北・観応元	1350			これ以降平家物語	
北・延文四	1359			⑱**新千載和歌集**	
北・貞治二	1363			⑲**新拾遺和歌集**	
北・応安元	1368	(97)後村上（1339〜）			
四	1371	北4**後光厳**（1352〜）			
北・永徳元					
南・弘和元	1381			**新葉和歌集**	
北・至徳元	1384			⑳**新後拾遺和歌集**	
			？この頃**宗良親王**（1311〜）		
北・明徳三	1392				南北朝合一
永享十一	1439			㉑**新続古今和歌集**	
嘉吉三	1443		？**世阿弥**（1363？〜）		
享徳元	1452		**飛鳥井雅世**（1390〜）		
康正三	1459		**正徹**（1381〜）		
寛正五	1464	(102)**後花園**（1428〜）			
応仁元	1467				応仁の乱（〜1477）
明応八	1499		**蓮如**（1415〜）		
九	1500	(103)**後土御門**（1464〜）			

文亀二	1502		**宗祇**（1421〜）		
永正二	1505		**近衛正家**（1444〜）		
大永六	1526	(104)**後柏原**（1500〜）	**冷泉為広**（1450〜）		
天文六	1537		**三条西実隆**（1455〜）	?この頃**雪玉集**	
九	1540			?この頃までに**続撰吟集**	
十二	1543				鉄砲伝来
弘治三	1557	(105)後奈良（1526〜）			
永禄三	1560				桶狭間の戦い
天正元	1573				室町幕府滅亡
十	1582				本能寺の変
慶長五	1600				関ヶ原の役
八	1603				江戸幕府始まる
元和三	1617			**類字名所和歌集**	
寛永六	1629	(108)**後水尾**（1611〜）			
万治三	1660			**松葉名所和歌集**	
貞享四	1687	(112)霊元（1663〜）			
元禄二	1689			**奥の細道**	
七	1694		**松尾芭蕉**（1644〜）		
十一	1698			**類字名所外集**	
宝永六	1709	(113)東山（1687〜）			
七	1710		**河合曽良**（1649〜）		
享保六	1721		**契沖**（1640〜）		

和暦	西暦	天皇	人名	作品・事項	社会
十八	1733			新類題和歌集 ?この頃**謌枕名寄**	
享和元	1801		**本居宣長**（1730〜）		
文化十四	1817		**杉田玄白**（1733〜）		
天保二	1831		**良寛**（1758〜）		
嘉永二	1849		葛飾北斎（1760〜）		
安政二	1855		歌川広重（1797〜）		
元治元	1864			**名所栞**	
明治元	1868				明治維新
三十	1897			これより**金色夜叉**	
三十六	1903		**尾崎紅葉**（1867〜）		
四十二	1909		**山川登美子**（1879〜）		
大正二	1913		**岡倉天心**（1862〜）		
五	1916		夏目漱石（1867〜）		
十二	1923		**有島武郎**（1878〜）		
昭和三	1928		若山牧水（1885〜）		
十	1935		**与謝野鉄寛**（1873〜）		
十五	1940		種田山頭火（1882〜）		
十七	1942		**与謝野晶子**（1878〜） 北原白秋（1885〜）		
二十	1945		野口雨情（1882〜）		
二十二	1947		**横光利一**（1898〜）		
二十五	1950		**相馬御風**（1883〜）		

二十六	1951		林芙美子（1903〜）
二十七	1952		土井晩翠（1871〜）
二十八	1953		斉藤茂吉（1882〜）
			折口信夫（1887〜）
三十一	1956		**會津八一**（1881〜）
三十四	1959		**高浜虚子**（1874〜）
三十八	1963		**佐々木信綱**（1872〜）

主な参考文献

『石川県の歴史散歩』石川県の歴史散歩編集委員会	山川出版	二〇一〇・七
『歌枕歌ことば辞典・増訂版』片桐洋一	笠間書院	一九九九・六
『歌枕の研究』高橋良雄	武蔵野書院	一九九二・九
『歌枕を学ぶ人のために』片桐洋一	世界思想社	一九九四・三
『越中万葉百科』高岡市万葉歴史館	笠間書院	二〇〇九・一改
『おくのほそ道全訳注』久富哲雄	講談社学術文庫	一九八〇・一
『歌人が巡る中国の歌枕・山陰の部』宮野恵基	文化書房博文社	二〇一五・五
『角川日本地名大辞典・石川県』「角川日本地名大辞典」編集委員会	角川書店	一九八一・七
『角川日本地名大辞典・富山県』「角川日本地名大辞典」編集委員会	角川書店	一九七九・一〇
『角川日本地名大辞典・新潟県』「角川日本地名大辞典」編集委員会	角川書店	一九八九・一〇
『角川日本地名大辞典・福井県』「角川日本地名大辞典」編集委員会	角川書店	一九八九・一二
『県別マップル石川県道路地図』(三版一刷)	昭文社	二〇一五
『県別マップル大阪府道路地図』(四版一刷)	昭文社	二〇一五
『県別マップル岐阜県道路地図』(四版四刷)	昭文社	二〇一八
『県別マップル富山県道路地図』(三班四刷)	昭文社	二〇一八
『県別マップル奈良県道路地図』(三版一刷)	昭文社	二〇一五
『県別マップル新潟県道路地図』(四版三刷)	昭文社	二〇一八
『県別マップル兵庫県道理地図』(四版五刷)	昭文社	二〇一八
『県別マップル福井県道路地図』(三版二刷)	昭文社	二〇一六
『県別マップル三重県道路地図』(四刷一刷)	昭文社	二〇一五
『県別マップル山口県道路地図』(三版三刷)	昭文社	二〇一二
『広辞苑第六版』新村出編	岩波書店	二〇〇八・一
『校本・謌枕名寄・本文篇』渋谷虎雄	桜楓社	一九七七・三
『古今和歌集全訳注　一〜四』久曽神昇	講談社学術文庫	一九七九・九〜一九八三・一

『古事記・上』次田真幸　講談社学術文庫　一九七七・一二
『西行山家集全注解』渡部保　風間書房　一九七一・一
『字典かな―出典明記―改訂版』笠間影印叢刊刊行会　笠間書院　一九七二・三
『新潮日本古典集成・源氏物語三』石田穣二・清水好子　新潮社　一九七八・五
『新潮日本古典集成・古事記』西宮一民　新潮　一九七九・六
『新日本古典文学大系・金葉和歌集・詞花和歌集』川村晃生・柏木由夫・工藤重矩校注
岩波書店　一九八九・九
『新日本古典文学大系・後拾遺和歌集』久保田淳　平田義信校注　岩波書店　一九九四・四
『新日本古典文学大系・後撰和歌集』片桐洋一　岩波書店　一九九〇・四
『新日本古典文学大系・拾遺和歌集』小町谷照彦　岩波書店　一九九〇・一
『新日本古典文学大系・千載和歌集』片野達郎・松野陽一校注　岩波書店　一九九三・四
『新編日本古典文学全集・日本書紀①』小島憲之他　小学館　一九九四・四
『新編日本古典文学全集・平家物語②』市振貞次　小学館　一九九四・八
『全国歌枕総覧』宮野恵基　文化書房博文社　二〇二〇・一一
『全訳古典撰書万葉集上・中・下』桜井満訳注　旺文社　一九九四・七
『増補松葉名所和歌集・本文篇』神作光一・千艘秋男　笠間書院　一九九二・三
『増補大日本地名辞書』吉田東伍　冨山房　一九七一・六
『富山県の歴史散歩』富山近代史研究会歴史散歩部会　山川出版社　二〇〇八・一
『新潟県の歴史散歩』新潟県の歴史散歩　山川出版社　二〇〇九・八
『日本古典文學大系・今昔物語四』山田孝雄・山田忠雄・山田英雄・山田俊雄校注
岩波書店　一九六二・三
『日本古典文學大系・日本書紀上・下』坂本太郎・家永三郎・井上光貞・大野晋校注
岩波書店　一九六五・七〜六七・三
『日本古典文學大系・平家物語上・下』高木市之助・小澤正夫・渥美かをる・金田一春彦
岩波書店　一九五九・二〜六〇・一一
『日本史小年表』笠原一男・安田元久編　山川出版社　一九七二・一二
『日本史諸家人名辞典』小和田哲雄監修　講談社　二〇〇三・一一

『日本史B用語集』全国歴史教育研究協議会　山川出版社　一九九五・二
『日本歴史地名大系第・石川県の地名』下中弘　平凡社　一九九一・九
『日本歴史地名大系第・富山県の地名』下中弘　平凡社　一九八四・七
『日本歴史地名大系第・新潟県の地名』下中弘　平凡社　一九八六・七
『日本歴史地名大系第・福井県の地名』下中弘　平凡社　一九八一・九
『百人一首全訳注』有吉保　講談社学術文庫　一九八三・一一
『福井県の歴史散歩』福井県の歴史散歩編集委員会　山川出版社　二〇一〇・一二
『風土記下』中村啓信監修訳注　角川ソフィア文庫　二〇一五・六
『北陸萬葉集古蹟研究』鴻巣盛廣　宇都宮書店　一九三四・十二
『万葉集歌人事典（拡大版）』大久間喜一郎・森淳司・針原孝之　雄山閣　二〇〇七・五
『萬葉集釋注一～十』伊藤博　集英社　二〇〇五・九～一二
『万葉の歌ことば辞典』稲岡耕二・橋本達雄　有斐閣　一九八二・一一
『萬葉ゆかりの旅―石川県・福井県』村田通男　一九九六・一一
『名所歌枕（伝能因法師撰）の本文の研究』井上宗雄他　笠間書院　一九八六・四
『類字名所和歌集・本文篇』村田秋男　笠間書院　一〇八一・一
『和歌の歌枕・地名大辞典』吉原栄徳　おうふう　二〇〇八・五
『和歌文学辞典』有吉保編　桜楓社　一九九一・二
その他各市町誌、辞書、事典、地図など多数。

講　評

東洋大学名誉教授・芭蕉会議主宰　谷地快一

本書『歌人が巡る中部の歌枕　北陸の部』は宮野恵基氏の「歌人が巡る歌枕」シリーズの六冊目にあたる。この間に『短歌でめぐる四国八十八ヶ所霊場』と『全国歌枕総覧』という大冊も世に問うているから、すでに偉業の名に価するであろう。

その情熱がどこに根ざすかについては、各冊の冒頭に掲げる「はじめに」という著者の文章に明らかだが、それを端的にいえば、〈歌を詠むことを通して、古人につながりたい〉という精神で、次の三首がその真情を伝えている。

古《いにしへ》の歌人の思ひ偲びつつ　その地訪ねて吾も歌を詠む
今に残る歌学びつつ聞かんとす　山・川・海の語る言葉を
蕉翁に倣ひ旅行く歌枕　風の音聞き古《いにしへ》偲ぶ

三首めの「蕉翁」はむろん松尾芭蕉のことだが、宮野氏の一連の仕事はこの芭蕉の系譜につながる快挙であると思う。これが言い過ぎなら、芭蕉を偲んで先師行脚の地を訪ね、『おくのほそ道』読解につながる仕事を残した門人たちや、芭蕉顕彰の旅を試みた後世の俳諧師や研究者に並ぶであろう。

前著『歌人が巡る九州の歌枕　宮崎・鹿児島・熊本・佐賀・長崎の部』（二〇一九・八刊）に求められた講評に書いたように、宮野氏の〈歌枕ということばとの出逢い〉がわたくしの『おくのほそ道』講義にあったとすれば、本書の講評においても、芭蕉と『おくのほそ道』に沿って筆を執るのが正直で、身の丈に合った態度であると思う。著者にその了解を得て、今回は芭蕉の歌枕観を紹介し、本書を参照するよすがにしていただければと願う。

さて、このたびの調査対象である「北陸の部」は目次が示す通り、福井県（若狭・越前）、石川県（加賀・能登）、富山県（越中）、新潟県（越後・佐渡）で、古くは北陸道《ほくろくどう》といい、簡便に越路《こしじ》とか北国《ほっこく》などと呼ばれた土地である。『おくのほそ道』の芭蕉も、北陸道を弥彦・出雲崎・直江津・市振など越後路の海岸沿いを南下し、越中の那古の浦を経て加賀の金沢に滞在。同じく加賀の山中温泉に骨を休めて、越前の敦賀や色の浜を訪ねて美濃の大垣にたどりつくが、実は豊富な歌枕を十分に活かした内容になってはいない。

その理由は『おくのほそ道』の目的地が陸奥・出羽の二国であり、出羽の象潟《きさがた》（秋田県）訪問によって奥羽の歌枕歴訪は達成されたからである。それで、越後路の半月余りを「加賀の府まで百三十里」と聞きながら、「暑湿の労に神《しん》をなやまし、病おこりて」を理由に旅の記を断念。それに替えて、織姫と彦星の逢瀬を「文月や六日も常の夜には似ず」「荒海や佐渡によこたふ天河」という七夕の二句にまとめ、この恋のテーマを展開させるべく、市振の宿で遊女と泊まり合わせたかのような演出をほどこし、事実とはいえない物語を創出した。これが従来おこなわれている解説である。

だが、このたび宮野氏の労作を通読して思うことは、北陸道七か国において、越後・佐渡（新潟県）二国に歌枕の名に価する地が圧倒的に少ないことであった。この事実は、「文月や」と「荒海や」の句が嘱目の吟であるのみならず、市振の宿の遊女との出逢いも事実で、内容も実感に基づくものであるという思いを強くさせるのである。なぜなら、この時期の芭蕉は〈存在しないもの〉を〈する〉と書いたりはしない。〈見ないもの〉を〈見た〉と書いたりはしないからである。以下に、それを芭蕉の歌枕観として説いておきたい。

まず、前著『歌人が巡る九州の歌枕　宮崎・鹿児島・熊本・佐賀・長崎の部』の講評で述べた歌枕の意味の要約から始める。

歌枕の「歌」は「からうた（漢詩）」に対する「やまとうた（和歌）」（古今集仮名序）の総称。ただし、この「歌」は「心に思ふことを、見るもの聞くものにつけて言ひ出《い》だせる」（同）という、今日われわれが考える一般的な詩歌の定義を超えて、宮中祭祀の場で神々を喜ばせるために楽器演奏に合わせて歌ったり、地方の歌舞を宮廷に取り入れて遊ぶ際に用意された儀式のことばを含むものだった。こうした歴史を背景に享受者の裾野は次第にひろがり、その様式も和歌から連歌《れんが》・俳諧へと多彩になってゆく。

一方、歌枕の「枕」の原義は眠るときに頭を支える日常道具で、和歌と結べば、〈歌を支えることばの数々〉という意味になる。それが平安後期になって地名に限定され、和歌に詠まれる由緒ある土地を歌枕とし、名所化されてゆく。

そもそも、歌枕としての地名は朝廷行事とともにあって、神々が宿る場所という特殊な性格を帯びていたが、勅撰集時代の屏風歌・歌合・歌会など、遊戯的な文化の盛行につれて、実証を必要としない名所として機能してゆく。すなわち、各地の実態と重なったり、逸れたりして数を増やし、伝説化し、伝統化する。それは、歌枕が和歌の知識を持つ者だけの建て前（原則）となり、必ずしも和歌を詠んだ場所を意味しないという、不思議な世界をも作り出した。

これは〈その土地を詠む〉とか、〈その土地で詠む〉という歴史と疎遠になることだから、歌枕によっては、その場所を特定するのがむずかしい名所も増えてゆく。かくして、歌枕はあくまで和歌が優先され、和歌を知らない人には何の価値もない場所、おもしろくも、おかしくもない、信仰に似た時空で、その光や風は信者（風雅を好む人）にのみ見えるものとなった。

松尾芭蕉は元禄二年（一六八九）の晩春から晩秋にかけて、和歌で覚えてはいるが、実際に行ったことのない土地への旅を敢行した。やがて『おくのほそ道』という紀行に昇華する、五か月に及ぶ行脚である。

その実態をうかがうために、本書の著者宮野氏が「はじめに」において、歌枕とされる地を訪ねる動機となったという多賀城址（宮城県多賀城市）における一章を挙げる。後世「壺《つぼ》の碑《いしぶみ》」という名を与えられた章段である。

壺碑《つぼのいしぶみ》　市川村《いちかはむら》多賀城に有り

つぼの石ぶみは高サ六尺餘、横三尺斗歟《ばかりか》。苔《こけ》を穿《うが》ちて文字《もじ》幽也《かすかなり》。四維《しゆい》国界之数里《すり》をしるす。「此の城、神亀《じんき》元年、按察使《あぜち》鎮守苻《ちんじゆふ》将軍大野朝臣東人《おほののあそんあづまひと》之《の》所置也《おくところなり》。天平宝字《てんぴやうほうじ》六年参議《さんぎ》東海東山節度使《とうかいとうせんせつどし》　同将軍《おなじくしやうぐん》恵美朝臣《ゑみのあそん》　獦《あさかり》修造《しゆざう》而、十二月朔日《ついたち》」と有り。聖武皇帝《しやうむくわうてい》の御時《おほんとき》に当《あた》れり。

むかしよりよみ置ける歌枕《うたまくら》おほく語傳《かたりつた》ふといへども、山崩《くづ》れ川流れて道あらたまり、石は埋《うづも》れて土にかくれ、木は老いて若木《わかき》にかはれば、時《とき》移り代《よ》変じて、其《そ》の跡たしかならぬ事《こと》のみを、爰《ここ》に至りて疑ひなき千歳《せんざい》の記念《かたみ》、今眼前《がんぜん》に古人《こじん》の心を閲《けみ》す。行脚《あんぎや》の一徳《いつとく》、存命《ぞんめい》の悦《よろこ》び、羇旅《きりよ》の労《らう》をわすれて、泪《なみだ》も落つるばかり也《なり》。

芭蕉はこの地に残る「多賀城碑」を「壺の碑」と教えられて、これが「むつのくのおくゆかしくぞ思ほゆる壺のいしぶみ外の浜風」（西行・山家集）、その他の古歌で名高い歌枕と思い込み、〈歌枕の地はたくさん語り伝えられているが、その多くは、山が崩れたり、川の流れが変わったりして道筋が改まり、石は土中に埋もれたり、木は枯れて植え継がれ、今となっては確かな遺跡がないのが普通。だが、この「壺の碑」だけは千年の昔を伝える記念碑といってよい〉と褒めあげている。

しかし、そもそも「壺の碑」とは多賀城ではなく、青森県上北郡七戸町にあったと伝える古碑で、坂上田村麻呂が蝦夷《えみし》征伐の時に弓弭《ゆはず》で「日本《ひのもと》の中央のよし」（袖中抄）と刻んだというが、実物は現在も不明。近世になって多賀城址から一古碑が発見されて以後、それを「壺の碑」と思い込むようになったのである。それは天和二年（一六八二）の『松島眺望集』（大淀三千風編）や、芭蕉の行脚と同じ元禄二年（一六八九）の『一目玉鉾《ひとめたまぼこ》』（井原西鶴）等の地誌類が「多賀城碑」を「壺の碑」として疑わない点に明らかである。

よって、芭蕉の感銘は誤解に基づくものであったが、みずから出掛けて実見し、それに基づいてモノをいうという姿勢には意義深いものがあった。それを理解するために、別の視点で補説を試みる。

『おくのほそ道』行脚を終えて十八ヶ月余りが過ぎた、元禄四年（一六九一）四月十八日、芭蕉は落柿舎（洛西嵯峨にある門人去来の別荘）を提供され、五月四日まで滞在。その間の動静を記録した『嵯峨日記』の冒頭に、机辺に白楽天の詩文集『白氏文集』、『栄花物語』『大鏡』などの歴史書、『源氏物語』『土佐日記』や勅撰集以外の名所和歌を集めた『松葉《まつば》名所和歌集』に加え、漢詩集『本朝一人一首《いちにんいっしゅ》』を置いたと書いている。

この『本朝一人一首』は林鵞峰《はやしがほう》の編んだ日本の名家百人の漢詩集で、一人につき一篇を選録批評したものである。それを読んだ芭蕉の感想が『日記』の四月二十九日と三十日の条にある。読解の便を考慮して訓読で紹介すれば、次の通りである。

『一人一首』奥州高館《あうしうたかだち》の詩を見る。
「高館《たかだち》は天に聳《そび》えて星冑《かぶと》に似たり」「衣川《ころもがは》は海に通じて月弓の如《ごと》し」。
その地の風景、いささか以《もつ》てかなはず。古人といへども、その地に至らざる時は、その景にかなはず。

これを咀嚼して示せば、〈『本朝一人一首』巻九に載る奥州平泉の「高館の戦場を賦《ふ》す」と題する七言絶句を読んだ。その前半二聯《れん》は「高館は天に高く聳《そび》え、空の星は冑《かぶと》を留める釘《くぎ》のようだ」とあり、「衣川《ころもがわ》は海に流れ込んで、空の月はまるで弓を張ったかのようだ」とある。しかし、これは『おくのほそ道』行脚の際に、私がみた高館の風景とはずいぶん違っている。高館の丘は天に聳えるほど高くないし、衣川は海に通じているわけじゃない。昔のすぐれた人であっても、実際にその地に出掛けて、自分の目で確認しなければ、そこにふさわしい描写はできないというべきだ〉となろう。

この見解の通り、『おくのほそ道』における平泉の高館の描写が「先《ま》づ高館《たかだち》にのぼれば、北上川《きたかみがは》、南部より流る大河也《なり》。衣川《ころもがは》は和泉《いづみ》が城《じやう》をめぐりて、高館の下《もと》にて大河に落ち入る」とある。芭蕉の紀行は隅々まで実証に基づくものであった。

本稿の冒頭で、〈宮野氏の一連の仕事はこの芭蕉の系譜につながる快挙であると思う〉と書いたのは、右のような理由による。

二〇二一年九月一二日　　海紅山房にて

―おわりに―

巻頭にも述べたが、歌枕の地を訪ね、その地で拙い歌を詠むことを始めて十数年、四国、中国、九州を巡り終え、新たな地として中部地方に歩を進めた。東海地方の愛知、静岡、中央高地の岐阜、長野、山梨、北陸地方の福井、石川、富山、新潟の三分冊が妥当と考え、事前の文献や地図の調査が一段落した県から踏査を始めたが、季節的に制約があるため、意図的に優先した北陸地方の歩みを終え、先行して一書と成すこととした。

これも巻頭で触れたが、『**万葉集**』の編者かとも言われる**大伴家持**が、五年余り越中国守として赴任しており、多くの歌枕を残し、現地、特に富山県の高岡市とその近隣では、「ひしめきあう」と形容するのが相応しいくらい密に存在し、個々を区別して比定するのに悩まされた。これには、高岡市万葉歴史館による『越中万葉百科』が大いに参考となり、この書が無ければ今も地図と格闘していたであろうと想像する。歴史館の先達に深謝するところである。

律令制下の各国は、国の規模により大国、上国、中国、下国に分類され、また都からの距離によって畿内、近国、中国、遠国に分けられた。北陸七カ国は、規模で越前国、距離で若狭国が平均を上回るだけで、総体的には、大きくない、都にも近くない国々と言える。加えて冬季の気候の厳しさもあるこの地方に、かくも万葉の大輪の花が咲き誇ったのは、ひとえに**大伴家持**の功と言えよう。

一方、越後国、佐渡国を領域とする新潟県には、数えるほどしか歌枕が遺されておらず、古くには**蝦夷**の民と接する境界の地であり、文化の伝搬が遅れた故と考えられる。しかし越後編三に述べた如く、新潟県は現在では北陸を代表する県で、面積で全国五番目、人口でも十五番目に位置する。古歌には詠まれずとも、近世以降の発展と共に、歌人、文人の来訪も増え、次の時代には歌枕の地が格段に多く認められるようになると想像する。

季節を選んでの北陸路の踏査は、白山、立山の二峰を望みつつ、また富山県の著名な河川の源流を探るなど、文化遺産以外を巡る機会に恵まれ、癒しの旅になったことは思い出深い。

次なる踏査の地は、中部地方の残る東海、中央高地となるが、尾張、美濃を始めとして規模としての上国が多く、それだけに歌枕の地も多く、事前の調査を含めて日数がかかることが予想され、加えて、今回は何とか間隙を縫って完歩したが、新型コロナウィルスの影響で旅立ちが制約されており、形に成すにはしばらく時を要することを覚悟している。

末筆になりましたが、本書の刊行に前五冊に続いて前に進む勇気を頂き、ご指導を頂戴し、加えて身に余るご講評を寄せて頂いた東洋大学名誉教授・芭蕉会議主宰　谷地快一先生には、心より感謝申し上げます。

さらには、粗雑な原稿、写真を整理し、的確な地図を挿入して頂いた（株）文化書房博文社にも御礼を申し上げ、なによりも浅学な筆者の駄文、駄歌、拙い写真から成る一冊にお目を通して頂いた皆様に感謝し、今後の旧に倍するご指導をお願い申し上げます。

〈著者紹介〉
宮野恵基（みやの　けいき）
一九四二年千葉県生まれ。
香川県高松市岡本町一一六七―一
東洋大学日本文学文化学会会員。日本歌人クラブ会員。香川県歌人会会員。
著作　『短歌でめぐる四国八十八ヶ所霊場』二〇〇五年十月刊　文化書房博文社
『歌人が巡る四国の歌枕』二〇一一年十一月刊　文化書房博文社
『歌人が巡る中国の歌枕　山陽の部』二〇一四年五月刊　文化書房博文社
『歌人が巡る中国の歌枕　山陰の部』二〇一五年五月刊　文化書房博文社
『歌人が巡る九州の歌枕　福岡・大分の部』二〇一八年五月刊　文化書房博文社
『歌人が巡る九州の歌枕　宮崎・鹿児島・熊本・佐賀・長崎の部』二〇一九年八月刊　文化書房博文社
編著　『全国歌枕総覧』二〇二〇年一一月刊　文化書房博文社

歌人が巡る中部の歌枕　北陸の部

二〇二一年一〇月二五日　初版発行

著　者　宮野恵基
発行者　鈴木康一

発行所　株式会社　文化書房博文社
〒一一二―〇〇一五　東京都文京区目白台一―九―九
電　話　〇三（三九四七）二〇三四
ＦＡＸ　〇三（三九四七）四九七六
振　替　〇〇一八〇―九―八六九五五
URL: http://user.net-web.ne.jp/bunka/

印刷・製本　昭和情報プロセス　株式会社

ISBN978-4-8301-1323-9　C0095

好評既刊

歌人が巡る九州の歌枕
宮崎・鹿児島・熊本・佐賀・長崎の部

宮野　恵基

ISBN978-4-8301-1313-0
A５判・定価2,530円（10％税込）

歌枕を巡る「九州２部作」第２弾。著者自ら九州地方全土を巡り、撮影し、現地に密着した編集をはたした労作である。九州地方宮崎・鹿児島・熊本・佐賀・長崎県の歌枕を考察し、歌人の思いや時代に心を巡らせる。

宮野恵基　ISBN978-4-8301-1300-0　A５判　2,530円（10％税込）
歌人が巡る九州の歌枕　福岡・大分の部

宮野恵基　ISBN978-4-8301-1262-1　A５判　2,200円（10％税込）
歌人が巡る中国の歌枕　山陰の部

宮野恵基　ISBN978-4-8301-1258-4　A５判　2,530円（10％税込）
歌人が巡る中国の歌枕　山陽の部

宮野恵基　ISBN978-4-8301-1210-2　A５判　1,980円（10％税込）
歌人が巡る四国の歌枕

宮野恵基　ISBN978-4-8301-1065-8　四六判　1,540円（10％税込）
短歌でめぐる四国八十八ヶ所霊場

全国歌枕総覧　宮野恵基　編

ISBN978-4-8301-1321-5　A４判　8,800円（10％税込）

昔から和歌に詠まれてきた土地を歌枕という。その地で詠んだ歌と、その地を詠んだ歌とが相俟って、おびただしい数に上り、名所和歌集の流行をもたらしたが、その全体を展望するのはまことにむずかしい。
本書はその全貌を明らかにすると共に、居ながらにして名歌の地への旅立ちを可能にする、古典和歌のすぐれたガイドになるであろう。

東洋大学名誉教授・芭蕉会議主宰　谷地 快一